삼국유사의 재구성

이 책은 2021년 한양대학교 교내일반연구사업
지원을 받아 연구되었음(과제번호 : 202100000001895)

# 삼국유사의 재구성

고운기

역락

## 책머리에

예전 열차 승차권에 적힌 '도중하차전도무효'라는 작은 글씨를 기억할 것이다. 일종의 운송약관이었다. 그런데 도통 그 뜻을 알기 어려웠다. 친절하게 한글로 써준 것까지 좋았으나, 이리저리 띄어쓰기 해가며 퍼즐 맞추듯 머리를 굴려도 풀리지 않았다.

뜻을 알게 된 것은 일본에 가서였다. 거기는 아직 한자로 적고 있었다.

途中下車前途無效一.

운송약관이 한두 가지 아니련만, 두 나라 모두 굳이 이 조항만 승차권 전면의 같은 위치에 적어 넣은 까닭은 차치하고, '도중에 내리면 앞의 남은 거리(의 운임)는 무효'여서 환불하지 않겠다는 계약일진대, 알고 나니 오랜 궁금증에서 풀려나 후련한 기분과 함께 어떤 깨달음이 뒤통수를 쳤다.

어디 열차만 그러겠는가. 사람의 생애가 마찬가지여서, 중도작파는 무엇도 손에 남지 않는 얼마나 기운 빠지는 일인지, 어디든 무엇이든 나서면 끝까지 가야할 것이라 다짐했다. 그러나 돌아보라. 그렇지 못한 경우가 더 많았다.

辛丑生으로 올해 甲年을 맞다보니 이런저런 생각이 겹친다. 무엇보다 살아오면서 도중하차하여 徒勞가 된 일의 안타까움이 뼈아프다. 몸이 따르지 않아서, 머리가 우둔하여 經濟하지 못한 터에, 자타의 억압을 이길 의지의 부족 또한 거기 끼어 있다. 이를테면 못 만난 天時와 地利가 무효를 위한 핑계라면 핑계다.

그런 와중에 오직 하나, 학문의 길에서 『삼국유사』를 붙들고 매진한 것은 그나마 다행이다. 아직 이 열차에서 내리지 않고 목적지를 향해 달리고 있어 기쁘다.


일본 게이오(慶應)대학에서의 연구 생활을 마치고 귀국하여 『우리가 정말 알아야 할 삼국유사』를 간행하자 꽤 커다란 호응이 나왔다. 한일 월드컵으로 온 나라가 들썩이던 2002년의 봄이었다. 그것은 '삼국유사 전권 해설서'를 목표 한 10년 공부의 결과로서 단행본이었지만, 다시 10년을 기약하여 '스토리텔링 삼국유사' 시리즈가 5권으로 나왔는데, 앞뒤 20년의 세월을 오롯이 함께 해 준 출판사가 현암사였다. 이 자리를 빌려 다시 감사드린다. 실로 일개 연구자로 한국문학의 鄕歌라는 영역에서 출발한 내가 『삼국유사』 전체로 연구 범위를 넓히는 발판이 되었다.

이와 때를 맞추어 국내외에 문화콘텐츠 붐이 일었는데, 콘텐츠의 생산을 위해서는 좋은 소재가 필수적이지만, 거기서도 『삼국유사』는 주목받아 나의 영역은 다시 조정되었다.

나는 다음과 같이 나 자신에게 물었다.

"문화콘텐츠가 시대의 아이콘처럼 부상한 지금, 『삼국유사』는 우리 문화원형의 좌표 속에 새로운 논의거리를 제공하였다. 이 책이 원형 규정과 소재 개발에서 한 몫 단단히 할 것처럼 보였기 때문이다. 『삼국유사』는 문화원형의 틀을 만드는 데 어떤 역할을 할 수 있을까?"〈문화원형의 의의와 『삼국유사』〉에서)

또 한 번의 10년을 기약하는 자리에 주제는 자연스럽게 정해졌다. 『삼국유사』를 가지고 만들 문화원형의 틀이었다. 게다가 나의 학부 시절 모교인 한양대학교에 문화콘텐츠학과가 설치되고, 나에게는 이곳에『삼국유사』를 연구하고 가르칠 자리가 주어졌다. 졸업한 지 26년 만에 돌아온 2010년의 봄이었다.

'삼국유사 30년'의 전환점에 서서 이 책에 모은 논문은 문화콘텐츠와 연계한 연구의 결과이다. 이야기와 그 원형을 찾는 일이 무엇보다 중요했고, 지금의 결에 맞춘 이야기의 재구성을 논리적으로 받쳐 주어야 했다. 그래서 책의 제목이 '삼국유사의 재구성'이다.『삼국유사』의 이야기로 새로운 콘텐츠를 꿈꾸는 이에게 널리 쓰였으면 한다.

간행에 즈음하여 특별히 기록해, 내 학문의 터전인 한양대학교와 문화콘텐츠학과의 여러분에게 감사한다. 기중 지난해 정년하신 朴相泉 선생은 학과를 일으키고 키운 주인공이어서 더욱 기억하려 한다. 이 책의 출발점인 연세대학교 국학연구원에 오르는 백양로의 언덕과, 일본 메이지(明治)대학 스루가다이(駿河臺) 캠퍼스에서 오차노미즈(お茶の水)역으로 가는 길목의 방앗간마다, 꿈과 눈물의 나날이 누벼졌으니 오늘이 기껍다. 도서관 문화 창달의 뜻이 살아 숨쉬는 ㈜이씨오와 李士永 대표는 크게 번성하여 많은 열매를 맺기 빈다.

출판을 맡아 준 도서출판 역락의 이대현 대표와 편집담당 권분옥 씨에게 고마운 마음 이루 다하기 어렵다.

辛丑 甲日

고 운 기

# 차례

# II. 문화원형과 모험의 세계

# Ⅲ. 향가의 근대

# 共存의 알고리즘

## 1. 인공지능 시대와 알고리즘

인공지능의 시대가 오면 그것이 인간을 압도하리라는 두려운 예측이 횡행한다. 지난 2016년, 알파고가 이세돌과 바둑 대결을 벌여 완승한 얼마 후, 그 사이 개발된 알파 제로는 알파고를 가볍게 꺾었다. 알파고는 바둑에 특화된 인공지능 컴퓨터이다. 수많은 棋譜를 가지고 훈련시킨 결과로 이세돌을 이겼다. 그러나 알파 제로는 汎用 인공지능 컴퓨터이다. 바둑의 기본 원리만 알려줬을 뿐인데, 72시간 스스로 공부하더니 알파고에게 이긴 것이다. 심지어 알파 제로는 새로운 묘수를 만들어내기까지 하였다. 이런 인공지능 컴퓨터가 정녕 범용으로 들어서면 무엇을 못하랴 싶으니 두려울 만하다.

그러나 인간의 능력에 대해 미리 포기할 필요는 없다. 이어령 선생이 말에 비유하여 이렇게 설명하였다.

―말과 경주하면 사람은 집니다. 말 위에 올라타야 이깁니다. 사람은 그렇게 해서 말을 이겼습니다. 인공지능도 마찬가지일 것입니다. 인공지능을 올라타 인공지능을 인간의 것으로 만들어야 합니다. 두려워 말고 이용할 생각

을 합시다.

사람은 말에게 재갈을 물리고 안장을 놓고 그 위에 탔다. 이제 인공지능의 재갈과 안장을 생각해야 한다. 다만 말을 훈련시켜 乘用으로 썼던 것처럼, 인공지능은 어떻게 이용할지, 그 방법이 그렇게 간단하지 않다는 데 문제가 있다. 그래서 생각해 보는 것이 알고리즘(algorithm)이다. 인공지능을 만든 알고리즘의 원천 말이다. 알고리즘은 오랫동안 과학의 영역에 있었으나, 인공지능을 장착한 도구로 인해, 이제 그 활용 범위가 일상 속으로 파고들었다. 검색 엔진, 페이스북 같은 SNS, 경매, 내비게이션 등이 그렇다.

아마도 알고리즘에 대한 가장 간단한 정의는 다음과 같은 말일 것이다.

"알고리즘은 문제를 풀기 위한 세부적이고도 단계적인 방법이다."
—크리스토스 파파디미트리우

문제를 푸는 방법—, 이렇듯 알고리즘의 정의 자체는 생각보다 간단하다. 여기서 '세부적' 대신 '일반적'이라는 말을 쓰는 연구자(마이클 게리)도 있다. 그러나 세부, 일반, 단계가 주는 구체적인 방법론은 매우 정교하고 복잡하다. 그래서 이해를 돕기 위해 알고리즘을 요리 레시피에 비유하기도 한다. 요리 레시피는 음식을 만들기 위해 어떤 경우라도 반드시 똑같이 해야 하는, 상세하게 만들어진 규정이라는 점에서 그렇다. 하지만 거기까지만 비슷하다. 이런 레시피의 결과는 언제나 같은 질과 양의 요리를 내놓아야 한다. 이것이 알고리즘과 다른 점이다. 알고리즘은 방법이되 정해진 결과가 없다.

알고리즘의 핵심을 이루는 루프(loop)는 특정 조건이 성립할 때까지 반복 실행하게 하는 명령의 집합인데, 이런 반복 과정에서 결코 똑같은 일이 일어나지 않는다. 알고리즘에서는 '언제나 동일한 지시가 내려지지만, 이런 지시에 따라 매번 미로의 다른 부분이 탐색[1]된다. 이것이 알고리즘의 어려움이고 매력이다.

또 한 가지, 알고리즘을 형성하는 원리는 깊이 우선 탐색법이다. 이는 네트워크의 입력 데이터를 파악하는 기초적인 방법이다. 이것이 믿을 수 없을 정도로 다각적이다. 초기 알고리즘의 개발자로부터 이는 기호로 표시되었다. 컴퓨터의 演算이 바로 그런 것이다.

> 기호는 모든 것의 중심점이다. 하나의 작은 점이지만, 바로 거기에서부터 다양한 크기의 의미 맥락들이 뻗어 나간다. 이 중심점의 다른 한편에는 폐쇄적인 형식을 활짝 열어주는 부채꼴 모양의 무언가가 있다. 이 덕분에 규칙에 따라 기호 시퀀스들을 변형시킬 수 있는 것이다. 이 변형 가능성의 원뿔이 바로 알고리즘이다.[2]

작은 점 하나에서 변형 가능성의 원뿔로 나타나는 알고리즘의 특징을 한마디로 추린다면 다양성이다.[3] '부채꼴 모양의 무언가'를 스펙트럼으로 볼 수 있다. 물리학에서 스펙트럼은 빛이 分光器를 통과할 때 파장의 순서에 따라 분해되어 배열되는 빛깔의 띠를 말한다. 인문학적 추상성으로 말하자면 여러 갈래로 나뉘는 범위이다.

말에 재갈을 물리고 안장을 얹히는 행동은 아주 기초적인 알고리즘이었다. 달리기에서 말을 이기기 위한 일반적이고 단계적인 방법이었다. 그런데 인류

---

1 제바스티안 슈틸러 지음, 김세나 옮김, 『알고리즘 행성 여행자를 위한 안내서』, 와이즈베리, 2017, 77면.
2 위의 책, 86면.
3 슈틸러는 알고리즘적 사고가 중앙적인 결정에 국한하지 않으며, 무엇보다도 매우 커다란 분산적 구조가 생성되는 데 본질적으로 기여한다고 말한다. 다양성의 또 다른 표현이다. 위의 책, 243면 참조.

의 문명은 복잡해졌다. 자동차로, 비행기로 진화하였다. 이는 알고리즘의 진화와 함께 하는 것이다. 진화는 다양성의 원뿔에 예측한 또는 예측하지 못한 온갖 보물을 담아 주었다. 그것의 첨단이 인공지능이라고 한다면, 알고리즘의 진화로부터 실마리를 잡아 풀어내야 한다. 우리가 지금 알고리즘을 생각하는 까닭이다.

## 2. 알고리즘으로 보는 한글의 삼분법과 종성

알고리즘의 스펙트럼이 얼마나 놀라운 결과로 나타나는지 하나의 예를 들자면 우리의 한글이 적절하다.

사람의 말은 다른 동물과 달리 매우 정교하게 조직되어 있고, 말을 통해 수많은 뜻을 전달할 수 있다. 알다시피 정교하게 조직된 말의 구조를 설명하는 학문이 음운학이다. 음운학을 통해 글자 하나로 표시되는 말 한 마디를 분석해 내는데, 이것은 역으로 글자를 만드는 기본이 된다.

중세국어에서 우리는 일찍이 중국의 영향을 받아 이 음운학을 알게 되었다. 중국의 한자가 만들어진 과정을 공부하면서였다. 상식적인 수준에서 말한다면, 중국인은 이 말이 聲과 韻으로 이루어져 있다고 밝혀냈다. 예를 들어 '동(東)'에서 'ㄷ'이 성이고, 'ㅗㅇ'이 운이다. 그러니까 한 글자를 둘로 나눈 것이다. 이것을 2분법이라 한다.

그런데 세종은 달리 생각했다. 글자로 표시되는 소리를 중국과 달리 셋으로 나누었다. '동'은 'ㄷ+ㅗ+ㅇ'이며 이를 각각 초성, 중성, 종성이라 불렀다. 초성에 쓰이는 소리는 자음, 중성에 쓰이는 소리는 모음이며, 종성은 초성을 가져다 다시 쓴다고 했다. 3분법이다. 이것이 가장 기본적인 制字 원리이자

한글의 알고리즘이었다.[4]

2분과 3분의 차이는 뜻글자(한자)와 소리글자(한글)라는 속성에서 비롯되었을 것이다. 한글은 글자에 어떤 뜻도 담겨 있지 않다. 다만 사람이 내는 소리를 적는 도구일 뿐이다. 그러니까 '동'은 'ㄷ+ㅗ+ㅇ'의 차례로 나는 소리이지, 동쪽이란 뜻은 처음부터 없다. '동쪽'이라는 낱말을 만들어주어야 비로소 한자 '동(東)'의 뜻을 가진다.

소리 나는 대로 모든 글자를 적자면 하나의 원리를 만들어 하나씩 대입하면 된다고 생각했다.

그래서 먼저 생각한 것이 자음과 모음이다. 이것으로 초성, 중성, 종성에 쓰도록 한다. 다시 말하자면 이것이 한글의 기본적인 알고리즘이다. 세계의 모든 언어 가운데 소리글자 계열은 다 마찬가지이다. 그다지 많지 않은 자음 글자와 모음 글자를 가지고 온갖 소리를 적을 수 있다. 한글은 처음에 28개의 자음 글자와 모음 글자 밖에 없었다. 그런데 이것으로 초+중+종에 각각 들어가게 하여 수만 개의 글자를 만들어 낸다.

한글은 종성 곧 받침을 많이 쓴다. 우리말은 받침이 많고, 그럴수록 글자의 활용 폭이 넓어진다는 것을 세종은 알았다. 이것을 한글 창제에 적극적으로 받아들였다.[5] 한글의 알고리즘을 알자면 이 종성에 대해 좀 더 설명할 필요가 있다.

한글은 3분법으로 이루어진다고 했다. 이는 중국이나 일본과 다른 한글의 특징이고, 그 같은 사실을 세종은 잘 알았다고도 했다. 그런데 아마도 이

---

4  역시 상식적인 수준이지만, 받침이 없는 소리, 곧 예를 들어 '도'는 'ㄷ+ㅗ'인데, 여기서는 초성과 중성만 나타나고 종성은 없다. 이렇게 종성이 없는 경우, 그것은 생략되었을 뿐 없는 것이 아니라고 생각했다.

5  이와 더불어 모음 글자의 수효가 많고 발달되었다. 사람이 낼 수 있는 모음이라면 어떤 것이라도 표기할 수 있을 정도로 한글의 모음 글자는 다양하다.

종성이 가장 생각하기 어려운 부분이었을 것이다. 이미 중국어의 영향을 깊게 받아, 소리는 聲과 韻의 두 부분으로 나뉜다는 생각을 가지고 있었는데, 어떻게 韻이 다시 중성과 종성으로 나뉜다는 것을 알아낼 수 있었을까.

아주 쉬운 예를 하나 들어보겠다.

① 절약 [저략]
② 사람이 → 사람 +이 [사라미]

위의 예에서 ①은 '절약'이 실제 발음은 [저략]으로, ②는 '사람이'가 실제 발음은 [사라미]로 나는 것을 보여준다. 우리는 이런 것을 연음법칙이라 한다. '약'과 '이'에서 각각 ㅇ은 발음이 없는 글자이다. 이것을 문법에서는 소리값이 없다고 말한다. 그러나 소리를 내지 않을 수 없으므로 이 자리에 앞의 글자에서 소리값을 가진 글자가 옮겨 온다. 그래서 '절'의 ㄹ이, '람'의 ㅁ이 뒤로 간다.

세종은 여기서 힌트를 얻었을 것이다. '절'과 '람'만 발음하면 중성과 종성의 구분이 잘 되지 않는다. ㄹ과 ㅁ의 존재가 확연히 보이지 않는 것이다. 그런데 뒤에 '약'이나 '이' 같은 글자를 붙여 보았더니 종성으로 쓰인 글자가 보였다. '절'은 ㅈ+ㅓ+ㄹ로, '람'은 ㄹ+ㅏ+ㅁ로 구분되는 것이다. 세종은 이것을 종성이라 하고, 발음은 초성에 쓰였던 글자를 그대로 써도 된다는 사실까지 알아냈다. 세종은 『훈민정음 해례』에서 선언한다.

"종성은 다시 초성을 사용한다."

물론 종성의 존재와 쓰임을 위와 같은 예로만 알아냈던 것은 아니다.[6] 어쨌건 종성이 있다는 사실을 알아내고, 종성은 초성을 다시 쓴다는 선언이 이루어지자, 한글의 표기에 아주 중요한 점이 해결되었다. 종성을 표기할 글자를 따로 만들지 않아도 된다는 것이었다. 적어도 17자는 덜 만들게 되었다. 이는 적은 숫자가 아니다. 우리가 오늘날 한글의 가치를 매길 때 가장 먼저 간편하고 쉽다는 것을 내세운다.

> "슬기로운 사람은 하루아침을 마치기 전에 깨우치고, 어리석은 이라도 열흘이면 배울 수 있다."

이 또한 『훈민정음 해례』에 나오는 말이다. 이는 종성을 따로 만들지 않아도 되는 위대한 발견의 덕분이었다.

그럼에도 불구하고 한글 창제에서 한자의 그림자는 끝까지 따라다녔다. 초·중·종성을 어떻게 결합시켜 글자를 만드는지 그 造字의 방법에 관해서이다. 한글의 자음과 모음을 결합하는 방식은 매우 다양하게 나타난다.

① 가 → ㄱ+ㅏ
② 각 → ㄱ+ㅏ+ㄱ
③ 곡 → ㄱ+ㅗ+ㄱ

기본적인 위의 세 가지 결합 방식을 보자. ①은 좌우로 연결되었고, ②는 좌우 다음에 다시 상하로 연결되었으며, ③은 상하로 연결되었다. 이 같은 방식은 어디서 힌트를 얻었을까? 연구자들은 아마도 한자에서 따왔으리라

---

6  종성의 초성화로 불리는 이 원리는 再音節化까지 설명해야 하지만, 이 글에서 다룰 주요 논제가 아니므로, 자세한 설명은 노마 히데키(野間秀樹), 『한글의 탄생』, 돌베개, 2011, 205-210면으로 미룬다.

보고 있다.[7]

　① 좌우결합 : 加 → 力+口
　② 좌우결합에 이어 상하결합 : 架 → 力+口+木
　③ 상하결합 : 古 → 十+口

　①과 ①′, ②와 ②′, ③과 ③′를 각각 비교해 보면 造字의 비슷한 원리라는 사실을 바로 알 수 있다. 한자의 네모꼴 자형과 결합 방식이 한글의 네모꼴 자형과 자모의 결합 방식과 어떤 식으로든 관계를 맺지 않았을까 싶다. 사실 한글은 처음에 한자의 발음기호를 염두에 두고 만들었다는 혐의도 있다. 발음기호가 되자면 한자 한 글자에 한글 한 글자가 맞아 들어가야 편리하다면, 글자의 모양도 그렇게 비슷할 필요가 있었을 것이다.
　그러나 한글과 한자 사이에는 근본적인 차이가 있다.
　'가 → ㄱ+ㅏ'와 같이 쓰게 되면 우리는 이것을 음소분석이라 말한다. 소리가 이렇게 나누어질 수 있다는 것이다. 그러므로 ㄱ과 ㅏ는 다만 ㄱ과 ㅏ의 소리를 나타낼 뿐이다. 그러나 한자에서 '加 → 力+口'는 力(력)과 口(구)라는 뜻이 만나 加(가)라는 제3의 뜻[8]을 만든다. 글자를 만드는 방식은 비슷하되, 더 이상 비슷할 수 없는 먼 길을 한글은 걸어가고 있다.
　당초 鄭麟趾는 한글에 대해 "사용해 갖추지 못한 바가 없고, 가 닿지 못하는 바가 없다."고 하면서, 이 글자를 가지고서라면 "바람 소리, 학의 울음소리, 닭의 울음소리, 개가 짖는 소리까지도 모두 써서 나타낼 수 있다."[9]고

---

7　　최경봉 외, 『한글에 대해 알아야 할 모든 것』, 책과함께, 2008, 195-196면.
8　　力(역)은 팔의 모양이고 '힘써 일을 하다'는 뜻을 가진다. 이는 알통이 나온 팔의 모양이다. 口(구)는 어떤 물건의 모양이다. 그러므로 加(가)는 '위에 얹다'는 뜻이 된다. 또는 口(구)를 입으로 보아 加(가)는 '힘주어 말하다→수다를 떨다'라고 보기도 한다.

했다. 가히 소리를 적는 데 만능이다. 그런데 정인지의 이런 발언은 소리를 글자로 적는다는 데 치우쳐 있어 보인다. 解例는 用字例에서 그칠 뿐 문법의 단계까지 이르지 않았다. 세종과 정인지는 소리를 글자로 적는 알고리즘만 생각했다고 할 수 있다.

그러나 실제는 거기에 그치지 않았다. 문장을 적는 주체가 된 오늘날에 와서 한글은 작은 점 하나에서 변형 가능성의 원뿌리로 나타나는 알고리즘의 특징을 극적으로 드러내준다. 소리만 아니라 문장을 적거나 만드는 원뿌리다. 만약 오늘날 세종이나 정인지가 다시 태어난다면, 그들이 만들고 해설한 훈민정음이 얼마나 엄청난 용도로 쓰이고 있는지 보며, 저들 스스로 놀랄 것이다. 한글 안에 '엄청난 용도'가 가능한 알고리즘이 내재한 사실을 몰랐기 때문이다.

## 3. 새로운 지평을 위한 알고리즘 : 『신과 함께』의 경우

나의 본적인 한국문학 연구교실의 제도적 장치는 어떤 형편에 있을까? 새삼 본적지의 형편이 궁금해 이런 말을 꺼내는 것은 아니다. 변화의 기로에서 경험한 어떤 과정을 간단히 소개하고 싶어서다.

한 연구자는, "대학의 국어국문학과, 교육과정에서 국어-문학 과목이 차지하는 비중, 민족어의 이념 등의 제도를 통해 구성되고 유지된, 특정한 텍스트에 권위를 부여하는 생산-재생산 구조는 여전히 완강하다."[10]고 말한다. 그것

---

9    국립국어원 편, 『訓民正音解例』, 생각의나무, 2008, 32a면.
10   조형래, 「문화 담론의 기술결정론」, 2017년도 한국언어문화학회 겨울학술대회 편, 『과학기술과 문학』, 한국언어문화학회, 2018 참조.

은 문학(또는 문학연구)만의 호수에 띄워진 한 척의 배이다. 연구의 영역과 요소 간의 상호 교섭, 다양하고 복잡다단하게 얽힌 정황을 예민하게 받아들이지 못하고 있다는 것이다.

벌써 오래 전의 일이지만, 한국콘텐츠진흥원이 주관하는 '2004년 우리 문화원형의 디지털 콘텐츠화 사업'에 참여한 것은 나에게 연구의 새로운 경험이었다. 분야는 한국의 굿이었다. 한국 무속의 문헌자료 및 연행 자료를 수합하고 정리하여 인터넷 서비스가 가능한 디지털 사이트로 구축하는 일이었다. 한국의 굿 가운데 대표적인 23개를 선정하고, 해설·영상·소리 그리고 각종 자료를 디지털 환경을 통해 입체적이며 총체적으로 사용할 수 있게 하는 것이었다. 이는 시나리오 소재에서 모바일용 콘텐츠, 토속 캐릭터 개발 등에 두루 쓰일 수 있었다.

문헌 중심의 연구실에만 머물러 있던 내가 이런 작업을 총괄하면서 부딪친 난제는 한두 가지가 아니었다. 디지털 미디어의 생소한 용어와 관련 기술에 대한 이해가 그 가운데 가장 컸다. 이것은 관련 전문가와의 협업 없이는 불가능하였다. 나아가 원천자료를 확보하여 사이트에 공개하자면 저작권 계약이 필수적이었다.[11]

다행히도 한국의 굿을 총체적으로 공부하고 이를 새로운 디지털 미디어에 싣는 과정은 나에게 새로운 세계를 열어주었다. 연구진의 인적 구성, 문헌자료의 수합 및 정리, 새로운 소재의 개발, 응용 소재의 개발에 이르는 여러 단계가 하나의 알고리즘이었다. 제작 과정에서뿐만 아니라, 사이트가 개통된 후 그것이 쓰이는 단계에서도 결과를 예측하기 어려운 다양한 세계가 펼쳐졌다. 알고리즘에는 절대란 없다. 상대적이고 진화한다. 연구는 레시피에서 벗

---

11  이에 대한 자세한 논의는 고운기, 「문화콘텐츠제작에서 국문학 연구자의 역할」, 『현대문학의 연구』 28, 한국문학연구학회, 2006 참조.

어나야 한다.

한국콘텐츠진흥원의 문화원형 사업은 많은 국문학 연구자에게 나와 비슷한 경험을 하게 하였다. 나는 그것을 '블루오션'으로 보았고, '새로운 비전과 자기희생을 요구'[12]한다고 말했다. 다만 아직도 학계의 분위기는 이 같은 분야를 본격적인 연구 대상으로 삼는 데 주저한다는 점에서 아쉽다. 더욱이 우리에게는 문화원형 연구 다음의 문제가 도사리고 있다.

문화콘텐츠학에서는 콘텐츠를 구분하는 방법을 원천과 거점으로 나누어 쓴다. 원천콘텐츠는 독립된 콘텐츠로서 대중성을 검증 받아 이미 브랜드 가치를 확보한 것을 말한다. 만화, 웹툰, 소설, 신화 등이 여기에 속한다. 이에 비해 거점 콘텐츠는 원천 콘텐츠를 기반으로 대중적인 호응을 기대할 수 있는 콘텐츠로 전환한 것이다. 게임, 영화, 드라마 등이 여기에 속한다. 원천과 거점 간의 스토리텔링 교환을 OSMU(One Source Multi Use)로 부르고, 거점의 독립된 서사가 중첩하여 보다 큰 세계를 만들어 내는 것은 트랜스미디어 스토리텔링의 한 영역이다.

그런데 최근 문화콘텐츠의 원천콘텐츠에서 새로운 강자가 등장했다. 그동안 이 자리에는 소설이 가장 큰 힘을 발휘하고 있었다. 물론 소설은 아직도 적잖은 힘을 가졌다. 새로운 강자란 웹툰이다. 웹툰은 독자의 다양한 참여와 적극적인 체험에서 대중성 검증이 뛰어나다.

디지털의 상호작용성, 네트워크성, 정보의 통합성 등으로 댓글, 펌질, 멀티미디어 차용 등으로 구체화하고, 세 특성간의 융합을 통한 시너지 효과는 향유로 수렴되어 폭발적인 위력을 발휘한다.[13]

---

12　위의 논문, 9면.
13　박기수, 『웹툰, 트랜스미디어 스토리텔링의 구조와 가능성』, 커뮤니케이션북스, 2018,

한마디로 웹툰은 새로운 미디어의 장점이 고스란히 반영된 곳에 자리 잡았다. 시너지 효과란 가치의 선순환 구조이고, 댓글이나 펌질은 경쾌한 형태의 스토리텔링이다. 이런 장치 때문에 웹툰은 '원천콘텐츠로서 최적화에 가까운 매력을 지니고 있고, 거점콘텐츠로 전환된 이후의 그 가치가 폭발적으로 증가'[14]한다는 것이다. 웹툰에 대한 학문적 연구의 필요성이 여기에 있다.

위의 논의에 대해 『신과 함께』를 예로 들어 설명해 본다.

『신과 함께』는 주호민이 포털 사이트 네이버(NAVER)에서 2010~2012년 사이 연재한 웹툰이다. 한국의 무속신앙을 현대적 감각으로 재해석한 작품이다. 「저승편」, 「이승편」, 「신화편」으로 나누었다.

「저승편」의 경우, 주인공 김자홍이 죽어 49일 동안 계속되는 저승심판의 여정과, 원한을 품고 죽은 원귀를 잡는 과정의 두 줄거리를 교차하여 보여주고 있다. 죽은 사람들은 사후세계로 들어가서 심판을 받게 되는데, 무죄를 선고받으면 다시 태어나거나 다른 형식으로 재생하고, 심판을 통과하지 못하면 지옥에서 형벌을 당해야 한다는 불교적 무속신앙의 세계관을 받아들이고 있다.

그러나 작가가 단순히 무속신앙의 세계관대로 인물을 설정하지 않았다는 데 이 작품의 매력이 있다. 「저승편」의 캐릭터에서 주목할 바는 두 가지이다. 첫째, 주인공 김자홍이 매우 평범한 인물이라는 점이다. 그는 초인이거나 특별히 선한 일을 많이 한 사람이 아닌, 고단한 일상을 살다 쓸쓸하게 죽은 소시민이다. 그러나 바탕은 선하다고 할 수 있는데, 그것도 그런 의식을 특별히 품어서는 아니다. 두 번째, 또 다른 주인공 진기한을 변호사로 설정한 점이다. 무속적인 세계관에서 이를 무당으로 볼 수 있으나,[15] 우리 무속의

---

　　63-64면.
14　위의 책, 62면.
15　유예, 「원천소스로서 무속신앙 활용방안 연구 : 웹툰 〈신과 함께〉 분석을 중심으로」, 한양대

저승관이 불교와 습합된 상태라면 진기한은 지장보살과 같은, 또는 분화 확대된 역할이다.[16] 실제 『신과 함께』에서는 진기한이 지장보살학교 출신이라 되어 있다.

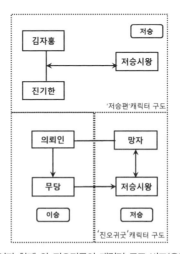

『신과 함께』와 진오귀굿의 캐릭터 구도 비교(유예)

작가의 이 같은 캐릭터 설정은 많은 점을 시사한다. 김자홍과 진기한은 저승에서 이승으로 幻像된 인물이다. 바꿔 말하면 현실로 환상된 저승의 인물이다. 그러므로 우리는 이 이야기가 저승으로 무대를 바꾼 현실의 그것임을 바로 눈치 채게 된다. 이런 설정은 우리 무속의 저승세계를 매우 실감나게 보여줄 뿐만 아니라, 저승으로 寓意된 현실의 문제를 새롭게 인식하게 만든다. 그러므로 『신과 함께』는 우화 기법으로 만들어진 웹툰이다.[17]

---

대학원 문화콘텐츠학과 석사논문, 2015, 28면(도표) 참조.

16  우리 무속에서는 불교의 시왕신앙을 수용하여 명부시왕을 만들었다. 이른바 49재가 그것인데, 이는 지장보살 신앙과 결부된 것이다. 홍윤식, 『불교문화와 민속』, 서울, 동국대출판부, 2012, 315면.

　　우리는 김자홍에게서 우리와 매우 닮은 친근함을 느끼고, 지장보살 또는 저승차사라는 종교적이고 민속적인 의미망 속에 갇혔을 진기한을 '변호사'라는 설정 하나로 그 역할이 무엇인지 금방 이해하게 된다. 작가의 이 같은 설정은 『신과 함께』의 스토리 라인이 성공을 거두는 데 가장 크게 공헌하였다.[18]

　　아마도 김자홍과 진기한의 캐릭터를 완성해 보여주는 대목은 '제4화 재판 준비'의 마지막 장면일 것이다.

『신과 함께』 제4화의 마지막 면(왼쪽)과 제5화의 첫 면.
두 면은 연재 일정 상 하루 차를 두고 독자에게 전달된다.

---

17　작가는 저승이란 가상공간을 활용하여 이승을 살아가는 이들의 억울함을 다독이고자 했던 것이라는 최수웅의 지적은 설득력 있다. 「주호민의 〈신과 함께〉에 나타난 한민족 신화 활용 스토리텔링 연구」, 『동아인문학』 41, 동아인문학회, 2017, 76면.

18　이것은 차사 이덕춘의 설정도 마찬가지이다. 최수웅은 이에 대해 "원귀를 찾아내는 능력을 가진 이덕춘은 '저승차사의 가장 인간적인 면모를 담당하는, 눈물도 많고 정도 많은' 캐릭터로 표현했다. 이덕춘을 여성캐릭터로 제시한 점이 주목된다. 이는 '달[月]'이 가진 여성상징을 반영한 것으로 추정되는데, 한민족 신화에는 제시되지 않는 작가의 나름의 변형이다."고 설명하였다. 위의 논문, 78-79면.

첫 재판을 앞두고 진기한은 설사에 시달린다. 김자홍은 천하의 변호사도 재판을 앞두고는 긴장한다 생각한다. 긴장한 것은 사실이지만 실은 진기한이 초임 변호사에 첫 재판임을 고백하면서 독자 또한 새로운 긴장 속으로 빠진다. '초임의 첫 재판'으로 설정한 작가의 의도에 주목해 보자. 우리는 변호사에 대해 경력과 부를 쌓아 가며 속물화하는 일상의 그를 떠올릴 수 있다. 모든 변호사가 속물로 떨어지는 것은 아니지만, 그것은 어떤 변호사라도 법률가가 된 처음에는 법과 정의의 사도가 되리라 선서한 순수한 영혼의 소유자였으리라는 믿음과 竝置된다. 다소 서툴지만 패기와 열정으로 뭉친 변호사 말이다. 그래도 긴장하기는 마찬가지이다.

진기한이 그런 자신을 스스로 '초심자의 행운' 운운하는 장면에서 독자는 미소 지을 것이다. 김자홍이 애써 불안을 감추며 '중요한 건 그 다음 구절'이라며 진땀 흘리지만.

김자홍이 말한 '다음 구절'은 '제5화 도산지옥1'의 표지 위에 써 놓았다. 여기에 작가의 섬세한 구성이 빛을 발한다. 回次를 바꾸어 "그리고 반드시 가혹한 시험으로 끝을 맺는다."는 구절을 넣은 것이 그것이다. 진기한과 김자홍이 나누는 이 대화는 파울로 코엘류의 『연금술사』에서 따왔다. 적절한 인용이기도 하려니와 회차가 나뉘는 앞뒤에 위치시킨 작가의 구성력이 절묘하다. 웹툰으로 본다면 이것은 하루 상간으로 읽어야 하기 때문이다. '중요한 건 다음 구절'까지만 본 독자는 다음 날에야 '가혹한 시험'을 읽게 된다.[19]

웹툰 『신과 함께』의 성공이 시사한 바는 크다. 한국적인 소재의 극화가

---

19  이는 다음과 같이 설명된다. 인터넷 연재를 기반으로 하는 웹툰의 경우는 독자들의 반응이 실시간으로 노출되므로, 전체적인 구성과 함께 연재 각 회의 분량 안에서 즉각적으로 반응을 이끌어내는 전략을 동시에 추구해야 한다.(위근우, 『웹툰의 시대』, 알에이치코리아, 2015, 84면 참조)

대중에게 이만큼 침투하기란 쉽지 않고, 무속의 학문적 성취가 무난히 대중에게 전달된 점에서 그렇다. 단순한 소재 제공의 차원이 아니라 작가적 상상력을 자극하는 機制로 작용했다. 그런데 이와 함께 생각해야 할 점이 디지털의 상호작용성, 네트워크성, 정보의 통합성 등을 무기로 가능했던 원천콘텐츠의 성공이다. 최근 웹툰에 비해 초보적이었지만 『신과 함께』도 이 특성 아래 작품의 완성도를 높였다. 더불어 트랜스미디어 스토리텔링 전략에 따라 제작된 영화 『신과 함께』는 사상 최고의 흥행성적을 거두었다.

이 일련의 과정을 고전문학 연구자는 어떻게 다루어야할까. 문화원형(창작소재)-원천콘텐츠-거점콘텐츠는 이제 새로운 한국문학 연구의 알고리즘이다. 이 알고리즘의 정치한 방법 모색과, 이를 통한 문학 현상의 전반적인 연구에서, 우리 고전문학은 또 다른 지평에 서리라 믿는다.


## 4. 數順과 隨順의 변증적 인식

알고리즘의 정의부터 이 글이 시작되었지만 끝까지 모호하고 불확실하기는 마찬가지이다. 알고리즘이 그만큼 오랫동안 입에 오르내리고 이제 아주 널리 그 개념을 적용해 쓰고 있기 때문이다. 더욱이 알고리즘의 부정적인 측면 또한 있다.[20] 그러나 여기서는 알고리즘의 원론적인 방법을 인문학적으로 응용하는 데 따른 의의에 집중하고자 한다. 슈틸러가 들고 있는 다음과 같은 예를 가지고 보완하여 설명해 본다.

---

20  이 논문이 처음 발표된 우리문학회 제116차 학술대회(2018. 1. 16)에서 토론을 맡은 안영훈 교수는, '알고리즘이 통계적 객관성을 수행한다는 믿음'이 있지만, '모든 데이터는 인식의 결과물인데, 그것이 집적되었을 때 특정한 편향성을 조장할 가능성도 커질 수 있다'는 점을 지적하였다. 적절한 교시에 감사드린다.

아빠가 두 아이에게 케이크 하나를 똑같이 나눠주려 한다. 어떤 알고리즘이 필요할까? 앞서 알고리즘이란 문제를 풀기 위한 세부적이고도 단계적인 방법이라고 했다. 똑같이 잘라서 나눠준다고 치자. 가장 간단하고 공평한 방법일 것 같지만, 두 아이가 만족하리라는 보장이 없다. 아이 딴에는 양으로 같더라도 질이나 심지어 모양에서 취향이 다를 수 있다. 아빠는 그것을 모른다.

그래서 아빠는 '세부적이고 단계적인 방법' 곧 창의적인 알고리즘을 고안한다.

먼저 두 아이 중 한 명에게 케이크를 자르게 한다. 칼을 든 아이는 나름 자기 기준에 따라 양쪽 모두 좋아보이게 케이크를 둘로 나눌 것이다. 제 역할을 한 이것으로 아이는 만족한다. 다른 아이에게는 둘 중 하나를 먼저 선택할 권리를 준다. 더 마음에 드는 쪽을 선택한다는 것으로 이 아이 또한 만족한다. 케이크를 자른 아이도, 비록 선택권은 나중이지만, 처음부터 자신이 잘 잘라 놓았기 때문에 어느 쪽이 남더라도 불만이 없다.[21]

이것이 원만한 알고리즘을 이룬 중요한 까닭은 두 아이가 자기 결정권을 가졌기 때문이다. 결과에 대한 만족은 거기서부터 나온다. 이때 아빠는 알고리즘만 만들었을 뿐 어떤 결정에도 끼어들지 않는다. 새로운 시대는 새로운 세대에게 이 같은 원리를 가르쳐야 한다. 아니, 새로운 세대가 그것을 원하고 있다.

우리는 학문에 종사하는 자이다. 학문을 통해 교묘하게 연결된 원칙에서 발생하는 다양성을 인식해 내는 일에 몰두한다. 이런 인식에 따라 당연히 자연과 사회를 바라보는 시각도 달라질 것이다. 그런데 이것은 원론일 뿐

---

21  슈틸러, 앞의 책, 245-248면.

그 구체적인 방법 앞에서 지금 주저하고 있다. 믿었던 여러 원칙과 이론이 자꾸 무너지기 때문이다. 슈틸러는 알고리즘이 '그동안 정적인 관찰만 해 온 탓에 피상적으로만 알고 있던 것들이나 이제껏 인지하지 못했던 그 무언가를 새롭게 발견하고 이해할 수 있게'[22] 해 줄 것이라고 말한다. 나는 이 같은 신념이 지금 인문학자에게 필요하리라 보는 것이다. 알고리즘은 변화와 발전에 卽應力이 뛰어나다는 느낌이 든다. 그리고 그것은 위의 케이크의 예에서 본 것처럼 매우 조리 있고 무엇보다 인간적이다.

여기에 한 가지 더 중요한 가치가 있다. 그것은 바로 共存의 원리를 터득하는 일이다. 얼마나 보기 좋게 케이크를 자를 것인가, 얼마나 공정하게 순서를 정할 것인가. 두 아이는 각자의 결정에 따라 만족하고, 그래서 평안하게 함께 하는 경험을 한다. 이런 공존의 교육과 체험이 예측 불가능한 미래의 두려움을 이기게 한다.

반대로, 케이크를 둘로 나누는 역할을 맡은 아이가 양쪽 모두 좋아 보이는 쪽이 아니라, 은밀하게 자신의 욕심을 집어넣어 잘랐다고 치자. 선택권을 먼저 받은 아이는 바로 눈치 채고 욕심이 들어간 쪽을 가져갈 것이다. 이렇게 되어서야 공존은 어렵다. 두 아이 모두 불행한 길로 들어선다. 케이크를 나누는 아이는 그 일 자체에 의의를 두어야 한다. 선택권을 먼저 받은 아이는 케이크를 나눈 아이의 善意를 믿어야 한다. 이것이 공존의 알고리즘이다. 그것이 두 아이 모두 행복한 길로 들어서게 할 것이다.

나는 인문학의 알고리즘을 범박하게 정의한 바 있다. 이 글의 결론을 내리기에 앞서 여기 먼저 보이기로 한다.

---

22    위의 책, 295면.

인간의 의식과 무의식, 認知와 不認知를 넘어, 일정한 고리가 있는 일관된 언어로 풀어내는 과정을 만들어 볼 수 있다. 인식에도 판단 과정에 적용되는 알고리즘이 있는 것이다. 그런데 의식과 무의식, 인지와 불인지는 서로 변증적으로 말미암은 상호 및 交互作用의 관계이다. 궁극적으로 우리는 두 세계에 대한 면밀한 통찰과 전략적 응용으로 인간에 대한 엄정한 이해를 얻어낸다. 연산의 數順을 응용한 인식의 隨順이 동적인 변화를 반영하여 완성하는 체계이다.[23]

일정한 고리가 있는 일관된 언어가 나오기 위해서는 변증법적 사고방식이 필요하다. 연산의 수순이 과학적 알고리즘이라면, 인식의 수순은 인문적 알고리즘이다. 이것은 문화융복합 시대에 제3의 길을 찾아낼 것이다. 실은 오랫동안 叡智力 높은 賢者가 일관되게 가르쳐 온 바이고, 여기서 다만 나는 이를 변증법적 알고리즘이라 불러 본 것이다. 인문학은 전통적인 연구방법의 그것에 융합할 새로운 파트너를 찾아야 한다. 이 글에서는 디지털 시대의 총아로 떠오르는 웹툰을 예로 들었지만, 파트너는 거기에 머물지 않고, 그것이 전통에 대체되는 연구 분야도 아니다. 공존을 위한 공정과 선의의 알고리즘으로 보다 넓은 지평을 열 뿐이다.

---

23  이는 Ⅰ부 「파괴와 복원의 변증」(110면)의 결론에서 가져왔다.

# Ⅰ. 일연과 삼국유사

# 德川家 장서목록에 나타난 『삼국유사』의 전승

## 1. 문제의 所在

주지하다시피 『삼국유사』는 13세기의 승려인 一然에 의해 편찬되었다. 몇 차례 간행된 듯 어슴푸레한 증거를 남기지만, 확실히는 1512년 조선조 中宗(正德年間 壬申年) 때 마지막으로 인쇄되고 난 다음 아무런 소식을 전해주지 않는다. 나는 그 답답함과, 오랜 뒤의 극적 반전을 다음과 같이 말한 바 있다.

실제 『삼국유사』는 고려의 멸망과 조선의 건국 그리고 다시 이 왕조의 멸망과 그 역사를 같이했다. 그러는 동안 이 책은 어떤 대우를 받았던가? 贅言의 필요성을 느끼지 못한다. 잊힌 책이었고 그나마 매우 제한적으로 읽힌 책이었다. 20세기 들어서서야 주목을 받았고, 연구자들 또한 이때부터 본격적인 연구를 시작한 극적인 再發見의 책이었다.[1]

---

1   고운기, 『한국 고전시가의 근대』, 보고사, 2007, 78면. 좀 더 자세한 논의는 고운기, 『길 위의 삼국유사』, 미래M&B, 2006, 7-9면에서 하였다.

1512년 인쇄 이후 400여 년간의 *伏流*—, 이는 조선조 유학자의 *排他性*이 강하게 작용한 까닭이었겠다. 저자가 승려인 데다 내용 또한 불교 일색이라고 보아, 조선의 유학자들에게는 *忌諱*하는 책이 되고 말았던 것이다.

그러던 이 책에 대한 출판과 연구가 20세기 들어 아연 활기를 띠기 시작한다. 중요한 대목만 정리하면 다음과 같다.

1904년에 *東京帝國大學*의 *文科大學史誌叢書*(活版, 이하 *史誌叢書*로 略함)로『*三國遺事*』가 간행되었다. 마지막 인쇄인 *壬申本*으로부터 치면 무려 392년 만의 일이었다. 이 책은 *壬辰亂* 때 퇴각하는 일본군이 가져간 것을 저본으로 하였다. 1904년 *大日本續藏經*(活版) 안에 들어갔고, 1926년 *今西龍*가 경성에서 구한 것으로 알려진 *順庵手澤本*을 저본으로 *京都帝國大學文學部叢書*(影印)의 하나로 간행하였다. 경성에서는 이보다 1년 뒤인 1927년에 *崔南善*이『*啓明*』이라는 잡지에 *東京大本*과 *京都大本*을 저본으로 *轉載*(活版)하였다.『삼국유사』안에 실린 *鄕歌* 14수를 풀이한 *小倉進平*의『*鄕歌及び吏讀の硏究*』가 나온 것은 1929년의 일이었다.[2]

이후 한국과 일본을 사이에 두고『삼국유사』는 봇물 터진 듯 연구되기 시작했다. 지금까지 3,000여 편의 저작과 논문이『삼국유사』를 소재로 간행되거나 쓰였다. 이를 두고 '삼국유사의 *再發見*'이라 말한 것이다.

이 같은 계기는 어떻게 만들어졌을까?

결정적인 사건은, 앞서 열거한 가운데, 1904년 *史誌叢書* 속에『*三國遺事*』가 들어간 일이었다. 그렇다면 이 총서의 편집자는 왜『삼국유사』를 그 목록 속에 넣었을까?

*史誌叢書*는『*三國遺事*』의 *序文*에서 '*尾州德川侯 在本*'과 '*男爵神田氏 藏本*'

---

2    이 과정에 대해서는 Ⅲ부「*鄕歌*의 근대·1」에서 자세히 논하였다.

을 原本으로 한다고 밝혔다.[3] 여기서 神田本은 지금 행방을 알 수 없다. 반면 德川本의 전승과정을 알려주는 자료가 남아있는데, 『尾張德川家藏書目錄』(전 10권)[4]이 그것이다. 이 장서목록은 尾州德川家가 선대의 德川家康(도쿠가와 이에야쓰)로부터 물려받은 책과, 그 이후 자체 수집한 책의 보관 및 관리를 위해 에도시대 250여 년간 부정기적으로 작성한 것인데, 30여 종은 넘었을 것으로 보이는 목록 가운데 22종이 상기 전10권의 목록집을 통해 공간되었고, 기타 10여 종이 蓬左文庫(호사문고)에 보관되어 있다. 나는 이 목록을 면밀히 살펴보았다. 이로 인해 德川家에서 『삼국유사』가 보관된 경위를 알 수 있었고, 그 경위에 덧대어 史誌叢書 편찬자에게 『삼국유사』의 존재가 눈에 띄게 된 素地를 짐작해 들어갈 수 있었다. 이것을 토대로 1904년 史誌叢書 속의 『삼국유사』가 우연히 간행되지 않았다는 점, 역사적 상황 속에서 書物의 가치평가와 활용은 분명한 목적 속에서 기능하였다는 점을 확인할 수 있었다. 이 점이 본 논문에서 자세히 밝히고자 하는 사항이다.

정작 우리가 관심을 가지고 있지 않을 때, 일본에서 일본인 학자들이 비록 목적이야 따로 있었겠지만, 소중히 다루고 가치를 인정해 준 데 힘입어 '삼국유사 재발견'의 端初가 되었다면, 그 과정만이라도 바로 알아두어야 할 것 같다. 가치의 인정은 깊은 認識과 열린 視角의 문제였다. 한번은 저들에게 기회를 넘겼지만, 어떻게 인식하고 어떤 시각을 갖느냐에 따라, 우리에게 아직도 '제2, 제3의 삼국유사'가 나올 가능성은 다분하다.

---

3    我邦所傳唯二本 一在尾州德川侯 一藏男爵神田氏 (…중략…) 於是原二家藏本(「校訂三國遺事敍」, 『三國遺事』, 東京 : 吉川半七, 1904, 2면) 이 서문은 그동안 학계에 알려진 바와 달리 史誌叢書의 편찬자 가운데 한 사람인 日下 寬이 썼다.(日下 寬, 『鹿友莊文集』, 卷一 張二十八) 이에 대해서는 6장에서 상술.

4    名古屋市蓬左文庫 監修, 『尾張德川家藏書目錄』1~10, 東京 : ゆまに書房, 1999.

## 2. 두 세트의 叢書

여기 두 세트의 총서가 있다. 하나는 '禁中에 빌려드린 서적'이요, 다른 하나는 '史誌叢書'이다. 전자는 1624년 德川幕府의 尾張藩(오와리번)에서 궁중의 後水尾(고미즈노오, 1611~1629) 천왕에게 빌려준 32종 한 세트이고, 후자는 1897년부터 1913년 사이에 東京帝大板 이름으로 간행한 16종 한 세트이다. 먼저 그 면면을 들어 둔다.

    1. 治平要覽 조선활자판 129책

    2. 晉書 조선판 47책

    3. 北史 조선판 51책

    4. 群書治要 활자판 47책

    5. 東文選 조선활자판 64책

    6. 源氏物語抄 사본 40책

    7. 齊民要術 金澤사본 9권

    8. 續日本紀 사본 13책

    9. 策文 사본 1책

    10. 三國遺事 조선판 2책

    11. 胡芦集 사본 2권

    12. 讀書要語 조선판 1책

    13. 論語衍義 사본 1책

    14. 論學繩尺 당본 6책

    15. 公羊穀梁 당본 4책

    16. 國語 당본 2책

    17. 全漢志傳 당본 2책

    18. 兩漢傳志 당본 3책

29. 三國志傳 당본 10책

20. 唐韻 조선판 6책

21. 香山三体 조선판 1책

22. 琴譜 당본 3책

23. 太玄經 당본 2책

24. 楚辭旁注 당본 1책

25. 列子 조선활자판 1책

26. 續東文選 조선활자판 10책

27. 學蔀通辨 조선판 2책

28. 全唐風雅 당본 2책

29. 毛詩抄 사본 10책

30. 江湖風月集抄 사본 2책

31. 臨濟錄抄 사본 1책

32. 侍中群要 金澤本寫 10권


이는 禁中 곧 京都에 있던 천왕의 처소에 빌려준 서적 세트 32권의 목록이
다. 이에 대해서는 다시 자세히 설명하겠으나, 임진왜란 때 일본군이 뺏어간
조선의 책이 1/3 이상을 차지한다. 32종 가운데 열 번째가 『三國遺事』이다.
이 글에서 주목하는 것은 바로 이 책이다.

다음은 史誌叢書 16종 세트이다.


1. 松平記 6卷

2. 家忠日記 6卷 / 松平家忠

3. 三河物語 3卷 / 大久保忠教

4. 大館常興日記 (一名 公儀日記) 6卷 / 大館尚氏

5. 晴豊記 10卷 / 勸修寺晴豊

6. 晴右記 3卷 / 勸修寺晴右

7. 親俊日記 3卷 / 蜷川親俊

8. 親元日記 8卷 別録3卷 / 蜷川親元

9. 三國遺事 5卷 / 一然

10. 愚管記 26卷 / 近衛道嗣

11. 結番日記・親孝日記・聾盲記

12. 鶴岡社務記録・正慶亂離志 / 良覚

13. 洞院公定日記・玉英記抄 / 洞院公定

14. 興福寺年代記

15. 伺事記録 1冊 / 飯尾宗勝

16. 三國史記 50卷 / 金富軾

사지총서는 도쿄제대에 국사학과가 설치된 다음 그 교재의 필요성 때문에 발행되었다고 알려진 16종이다. 1897년에 1, 2번이 나온 후 1917년까지 전체 16종으로 마무리한 총서이다. 16종 가운데 아홉 번째가 『삼국유사』이고, 열여섯 번째가 『삼국사기』이다. 이 두 종을 제외하면 모두 에도 막부의 역사적 사실을 알 수 있는 일기자료 중심이다. 에도 막부 시기의 사료를 중심으로 엮었음에 틀림없는 이 총서에 『삼국유사』와 『삼국사기』가 들어간 데 대해서는 자리를 달리하여 설명해야겠으나, 요약하자면 한국의 고대사와 관련된 학계 나름의 고민을 해결하기 위한 苦肉之策으로 보인다. 그것은 특히 『삼국유사』에 와서 그렇다.

이상 두 세트의 총서에 공통되는 점이 두 가지이다. 하나는 '禁中에 빌려드린 서적'은 말할 나위 없지만, '사지총서' 또한 德川家에서 나온 일기 자료가 중심, 곧 德川家를 배경으로 하고 있다는 점이다. 다른 하나는 두 총서에서 유일하게 겹치는 책이 하나 있는데, 바로 『삼국유사』라는 점이다. 이 두 가지는 서로 補足의 관련성을 가지고 『삼국유사』에 접근하게 만든다.

『삼국유사』는 어쩌다 두 세트에 모두 들게 되었을까? 일본에서 두 세트는 각각 江戶時代와 維新時代를 상징할만한 의의를 가지고 있다. 누구의 눈에 띄었고, 어떤 목적에서 『삼국유사』는 그 의의 속으로 들어갔을까?

기실 1904년 도쿄제대 사지총서의 하나로 간행된 근대 활판본 『삼국유사』는 일본뿐만 아니라 한국에서도 '20세기 삼국유사 재발견'의 도화선이 되었다. 앞서 밝힌 바, 서문에서 神田本과 德川本이 그 저본이라 밝히고 있는데, 이후 神田本은 행방불명되었으나, 德川本은 지금 名古屋(나고야)의 蓬左文庫에 보관되어 있다. 최초 저본의 가능성은 神田本에 더 있어 보이지만,[5] 德川本이 지닌 전승과정을 면밀히 살펴보면, 사지총서 편찬자의 瞥見이나 채택에 더 중요한 역할을 했을 가능성이 있다.[6]

어쨌건 우리는 이것을 '1904년 삼국유사'라 부르기로 한다. 이 책의 간행 과정과 그 중요성은 다시 자세히 쓰겠지만, 이로 인해 『삼국유사』는 일거에 한국의 고대사와 고대문화를 이해하는 거의 유일한 책으로 돌출했다. 다만, 그 계기가 무엇인지, 그 과정은 어떠했는지 알려지지 않은 채, 20세기 100여 년의 세월을 흘려보냈다. 두 세트의 총서는 이를 설명해 줄 중요한 고리를 갖고 있다.

나아가 세 德川家 가운데서도 서적을 가장 모범적으로 관리 보관하여 지금의 蓬左文庫에 이른 尾張藩의 역대 도서목록을 통해 중대한 사실들을 확인할 수 있다. 일본으로 건너 간 『三國遺事』의 행방을 좇다보면 뜻밖의 문화사적 의의에 도달하게 된다.

---

5   東京大學刊此書時 據神田本(內藤虎次郎, 「景印正德本三國遺事序」, 『三国遺事』, 京都 : 京都帝國大學, 1926, 張二)

6   이에 대해서는 6장에서 상술하였다.

## 3. 尾張藩의 駿河御讓本과 蓬左文庫

나고야는 織田信長(오다 노부나가), 豊臣秀吉(토요토미 히데요시), 德川家康(도쿠가와 이에야쓰)를 배출한 지역이다. 戰國時代의 풍파를 잠재우고 일본 역사의 근세를 열었던 풍운아 세 사람이 한 동네 출신이었다는 점이 이채롭다. 흔히 秀吉는 信長가 있었기에 가능했고, 家康는 秀吉가 있었기에 가능했다 말한다.[7] 때로 대립했지만 세 사람은 결국 한 팀이었던 것이다. 알다시피 최종 승리자는 1603년에 江戶(에도) 막부를 연 家康이었는데, 웬일인지 그는 수도를 고향인 나고야에 두지 않고 에도(지금의 도쿄)로 갔다. 대신에 나고야에는 尾張藩(오와리번)을 만들고 藩主에 총애하던 아들 德川義直(도쿠가와 요시나오, 1600~1650)를 심는다. 1607년 家康는 義直에게 나고야 62萬石을 주었고, 아버지 밑에서 교육을 받던 義直는 1615년에 와서 藩主로 본격적인 관할을 시작한다. 그의 나이 불과 15세 때의 入封이었다.

처음에 나고야는 자그마한 시골 마을이었다. 에도 막부 산하 尾張藩의 시대부터 근세도시로 발전한, 이른바 신흥도시이다. 그러나 나고야는 本州에서는 매우 드물게 풍부한 자연환경으로 둘러싸여 있었고, 水量도 넘쳐 식수나 농업용수에 모자람이 없었다.[8] 많은 인구를 품고 농사 또한 대체로 풍년이었다. 家康는 번을 세우고 아들에게 두 가지 큰 선물을 내린다. 나고야 성을 지으면서 木曾川에 제방을 쌓아 홍수를 막고 풍부한 물을 확보하게 하였다. 나아가 번의 영역을 넓혀 주고 막대한 양의 금은을 보냈다.[9] 번을 연 지 40년 만에 인구 6만 명의 도시로 발전[10]한 데는 이 같은 막부의 적극적인 지원이

---

7    岩中祥史, 『名古屋學』, 東京 : 新潮社, 2000, 56면.
8    위의 책, 47면.
9    林 董一 編, 『尾張藩家臣團の研究』, 東京 : 名著出版, 1975, 18-19면.
10   위의 책, 19면. 1664년의 통계에 따르면, 이 해 尾張藩이 거둬들인 62만 석은 전체 250여

크게 뒷받침되었다. 그뿐만 아니었다.

　尾張藩의 다른 특징으로서 놓쳐서는 안 될 것은 막부와의 특수 관계이다. 將軍家에 대한 尾張家는 宗家와 分家의 관계인 바 소위 '御三家'로 대접받은 것이지만, 그것은 家康와 義直가 父子의 관계에 해당되기 때문만은 아니고, 義直의 아들 光友(미츠토모, 2대 번주)에게 장군 家光(이에미츠)의 딸 千代姬(치요히메)가 시집을 간 데서 양가의 관계는 한층 밀접하게 묶여진다.[11]

　家光는 아버지 秀忠(히데타다)를 잇는 제3대 장군이고, 尾張藩 義直의 조카였다. 그러므로 義直의 아들인 光友는 종질녀와 결혼한 셈이다. 본디 家康의 아들이 직접 藩主를 맡은 곳이 도쿄를 중심으로 한 세 곳 곧 尾張, 紀伊, 水戶였다. 이를 御三家라 부른다. 그러나 이 가운데서도 尾張藩을 특별히 여기며 重緣關係까지 맺은 것은 나고야가 갖는 전략적 요충이 감안된 결과였다. 바로 關西地方에 대한 견제 역할이었다.[12]

　1616년 德川家康가 죽자 그 유품 대부분, 특히 家康가 애써 모은 책이 尾張, 紀伊, 水戶의 세 아들에게 나눠졌다. 각각 5:5:3이었다. 통설로는 5를 차지한 尾張藩의 義直가 그 가운데서도 중요한 책들을 물려받았다고 알려져 있다. 그러나 제비뽑기를 해서 나누었다는 설명도 있다.[13] 이는 家康가 셋 중 나이

개 번 가운데 薩摩藩의 73만 석에 이어 두 번째로 높다. 藤井讓治, 『江戶開幕』, 東京 : 集英社, 1992, 204-205면.

11　위의 책, 21면.

12　위의 책, 18면. 関ヶ原(세키가하라)전투는 주지하다시피 家康의 동군과 秀吉를 따랐던 서군 사이에 벌어진 싸움이었고, 家康가 승리한 결과 에도막부가 들어섰지만, 패한 관서의 여러 지역이 표면적으로는 막부에 승복하면서도 내부적으로는 완전히 장악되었다고 할 수 없었다.

13　名古屋市蓬左文庫 감수, 『尾張德川家藏書目錄3』, 東京 : ゆまに書房, 1999, 313면. 이에 대해서는 뒤에 다시 언급하기로 한다. 앞으로 이 전집에 대해서는 『尾張德川家藏書目錄』과 순번

가 가장 많으며, 책 읽기를 좋아하고 총명해서 일곱째 아들인 義直에게 善本
을 물려주었다는 앞서의 통설과는 크게 다르다. 어쨌건 이를 駿河御讓本[14]이
라 부르고, 이를 계기로 尾張藩에서는 御文庫를 만들었다. 이에 비해 다른
번은 그다지 흥성하는 모습이 아니다.

御文庫는 이어지는 藩主에 의해 충실히 늘어났다. 기실 家康로부터 遺贈된
駿河御讓本 약 400종 3,000책은 임진왜란 때 조선에서 뺏어온 고활자판이
중심[15]이었고, 金澤文庫 舊藏의 古寫本 등 稀覯本이 포함되어 있다. 関が原(세
키가하라) 전투에서 豊臣秀吉를 따랐던 서군을 격파하고 승리하여 새로운 막
부를 연 征夷大將軍 德川家康에게 지방의 번주들은 앞 다투어 선물을 바쳤던
것인데, 서적에 관심이 많다는 사실을 알고 조선에서 가져온 책을 포함시켰
다.[16] 여기에다 義直는 스스로 부지런히 책을 모아, 이미 자기 代에서만 1,700
종 19,000책으로 늘려 놓았고, 역대 藩主의 장서나 藩士의 헌납본 등이 더해
져 幕末에는 5~6,000종 5~60,000책에 달했다.[17] 이것은 물론 앞서 밝힌 바
尾張藩의 충분한 경제력과도 관련이 된다.

御文庫의 壯麗는 양에만 있지 않았다. 1658년에는 書物奉行이라는 직책을
만들어 조직적이며 과학적으로 서적을 관리하였다. 이런 직책은 물론 다른
번에는 없는 것이다. 서적관리 전담자인 書物奉行을 통해 얼마나 치밀하게
관리하였는가는 다음에 소개할 목록 작성을 통해서 알 수 있다. 목록은 총

---

만 표기한다.

**14** 駿河는 德川家康가 거처하던 곳, 곧 家康를 가리킨다.

**15** 이 가운데 조선본은 142종 1,386책으로 조사되었다. 千惠鳳,『日本蓬左文庫韓國典籍』, 지식
산업사, 2003, 35면.

**16** 바치지 않았던 번주도 있었다. 대표적인 사람이 加賀藩의 前田利家이다. 이에 대해서는 6장
에서 상술.

**17** 山本祐子,「尾張德川家の文庫と藏書目錄」,『尾張德川家藏書目錄1』, 東京 : ゆまに書房, 1999,
8면.

32종 정도 만들어졌던 것 같고, 유실본 10종을 제외하면 현재 22종이 전래된다.[18] 뿐만 아니라 서적의 부패를 막기 위해 매년 정기적으로 風入(曝書) 등을 행하고, 복본이 있는 경우에는 家中에 대출도 해 주었다.[19] 일종의 도서관 역할을 한 것이다. 오늘날 '名古屋學'이라는 불리는 일군의 학자와 학문적 성과가 여기서 탄생한다.

그러나 막부의 시대는 언제까지 계속되지 못했다. 明治維新의 칼바람은 廢藩置縣의 정책 아래 尾張藩에도 불어 닥쳐 결국 종막을 고한다. 사실 尾張藩은 討幕派에 서서, 그들 자신이 德川의 한 집안이면서도 신정부 편을 들었고, 변하는 세태에 기여하며 살아남으려 노력했다.[20] 그럼에도 불구하고 明治 신정부의 눈에 그들이 곱게 들어올 리 없었던 것 같다. 예를 들어, 신정부는 19세기 말부터 제국대학을 만들기 시작하는데, 이렇게 해서 성립한 모두 9개의 제국대학 가운데 나고야제국대학은 가장 늦은 1939년에 세워진다. 九州(1911), 北海道(1918)보다 늦을 뿐만 아니라, 京城(1924), 臺北(1928)에도 밀려났다. 당시 일본 제3의 도시였음에도 불구하고, 이 遲延이 상징하는 바, 明治 신정부로부터 나오는 막부 세력에 대한 내밀하고 끈질긴 경계심의 표출로 밖에 볼 수 없다.[21]

---

18 위의 글, 13-19면. 이 논문에서는 『尾張德川家藏書目錄』에 실린 16종을 대상으로 조사한 결과를 소개한다. 이와 별도로 內閣文庫의 1종을 추가하였다. 필자는 山本가 제외한 목록에 대해서도 이번에 다시 조사하였다.

19 위의 글, 10면. 목록 가운데는 藩主가 이용한 책, 藩士들에게 책을 빌려주며 작성한 일종의 대출 장부도 있다. 1651년에 만들어진 「慶安四年御書籍拂帳」 1책이 그것이다.

20 막부를 지킬 가장 큰 힘을 가지고 있었음에도 불구하고 尾張藩은 도리어 반대방향이었다. 중부 이북의 여러 번들은 尾張藩의 결정에 따라 討幕에 섰던 것이다. 林 董一 編, 앞의 책, 22면.

21 더욱이 대학에는 의학부와 이공학부만 있는 단출한 구성이었다. 문학부가 없는, 당시로서는 不具의 대학이었던 것이다. 한편 제국대학에 입학하기 위한 예비학교의 성격을 띠었던 고등학교도 도쿄의 一高에서 시작하여 여덟 개가 만들어지는데, 나고야는 熊本(五高), 鹿兒島(七高)에 이어 가장 마지막인 八高이다. 熊本이나 鹿兒島가 明治維新의 절대공헌자임을 감안하

尾張藩의 운명은 곧 御文庫의 운명을 결정했다. 장서 가운데 3분의 1이 팔려나갔다. 물론 귀중서는 끝까지 지키려했고, 주로 複本을 중심으로 처분을 했다. 이 덕분에 『삼국유사』는 팔리는 신세를 면할 수 있었다.

태평양 전쟁이 끝나고, 혼란스러운 와중에도 御文庫는 후손이나 후원회의 힘을 입어 연명했고, 드디어 나고야에 자리를 잡아, 지금은 시립 德川美術館과 함께 蓬左文庫라 이름 한 도서관으로 거듭나 있다.


## 4. 이른바 '禁中에 빌려드린 서적의 메모'에 대하여

### (1) 禁中 대출의 배경

蓬左文庫에 남은 22종의 목록 가운데 『삼국유사』와 관련하여 가장 먼저 관심을 끄는 것은 역시 「禁中에 빌려드린 서적의 메모」[22]이다. 현재 2부가 남아 있는데, 冒頭에 소개한 1624년에 만들어진 것과, 이보다 두 甲子가 흐른 뒤인 1743년에 만들어진 것이다.

앞서 밝힌 바, 1611년 德川 막부는 豊臣秀吉가 옹립한 後陽成(고요제) 천왕을 퇴위시키고 後水尾(고미즈노오) 천왕을 즉위시켰다. 後水尾 천왕의 즉위는 바야흐로 德川家가 완전히 권력을 쥐었다는 상징과도 같은 사건이었는데, 德川家康가 그 아들 秀忠(히데타다)에게 권력을 물려 준 6년 뒤, 秀忠의 뒤에서 大御所政治를 하던 시기이다.

家康는 1615년 武家諸法度, 禁中 및 公家諸法度, 諸宗諸本山諸法度를 연달아

---

면, 나고야는 줄곧 소외된 것으로 볼 수밖에 없다고들 말한다. 岩中祥史, 앞의 책, 25-27면.

22  名古屋市蓬左文庫 監修, 『尾張德川家藏書目錄1』, 東京 : ゆまに書房, 1999. 원제는 '禁中へ御借シノ御書籍之覺'이다.

제정, 반포했는데, 여기서 家康가 가진 생각은 구체화된다.

> (武家)諸法度의 제1조에서 "文武弓馬의 도에 정진할 것" 원래 무사는 弓馬
> 人이었지만, 여기에서는 문을 무와 함께 중요한 덕목으로 규정하고 있다.[23]
> (괄호 안은 필자)

이는 家康의 자손이나 藩主와 같은 大名(다이묘)에게 요구하는 것이었지만,
나아가 천왕에게도 같은 것을 요구하고 있다. 모두 17조로 이루어진 금중
및 공가제법도의 제1조에서, "천자의 여러 예능의 일 가운데 첫째는 학문이
다."[24]라고 못 박는다. 이는 천왕의 행동을 규제하는 사상 최초의 일[25]이었다.
家康가 이 법도를 만들면서 얼마나 신중을 기하였는가는 다음과 같은 설명으
로 대신할 수 있다.

> 이 법도는 大御所 家康와 장군 秀忠 그리고 關白에 복귀한 二條昭實(니죠
> 아키자네)와의 연명으로 냈으며, 무가제법도와 같이 실질적으로는 대어소 家
> 康의 손으로 정해진 것이다. 그러나 이 법도가 대어소 家康의 이름만으로
> 나오지 않았다는 점, 또 무가제법도가 장군 秀忠의 이름으로 나온 데 비해
> 이 법도는 그렇지 않았다는 점, 나아가 발포 직전까지 당초 이 법도에 秀忠가
> 서명할 예정이 없었다는 점 등이 무가제법도와의 차이로 들 수 있다. 천왕의
> 행동을 규제하는 조항을 집어넣은 이 법도를 냄에 있어서, 그 정당성을 획득
> 하기 위해 家康가 얼마나 부심하였는지 엿볼 수 있는 대목이다.[26]

---

23  朝尾直弘 외 엮음·이계황 외 옮김, 『새로 쓴 일본사』, 창비, 2003, 267면. 나아가 1683년
　　제5대 장군 綱吉는 이를 개정하여, "문무충효에 힘쓰고, 예의를 바르게 하라"고 하였다.
　　이는 분명 武斷에서 文治로의 전환을 보여 준다. 위의 책, 289면.
24  藤井讓治, 앞의 책, 102면. 원문은 "天子諸藝能之事 第一御學問也"이다.
25  위의 책, 같은 부분.
26  위의 책, 103-104면.

家康의 부심, 그것은 제아무리 허수아비 같은 존재라 할지라도 천왕은 천왕이고, 家康가 천왕에 대한 명분과 실리에서 완전한 주도권을 잡는 일이야말로 막부 초기의 입지를 굳히는 관건이었기 때문이었겠다. 더욱이 後陽成천왕의 양위를 받아낼 때에도 상당한 신경전이 계속되었음을 감안하면, 자칫천왕에 대한 느슨한 견제는 아직 관서지방을 중심으로 남아 있는 정적의반격을 불러 올 가능성도 배제할 수 없었다. 그런 家康의 심중은 다음과 같은발언에서 잘 나타난다.

전적으로 馬上에 앉아 천하를 얻었다고 해도, 본디부터 生知神聖의 性質이라면, 馬上에서 다스릴 수밖에 없는 도리를 갖기보다, 늘 성현의 도를 尊信하며 널리 천하국가를 다스리고, 사람의 사람다운 길을 가게 한다면 이 밖의도는 없으리라.[27]

지금까지 무력으로 권력을 틀어쥐었다면, 이제부터 守成의 도리를 어디서찾아야 할 것인가, 그 방향을 명확히 보여준 언급이다. 武治에서 文治로 바뀌는, 그렇게 천하국가를 다스리는 방향의 전환이 있어야 함을 후손들에게 직접 언급하는 대목이다. 家康의 말에는 그가 천왕에 대해 어떤 역할을 바라고있는지, 은근하고 간접적인 요구사항이 담겨있다고도 할 수 있었다.

義直(요시나오)는 아버지의 뜻을 적확히 이해하였다. 1621년에는 교토로부터 유학자 角倉素庵(스미노쿠라 소안, 1571~1632)을 불러, 『史記』·『通鑑』강의나, 일본의 옛 기록을 模寫하게 하는 등, 아버지로부터 물려받은 御文庫의 충실에 힘을 쏟았다.[28] 그리고 3년 뒤인 1624년, 義直는 자신이 보관하고 있는

---

27   金城學院大學エクステンション・プログラム, 『尾張名古屋の人と文化』, 名古屋 : 中日新聞社, 1999, 11면 재인용.

28   위의 책, 12면.

책 가운데 32종을 골라 '학문의 목적'으로 천왕에게 보내고 있는 것이다. 아버지가 천명한 바를 구체적으로 실천에 옮긴 셈이다. 그러면서 일종의 도서대출장부로서 「禁中에 빌려드린 서적의 메모」를 만들었던 것이다.

그런데 여기에는 또 다른 사건이 하나 개재되어 있다.[29]

제2대 장군 秀忠(히데타다)의 다섯째 딸 和子(카즈코)가 後水尾(고미즈노오) 천왕의 왕비가 된다. 1620년 6월 18일의 일이었다. 스물네 살의 천왕은 열네 살의 어린 신부를 맞아들였는데, 그 과정이 무척 복잡하다. 비록 德川 막부에 의해 왕의 자리에 올랐지만, 後水尾는 아직까지 그 힘을 잃지 않고 있었던 관서의 여러 다이묘들을 이용해 막부와 교묘히 힘의 균형을 이루려 했다. 和子를 왕비에 앉히려는 막부의 계획은 1614년부터 시작되었는데, 後水尾 천왕이 쉽게 말을 들으려 하지 않았을 뿐만 아니라, 1616년에는 德川家康가 사망하는 돌발변수가 일어난다. 成事까지 6년이나 걸린 데에는 이런 사정이 있었다.

그러나 일단 결혼식을 올린 다음에는 조정과 막부 사이에 순탄한 기류가 만들어졌다. 결혼한 지 3년 만에 딸을 낳았고, 다음 해에 和子는 正室이 되었다. 바로 尾張藩(오와리번)의 책 32종이 천왕에게 전해지는 1624년의 일이다. 막부에서는 자신의 일족이 번주로 있는 번에서부터 시작하여 여러 다이묘들에게 선물을 들고 조정에 자주 들락거리게 하였다. 尾張藩의 義直는 말할 나위 없었다. 이 때 義直가 조정에 들고 간 선물 가운데 32종의 희귀한 책이 포함되었음 또한 두말 할 필요 없겠다.

이런 두 가지 배경을 놓고 볼 때, 義直가 선정한 32종에는 책의 내용을 넘어선 모종의 정치적 의도가 숨어 있다고 보아야 할 것이다.

---

29    여기서부터는 藤井讓治, 앞의 책, 112-118면의 내용을 정리하였다.

다만, 後水尾 천왕이 이 책을 읽고 어떤 반응을 보였는지, 후일담은 전혀 알려져 있지 않다. 천왕은 1626년까지 막부와 돈독한 관계를 유지하는데, 다소 신경질적인 그는 1629년, 막부와의 사이에 생긴 문제로 돌연 讓位를 택하고 만다. 천왕과 和子 사이에 낳은 딸이 불과 여섯 살의 나이로 왕위에 올라 明正(메이쇼) 천왕이라는 이름을 받는다.

그런 와중에 尾張藩에서 천왕에게 다시 책을 보냈다는 기록은 남아 있지 않다. 처음에 갔던 32종만이 고스란히 돌아와 尾張藩의 서고 속으로 들어갔다.

## (2) 서적의 출신 국가별 종수와 해제

이미 앞서 메모 32종의 목록을 보인 바 있다. 여기서 어떤 책인지 좀 더 자세히 밝힐 필요가 있겠다.

전체 32종을 국가별로 따지면 조선에서 건너간 책이 12종, 중국이 10종, 일본이 10종이다.[30] 이 가운데 중국 서적 10종도 중국으로부터 조선에 수입되어 있었던 상태였는지 모른다. 그리고 조선판이라 할지라도 그 내용까지 전부 조선의 책인 것은 5종이다.[31] 나머지는 중국의 책을 開刊한 것이다.

먼저 조선(활자)판만을 소개하면 다음과 같다.[32] (번호는 메모의 순서를 나타낸다.)

1) 治平要覽 조선활자판 129책
중국의 주나라부터 원대까지, 우리나라의 기자부터 고려 말까지의 역대

---

30   이 구분은 蓬左文庫의 목록에 따른 것이다. 이에 대해서는 5장에서 상술.
31   千惠鳳은 위의 책에서 일본판 가운데 『讀晦庵論語集解衍義』를 추가하고 있다.
32   서지사항에 대해서는 기본적인 내용은 千惠鳳, 앞의 책을 인용하였다. 아래에서도 별도의 주를 달지 않은 경우는 그렇다.

史迹에서 주로 정치에 귀감이 될 수 있는 사실을 가려 모아 150책의 巨帙로 엮은 官箴書이다. 세종의 어명이었고, 수양대군이 감독하였다. 그러므로 蓬左文庫本에는 총 21책이 缺卷 되어 있는 셈이다. 甲辰字. 金銓(1458~1523) 內賜本. 內閣文庫[33]에 3책이 결권 된 같은 책이 있다.

2) 晉書 조선판 47책

西晉과 東晉의 史實을 당나라 房玄齡(578~648) 등이 奉勅撰한 正史의 하나이다. 甲寅字. 內閣文庫에는 54책의 같은 책이 있다.

3) 北史 조선판 51책

北魏, 北齊, 周, 隋의 역사를 李延壽가 찬술한 정사의 하나이다. 甲寅字. 내각문고에는 50책의 같은 책이 있다.

5) 東文選 조선활자판 64책

성종의 어명으로 徐居正 등이 편찬한 역대 명문선이다. 乙亥字. 다만 蓬左文庫本은 初印이 아닌 重印으로 보인다.

9) 策文 사본 1책

고려시대의 배중손, 안축, 이색 등의 책문을 抄編한 것이다.[34]

10) 三國遺事 조선판 2책

경주부 李繼福이 중간한 正德本이 틀림없으나, 중간에 백지가 散出한다. 정덕본의 重印이 아닐까 한다.[35]

---

33  內閣文庫는 江戸時代의 官學인 昌平學校(도쿄제대의 전신 가운데 하나) 등에서 보관하던 전적을 모은 문고이다. 한국관련 서적이 풍부하고, 특히 善本이 많다.
34  蓬左文庫의 모든 목록에는 寫本이라고만 표시했으나, 내용으로 보아 조선본임이 분명하다. 천혜봉, 앞의 책, 199면.

12) 讀書(錄)要語 조선판 1책

程朱學者인 명나라 薛瑄(1389~1464)이 독서하고 사색한 것을 모은 책이다.
蓬左文庫本은 乙亥字에 마멸이 생겼고 紙質 등을 고려한다면, 명나라 정덕본이
들어와서 중종 후기에서 명종 연간에까지 사이에 인출된 것으로 추정된다.[36]

20) 唐韻[37] 조선판 6책

원나라 楊士弘이 唐詩를 성당, 중당, 만당으로 구분하여 始音, 正音, 遺響으로
편찬한 것이다. 명나라 洪武 23년(1390) 博文堂이 刊刻한 책을 입수하여 조선에
서 飜刻한 것이다. 경주부가 중종 37년(1542) 무렵 開刊한 것으로 보인다.

21) 香山三体(法) 조선판 1책

당나라 白居易(772~847)의 문집에서 안평대군이 選編한 시집이다. 세종 27
년(1445) 甲寅字로 初印되었고, 명종 20년(1565) 평안도 병마절도사 金德龍이
飜刻하였다. 이 판본이 蓬左文庫에 들어갔다. 『源氏物語(겐지모노가타리)』이
래 일본인이 선호한 시인이 백거이였던 점이 감안되어 선정된 것 같다.

25) 列子 조선활자판 1책

蓬左文庫의 여러 목록에 조선활자판임이 명기되어 있다.[38]

26) 續東文選 조선활자판 10책

중종 13년(1518)에 印出된 것으로 보이는 乙亥字 판본이다.

---

**35**　重印에 대해서 千惠鳳은 특별한 언급을 하지 않았다. 河廷龍은 가까운 시기 안에 重印되었을
　　것으로 보았다. 하정룡, 『삼국유사 사료비판』, 민족사, 2004, 126면. 그러나 이에 대한 연구
　　는 더 이루어져야 한다. 5장에서 상술하였다.
**36**　千惠鳳은 이를 22권 8책이라 하였으니(앞의 책, 132면), 혹 다른 종을 점검한 것일까?
**37**　「寬政目錄」에서 '唐詩正音'이라 한 책이다. 한편 千惠鳳은 이 책의 이름을 '唐音'이라 하였
　　다. 위의 책, 203면.
**38**　千惠鳳은 위의 책에서 이를 빠뜨리고 있다. 필자도 蓬左文庫를 수차례 방문했으나 실물을
　　접할 기회를 얻지 못하였다.

27) 學蔀通辨(正續) 조선판 2책

명나라 陳建이 釋佛과 陸商山의 학문이 學蔀 즉 正學을 覆曖하는 것으로 간주, 朱子文集 등 여러 책에서 관계되는 말을 인용하여 이를 通辨한 것이다. 조선에서는 선조 6년(1573) 전주에서 개간되었을 것으로 보인다. 같은 판본이 內閣文庫에도 있다.

이상 12종이거니와, 이 가운데『治平要覽』·『策文』·『三國遺事』·『東文選』·『續東文選』의 5종이 순수한 조선의 책이다. 治世의 교훈을 주는 2종의 책과, 조선의 문화수준을 가늠할 2종의 책이 적당히 안배된 가운데, 특별한 기준을 밝힐 수 없는 성격의 1종 곧『삼국유사』가 선정된 모습을 보여준다. 후술하겠거니와,『삼국유사』는 蓬左文庫의 목록에서 처음에는 史部에 들어 있지 않았었다. 그러므로 역사서로 골랐다기보다는 어떤 다른 이유가 여기에 개재되어 있으리라 보인다.

참고로 중국의 10종과 일본의 10종은 그 이름만 밝혀 둔다.

중국본은 14) 論學繩尺 당본 6책, 15) 公羊(傳)穀梁(傳) 당본 4책, 16) 國語(抄評) 당본 2책, 17) 全漢志傳 당본 2책, 18) 兩漢傳志 당본 3책, 19) 通俗演義三國志傳 당본 10책, 22) 琴譜 당본 3책, 23) 太玄經 당본 2책, 24) 楚辭旁注 당본 1책, 28) 全唐風雅 당본 10[2]책이다.

한편 일본본은 4) 群書治要[39] 활자판 47책, 6) 源氏物語抄 사본 40책, 7) 齊民要術 金澤사본 9권, 8) 續日本紀 사본 13책, 11) 胡芦集 사본 2권, 13) 讀晦庵論語集解衍義 사본[40] 1책, 29) 毛詩抄 사본 10책, 30) 江湖風月集抄 사본

---

39  일본 책으로는 유일한 활자본. 德川家康이 駿河에서 慶長 21년(1616)에 조선활자를 가지고 인쇄했다. 藤本幸夫,「駿河銅活字の正體を探る」,『歷史の花かご』, 東京 : 吉川弘文館, 1998, 41면.

40  「安永九年目錄」등에서는 寫本이라고만 표시되어 있다. 그러나 千惠鳳은 이를 조선판으로

2책, 31) 臨濟錄抄[41] 사본 1책, 32) 侍中群要 金澤本寫 10권이다.

## (3) 두 종류의 메모와 그 변화

현재 2부의 '금중에 빌려드린 서적의 메모'가 남아 있다고 하였거니와, 최초로 메모가 만들어진 것은 1624년 2월 25일로 알려져 있다. 義直(요시나오) 가 尾張藩主가 된 지 10년 째, 곧 그의 나이 24세 때였다. 앞서 밝힌 대로 禁中은 後水尾(고미즈노오) 천왕을 가리키는데, 이 메모의 표지에 보이는 담당 자 이름 가운데 橫田三郎(요코다 사부로) 兵衛는 1617년에 駿河御讓本을 받아들 일 때 실무를 맡은 3명 가운데 한 사람[42]이다. 바로 막부로부터 금중 곧 조정 에 대한 선물 공세가 시작되는 시점이다.

이 메모 가운데 열 번째 책으로 '三國遺事 貳冊'이 보인다. 다섯 번째에 '東文選 六十四冊'이, 스물여섯 번째에 '續東文選 十冊'이 나온다.[43]

한편 두 번째 메모는 첫 메모보다 약 120년 뒤인 1743년 9월에 나온다. 이른바 '寬保三年目錄'이라 불리는 총목록집의 일부로 실려 있다.

尾張藩에서는 1658년에 처음으로 書物奉行을 두었다. 서적관리의 전임 직 원이 생긴 것이었다. 1712년에 임명된 須賀(스가) 理右衛門親安는 「馬場御御文 庫御書物目錄」(1716~36년 사이)을 작성하는데, 이는 3책 중 1책만 전승되고 있 다. 따라서 그 전모를 알 수 없는데, 그로부터 10여 년 뒤에 두 번째 書物奉行 에 취임한 赤林(아카바야시) 新助憲紀가 보다 더 정치한 목록을 만들어 낸 것이 이 '寬保三年目錄'이다. 書物奉行이 본격적인 서적 조사 후에 작성한 첫 수집

---

본다. 千惠鳳, 앞의 책, 133면. 다음절에서 설명하겠지만 그 같은 가능성은 충분히 엿보인다.
41  「寬政目錄」에는 '定光寺御寄附'라는 주석이 달려 있다. 『尾張德川家藏書目錄5』, 91면.
42  『尾張德川家藏書目錄1』, 263면.
43  자세한 해제는 앞에서 하였다.

자별 목록이라는 점에서 의의가 있다. 바로 이 목록의 제3책 권6에 '禁中에 빌려드린 서적의 메모'를 다시 싣고 있다.

赤林가 왜 이 메모를 다시 실었는지 정확한 이유를 알 수 없다. 書物奉行이 만드는 완벽한 목록을 목표하면서, 천왕에게 빌려주었다는 것 그리고 그것을 기록해 두었다는 두 가지 중대한 의미를 지니는 이 메모를 빠뜨릴 수 없었던 것 같다. 문제는, 앞선 메모의 각주를 통해 밝힌 것처럼, 책 이름을 바로 잡기 위해 고치면서 생긴 차이는 차치하고라도, 첫 번째 메모와는 기재순서가 달라져 있다는 점이다. 이는 메모의 목록 가운데 『삼국유사』가 가지는 의의를 밝히는 데 매우 중요한 단서이다. 왜 이런 변화가 생겼을까.

먼저 두 번째 메모를 보이면 다음과 같다.(비교의 편의를 위해서 책 제목은 첫 번째 메모를 기준으로 그대로 두고, 寬政目錄에 와서 달라진 책 제목은 각주에서 일일이 설명했다. 번호는 역시 필자가 붙였다.)

1. 治平要覽  조선활자판 129책
2. 晉書  조선판 47책
3. 北史  조선판 51책
4. 群書治要  활자판 47책
5. 東文選  조선활자판 64책
6. 三國遺事  조선판 2책
7. 策文  사본 1책
8. 齊民要術  金澤사본 9권
9. 讀書要語[44]  조선판 1책
10. 論語衍義[45]  사본 1책

---

44  「寬政目錄」에서는 '讀書錄要語'라고 되어 있다.
45  「寬政目錄」에서는 '讀晦庵論語集解衍義'라고 되어 있다.

11. 論學繩尺 당본 6책

12. 公羊穀梁[46] 당본 4책

13. 國語[47] 당본 2책

14. 全漢志傳 당본 2책

15. 兩漢傳志 당본 3책

16. 三國志傳[48] 당본 10책

17. 唐韻[49] 조선판 6책

18. 香山三体[50] 조선판 1책

19. 琴譜 당본 3책

20. 太玄經 당본 2책

21. 楚辭旁注 당본 1책

22. 列子 조선활자판 1책

23. 續東文選 조선활자판 10책

24. 學蔀通辨[51] 조선판 2책[52]

25. 全唐風雅 당본 10[2]책

26. 毛詩抄 사본 10책

27. 續日本紀 사본 13책[53]

28. 胡芦集 사본 2권

29. 江湖風月集抄 사본 2책

30. 臨濟錄抄 사본 1책[54]

---

46  「寬政目錄」에서는 '公羊傳穀梁傳'이라 되어 있다.

47  「寬政目錄」에서는 '國語抄評'이라 되어 있다.

48  「寬政目錄」에서는 '通俗演義三國志'라 되어 있다.

49  「御文庫御書籍目錄」에는 唐詩正音이라 적었다.

50  「寬政目錄」에서는 '香山三体法'이라 되어 있다.

51  「寬政目錄」에서는 '學蔀通辨正續'이라 되어 있다.

52  「寬政目錄」에서는 10책이라 되어 있다.

53  '御讓之外'라는 주석을 붙였다.

31. 源氏物語抄 사본 40책[55]
32. 侍中群要 金澤本寫[56] 10권[57]

두 번째 메모를 기준으로 했을 때, 1~5는 첫 번째 메모와 순서가 같다. 한편 두 번째 10~26도 첫 번째 13~29와 같다. 두 번째 6~9가 변화를 보이는데, '6. 三國遺事 조선판 2책'은 10번에서, '7. 策文 사본 1책'은 9번에서, '8. 齊民要術 金澤사본 9권'은 7번에서, '9. 讀書要語 조선판 1책'은 12번에서 각각 자리를 옮겨오고 있다. 여기에 재배열의 어떤 원칙은 분명히 보이지 않는다. 다만 첫 번째 메모의 '6. 源氏物語抄 사본 40책'이 두 번째의 31로, '8. 續日本紀 사본 13책'이 27로, '11. 胡芦集 사본 2권'이 28로 각각 옮겨감으로 인해, 두 번째 메모의 27~32가 일본 서적으로 배열되었다는 점은 확실히 눈에 띈다.[58] 그러나 이를 위해서만 굳이 재배열한 것 같지 않다.

여기서 우리의 주목을 요해 마지않는 것은 『삼국유사』가 첫 메모 10번에서 6번으로 자리를 옮긴 것이다. 일본판이 뒤로 몰아져 있다는 점은 이해가 가나, '7. 策文 사본 1책'과 '8. 齊民要術 金澤사본 9권'을 뒤로 돌리면서까지 『삼국유사』는 6번으로 올라와 있다. 이 이동의 의미를 캐는 데서, 尾張藩의 서적 담당자들이 『삼국유사』를 취급한 속마음을 알 수 있지 않을까 한다.

---

54  첫 번째 목록에서는 여기까지 쓰고 "合三十壹部"라 적었다.
55  여기까지 쓰고 "右合三十一部"라 적었다.
56  첫 번째 목록에서 이 다음의 朱記는 잘 보이지 않는다. 「寬保三年目錄」을 참고하면 "책수 483책 상자 수 10"이라 적었다.
57  본디 메모에 들어있었는지 확실하지 않다. 이는 첫 번째 메모에서도 마찬가지이다.
58  이 같은 원칙대로라면 '10. 論語衍義 사본 1책'은 조선본일 가능성이 높다.

## 5. 목록집에 보이는 『삼국유사』의 전승 경위

### (1) 初主 義直 시대의 목록

적어도 『삼국유사』가 德川家에 들어가면서 특별한 대우를 받았음은 앞의 「禁中에 빌려드린 책의 메모」에서 확인할 수 있었다. 이제 尾張德川家의 전체 목록으로 확대하여 『삼국유사』의 종적을 찾아가 보자.

앞서 밝힌 대로 22종의 목록이 지금까지 남아있는데, 이 목록들로 인하여 尾張藩의 德川家가 도서의 수집과 보관 그리고 활용에 얼마나 적극적이며 과학적이었는지 확인 가능하지만, 더불어 『삼국유사』의 종적을 찾아가는 데에도 대단히 귀중한 역할을 해 준다. 22종 가운데 특히 중요한 의미를 갖는 목록을 義直(요시나오)의 시대로부터 설명해 나가기로 한다.

義直는 讓與 받은 도서를 정리 관리하고, 그 문고를 확충하는 일에 몰두했다. 그래서 목록을 작성하는 일을 무엇보다 중요시했다.

그 결과로 나온 목록이 「御書籍之目錄」[59] 2책이다. 이 목록은 寬永 연간 (1624~1644)에 만들어졌고, 그래서 寬永目錄이라 부른다. 이 목록의 제1책 '十四'箱에 '三國遺事 西 二冊'이라는 기록이 나온다. 이는 『삼국유사』가 열네 번째 상자에 들어 있으면서, 그 상자는 동서로 나눈 보관소의 서쪽에 있다는 설명이다. 寬永目錄은 現傳하는 가장 오래된 목록이다. 조선의 책은 임진왜란 (1592~1598) 중에 쓸어간 것이었을 터이고, 尾張藩이 자리를 확고히 잡은 것이 1610~20년경이므로, 置藩 이후 거의 때를 같이 하여 나왔다고 할 수 있다. 물론 이보다 앞서 만든 목록이 있을 가능성은 배제하지 못한다. 특히 앞서 살펴 본 「禁中へ御借シノ御書籍之覺」[60] 1책이 1624년 2월 25일에 만들어졌으

---

59　『尾張德川家藏書目錄1』 소재.

므로, 이 둘 사이에는 모종의 관련성이 엿보인다.

한편 「御書籍目錄」[61] 1책은 1651년 3월 26일에 만들어졌는데, 이를 慶安四年尾張目錄이라 별칭하거니와, 목록 중간쯤에 '三國遺事 二冊'이라 기록하여 있고, 바로 1년 전 요시나오가 죽고 아들인 미츠토모 측근을 포함한 중신으로부터 儒者나 祐筆 등에게 책을 맡긴다는 連署와 捺印이 보인다. 이는 서적을 인계하는 連判目錄이다. 義直는 자기 생애를 마감하는 순간까지 문고의 관리에 철저를 기했던 것이다.

이 시기 『삼국유사』는 禁中에 빌려준 책 가운데 들어갔고, 이는 『삼국유사』가 두고두고 특별취급을 받는 계기가 된다.


## (2) 18세기 목록 속의 『삼국유사』

義直가 죽고 「御書籍目錄」이 만들어진 다음, 본격적인 서적 관리를 위해 1658년에 처음으로 書物奉行을 둔다. 서적관리의 전임 직원이었다.

1712년에 임명된 須賀理右衛門親安이 18세기 들어 처음으로 「馬場御御文庫御書物目錄」(1716~36년 사이)을 작성하는데, 3책 중 1책만 전승되어, 이 안에서는 『삼국유사』를 기록한 대목을 볼 수 없다.

그 다음 書物奉行으로 보이는 赤林新助憲紀가 「馬場御文庫御藏書目錄」[62] 3책을 만들었다. 1743년 9월의 일이다. 이는 '寬保三年目錄 卷五~七'이라 불리지만, 바로 제3책 권6에 「禁中へ御借シノ御書籍之覺」을 다시 두고, 그 가운데

---

60  위의 책 소재.
61  위의 책 소재.
62  『尾張德川家藏書目錄2』 소재. 그러나 이 이름은 다음 목록의 잘못된 표기. 실제는 寬保三年目錄의 淸書本이다.

여섯 번째로 '一 三國遺事 二冊'을 적어 넣은 바로 그 목록이다. 앞서 밝힌 대로 書物奉行이 본격적인 서적 조사 후에 작성한 수집자별 목록이라는 데 의의가 있다.

松平太郎右衛門秀雲이 기록한 「馬場御文庫御藏書目錄」[63] 4책은 더욱 큰 의미를 띠는 목록이다. 1780년 2월에 만들어져 '安永九年目錄'이라 불리는 이 목록에는 제1책에 '一 三國遺事 同[64] 二冊'이라 적혀 있지만, 松平는 尾張藩을 대표하는 유학자로 1743년 書物奉行이 되어 38년간 근무하였는데, 앞선 목록을 토대로 더욱 철저히 서적을 조사하여, 『삼국유사』를 비롯한 서적의 出自까지 확실히 하였다. 곧 板의 由來를 기록한 첫 목록으로, 『삼국유사』가 朝鮮板임을 알 수 있게 한 최초의 기록인 것이다.

한편 이 목록의 松平는 마지막에 駿河御讓本이 尾張·紀伊·水戶의 三家에 나눠질 때, 제비뽑기를 했다고 적었다.[65] 이 기록은 年長의 尾張 義直에게 善本이 물려졌다는 통설과 배치된다.

두 기록 사이의 어느 쪽이 사실일까?

당초 5·5·3으로 나누어진 家康의 유물은 서적만이 아니었다. 골동과 서화로도 많은 유물을 남겼는데, 사실 재산의 가치로 보면 이쪽이 더 큰 것이고, 자칫 분쟁의 소지도 더 높았다고 한다면, 상대적으로 가치가 적게 여겨지는 서적만 義直가 선본을 차지하는 쪽으로 결론이 났을 가능성이 있다. 특히 그는 어려서부터 서적을 아꼈고, 물려받은 이후 치밀하게 보존 관리한 것을 보아도 전후사정은 짐작이 간다.

---

63  『尾張德川家藏書目錄3』 소재.
64  同은 朝鮮板을 이름.
65  『尾張德川家藏書目錄3』, 313면.

松平를 이어 書物奉行이 된 河村七郎秀穎의 노력[66]으로 만들어진 「御文庫御藏書目錄」[67] 5책은 목록 자체로 한결 진보한 모습을 보여준다. 지금까지는 수집자별로 나열하는 데 그쳤으나, 經史子集과 和書로 5대 분류하고, 다시 수집자별로 분류 배치하였다. 서적의 분류를 보다 치밀하게 한 것이다. 이는 1782년에 만들어져 '天明二年目錄'이라 불리거니와, 제2책 '史類'의 '雜史'에 '地 三國遺事 朝鮮板 二冊'이라는 기록이 나온다. 여기서 地는 駿河御讓御書籍의 歷史類[68]를 가리킨다.

이 목록은 내용분류로도 처음인데, 이에 따라 『삼국유사』를 史類로 규정한 첫 목록이 되었다는 점이 중요하다. 이때로부터 『삼국유사』는 비록 雜史라는 하위항목에 들어가지만 어엿이 역사서로 분류되는 것이다. 그만큼 내용 파악이 되었다는 뜻도 된다.

'寬政目錄'이라 불리는 「御文庫御書籍目錄」[69] 6책은 寬政 연간(1789~1801)에 나오는데, 深田彦九郎正益(1784~1792 書物奉行) 또는 庵原新九郎守富(1793년 書物奉行 취임)[70]가 만들었을 것으로 보고 있다. 수집자별 목록과 내용분류 목록을 융합하여 작성하였다.

이 목록의 제1책 '史'에 '一 三國遺事 三十八 禁中借戾之內 朝鮮板 二冊'이 나온다. 여기서 '禁中借戾之內'는 작은 글씨로 朱書되어 있다. 이 朱書가 중요하다. 실은 이 목록에는 다른 책에도 朱書로 書誌나 傳來事情을 해설한 부분이 방대한데, 『삼국유사』를 비롯한, 禁中에 빌려주었던 책들에는 '禁中借戾之

---

66  『尾張德川家藏書目錄4』 소재.

67  위의 책, 11면.

68  예를 들어 駿河御讓御書籍의 經書類는 天, 諸子類는 玄, 文集類는 黃, 佛書類는 宇 등으로 표기한다.

69  『尾張德川家藏書目錄5』 소재.

70  위의 책, 11면.

內'라 일일이 기록하고 있다. 그 사실을 다시 한 번 강조한 처음 기록인데, 무슨 까닭이 거기에는 개재되어 있을까?

이 목록에는 목록이 만들어진 지 40여 년이 지난 1836년 6월 寺山虎助가 교정을 보았다는 기록[71]이 보인다. 이는 明治維新(1868)이 나기 불과 32년 전의 일이다. 방대한 朱書들은 그가 써 넣었던 것일까? 막부의 운명이 氣息奄奄한 시기였다. 결국 尾張藩의 德川家 서적 가운데 일부는 유신 후 1872년부터 4차에 걸쳐 판매하게 된다. 막부체제가 무너진 이상 더는 서적의 관리가 쉽지 않았던 것이다. 팔린 책들은 바로 이 목록을 가지고 제목 위에 '拂'이라는 도장으로 표시를 했다. 대체로 복본 위주의 판매였다고는 하나, '禁中借戻之內'라 주서된 책 가운데서도 5종(群書治要・源氏物語抄・讀書要語・楚辭旁注・列子)은 시대의 운명을 피해 가지 못하였다. 그나마 이때 『삼국유사』를 팔지 않은 것이 다행이라면 다행이었다. 판매를 한 책의 표시를 이 목록을 가지고 했고, 가필된 듯한 朱書가 보이는 것으로 보아, 이 목록은 尾張 德川家 서적의 열람이나 조사에서 두고두고 긴요하게 쓰였음을 알 수 있다.

그러므로 寬政目錄에서 '禁中借戻之內'라는 朱書가 『삼국유사』에 쓰인 것은 이후 明治 후기의 도쿄제국대학 사지총서 편집자에게 모종의 암시를 건네주는 역할을 했음도 추측 가능하다.

한편 이 시기에 寬政目錄과 유사한 목록으로 3종을 더 볼 수 있는데, 「御文庫御書物目錄」[72] 3책은 1796년 12월에 교정했다는 기록으로 그 작성연대를 확실히 알 수 있는 귀중한 자료이다. 寬政目錄의 改正抄寫本으로 보이나,[73] 그 반대일 가능성도 있다. 書物奉行 庵原新九郎가 만들었고, 上冊에 '三國遺事

---

71    위의 책, 17면.
72    蓬左文庫 청구기호 148-30. 山本佑子, 앞의 해설, 16면.
73    위의 해설, 16면.

朝鮮板 二冊'이라는 관련기록이 나온다.

그리고「東西御文庫入記」[74] 2책은 1799[75]년에 서고를 동서로 나누고 책을 들이면서 새로 작성한 목록이다. 내용은 앞의 寬政目錄과 거의 같다. 乾冊의 史類에 '一 三國遺事 同[76] 二冊'이라 표기한 『삼국유사』는 東之部의 駿河御讓 本에 들어 있다.

마지막으로「駿河御讓御書物目錄」[77] 8책은 寬政年間을 지나 1810년 경에 만들어졌는데, '御書物目錄'(駿河御讓本·源敬樣·瑞龍院樣)이라는 별칭을 지닌 이 목록의 제2책에 '一 三國遺事 禁中借戾之內 朝鮮板 二冊'이라 하였고, 이는 앞의 寬政目錄을 그대로 전사한 듯하다. 『삼국유사』에 대한 서지기사도 똑 같다.


## (3) 明治維新 전후의 목록

19세기에 들어 세계는 가파른 변화를 보인다. 일본 또한 여기서 예외일 수 없었다. 철저한 쇄국정책을 고집하던 江戶(에도) 막부는 시대가 요구하는 흐름을 거역하기 어려웠다. 미국인 페리는 1853년 6월에 浦賀(우라가), 이듬해 1월에는 江戶灣(에도만)으로 들어와 개항을 요구했다. 막부는 이 요구에 응할 수밖에 없었고, 그것은 막부 체제의 종말을 고하는 서곡과도 같았다.

이 시기를 전후한 尾張 德川家의 서적목록은 어떤 양상을 보이는가.

먼저「尾州江戶共御側御書物目錄」[78] 1책은 1816년에 만들어졌다. 그래서

---

74  蓬左文庫 청구번호 148-96. 山本佑子, 앞의 해설, 16면.
75  山本는 실제로 1798년이라 보고 있다. 위의 해설, 16면.
76  朝鮮板임을 나타낸다.
77  蓬左文庫 청구번호 148-44.
78  『尾張德川家藏書目錄7』 소재.

'文化十三年御側御書物目錄・和書'라고 불리는데, 御側御書物이란 尾張藩의
奧御文庫와 江戶邸의 문고를 아울러 부르는 것으로, 책이 전부 일본어로 쓰인
것이어서 끝에 和書를 첨가한 것이다. 이때 尾張藩에서는 도쿠가와 三大家의
하나인 田安家에 목록을 제출할 일이 있었던 듯[79]한데, 아쉽게도 일본 책을
수록한 坤卷만 남았을 뿐 漢籍을 수록한 것으로 보이는 乾卷은 지금 전하지
않는다. 그런 사정으로 『삼국유사』는 안 보인다.[80]

다만 內閣文庫 장서를 통해 확인은 가능하다. 「尾藩御文庫御書目」[81] 5책은
1816년 田安家에 제출되었던 淸書本을 內閣文庫가 전해주고 있는 것이다. 같
은 해에 만들어져 '文化十三年目錄・田安家舊藏'이라고도 불리고, 제1책에
'一 三國遺事 同[82] 二冊'이라는 기록이 보인다.

개항 직전인 1847년 경에 만들어진 「御文庫御書物便覽」[83] 4책은 여러모로
아쉬움을 남겨준다. '御書物便覽・國書之部'라고 불리는 이 목록 또한 國書之
部(일본 책)만 남아 있다. 이는 단순한 목록을 넘어 책 소개를 겸한 편람이었다.
漢籍之部가 전해진다면 거기에 적힌 『삼국유사』의 해제를 통해 여러 가지
사정을 알 수 있었을 것이다.

한편 細野要齋忠陳은 深田增藏正昭(1831년 경 書物奉行 취임)의 요청을 받고,
漢籍之部의 편람 작성을 맡았다. 그 草稿 몇 책이 이루어졌을 시점에 正昭가
죽어(1850), 초고는 빛을 보지 못하고 要齋의 수중에 남아 있었다. 이 초고에
『삼국유사』의 편람도 들어 있었을 것이다. 그러나 몇 사람에게 공람을 시켰

---

79  위의 책, 145면.
80  그러나 지금까지 보이지 않던 朝鮮國王書翰, 朝鮮人來朝記, 朝鮮人覺書 같은 통신사 서류가
    포함되어 있다.
81  『尾張德川家藏書目錄7』 소재.
82  同은 朝鮮板을 이름.
83  『尾張德川家藏書目錄9』 소재.

으나 초고는 결국 돌아오지 않았다. 要齋가 正昭로부터 편찬 지시를 받은 것은 바로 1847년이었다.[84] 漢籍之部의 초고가 완성되었을 것으로 보이는 1850년은 개항(1854) 4년 전, 明治維新(1868)이 나기 불과 18년 전이다.

要齋는 이름이 忠陳이었고, 자는 子高, 尾張藩의 藩臣이었다. 中村直齋, 深田香實에게서 배웠다. 1853년 藩의 典籍이 되었고, 1868년 教授가 되었다. 侍讀侍講을 겸하고, 督學의 일을 행했다. 1869년에 漢學教授가 되고, 1878년에 죽었다.[85] 그가 明治維新 이후 도쿄의 한학 출신 관료[86]들과 어떤 교분을 나눴는지는 자세하지 않다. 다만 도쿄의 그들로서는 尾張藩 서적의 상황을 듣기에 要齋만한 이가 없었을 것이다.

근대 일본은 이 무렵 왕정복고 선고, 大政奉還(1867)을 거쳐 막부정치가 막을 내리고 明治(메이지) 천왕이 無血開城(1868)하는 것을 계기로 유신시대가 막을 올린다. 이때 尾張藩은 막부타도파인 신정권에 참여했지만, 앞서 밝힌 대로 그다지 큰 혜택을 입지 못한다. 廢藩置縣(1871)[87]을 거치면서 안정되기 시작한 明治政府에서 도리어 尾張 德川家의 서적은 미증유의 위기를 맞게 되고 마는 것이다. 廢藩置縣의 바로 다음 해부터 서적의 상당 부분을 팔지 않으면 안 되는 사정이란 여기서 연유한다. 목록 또한 1847년경에 만들어진 「御文庫御書物便覽」 이후 소식이 없다.

그러다가 「駿河御讓御書物伊呂波分」[88] 1책이 1899년에 만들어진다. 이는

---

84  細野要齋忠陳, 「官庫褙記」, 『尾張德川家藏書目錄10』, 東京 : ゆまに書房, 1999, 579면.
85  위의 책, 641면.
86  문부성과 대학 창설에 관여한 일군의 한학자를 이른다. 이에 대해서는 6장에서 좀 더 소개한다.
87  이 때 설치된 현은 부와 개척사를 포함 무려 306개였다. 1888년 말에 이르러서야 지금과 같은 1개척사3부43현의 체제를 갖춘다. 1개척사3부는 지금의 1都1道2府이다.
88  蓬左文庫 청구기호 148-19.

明治維新期에 尾張德川家 서적이 어떻게 보존되었는지 그 상태를 볼 수 있는 귀중한 자료이다. 일본어 50음순으로 정리된 목록의 표지에는 '德川邸 什器係'가 '明治 32년 2월'에 조사했음을 명기하고 있다. 지금과는 체제를 달리한 이 목록은 다분히 활판 인쇄를 염두에 둔 원고가 아닌가 싶다. 거기에『삼국유사』는 '三國遺事 朝鮮板 御箱第十号 二冊'이라고 적힌 데서 발견된다.

이 목록이 나온 明治 32년이라면 史誌叢書가 간행되기 시작한 1897년의 2년 뒤, 총서의 하나로『삼국유사』가 발행되기 불과 5년 전이다.

한편 明治維新 전후에 작성되었을 것으로 보이나 정확한 시기를 알 수 없는 목록이 몇 종 있다. 「御書物目錄」[89] 3책에는 上冊에 '一 三國遺事 同[90] 二冊'라 하였고, 「改正御書物目錄」[91] 3책에는 1冊에 '一 三國遺事 朝鮮板 二冊' 이라 하였는데, 이는 앞의 목록의 개정판인 듯하다. 그리고 「駿河御讓御書籍部類分目錄」[92] 1책에는 雜史에 '三國遺事'라고만 적었다. 목록의 葉에 '德川家'라고 적혀 있는 것으로 보아 明治期의 목록으로 보인다.

시기를 알 수 없는 목록 가운데 「駿河御讓御書物目錄」[93] 1책은 매우 중요한 기록이 눈에 띈다. '三國遺事 季瑠 扑佺 安塘 飜刻 貳冊 東上 1函 15番'이라 적었거니와, 季瑠, 扑佺, 安塘 세 사람이 飜刻을 했다는 기록은 여기서 처음 보인다. 그들이 누구이며, 무슨 번각을 했다는 것인지 확실히 밝히지 않았다. 이 목록이 大正期 이후에 만들어진 것은 거의 확실하다. 葉에 '蓬左文庫'라는 이름이 인쇄되어 있는데, 이 이름은 1912(大正1)년 무렵에 德川義親에 의해 명명되었고, 이듬해 蓬左文庫 최초의 목록이 만들어졌다. 이는 그 원고로 보

---

89   蓬左文庫 청구기호 148-42.
90   朝鮮板임을 나타낸다.
91   蓬左文庫 청구기호 148-40.
92   蓬左文庫 청구기호 148-51.
93   蓬左文庫 청구기호 148-81.

인다. 그러므로 '李瑠 朴佺 安瑭'은 『삼국유사』 임신본의 발문에 나오는 李瑠, 朴佺, 安瑭을 가리킬 것이다. 발문을 읽고 임신본이 번각임을 밝혔으나, 세 사람의 역할에 대해서는 오해의 구석이 있다.


## 6. 德川本 『삼국유사』 전승의 의의

이상, 德川家 소장의 『삼국유사』가 어떻게 보관 관리되어 왔는지 살펴보았다. 이를 통해 우리는 매우 중요한 사실을 몇 가지 확인할 수 있었다.

尾張 德川家는 천왕에게 보내는 32종의 서적 속에 『삼국유사』를 포함시켰고, 이런 사실로 인해 이후 이 집안에서 대대로 『삼국유사』는 특별한 취급을 받았다. 이렇듯 무척 소중하게 보관 관리된 『삼국유사』는 파손이나 인멸의 위험에서 벗어날 수 있었을 뿐만 아니라, 19세기 후반 들어 한국의 역사를 심도 깊게 연구해야 했던 明治期 사학자들에게 쉽게 눈에 띌 수 있었다. 비록 그들에게 새로운 고민거리를 안겨주었지만, 그럼에도 불구하고 史誌叢書의 하나로 간행하자고 결정하였고, 이로 인해 『삼국유사』는 20세기 들어 다른 어떤 책보다도 화려하게 조명되는 재발견의 계기를 얻게 되었다.

여기서 '새로운 고민거리'란 무엇을 이름인가.[94]

明治 27년은 1894년, 곧 청일전쟁이 일어난 해이다. 이 연도와 관련해서 우리의 비상한 관심을 끄는 것은, 바로 이때부터 일본의 사학계가 조선사 연구에 관심을 갖고 그 성과물을 내놓기 시작했다는 점이다. 왜 그때부터인가는 굳이 설명을 붙이지 않아도 될듯하다.

---

94  이하의 내용은 Ⅰ부 「權相老와 삼국유사」의 2장, Ⅲ부 「鄕歌의 근대·1」의 2장에도 부분적으로 刪補하며 轉載하였다.

白鳥庫吉(시라토리 쿠라기치)[95]가 「檀君考」라는 논문을 발표한 것이 1894년 1월이었다.[96] 여기서 그는 『삼국유사』의 단군 조를 인용하고 있는데, 아마도 일본에서 『삼국유사』가 논문에 인용된 첫 사례일 것이다.[97] 이어 12월에 「조선의 古傳說考」를 발표하는데,[98] 『삼국유사』의 단군설화를 다시 인용하면서, '妄誕의 극치'이지만 '다소의 사실을 찾아보고자' 하는 태도를 보인다. '다소의 사실'이란 무엇을 말하는 것일까.

白鳥는 『삼국유사』를 처음 보았을 때를 다음과 같이 회고하고 있다.

> 『삼국사기』는 중국의 사적에서 거의 절반 이상을 표절했다. (…중략…) 『삼국유사』는 오리지널 現物을 가지고 있으나 가치는 그다지 크지 않다. 그러나 『삼국사기』보다는 이 『삼국유사』가 조선 고유의 것을 많이 포함하고 있다. 이 점에서 나는 『삼국사기』보다는 『삼국유사』 쪽이 가치 있다 받아들이고 있다.[99]

막부 시절에도 『동국통감』 같은 책을 통해 조선의 사정이 어느 정도 파악되었지만, 근대적인 학문연구 역량을 갖춘 유신기의 연구자들에게 그것은 매우 부실한 어떤 것으로 보였다. 『삼국사기』 같은 새로운 자료를 발굴하면

---

95　시라토리 쿠라기치(1865-1942) : 千葉 출신. 도쿄제대 사학과를 졸업하고, 이 대학의 교수로 제자를 길러냈다. 얼마 전에 찾아온 오대산사고본 조선왕조실록을 도쿄제대로 가져 간 핵심 인물이었다.

96　白鳥庫吉, 「檀君考」, 『學習院輔仁會雜誌』 28, 東京 : 學習院大學, 1894.

97　이에 비해 『삼국사기』는 이미 1891년 林 泰輔의 논문에 인용되고 있고, 이듬해 본격적인 『삼국사기』의 해제가 나오기도 한다. 坪井九馬三, 「新羅高句麗百濟三國史」, 『史學雜誌』 35, 東京 : 日本史學會, 1892.

98　白鳥庫吉, 「朝鮮の古傳說考」, 『史學雜誌』 5편 12호, 東京 : 日本史學會, 1894.

99　白鳥庫吉, 「訪書談」, 『白鳥庫吉全集』 10, 東京 : 岩波書店, 1970. 실제 이 원고는 1910년 11월 3일의 전국도서관대회 강연으로 쓰였다.

서, 일본사의 우월성과 한국사의 약점을 찾아내자 애쓰는 과정에 그다지 큰 애로가 없었다. 그런데 거기서 뜻밖에 『삼국유사』라는 복병을 만난다. 瞥見 해서도 『삼국유사』는 그들에게 결코 유리한 자료가 아님을 알았을 것이다. 그래서 '망탄'이라는 혹평을 서슴지 않는다. 하지만 '다소의 사실'을 찾겠다 고 말한다. 그는 분명 다른 사료에서 볼 수 없는 『삼국유사』의 매우 특이한 점에 사로잡혔던 것이다. '오리지널 現物'이라는 말에 그가 가진 생각의 핵심 이 있다.

白鳥 같은 학자가 처음에 어떻게 『삼국유사』를 볼 수 있었을까. 이에 대해 서는 別稿로 충분히 설명하고자 하나, 사지총서의 『삼국유사』가 간행되기 이미 10년 전에 그는 사본으로든 원본으로든 『삼국유사』를 보았고, '오리지 널 現物'의 위력을 직감했다. 그는 아마도 神田本을 보았을 터이다.

神田本의 神田는 神田 남작 곧 神田孝平(간다 다카히라)[100]라는 이를 지칭하는 말로, 그는 문부성에서 제국대학 창설의 일을 맡은 바 있고, 兵庫縣의 현령을 지낸 다음에는 東京學士會院의 구성원으로 활동했기 때문에, 제국대학 교수 이자 학사회원의 회원인 白鳥와는 빈번한 교제가 있었으리라 추정된다. 그런 인연으로 白鳥는 神田의 책을 빌려 볼 수 있었을 것이다.

이 책의 존재를 좀 더 분명히 밝혀준 이는 今西 龍(이마니시 류)이다. 임진왜 란 때 퇴각하는 일본군이 가져간 두 본은, 加藤淸正(가토 기요마사)의 것이 德川 家康에게 바쳐졌고, 浮田秀家(우키다 히데이에)의 것은 제 아내의 병을 낫게 해

---

100 간다 다카히라(1830~1898) : 岐阜 출신. 일찍이 서양학을 배워 明治維新 양학자 특히 明六社 의 동인이 되어 함께 활동했다. 兵庫縣令으로 이름을 날렸고, 퇴관 후 고고학 연구에 전념했 다. 1894년에 男爵이 되었다. 그의 양아들 乃武(나이부)는 미국에 유학하여 영어학자가 되었 으며, 도쿄제대 교수 시절에는 夏目漱石를 가르치기도 했고, 초대 도쿄외국어학교(지금의 도쿄외대) 교장을 지냈다. 神田乃武 編, 『神田孝平略傳』, 1910. 尾崎 護, 『低き声にて語れ-元 老院議官 神田孝平』, 東京 : 新潮社, 1998.

준 의사 正琳(쇼린)에게 선물로 주어졌는데, 이 책이 유신 이후 神田 남작에게 넘어갔다.[101] 今西는 神田本에 正琳의 장서를 입증하는 '養安院藏書'라는 도장 이 찍혀있다고까지 말한다. 양안원은 正琳의 당호이다.

그런데 이 본이 지금 전해지지 않을 뿐만 아니라, 正琳의 장서 목록에도 보이지 않는다는 점이 문제라면 문제이다.

正琳이 남긴 장서목록은 지금 두 종을 확인할 수 있는데, 후손이 지은 그의 전기에 조선서 17종 193책, 의서 18종 54책 총 35종 247책이 남은 첫 번째 목록,[102] 1799(寬政11)년에 만들어진 서적목록에 조선서 8종 64책, 의서 3종 21책 총 11종 85책이 남은 두 번째 목록,[103] 도합 46종 332책의 목록 가운데 『삼국유사』는 어디에도 보이지 않는다. 물론 이는 1717(享保2)년 正琳의 집에 화재가 발생하여 타고 남은 책의 목록일 뿐이다. 그런데 어떻게 神田는 양안 원장서의 『삼국유사』를 가지고 있었다는 말일까.

가능성은 두 가지이다. 하나는 위의 正琳 장서목록에 『삼국유사』가 빠졌 을 경우, 다른 하나는 사본으로 남아 있었을 경우이다. 빠진 경우란 1717년의 화재로 이미 유실되었다는 것이요, 사본으로 남은 경우란 유실 이전에 사본 이 만들어졌다는 것이다. 이 둘을 합쳐 생각해 보면 神田本은 원본이 아닌 필사본일 가능성을 배제하지 못한다.

어찌 되었건 明治期 연구자들에게 『삼국유사』에 대한 믿음은 神田本으로 불충분했으리라 보인다. 저자, 체제 등만으로도 『삼국유사』는 지금까지 서지 상 여러 가지 의심을 떨쳐버리지 못하고 있다. 그런데 그 시절에, 뜬금없는 사본 또는 개인 소장본 하나를 가지고, 조선 연구의 족적을 크게 남겨야 하는

---

101   今西 龍,「正德刊本三國遺事に就て」,『典籍之研究』5, 1926.
102   京都府醫師會醫學史編纂室,『京都の醫學史』, 京都 : 思文閣出版, 1980, 258-259면.
103   위의 책, 260면.

시점에서 연구자들이 자료로 불쑥 내밀기 어려웠으리라는 것이다.

저들이 먼저 존재를 알고 이용했던 『삼국사기』만 해도 사정이 달랐다. 『삼국사기』는 加賀藩의 다이묘 前田利家(마에다 토시이에)가 가지고 있었다. 前田는 다른 번의 다이묘들이 임진왜란 때 탈취해 간 전적을 德川家康(도쿠가와 이에야쓰)에게 바치는 와중에도 그대로 갖고 있다가, 그 뒤 가문의 3세, 5세 등이 잇달아 수집한 서적과 합쳐 前田家의 尊經閣文庫藏書를 이루었다.[104] 여기에 『삼국사기』가 있었고, 사지총서 또한 마지막 번호에 이를 저본으로 끼워 넣어 출판했다.[105] 적어도 出自에 대한 이만한 믿음이 선행하지 않고서는 선뜻 사료의 위치를 점하지 못했으리라.

그렇다면 德川家 『삼국유사』는 神田本이 지닌 이런 아쉬움과 불안을 일거에 날려버리는 결정적인 역할을 했다. 더욱이 그것이 저들 천왕의 親見까지 마친 책임에 있어서랴.

사지총서 편찬자의 한 사람인 坪井九馬三(쓰보이 쿠메조)는 白鳥(시라토리)와 거의 같은 무렵에 『삼국유사』를 처음 보았던 것 같다. 그는 조심스러운 해제를 한 편 써서 발표한다. 그 가운데 이런 대목이 있다.

『동국여지승람』 권6 경기도 고마한삼역의 주에 본서를 인용한 다음 "이 책은 누가 지었는지 모른다. 고려 중엽 이후에 나왔다."고 하여, 찬술자가 자세하지 않고, 또 찬술연대도 정밀히 알지 못한다고 했지만, 이계복의 발에 있기로는 분명히 정덕 7년 재판, 본권5의 머리에는 '國尊曹溪宗迦智山下麟角寺住持圓鏡冲照大禪師一然撰'이라 서명되어 있다. 찬술자의 서명은 매권 머리

104  『尊經閣文庫漢籍分類目錄』, 東京 : 侯爵前田家尊經閣, 1934.
105  日下 寬는 저간의 사정을 짐작하게 하는 다음과 같은 말을 남겼다. "其書流傳 加賀前田氏藏 史記一部 … 前田氏所藏 稱爲加賀本 古色蒼然 疑李繼福刊本矣"(「校訂三國史記序」, 『鹿友莊文集』, 卷一 張二十六)

에 있어야 할 것이지만, 그렇지 않은 것은 초판본이 벌써 斷爛되어서, 그것을
轉寫하는 사이 筆工 등이 疏漏한 데다, 나아가 脫誤를 생겨나게 했기 때문인가
한다. 본서를 정독함에 한 사람이 찬술한 것이 틀림없다면, 단연코 전5권을
승 일연의 찬술로 받아들여야겠다.[106]

이후에도 여러 차례 반복하여 제기되었던 '일연 찬술의 의구심'을 뜻밖에
坪井는 처음부터 명확히 거부하고 있다.

坪井는 이 시점에서 德川本『삼국유사』를 보았으리라 확신된다.[107] 白鳥만
해도 神田本類의 사본(?)을 통해서나『삼국유사』에 접했다면, 드디어 坪井는
德川家에 의연히 전해지던 실물을 볼 수 있었던 것인데, 한국의 고대사와
문화의 연구에서 이 책을 빼놓을 수 없음을, 아니 이 책부터 다시 시작해
나가지 않을 수 없음을 직감했던 듯하다.

사지총서의 또 다른 편찬자 日下 寬(쿠사카 히로시)[108]는『삼국유사』의 서문
에서 이렇게 말한다.

엮은 바가 神異 靈妙하고 오로지 崇佛 弘法에 주력하여, 어떤 논자는 망탄
하고 不經하여 족히 믿을 바 못된다고 말한다. 그러나 유행한 풍속이 그 안에
여기저기 흩어져 보이고, 심지어 주와 현과 도시 그리고 지세와 연혁이 뚜렷

106 坪井九馬三,「三國遺事」,『史學雜誌』제11편9호, 東京 : 日本史學會, 1900, 59-60면.
107 쓰보이는『삼국유사』해제보다 8년 앞서『삼국사기』의 해제를 썼는데, 여기서 德川家
의 愛冊으로 인한 곤란을 슬며시 비친 적이 있다. "본서는 많은 사본을 가지고 있는데,
보통 사본에는 傳寫의 잘못이 무척 많아서, 德川義禮 侯爵藏本을 가지고 그 표준본을 삼아야
할 터이지만, 나는 아직 이 본을 보지 못했다."(「新羅高句麗百濟三國史」,『史學雜誌』35, 東
京 : 日本史學會, 1892, 72-73면) 그러나 실제 德川家에『삼국사기』는 없었다. 이때까지만
해도 쓰보이의 정보는 정확하지 못했다.
108 쿠사카 히로시(1852~1926) : 千葉 출신. 漢學者. 史料編纂掛 겸 東京帝國大學 문과대학 강사.
문집으로『鹿友莊文集』(6권)이 있다.

이 징험할 만하다. 삼국의 옛 사실을 재구하자면, 采葑采菲,[109] 어찌 이를 쉬
버리랴.[110]

앞서도 밝혔지만, 사지총서의 두 편찬자는 尾張 德川家의 日記類를 중심으
로 이 총서를 엮어냈다. 江戶期의 역사를 아는 데 이만한 사료가 없고, 그
사료가 전승되기로는 尾張藩의 서적관리만한 데가 없었기 때문이었다. 德川
家의 서적을 열람하는 가운데 그들은 『삼국유사』를 발견했고, 이 집안에서
대대로 특별취급을 받아오던 이 책의 실질적인 가치를 보다 분명히 인식했던
것이다. '오리지널 現物'이라는 앞선 평가에 이어, '확실한 일연의 찬술' —
'采葑采菲'로 이어지는 저들의 시각을 확인하다보면, 오늘날 우리로서는 안
도와 탄식의 한숨을 쉬지 않을 수 없다.


## 7. 마무리

이상에서 논한 바를 요약하는 일은 생략하기로 한다. 결론적으로 德川本
『삼국유사』는 20세기에 있어 '삼국유사의 재발견'에 결정적인 공헌을 했다.
무엇보다도 사지총서의 편집자가 『삼국유사』의 존재를 인식하는 데에 크게
기여했기 때문이다.

德川家에서는 조선에서 들어온 어떤 책보다도 『삼국유사』에 대해 큰 관심
을 갖고 있었다. 조선의 고대사를 특이한 방법으로 풀어가는 일연의 저술태

---

109 『詩經』의 采葑采菲無以下體에서 온 말. 뿌리와 줄기를 다 먹는 무에 비유하여, 맛없는 뿌리
라고 해도 줄기가 맛있다면 함부로 버려서는 안 된다. 일부가 나쁘다고 전부를 버리는 어리
석음을 경계하는 비유이다.

110 日下 寬, 『鹿友莊文集』, 卷一 張二十八.

도에 흥미를 가졌던 것이다. 『삼국사기』에서 출발하여 『高麗史』와 『東國通鑑』으로 이어지는 中國流의 正史體制, 곧 유학적 역사인식과는 완연히 달랐기 때문이다. 이것이 사지총서 편집자들에 의해 발견되었고, 마침 조선의 고대사를 깊이 연구해야 할 필요성을 느낀 明治期 이후 사학자와 문학자들에 의해 『삼국유사』는 떨떠름한 기분을 떨쳐버리지 못하면서도 받아들여졌다. 이 점이 바로 조선조의 유학자들이 가졌던 태도와 명확히 대비되는 부분이다.

德川家 『삼국유사』의 전승과정을 살펴봄으로써, 이 책에 대한 인식이 조선과 일본 사이에 서로 달랐음을 알 수 있고, 다행이라면 다행이랄까, 가치를 인정해 준 쪽에서 기회를 만들어 '재발견'으로 이어졌다면, 그에 대한 평가에 인색할 일은 아니라 여겨진다. 깊은 인식과 열린 시각이란 이를 두고 하는 말이다.

# 權相老와 삼국유사

## 1. 머리에

일제강점기에 친일 관료 노릇을 한 魚允迪은 1914년에 『東史年表』를 간행하였다. 꽤 자세한 한국사 연표였다. 이 책의 첫머리에, "삼국유사에 이르기를, '단군왕검이 唐堯 즉위 50년 경인년에 평양을 도읍으로 하고 비로소 조선이라 불렀다'고 했다."[1]는 기록을 남기고 있다. 그가 『삼국유사』를 보았다는 증거 가운데 하나이다.

일찍이 19세기 중반을 넘어서며 『삼국유사』 열람 기록을 찾기가 쉽지 않다. 독서의 대상에서 거의 제외되었다는 반증으로 삼을 만하다. 그러다 어윤적의 이 글에 와서 겨우 흔적을 발견하게 된다.

그로부터 2년 뒤, 申采浩는 『꿈하늘』을 펴냈다. 판타지에 가까운 역사소설이다. 서문에서 신채호는 다음과 같이 말한다.

---

1    어윤적, 『東史年表』, 보문관, 1914, 1면.

自由못하는 몸이니 붓이나 자유하자고 마음대로 놀아 이글속에 美人보다
향내나는 꽃과도 니야기하며 평시에 사모하던 옛적 聖賢과 英雄들도 만나보
며 올흔팔이 왼팔도 되야 보며 한놈이 여들놈도 되여 너무 事實에 각갑지
안한 詩的神話도 잇지만 그 가온데 들어말한 歷史上 일은 낫낫이 古記나 三國
史記나 三國遺事나 高句麗史나 廣史나 繹史 갓흔속에서 참조하야 쓴 말이니
독자 여러분이시여 셕지말고 갈너보시소서.[2]

'붓이나 자유하자'는 말이 아프게 다가온다. '시적 신화'라는 말까지 만들
며, 사실에 가깝지 않은 글이기는 하나 여러 역사서를 참조하였으니, 섞지
말고 갈라보라는 주의사항이 인상적이다. 판타지 같기는 하나 그 속에 역사
적 진실을 담았다는 뜻일 것이다. 여기서도 『삼국유사』가 등장하였다.

어윤적이나 신채호는 어떻게 『삼국유사』를 보았을까? 1910년대 중반, 쉽
게 접하기 어려웠을 이 책에 고무적으로 다가간 배경은 무엇일까?

이 글은 먼저 20세기 초반에 『삼국유사』가 다시 독서 대상으로 떠오른
사정을 살펴보기로 한다. 이는 크게 두 가지 방향으로, 첫째 『삼국유사』의
重刊 경위, 둘째 『삼국유사』가 현대어로 번역되는 과정이다. 그러나 이것은
어디까지나 전제되는 논의이고, 본격적인 논의는 退耕 權相老(1879~1965)에 얽
힌 『삼국유사』와 저간의 사정이다. 권상로가 불교계에 끼친 영향에 대해서
는 이 글이 논할 범주를 넘어서지만, 권상로와 『삼국유사』에 관한 특기해야
할 여러 가지 사항이 있어 글을 시작한다. 그의 저서 속에 퍼진 『삼국유사』의
영향, 그리고 遺稿로 남긴 『삼국유사』 국역본의 문제에 대해 차례로 기술하
겠다.

권상로의 국역본 『삼국유사』는 단순히 독서물을 넘어 연구 텍스트로서

2    신채호, 「꿈하늘」, 『丹齋 申采浩全集 下』, 螢雪出版社, 1977, 175면.

가능하다. 이를 위해 검토하고 넘어가야 할 문제가 무엇인지 살펴보는 것이
이 글의 최종 목표이다.


## 2. 德川家의 『삼국유사』

　도쿄제국대학 국사학과에 쓰보이 쿠메조(坪井九馬三, 1858~1936)라는 학자가
있었다.[3] 20세기 『삼국유사』의 첫 풍경을 말하면서 결코 빼놓을 수 없는 인
물이다.

　帝大 국사학과 졸업, 독일 유학을 마치고 돌아와 모교의 교수가 된 그는
1892년 일본에서 『삼국사기』의 첫 해제[4]를 썼고, 그로부터 8년 뒤인 1900년
에 『삼국유사』의 역시 첫 해제[5]를 썼다. 그리고 4년 뒤, 도쿄제국대학의 문과
대학사지총서로 『삼국유사』를 펴냈다. 근대식 활판본인 이 『삼국유사』는
1512년 조선조 중종 때 경주에서 목판본으로 인쇄되고 난 다음, 실로 392년
만에, 조선이 아닌 일본 땅에서 이루어진 극적인 재생의 출판이었다. 거기에
덧붙여 말하자면 20세기 '삼국유사 연구'의 도화선은, 다소 자존심 상할 일이
지만, 이 쓰보이의 출판으로부터 시작했다 보아도 무방하다.

　과연 쓰보이는 『삼국유사』를 어떻게 알았던 것일까? 해제에서 그는 이렇
게 말한다.

---

3　　이 장의 내용은 고운기, 『도쿠가와가 사랑한 책』, 현암사, 2009에 자세히 썼고, 앞의 「德川
　　家 장서목록에 나타난 『삼국유사』의 전승」에서도 다루었다. 아울러 Ⅲ부 「향가의 근대・1」
　　에도 부분적으로 刪補하며 轉載하였다. 중복의 嫌이 있으나, 전후 내용의 이해를 쉽게 할
　　목적으로 그냥 둔다.
4　　坪井九馬三, 「三國史記」, 『史學雜誌』 제3편7호, 東京 : 일본사학회, 1892.
5　　坪井九馬三, 「三國遺事」, 『史學雜誌』 제11편9호, 東京 : 일본사학회, 1900.

본서는 내가 아는 바로는 오와리(尾張) 도쿠가와(德川)家 소장 간다(神田)
男爵家 소장의 2책이 있는데, 둘 모두 明의 正德 7년의 재판본으로, 작은 異同
도 없다. 이 책은 실로 무책임을 極한 판본으로, 그 심함이 폭리를 탐할 목적으
로 하는 書林이 하룻밤에 만들어내는 번각물과 추호도 가릴 바 없는….[6]

오와리 도쿠가와가는 도쿠가와 이에야쓰(德川家康)의 아홉째 아들 요시나오
(義直)로부터 시작하는 大藩이고, 이곳에 德川本이라 불리는 『삼국유사』가 소
장되어 있었지만, 외부 대출을 엄격히 금해서 당시 연구자들조차 소장여부마
지 잘 알지 못했다. 이에 비해 간디 남작가는 간다 다가히라(神田孝平, 1830~
1898)라는 이를 지칭하는 말로, 그는 문부성에서 제국대학 창설의 일을 맡은
바 있고, 효고(兵庫) 현의 현령을 지낸 다음에는 東京學士會院의 회원으로 활
동했기 때문에, 쓰보이와는 빈번한 교제가 있었으리라 추정된다. 그런 인연
으로 쓰보이는 간다의 책을 빌려 볼 수 있었을 것이다.

물론 두 본 모두 임진왜란 때 퇴각하는 일본군이 가져갔었다. 가토 기요마
사(加藤淸正)가 입수한 책은 도쿠가와 이에야쓰에게 바쳐져 도쿠가와본이 되
었고, 우키다 히데이에(浮田秀家)가 입수한 책은 제 아내의 병을 낫게 해 준
의사 쇼린(正琳)에게 선물로 주어졌는데, 이 책이 유신 이후 간다 남작에게
넘어갔던 것이다.

다만 도쿠가와가에서는 쓰보이에게 影寫本을 한 부 만들어 주었다. 그러자
그는 당대 한학의 대가 쿠사카 히로시(日下 寬, 1852~1926)와 함께 두 본을 대조
해 가며 활판본을 찍어 냈다. 앞서 말한 1904년 도쿄제국대학의 문과대학사
지총서 『삼국유사』이다. 이 책으로 그들은 『삼국유사』를 보다 정교하게 분
석할 필요가 있는 학계의 요망에 충분히 부응할 것이라 생각했다. 사본만

---

6    위의 글, 58면.

희귀하게 흘러 다니는 『삼국유사』를 어렵사리 구해 읽어야 했던 일본의 역사 연구자들이었다. 그들 앞에 이 책이 나오자, 그 수요는 편찬자들이 예상한 이상이었다.

쓰보이의 도쿄대학본 『삼국유사』는 일본 안에서만 반향을 일으킨 것이 아니었다. 고종 왕실의 마지막 국비유학생이었던 崔南善은 도쿄에서 이 책을 구입해 왔다.[7] 그로서는 말로만 듣던 『삼국유사』였다. 어윤적이나 신채호가 본 『삼국유사』도 이 본이었으리라 추정된다. 잊혔던 『삼국유사』가 광복하는 순간이다.

## 3. 『삼국유사』 번역의 경위

미상불 우리 역사와 문화를 이해하는 시금석으로 떠받들어지는 『삼국유사』는 오랜 시간 버림받아 있었다. 그것이 괴탄함을 멀리하는 유학적 전통에서 기인한 것이지만, 임진왜란과 같은 시련을 겪으면서 같은 역사적 운명에 놓였을 수 있고, 우리의 문헌 전승에 문제가 있기도 하다. 앞서 정리한 것처럼, 『삼국유사』가 다시 주목을 받기는 일본에서 먼저였다. 임란 무렵 일본으로 유입된 『삼국유사』는 드디어 1904년 東京大 문학부에서 史誌叢書로 간행된 바, 이는 간다본과 도쿠가와본을 저본으로 하였다[8]. 곧이어 같은 책이

---

7   최남선이 구입한 이 책은 현재 고려대 도서관의 六堂文庫에 보관되어 있다.
8   崔南善이 밝힌 이 판본의 전래 경위는 이렇다. 德川幕府의 의사인 田直瀨正琳이 임진왜란에 참전한 浮田秀家의 병을 치료해 주자, 秀家가 난중에 가져온 조선의 서적 수천 권을 답례로 주었다. 正琳은 의사이면서 서적에 남다른 관심을 가지고 있었던 것이고, 그는 여기에 자신의 당호를 써서 養安院藏書라는 도장을 찍어 전하였다. 神田本에는 바로 이 도장이 찍혀 있다. 최남선, 『삼국유사』, 민중서관, 1946, 57면.

大日本續藏經의 제150책으로 자리를 잡았고, 1927년에 일본이 자랑하는 大正新修大藏經에도 편정되었다.[9] 이때는 『삼국유사』 원본 가운데 선본으로 알려진 京都大 소장의 順庵手澤本이 교정에 참고로 쓰였다.

최남선이 분발한 것은 이때였다. 그는 일본에서 대정신수대장경이 나오던 해에 순암수택본과 조선광문회 소장본을 대본으로 교감한 『삼국유사』를 『계명』 18호(계명구락부, 1927)에 실었다. 실로 이 일은 우리나라에서 『삼국유사』에 대한 관심과 연구를 촉진시킨 신호탄이었다. 최남선은 이후 삼중당에서 新訂本(1946)을, 민중서관에서 증보본(1946)을 잇달아 내놓았다.

일단 『삼국유사』에 대한 관심이 일어나자 그 다음은 번역으로 분위기가 돌려졌다. 지금 확인되는 바, 최초의 국역은 『朝鮮野史全集』 제3권(계유출판사, 1934)에 포함된 것이다. 윤백남이 편집 간행한 이 전집에는 『大東野乘』, 『燃藜室記述』 등 대표적인 야사물이 망라되었는데, 『삼국유사』 또한 그와 같은 성질의 책으로 파악된 듯하다.

그러나 이 국역본은 몇 가지 문제를 가지고 있다.

먼저 완역이 아니라는 점이다. 여기에는 紀異, 興法과 塔像의 일부를 포함하고 있을 뿐이다.[10] 다음으로 더 문제가 되는 점은 명실상부한 국역이 아니라는 사실이다. 거의 懸吐本 수준이다. 紀異 처음 서문의 한 부분을 들어보자.

---

9   여기까지는 활판으로 인쇄된 것들이다. 영인본으로는 1921년 京都大學에서 이 대학 文學部 叢書 6권으로 간행하였다. 이는 今西龍이 소장하고 있던 順庵手澤本을 축소한 것이다. 東京 가 활판 排印本을 고집한 데 비해 京都가 영인본을 채택한 점 비교가 된다. 물론 京都가 처음부터 영인본을 의도한 것은 아니었다. 활판으로 진행하다 關東大震災를 만나 중단된 사정이 있다.

10  물론 역자는 '(未完)'이라는 단서를 붙여두고 있다. 그런데 여기서 한 가지 지적할 점이 있다. 역자는 번역한 전부를 모두 紀異편으로 보고 있다. 곧 기존 紀異 1, 2는 그대로 두고 興法과 塔像을 紀異3으로 보는 것이다. 이는 다음의 元畇 국역본에서도 마찬가지이다.

敍曰, 大抵古之聖人이 方其禮樂으로 興邦하시며 仁義로 說敎하야는 卽怪力
亂神은 在所不語나 然而帝王之將興也에 膺符命하며 受圖錄이 必有以異於人者
인 然後에 能乘大變하야 握大器하며 成大業也ㅣ라[11]

원문에 吐를 붙인 정도의 수준이다. 이 같은 사정은 뒤의 본문까지 이어진
다. 이로 보건대 이 책은 국역본이라기보다는 원본의 현토본 정도로 의미를
돌려야 할 것이다.

본격적인 국역은 이로부터 1년 후에 이루어진다. 1935년 12월 김동인이
창간한 『野談』[12]에 연재된 『삼국유사』이다. 창간호부터 시작하여 20회에 걸
쳐 완역되었다. 번역자는 元翁으로 되어 있으나 지금 그 인적사항을 알기
어렵다.[13] 연재를 시작하며 편집자는 다음과 같은 말을 붙이고 있다.

조선의 가장 오랜 기록으로 남어잇는 문헌이 三國史記와 三國遺事이다. 그
가운데 삼국사기는 正史의 부류에 속할 것이요. 삼국유사는 야사 소설에 속할
자이다. 그런데 두자가 다 불행히 희서이오 희서인지라 값이 비싸며 그우에
또한 순한문으로 되엇기 때문에 一반에 보급이 되지 못하였다. 이것을 뜻잇는
인사들이 유감으로 생각하던바 이번 본지창간에 임하여 커다란 용단으로서
삼국유사를 現代語로 고치어서 여러분앞에 제공하려 한다. 이것은 근래에 쉽
지않은 대사업인 동시에 쏘한 흥미진진한 자로서 애독하여 주시기를 바라는
바이다.[14]

---

11    윤백남, 『조선야사전집』 3, 계유출판사, 1934, 255면.
12    이 잡지에 대한 서지적 사항은 한국정신문화연구원 편, 『한국민족문화대백과사전』 14, 한
      국정신문화연구원, 1990, 624면 참조.
13    元翁은 김동인 자신이 아닌가 의심한다. 번역문의 여러 군데에서 김동인의 문장체취가 배어
      있는 듯하고, 그가 건강상의 문제로 잡지의 발행 업무를 타인에게 인수하는 시점에서 연재
      도 두 번 거르고 있다. 다른 호에 元翁은 야담을 소재로 한 소설을 쓰고도 있다. 다만 그의
      한문 독해능력이 뒷받침 되는지 不明하여 확언하기 어렵다.

편집자의 말에서 우리는 중요한 몇 가지 사실을 확인한다. 우선 김동인이 썼을 것으로 보이는 이 글에는 『삼국유사』의 문헌적 가치가 분명한 인식을 얻고 있으며, 국역의 의의와 자긍심이 매우 높다는 점이다. 비록 『삼국유사』의 정체를 '야사 소설'이라 했지만, 번역 전재는 '커다란 용단'이며, '쉽지않은 대사업'이자 '흥미진진한 자'라는 대목이 그것이다. 김동인은 창간호의 편집 후기에서도, "가장 여러분께 자랑하고저 하는 것은 三國유사의 번역이올시다. 불행히 창간호에 게재될 것은 神市시대의 일쑨 라 좀 싱거운 감이 없지 않으나 제二호부터 게재될 것은 三國시절의 온갖 기담로맨쓰 일화등으로 본시 三國유사는 역사적 가치보다 문학(취미문학)적가치가 더욱 높은 자라 여러분이 손에땀을 흘니며 읽으실줄 믿는바이올시다"는 말을 곁들였다. 이로 보건대 당시 연구자뿐만 아니라 일반 독서인에게도 소개할 가치가 있는 책으로 『삼국유사』가 당당하였다.

원웅 국역의 이 『삼국유사』는 번역의 수준에서도 상당한 경지에 올라있다. 여기 다시 서문의 일부분을 옮겨본다.

가로대 대체 넷날 성인이 나라를 경륜함에 예악(禮樂)으로 세우시고 인의로서 교민을 하시어서 괴력난신(怪力亂神) 따위의 허황한 말은 안하는 바이다. 그러나 제왕이 나라를 이루며 큰업을 일으키며 대기(大器)를 잡음에는 범상치 안흔 서상(瑞祥)이 잇는 법이니[15]

이는 앞서 현토본의 그것과 큰 차이가 난다. 특히 전문 한글로 표기하고 한자는 괄호 안에 처리한 것도 당대로서는 매우 진일보한 면이 아닐 수 없다.

---

14   김동인, 『野談』 창간호, 야담사, 1935.12, 34면.
15   위의 책, 34-35면.

그런데 후반 연재를 마칠 무렵에서는 의역으로 처리하면서 생략된 곳이 많고, 시와 향가는 원문 그대로 둔 점이 아쉽다. 앞의 인용에서도 보다시피 원문의 "膺符命 受圖錄 必有以異於人者 然後 能乘大變"를 '범상치 안흔 서상' 정도로 처리하고 말았다.

이 국역은 책으로 출간되지는 않았다. 그러나 이후 국역에 어느 정도 영향을 미쳤을 것으로 추정된다.

단행본으로 간행된 첫 국역본은 해방 직후에 나왔다. 사서연역회가 국역한 『三國遺事』(고려문화사, 1946)가 그것이다. 이가원의 증언에 따르면 '사서연역회는 1945년 조국 광복 직후에 필자와 홍기문, 리원조, 신응식, 김춘동 제씨와 함께 창립하여 첫째 사업으로 이 삼국유사를 우리말로 옮겨 그 이듬해 6월 고려문화사에서 간행'[16]하였다고 한다. 회원이 나열되어 있지만 『삼국유사』의 번역에 관한한 이가원의 전적인 작업이었던 것 같다. 이가원은 그 후 부산에서 허웅, 정병욱, 김정한 등과 '삼국유사 강독회'를 열기도 하였다.

해방되던 9월에 출범한 사서연역회는 매우 강개한 취지서를 발표하고 있다. "반만년의 역사와 삼천리의 강토와 삼천만의 민족으로서 일본 제국주의의 압박하에 신음하던 36년은 마침내 지나가고 이제 우리의 머리위에 독립과 자유의 광명은 찬연히 빛나고 있다."로 시작하는 이 취지서에서 연역회는 '우리 역사의 한문으로 기술된 것을 우리말로 번역해서 우리 역사의 대중적 이해에 일조가 되기를 기하는 것'[17]을 그 사업이라 소개하고 있다. 그런 사서연역회의 첫 사업이 『삼국유사』로 정해진 것은 상당한 의미를 갖는다. 민족의 주체성을 회복하는 시점에서 무엇보다 이 책이 민족의 정체를 가장 잘 알려준다고 인식한 결과로 보이기 때문이다.[18]

---

16    李家源 역, 『三國遺事新譯』, 태학사, 1991, 1면.
17    사서연역회, 「취지서」, 『삼국유사』, 고려문화사, 1946, 362면.

사서연역회본은 국한문 혼용으로 표기하였고 대체로 직역에 가깝다. 이는 원문의 정확한 전달에 우선 목적을 둔 데 기인한 것 같다. 『야담』의 번역이 지나치게 의역으로 흐르면서 원문을 충실히 담지 못한 데 비하면, 연역회본이 취한 이 같은 방향은 처음 번역의 모습으로서 바람직해 보인다. 서문 부분을 보아 비교해보자.

敍하여 가로되 대개 옛 聖人이 禮樂으로 나라를 일으키며 仁義로 가르침을 베풀었고 怪力亂神은 말하지 아니 하였다. 그러나 帝王이 장차 일어남에는 符命을 맡고 圖錄을 받아서 반드시 범인보다 다름이 있은 뒤에야 큰 變을 타며 큰 그릇을 잡으며 큰 業을 이루는 것이다.[19]

현토본에서 완연히 나간 이 같은 번역 투는 이후 『삼국유사』 국역본에서 그다지 달라지지 않는다. 또한 편목의 산정에서 바른 모습을 처음으로 보여주고 있는데, 기이 편을 1, 2까지 계산하고 흥법 이하를 3부터 독립적인 편차로 제시한 것이다. 다만 여기에서도 향가와 시 등은 원문 그대로 노출하고 있다.

재언하거니와 사서연역회본은 국역서로서 첫 단행본이다. 비록 『야담』의 국역이 있어 그 영향을 무시할 수 없지만, 이야말로 이후 『삼국유사』 국역의 디딤돌이 되었다.[20]

---

18   한문전적의 번역사상에서 이 모임은 일정한 의미를 부여받아야 할 줄 안다. 1965년에 들어 민족문화추진위원회가 결성되고, 이 단체에서 지금까지 고전국역의 임무를 수행하여 오고 있지만, 이것이 정부 관변단체인 점과는 달리 순수 민간 학자의 차원에서 모여 이만한 성과가 있었다는 점은 번역의 역사에서 기록할 만한 것이다. 한적의 국역사에 대해서는 편찬위원회 편, 『민족문화추진회30년사』, 민족문화추진회, 1995를 참조할 것.

19   사서연역회, 앞의 책, 39면.

20   이후 古典衍譯會의 이름으로 『完譯三國遺事』(학우사, 1954)가 간행된 바, 필자는 원고를 쓰는 지금까지 이 책을 입수하지 못하고 있다. 대체로 사서연역회의 그것을 중판한 것이 아닌

이후『삼국유사』국역본에서 중요한 것을 든다면 이병도, 리상호가 있다.

이병도의 국역은 학술적 가치를 제고시켰다는 점에서 의의가 있다. 이때까지의 국역이 독서물로서 더 비중을 둔 데 비한다면, 이병도는 역사학자의 입장에서 상세한 주석을 달고,『삼국사기』와의 일정한 연관성을 제시하는 등 학술적 부분을 강화시켰다. 이병도는 1956년에 원문을 함께 실은 국역본을 낸 이래, 1977년에 수정판을 내기까지 여러 출판사에서 중복해 출판하였다.

리상호의 국역본은 1960년 평양의 조선과학원에서 간행되었다. 지금까지 북한의 국역본으로 알려진 유일한 책인데, 이미 당시 번역문 아래 원문을 바로 실어 독서의 편의를 도모하였음은 물론이요, 정확한 번역을 추구하면서도 현대어로서 의역에도 상당한 노력을 기울인 점 인정할 만하다. 앞선 책들과의 비교를 위하여 같은 부분을 인용하여 보자.

> 머리말 : 무릇 옛날 성인이 바야흐로 문화[禮樂]로써 나라를 창건하며 도덕[仁義]으로써 교화를 베풂에 있어서 괴변이나 폭력이나 도깨비 이야기는 어데서고 말하지 않았다. 그러나 제왕이 일어나려고 할 때는 부명을 받는다 도록을 받는다하여 반드시 여느 사람과 다른 데가 있은 후에야 능히 큰 사변을 리용하여 정권을 잡고 큰 사업을 성취하였다.[21]

전문을 한글 전용하였고, 고유명사 아래에는 밑줄을 그어 구분하였다. 그러나 이 번역본에서는 과도한 의역이 때로 원의를 벗어난 경우도 있어 주의를 요한다.[22]

---

가 추정한다.

21    리상호,『삼국유사』, 평양 : 조선과학원출판사, 1960, 55면.

22    이 국역본은 강운구의 사진을 곁들여 '사진과 함께 읽는 삼국유사'라는 이름으로 1999년

『삼국유사』국역본은 이후 상당수 출간되었다.[23] 나름대로 특징을 가지고 있지만 앞선 본을 참고한 데 그친 것들이 많아 별도의 의미를 부여하기 힘들다. 대개 독서물로서 국역본이 많은 형편인데 본격적인 연구서로서 보다 많은 주석과 연구 성과물들을 집적한 결정판이 나오기를 기대하는 시점이다.[24]

## 4. 권상로 역『삼국유사』의 出世

권상로는 불교계의 권위자로『삼국유사』를 국역하였다는 점에서 특징이 있다. 원고 상태로 있다가 死後 출판되었는데,『삼국유사』가 불교 관계 기사를 많이 포함하고 있다는 점에서 그의 국역은 장점을 가지고 있고, 이 점이 연구자들에게 많은 도움을 주었다. 그런데 遺稿刊行이라는 사정 때문에 이 국역본의 간행에는 몇 가지 풀리지 않는 의문이 남아 있다.

권상로의 국역본은 1977년 동서문화사에서 처음 간행되었다. 辭世 12년 뒤의 일이다. 그러나 이 책의 간행 경위가 그다지 자세히 알려져 있지 않다. 이후 1998년『퇴경당전서』가 간행되면서 이 전집의 제9권에 다시 실렸고, 2007년 동서문화사가 문장과 판형을 손질하여 재간하였다.

유고는 李丙疇(1921~2010)가 소장하였던 것으로 밝혀졌다.[25] 일찍이 이병주

까치출판사에서 간행하였다.

23 『삼국유사』국역본에 관한 좀 더 자세한 논고는 연구사적 측면에서 별도로 작성되어야 할 것 같다. 다만 여기서 언급하지 못한 중요한 번역본을 든다면 다음과 같은 것이 있다. 이재호,『삼국유사』, 광문출판사, 1967; 이민수,『삼국유사』, 을유문화사, 1975; 고운기,『삼국유사』, 홍익출판사, 2001; 김원중,『삼국유사』, 민음사, 2010; 한국학중앙연구원,『역주 삼국유사』, 이회문화사, 2003; 김영태,『자세히 살펴 본 삼국유사 1』, 도피안사, 2009; 최광식 박대제,『삼국유사』, 고려대출판부, 2014.
24 이 장에서 논한 내용은 고운기,「삼국유사신역과 국역서로서의 의의」,『연민 이가원 선생의 학문과 사상』, 보고사, 2006에서 자세히 볼 수 있다.

는 퇴경사적비의 글을 찬술하면서,

시조(時調)의 한시역(漢詩譯)과 당시(唐詩)의 시조역(時調譯)인 퇴경역시집
(退耕譯詩集)과 말씀하시듯 쉽게 풀이한 삼국유사역강(三國遺事譯講)과 관음
예문강의(觀音禮文講義)는 공역(共譯)인 불교성전과 함께 역술(譯述)의 대표
작이다.[26]

라고 하여, '삼국유사역강(三國遺事譯講)'의 존재를 밝힌 바 있다. 그것을 권상
로의 중요 업적 가운데 하나로 꼽고 있는 점이 인상적이다. 권상로의 제자인
이병주는 다른 자리에서도 '자학(字學)의 최남선, 작문(作文)의 정인보, 해석(解
釋)의 권상로'라든지, 〈관음예문강의〉, 〈삼국유사역강〉, 〈불교성전〉 등이 대
표작[27]이라는 말을 남겼다. 그러나 이 원고가 어떤 형태였는지, 언제 역강을
한 것인지는 분명하지 않다. 권상로의 국역본을 두고 드는 첫 번째 의문이다.
역강은 정말 있었나? 역강을 구술로 받아 정리했다는 것일까? 다만 추정하기
로는 권상로를 흠모했던 제자 이병주가 동국대 재학 중이거나, 졸업 후 강독
모임을 주선했을 것으로 보인다. 그러나 이에 대해 확실한 자료는 없다.

강독 모임은 이병주의 다음 글에서 다른 경우도 있었음을 확인할 수 있다.

위의 번역은 退耕 權相老 선생의 講述을 녹음해 두었다가 진작에 정리한
것이고, 〈普賢十願歌〉의 풀이는 无涯 梁柱東 선생의 釋詞를 바탕으로 부연한
것임을 경건히 밝혀, 각각 그 그룩을 깊이 아로새겨 經緯와 더불어 年紀까지

---

25  필자는 동서문화사 고정일 사장과 인터뷰 했다. 2014년 5월 초였다. 그에 따르면, "원고를
    이병주가 가져와 출판을 부탁하였다."고 한다. 더불어 원고에 대해서는, "일체 이병주가
    책임졌을 뿐, 출판사는 아는 바가 없다."고 했다.
26  이병주 찬, 「退耕堂權相老大宗師事蹟碑」, 金龍寺, 1987.
27  이병주, 「退耕 권상로 선생과 퇴경당전서」, 『대중불교』, 대원사, 1990. 8, 77면.

매겨 표한다. 이는 오로지 잘못을 도맡기 위한 나의 짐짓이다. 1965년 5월
1일 門生 李丙疇 謹識[28]

『균여전』의 국역 원고 뒤에 붙인 글이다. '講述을 녹음해 두었다가 정리'했
다는 데서, 『균여전』 이외에도 이 같은 형태의 원고가 있었음을 시사 받는다.
『삼국유사』는 그 가운데 하나일 것이다. 더불어 이병주가 유훈에 따라 이
원고를 출판에 부치기를 염원하였다는 소식은,

> 스스로 다지기를, "1주기에는 필생에 그토록 가다듬으신 遺著 「三國遺事詮
> 譯」을 기어히 上鋅한다"하였었으나, 한갓 핑계지만 煩事의 어그러짐과, 生理
> 의 시달림에 매어 겨우 이 「退耕譯詩集」으로 가름하려니, 덮쌓이는 悚懼함
> 누를 길 없다.[29]

는 글을 통해 확인할 수 있다. 이 글은 이병주가 권상로 번역의 『退耕譯詩集』
을 출판하면서 쓴 후기이다. 그러니까 1966년의 일이다.

이병주의 염원이 열매를 맺기로는 1977년에 와서다. 앞서 밝힌 동서문화사
에서의 출판이 그것이다.

그런데 이 국역본의 문장은 매우 현대적이며 깔끔하다. 권상로의 국역본
을 두고 드는 두 번째 의문이다. 19세기 후반 태생으로 한문을 주요 표기수단
을 삼았던 권상로였다. 무려 13,000여 면에 달하는 그의 전집의 8할은 한문으
로 쓰인 글이고, 한글로 쓰였다고는 하나 문장은 완연 舊套 혹은 漢文套의
그것에서 벗어나지 못한다. 앞의 인터뷰에서 고정일은 이병주 등 제자들의

---

28  간행위원회 편, 『退耕堂全書』卷七, 퇴경당권상로박사전서간행위원회, 1998, 1103면. 아래로
이 전서는 卷과 면만 밝힘.

29  卷八, 514면.

손에 의해 윤문되었을 것으로 추정하였다. 그러나 추정일 뿐이며, 권상로의 문장일 가능성도 있다는 주장이 있기는 하다.[30]

한편, 불교계 지도자로서 권상로의 삶과 功過를 말하는 것은 이 자리에서 적절하지 않다. 일반적으로, "퇴경이 불교의 개혁을 주장하던 시기는 승려로서 중앙무대에서 활동을 시작하던 31세 때인 1910년부터로 추정된다."[31]고 하는데, 곧이어 닥친 한일합방의 정치적 질곡은 한 불승의 생애를 심하게 왜곡시켰다. 권상로는 53세인 1931년, 동대문 밖 창신동의 원흥사에 설립되었던 명진학교가 중앙학림이 되었다가 불교종단의 적극적인 지원으로 다시 중앙불교전문학교로 개교를 하게 되자 이 학교의 교수로 취임하여, 해방 전 해인 1944년 일제에 의해 학교가 강제 폐교 될 때까지 불교사와 불교학을 강의하였다. 이 기간의 불교학 정비의 업적을 우리는 크게 볼 수밖에 없다.

이 같은 豪悍의 업적 속에 권상로의 『삼국유사』는 畵龍點睛이다.

突兀의 主著인 『조선불교사』에서 권상로는, "松廣寺普照國師보다 조금 後하야 曹溪宗迦智山門下에 一學匠이 出世하니 그는 곧 普覺國尊이라."[32]고 일연을 소개한 다음, "特히 現今까지 流傳하야 史學界의 藍本을 作케된 것은 三國遺事五卷이다."[33]라고 『삼국유사』의 가치를 매겼다.

그렇다면 권상로는 언제부터 『삼국유사』에 관심을 가진 것일까? 지금 확

---

30　한국불교사연구소 제7차 집중세미나(동국대, 2014. 6. 17) 「대한시대 인문학자 불교학자의 『삼국유사』 인식」에서 본고에 대한 토론을 통해 김상일 교수는 이렇게 주장하고, 따로 강독 모임이 있어서 녹음을 하였으나, 시작하고 얼마 있지 않아 권상로가 타계하여 중단되었다는 증언을 소개하였다. 권상로에게서 직접 지도를 받은 이종찬, 김태준 등에 따르면, 1950년대에 권상로는 『열하일기』 등에 더 관심을 가지고 있었을 뿐, 『삼국유사』는 그다지 언급하는 경우가 없었다고 한다. 이 또한 김상일 교수의 전언이다.

31　조해룡, 「퇴경 권상로의 삶과 생각」, 『문학 사학 철학』 14호, 한국불교사연구소, 2012, 20면.

32　卷八, 1041면.

33　卷八, 1042면.

인할 수 있는 연대로는 1927년까지 거슬러 올라가게 된다.

이 해 3월 최남선은 자신이 주재하던 월간『계명』18호에『삼국유사』원문 전체를 실었다. 이 같은 소식을 접한 권상로 또한 자신이 주재하던 월간『불교』34호에, "삼국유사가 이제 개간(開刊)되었도다. 삼국유사가 이제부터 보급되겠도다. 삼국유사가 이제부터 조선인의 안상(案上)·수중(手中)·안하(眼下)·염두(念頭)에서 머물게 되었도다. 아무 것 하나도 가진 것 없고, 엮어볼 것 없는 조선 우(又) 조선인으로서 오직 이 삼국유사 하나만을 가지게 되고 내놓게 되고 들여다보게 된 것은 무엇보다도 가장 좋은 자랑거리요 가장 훌륭한 행셋감이다."[34]라고 썼다. 극찬이 아닐 수 없다. 이는『삼국유사』에 대한 극찬이면서 최남선에 대한 그것이다. 그러기에 이어서, "육당 선생은 실로 일연 선사에게 천재(千載)의 하(下)의 자운(子雲)임을 이의할 수 없게 되었도다."[35]고 썼다. 자운은 揚雄이다.『주역』을 본받아『太玄經』을 지었는데, 劉歆이 '주역도 보지 않는 판에 누가 태현경 보겠냐'며 힐난할 때, '후세에 반드시 나의 자운이 있어 알아줄 것'이라 했다는 고사가 있다. 후세에 알아주는 사람, 일연과『삼국유사』에 있어서 최남선이 그런 역할을 했다는 말이다.

이와 같으니『삼국유사』의 인용은 그의 저술에서 무척 빈번하다.『광명의 길』[36]에서 원효에 대해 쓴 부분은『삼국유사』가 아니고서는 없을 자료가 곳곳에 보인다. 탄생설화, 沒柯斧와 無碍, 혜공 일화, 분황사 소조 등이 그렇다.[37] 이어 나오는 자장의 일화[38] 또한 마찬가지이다.『新撰 朝鮮佛敎史』는『삼국유사』를 인용한 곳이 더욱 빈번해진다. 신라 불교에 관한 한 거의 전적

---

34    권상로,「古文化의 新貢獻-三國遺事의 발간에 對하야」,『佛敎』34, 불교사, 1927, 2면.
35    위의 글, 같은 면.
36    卷八, 523-845면.
37    卷八, 723-727면.
38    卷八, 728-732면.

으로 의지하였다 해도 과언이 아닐 정도이다. 특히 '射琴匣' 조와 같은 경우처럼, '琴匣之變'[39]이라 칭하고 원문을 그대로 인용해 두는 경우도 허다하다. 『조선불교사개설』은 『불교시보』에 연재된 것이고, 1939년에 출판되는데, 여기서도 '불교수입시대'라 제목 한 첫 부분부터 『삼국유사』를 인용[40]하고 있다.

특히 인상적인 부분은 고려 불교를 평하는 권상로의 관점이다. 그는 고려시대에 들어 불교는 벌써 '受邪한 氣分'[41]이 든다고 하였다. 처음 불교를 받아들여 순정하게 이어나가는 신라 불교의 無垢함과 다르다는 것이다. 권상로는 이 대목의 결론적인 평으로 '釋氏汪洋海不窮 百川儒老盡祖宗'이라는 시를 인용[42]해 놓고 있다. 불교가 지닌 가없는 세계는 모든 사상의 모태가 된다는 뜻이다. 신라야말로 이 구절에 가장 걸맞은 불교를 건설한 나라라고 본 것이다. 그런데 이 시는 『삼국유사』 홍법 편에서 고구려 승려 보덕이 암자를 남쪽으로 옮겨간 사건(寶藏奉老 普德移庵 조)을 두고 일연이 쓴 贊의 앞 두 줄이다. 권상로가 『삼국유사』의 구석구석 얼마나 자세히 훑고 있었는지 웅변하는 대목이다.

## 5. 국역본으로서 몇 가지 고려사항

공간된 권상로의 『삼국유사』는 지금도 유통되고 있다. 앞서 밝힌 1977년과 2007년에 간행된 동서문화사의 책이 그것이다. 앞서 이 책에 대해 두

---

39　卷八, 937면.
40　卷八, 1113면.
41　卷八, 1140면.
42　卷八, 1140면.

가지 의문을 걸었다. 이병주의 언급에 나오는 '삼국유사역강'과, 1977년판의 윤문 문제이다. '삼국유사역강'이 1977년판으로 나왔다는 것이지만, 이 원고는 어떤 경위를 거쳐 완성되었는지, 권상로의 문장대로 가감 없이 출판되었는지 여전 未詳인 상태대로이다.

더불어 이 책을 이용하자면 몇 가지 고려사항이 있다.

먼저 유고의 출판이 가진 문제점이기도 하지만, 책의 가치를 온전히 지켜나가자면 무엇이 이상적인지 재고할 부분이다. 본디 1977년판도 이병주의 손길이 주어졌으리라 추정하였는데, 2007년판에서도 누구인지 不詳한 가운데 윤문이 더해졌다.

　　서(叙)를 쓴다.
　　대저 옛날 성인(聖人)들이 예악으로 나라를 다스리고 인의(仁義)로 가르침에 있어, 괴상한 힘이나 난잡한 신(神)를 말하지 아니하였다. 그러나 제왕(帝王)들이 일어날 때에는 부명(符命)을 안고 도록(圖籙)을 받아서 반드시 보통 사람보다 다른 것이 있은 뒤에 큰 변란 있는 기회를 타서 대기(大器)를 잡고 대업을 이루는 것이다. (1977년판)

　　머리글에서 말한다.
　　대체로 옛날의 성인(聖人)들은 예악으로 나라를 다스리고 인의(仁義)로 가르치면서, 괴이한 힘이나 난잡한 귀신에 대해서는 말하지 아니하였다. 그러나 제왕(帝王)들이 일어날 때에는 부명(符命)을 안고 도록(圖籙)을 받음에 반드시 보통 사람보다 다른 점이 있어 그런 연후 큰 변란 있는 기회를 타서 대기(大器)를 잡고 대업(大業)을 이룰 수 있었다. (2007년판)

기이 편 서문의 첫 부분이다. 一見하여서도 2007년판에 와서 1977년판과 비교되는 상당한 윤문이 이루어지고 있음을 알 수 있다. 새로운 독자를 위한 출판사의 서비스로 본다면 합당하나, 윤문 담당자를 밝히지 않고 있어서 자 못 위태로운 생각이 든다. 여기에다 상당한 양의 주석을 덧붙였는데, 위의 인용 부분에도 符命·圖籙에 설명을 가했거니와, 주석자 또한 밝히지 않고 있어 불안하다.

번역에서 의문이 드는 부분은 어떠한가. 세 가지 경우로 나누어 문제점을 제기해 보겠다. 첫째, 오역을 놓친 경우이다.

[1-1] 第五十一, 眞聖女王. 臨朝有年. 乳母鳧好夫人, 與其夫魏弘匝干等三四寵 臣, 擅權撓政. 盜賊蜂起. (「진성여대왕 거타지」)<sup>43</sup>

[1-2] 제51대 진성여주(眞聖女主)가 등극한 지 몇해 만에 유모 부호부인(鳧 好夫人)과 왕의 남편 위홍잡간(魏弘匝干) 등 총신 삼사 명이 정사를 휘두르니 도적이 벌떼처럼 일어났다. (1977년판)

[1-3] 제51대 진성여왕(眞聖女王)이 즉위한 지 몇해 만에 유모 부호부인(鳧 好夫人)과 왕의 남편 위홍잡간(魏弘匝干) 등 총신 3, 4명이 정권을 쥐고 정사 를 휘두르니, 도적이 벌떼처럼 일어났다. (2007년판)

진성여왕 시대 혼란한 사회상을 보여주는 대목이다. 여왕과 위홍 잡간, 유모 부호부인이 등장한다. 여기서 논란은 원문의 '與其夫魏弘'을 어떻게 푸 느냐이다. 일반적으로 부호부인의 남편으로 보는 데 비해 권상로 번역은 여 왕의 남편으로 위홍을 위치시켰다. 착각이 아니었나 싶은데, 정작 2007년판

---

43  標點은 1977년판에 따랐으며 아래도 같다.

도 이것을 잡아내지 못하였다.

　둘째, 오역을 고친 경우이다.


　　[2-1] 齋戒七日. 浮座具晨水上. 龍天八部侍從. 引入崛內. 參禮空中. 出水精念珠
一貫給之. 湘領受而退. (「洛山二大聖觀音正趣調信」)


　　[2-2] 의상대사가 자리를 펴 물 위에 띄우고 천룡팔부들의 시종을 인도하
여 굴 안에 들어가 참례하니 공중에서 수정염주 한 벌을 주시므로 받아가지
고 물러나오는데 (1977년판)


　　[2-3] 의상대사가 자리를 펴 물 위에 띄웠더니, 용천팔부(龍天八部)의 시종
들이 그를 동굴 안으로 인도하여 들어가 공중에 참례하니 수정염주 한 벌을
주므로 받아가지고 물러나오는데 (2007년판)


　의상이 양양 바닷가의 관음굴에서 진신친견을 위해 재계하는 장면이다.
여기서는 원문의 '齋戒七日' 곧 '의상은 7일 동안 재계하였다'는 부분이 번역
에서 빠져 있다. 2007년판도 이런 실수를 잡아내지 못 하였다. 다만 1977년판
의 '천룡팔부'를 '용천팔부'로 고친 점이나, '시종'을 목적어가 아닌 주어로
본 점은 오역을 바로잡은 경우이다.

　셋째, 번역상의 애매함을 인정하지 않고 독단적으로 고친 경우이다.


　　[3-1] 臨尸祝曰. 莫生兮其死也苦. 莫死兮其生也苦. 福曰詞煩. 更之曰. 死生苦
兮. (「蛇福不言」)


　　[3-2] 원효가 시신에 다가가 고사하기를 「나지 말라서 그 죽는 것이 괴롭
다. 죽지 말라 그 사는 것이 괴롭다」하니, 사복이 「말이 어찌 그리 번거로운가」

하고 다시 「죽고 사는 것이 괴롭다」 하였다. (1978년판)

[3-3] 원효가 시신에 다가가 빌었다.

"태어나지 말지니 그 죽는 것이 괴롭도다. 죽지 말지니 그 사는 것이 괴롭도다."

사복이 말하였다.

"말이 어찌 그리 번거로운가?"

그래서 원효가 다시 말하였다.

"죽고 사는 것은 괴로운 일이로다." (2007년판)

한 과부가 남편 없이 잉태하여 낳은 아이가 사복이다. 열두 살이 되도록 말을 하지 못하고 걷지도 못했다. 가엾은 사생아로 원효의 일문에 든 듯하다. 어느 날 사복의 어머니가 죽자 원효는 그의 집에 와서 함께 장례를 치른다. 戒를 내리는 대목에서 둘 사이에 의견이 갈린다. 원효는, "태어나지 말 것을, 죽음이 괴롭구나 / 죽지 말 것을, 태어남이 괴롭구나"라고 축원하는데, 사복은 말이 번다하다 하고서, "죽고 사는 것이 괴로우니라"라고만 말했다는 것이다. 번거로운 말을 보다 압축적으로 바꾼 정도이지만, 원효와 사복 사이의 경합처럼 들릴 수도 있다. 그런데 이 대목은 달리 해석되기도 한다.

사복이 말하였다. "말이 번거롭다." 그래서 원효가 다시 말하였다. "죽고 사는 것이 괴롭구나."[44]

사복이 말의 번거로움을 지적하자 원효가 다시 간단히 줄였다는 것이다. 이는 원문이 두 가지 번역의 가능성을 가지고 있기에 생긴 문제이다. 원문의

---

44　김원중 옮김, 『삼국유사』, 을유문화사, 2001, 469면.

'更之曰'의 주어가 사복인지 원효인지 분명하지 않다. 문장의 전체적인 흐름으로 보면 원효의 말이라 보아도 타당할 듯하다.[45]

그런데 권상로 국역의 1977년판은 전자를, 2007년판은 후자를 따르고 있다. 애매한 대목에서 이것은 正誤의 문제가 아니므로, 1977년판이 어떤 선택을 했는가는 問外의 문제이려니와, 2007년판은 1977년판과 다른 한 쪽을 따라 고쳤는데, 정체불명의 윤문 담당자는 이런 권한을 어디서 부여받았을까. 납득하기 어려운 부분이다.

이런 문제점이 발생한 것은 최초 이 원고가 遺稿의 상태에서 출발한 데 기인하지만, 신뢰성 있는 텍스트가 되는 데에 보다 정성을 기울이지 않은 후대의 책임도 크다.

나아가 가장 곤란한 문제는 권상로 국역본에 실린 '해제'이다. 이는 기실 권상로 자신이 쓴 것이 아니요 최남선의 해제를 문장만 손질하여 놓은 것이다. 곧 권상로 국역본의 해제는 최남선 해제의 윤문인 셈이다. 누가 했는지 정확히 밝히지 않고 있다.

두 개를 비교해 보면 다음 표와 같다.

---

45    그동안 대부분의 번역서는 주어를 사복으로 삼았다. 『三國遺事考證』에서도 이 부분을 福은, 〈"お前の詞はわずらしい。"といい, 此れを更めて, "死生は、ともに苦しい"〉(村上四男 撰, 『三國遺事考證』下之二, 東京 : 塙書房, 1995, 67면)라고 번역하였다. 반면 『역주 삼국유사』는, 〈사복이 말하기를, "[그] 말이 번거롭다."고 하였다. [원효가] 이를 고쳐서 말하기를, "죽고 나는 것이 괴롭다."고 하였다.〉(한국정신문화구원, 『역주 삼국유사』 IV, 이회문화사, 2003, 151면)라고 번역하였다.

| 최남선 해제[46] | 권상로 국역본 | 비고 |
|---|---|---|
| 1. 開題 | 1. 삼국유사와 저자 일연 | - 混丘 사적, 按 부분 생략 |
| 2. 篇目 | | |
| 3. 撰者 | | |
| 4. 性質 | | |
| 5. 價値 | 3. 역사적 의의와 평가 | - 안정복 인용 부분 번역 |
| 6. 範圍 | | |
| 7. 評議 | | |
| 8. 引用書 | 4. 내용과 참고자료 | - 『보한집』 원문 부분 번역<br>- 변증 부분 생략 |
| 9. 古記 | | |
| 10. 僧傳 | | |
| 11. 鄕歌 | | |
| 12. 民俗과說話 | | |
| 13. 魏書 | | |
| 14. 撰成年代 | 2. 撰述年代와 간행 | |
| 15. 刊刻 | | |
| 16. 流布 | 5. 삼국유사의 유포와 번각 | - 東京大, 京都大 서문 생략 |
| 17. 飜刻意義 | | |

17번으로 나눠진 최남선 해제의 제목이 권상로 국역본에서 5번으로 집약되어 있다. 거기에다 최남선 해제의 '14.撰成年代'와 '15.刊刻'을 권상로 국역본에서 '2.撰述年代와 간행'이라 하여 앞으로 내놓고 있는 것이 크게 다르다. 나아가 古套의 문장을 현대화하였고, 더러 지나치게 부연된 부분이나 주석 같은 것을 생략하였다. 특히 '予의 아는 바로'(최, 56면)가 '내가 아는 바로는'(권, 51면)으로 고쳐진 대목, '이제 再刊의 勤托에 이끌려서'(최, 60면)가 '이제 再刊의 부탁에 이끌려'(권, 60면)로 고쳐진 대목을 보면 두 글은 하나임이 분명하다.

다만 고정일은 앞의 인터뷰에서 최남선의 최초 해제 작성 때에 권상로가

---

함께 작업했을 가능성을 말했다.[47] 덧붙여 이 원고 또한 이병주가 가져왔다고
했다.

윤문 담당자는 이병주이거나 역강 청강자 가운데 한 사람으로 조심스럽게
추정해 본다.[48] 해제에서 '앞에 든 책 이름 끝에 괄호로 적은 것은 나와 있는
篇의 이름이고 또 그 數字는 실려 있는 回數임—譯者註'[49] 같은 부분이 보이
고, 향가에 대한 설명 끝에는 최남선 해제에 전혀 보이지 않는 "현재 밝혀지
고 있는 내용만으로도 그 사상이 심오하고 착상이 기발한 점과, 감정이 순수
하고 표현이 소박한 점 등은 충분히 느껴 알 수 있으니, 참으로 자랑스럽고
다행한 일이 아닐 수 없다."[50]가 가필되어 있기도 하다. 참고로 향가 등의
해석은 양주동의 그것을 가져와 쓰고 있다.


## 6. 마무리

이 글은 20세기 초반에 『삼국유사』가 다시 독서 대상으로 떠오른 사정을
살펴보면서 시작하였다. 『삼국유사』의 重刊 경위, 『삼국유사』가 현대어로
번역되는 과정을 살폈다. 한 마디로 극적인 재발견의 현장이었다.

이를 전제로 退耕 權相老에 얽힌 『삼국유사』와의 저간의 사정을 논하였다.

---

47 두 사람의 나이 차이가 한 살, 당대 석학의 그룹에서 그들은 친분이 있었을 것이며, 최남선
이 박학하다 하나 『삼국유사』의 불교 관련 참고 서목은 권상로의 힘을 빌리지 않을 수
없었을 것으로 추정하였다. 물론 추정일 뿐이다.

48 이에 대해 앞서 소개한 토론자 김상일 교수는 반대 의견을 피력했다. 그러면서 1983년에
간행된 한정섭 역주 『삼국유사』가 권상로 번역을 바탕으로 하고 있음을 알려주었다. 1996
년 신원문화사에서 재간되기도 한 이 책에 대해 후일 검토를 기약한다.

49 권상로 역, 『삼국유사』, 동서문화사, 1977, 30면.

50 위의 책, 41면.

그의 저서 속에서『삼국유사』의 영향은 지대하고, 그리고 遺稿로 남긴 국역본은 상세히 검토할 가치가 있다. 권상로는 불교계의 권위자로『삼국유사』를 국역하였다는 점에서 특징이 있다. 그의 원고는 필사로 있다가 死後에 출판되었는데,『삼국유사』가 불교 관계 기사를 많이 포함하고 있다는 점에서 그의 국역은 장점을 가지고 있고, 이 점이 연구자에게 많은 도움을 주었다.

그런데 遺稿刊行이라는 사정 때문에 이 국역본의 간행에는 몇 가지 풀리지 않는 의문이 남아 있다. 이병주의 언급에 나오는 '삼국유사역강'과, 1977년판의 윤문 문제이다. '삼국유사역강'이 1977년판으로 나왔다는 것이지만, 이 원고는 어떤 경위를 거쳐 완성되었는지, 권상로의 문장대로 가감 없이 출판되었는지 여전히 未詳인 상태대로이다. 이런 문제점이 발생한 것은 최초 이 원고가 遺稿 상태에서 출발한 데 기인하지만, 신뢰성 있는 텍스트가 되는 데에 보다 정교한 노력을 기울이지 않은 후대의 책임도 크다.

나아가 권상로 국역본에 실린 '해제'이다. 권상로 자신이 쓴 것이 아니요 최남선의 해제를 문장만 손질하여 놓았다. 곧 권상로 국역본의 해제는 최남선 해제의 윤문인 셈이다. 누가 했는지 정확히 밝히지 않고 있다.

생전 권상로는『삼국유사』를 극찬하였다. 심지어『삼국유사』開刊에 힘을 썼다는 점만으로 최남선까지 극찬하였다. 권상로는『삼국유사』의 구석구석 자세히 훑고 있었다. 그런 그의 손길이 거쳐 간『삼국유사』국역본이다.

이제 우리는 발간 경위 등을 보다 정확히 밝혀, 권상로의 국역본이 학문적 텍스트의 책무를 다할 수 있도록 하지 않으면 안 된다.

# 파괴와 복원의 변증
—『삼국유사』와 13세기 고려의 문학적 再構

## 1. 머리말

이 글에서는 13세기 고려의 사회적·문화적 특수성을 반영한 텍스트로서 『삼국유사』가 지닌 성격을 찾아보고자 한다. 저자 一然(1206~1289)은 13세기를 살다간 사람이다. 그의 책『삼국유사』에 실린 이야기의 군데군데 나오는 참상은 13세기 고려를 그대로 상상하게 만든다. 그의 시대는 몽골 군사가 지나는 곳마다 殘滅하지 않은 데가 없을 만큼 참혹한 것이었다. 名分과는 달리, 최씨무인정권은 그들의 정권을 지키기 위해 항복하지 않았고, 그것이 사태를 더욱 심각하게 만들었다. 본문에 기술한 '삼국유사에 반영된 시대적 모순'의 시대란 13세기의 그것을 말한다.

그런데 일연은 『삼국유사』를 통해 시대의 아픔이 어디에서 연원하는지 밝히고, 어디에서 희망을 찾아야 하는지 그 해답을 내놓았다. 이야기가 주는 위안과 즐거움이었다.

일연은 참혹의 너머에 있는 희망을 이야기하였다. 이에 대해 나는, "일연은 이야기하는 제주를 다양하게 지닌 이였다. 정치적이고 역사적인 사건을 이야기 속에 풀어 넣는 비상한 기술을 지니고 있었다.”[1]는 전제 아래, 『삼국유사』
안에서 다양한 사례를 찾아 제시해 본 적이 있다. 이를 바탕으로 후속되는
논의가 이 글이다.

그것은 ‘이야기’라고 하지만 기본적으로 불교적 의의가 具顯되어서 가능
했다. 불교적 의의란 ‘변증적 사고방식이 생활에 적용된 알고리즘(algorithm)’
이라 정의하고 싶은데, 승려 출신으로서 일연이 지닌 장점을 분석하는 일에
유용하리라 생각한다. 그래서 파괴와 복원의 변증이다.

대표적인 사례는 13세기를 기록한 史料 곧 『高麗史』, 『高麗史節要』 등에서
찾고, 이에 대응하는 『삼국유사』의 이야기를 병렬해 놓았다. 이것이 13세기
의 역사적 보편성을 擔保하는 데는 미진하겠으나, 일연이 의도한 시대와의
화해를 엿보기에 도움이 될 것이다.


## 2. 빈 것과 찬 것 : 변증적 알고리즘

釋智賢 시인의 勞作 『선시』 앞부분에 靑梅印悟(1548~1623)의 시가 실려 있다.
청매는 西山의 제자로 이름을 날렸던 조선 초기의 고승이다.

　　雲盡秋空一鏡圓　구름 다한 가을 하늘은 한 장의 거울이니
　　寒鴉隻去偶成痕　찬 기러기 외로이 가매 그 흔적 남네
　　南陽老子通消息　남양의 저 노인장 이 낌새 알아
　　千里東風不負言　꽃바람 일천리에 두 마음 맞비치네

---

1　고운기, 『삼국유사 글쓰기 감각』, 현암사, 2010, 46-47면. 이 책은 Ⅰ부의 「일연의 균형으로
　　서 글쓰기」, 「일연의 글쓰기에서 정치적 감각」을 바탕으로 썼다.

청매가 쓴 〈圓相一點〉이라는 제목의 7언절구이다. 석지현은 옛 공안을 제목 삼아 쓴 시의 해설에서 馬祖와 道欽의 일을 적어 놓고 있다.

마조가 어느 날 一圓相(동그라미)을 그려서 도흠에게 보냈다. 도흠은 그 동그라미 안에 점 하나 찍어 다시 마조에게 돌려보냈다. 뒤에 이 소식을 전해들은 南陽은 '도흠이 마조의 속임수에 넘어갔다'고 하였다.

잘 알려진 공안이다. 편저자인 석지현은 다른 설명을 더하지 않은 채, '어느 대목이 마조가 도흠을 속인 곳인가 잡아내보라'[2]고 한다. 가을 하늘은 '원상'이요 기러기 한 마리는 '일점'이다. 청매가 이렇듯 원상일점을 그림처럼 그려놓은 두 줄은 알겠다. 그러나 봄바람이 불어 '두 마음 맞비친다'[3]는 말은 무엇인가.

좀 멀리 돌아가 보기로 한다. 杜甫의 〈달밤에 집의 아우들을 그리워하며(月夜憶舍弟)〉를 읽어보자. 그 가운데 절창인 다음 두 줄을 『杜詩諺解』는 이렇게 번역했다.

有弟皆分散　있는 아우들이 다 흩어져 가니
無家問死生　집이 죽음과 삶을 물을 데가 없도다

安史의 난에 쫓겨 다니며 목숨 부지하기도 힘들던 시절의 두보가 고스란히 드러나는 구절이다. 『두시언해』의 번역자는 축자적인 직역에 충실하였다. 그런데 이 구절은 '有'와 '無'의 문법적 성격과 역할을 잘 알아야 한다. 이

---

2　석지현 엮고 옮김, 『선시』, 현암사, 2013, 64-65면.
3　본문의 不負言에 대한 석지현의 이같은 의역은 절묘하다. 말이 아니라 마음으로 통한다는 뜻이라 받아들인다. 이 시의 해석에 대해 〈"구름 걷힌 가을 하늘 한 거울로 둥긋한 속 / 찬 기러기 홀로 가며 흔적 우연 이뤘다"는데 / 남양 땅의 노인만이 소식을 받고 나서 / 천리 밖 봄바람 속 말 뜻을 알았다네.〉라는 의견을 이 논문의 심사자가 주었다. '속 말 뜻을 알았다'는 마음으로 통한다는 것과 유사해 보인다. 고견을 주신 데 감사한다.

글자들이 술어로 쓰이면 뒤에 이어진 글자가 주어이다. 곧 '弟'와 '家'는 주어로 번역해야 한다. 이것도 큰 주어는 생략된 것이고 작은 주어일 뿐이다. 큰 주어는 시인 자신이다.

> (나에게는) 다 흩어져 간 아우들만 있고
> 생사를 물어볼 집은 없으니⁴

『두시언해』의 번역이 나쁘지는 않으나, 시인의 척박한 상황과 심리상태를 제대로 전달받자면, 있고 없고의 변증법적 쓰임에 유의해야 하는 것이다. '흩어져 간 아우들'이라는 사건은 없어야 하는데 있고, '생사를 물어볼 집'은 있어야 하는데 없다.⁵ 있고 없음의 이 기막힌 뒤집힘, 거기에 시의 눈(詩眼)이 자리 잡았다. 두보는 儒家에 충실한 시인이었으나 思辨의 깊은 속에는 佛家의 변증도 도사려 보인다.

이제 13세기의 우리 시에서 한 편 뽑아보기로 하겠다. 유자이면서 불자의 세계에 눈을 뜨고 있었던 李奎報(1168~1241)의 〈샘 속의 달을 읊음(詠井中月)〉이라는 작품이다.

> 山僧貪月色   산에 사는 저 스님 달빛을 탐내
> 甁汲一壺中   물과 함께 한 병 가득 긷고 있소만
> 到寺方應覺   절에 가선 바야흐로 깨달으리라
> 甁傾月亦空   병 기울면 달빛조차 간 데 없음을⁶

---

4   송준호, 『우리 한시 살려 읽기』, 새문사, 2006, 32-33면.
5   위의 책, 33면.
6   번역은 송준호, 『한국명가한시선Ⅰ』, 문헌과해석사, 1999, 251면에서 가져왔다. 이 논문의 심사자가, "산 스님이 달빛을 갖고 싶어서 / 병으로 떠 동이 속에 담아뒀다만 / 절에 가면 바로 곧 알게 되리라! / 병 기울 제 달도 또한 사라졌던걸."이라는 해석을 제시해 주었다.

어렵지 않은 글자만 가지고도 정확히 운을 맞추고, 色卽是空과 空卽是色의 불교 논리를 완벽하게 소화하여 시화한 작품이다.

달빛을 사랑하는 스님이라면 벌써 그것으로 空의 생애를 충분히 실천한 분이련만, 그조차 욕심이요, 병 속의 가득찬 물을 쏟아내면 달빛 또한 사라지니, 완벽한 空의 세계를 향한 치열한 싸움이 아닐 수 없다. 절묘한 표현이다. 샘물에 비친 달빛조차 色의 세계로 여길 정도이니, 인식의 철저함을 넘어 시적 형상화의 수준에도 혀를 내두를 만하다.

이만한 문학세계를 구축한 이규보는 어떤 사람인가?

이규보는 1168년에 태어났다. 이 해가 의종 22년이었는데, 그로부터 꼭 2년 뒤에 무신난이 터졌다. 집안이 그다지 번성해 보이지 않으나, 그럴수록 글로써 벼슬을 살고 집안을 일으켜야 할 형편에, 태어나자마자 만난 이런 시국의 비상사태는 그에게 결코 유리할 것이 없었다. 寒微하기는 하나 그 또한 문인의 한 사람이었기 때문이다.

한 바탕 풍운의 시기가 지난 다음 이규보는 현실적인 길을 찾기로 하였다. 무신정권은 최충헌에 이르러 안정을 찾고 있었다. 최충헌이 이의민을 죽이고 실권을 잡은 것이 1196년, 이규보의 나이 28세 때였다. 이규보는 최충헌의 동향을 유심히 살폈으며, 그에게 자신의 능력을 보여주기 위해 시문을 지어 보냈다. 그런 그를 최충헌이 알아보고 등용한 것은 이규보의 32세 전후로 알려져 있다.

그의 행적이 오늘날까지 처신에서의 논란을 불러일으킨다. 평론가 김현은 다음과 같이 말하였다.

---

2행과 4행의 대조가 보다 분명하다. 고견을 주신 데 감사한다.

이규보로 대표될 수 있는 무인정권하의 기능적 지식인은 권력에 대한 아부를 유교적 이념으로 호도하며, 그것을 유교적 교양으로 카무플라지한다. 가장 강력한 정권 밑에서 지식인들은 국수주의자가 되어 외적에 대한 항쟁의식을 고취하여 속으로는 권력자에게 시를 써 바치고 입신출세의 길을 간다. 그가 입신출세하는 한, 세계는 여하튼 태평성대다.[7]

한마디로 권력에 아부한 지조 없는 문인이라는 평가이다. 그에 반대되는 자리에 다음과 같은 견해가 있다.

무신정권에서 벼슬을 하는 것을 주저해야 할 이유가 없었다. 기회가 오자 당당하게 나아가서 능력을 발휘할 수 있게 된 것을 자랑으로 여기고, 최씨정권의 문인들 가운데 으뜸가는 위치를 차지했다. 그 점을 두고 이규보를 낮게 평가하려는 견해는 수긍하기 어렵다. 벼슬을 해서 생계를 넉넉하게 하자는 것은 당시에 누구에게나 공통된 바람이었다. 정권에 참여해 역사의 커다란 전환에 기여하고자 한 것이 잘못일 수 없다. 무신난이 중세전기를 파괴한 데서 한 걸음 더 나아가 이규보는 중세후기를 건설하는 방향을 제시했다.[8]

국문학자 조동일의 평가이다. 士는 독서하는 자요, 大夫는 從政하는 자라는 일반적인 규준이 적용되었다. 기용되고 안 되고 문제이지, 기용된 이상 제가 지닌 능력을 발휘한다는 일반론이요, 그 참여 자체를 문제 삼아서는 안 된다는 상황론이다. 나아가 학계의 일각에서 나오는, 몽골 항쟁에 강한 영도력이 필요하다는 판단으로 이규보가 정권에 협조했다고 보는 시각과

---

7    閔泳珪의 입장은 더 단호하다. 花朝月夕을 읊조리는 그의 시는 '바다 건너 도살로부터 쫓기는 백성들의 아우성 따위는 설혹 그 중에 한두 수 보인다 해도 그저 건성일 뿐, 文字上의 노름 이상의 것이 아니다'는 혹평이 그렇다.(『四川講壇』, 又半, 1994, 78면)

8    조동일, 『한국문학통사2』(제4판), 지식산업사, 2005, 28면.

궤를 같이 한다.

다시 앞의 시로 돌아가 보자.

병에 긴 물의 찬 것과 빈 것에 따라 달빛이 담기고 사라지는 절묘한 비유는 空色의 논리를 시화한 것이라고 하였다. 이는 두보의 시에서 있음과 없음의 착종이 가져다 준 슬픔과 견주게 한다. 물론 두보는 훨씬 현실적인 문제 곧 전쟁과 離散으로 야기된 삶의 고통을 노래하고 있다. 처절하다. 이규보가 달을 노래하는 것과 다르다. 하지만 궁극적인 지점에서 두보의 있음과 없음은 이규보의 참과 빔으로 만난다. 이규보 또한 두보 못지않은 전란의 소용돌이 속에서 살다 간 사람이다.

그렇다면 이제 앞서 나온 석지현 시인의 물음에 답해 보자.

圓相과 一點을 우리는 공과 색에 견줄 수 있다. 그러나 원상인 하늘에도 무엇인가 채워지기도 하고, 일점을 이룬 새는 날아가 버리면 그만이다. 그러므로 원상이 곧 空만은 아니요 일점이 色만은 아니다. 마조가 그린 동그라미에 점을 찍은 도흠은, 대답해야 한다는 강박에 시달렸을까, 한 단계 더 나간 뜻을 제대로 파악하지 못한 것이다. 남양이 도흠더러 '속았다'고 말한 것은 이런 까닭으로 풀이된다.

禪詩의 해석에 변증법적 방법은 상식적으로 동원된다. 앞서 본 두 편의 시도 예외가 아니다. 공과 색의 정반합을 넉넉히 받아들이고 있다.

여기서 하나의 알고리즘을 적용해 보기로 한다.

알고리즘이란 어떤 문제를 해결하기 위해 명확히 정의된 有限個의 규칙과 절차의 모임을 말한다.[9] 흔히 아라비아 숫자를 사용하여 演算하는 數順이다.

---

9    그러므로 알고리즘은 명확히 정의된 한정된 개수의 규제나 명령의 집합이며, 한정된 규칙을 적용함으로써 문제를 해결하는 것이다.(『인터넷IT용어대사전』, 일진사, 2011) 앞의 導論(「共存의 알고리즘」)에서 이를 자세히 설명하였다.

그러나 부여된 문자가 수학적인지 비수학적인지, 또 사람의 손이든지 컴퓨터로 해결하든지 관계없이 적용된다. 오늘날 특히 컴퓨터로 문제를 푸는 경우, 알고리즘을 형식적으로 표현하는 것이 프로그램을 작성하는 데 중요한 요소가 된다.[10]

이를 원용하여 인간의 의식과 무의식, 인지와 불인지를 넘어, 일정한 고리가 있는 일관된 언어로 풀어내는 과정을 만들어 볼 수 있다. 인식에도 판단 과정에 적용되는 알고리즘이 있는 것이다. 그런데 의식과 무의식, 인지와 불인지는 서로 변증적인 관계로 말미암은 상호 및 교호작용의 관계이다. 궁극적으로 우리는 두 세계에 대한 면밀한 통찰과 전략적 응용으로 인간에 대한 엄정한 이해를 얻어낸다. 연산의 數順을 응용한 인식의 隨順이 동적인 변화를 반영하여 완성하는 체계이다. 나는 이것을 변증적 알고리즘이라 부르고자 한다.[11]

앞서 이규보의 시와 함께 그의 생애를 살펴보았다. 평가는 극단적이었다. 이 같은 극단으로 인간의 전모를 파악하기 어렵다. 여기에 변증적 사고방식이 생활에 적용된 알고리즘을 가져와 보자. 緣起의 원리이기도 하다. '이것이 있음으로 말미암아 저것이 있고, 이것이 생김으로 말미암아 저것이 생긴다'[12]는, 깨달은 석가모니가 내린 미혹의 인과에 대해 주목한다. 바로 相依性이다. 혼란의 시기를 살다간 인간에 대해서일수록 이런 방법론이 필요하다.

시대 또한 그렇다. 13세기 고려의 역사는 변증의 알고리즘으로 풀어내야 한다. 이는 다름 아닌 일연이 『삼국유사』에서 當代의 사실을 前代의 역사나 설화에 規準하여 그린 방법이었다.

---

10   위의 책, 같은 부분.
11   이 단락은 導論(「共存의 알고리즘」, 33면)에 인용하여 논의를 확장시켰다.
12   성철, 『百日法門』, 장경각, 1990, 141면.

## 3. 전쟁과 폐허 그리고 파괴의 13세기

고려의 13세기는 무인정권과 대몽항쟁의 시대로 요약된다. 국내외적으로 터진 두 사건의 공통점은 제어하지 못할 武力의 난무였다.

이제 상층부터 하층까지 혼란스러웠던 13세기의 상황을 실제 사건을 통해 살펴보자. 무인정권에 대해서는 여러 역사적인 평가가 가능하나, 최씨정권의 4대주인 崔誼의 죽음을 두고 『고려사절요』는 다음과 같이 썼다.

[1] 3월에 유경과 김인준 등이 최의를 죽였다. 의는 나이 젊고 어리석고 약하여 어진 선비를 예우하여 시국 정사를 자문하지 않고, 친하고 믿는 자가 유능·최양백의 무리 같이 모두 가볍고 방정맞고 용렬하고 천한 자들이었다. 그의 외삼촌 巨成元拔은 의가 총애하는 여종 心鏡과 더불어 밖에서는 세력을 부리고 안으로는 참소를 행하였고, 재물을 탐하는 것이 한이 없었다. 그때에 또 해마다 흉년이 들었는데, 창고를 열어서 진휼하지도 않아 이 때문에 크게 인망을 잃었다.[13]

이것은 최의 개인에 대한 평가이다. 그러나 政事에 일방적이고 재물을 탐하며 백성을 돌보지 않았다는 점에서는 정권 전체의 문제였다고 해도 지나치지 않다. 무인정권의 폐해는 정권 내의 문제로부터 전반적인 국정 농단으로 이어졌던 것이다.

정권의 정통성이나 자신감이 없을 경우 '가볍고 방정맞고 용렬하고 천한 자들'에게 의존할 수밖에 없고, 몽골과의 치열한 전쟁 통에 '여종 심경' 같은 존재가 농단의 핵심에 섰다. 심경을 조종했던 사람은 거성원발인데, 이름조

---

13    『고려사절요』, 고종 45년(1258).

차 남아있지 않은 崔沆의 첩이 그의 여동생이었다. 이 여동생이 최의를 낳았기에 권력의 핵심으로 들어갔던 것이다. 농단의 주변에는 이렇듯 자격미달의 專橫者가 넘쳐났다. 더욱이 흉년의 진휼 조치 따위는 안중에 없었다. 사실 최의는 나이가 어린 데다 급작스럽게 정권을 이양 받아 정상으로 통치할 수 없었다. 아버지 최항 대에 이미 무너지기 시작한 기율을 바로잡기란 처음부터 불가능했다. 결국 김인준 등의 무인에게 살해당하고 최씨정권은 막을 내렸다.

정권의 상층부가 무너진 상황에서 혼란은 아래로 파급되었다. 이 같은 상황은 다음의 사건을 통해 잘 읽을 수 있다.

[2] 8월에 도적이 武陵을 발굴하니 왕이 예부의 여러 陵署에 명하여 두루 살피게 하였다. 또 도적이 발굴한 것이 5, 6곳이 되므로 곧 中使에게 명하여 각기 願刹의 중을 시켜 능을 수리하게 하였다. 유사가 여러 능의 능지기를 탄핵하여 파면시키고, 陵戶의 사람을 먼 곳의 섬으로 귀양 보냈다. 이듬해 도적 두서너 사람을 잡아서 목 베었다. 무릉은 바로 安宗의 능이다.[14]

최씨정권 초기의 사건이다. 굶주리고 성난 백성이 왕릉을 도굴하는 일조차 불사하는 지경에 이르러있다. 무릉의 도굴은 그나마 정권의 힘이 있던 시기이기에 제압이 가능하였다. 수리 후 관리에 좀 더 철저하고 범법자에게 형벌을 내렸다. 그러나 사서에 이런 기록이 등장하는 것만으로도 기율 붕괴의 조짐을 읽을 수 있다. 더욱이 민간에서 자행되는 약탈이나 도적질은 차마 실록에 옮길 수 없을 만큼 흔했을 것이다.

게다가 몽골과의 전쟁이 더해진다. 전쟁이 남긴 폐허는, "몽고 군사가 광주

---

14   『고려사절요』, 희종 4년(1208).

·충주·청주 등지로 향하는데, 지나는 곳마다 殘滅하지 않은 데가 없었다."[15]
는 기록에서 그 一端을 읽는다.

전쟁 기간은 최씨정권의 집권과 시간이 겹친다. 결사항전이었다. 그러나
'유독 고려만은 독립국으로 남아' 있지만, 이것을 '고려가 몽골에 대항할 정
도로 강성했기 때문이라고 여긴다면 그것은 어리석은 착각'[16]이라는 견해에
귀를 기울일 필요가 있다. 최씨정권은 그들의 정권을 지키기 위해 항복하지
않았던 것이다. 그만큼 피해는 더 컸다.

다만, 최씨정권이 무너지고, 고려가 항복한 이후 '원나라의 고려에 대한
짝사랑에 가까운 사항들이 비일비재'[17]하다든지, '유일한 독립국이자 결혼동
맹국'[18]으로 지위를 누렸다는 평가는 재고를 요한다. 물론 충선왕이 元 世祖
의 외손자이자 무종과 인종의 즉위에 결정적인 역할을 하면서 瀋陽王으로
봉해지고, 開府儀同三司가 되어 막강한 권력을 누렸다는 점은 사실이다. 그러
나 이것은 어디까지나 왕실 차원의 일일 뿐이었다. 몽골이 효과적으로 고려
를 지배하기 위한 장치에 불과하였다.

일단 한번 뚫리자 연약해진 국경은 한 군데에서 그치지 않았다. "급제 朴寅
을 보내어 일본에 예물을 가지고 가게 하니, 이때에 왜적이 주·현을 침략하
므로 박인을 보내어 강화하였다."[19]에서 보듯이, 일본 쪽도 문제가 심각해졌
다. 특히 일본의 중앙 정부가 억제력을 상실한 상태에 놓이자 변방의 왜인은
늘 한반도로 향했던 것이다.

이런 상황 아래 사회 하층의 민간인은 어떤 삶을 살았는가. 몽골의 본격적

15   『고려사절요』, 고종 18년(1231).
16   김운회, 『몽골은 왜 고려를 멸망시키지 않았나』, 역사의아침, 2015, 31면.
17   위의 책, 32면.
18   위의 책, 38면.
19   『고려사절요』, 고종 14년(1227).

인 침략 이후 하층부에서 벌어지는 끔찍한 테러를 다음과 같은 사건을 통해 엿보게 된다.

[3] 掌牲署 죄수들 가운데 자색이 아름다운 한 여자가 있었는데, 署吏가 당직 날 저녁에 강간하려고 하니, 그 여자가 굳게 거절하여 말하기를, "나 역시 隊正의 아내인데 어찌 남에게 몸을 맡기겠느냐." 하였다. 서리가 기어이 그를 강간한 뒤에 돼지우리에 가두었더니, 뭇 돼지들이 앞 다투어 그 여자를 물어뜯어 '사람 살리라'고 다급하게 불렀으나, 서리는 거짓으로 그러는 줄 알고 구하지 않고 내버려 두었다. 그 이튿날 밝을 녘에 가보니 다 뜯어 먹고 오직 뼈만 남아 있었다.[20]

나라에서 주관하는 제사에 쓸 가축을 담당한 기관인 장생서에는 司法의 기능이 있었던 것으로 보인다. 여자는 대정의 아내라 하였으니, 비록 하급 지휘관이긴 하나 엄연히 감독 공무원의 가족인데, 여자가 죄수임을 빌미로 남편의 동료에게 강간을 당하는 일이 벌어진다. 거기서 끝이 아니다. 강간을 감추려는 목적으로 장생서에서 관리하는 돼지우리에 쳐 넣는다. 돼지에게 뜯어 먹힌 참혹한 테러다.

이는 물론 매우 특수한 사건이다. 그러나 상층부가 농단을 벌이고 왕릉이 털리는 상황과 조응하여, 관의 통치 지역인 관아에서 벌어진 이 같은 사건이 13세기 고려의 심각한 붕괴 현상을 웅변한다. 관아 바깥의 지역에 대해서는 더 말할 나위 없다.

무인정권의 전횡으로 기율이 무너지고 몽골의 침략으로 폐허가 된 나라 안의 모습은 일연의 다음과 같은 기록으로 증언된다.

---

20　『고려사절요』, 고종 15년(1228).

[4] 지금 전쟁을 겪은 이래 큰 불상과 두 보살상은 모두 녹아 없어지고, 작은 석가상만이 남아있다.[21]

[5] 조계종의 無衣子 스님이 남긴 시가 있다. "나는 들었네 / 황룡사 탑이 불타던 날 / 번지는 불길 속에서 한 쪽은 / 무간지옥을 보여주더라고"[22]

자료 [4]는 경주 황룡사의 장육존상이 불탄 모습을 전해준다. 일연이 폐허가 된 황룡사를 답사하고 남긴 기록이다. 청동으로 만든 1장 6척의 불상이 흔적 없이 사라진 자리에서 차라리 그의 붓끝은 담담하다. 충격의 역설일까? 일연과 동시대의 승려 무의자의 시를 인용한 [5]는 폐허의 상황이 無間地獄과 다름없다고 묘사하였다. 더 이상의 표현을 찾지 못하는 탓일 것이다.[23] 無衣子는 眞覺國師인 慧諶(1175~1234)이다.

위의 두 자료는 현장의 목격담이거니와, 신라 말의 혼란스러운 시대에 일어난 아래 이야기를 읽다 보면, 13세기의 현실이 구체적으로 오버랩 되는 느낌을 받게 된다.

[6] 백제의 견훤이 서울을 쳐들어와 성안이 온통 혼란에 빠졌다. 崔殷諴이 아이를 안고 와서, (…중략…) '관음보살의 힘을 빌려 이 아이를 키워주시고, 우리 부자가 다시 만날 수 있게 해' 달라고 눈물을 쏟으며 강보에 싸서 부처가 앉은자리 아래 감추고 하염없이 돌아보며 갔다.[24]

---

21  『삼국유사』, 「皇龍寺丈六」

22  『삼국유사』, 「前後所將舍利」

23  이 대목의 해석에 대한 異說은 고운기, 『일연과 13세기 나는 이렇게 본다』, 보리, 2021, 92~94면에 자세히 해 놓았다.

24  『삼국유사』, 「三所觀音 衆生寺」에서 요약 인용.

신라 말 최은함이 아들 최승로를 살리는 이야기의 앞부분이다. 견훤의 침략은 곧 몽골의 침략과 통한다. 본디 이 절의 관음보살에게 빌어 늦게야 아들을 얻은 은함은 위기의 순간에 다시 찾아왔다. 젖도 떼기 전의 아이를 맡긴곳은 관음보살의 자리 아래다. 제아무리 불심이 깊다하되 무심한 청동 보살에게서 젖이 나오리라 믿은 것은 아니었을 것이다. 실로 別無方法 끝에 내린하릴없는 選擇肢였다. 이것이 전쟁이고, 일연에게 13세기의 고려 또한 그렇게상상되었으리라 보인다.

이제 일연이 『삼국유사』에서 자신의 시대를 과거의 이야기를 통해 어떻게再構해 나가는지 살피고자 한다. 그리고 그것이 불교적 변증이 작용된 극복의 어젠다였음을 설명하기로 한다.

## 4. 『삼국유사』에 반영된 시대적 비극

### (1) 君臣 사이의 배신 : 궁파와 염장

왕조시대에 군신간의 질서는 한 사회의 기율을 규정한다. 기율의 파괴가어디에서 기인하든 그것이 미치는 사회적 파장은 지대하다. 13세기의 그러한상황과 이를 연상시키는 『삼국유사』의 이야기를 비교해 보기로 한다.

정중부의 쿠데타가 성공하여 우리 역사상 초유의 무인정권이 성립하지만,경대승-이의민 등 실권자가 교체되는 20여 년간의 극심한 혼란을 극복하고정권의 안정기를 이룩한 사람은 崔忠獻이었다. 1196년의 일이다. 이로부터최이-최항-최의로 이어지는 4대간을 최씨무인정권이라 부른다.

그러나 강력한 최충헌 정권에게도 도전 세력이 없지 않았다. 그가 가장큰 위기에 처한 사건이 1211년 말에 벌어진다.

[7] 12월에 최충헌이 銓注의 일로 壽昌宮에 나아가서 왕의 앞에 있었는데 조금 후에 왕이 안으로 들어가고 환관이 충헌의 종자에게 속여 말하기를, "왕의 명령이 있어 酒食을 내려준다." 하면서 이끌고서 廊廡 사이로 깊이 들어 갔다. 조금 후에 중과 속인 10여 명이 병기를 가지고 갑자기 뛰어와서 從者 2, 3명을 쳤다. 충헌이 변고가 있음을 알고 창황히 아뢰기를, "주상께서는 신을 구원해 주소서." 하니, 왕은 잠자코 말이 없으며 문을 닫고 들어오게 하지 않았다. 충헌이 어찌할 계책이 없어서 知奏事 방의 障紙 사이에 숨어 있으니 한 중이 세 번이나 찾았으나 결국 잡지 못하였다.[25]

여기서 왕은 熙宗이다. 최충헌은 집권 당시 明宗을 폐하고 神宗을 세웠다 가 다시 바꾼 왕이 이 희종이었다. 1204년의 일이다. 이후에 반복되지만 최충 헌의 암살 시도에는 승려가 자주 개입되는데, 이는 무인정권이 기존의 불교 세력을 축출한 데서 연유한다. 여기서도 '중과 속인 10여 명'이 작당하고 있다. 무엇보다 위중하기로는 왕이 개입되어 있다는 사실이다. 이미 암살 세력과 연락되어 있어서 충헌의 구원 요청을 외면하고 있다.

그러나 최충헌은 몸을 숨겨 겨우 화를 모면했고, 마침 궐내에 있던 김약진 과 정숙첨의 도움으로 안전한 곳으로 옮겨갔다. 김약진이 보복과 함께 왕까 지 죽이자고 나섰는데, 충헌은 의외로 차분히 나라꼴을 걱정하며, "뒷세상의 구실이 될까 두렵다. 내가 마땅히 推鞫할 것이니 너는 경솔히 가지 말라."고 타일렀다.[26] 물론 사태가 안정된 이후 왕을 폐하여 江華縣으로 옮겼고, 태자 를 비롯한 아들과 가까운 일족을 모두 유배시켰다. 다음 왕인 康宗은 한남공 貞이라는, 족보에서 아주 먼 이였다.[27]

---

25  『고려사절요』, 희종 7년(1211) 12월.
26  위와 같은 부분.
27  위와 같은 부분.

이 사건은 13세기에 벌어진 대표적인 군신 사이의 배신을 보여준다. 어느 시대인들 이런 일이 없지 않았지만, 누란의 위기에 처한 시기의 모반은 권력자 사이의 유혈로 그치지 않는다. 곧 백성의 삶과 직결되는 것이다.

『삼국유사』에서 이 같은 군신 사이의 배신을 보여주는 사건이 弓巴의 죽음이다. 궁파는 장보고의 다른 이름이다. 이 사건은 두 가지 층위를 가지고 있다. 먼저 신무왕과 궁파 사이에 벌어진 일이다.

> 제45대 신무대왕이 왕자였을 때, 데리고 있던 신하 궁파에게 말하였다.
> "내겐 함께 하늘을 같이하지 못할 원수가 있소. 그대가 나를 위해 제거해 주고 내가 왕위에 오르면, 그대의 딸을 맞아 왕비로 삼겠소."
> 궁파가 응낙하고, 마음과 힘을 함께 하여 군사를 일으키고 서울을 쳐서, 그 일을 이룩해 냈다. 왕위에 오른 다음 궁파의 딸로 왕비를 삼고자 했으나, 여러 신하들이 극렬히 아뢰었다.
> "궁파는 미미한 사람입니다. 왕께서 그 딸을 왕비에 앉게 하시는 것은 옳지 못합니다."
> 왕은 그 말에 따랐다.
> 그 때 궁파는 청해진에서 군사를 이끌고 있었다. 왕이 말을 어긴 것을 원망하여 반란을 꾀하였다.[28]

신무왕은 궁파와 한 즉위 전의 약속을 지키지 않았다. 왕이 신하를 배신한 것이다. 兔死狗烹의 형국에서 신하는 반란을 꾀한다.

그런데 이어지는 이야기에서 궁파는 왕의 위치가 되었다. 두 번째 층위의 이야기이다. 신무왕의 신하 閻長이 궁파를 제거하러 나서는 것이다. 당연히 왕은 기꺼이 허락하였다. 염장은 궁파를 만나 자신 또한 왕에게 버림받고

---

28  『삼국유사』, 「閻長 弓巴」

왔노라 말하였다. 궁파를 죽이려는 계책이었다. 같은 경험을 한 궁파를 속이
는 데 적당한 방법이었다.

> "그대는 무슨 일로 여기에 왔는가?"
> "왕에게 거스르는 짓을 했습니다. 장군께 붙어 해코지를 면해보려 할 따름
> 입니다."
> "잘 왔군."
> 궁파는 술을 마시며 즐거이 놀았다. 술이 거나해지자 염장은 궁파의 긴
> 칼을 뽑아 목을 베어버렸다. 아래 군사들이 놀라고 두려워하면서 모두 땅바닥
> 에 엎드렸다. 염장은 그들을 이끌고 서울에 이르러 왕에게 보고하였다.
> "궁파의 목을 베었나이다."
> 왕은 기뻐하며 상으로 阿干 벼슬을 내렸다.[29]

궁파는 장군으로서 왕의 위치, 염장은 부하로서 신하의 위치이다. 이 왕과
신하 사이에서도 배신이 난무하였다. 치밀한 계획으로 장군을 죽인 부하의
하층위는 신무왕과 궁파 사이의 상층위와 겹쳐진다. 배신의 왕은 배신당한
신하를 죽이거니와, 이는 희종과 최충헌 사이에 벌어진 배신극의 역전된 상
황이다.

일연은 자기 시대의 비극을 신라의 신무왕-궁파-염장의 관계 속에서 상징
적으로 설명하고 있다.[30]

---

29  위와 같은 부분.
30  궁파는 『삼국사기』에서 궁복으로 나오는데, 거기서는 신무왕-궁복-문성왕으로 이어지는 삼
    각관계가 형성된다. 『삼국유사』가 말하고자 하는 시대의 혼란상과는 달리 군신간의 의리가
    주제를 이루고 있다. 이에 대해서는 Ⅲ부 「〈怨歌〉의 재구성」을 참조할 것.

## (2) 버림받는 자식 : 손순의 아들

시대의 비극은 부자간의 천륜도 끊어 놓는다. 忠에 앞서는 유교적 윤리의
덕목이 孝이거니와, 사회가 한번 혼란에 빠지자 자식의 부모에 대한 효는
물론, 자기를 희생하여 자식을 살리는 부모의 미담 또한 제한적이다. 극한
처지에 몰렸을 때 인륜과 도덕은 힘을 잃는다. 자식을 버리는 비극이 횡행하
는 것이다. 먼저 13세기 역사에서 다음과 같은 사례를 보자.

> [8] 3월에 여러 도의 고을들이 난리를 겪어 피폐해져 三稅 이외의 잡세를
> 면제하고, 산성과 해도에 들어갔던 여러 도의 고을 사람들을 모두 육지로
> 나오게 하였다. 그때에 公山城에 들어갔던 백성들은 굶주려 죽은 자가 매우
> 많아서 늙은이와 어린이가 길가에서 죽었다. 심지어는 아이를 나무에 붙잡아
> 매어놓고 가는 자까지 있었다.[31]

1255년 3월, 공주에서 벌어진 일이다. 이보다 앞서 1253년에는 몽골의 제4
차 침입이, 1254년에는 제5차 침입이 있었다. 고려는 보호의 명목 아래 백성
을 섬과 산성으로 疏開하였다. 이른바 焦土化 작전이었다. 이는 세력이 강한
원정군에 효과적으로 대응할 수 있는 방법인데, 문제는 소개된 백성이 그
지역에서 생존하기 어려운 매우 열악한 조건을 맞았다는 것이다. 위의 인용
에서 보인 바, 1255년에 入保者를 일단 出陸시키는데, 공산성에서의 경우 늙
은이와 어린이의 피해는 심각하였다. 이는 물론 공산성만의 일이 아니었다.
가장 처연하기로는 아이를 나무에 매놓고 떠나버린 부모이다. 아이는 피
닌길의 짐이었을 것이다. 우리는 앞서 이와 비슷한 사례를 자료 [6]에서 보았
다. 최은함이 아이를 절에 두고 떠나는 장면과 크게 다르지 않다. 다만 최은

---

31    『고려사절요』, 고종 42년(1255).

함의 행동이 보인 신앙적 차원은 해석의 여지를 다르게 한다.[32]

오히려 『삼국유사』에서 대응할 사례를 찾자면 다음과 같은 이야기이다. 신라 흥덕왕 때의 孫順이 자기 아이를 묻으려는 장면이다.

> 손순에게는 어린 아이가 있었는데, 매번 할머니의 음식을 뺏어 먹는 것이었다. 손순이 이를 곤란하게 여기고 아내더러 말했다.
>
> "아이는 얻을 수 있지만 어머니는 다시 구하기 어렵소. 잡수실 것을 뺏어 버리니, 어머니가 너무 배고파하시는구료. 이 아이를 묻어 어머니가 배부르도록 해야겠소."
>
> 그러고서 아이를 업고 취산(醉山)의 북쪽 교외로 나갔다. 땅을 파다가 돌로 만든 종을 발견했는데, 매우 기이하게 생겼다. 부부가 놀라워하며 잠시 숲 속의 나무 위에 걸어두고 시험 삼아 쳐보니, 소리가 은은하기 그지없었다. 아내가 말했다.
>
> "기이한 물건을 발견했으니, 아마도 아이의 복인가 합니다. 묻어선 안되겠어요."
>
> 남편도 그렇다 여기고, 곧 아이와 종을 업고 집으로 돌아왔다.[33]

이야기의 맥락에서, 어머니를 봉양하는 일이 우선인 효자의 마음을 헤아리기 어렵지 않다. 이 이야기가 孝善 편에 실린 점을 감안할 필요가 있다. 더욱이 마지막은 해피엔딩이다. 그러므로 이야기의 핵심은 돌 종에 있다. 이 상징물이 주는 은은한 효과를 생각하며 읽을 필요가 있다. 집에 돌아와 돌 종을 대들보에 매달아 쳤더니 기이한 소리가 궁궐까지 들렸는데, 돌로 된 종에서 소리가 나는 것은 현실의 메타포로 읽어야 한다.[34]

---

32  이에 대해서는 이 글의 5장에서 다루고자 한다.
33  『삼국유사』,「孫順埋兒」

그러나 배경에 깔린, 가난한 살림이 가져온 가족의 비극은 엄연하다. 아이를 묻어버리려는 시도 자체가 파괴된 가족 관계를 말하는 것이다. 무사히 피난하려고 아이를 나무에 매단 행위와 다를 바 없다. 일연은 손순의 이야기를 『삼국유사』에 실으며 자신의 시대에 벌어지는 비극적인 현실을 은유했으리라 보인다.

다만 이야기는 비극으로 끝나지 않는다. 참혹의 너머에 있는 희망을 이야기하는 일연은 비극 이후의 단계를 설정하는 까닭이다.


### (3) 피폐한 시대의 부부 : 김현과 虎女

혼란한 사회에서 여성의 삶 또한 편안할 수 없었다. 貢女와 같은 정치적인 희생양뿐만 아니라, 전쟁으로 인한 寡孤의 이중고를 일반 여성이 안고 있었다. 남편을 잃고 생활기반이 사라진 여성은 자식을 책임질 수 없었다. 거기서 고아가 넘쳐났다. 이제 그 같은 상황을 보여주는 13세기의 구체적인 사례와 『삼국유사』에서의 이야기를 대비해 보자.

여성의 고통스러운 생활상은 좀 더 구조적인 문제에서 출발하였다. 고려 시대에는 부부간의 이혼이 흔한 일처럼 말해지고 있으나, 인륜을 넘어 천륜이라 여기는 혼인을 쉽게 깨지는 못하였을 것이고, 오늘날처럼 그렇게 자주 벌어진 일도 아니었다. 그런데 13세기의 혼란한 시기에는 그 사회상을 반영하듯 뜻밖의 이혼 사례가 눈에 띈다.[35]

---

34   고운기, 『우리가 정말 알아야 할 삼국유사』, 현암사, 2002, 690-693면 참조.
35   이에 대해 고운기, 「13세기 여성의 삶과 그 인식」, 『일연과 삼국유사의 시대』, 월인, 2001, 69-96면에서 자세히 논한 바 있다. 여기서는 그 가운데 適宜한 예를 두 가지 인용하여 다시 논의한다.

[9] 王珪는 평장사 李之茂의 딸에게 장가들었다. 그런데 지무의 아들 世延이 金甫當의 매형이라는 이유로 김보당의 난에 죽었으므로, 李義方은 규도 함께 해치고자 하여 그를 수색하였다. 규는 정중부의 집에 숨어 화를 면하였다. 이때 과부가 된 중부의 딸이 규를 보고는 좋아하여 간통하였다. 규는 마침내 옛 아내를 버렸다.[36]

[10] 羅裕는 蔭職으로 慶仙店錄事가 되었다. 林衍이 사사로운 원한으로 유의 장인 趙文柱를 죽이고, 유에게 이혼을 하도록 위협하였으나, 유는 의로서 그것을 거절하였다. (…중략…) 이 때 朝士의 아내들이 적의 수중에 떨어진 사람들이 많았으므로 보통 다시 처를 얻었다. 적을 평정한 뒤 혹 돌아온 아내들도 있었으나 모두 받아들이지 않고 버렸다. 유 역시 이미 새 아내를 맞았으나, 먼저 적진으로 쳐들어가 옛 아내를 찾아와서 다시 전처럼 부부생활을 하니, 듣는 사람들이 그를 의롭게 여겼다.[37]

자료 [9]는 무신난이 한창이던 12세기 말의 기록이다. 정중부·김보당·이의방은 무신난 초기의 주요한 멤버이다. 거기에 왕규가 끼어들어 화를 입고 있는 장면인데, 당대 최고의 실력자였던 정중부의 힘에 의지하여 목숨을 건진 그는 결국 본처를 버리고 중부의 딸과 재혼하였다는 것이다. 물론 여기에는 중부의 딸이 남자를 유혹하는 문제적 인물로 그려져 있으나, 그 때문에 치른 왕규의 아내의 희생은 아무 것도 아니게 되고 말았다.

그에 비해 자료 [10]의 나유는 왕규와 정 반대되는 태도를 보이고 있다. 임연은 왕정복고 뒤인 元宗 때(1259~1274)에 권력을 잡은 사람이다. 그런 실력자의 요구를 중하급 관리가 거절하기란 쉽지 않았을 것인데, 나유는 의연히

---

36  『高麗史』 卷101, 「列傳」 卷14, 王珪
37  『高麗史』 卷104, 「列傳」 卷17, 羅裕

대처하고 있다. 나아가 적진에 빠진 아내를 끝내 구해 와 다시 부부생활을 했다는 데서 더욱 칭찬을 받는다. 그 때는 최씨정권이 망했다고 하나, 아직 삼별초의 남은 세력과의 싸움이 그치지 않고 있었고, '적의 수중에 떨어진 사람들'이라 함은 바로 그 와중에 벌어진 일련의 싸움에서 붙잡혀 간 여자들을 일컫는다.

자료 [9]는 당시 일반적인 상황을, 자료 [10]은 특이한 상황을 보여준다고 해야 할 것 같다. 죽음이냐 이혼이냐, 어느 쪽이 더 쉬운 선택인지 대답하기란 간단하다. 왕규는 그런 일반적인 경우를 보여주는 사람이다. 그러나 의로운 경우는 비록 그 숫자가 적어도 특별히 기록할 만한 가치를 지니는 것이어서, 그 예를 쉽게 찾을 수 없는 까닭도 여기서 말미암는다. 나유가 그렇다.

다만, 누구나 의로운 일이라 하여 그 의지대로 행동할 수 없는 것이 현실이다. 의지와 행동을 일치시키지 못하는 상황에서 나타나는 것이 13세기의 비극적 세계관이었다.

한편, 이와 대응하여『삼국유사』에서 찾을 수 있는 자료가 김현과 호랑이 처녀의 사랑 이야기이다. 홍륜사의 법당과 탑을 돌며 복을 비는 모임에서 만난 김현과 처녀는 서로 눈이 맞아, 바로 정을 통하며 부부의 연에 버금가는 인연을 맺었다. 그러나 처녀의 실제 정체는 산중에 사는 호랑이였다.

김현이 굳이 처녀의 집까지 따라가면서 불행한 일이 벌어지고 말았다.

여자에게는 세 명의 오빠가 있는데, 사람을 해치며 나쁜 일을 많이 저질러 하늘의 징벌을 받게 되었다. 김현은 이 와중에 휘말리게 된 것이다. 사세가 위중해 진 것을 안 호랑이 처녀는 자신을 희생하기로 결심하였다.

"세 분 오빠는 멀리 피하세요. 그러면 제가 나가서 몸 바쳐 대신 벌을 받겠어요."

모두 기뻐하며 머리를 조아리고 꼬리를 떨구며 도망가 버렸다. 여자가 들어가 김현에게 말했다.

"처음에 저는 그대가 제 족속들과 부딪혀 당할 곤욕을 부끄러워하였기에 한사코 막았습니다. 이제 위태로움은 사라졌으니 감히 마음을 털어놓습니다. 천한 계집이 낭군에게야 비록 사람과 짐승으로 나뉘지만, 짝이 되어 하루 저녁 즐거움을 누렸습니다. 뜻 깊이 맺은 부부의 인연만큼이나 소중하지요. 그러나 세 오빠의 나쁜 짓은 이미 하늘이 미워합니다. 일가에게 닥칠 재앙을 제가 감당하려 하는데, 다른 사람에게 죽느니 낭군의 칼끝에 엎어진다면, 그것으로 은덕을 갚는 것이겠지요? 제가 내일 저잣거리에 들어가 처참한 행패를 부리겠지만, 나라 안의 사람 어느 누구도 저를 어떻게 하지 못할 것입니다. 그러면 왕이 반드시 사람을 모아 높은 벼슬을 걸고, 저를 잡으라고 하겠지요. 낭군께서는 겁먹지 마시고 저를 따라 오십시오. 성 북쪽 숲 속에서 기다리겠습니다."

"사람이 사람과 사귀는 것은 누구나 아는 도리이지만, 사람과 짐승이면서 사귐은 정녕 특별한 일이네. 이제 조용해졌으니 진실로 하늘에서 내려 준 다행일세. 차마 어떻게 배필로 맞은 이의 주검을 팔아 한 세상 벼슬이나 얻을 요행을 삼겠나?"

"낭군께선 그런 말씀을 마세요. 이제 저의 목숨은 천명을 누렸고 또한 저의 소원입니다. 낭군에게는 경사스런 일이요, 우리 족속에게는 복이며, 나라 사람들에게는 기쁨입니다. 한번 죽어 다섯 가지 복이 갖춰지니 거스를 수 있겠어요? 다만 저를 위해 절을 짓고 경전을 읽어 좋은 업보로 삼아 주신다면, 낭군의 은혜 이보다 더 큰 것이 없겠나이다."[38]

호랑이 처녀는 자신을 희생하여 위기에 처한 김현을 구하고 오빠들의 징벌을 면하게 한다. 하나의 희생이 여러 가지 이득을 가져오는 것을 경사와

---

38　『삼국유사』, 「金現感虎」

복 그리고 기쁨으로 여길 정도이다. 일연은 이 이야기에서 무엇보다 처녀의 이 같은 정신을 높이 샀다. 자료 [9]에서 왕규가 보여준 이기적 행동과는 반대이고, 자료 [10]에서 나유가 보여준 이타적 행동에 가깝다. 물론 김현 역시 사랑하는 이의 죽음으로 자신이 얻을 행운을 부끄럽게 여긴다. 두 사람은 부부의 지고지순한 경지에 이르러 있는 것이다.

일연이 이 이야기 끝에 중국의 고사에서 申屠澄의 이야기[39]를 가져온 것도 주제의식을 한층 부각시킨다. 호랑이 처녀를 만나 부부의 인연을 맺은 대목은 두 이야기가 유사하나, 신도징의 이야기에서 부인은 끝내 남편과 아이들을 버리고 산중으로 사라지고 말았다. 김현의 아내로서 호랑이 처녀와는 크게 다르다. 두 이야기를 소개한 뒤 일연이 내린 評說이 이어지거니와, 김현의 아내를 평가한 다음 대목에 주목할 필요가 있다.

> 김현의 호랑이는 어쩔 수 없이 사람들을 해쳤으나, 좋은 처방으로 잘 이끌어 주어서 그 사람들을 치료했다. 짐승이라도 인자한 마음 씀이 저와 같으니 이제 사람이면서 짐승만 못한 이들은 어찌하리.[40]

'짐승이라도 인자한 마음 씀'이라든지 '사람이면서 짐승만 못한 이들'이라는 표현이 지닌 의미는 무엇인가. 그것은 곧 피폐한 자신의 시대를 향해 던지는 메시지이기도 하다.

---

39   이 이야기는 『太平廣記』에 실려 있는데, 일연은 부분적으로 中略하면서 轉載하였다. 전재 상에 발생한 문제에 대해서는 고운기, 『우리가 정말 알아야 할 삼국유사』, 현암사, 2002, 644-649면 참조.
40   『삼국유사』, 「金現感虎」

## 5. 불교적 의의의 구현을 통한 복원

일연은 13세기 고난의 시기와 그 생애를 같이 하였다. 政爭과 戰爭의 혼란이 가져온 결과였다. 『삼국유사』는 무너진 나라의 폐허 속에 시대의 아픔을 통감한 지식인이 이룩한 無等의 텍스트이다. 시대의 아픔이 어디에서 연원하는지 밝히고, 어디에서 희망을 찾아야 하는지 그 해답을 내놓았다. 그것은 이야기가 주는 위안과 즐거움을 통해서였다.

이야기는 불교적 의의가 구현된 것이라 하였다. 나아가 불교적 의의란 변증적 사고방식이 생활에 적용된 알고리즘(algorithm)이라고도 하였다. 알고리즘의 해답은 분명히 나온다. 다만 처음부터 확정된 것은 없다. 어떤 경우이건 상황과 조건에 따라 유동적으로 움직인다. 융통성이라고 할 수 있는 이런 연산은 위기의 상황에서 빛을 발하였다.

고려의 문신사회를 뒤엎은 무신정권은 사회적인 패러다임의 역전을 가져왔다. 그것이 功일 수만은 없었지만, 일연 같은 승려가 불교적 의의를 구현할 바탕을 마련한 것은 다행한 일이었다. 유교적 孝의 관념과 배치되는 다음과 같은 이야기가 그렇다. 무엇이 진정한 효인지 설명하는 설득력 있는 이야기의 바탕은 불교적 변증의 상황 논리이다.

義湘의 십대제자 가운데 한 사람인 眞定의 이야기이다.[41]

가난하고 평범했지만 진정은 출가의 뜻을 가지고 있었다. 문제는 홀로 남게 될 늙은 어머니였다. 부역하는 틈틈이 품을 팔아 곡식을 받아다 모시고 있었다. 그런 어머니를 두고 떠날 수 없었던 진정은 어느 날 어떤 계기가 되어 어머니에게 자신의 계획을 말하였다. '효도가 끝나고 나면' 출가하겠다

---

41  『삼국유사』, 「眞定師孝善雙美」

는 뜻이었다.

여기서 어머니와 아들 사이의 줄다리기는 팽팽하다. 본문에서 일연은 그 것을 三辭三勸으로 요약하였다.

아들은 출가를 하되 어머니가 돌아가신 다음에 가겠다고 사양하자, 어머니는 "부처님의 법을 만나기는 어렵고 인생은 짧은데, 효도를 마친 다음이라니? 그건 너무 늦다. 내가 죽기 전에 도를 듣고 깨우쳤다는 소식을 듣는 것만 같지 못하구나. 머뭇거리지 말고 빨리 가거라."[42]고 권하였다. 첫 번째 사양과 권유이다.

아들은 다시 사양하였다. 어머니가 많이 늙어 옆에서 지켜야 하니, 이 일을 놓고 출가란 도리에 맞지 않는다고 말하였다. 여기서 어머니는 다시 권하였다.

"아니다. 나를 위한다고 출가를 못 하다니. 그건 나를 지옥 구덩이에 빠뜨리는 일이야. 비록 살아서 三牢七鼎으로 나를 모신들 어찌 효도라 하겠느냐? 나는 남의 집 문 앞에서 옷과 밥을 빌어도 천수를 누릴 수 있다. 정말 내게 효도를 하려거든 그런 말은 하지 말아라."[43]

두 번째 사양과 권유이다. 어머니의 이 말에서 우리는 불교적 인식이 바탕이 된 특이한 효도관을 보게 된다. 아들은 전형적인 인간의 도리로 사양하였다. 그러나 이에 대해 어머니는 진정한 효도의 의미를 다르게 정의하며 설득하였다. 아들의 선의와는 달리 출가가 늦어지는 것은 효도가 아니라 도리어 지옥 구덩이에 빠뜨리는 결과를 초래한다는 것이다. 어머니에게는 이승의

---

42   위와 같은 부분.
43   위와 같은 부분.

호사가 중요하지 않다. 봉양이 전형적인 효행이라면 어머니는 이에 반하여 출가가 효행의 궁극임을 설파하는 것이다. 가난하고 평범한 어머니로되 그렇게 지양된 지점이 있음을 알았다. 이것은 불교적 변증이 그 생활 속에 녹여져 있음을 보여준다.

그럼에도 불구하고 아들은 머뭇거린다. 침통한 생각으로 머리를 떨구고 있었다. 세 번째 사양하는 아들을 두고 마지막으로 권하는 어머니의 행동은 이 이야기의 절정이다.

어머니는 벌떡 일어나더니, 쌀독을 뒤집어 쌀 일곱 되를 털어 내 그 자리에서 밥을 짓고는 말했다.

"네가 밥 지어 먹으면서 가느라 늦어질까 오히려 두렵다. 내 보는 눈앞에서 그 중 하나를 먹고, 나머지 여섯 개를 싸서 서둘러 가거라."[44]

어머니의 세 번째 권유는 말이 아니라 행동이었다. 이만큼 결연한 행동은 확고한 신념 아래 나오는 것이었다. 진정이 의상에 문하에 들어 수행의 모범을 보인 뒷이야기는 후일담이다. 이미 자식에게 출가를 권하는 어머니의 말과 행동에서 보여줄 고갱이는 다 나왔다. 이 같은 三辭三勸의 서사에는 불교적 변증의 알고리즘으로 풀리는 맥락이 있다.

보다 구체적인 위안의 서사에는 관음보살이 등장한다. 중국의 관음신앙이 토착적인 도교신앙과 만나 현세구복으로 흐른 것과 마찬가지로[45] 신라 또한 여기에 견주어지는 사례를 많이 남기고 있거니와, 일연은 『삼국유사』에서 이를 적극적으로 받아들이고 있다. 이를 설명하기 위해서는 앞서 보인 자료

---

44　위와 같은 부분.
45　中村元 외 편집, 『岩波佛敎辭典』(제2판), 東京 : 岩波書店, 2002, 184면.

[6]을 다시 검토할 필요가 있다.

최은함이 늦은 나이에 중생사의 관음보살에게 지극한 정성으로 빌어서 아들을 얻었다. 아들이 백일도 지나기 전에 견훤의 신라 침공으로 성안이 온통 혼란에 빠졌다. 그래서 다시 이 절을 찾아 아들을 금당에 두고 피난 갔다. 여기까지는 앞서 보인 바이다. 이 사실만으로는 遺棄와 다를 바 없는 비극적인 장면이다.

그러나 최은함의 이야기는 반전을 기다리고 있다.

보름쯤 지나 적들이 물러가자 와서 찾아보니, 피부가 마치 새로 목욕한 듯, 몸이 반들반들하며, 입 언저리에서는 아직 우유 냄새가 나고 있었다. 안고 서 돌아와 길렀는데, 자라자 남보다 총명하기 그지없었다. 이 사람이 바로 최승로이다.[46]

사람들은 위기에 처한 아이를 구한 것이 관음보살이라고 믿는다. '입 언저리에서 나는 우유 냄새'가 그 증거이다.[47]

그러나 이 이야기에서 전쟁의 참상은 13세기 고려를 그대로 상상하게 한다. '아이를 나무에 붙잡아 매어놓고'[48] 가는 자와 '강보에 싸서 부처가 앉은 자리 아래 감추고 하염없이 돌아보며'[49] 간 자의 처지가 다를 바 없다. 나무와 부처의 차이만 있을 뿐이다. 한마디로 내분과 전쟁의 와중에서 강간, 유기, 살인이 횡행하는 시대였다. 폐허였다. 이런 시대와 대응하여 과거의 역사

---

46   『삼국유사』, 「三所觀音 衆生寺」
47   자세한 설명은 Ⅱ부 「문화원형의 의의와 삼국유사」 참조. 한편 관음보살이 아이를 구하는 이야기의 원형은 근래 들어 오세암 전설로 이어지는 점 또한 밝혔다.
48   각주 29 참조.
49   각주 23 참조.

속에서 전해오는 이야기를 수집하는 일연의 의중에는 폐허를 복구하는 의지
가 숨어 있다. 그래서 시대의 아픔이 어디에서 연원하는지 밝히고, 어디에서
희망을 찾아야 하는지 그 해답을 내놓았다는 것이다. 이야기가 주는 위안과
즐거움이었다.

　인간성의 상실에 대처하는 대자대비의 염원이 虛妄은 아니다. 일연이 목적
한 바, 파괴 속에서의 복원은 불교적 의의의 구현으로 나타난다. 변증적 알고
리즘이다.

# 13세기 歷史像의 스토리 개발

— 고려와 몽골

## 1. 머리에

이 글은 13세기 고려의 사회적·문화적 특수성을 반영한 텍스트로서 『삼국유사』가 지닌 성격을 찾아보는 작업[1]에 이어지는 것이다.

고려와 몽골의 관계를 잣대로 나는 이 시기를 다음과 같이 구분한다.

1차 시기 : 형제맹약기(1218~1231) … 1차 연합군(對契丹)
2차 시기 : 전쟁기(1231~1260)
3차 시기 : 간섭기(1260~　) … 2차 연합군(對日本)

이 글에서는 각 시기별로 특징을 살펴보고, 이에 대응한 고려와 일연의 역사인식을 살폈다. 간섭기에 국사에 임명된 일연은 승려로서 개인을 떠나 공인의 신분으로 현실 문제를 파악해야 할 입장에 놓였다. 특히 고려와 몽골 연합군(2차)의 일본 정벌을 두고, 일연은 동시대인인 김방경에게서 이 문제에

---

1　앞의 「파괴와 복원의 변증」을 가리킨다.

보다 현실적으로 다가가는 태도를 취했을 것으로 본다.

그러나 이 같은 결론만으로 만족할 수 없었다. 이제 이 글에서는 13세기 歷史像의 여러 문제를 검토하여 보완·수정하고자 한다. 또한 콘텐츠 생산의 첫 단계로서 창작소재의 발굴에 기여하는 데 목적을 두고 있음을 밝힌다.

## 2. 13세기 초반 고려인의 몽골 인식

### (1) 이른바 '형제맹약'에 대하여

고려와 몽골의 1차 연합군은 거란(遼)을 제압하기 위해 결성되었다. 1218년 12월, 몽골의 哈眞과 札刺이 이끈 몽골군이 대동강 중류 강동성으로 들어간 거란족을 고려군과 함께 친 것이다.[2] 작전은 성공적이었다. 1219년 1월, 강동 성의 거란군이 항복한 것이다. 몽골에서는 고려 원수부의 원수 趙冲에게 첩 문을 보내, "황제가 적을 격파한 뒤 형제가 될 것을 약속하라고 명령하셨다."[3] 고 알려 왔다. 이른바 형제맹약이다.

이 형제맹약에 대해서는 일찍이 고병익의 논의[4] 이후 고려와 몽골이 맺은 최초의 관계가 호혜적이었던 것으로 이해하였다. 그러나 이는 다소 我田引水 의 혐의가 짙다. 그 실질은 결국 상하관계의 복속에 지나지 않는다는 이개석

---

2    1216년부터 고려는 거란의 침공에 시달렸다. 심지어 당대의 집권자 崔忠獻도 위협을 뼈저 리게 느끼고 있었다. "정월에 최충헌 부자가 그의 집에 私兵을 많이 배치하고 엄하게 경비 하였다. 이 때 거란 군사가 가까이 닥쳐왔으므로, 백관에게 명령하여 모두 성에 나가 지키 게 하고, 또 성 밑의 인가를 헐고 隍塹을 파게 하였다."(『고려사절요』, 1217.1)는 기사가 그것이다.

3    『고려사절요』, 1218.12.

4    고병익, 『동아교섭사의 연구』, 서울대출판부, 1970.

의 견해가 제시되었다.

고려는 몽골국에 대하여 공납, 입조의 의무를 지고 있었음을 알 수 있고, 강동성의 거란 잔당을 치는 과정에서 조군(助軍), 수량(輸糧)으로 도운 것으로 보아 이것이 1219년 몽골과 고려 사이에 맺은 형제 맹약의 실질이었다고 볼 수 있다.[5]

실로 몽골이 요구하는 조군과 수량은 막대한 수치였다. 이 정도라면 호혜적인 관계 유지라고 볼 수 없다는 것이다. 실제 고려는 몽골이 요구한 歲貢을 '피정복지역 신민(臣民)의 의무가 아닌 종래 요(遼)나 금(金)에 보내던 사대의 예물로 이해'[6]하고 있었다. 이것이 실상에 가깝다고 보인다.

이와는 달리 고명수는 맹약 체결 후의 기록들이 고려-몽골의 군신관계를 보여준다는 점에서 형제맹약은 고려와 몽골군 지휘관 사이의 사적인 관계이고 국가간의 관계가 아니었다고 주장[7]하였다. '사적인 관계'가 주장의 핵심이다.[8]

그러나 이는 곧바로 반론에 부딪혔다. 물론 이 시기에, "조정의 의논 역시 결정되지 못하여 화답하지 않았으므로 군사를 먹이는 일이 지체되었다. 趙冲만이 홀로 의심하지 말라고 급히 아뢰기를 그치지 않았다."[9]는 기록을 보면,

---

5   이개석, 「여몽관계사 연구의 새로운 시점」, 동북아역사재단·경북대한중교류연구원 엮음, 『13~14세기 고려-몽골관계 탐구』, 동북아역사재단, 2011, 22면.

6   위의 논문, 23-24면.

7   고명수, 「몽골-고려 형제맹약 재검토」, 『역사학보』 225, 역사학회, 2015.

8   다음과 같은 대목이 그 증거로 쓰일 만하다. "합진이 김취려의 외모가 체격이 크고 훌륭한 것을 본 데다 그 말을 듣고 매우 기이하게 여겨서 그를 이끌어 한 자리에 앉히고, '나이가 몇 이오?' 하였다. 취려가 말하기를, '60에 가깝소.' 하였다. 합진이, '나는 50이 못 되었소. 이미 한 집안이 되었으니, 그대는 형이고, 나는 아우요.' 하고, 취려에게 동쪽을 향하여 앉게 하였다."(『고려사절요』, 1219.1)

형제맹약이 현장에서의 임시방편 상으로 체결되었을 가능성은 있다. 다만 현지 지휘관인 조충이 외교측면보다는 야전사령관으로서 전장 상황에 보다 적확한 정보를 가지고 있었고, 이에 입각한 판단은 '때로 정치가의 입장이나 감각과 차이가 있을 수 있다'[10]면, 즉각적인 대응은 현장에 부여된 특권이었다. 이런 특권으로 행사된 결과를 사적이었다고 볼 수는 없다.

고려와 몽골의 첫 접촉은 칭기즈칸이 몽골제국을 세운 1206년으로부터 12년이 지난 다음의 일이다. 그런데 무엇보다 고려를 당황하게 한 것은 형제맹약의 정체였다고 보인다. 군신의 사대관계 외에 다른 경험이 없는데, 국가 간에 형제관계를 맺는다는 것이 매우 생소하였다. 이것이 13세기 초반 고려와 몽골의 관계 형성에 혼선을 빚게 한 요인이었다.

한편 이익주는 고려가 가지고 있었던 '나름의 경험'에 바탕 하여 당시 상황을 정리하였다. 그 경험이란 1117년 여진(金)에서 '兄大女眞金國皇帝致書于弟高麗國王'으로 시작하는 문서를 보내 '結爲兄弟' 즉 형제관계를 요구한 일이었다.

> 고려는 금과의 관계를 시종 형제관계로 유지하고자 했고, 금은 고려로 하여금 稱臣上表를 하도록 하는 데 초점을 맞추고 있었다. (…중략…) 1218년 몽골로부터 형제맹약을 요구하는 첩문을 받았을 때. 고려에서는 對金 형제관계의 전례에 따라 칭신상표하고 조공하는 관계로 이해했을 것이다.[11]

9    『고려사절요』, 1218.12.
10   윤용혁, 「대몽항쟁기 여몽관계의 추이와 성격」, 동북아역사재단·경북대한중교류연구원 엮음, 『13~14세기 고려-몽골관계 탐구』, 동북아역사재단, 2011, 102면.
11   이익주, 「1219년(고종6) 고려-몽골 '형제맹약' 재론」, 『동방학지』 175, 연세대국학연구원, 2016, 86-90면.

금의 '결위형제' 요구를 대등한 관계로 본 것은 고려의 오해였다. 실은 '칭신상표'의 다른 표현이었던 것이다. 금을 兄, 고려를 弟라 明記한 데서 이는 확실하다. 이것을 잘못 받아들여 낭패를 본 100여 년 전의 경험이 몽골의 형제맹약 요구를 바로 조공관계로 알아듣게 하였다는 것이다. 그러나 이 것이 몽골에 대한 바른 인식이었을까?

여진(金)이 말한 형제관계는 분명 형과 아우의 관계였다. 이에 비해 몽골은 형제맹약이라고만 했을 뿐, 적어도 당초에는 거기에 상하 관계를 굳이 설정하지 않았다. 힘의 우위를 지닌 쪽에서 형제맹약을 내세웠으니 당연히 상하관계가 전제되었다고 할 수 있으나, 몽골족이 가지고 있는 전통의 선상에서 이는 다시 생각할 필요가 있다. 다음과 같은 설명을 참고해 보자.

> 몽골과 고려의 군사 지휘관들은 "우리들 양국은 영원히 형제로서 자손만 대까지 오늘을 잊지 말자!"고 맹세하였으며 몽골군이 귀환할 때 고려인들은 예절에 따라 환송하였다. 이 말은 예의상, 또는 양측 지휘관이 생각나는 대로 한 말이 아니었다. 어쨌든 고려인과 가깝게 지내고 싶었던 몽골인의 입장에서 한 말이었다.[12]

몽골 연구자의 설명임을 감안하더라도 여기에는 우리가 주목할 대목이 있다. 형제맹약을 '영원히 형제'로서 '오늘을 잊지 말자'고 풀이한 것이다. '생각나는 대로 한 말'이 아니었으며, '가깝게 지내고 싶다'는 입장은 무엇을 나타낼까? 단순히 선의의 이웃 나라 관계로 미화한 데 그칠까? 애매하다. 그러기에 적어도 13세기 초반 처음으로 고려와 몽골이 접촉하였을 때 서로가

---

12  이는 몽골의 이시잠츠가 편찬한 『몽골제국의 대외관계』(1995)에 나온다. 김장구, 「13~14세기 여몽관계에 대한 몽골 하계의 관점」, 동북아역사재단·경북대중교류연구원 엮음, 『13~14세기 고려-몽골관계 탐구』, 동북아역사재단, 2011, 214면 재인용.

서로를 잘 모르고 있었다는 점만은 분명하다.

다만 侵境者로서 몽골은 크게 문제되지 않는다. 그들은 힘의 우위를 확보하고 있었기 때문이다. 반면 당하는 입장에서 고려는 상대를 깊이 이해하여야 했다. 그런 이해의 바탕에서 외교적인 전략이 구사되어야 했는데, 아쉽게도 고려는 몽골에 대해서 아는 바가 별로 없었다. 위의 논자가 밝힌 '몽골인의 입장'이 무엇인지 알기에는 역사적으로나 현실적으로나 먼 나라였다.

몽골인의 입장을 이해하자면 반드시 짚어야 할 한 가지가 의형제 개념이다. 처음 형제의 맹약을 맺을 때, 고려 쪽에서는 전통적인 몽골의 의형제 개념을 몰랐던 것 같다. 문제는 거기서 촉발되었다.

## (2) 몽골의 의형제 개념

13세기의 몽골은 지금과 같은 사막이나 얕은 초원지대가 아니었다. 11세기를 고비로 나타난 기후 변화는 북방 초원의 전반적인 한랭화를 가져왔다.[13] 이를 좀 더 구체적으로 살펴보자면, 대서양에서 불어오는 사이클론의 경로를 따져야 한다. 경로는 크게 세 가지의 기본적인 변화를 보인다.

첫째, 태양 활동이 거의 없는 시기에는 알타이 산맥과 톈산 산맥까지 이른다. 대서양에서 가져온 습기는 비가 되어 떨어진다. 이렇게 되면 초원 지대는 습기가 증가한다. 풀이 사막을 덮는다. 둘째, 태양 활동의 증가와 함께 아열대 고압대는 북상하기 시작해 대서양 사이클론의 경로를 같은 방향으로 이동시킨다. 유럽과 시베리아 중앙 지대이다. 그러므로 초원지대의 강수량은 현저히 줄어 건조화가 시작된다. 셋째, 태양 활동이 아주 왕성할 때는 사이클론이

---

13   김호동, 『몽골제국과 세계사의 탄생』, 돌베개, 2010, 83면.

훨씬 더 북쪽으로 이동한다.[14]

곧 사이클론의 방향은 아열대고압대에 달려 있고, 태양 활동의 변화와 정비례한다는 것이다. 대초원 지대의 역사는 직간접으로 여기에 좌우된다.

지구상에서 4세기 이후 사이클론은 남쪽으로 내려와 이동했다. 이때 초원지대는 번성했고, 9세기에 잠깐 건조기를 보이다가 13세기까지 계속되었다. 遊牧과 騎馬가 최상의 경지에 이른 13세기의 몽골이 지금과 다르다는 말이 이것이다.[15]

초원의 번성기에 강력한 힘을 창조한 영웅이 태어난다. 보르지긴[16]의 칭기즈칸이었다.

그러나 그의 시대가 처음부터 평탄한 것은 아니었다. 어머니가 일렀듯이, "그림자 말고는 동무도 없고, 꼬리 말고는 채찍도 없다."[17]는 형편이었다. 처음에 아버지 예수게이는 아홉 살 난 아들 칭기즈칸을 강력한 몽골 부족 옹기라트족 지도자의 딸 보르테와 약혼시켰지만, 돌아오는 길에 타타르족에게서 식사를 나누자는 초대를 받고 갔다가 독살되었다. 미망인과 아이들은 사냥과 어로로 어렵게 생계를 꾸렸다.

고난은 여기서 끝나지 않았다. 겨우 자립할 무렵, 키릴투크가 보르지긴 목초지를 습격해 칭기즈칸을 사로잡고 그에게 칼을 채웠다. 다행히 빠져나오는 데 성공해, 칭기즈칸은 보르테와 결혼했고, 아내의 지참금인 담비 외투를 케라이트칸에게 선물했으며, 칸은 즉시 예수게이와의 우정을 상기하고 칭기

---

14   레프 구밀료프・권기돈 옮김, 『상상의 왕국을 찾아서』, 새물결, 2016, 53-54면.
15   레프 구밀료프는 이때를 다음과 같이 매력적인 문장으로 묘사하였다. "초목은 사막을 등지고 남북으로부터 이동하며, 풀 뒤에는 유제동물이 오고, 그리하여 양과 소 그리고 기수를 태운 말이 온다. 그리고 말은 군사 집단과 유목민의 강력한 힘을 창조한다."(위의 책, 55면)
16   칭기즈칸이 속한 가족과 그 지배를 받는, 그러나 혈연적으로는 전혀 무관한 다종다양한 유목민들로 구성된 집단이다.(김호동, 앞의 책, 86면)
17   유원수 역주, 『몽골비사』, 사계절, 2004, 50면.

즈칸을 보호하겠노라 맹세했다. 여기서 '예수게이와의 우정'이라는 말에 주목할 필요가 있다.

몽골인에게 혼인은 동맹의 가장 중요한 형식의 하나였다. 양가는 혼인을 통해서 '쿠다quda'라는 관계를 맺는다. 한편 상호 맹약으로 의형제를 맺는데, 몽골어로는 '안다anda'라고 불렀다. 이렇게 의형제를 맺게 되면 서로 곤경에 처했을 때 도와주어야 할 의무를 지니게 된다.

그런데 '안다-쿠다'라는 표현이 하나의 복합어를 이루며 자주 등장한다. 이는 아마 '안다'라는 의형제 관계가 '쿠다'라는 사돈관계와 거의 동시에 이루어졌기 때문[18]으로 보인다. 이것이 바로 형제맹약이다.

몽골인에게 안다의 중요성은 다음과 같은 설명으로 보완된다.

고대 몽골족은 의형제의 '의'에 관한 감동적인 관습을 갖고 있었다. 소년들 혹은 청년들은 선물을 교환하고 안다anda, 곧 지정된 형제가 되었다. 의형제의 '의'는 혈연관계보다 더 우월한 것으로 여겨졌다. 안다는 단 하나의 영혼과 같아 서로를 결코 버리지 않을 것이며, 항상 치명적인 위험에서 서로를 구할 것이었다.[19]

'단 하나의 영혼' 같은 것이 의형제이다. 예수게이와 의형제였던 케라이트 칸은 세대를 넘어 형제의 아들까지 보호하였다. 물론 그것은 아들이 고급스러운 담비 외투를 가져와 우정의 유산을 확인해 주었기 때문이다.

반대의 경우, 곧 형제맹약을 하였더라도 배신한다면 이에 대한 보복 또한 철저하였다. 칭기즈칸과 의형제였지만 그를 배신하고 마지막 적수가 되었던

---

18   김호동, 앞의 책, 98면.
19   레프 구밀료프, 앞의 책, 223면.

자무카는 그 경우에 속한다. 자무카는 칭기즈칸의 손에 죽었다.[20]

척박한 환경에서 살아남아야 하는 몽골인에게 형제맹약은 삶의 지혜이자 방편이었다. 이것으로 다져진 내부적인 강고함은 칭기즈칸의 정복사업에서 외부화 된다.

고려가 몽골을 처음 만나는 1218~9년이라면 몽골제국의 초기이자 칭기즈칸의 전성기이다. 몽골의 전통이 왕성하게 작용하던 때이고, 응징이나 약탈로서 단순한 전쟁을 치르던 때이다. 곧 칭기즈칸 사후 우구데이가 즉위하여, '점령과 지배를 지향하는 본격적인 세계정복전으로 탈바꿈'[21]한 다음이 아니었다. 단순한 전쟁에서 원정군은 우군이 필요하다. 그런 시기에 몽골의 야전 지휘관은 동쪽 끝으로 숨은 거란군을 치러 와서, 우군으로서 고려에게 황제의 권위와 몽골의 전통이 녹아있는 형제맹약을 제시했을 것이다. 형제가 된 이상 고려군은 원정 온 몽골군을 도와야 한다. 그것이 형제맹약의 의무 사항이었다.

고려 정부는 이런 상황을 충분히 이해하지는 못하였다. 오늘날 우리가 역사상 몽골과의 형제맹약을 바로 이해하자면 이 점을 감안하여야 한다.

## (3) 정보 부재가 불러온 비극

형제맹약을 모르는 고려로서는 몽골이 요구한 助軍과 輸糧이 朝貢으로밖에 보이지 않았을 것이다. 더욱이 연중 수차례에 걸쳐 과도한 양을 요구하고,[22] 궁중에 들어와 법도를 지키지 않는 몽골 사신의 태도[23]에서, 고려로서는

---

20  위의 책, 246-247면.
21  플라노 드 카르피니 외·김호동 역주, 『몽골제국기행』, 까치, 2015, 10면.
22  『고려사』, 1221. 8~10.
23  위의 책, 같은 부분.

이것이 어떤 성격의 외교 관계인지 종잡지 못 하였다. 고려에게는 몽골에 대한 정확하고 풍부한 정보가 없었다. 비록 고려가 몽골의 형제맹약을 알고 있었다 하더라도, 과연 몽골을 '단 하나의 영혼과 같아 서로를 결코 버리지 않을 것이며, 항상 치명적인 위험에서 서로를 구할 것'이라는 '안다'로 받아 들일 수 있었을까? 어느 경우가 되었건 不知가 불러온 비극은 처참했다.

정보의 부재는 형제맹약기 때만이 아니었다. 전쟁기에 들어서는 첫 장면 에서 훨씬 구체적으로 나타난다.

1219년의 형제맹약 이후 5~6년간 고려로서는 불편한 시기를 보냈다. 그러 다가 몽골 사신이 귀환 중 피살되는 사건이 벌어졌다. 1224년 11월에 들어온 사신 10명이, 이듬해 1월 서경을 떠나 압록강을 건너서는 국신과 수달피 가죽 만을 가져가고, 그 나머지 명주·베 등은 다 들에 버리고 갔는데, 국경을 지나가는 언저리에서 도적에게 피살 되었다. 저 유명한 著古與 살해 사건이 다. 이 일에 대하여 몽골은 고려를 의심하고 국교를 끊었다.²⁴

물론 고려는 부인했다. 몽골도 이를 가지고 즉각적인 대처를 하지 않았다. 이 무렵 몽골은 서역 원정에 골몰해 있었고, 1227년에는 칭기즈칸이 세상을 떠났다. 고려에 신경 쓸 틈이 없었다.

그러다가 1931년에 이르러 몽골은 새삼 저고여 피살 사건을 들고 나와 침공을 감행했다. 후계에 의한 정권이 점차 안정되어 갔다는 증거이다. 바야 흐로 전쟁기의 시작이다.

정보의 부재라는 관점에서 먼저 開戰 상황을 정리해 보자.

[1] 몽골 원수 撒禮塔이 군사를 거느리고 咸新鎭(평북 의주)을 에워싸고 말하기를, "나는 몽골 군사다. 너는 빨리 항복하라. 그렇지 않으면 무찔러

---

24  『고려사절요』, 1225.1.

하나도 남기지 아니 하리라." 하였다. 부사 全侁이 두려워서 방수장군 趙叔昌과 함께 모의하기를, "만약 나가 항복하면 성중 백성이 그나마 죽음은 면할 것이다." 하니, 숙창이 옳게 여겨 드디어 성문을 열고 항복하였다.

[2] 숙창이 몽골 사람에게 말하기를, "나는 趙 원수 冲의 아들이다. 나의 아버지가 일찍이 귀국 원수와 형제가 되기를 약속하였다." 하고, 전한은 창고를 풀어 몽고 군사를 먹이었다. 숙창이 글을 써서 삭주 宣德鎭(함남 정평)에 부쳐 몽골 군사에게 저항하지 말고 항복하라고 타일렀다. 몽골 사람이 숙창에게 명하여 이르는 곳마다 먼저, "진짜 몽골 사람이니 마땅히 빨리 나와 항복하라."라고 말하게 하였다.

[3] 鐵州城(평북 철산) 아래에 이르러, 포로로 잡은 서창낭장 文大를 시켜 고을 사람을 불러, "진짜 몽골 군사가 왔으니 마땅히 빨리 나와 항복하라."라고 타이르게 하였다. 문대가 이에, "가짜 몽골이다. 그러니 항복하지 말라." 하였다. 몽골 사람이 죽이려다가 다시 불러 타이르게 하였으나 역시 여전하였으므로 드디어 죽였다.

[4] 몽골 사람들이 공격을 더욱 급하게 하고, 성중에는 양식이 떨어져 능히 성을 지키지 못하고 함락하기에 이르렀다. 판관 李希勣이 성중의 부녀자와 어린아이들을 모아 창고에 넣고 불을 지르고, 장정들과 함께 자결하여 죽으니, 몽골 사람이 드디어 그 성을 도륙하였다.

위의 [1]~[4]는 『고려사절요』 1231년 8월의 기록 가운데 뽑았다.

[1]은 살례탑이 의주에서 처음으로 고려군과 맞닥뜨린 상황이고, [2]는 조충이 형제맹약을 맺었던 사실을 확인하는 상황이며, [3]은 철산에서 잘못된 정보를 전달한 문대가 피살되는 상황이다. [4]는 몽골군의 처절한 도륙 현장

을 보여준다.

우리는 [1]~[3]에서 다음과 같은 기록을 주목하게 된다.

[1] "나는 몽골 군사다."
[2] "진짜 몽골 사람이니 마땅히 빨리 나와 항복하라."
[3] "가짜 몽골이다. 그러니 항복하지 말라."

몽골군이 눈앞에 나타났는데 그 군대가 몽골군인지도 몰랐다. 조숙창이 사태를 파악한 것은 평소 부친인 조충의 교시를 받았기 때문일 것이다. 그 군대의 강력함도 알고 있으니, 무고한 백성의 피해를 줄이기 위해 일찌감치 항복을 결정하였다. 나아가 다른 지역에도 몽골군의 출현을 알렸다. 그러나 철산에 간 문대는 아예 가짜라 하면서, 항복을 막다가 죽임을 당한다. 대체적으로 문대 같은 사람이 많았을 것으로 보인다.

정보 부재가 불러온 비극은 문대의 죽음으로 그치지 않았다. [4]에서 보듯이, 철산의 부녀자와 어린아이들은 창고에 갇혀 불 타 죽고 장정들은 자결하였다. 처참한 결과였다.

초기 개전의 이 상징적인 장면은 곧 고려의 몽골과의 전쟁기 전체를 관통한다. "몽골 군사가 광주·충주·청주 등지로 향하는데, 지나는 곳마다 殘滅하지 않은 데가 없었다."[25]는 기록이 그것을 말해 준다.

---

25   『고려사절요』, 1231.12.

## 3. 일연의 몽골관과 김방경

### (1) '西山'이라는 표기

一然은 칭기즈칸의 출현에 맞추어 생애를 출발하였다. 기묘한 인연이었다. 그리고 그의 생애 전부는 몽골의 영향 아래 놓였다.

일연 만년의 노작이 『삼국유사』이다. 생애 전부가 몽골의 영향 아래였다면, 이 책 또한 그 영향의 흔적을 보여준다. 그러나 직접적이라기보다 간접적이라고 해야 할 것이다. 다만 한 단어에서 간접적인 직접을 볼 수 있어 흥미롭다. 그것은 '西山'이라는 표현이다.

> [5] 旣而西山大兵已後 殿塔煨燼 而此石亦夷沒 而僅與地平矣(「迦葉佛宴坐石」)
> [6] 西山兵火 塔寺丈六殿宇皆災(「皇龍寺九層塔」)
> [7] 及西山大兵以來 癸丑甲寅年間 二聖眞容及二寶珠 移入襄州城(「洛山二大聖觀音正趣調信」)

[5]는 황룡사의 가섭불이 불타 사라진 일, [6]은 황룡사의 구층탑과 장육존상 그리고 절이 불타 없어진 일, [7]은 낙산사의 소장품을 양양의 관청 안으로 옮긴 일을 적고 있다. 이 세 가지 일의 공통점이 '서산의 전쟁' 때문이라는 것이다.[26]

'서산의 전쟁'이란 무엇을 가리키는가? 바로 몽골과의 전쟁이다. 곧 '서산'은 몽골을 말하는 것이다.

---

26   [6]의 장육존상에 대해서는 "今兵火以來 大像與二菩薩皆融沒 而小釋迦猶存焉"(「皇龍寺丈六」)라고 한 번 더 적고 있다. 여기서는 西山을 빼고 兵火만 남겼는데, 가리키는 바는 같다고 하겠다.

그런데 왜 몽골을 이렇게 표기한 것일까?

몽골을 가리키는 '서산'이라는 표기가 『삼국유사』에는 위처럼 세 군데 나오지만, 다른 문헌에서는 좀체 찾을 수 없고, 정작 이런 표기의 근거도 대기 쉽지 않다.[27] 아쉬운 대로 찾아본 전거는 다음과 같다.

元設達魯花赤 孛魯合反兒拔覩魯 一行人等 俱勑西還
본디 배치했던 달로화적 패로합반아, 발도로 일행 등은 모두 **서쪽으로 돌아오라** 명령하였다.[28]

이 기록은 고려 원종 원년(1260) 8월, 王僖가 몽골에서 조서를 가지고 돌아왔는데, 그 첫 번째 조서 가운데 나온다. 여기서 '서쪽으로'는 元 또는 그 수도 北京을 가리킨다.

금나라가 요나라 평주 사람 張彀을 遼興軍節度使로 임명하였다. **요나라 임금 耶律延禧가 西山으로 달아났을 때** 평주의 군사가 반란을 일으켜 절도사 蕭諦里를 살해하자, 장곡이 반란을 일으킨 군사를 어루만져 안정시키니, 평주의 백성들이 장곡을 추대하여 평주의 일을 관장하도록 하였다.[29]

이는 『御批歷代通鑑輯覽』 81권 「송 휘종황제」에 나오는 글을 인용한 것이다. 여기서 '야율연희가 서산으로 달아났을 때'를 주목해 본다. 금나라는 1120년 上京, 1121년 中京을 함락하였다. 요나라의 임금인 야율연희는 거용관에서

---

27   『三國遺事考證』의 편찬자도, "(1238년의) 경주가 재로 변한 싸움을 일러 西山大兵이라 부른다."고 하였지만, 역시 이 말이 생긴 근거를 대지는 않았다. 村上四男 찬, 『三國遺事考證』下之一, 東京 : 塙書房, 1994, 145頁.
28   『고려사』, 원종 원년 8월.
29   『治平要覽』 121권.

사냥을 하는 등 기대에 미치지 못하는 모습을 보이다가 (내)몽골 쪽으로 달아났다. 그렇다면 '서산'과 '(내)몽골'이 연결된다. 몽골을 서산이라 부른 예로 볼 수 있다.[30]

위의 두 가지 용례로 충분한 전거가 되지 못하지만, 관례적으로 몽골을 일러 西山이라 불렀다고 짐작해 볼 수는 있다.

쿠빌라이 카안은 금과 남송을 차지한 뒤 『易經』의 '大哉乾元'이라는 구절에서 따와 국호를 大元으로 정하였다. 고려에도 사신을 보내 '국호를 세워 대원이라 하였음'[31]을 알렸다. 이후 고려에서는 공식적인 문서에 당연히 대원을 썼고, 스스로는 東藩이라 하였다. "고려는 동번이 되어 때로 현저한 공헌을 했으며 누대에 걸쳐 공주와 혼인하는 것이 관례입니다."[32]와 같은 경우가 그것이다. 그렇다면 동번의 대칭으로 서산이라는 말을 썼을까?

이제 『삼국유사』에 용례로 보이는 서산 그리고 서산병화, 서산대병으로 돌아가, 일연이 이런 표기를 택한 까닭과 그 입장을 알아본다.

좀체 다른 문헌에 보이지 않는 '서산=몽골'을 일연이 한 책 안에 3회나 쓰고 있는 점이 이채롭다. 이는 몽골과의 전쟁을 직접적으로 표기하기가 자유스럽지 못한 상황에서의 궁여지책으로 보이는데, 『삼국유사』를 완성할 무렵은 몽골의 간섭기에 들어선 13세기 후반이고, 국사의 신분에 올랐던 일연은 정치적으로 매우 조심스러운 위치에 있었다는 점이 감안되어야겠다. 그런 처지에서 '서산대병'이나 '서산병화'는 몽골과의 전쟁을 나타내는 가장 완곡한 표현이라 보인다.

---

30  물론 야율연희가 달아난 기사에는 경우에 따라 협산(1120), 음산(1124) 등의 명칭도 보인다. 특히 협산이 서산과 같은 명칭인지 알 수 없다.

31  『고려사』, 원종 12년 12월.

32  『고려사』, 「열전」, 柳淸臣

 그런데 용례가 보이는 3개의 기사가 모두 13세기 일연 당대에 벌어진 일을 다루었다. 고려 이전 삼국의 역사를 다루는 책에서 굳이 고려의 현재가 반영된 기사를 적은 것은 『삼국유사』 기술의 한 가지 특성에 기인한다. 곧 일연은 사건의 장소가 되는 곳의 현재 상태를 몸소 답사하며 기록에 남기기를 즐겨했다. 이것은 특히 탑과 불상 그리고 절을 소개하는 塔像 편에서 두드러진다. 위의 3개의 기사가 모두 塔像 편에 실려 있다는 점 우연이 아니다. 승려로서 일연이 여기에 들인 각별한 애정을 엿볼 수 있는 대목이기도 하다. 어떤 식으로든 황룡사 구층탑 같은 보물의 근황을 남기자니, 소멸된 이유를 밝히려면 전쟁을 언급하지 않을 수 없고, 조심스럽고 완곡하게 사실의 전달을 위해 노심초사한 흔적이 '서산' 같은 용어로 나타나는 것이다.

 비근하기로는 일제강점기 때 쓰인 '內地'라는 말에 얽힌 사연이다.

 당시 일본을 지칭하는 여러 표현이 있었는데, '대일본제국' 같은 저들의 공식 칭호를 쓰기 꺼려지고, 그렇다고 '왜나라' 같은 비칭은 감히 입에 올리기 어려울 때, 흔히 쓴 말이 '내지'였다. 실은 일본이 섬이니 대륙에서 보면 外地이나, 저들 스스로 자신을 중심에 두면서 내지라 부르므로,[33] 고까우면서도 원하니 불러주자는 것인데, 말이 안 되는 말이어서 쓰면 쓸수록 말을 만든 저들을 비아냥대는 결과가 되었다. 존칭이 아니라 실질적인 비칭이 되는 것

---

33  內地를 쓴 일본의 속사정을 다음과 같은 글이 잘 요약하여 준다. "서구에 의해 '야만'으로 치부되었던 '내지일본'은 스스로를 '문명'으로 급속히 변환시키기 위해 '야만으로서의 외지'가 필요했다. 그 결과 일본은 '보통명사'였던 '내지'를 고유명사로 바꾸어 '문명으로서의 일본'으로 절대화시키려 하였다. '내지'가 보통명사에서 고유명사가 되기 시작한 원점은 바로 오키나와와 홋카이도라는 외지(이른바 '국내식민지')를 발견한 시점이다. 하지만 이 같은 '내지의 고유명사화'는 청일전쟁(1894)을 통해 '대만'을, 이후 러일전쟁(1904)을 통해 '조선'을 새로운 '외지'로 확보해 가는 과정에서 더욱 강화되어 간다." 홍이표, 「일제하 한국 기독교인의 '내지=일본' 개념 수용 과정」, 『한국기독교와역사』 43, 한국기독교역사학회, 2015, 171-172면. 홍이표는 이재봉, 「內地의 논리와 근대 초기 조선의 글쓰기」, 『한국민족문화』 37, 111-112면을 참조했다고 밝히고 있다.

이다.

서산이라는 칭호 또한 그런 뜻을 품고 있지 않았을까?

마치 내지처럼 서산 또한 비칭은 아니다. 이에 비해 東藩은 外地 같은 말이다. 우리를 동번이라 부르면서 몽골을 서산이라 하면 분명 존칭인 것이다. 그러나 몽골 초원 출신의 저들을 산처럼 떠받들겠다는 마음까지 들어간 것은 아니다. 산도 없는 지역 출신 아닌가. 일본이 내지가 될 수 없는 것처럼, 몽골도 산이 될 수 없고, 안 되는 말을 쓰는 저변에는 겉으로 높이는 척 하며 속내를 감추는 복잡한 마음이 도사려 있다.

이것은 몽골에 대한 일연의 생각과 태도를 잘 보여준다. 국사의 신분까지 오른 처지에 함부로 붓끝을 놀릴 수 없다. 말 한 마디로 자칫 민감한 외교 문제를 일으켜서는 안 된다. 그렇다고 大元이라 쓰기는 싫다. 가장 적당한 수준의 표현이 서산이었다고 보인다.

조심스럽고 완곡한 표현이라는 해석은 일연의 현실 대응 태도가 극단적인 투쟁에 기울어지지 않았음을 말하기도 한다. 그러나 이것을 소극적이라고 평가[34]하는 데는 재고의 여지가 있다. 남겨야 할 기록은 남기되 현실적인 여건을 고려하는 융통성으로 보아야 한다.


## (2) 국사 임명 전후의 일연과 충렬왕

형제맹약기와 전쟁기를 지나 고려는 몽골(원)에 대한 정보를 쌓아갔고, 그에 따라 간섭기에 이르면 많은 인식의 변화가 생겨났다. 특히 전쟁기와 간섭기 사이에는 고려 내부에 큰 변화가 일었다. 곧 무인정권이 막을 내리고 왕의

---

34  채상식, 『고려후기불교사연구』, 일조각, 1991, 156면. 이에 대한 나의 입장은 『일연과 삼국유사의 시대』, 월인, 2001, 159면 참조.

친정체제를 구축한 것이다. 친정체제는 일찍이 몽골이 원하는 바였고, 충렬왕부터 이후의 왕은 몽골의 부마가 되었다. 형제맹약기나 전쟁기 초기의 정보 부재가 불러온 혼란이나 誤判은 현저히 줄었다.

이는 다른 한편 몽골에 대한 현실적 馴致를 의미하는 것이기도 하다. 이것이 간섭기를 관통한 고려 사회의 특징이었다.

이런 가운데 13세기 후반 고려 사회를 요동치게 만든 사건은 일본 정벌이었다. 1차(1274)와 2차(1281)에 걸친 정벌 이후 한중일 3국의 동아시아사는 긍정적이든 부정적이든 하나의 전기를 마련하여 새로운 시대로 나아갔다. 한국(고려)과 중국(원 지배하의 한족)은 전쟁에 들인 과다한 인력과 물자로 인해 자생력을 소진하였고, 방어하는 입장의 일본(가마쿠라 막부) 또한 손실이 크기는 마찬가지였다. 고려나 가마쿠라 막부가 막을 내리는 직간접적인 원인이 여기에 있다.

이 시기 일연은 어떤 행적을 보이는가?

1차 정벌 때 일연은 69세의 나이로 경상도에 우거하는 승려에 지나지 않았다. 정치적인 존재감이 크지 않았다. 그러나 2차 정벌 때는 상황이 달랐다. 먼저 1281년의 개전부터 종료까지 충렬왕의 행적을 살펴보자.[35]

○◎ 4월 초하루 병인일. 왕이 합포로 떠난 바, 우부승지 정가신이 왕을 호위하여 따라갔다.

◎ 5월 무술일. 혼도, 홍다구 및 김방경, 박구, 김주정 등이 함대와 군사들을 거느리고 일본을 정벌하러 떠났다.

○◎ 6월 임신일. 김방경 등이 일본군과 싸워 3백 여 명의 적을 죽였고….

◎ 6월 계미일. 왕이 경주에 들리어 승직 임명을 비준하였는데, 중들이

---

35    여기서 ○는 『고려사절요』, ◎는 『고려사』를 나타낸다.

綾羅로써 왕의 측근자들에게 뇌물을 주어 승직을 얻었으므로 사람들이 羅선사 綾수좌라고 불렀다. 이 자들 중에는 처를 얻고 가정생활을 하는 자가 절반이나 되었다.

◎ 7월 기유일. 왕이 합포에서 돌아왔다.

○◎ 8월 정묘일에 왕이 공주와 함께 경상도에 행차하였다. 보주 부사 朴璘과 안동 부사 金頵은 영접하는 것이 지극히 풍성하고 사치해서 좌우 사람들이 모두 칭찬하였으며, 안동 판관 李檜는 백성의 노력을 아끼고 비용을 절약하며 또 행동이 서투르니 내료들이 모두 비난하였다.

◎ 8월 기묘일. 별장 김홍주가 합포로부터 행궁에 와서 동정군이 패배하고 원수 등이 합포에 돌아왔다는 것을 보고하였다.

◎ 윤8월 갑오일. 김방경 등이 행궁에 와서 왕을 뵈었다.

○◎ 윤8월 경신일에 왕이 공주와 함께 경상도에서 돌아왔다.


1281년 4월, 원정군의 출발지인 합포(마산)에 간 왕은 5월에 출정을 보고 7월에 일단 개성으로 돌아왔다. 그런데 8월에 다시 경상도로 간다. 원정군을 맞이하자는 의도였을 것이다. 그래서 한 달 뒤, 원정군의 사령관 김방경의 귀환 보고를 행궁에서 받은 다음 돌아왔다.

이 기간 왕과 일연이 만났다는 기록은 없다. 그런데 위에서 한 가지 눈에 띄는 기사가 6월 경주에서 승직을 임명 비준한 일이다. 일연의 비문에는 "신사년(1281) 여름, 임금의 부름을 받고 경주행재소로 가다."[36]라고 하였으니, 이 기록을 통해 충렬왕과 일연의 만남이 여기서 이루어졌음을 알 수 있다. 기실 일연은 이미 충렬왕 즉위 초부터 왕과 관계를 맺고 있었다. 자신이 주석하던 비슬산 인홍사를 보수한 일, 주석처를 운문사로 옮긴 일이 왕의 명령으로 이루어졌었다. 경주에서 왕을 만난 것은 운문사로 옮긴 지 4년 뒤였다.

---

36　辛巳夏 因東征駕幸東都 詔師赴行在(일연 비문)

충렬왕이 경주에 왔을 때의 분위기는 위의『고려사』기록에서 충분히 짐작 가고 남는다. 매관매직이나 다름없는 '羅선사 綾수좌' 소동이 그것이다. 이런 분위기 속에서 왕은 왜 굳이 일연을 불렀을까. 일연이 경주에 오자 왕은 '崇敬'하는 마음으로 '일연의 佛日結社文을 찍어 절에 들이라'[37]고 명한다. 물론 이것은 일연의 비문에 나오는 기록이므로 표현에서 다소 過恭이 따르지만, 결사문을 찍어 돌렸다는 사실만큼은 확실하다. 충렬왕에게 일연이 어둠속의 한줄기 빛처럼 다가왔으리라 짐작한다.

지금 우리로서는 결사문의 구체적인 내용을 알지 못한다. 다만 이로 인해 충렬왕과 일연이 급속히 가까워졌음을, 1282년의 다음과 같은 기록으로 확인할 수 있다.

◎ 10월 임인일. 왕이 중 견명을 내전에 맞아들였다.
○◎ 12월 을미일. 왕이 공주와 함께 廣明寺에 거둥하여 중 見明을 방문했다.

왕이 경주에서 일연을 만난 다음 해의 일이다. 일연의 비문에서는 이 일을 보다 구체적으로 적었다. "가을 시위장군 윤금군을 보내 궐 아래 맞아들이게 하고…, 관리에게 명하여 광명사에 들게 했는데…, 겨울 12월에는 임금이 친히 방문하여 불법의 요체를 자문하였다."는 것이다. '불법의 요체를 자문'하였다는 것이 앞서 佛日結社文을 돌리게 했다는 일과 조응된다. 왕에 대한 일연의 임무가 무엇이었는지 가늠하는 대목이다.

이 무렵 왕은 불편하였다.[38] 무엇보다 몽골이 일본 정벌의 뜻을 접지 않고

---

37   倍生崇敬 因取師佛日結社文 題押入社(일연 비문)
38   『고려사』에는 "정월 임술일. 새 궁전에서 연회를 베풀었다. 이 날 왕은 몸이 불편하였다. / 갑술일. 재상들이 왕의 병 치료를 위하여 광명사에서 법회를 베풀었다."(1283)는 기록이 보인다. 이때 일연이 광명사에 주석하고 있었으므로, 법회는 의당 그가 주관하였으리라 보

있는 것이 그랬다. 1차 원정 실패 이후에는 충렬왕도 '다시 전함을 만들고 兵糧을 저축하여 (일본의) 죄를 소리 내어 토벌하면 성공하지 않을 수 없을 것'[39]이라고 호기를 부렸지만, 막심한 피해를 내고 난 2차 정벌 이후에는 달라졌다.

나는 앞서 형제맹약기에 고려와 몽골이 거란을 쳤던 동맹을 1차 연합군, 간섭기에 일본 정벌을 함께 한 그것은 2차 연합군이라고 불렀거니와, 두 번의 연합이 가져온 결과는 각각 크게 다르다. 특히 규모면에서 2차 연합군은 두 번에 걸친 出征에 성패를 떠나 막대한 국력의 소비를 가져왔기 때문이다. 더 이상 고려로서는 전쟁 동원의 능력이 없었다.

그럼에도 불구하고 몽골에서는 '楮繦 3천 錠을 가지고 와서 전함을 건조하는 경비에 쓰게' 한다든지, 고려 출신 庾贐는 몽골 황제에게, "오랑캐를 시켜서 오랑캐를 치는 것이 중국의 방법이니 고려와 蠻子로 일본을 정벌하게 하고 몽고군은 보내지 마십시오. 그리고 고려에서 군량 20만 석을 준비하게 하십시오."라고 건의하는 판이었다.[40] 이것이 2월의 일이려니와 3월에는 유비가 원 나라에서 돌아와 '황제가 강남군을 징발하여 8월에 일본을 정벌하려 한다'[41]는 구체적인 계획까지 알려주었다.

이런 암울한 소식이 전해지는 와중에 1283년에 들어,

◎ 3월 경오일. 중 견명을 국존으로 정하였다.

는 소식이 보인다. 여러 가지 혼란한 와중에 굳이 국사 책봉을 행해야 할

---

인다.

**39**   『고려사』, 1278.7.
**40**   위의 책, 1283.2.
**41**   위의 책, 1283.3.

이유가 무엇이었을까? 이 점도 의문스럽지만, 앞서 두 번의 기사와 함께, 승려의 일이 史書에 빈번히 기록된 희귀한 경우가 이채롭다. 적어도 『고려사』와 『고려사절요』에서 아무리 국존 책봉이라 할지라도 이렇듯 공공연한 기록을 찾기 어렵다. 일연의 경우 왜 이다지 예외적일까?

일연의 비문에는, "책봉을 마치자 4월 신묘일에 대내로 맞아들이고, 친히 백관을 거느리고 摳衣禮를 행하였다."고 하였다. 그런데 같은 날 왕은 '3번 忽赤이 새 궁전에서 왕을 위하여 연회를 배설'[42]하자 참석하였다. 연회는 구 의례에 이어 일연과 함께 한 자리인지 그것과 별도의 자리인지 알 수 없다. '3번 홀적'이 왕의 개인 비서임을 감안하여 상식적으로 판단했을 때는 별도의 행사일 것 같지 않다.

이 같은 일련의 일연 관련 기사를 정리해 볼 때, 일연은 왕과 매우 긴밀한 위치에 놓였고, 국사가 지닌 정치적인 의미에서 국정의 한 축에 서게 되었다.

다행이라면 다행이랄까, 일연이 국사에 책봉된 한 달 뒤, '황제가 東征을 중지'하였다는 좋은 소식이 전해오니, '왕이 명하여 함정을 건조하고 군사를 징집하는 등의 일을 폐지'하는 조치를 취하였다.[43] 그렇다고는 하나 일본 정벌에 관한 불씨는 남아 있었고, 국사로서 일연 또한 이 일에 촉각을 곤두세워야 했을 것이다.

### (3) 김방경의 현실인식

金方慶(1212~1300)은 일연과 거의 같은 시기를 살다 간 사람이다. 안동 출신인데, 성품이 강직하고 도량이 넓었다는 평을 얻었다.

---

42   『고려사』, 1283.4.
43   『고려사질요』, 1283.5.

김방경은 충성스럽고 신의가 있으며 그릇이 커서 작은 일에 구애받지 않았
다. 평생 동안 임금의 득실을 말하지 않았으며 비록 벼슬자리에 물러나 한가
히 있을 적에도 나라 근심하기를 집안일과 같이 했고 큰 논의가 있으면 임금
이 반드시 자문했다.[44]

88년의 생애는 흔하지 않은 長壽이지만, 끝마칠 때까지 왕의 신임을 얻은
것은 물론이요, 몽골로부터 받은 신임 또한 두터웠다. 그는 몽골과의 전쟁기
와 간섭기에 줄곧 활약하였는데, 전쟁기에 몽골로부터 인정을 받고 간섭기에
몽골 정부에 신뢰를 준 몇 안 되는 고려의 관리였다.[45] 그야말로 13세기를
대표할 정치인이요 무인이었다.[46]

---

44  『고려사』, 「열전」, 김방경

45  그 점을 보여주는 사례가 다음과 같은 경우이다. 하루는 몽가독이 방경에게 말하기를, "객지
    에 오래 있어서 심심하니 사냥으로 즐기겠다. 공은 나를 따르지 않으려는가?" 하였다. "어느
    곳에서 사냥하려는가?" 하니, "대동강을 건너서 황주·봉주에 이르러 초도까지 들어가겠
    다." 하였다. 방경이 말하기를, "관인도 황제의 명을 들었는데, 어찌 강을 건너려고 하는가?"
    하니, 몽가독이 말하기를, "몽고 사람이 활 쏘고 사냥하는 것으로 일을 삼는 것은 황제도
    안다. 그대가 어째서 막는가?" 하였다. 방경이 말하기를, "나는 사냥하는 것을 금하는 것이
    아니고 강을 건너가는 것을 금할 뿐이다. 만약 사냥을 하려고 한다면 어찌 반드시 강을
    건너 저 곳에 가야만 즐겁겠는가?" 하였다. 몽가독이 말하기를, "만일 강을 건너가는 것을
    황제께서 죄를 준다면 내가 혼자 당할 터인데, 그대에게 무슨 관계가 있는가?" 하였다. 방경
    이 말하기를, "내가 여기 있는데 관인이 어떻게 강을 건너갈 수 있는가. 만일 건너고 싶거든
    반드시 황제의 명을 여쭈어라." 하였다. 방경이 은밀히 지보대(智甫大) 등에게 일러 군사를
    물러나게 하니, 몽가독이 방경의 충성과 곧음이 천성에서 나온 것을 알고, 크게 공경하고
    중히 여기어 사실대로 고하여 말하기를, "왕경을 멸하고자 하는 자는 탄의 무리뿐이 아니고
    또 있다." 하였다.(『고려사절요』, 1270.1)

46  이제현의 아버지인 이진은 검교시중까지 오른 고위직 관리이자 학문으로도 이름이 높았
    다. 그는 김방경을 이렇게 평가했다. "천하를 통틀어 언제나 존중되는 것 세 가지가 있다.
    덕이 하나이고 나이가 하나이고 '작(爵)'이 하나이다. 군자가 세상을 살면서 그중 하나
    둘을 얻는 것도 힘들고 어려운데 하물며 셋을 어찌 얻을 수 있겠는가. 하지만 김방경은
    어려움을 극복하고 백성을 구했고 또한 사직을 다시 안정시켰으니 덕이 하나이고, 89세까
    지 수를 누렸으니 나이가 하나이며, 상국도원수로서 또 공에 봉해졌으니 작이 하나이다.
    김방경은 셋을 고루 갖추었다."

김방경의 생애에서 대표적인 활약을 정리해 보자.

고려와 몽골 연합군이 일본을 쳐들어가기로 한 것은 11월이었다. 1274년 1차 정벌 때의 일이다. 태풍 같은 큰 바람을 피하기에 적절하다고 생각했을 것이다. 그러나 태풍은 11월에도 불어온다.[47]

우리 쪽 선봉장이 김방경이었다. 그때 벌써 62세의 노장이었다,

이보다 앞서 김방경이 몽골과의 전쟁 기간 중에 올린 전과도 만만찮았다. 국경의 서북면 지휘관으로 백성을 이끌고 葦島로 들어가 淸野 작전을 펴던 때가 37세였다. 고려 정부는 마을을 비워 점령군을 황당하게 만드는 이 작전을 전국에 걸쳐 쓰고 있었다. 문제는 섬으로 들어간 백성이 먹고 살 '꺼리'였다. 김방경은 제방을 쌓아 평야를 개간하고 빗물을 받아 농사를 짓게 했다. 전쟁은 적과의 싸움만이 아닌 것을 김방경은 잘 알고 있었다.

후쿠오카에 상륙한 지 열흘 쯤 지나, 일본군이 돌격해 와 김방경 부대와 충돌하였는데, 방경이 화살을 한 개 빼어 쏘며 성난 소리로 크게 호통을 치니 겁에 질려 달아났다. 62세 노인의 기백은 그렇게 우렁찼다. 부하 장병이 죽기를 무릅쓰고 싸웠다. '왜병이 크게 패하여 쓰러진 시체가 삼대가 깔려 있는 듯'[48] 했다.

문제는 그 다음이었다.

몽골군 선봉장 홀돈이 할 만큼 했으니 철군하자고 했다. 김방경은, "우리 군사가 비록 적기는 하지만 이미 적의 땅에 들어와 스스로 힘을 다하여 싸우니, 이것이 곧 孟明이 배를 불태우고 淮陰侯가 배수진을 친 격이다."라고 설득

---

47  태평양에 직면한 열도의 특성상 일본은 매년 평균 26회 정도 발생하는 태풍의 영향을 받지 않는 경우가 거의 없다. 2012년 제24호 태풍 보파(BOPHA)는 11월 27일 발생하였다. 보파는 필리핀에서만 1,060여 명의 사망자와 800여 명의 실종자를 냈다.

48  『고려사절요』, 1274.11.

하였다. 그러나 홀돈은 '피로한 군사를 몰아 많은 적과 싸우는 것은 완전한 계책이 아니'라며 듣지 않았다.

이때 홀돈 밑의 부장이 洪茶丘였다. 몽골에 아부하여 앞잡이가 된 洪福源의 아들이다. 홍다구는 김방경에게 질투라고 해야 할 경쟁심에 가득 차 있었으니, 철군은 실상 그의 의견이었을 것이다. 결국 해상에 머물던 그 날 밤, 갑자기 바람이 크게 불고 비가 몰아쳤다. 태풍이었다. 바위와 벼랑에 전함이 부딪쳐 부서지고, 원정군 가운데 바다에 빠져 죽은 이가 셀 수 없었다. 일본인이 가미카제(神風)라 자랑스러워하는 이 바람은 기실 11월의 태풍이었다. 김방경의 말을 따라 육지에서 전투를 계속했다면 입지 않았을 피해만 내고 돌아와야 했다. 미귀환자 13,500여 명, 원정군의 절반이 넘는 숫자였다.

사실 김방경은 우리에게 그다지 좋은 기억으로 남아있지 않다. 특히 1970년대 군사정부 시절, 최씨무인정권의 몽골 항쟁을 맹목적으로 드높일 때, 그 무리의 마지막인 삼별초가 끝까지 몽골과 싸운 일 또한 정도 이상으로 평가했다. 그런 삼별초를 제압한 이가 김방경이다. 당연히 그는 몽골의 앞잡이요 민족적 수치의 상징으로 평가되었다.

그러나 최씨무인정권의 권력욕이 몽골전쟁의 원인이었다면 이야기는 달라진다. 전쟁으로 지키자고 했던 것이 진정 민족적 자존심이었을까? 김방경은 항쟁의 목적이 최씨무인정권이 자기 권력을 내놓지 않으려는 데 있다고 보았으니, 한 나라의 신하로서 저들을 묵과할 수 없었다. 왕조시대에 김방경의 이러한 태도는 지극히 현실적이다. 왕을 허수아비로 두고 권력은 개인에게 가 있는 현상을 받아들이지 않은 것이다. 왕을 섬기는 일은 백성을 섬기는 일이다. 그래서 섬에 갇힌 백성을 위해 농토를 개간했고, 전투를 알고 승리했다.

원정에서 돌아온 4년 뒤인 1278년 2월, 홍다구는 김방경을 몽골에 대한 반역죄로 걸었다. 이때의 상황을 『고려사절요』에서는 다음과 같이 전한다.

> 왕이 흔도·다구와 함께 다시 방경을 국문하였다. 방경이 말하기를, "소국
> 은 상국을 하늘같이 받들고 어버이같이 사랑하는데, 어찌 하늘을 배반하고
> 어버이를 거역하여 스스로 멸망을 취하겠는가. 나는 차라리 억울하게 죽을지
> 언정 거짓으로 자복할 수는 없다." 하였다. 다구는 기어이 자복시키고자 하여
> 참혹한 방법을 가하니, 온몸에 온전한 곳이 없었으며 숨이 끊어졌다가 다시
> 깨어나기를 여러 번 하였다.
> 다구가 가만히 왕의 측근 사람들을 달래기를, "날씨가 매우 차고 눈이 그치
> 지 않으며 왕도 문초하기에 지쳤으니, 만일 방경을 자복하게 한다면 죄는
> 한 사람에게 그치고 말아 법에 따라 정배만 갈 것뿐이니, 나라야 무슨 관계가
> 있겠느냐." 하니, 왕이 그 말을 믿고 또 차마 볼 수가 없어서 그에게 이르기를,
> "경이 비록 자복하더라도 천자께서 어질고 훌륭하시니 장차 그것이 사실인지
> 아닌지를 밝힐 것이며, 사형에 처하지는 않을 것인데, 어찌하여 스스로 이렇
> 게까지 고통을 당하는가." 하였다.
> 방경이 아뢰기를, "주상께서 이러실 줄은 몰랐습니다. 신은 군인 출신으로
> 지위가 재상에 이르렀으니, 몸이 죽어 없어질지라도 나라에 다 보답할 수
> 없는데, 어찌 한 몸을 아껴 없는 죄를 자복해서 사직을 저버리겠습니까." 하
> 고, 다구를 돌아보며 말하기를, "나를 죽이려거든 곧 죽여라. 나는 불의에
> 굴복하지 않겠다." 하였다.[49]

날씨는 차고 눈이 그치지 않는 날이었다. 자복하라는 국문에 김방경은 굽
히지 않았다. 온몸에 온전한 곳이 없었으며 숨이 끊어졌다가 다시 깨어나기
를 여러 번이었다. 홍다구로서는 이 기회에 김방경을 완전히 처단하고 싶었

---

49 『고려사절요』, 1278.2.

고, 그것이 나라에는 아무 손해가 없다는 식이었다. 도리어 왕이 딱하게 여길 정도였다.[50]

전공을 올리고도 김방경이 당하는 억울한 사정이나, 결코 자신의 신념을 굽히지 않는 강직한 태도가 매우 인상적으로 나타나는 대목이다. 당대 김방경에 대한 평가는 허투루지 않았다.

나아가 김방경의 이러한 몽골에 대한 태도 또한 현실적으로 보인다. 대국의 틈에 끼어 난처한 입장은 김방경의 시대가 그 가운데서도 심했다. 그러므로 나라를 지키는 길이 무엇인지 알자면, 먼저 백성을 생각하고 싸움에서 이길 방법을 찾아두고, 마지막에는 죽기를 각오하는 기백이 있을 뿐이다. 김방경은 그것을 실천했다.

일연이 당대에 김방경을 몰랐을 리 없다. 남겨진 기록에서 흔적을 찾을 수 없을 뿐이다. 그래서 구체적인 교류에 대해 알 수 없지만, 김방경보다 여섯 살 위이고, 제2차 일본 정벌 무렵 국사로 임명된 일연에게 그는 어떤 형상으로든 각인되었으리라 보인다. 무엇보다 김방경이 택한 현실주의적인 길은 일연과 어떻게 대응되는지 관심이 가게 된다.


## 4. 마무리

고려와 몽골의 관계를 3기로 나누어 살펴보았다. 초기의 고려는 몽골에 대한 정보 부재의 상태였다. 특히 '형제맹약'이 그렇다. 몽골의 야전지휘관은

---

50  홍다구를 향해 죽일 테면 죽이라고 소리친 김방경은 결국 대청도로 귀양 갔다. 김방경이 사면된 것은 그 해 7월이었다. 3년 뒤인 1281년의 일본 2차 정벌 때도 제 역할을 한 것은 그의 부대밖에 없었다.

동쪽 끝으로 숨은 거란군을 치러 와서, 우군으로서 고려에게 황제의 권위와 몽골의 전통이 녹아있는 형제맹약을 제시했을 것이다. 형제가 된 이상 고려군은 원정 온 몽골군을 도와야 한다. 그것이 형제맹약의 의무 사항이었다. 그러나 고려는 이를 이해하지 못하였다. 정보 부재가 가져온 비극은 처참한 결과를 낳았다.

일연은 황룡사구층탑 같은 보물이 소멸된 이유를 밝히자니 전쟁을 언급하지 않을 수 없고, 조심스럽고 완곡하게 사실의 전달을 위해 노심초사한 흔적이 '서산' 같은 용어로 나타났다. 그러나 조심스럽고 완곡한 표현이라는 해석은 일연의 현실 대응 태도가 극단적인 투쟁에 기울어지지 않았음을 말하기도 한다. 남겨야 할 기록은 남기되 현실적인 여건을 고려하는 융통성으로 보아야 한다.

일연은 왕과 매우 긴밀한 위치에 놓였고, 국사가 지닌 정치적인 의미에서 국정의 한 축에 서게 되었다. 특히 일본 정벌에 관한 불씨는 남아 있었고, 국사로서 일연 또한 이 일에 촉각을 곤두세워야 했을 것이다. 이러한 때 일연으로서 김방경을 몰랐을 리 없다. 구체적인 교류에 대해 알 수 없지만, 김방경보다 여섯 살 위이고, 제2차 일본 정벌 무렵 국사로 임명된 일연에게 그는 어떤 형상으로든 각인되었으리라 보인다. 무엇보다 김방경이 택한 현실주의적인 길은 일연과 대응된다.

# 일연의 균형으로서 글쓰기
## —『삼국유사』서술방법의 연구 · 1

## 1. 균형의 감각

이제껏 『삼국유사』의 문체와 편찬방식에 대한 논의가 없었던 것은 아니나, 一然의 글쓰기에 대한 태도를 보다 직접적으로 거론한 경우가 드물다. 사실 고승으로서 일연에게 『삼국유사』는 왠지 어울리지 않는다고 말한다. 『중편조동오위』나 지금 전해지지 않는 『선문염송』 같은 100여 권의 편저가 고승다운 저작이다.[1] 그러나 『삼국유사』는 이 모든 것 위에 있다. 그의 평생 연찬의 최종결과물이며, 여기에는 그의 글쓰기의 총량이 집합되어 있다. 인식의 부족에서 비롯되었든, 총량의 크기에 압도된 까닭이든, 일연의 글쓰기에 대한 직접적인 거론이 없었던 것은 안타까운 일이다.[2]

---

[1] 일연의 저작 총수에 대해서는 그의 비문이 전하는 바이고, 『삼국유사』는 거기에 이름도 올라있지 않다는 사실에다, 당대의 국사를 지낸 고승이라는 점을 들어, 비판적인 관점에서 일연의 『삼국유사』 저작을 바라보는 논의가 있었다. 이에 대해 여기서는 일일이 그 전거가 될 논문을 대지 않겠다.

[2] 오직 정천구가 『중편조동오위』와 『삼국유사』의 글쓰기를 비교하는 논문을 냈다. 이 글의 끝에 함께 거론하기로 한다. 정천구, 「중편조동오위와 삼국유사」, 『한국어문학연구』 45, 한국어문학연구학회, 2005.

최근 이 문제에 대한 논의의 실마리를 뜻밖에도 한 소설가의 입을 통해 얻게 되었다. 김훈은 그의 작품 속에서 등장인물의 입을 통해 자신의 문장론을 밝힌다. 신문기자인 주인공의 문장에 대해 그의 애인이 평하는 방식을 통해서이다.

> 그의 글은 증명할 수 없는 것을 증명하려고 떼를 쓰지 않았으며, 논리와 사실이 부딪힐 때 논리를 양보하는 자의 너그러움이 있었고, 미리 설정된 사유의 틀 안에 세상을 강제로 편입시키지 않았고, 그 틀 안으로 들어오지 않는 세상의 무질서를 잘라서 내버리지 않았으며, 가깝고 작은 것들 속에서 멀고 큰 것을 읽어내는 자의 투시력이 있었다.[3]

떼를 쓰지 않다, 너그럽다, 강제하지 않는다, 무질서를 내버리지 않고, 투시력을 가진 자의 글은 참으로 이상적인 글쓰기의 조건을 갖추었다. 이것은 가능하지 않다. 이런 글을 쓴 사람은 세상에 실재하지 않는다. 그런데 김훈은 자신의 머릿속에 분명 어떤 한 사람을 실재하는 모델로 확보하고 있는 듯하다. 그가 바로 일연이리라 나는 추정한다. 김훈이 다른 자리에서, '인간이 겪은 시간 전체를 살아가는 생활인'이 일연이며, '일연은 부서질 수 없고 불에 탈 수 없는 것들에 관해 썼'으며, 이것이 '당대의 야만에 맞서는 그의 싸움'이었다고 말했기[4] 때문이다. 소설의 위 대목과 겹친다.

소설가의 어법에 어울리게 김훈의 말은 상상의 구체화처럼 들린다. '인간이 겪은 시간 전체'란 무엇을 말하는 것인가. '부서질 수 없고 불에 탈 수 없는 것'이란 영원불멸의 우주론일까? '당대의 야만'이란 역사속의 어떤 특

---

3    김훈, 『공무도하(公無渡河)』, 문학동네, 2009, 26면.
4    박해현, 「장편 '공무도하' 낸 김훈」, 『조선일보』, 2009년 10월 12일.

정한 사건이나 인물일까? 전후가 생략된 짧은 인터뷰 속에서 이 모두의 답변을 끌어내기가 쉽지 않다.

어떤 느낌만으로 이 말에 접근하자면, 실재할 수 없을 듯한 全知的 세계 이해의 소유자와, 그런 그의 글쓰기로 구현된『삼국유사』의 세계에 대한 규정이다.

이제 우리는 일연과 그 글쓰기의 소산인『삼국유사』를 방법론적으로 파악할 차례에 와 있다. 이는 편찬방식과는 논의의 방향을 조금 달리 한다.[5] 여기서 먼저 거론할 수 있는 것이 일연의 글쓰기에 보이는 균형의 감각이다. 대상과 사건에 대한 균형의 유지를 일연은 전면적으로 고민하였다. 이런 예의 하나는 불교와 민간신앙이 극심히 교차한 신라사회를 바라보는 일연의 시각이다. 일연은 佛僧이었다. 불교가 국가종교인 고려에서 국사를 지낸 고승이었다.『삼국유사』전편에 불교가 차지하는 비중은 다시 말할 필요조차 없지만, 신라를 온전히 그리자면 불교만으로 가능하지 않다는 사실에 일연은 신중하였다.

이제 그런 증거를『삼국유사』안에서 찾아 정리하고, 그의 균형감각 속에서 이것이 어떻게 서술되었는지 알아보기로 한다.

## 2. 불교에 기반하는 일연의 역사인식

한반도의 동남쪽에 치우쳐 가장 후진적인 나라였던 신라가 어떻게 삼한통일의 주역이 되었는지 설명하는 일연의 의중은 다분히 불교적이다. 우리는

---

5    글쓰기를 편찬방식보다는 하위의 단계에 놓기로 한다. 그래서 부제에 '서술방법'이라 하였다.

그 한 가지 증거를 『삼국유사』의 興法 편에서 읽을 수 있다.

양으로 볼 때 紀異 편에서 전반부가 끝난 『삼국유사』는 후반부를 이 홍법 편으로 시작한다. 홍법은 삼국에 처음 불교가 전래되어 정착하는 과정을 역사적으로 기술한 부분이다. 모두 6개 조, 삼국에 각각 2개 조씩 배분되어 있다. 이 같은 겉모양만으로 보아서는 매우 균형 있게 삼국의 상황을 기술한 것처럼 보인다. 그러나 실상 내용에 들어가 보면 다분히 신라의 손을 들어주고 있음을 확인하게 된다.

먼저 처음 3개 조는 고구려-백제-신라의 순으로 기술된다. 이는 명백히 불교의 유입 순서대로이다. 그런데 다음 3개 조는 신라-백제-고구려 순이다. 처음과는 역순인데, 이는 삼국에서 불교가 어떻게 정착되었는지, 그 발전의 양상이 긍정적인지 부정적인지에 따랐다고 볼 수 있다. 신라가 삼국 가운데 불교를 제대로 수용했을 뿐만 아니라, 국가종교로까지 발전시켰다고 일연은 보고 있다. 그리고 그것은 곧 국력의 발전과 평행선을 간다. 제대로 수용하고 발전시킨 신라 쪽에 강조점을 찍은 것이다. 곧 불교를 발전시켰기에 나라가 발전했다고 보았다. 우리는 이를 두고 일연의 불교역사주의라고 말한다.[6]

신라에 불교를 전하고 정착시킨 이들이 순교의 피를 뿌렸다는 데에서 일연의 필치는 더욱 극적으로 나간다.

「阿道基羅」 조에 我道本碑를 인용하면서 일연은, "미추왕이 세상을 뜨자 나라 안의 사람들이 아도를 해치려고 하였다. (아도) 스님은 모록의 집으로 돌아와 손수 무덤을 만들고 문을 닫고 자결했다."[7]는 대목을 고치지 않고 그대로 수록하였다. 『삼국사기』에서, "비처왕 때에 아도 화상도 곁에 세 사람

---

6  이 논의는 고운기, 『일연과 삼국유사의 시대』, 월인, 2001, 261-267면의 내용을 정리한 것이다.

7  未雛王卽世, 國人將害之. 師還毛祿家, 自作塚, 閉戶自絕.(「阿道基羅」)

을 데리고 모례의 집에 왔다. 겉모습이 묵호자와 비슷한데, 여러 해를 머물며
아프지도 않다가 죽었다."[8]는 대목과는 미묘한 차이가 난다. 일연은 두 기록
을 모두 인용하지만 조금씩 다른 부분을 뒷사람의 논의에 맡긴다 했는데,
다분히 '자결' 쪽에 무게중심을 두는 듯하다.

　순교의 피는 순결한 것이다. 이 전통은 아도에서 생겨 이차돈(염촉)으로
이어진다. 신라의 불교가 운명적으로 뿌리 깊게 박히는 것은 무엇보다 이
순교에 힘입은 바 크다. 그러기에 일연은 「原宗興法 厭髑滅身」 조에 이차돈의
죽음을 찬미한 시에서 다음과 같이 노래한다.

　　의에 죽고 생을 버림도 놀라운 일이거니
　　하늘의 꽃 흰 젖 더욱 깊이 느껴지네
　　어느덧 한 칼에 몸은 사라진 뒤
　　절마다 쇠북소리는 서울을 흔든다


　　徇義輕生已足驚, 天花白乳更多情. 俄然一劒身亡後, 院院鍾聲動帝京.


　이차돈의 목을 치자 붉은빛이 아닌 흰 젖 같은 피가 솟구쳤다는 이적을
시화한 것이 처음 두 줄이다. 그리고 세 번째 줄에서 '몸은 사라진 뒤'라고
하여, '身亡後'라고 쓴 것은, 몸은 비록 사라졌지만 그의 정신은 오롯이 살아
남아 후세에 전해졌다는 시적 함의이다. 그러기에 절마다 울리는 종소리가
온 나라를 흔드는 것이다.[9]

---

8　　至毗處王時, 有阿道和尙, 與侍者三人, 亦來毛禮家, 儀表似墨胡子, 住數年, 無病而死終. (『삼국
　　사기』, 「신라본기」, 법흥왕 15년)
9　　이에 대한 논의는 고운기, 『우리가 정말 알아야 할 삼국유사』, 현암사, 2002, 400-411면에
　　서 자세히 다루었다.

　이렇듯 일연이 바라 본 신라는 찬란한 불교의 나라이고, 불교이기에 찬란한 신라를 만들었다는 생각이 굳건하다.

　일연이 그렇게 생각했다고 해서 신라는 불교의 나라만 아니었다. 신라가 그렇다고 해서 일연 또한 신라의 불교만을 『삼국유사』에 담으려 하지 않았다. 종착은 불교에 두고자 했으나 신라가 가진 민속종교의 여러 면을 담아두는 데 게으르지 않았고, 더러 그 둘 사이의 갈등과 다툼 속에서 신라만의 독특한 신앙양태가 절묘하게 살아 있었음을 보여주고 있다. 이는 그의 균형잡힌 글쓰기의 태도에서 나온 결과물이었다.


## 3. 일연의 민간신앙에 대한 접근

### (1) 혁거세와 탈해의 出自를 보는 눈

　강조할 필요도 없이 신라는 불교를 모른 채 시작한 나라이다. 자생적이건 어디서 연원하여 들어왔건 민속종교라고 묶어서 말할 신라의 고유 신앙이 있었다.

　『삼국유사』의 「제2대 남해왕」 조에는 『삼국사기』 「신라본기」의 초반부 곧 남해왕부터 지증왕까지 쓰인 왕의 칭호에 대한 여러 가지를 간추려 적어 놓았다. 그 가운데, "신라에서 왕을 부를 때 거서간이라 하는데 그곳 말로 왕이다. 간혹 귀인을 부를 때 쓰는 칭호라 하고, 어떤 이는 차차웅을 慈充이라고도 한다. 金大問은, '차차웅은 이 지방 말로 무당을 일컬으며, 세상 사람들이, 무당이 귀신을 섬기고 제사를 받들므로 이를 두려워 공경하다보니, 높으신 분을 자충이라 하였다'라고 하였다."[10]는 기록이 먼저 눈에 띈다. 무당은 원문에서 '巫'라고만 표시하였다. 그러므로 무당이 男巫일지 巫女일지 확실하지 않으나, 신라가 제정일치의 원시적인 국가공동체로 출발하였음을 보여주는 기록이라 할 수 있다. 실로 시호가 확립되는 智證王代 이전까지 신라에서는 왕이라는 말조차 쓰지 않았을 가능성이 높다.

제정일치의 원시적인 공동체를 보여주는 또 다른 증거가 하나 있다.

제4대 탈해왕은 昔씨 성의 처음 왕이다. 박혁거세로 시작하여 그의 손자까지 3대에 걸쳐 직계가 왕위를 잇는 사이, 돌연 석씨가 나타나 왕이 된 데는 주변의 호의만 끼어들어 있지 않다. 복잡한 정치적 소용돌이 속에 의연히 그 배후역할을 해내는 한 무녀가 있다. "(탈해의 배가) 계림의 동쪽 하서지촌에 있는 아진포에 이르렀다. 마침 포구 가에 阿珍義先이라는 노파가 살았는데, 혁거세왕의 고기잡이 어미였다."[11]는 대목을 다시 보기로 하자.『삼국유사』의「제4대 탈해왕」조의 처음 부분이다. 여기서 논란이 되기는 '아진의선'이라는 사람의 정체이다.

아진의선은 '아진포에 사는 의선'이라고 풀 수 있겠다. 그런 의선의 신분을 '혁거세왕의 고기잡이 어미'라고 한 것이 논란의 핵심이다.

원문에는 '고기잡이 어미'를 海尺之母라 쓰고 있다. 해척은 고기잡이를 업으로 하는 사람을 뜻한다. 歌尺은 노래하는 사람, 舞尺은 춤추는 사람과 같은 용례가 보이기 때문이다. 한편 水尺은 무당을 뜻한다. 여기에다 신라 귀족의 제4등 파진찬의 별명이 海干이었음을 가지고 '해간'과 '수척'을 묶어보면 '해척'이라는 말이 나올 수 있다.[12] 곧 사제의 임무를 맡은 고위급의 여성을 해척이라 불렀음 직하다.

---

10    新羅稱王曰居西干, 辰言王也. 或云, 呼貴人之稱. 或曰, 次次雄, 或作慈充. 金大問云, 次次雄, 方言謂巫也, 世人以巫事鬼神, 尙祭祀, 故畏敬之, 遂稱尊長者爲慈充. (『삼국유사』,「제2대 남해왕」)

11    至於雞林東下西知村阿珍浦. 時浦邊有一嫗, 名阿珍義先, 乃赫居王之海尺之母. (『삼국유사』,「제4대 탈해왕」)

12    三品彰英,『三國遺事考證』上, 東京 : 塙書房, 1976, 489-490면.

시대는 아직 제정일치사회였다. 거기서 나아가 사제는 그대로 두고, 남성
이 왕의 권력을 떼어내 독립하는 일이 벌어지는 때를 우리는 고대왕권사회라
부른다. 신라에서 처음 그 일을 한 사람은 혁거세였는데, 그의 뒤에는 아진포
의 의선이 사제로서 든든히 받쳐주고 있었으리라. 기실 박혁거세는 그가 어
디 출신인지 극도의 비밀에 부쳤다. 하늘에서 내려왔다든지,[13] 중국 황실의
공주가 신라로 옮겨와 선도산의 신모가 되어 거기서 태어났다든지,[14] 신화로
도배된 기록이 전면에 나서 있다. 그런데 뜻밖에 탈해의 출신 배경담에 와서
비밀이 새는 느낌이다. 도배된 신화의 뒤편에, 정작 자신을 키운 이는 시골
바닷가의 무당이었음을 나타내는 '해척지모'라는 말이 「제4대 탈해왕」 조에
서 일연의 입을 통해 나왔을 때, 우리는 전후의 모순된 기록 속에서 사실에
근접한 어떤 힌트를 얻게 된다. 『삼국사기』만 해도 아진의선을 '해변의 할머
니(海邊老母)'[15]라고 적었을 뿐, 혁거세와는 아무런 상관성도 말한 바 없다.
이런 롤 모델을 따라 두 번째로 배출된 이가 탈해였다고 보인다.

노파는 배를 바라보면서, "이 바다에 바위가 없었거늘 웬 까닭으로 까치가
모여 우는가."라고 하며, 날랜 배를 보내 살펴보게 하였다. 까치는 한 배 위에
모여 있었다. 배 안에 궤짝 하나가 실렸는데, 길이가 20자요 너비가 13자였다.
그 배를 끌어다 수풀 한 귀퉁이에 두었지만, 그것이 좋은 징조인지 아닌지를
몰랐다. 하늘을 향해 맹서를 하자 곧 열렸다. 그 안에 단정하게 생긴 사내아이
와 일곱 가지 보물 그리고 노비들이 가득 담겨 있었다. 7일 동안 먹여주었더니
그제야 말을 하는 것이었다.[16]

---

13  『삼국유사』, 「신라시조 혁거세왕」
14  『삼국유사』, 「仙桃聖母 隨喜佛事」
15  『삼국사기』, 「신라본기 제1」, 탈해니사금 1년
16  『삼국유사』, 「제4대 탈해왕」

박혁거세에 비해 탈해는 그 출신이 명확하다. 신화적인 수사로 덧칠해진 껍데기를 벗기고 나면, 든든한 교사요 후원자인 의선을 찾아와 혁거세처럼 키워달라고 부탁하는 모양새이다. 좋은 징조인지 아닌지 모를 배 한 척을 끌어다 놓고 의선은 하늘에 기도하고 있으며, 궤짝의 문이 열리자 하늘의 뜻으로 받아들이고 7일 동안 먹여준다. 7일은 단군신화의 곰이 동굴에서 보낸 3×7일을 연상하게 한다. 탈해가 나중에 돌무덤에 올라가 7일을 머문 것과 함께, 7일이나 세이레가 주는 민간신앙적인 습속이 거기에 담겨 있다.[17]

탈해는 토함산을 넘어 경주로 들어가, 호공의 집을 꾀를 써서 빼앗고, 지략을 인정받아 남해왕의 사위가 되었으며, 처남인 노례왕과 어처구니없는 내기로 왕위를 양보하다가, 끝내 제4대 신라의 왕에 올랐다.

일연은 이 모든 시간표의 작성자를 동해안 무녀 아진의선이라고 밖에 볼 수 없다고 생각한 것 같다. '혁거세의 고기잡이 어미'라는 한 구절을 집어넣어 이해의 힌트를 우리에게 주고 있는 것이다.


## (2) 연오랑 세오녀의 경우

신라의 무속신앙을 좀 더 구체적으로 보여주는 이야기는 『삼국유사』의 「연오랑 세오녀」 조에 실려 있다.

한갓진 해변에 살던 평범한 부부가 어느 날 바위를 타고 바다를 건너가 일본의 왕과 왕비가 되었다. 그간 연구자들이 내린 이 이야기의 숱한 의미해석에도 불구하고, 그 의미망을 벗어나는 또 다른 해석을 나는 하지 않을 수

---

17  이는 굳이 민간신앙만이 아니라 할 수 있다. 의상 또한 동해 바닷가 굴에서 관음진신을 친견하기 위해 처음 7일간 재를 올렸으며, 다시 7일을 더하여 목표한 바를 이루어낸다. (『삼국유사』, 「낙산이대성 관음정취 조신」)

없다.

연오랑 세오녀 이야기의 첫 대목은 다음과 같다.

제8대 아달라왕이 즉위한 지 4년은 정유년[157]이다. 동해 바닷가에 延烏郞
과 細烏女 부부가 살고 있었다.

하루는 연오가 바다에 나가 해초를 따는데, 갑자기 바위 하나가 나타나
태워서 일본으로 갔다. 그 나라 사람들이 이를 보고, "이는 비상한 사람이다"
라고 하여 이내 왕으로 삼았다.

세오는 남편이 돌아오지 않자 괴이히 여겨 나가서 찾아보았다. 남편의 신
발이 벗어져 있는 것을 보고 그 바위 위에 오르니, 바위가 또한 이전처럼
태워서 갔다. 그 나라 사람들은 놀라워하며 왕에게 바쳐 부부가 다시 만나게
되었다. 貴妃로 삼았다.[18]

서기 2세기 중반을 배경으로 하는 이 이야기에서 일본이니 왕이니 하는
용어에 대해서는 다른 설명이 필요하지만, 핵심은 동해 바닷가에 살던 한반
도의 부부가 일본열도로 그 사는 곳을 옮겼다는 것이다. 그리고 그들은 가서
왕과 왕비라는 극상의 대우를 받았다. 바위를 타고 바다를 건넌다는 사실
자체가 그들을 신비스럽게 만들었지만, 외적의 침입에 대해 극도로 민감했던
때였으니만큼 도리어 귀신으로 몰려 죽임을 당할 수도 있었는데, 과연 일본
열도의 사람들은 어떤 면을 보았기에 부부에게 고난 대신 영광을 주었던
것일까.

그러나 이야기는 다음 대목에서 심각해진다. 일본이 아니라 신라에서이다.

---

18    『삼국유사』, 「연오랑 세오녀」

이때 신라에서는 해와 달이 빛을 잃었다. 日官이 아뢰었다.

"해와 달의 정령이 우리나라를 버리고 지금 일본으로 가버린 까닭에 이같은 변괴가 일어났습니다."

왕은 사신을 보내 두 사람을 찾아오게 하였다. 연오는 말하였다.

"내가 이 나라에 이른 것은 하늘이 시켜서 된 일이다. 지금 어찌 돌아가겠는가? 그러나 왕비가 짠 가는 비단이 있으니, 이것을 가지고 하늘에 제사지낸다면 될 것이다."

그러고서 그 비단을 내려주었다. 사신은 돌아와 아뢰었다. 그 말에 따라 제사를 지낸 다음에야 해와 달이 예전처럼 되었다.[19]

이 대목을 읽다보면 처음부터 연오와 세오의 日本行이 서술의 목적은 아니지 않은가 의심하게 된다. 두 사람이 일본에 가서 왕과 왕비가 된 데 초점이 맞추어져 있지 않았다는 것이다. 사단이 나기로는 신라였다. 바로 해와 달이 빛을 잃는 사건이었다.

신라의 왕이나 신라 사람들은 당황했다. 고기잡이 하며 사는 동해 바닷가의 평범한 부부가 바위를 타고 바다를 건너가는 일이 벌어질 줄이야 상상이나 했겠는가. 그런 그들이 해와 달을 움직이는 정령과도 같은 존재였음을 짐작이나 했겠는가. 쥐도 새도 모르게 출국한 연오와 세오 부부가 야속할 따름이다.

일이 벌어지고 나니 그 같이 엄청난 존재를 파악하지 못하고 있었다는 불찰로 그 책임을 돌릴 수밖에 없었다. 부랴부랴 부부를 찾아가 신라로 다시 돌아오기를 간청하는 것은 그 때문이었다. 문제는 연오와 세오의 출국이 그들 스스로의 결정에 따른 것이 아니라는 사실이었다. '하늘이 시켜서'[20] 이런

---

19  위와 같은 부분.
20  王遣使來二人, 延烏曰, 我到此國, 天使然也, 今何歸乎. (위와 같은 부분)

일이 벌어졌음을 말하는 연오이다.

대안으로, 왕비가 짠 비단을 가지고 돌아와 신라가 문제를 해결할 수 있었으니, 그나마 천만 다행이었다.

이런 연오랑 세오녀 이야기는 어떻게 해석될 수 있는가?

나는 이미 연오와 세오를 해와 달의 精靈을 의인화 한 것으로 본 바 있다.[21] 한 집단은 정신세계의 어떤 고갱이가 필요하다. 그것으로 이른바 하나 된 세계를 만들고, 그것으로 흐트러지지 않는 사회질서를 다잡아 나간다. 연오와 세오가 일본으로 갔다는 것은 신라 사회의 그런 정신적 질서가 상실되었음을 말한다.

해와 달을 의인화한 데서 이야기의 의의는 더 커진다. 이런 이야기 수법을 일연은 자연스럽게 받아들였지만, 월명사의 이야기에 가면 이는 더욱 극적으로 나타난다. 월명은 〈도솔가〉와 〈제망매가〉를 남긴 사람이다. 〈도솔가〉는 다름 아닌 해가 둘 나타난 변괴를 물리치기 위해 지은 노래이다. 월명은 해를 다스린 사람이었다. 그런가 하면 월명은 달도 다스린 사람이었다. 달 밝은 밤 피리를 불고 길을 가는데 달이 따라왔다는 것이다.[22] 해와 달이 제 빛을 내는 것이야말로 세상이 바로 서 있는 증거나 다름없었다.

연오와 세오의 이야기는 해와 달을 매개로 월명의 시대까지 이어지는 것이다.

여기에 또 한 가지, 나는 연오와 세오를 문면 그대로 받아들여 바닷가에 사는 어부의 어떤 비극적인 죽음과, 그 죽음을 애도하는 혼굿의 전승으로 보기도 하였다.[23] 지금도 동해안 일대에서는 바다에서 죽은 이의 넋을 달래는

---

21   고운기, 앞의 책, 98-100면.
22   明常居四天王寺, 善吹笛, 嘗月夜吹過門前大路, 月馭爲之停輪. 因名其路曰月明里. (『삼국유사』, 「월명사 도솔가」)

수망굿[24]이 장엄하게 펼쳐지곤 한다. 연오와 세오의 이야기는 수망굿의 원형적인 스토리로 볼 수 있다.

연오가 바다를 건너 저 세상으로 간 것이며, 그가 떠난 자리에 세오가 와보니 바위 위에 남편의 신발이 놓여있었다는 상황은 죽음을 의미한다. 그러므로 바닷가에서 생계를 유지하며 살다 水中孤魂이 된 어떤 부부가 있었다. 그리고 사람들이 그들의 슬픈 넋을 위로하기 위해 그들 방식의 예식을 베풀어주는 행사가 있었다. 하늘의 해와 달이 다름 아닌 나라의 근간을 이루는 백성 한 사람 한 사람인 것을 누구보다 그들이 잘 알았다. 그 이야기가 전해지고 확장되고 굳어지면서, 사람들은 마지막에 이 부부를 바다 건너 다른 나라에 가 왕이 되었다고 기억하게 된 것이다.

세오가 짠 가는 비단을 가지고 와 하늘에 제사지냈다는 대목으로부터도 여러 가지 해석이 나왔다. 제물로서 비단에 방점이 찍히는 것이다.[25]

사실 여성 사제가 베를 짜서 이를 神衣 삼아 하늘에 제사지내는 의식은 동서양을 막론하고 널리 퍼져 있는데, 보다 분명한 이야기의 형태를 가지고 남아 있는 연오와 세오의 경우는 무척 중요한 실례에 속한다. 이를 가지고, 영일 바닷가를 중심으로 하는 지역이 비단의 생산지였으며, 이곳에서 織物神에게 드리는 감사의 제례로 해석해 보는 것은 충분히 가능하다.

---

23  고운기, 『길 위의 삼국유사』, 미래M&B, 2006, 250-251면.
24  김수남, 『한국의 굿-수용포 수망굿』, 열화당, 1985.
25  이 이야기는 영남대 섬유공학부 曺煥 명예교수로부터 들은 것이다. 영일만 일대가 고대 신라의 비단생산지인 것과, 울산항에 가까워 외국 상인들이 즐겨 드나들던 곳임을 감안하여 나왔다. 그러나 이에 대해서는 보다 분명한 실제적 증거를 대야하는 과제가 남아 있다.

## (3) 극단적인 대립의 순간에 내린 결정

신라가 불교를 국가종교로 인정하는 법흥왕(514-539)의 때가 다가오고 있었다. 이미 오래 전부터 신라의 안팎에서는 불교가 알게 모르게 퍼졌음을 우리는 한 사건을 통해 짐작한다. 비처왕 10년(488)의 射琴匣 사건이다.

법흥은 지증왕(500-513)의 맏아들이고, 왕7년에 율령을 반포하여 고대왕권 국가의 기반을 놓는다. 법흥왕의 '법'은 율령을 가리키는 것이자, 왕15년에 이차돈의 순교를 계기로 불교를 공인한 데서도 비롯한다. 智證이라는 시호 또한 지혜를 증득함, 곧 바른 지혜에 의해 열반을 증명한다는 불교식 이름으로 볼 수 있다.

지증과 법흥이 완연한 불교 분위기에 기울었음에 비해 그 앞인 비처왕의 때는 민속종교와 신흥종교 사이에 갈등하는 시기였다고 해야겠다. 예의 사금갑 사건을 일연은 다음과 같이 자세히 기록하였다.

> 왕이 천천정에 행차하였다. 때마침 까마귀가 쥐와 함께 와서 우는데, 쥐가 사람의 말을 했다.
> "이 새가 가는 곳을 찾으시오."
> 왕은 말 탄 병사를 시켜 쫓게 했다.
> 남쪽으로 避村에 이르자 돼지 두 마리가 싸우고 있었다. 잠시 그것을 구경하다 문득 까마귀가 간 곳을 놓치고 말았다. 길가에서 헤매고 있을 때 마침 한 노인이 나타났다. 연못 가운데에서 나와 편지를 바치는데 겉면에, "뜯어서 보면 두 사람이 죽을 것이요, 뜯지 않으면 한 사람이 죽는다."라고 쓰여 있었다. 병사는 돌아와 그것을 왕에게 바쳤다.
> "두 사람이 죽는 것보다야 뜯지 않아 한 사람이 죽는 게 낫겠지."
> 왕이 그렇게 말하자 日官이 아뢰었다.
> "두 사람이란 일반 백성이요, 한 사람이란 왕입니다."

왕도 그럴 것 같아 뜯어보게 하였다. 거기에는, "거문고의 갑을 쏘아라."라고 쓰여 있었다.

왕이 궁으로 돌아와 거문고의 갑을 쏘게 하였다. 그랬더니 內殿의 焚修僧과 宮主가 몰래 정을 통하고 있는 것이었다. 두 사람은 참형을 당하였다.[26]

이런 사건이 벌어진 배경과 그 결과에 대해 알고자 문면을 따라가자면, 본분을 망각한 패역한 승려의 비참한 말로를 그린 것처럼 보이고, 폐쇄된 왕실 안에서 문란한 성 풍속이 사회적 문제가 되었으며, 이를 해결해 내며 쌓아올리는 신라의 도덕적 무장이 완연 강인했음을 나타낸 것으로도 보인다.

특히 이 모든 과정에서 곳곳에 포진한 신라인의 협력이 왕실을 향한 충성심으로 가득하다는 점 또한 인상적이다. 연못 가운데서 걸어 나와 편지를 바치는 신이한 노인은 말할 것도 없고, 그것은 까마귀나 쥐 그리고 돼지 같은 동물에게까지 이어져 있다. 백성 둘의 희생보다 왕을 잃는 피해가 더 클 것이라는 일관의 조언은 충성심 그 자체요, 결과적으로 국가의 큰 이익에 공헌하는 현명한 판단이 되었다.

그런데 이 이야기를 어떤 무속의식의 시나리오로 보며 다시 읽어볼 필요가 있다.

왕이 행차한 천천정은 의식의 장소이다. 사람의 말을 하는 쥐가 등장하는데, 이는 쥐로 분장한 小巫일 것이며, 날아가는 까마귀도 나는 흉내를 내는 무당의 일원으로 보인다. 까마귀를 따라가는 다음 의식은 돼지의 싸움이다. 이 판이야말로 굿의 중심이다. 사슬 위에 통돼지를 올려놓는 의식은 지금도 서울 부군당 굿에서 쉽게 볼 수 있다.[27] 절정의 순간이다. 이런 절정의 순간에

---

26  『삼국유사』,「射琴匣」
27  김수남, 『한국의 굿-서울당굿』, 열화당, 1989.

神託의 글을 받쳐 든 무당이 나타난다. 글을 해석하는 일관은 무당의 우두머리라 할 수 있는데, 그에 의해 활을 쏘는 행위가 마무리로 이어진다. 사방으로 활을 쏘며 귀신을 쫓아내는 의식은 지금도 굿판에서 벌어진다.[28]

그렇다면 이 이야기는 왕까지 참여하는 무속행위의 전형적인 모습을 담았다 할 것이다. 그 목적은 한 해의 길흉화복을 점치고, 액운을 물리치기 위함이다. 사금갑 사건의 기록 끝에, "이로부터 나라 안에 풍속이 생겨났다. 매년 정월 첫 亥, 子, 午의 날에는 삼가 근신하며 어떤 일도 하지 않았다. 또 15일은 까마귀가 꺼린 날로 삼고, 찰밥을 지어 제사 지내는데, 지금까지 행해진다."[29]는 일연의 附記가 따라 있다. 해는 돼지, 자는 쥐, 오는 까마귀를 가리킨다. 곧 이 이야기에 등장하는 동물들이다. 午는 본디 말인데 이를 까마귀를 나타내는 동음이의어인 烏를 대입시켜가면서까지 이야기를 만들어냈다. 굳이 정월의 첫 亥, 子, 午의 날에 근신한다는 것으로 보아, 이는 새해맞이 행사임을 알 수 있다. 오늘날 전국적인 신년 마을 굿과 다름이 없다.

다만 이런 의식은 어떤 유래를 가지고 있게 마련인데, '몰래 정을 통하다 적발된' 궁주와 분수승은 실제 사건 속의 인물이었을지 모른다. 이 사건에서 유래하여 매년 같은 시나리오를 가지고 굿판이 열렸을 것이다. 梵日이 강릉 단오제의 주인공이 되는 것과 같다.

그런데 왜 하필 분수승인가?

신라가 아직 불교를 공인하지 않은 시점이기에, 분수승의 존재와 그 정체에 대해서는 정설이 없다. 법당의 향불을 사르며 정해진 시간에 기도하는 역할이 주어진 승려라는 일반적인 설명[30]이 전부다. 그런데 비처왕의 시기에

28   김태곤, 『한국무속연구』, 집문당, 1981.
29   自爾國俗, 每正月上亥上子上午等日, 忌愼百事, 不敢動作, 以十五日爲烏忌之日, 以糯飯祭之, 至今行之.(『삼국유사』, 「射琴匣」)

오면 상당한 숫자의 불교 인구가 생겼으리라 보인다. 이 사건이 일어난 해가 법흥왕의 불교 공인으로부터 불과 30여 년 전이고, 아도가 와서 불교를 전파하던 때가 바로 이 왕 때였으며, 묵호자가 처음 신라로 온 것이 앞선 눌지왕 때였다. 특히 묵호자가 병든 눌지왕의 딸을 고쳐준 일은 선교의 호기였다. 이를 계기로 신라인 사이에서 암암리에 불교가 퍼져 나갔으리라는 것이다. "아도화상도 곁에 세 사람을 데리고 모례의 집에 왔다. (…중략…) 아도가 죽은 뒤에도 모시던 세 사람은 머물며 經律을 가르쳤는데, 더러 더러 믿는 사람이 생겨났다."[31]는 기록이 그것을 증명한다.

그러나 신라 주류 세력의 불교에 대한 거부감은 완강했다. 후원을 해 주던 "왕이 세상을 뜨자 나라 안의 사람들이 아도를 해치려고 하였다."는 기록은 그 일부에 불과하다. 사금갑 사건의 본질은 불교에 대해 거부감을 지닌 기존 세력의 보다 큰 규모의 조직적인 불교 탄압이었다. 분수승의 私通은 그 자체로 문제 삼을 수 있으나, 이것을 해마다 환기시키며 승려의 이미지를 떨어뜨리는 연례적인 행사로까지 확대한 데서 저간의 사정을 짐작하게 된다.

신라의 민속 종교는 기존 세력의 이해득실과 맞아 떨어져 새로운 종교의 등장 앞에 그 위력을 잃지 않고 있었다. 사금갑 사건은 이를 웅변하는 상징적인 사건이었다. 그러나 그것은 또한 기존 세력이 지닌 힘의 절정이요, 이제 기우는 달과 같이 절정의 자리에서 내려와야 하는 시점이기도 하였다. 일연의 균형 잡힌 기술은 여기서 빛을 발하였다.

---

30  三品彰英, 앞의 책, 555면.
31  又至二十一毗處王時, 有阿道和尙, 與侍者三人, 亦來毛禮家, 儀表似墨胡子, 住數年, 無病而終. 其侍者三人留住, 講讀經律, 往往有信奉者.(『삼국유사』, 「阿道基羅」)

## 4. 균형의 글쓰기

　민속종교의 위력이 강한만큼 새로운 외래 종교가 발을 붙이기 쉽지 않았지만, 그런 시련을 겪어 냈기에 불교는 신라에서 튼튼히 뿌리 내릴 수 있었다. 그런데 불교가 기존의 민속종교를 몰아내고 대체세력으로 그 자리를 차지하고자 했다면 이 또한 불가능했을 것이다. 민속종교와 불교 사이에는 매우 절묘한 동거가 이루어졌다.

　화랑에게 붙여진 세속오계는 하나의 예에 불과하다. 보다 큰 구조적인 類似의 예가 '帝釋'이라는 말에서 찾아진다.

　단군신화에서 일연은 '환인' 아래에 '제석'이라는 주석을 붙이고 있다.[32] 이 어원을 찾자면『리그베다』의 주인공 인드라로 거슬러 올라간다. 인드라는 雷霆神이라고도 불리는데, 산스크리트어 정식명칭은 사크라드바남인드라, 한자어로 번역하여 釋迦提桓因陀羅이다. 이를 줄여 釋帝桓因이라 하고 의역한 이름이 帝釋天이다.[33] 단군신화에 나오는 환인이나, 일연이 주석을 붙인 제석은 모두 불교의 이름이지만, 제석은 단순히 불교에만 의지된 이름이 아니었다. 고대적인 天神의 개념과도 통하는 것이다. 그런데 불교와 아무 상관없는 단군신화에 불교의 이름인 환인이 본문에 쓰이고, 일연이 굳이 천신에 가까운 개념의 '제석'으로 주석을 달아 놓았다는 것이 이채롭다. 그것은 곧 불교 도입 이후 단군신화마저 불교적 용어에 익숙히 용해되어 들어갔음을 나타낸다고 보인다. 신라에서 시작하여 고려 전반기를 지나 일연이 사는 13세기에 오면 더욱 그렇다.

　이런 현상을 안지원은 다음과 같이 설명하였다.

---

32　『삼국유사』, 「고조선」
33　안지원,『고려의 국가불교의례와 문화』, 서울대출판부, 2005, 227면.

본래 하늘님, 즉 천신을 뜻하는 우리 고유어가 있었을 것이나 문자로 정착되는 과정에서 천(天)·천제(天帝)·황천상제(皇天上帝)·상제(上帝)라는 한자 용어로 표현되는 한편, 당시 유행되던 환인 또는 제석이란 불교관념의 용어로도 씌여진 것으로 생각된다.[34]

하늘님이 제석과 용어상 상통하는 점을 말했다. 이는 단순히 용어의 문제에서만 그치는 것이 아니었다. 안지원은, "우리 고유의 하늘 관념에 입각해 불교의 도리천(忉利天)을 수용함으로써 고대적 천신과 제석이 동일시되어 제왕이 천손이라는 고대 지배이데올로기가 자연스럽게 불교의 제석신앙과 결합될 수 있게 하여 제석신앙이 지배이데올로기로 기능하는 것을 가능케 하였다는 것이다."[35]라고 확대 해석하였다. 그 대표적인 예가 진평왕이 설치한 內帝釋宮이요, 그의 딸 선덕여왕이 사후 도리천 가운데 묻어 달라고 한 유언이다. 물론 선덕이 말한 도리천은 상징적인 공간이다. 그래서 신하들은 그곳이 어딘지 몰라 묻는데, 선덕은 狼山 남쪽이라 한다.[36] 선덕이 죽은 10여 년 뒤, 문무왕이 선덕의 무덤 아래에 四天王寺를 짓게 되자, 사천왕 하늘의 위에 도리천이 있다는 불교적 공간이 완성된다. 이 공간은 제석이 천신이고 지상의 왕과 연결된다는 이데올로기에 공헌하는 것이다.

불교와 민속종교의 넘나듦이 계속되는 가운데서도 신라 사회에는 전통의 이름으로 이해할 수밖에 없는 사건이 계속 일어났다. 紀異 편에서 가장 매력적인 인물 가운데 하나인 비형랑이 그런 경우의 하나이다.

비형은 죽은 진지왕의 혼령이 찾아와 과부로 사는 도화녀를 만난 다음

---

34  위의 책, 236면.
35  위의 책, 236-237면.
36  王無恙時, 謂群臣曰, 朕死於某年某月日, 葬我於忉利天中. 群臣罔知其處, 奏云, 何所, 王曰, 狼山南也.(『삼국유사』, 「선덕왕 지기삼사」)

거기서 태어난 사람이다.[37] 半人半鬼라고나 할까. 그래서 그는 낮에는 사람으로 밤에는 귀신으로, 하루를 24시간 내내 살았다. 참으로 특이한 캐릭터이다.

비형이 왕의 부탁으로 고용한 귀신이 길달이다. 그런데 귀신일 뿐인 길달은 인간 세계에 잘 적응하지 못하고 결국 여우로 변해 숨어 달아나버리고 말았다. 그랬더니 비형이 귀신을 시켜 잡아와 죽였는데, 죽은 귀신을 또 죽인다는 게 이채로운 발상이나, 이 일로 다른 귀신의 무리들이 비형의 이름을 듣고 두려워하며 달아났다. 귀신을 쫓아내는 효과, 사람들이 이를 놓칠 리 없다. 그래서 지어서 부른 노래가 다음과 같다.

> 귀하신 왕의 혼으로 아들을 낳으니
> 비형랑 그 사람의 방이 여기네
> 날고뛰는 가지가지 귀신들아
> 이곳에 머물지는 말아라

聖帝魂生子, 鼻荊郞室亭. 飛馳諸鬼衆, 此處莫留停.

일연은 이 노래 끝에, "사람들 사이에서 이 노래를 붙여 귀신을 쫓는 습속이 생겼다."[38]는 설명을 붙였다. 마치 처용의 얼굴을 그려 귀신을 쫓는 풍속과 흡사하다. 민간에서 유행한 이러한 풍속은 당연히 민속종교가 그 바탕에 깔려 있다.

사실 『삼국유사』의 「처용랑 망해사」 조에서 처용의 이야기는 당연히 가장 중심에 서는 화소이지만, 이 조를 전체적으로 보면 왕이 五方의 신들을 찾아

---

37    『삼국유사』, 「도화녀 비형랑」
38    鄕俗帖此詞, 而辟鬼.(『삼국유사』, 「도화녀 비형랑」)

다닌 편력담이다.[39] 처용은 왕이 동쪽으로 갔을 때 만난 용왕(신)의 아들이었
다. 뒤를 이어 남쪽과 북쪽 그리고 서쪽으로 가서 왕이 만난 신들은 다음과
같이 묘사된다.

> 또 왕이 포석정에 갔을 때이다. 남산의 신이 왕 앞에 나타나 춤을 추는데,
> 곁의 신하들은 보지 못하고 오직 왕만이 보았다. 어떤 사람이 앞에 나서서
> 춤추니, 왕이 손수 따라 춤을 추며 형상으로 보여주었다. 신의 이름을 祥審이
> 라고도 하므로, 지금 나라사람들이 이 춤을 전하면서, 임금이 춘 상심[御舞祥
> 審] 또는 임금이 춘 산신[御舞山神]이라 한다. 신이 나타나 춤을 출 때 그
> 모습을 자세히 본 따 기술자를 시켜 조각하게 하여 후대에 보여주었으므로,
> 象審이라고도 하였다. 또는 霜髥舞라 하는데, 이는 곧 그 모양을 가지고 일컫
> 는 것이다.
> 또 왕이 금강령에 갔을 때이다. 북악의 신이 나타나 춤을 추는데, 玉刀鈴이
> 라 불렀다. 또 동례전에서 연회를 할 때에는 지신이 나와 춤을 추는데, 地伯級
> 干이라 불렀다.[40]

각각 남산-남산 신, 금강령-북악 신, 동례전-지신이 그들이다. 이 이야기의
주인공 헌강왕은 신라 하대인 875년부터 10년간 재위하였다. 이때라면 신라
불교는 난숙한 경지에 이르러 있었다. 그럼에도 불구하고 신라를 지키는 토
속적인 신들이 여전히 활동하고 있다. 그런 나라가 신라였다.

일연은 그런 신라를 잘 알고 있었다. 그가 아는 신라를 『삼국유사』에 바로
구현하는 데는 그의 균형 잡힌 글쓰기가 일조하였다. 불교의 존엄을 훼손하
지 않으면서도, 앞서 보인 것처럼, 분수승의 죽음이 지닌 의미망에 대해 비켜

---

39    고운기, 『우리가 정말 알아야 할 삼국유사』, 현암사, 2002, 284면.
40    『삼국유사』, 「처용랑 망해사」

가지 않았다. 신라를 바로 알리자면 그래야 했다.

## 5. 마무리

진정 일연이 '인간이 겪은 시간 전체를 살아가는 생활인'이었다면 그의 성품 속에 자리 잡은 가장 귀한 가치는 균형이었다. 우리는 앞서 그 같은 균형 감각이 빚어낸 글쓰기를 둘러보았다.

불교 역사주의의 관점에서 역사의 발전이 불교의 그것과 궤를 같이 한다 하였지만, 이와 더불어 엄연히 살아 있는 민간신앙의 현장을 일연은 외면하지 않았다. 혁거세와 탈해의 出自가 민간 신앙에 뿌리를 두고 있음을 은연중에 밝혔으며, 연오랑과 세오녀의 전승은 민간의 비극적인 사건이 전설로 강화되어 간 것임을 놓치지 않았다. 드디어 불교와 민간신앙이 대립하는 현장에 서서, 그들이 맞닥뜨린 운명적 대결의 구도는 실로 신라가 거치지 않으면 안 될 통과의례임을 알았다. 이미 불교가 자리 잡은 신라 하대에 이르러서조차 왕이 찾아 나선 동서남북의 호국신을 불순한 것으로 보지 않았다. 그것이 결코 불교적이 아님에도 불구하고 말이다.

그렇다면 우리는 앞서 제시한 김훈의 소설 한 구절로 다시 눈길을 돌리게 된다. 증명할 수 없는 것을 증명하려 떼쓰지 않고, 논리와 사실이 부딪힐 때 논리보다 사실을 중시했으며, 불교의 틀로 모든 것을 재단하려 하지 않고, 그 틀에 들지 않는다고 일견 무질서해 보이는 사건을 잘라 내버리지 않았다. 이것을 자유자재의 혁신적인 글쓰기라 말해도 좋다. 그래서 일연은 가깝고 작은 것들 속에서 멀고 큰 것을 써 낸 사람이었다.

다른 한편, 일연이 남긴 또 다른 저작 『중편조동오위』[41]를 가지고 일연의

글쓰기와 그 태도를 설명할 수 있다. 『중편조동오위』에서 글쓰기와 언어미
학과 관련된 주요한 용어를 추출하고 개념을 정리[42]한 것은 이 글의 보완을
위해서 매우 적실하였다. 다음과 같은 결론 부분을 보자.

> 그런데 혁신성을 상실하기 전까지는 어록과 선시가 가장 선적인 글쓰기였
> 다고 할 수 있었으나, 13세기 일연의 시대에 이르면 더 이상 그렇게 말할
> 수 없게 된다. 불교가 성리학에 밀려 사상의 주류에서 밀려나고, 기존의 격식
> 으로는 사상의 혁신을 기대할 수 없었을 뿐 아니라, 표현의 혁신과 함께 사상
> 의 혁신도 동시에 꾀해야 했던 시대에 일연은 살았던 것이다.[43]

> 일연의 말은 서법에 매이면 공교하게 쓸 수는 있으나, 그것은 집착이어서
> 자유자재한 것이 아니라는 것이다.[44]

다소 긴 인용이 되었으나 핵심어를 추리자면 혁신과 자유자재이다. 어느
시대건 혁신을 요구하지만 일연의 시대는 그것이 더 절박했고, 혁신으로 나
아가되 자유자재를 잃어버리면 진정으로 공교한 글이 되지 못한다고 생각했
다는 것이다. 집착을 벗어난 자유자재의 글쓰기를 실현하고자 한 일연이었
다면, 사물과 사건에 대한 그의 태도는 균형의 거기에 공고히 발을 딛고 있었다
고 말할 수 있다.

균형은 사상에서 갖추어지고 표현으로 이룩되어야 의미가 있다. 앞선 시

---

41  이 책의 발견과 그 개략적인 의미에 대해서는 민영규, 「일연 중편조동오위 중인서」, 『학림』
6, 연세대사학연구회, 1984를 참조할 것.
42  정천구, 「중편조동오위와 삼국유사」, 『한국어문학연구』 45, 한국어문학연구학회, 2005. 정
교수는 이 논문에서 표격·파격·격외의 글쓰기, 향상어·사상어·겸대의 언어미학이라
설명하였다.
43  위의 논문, 193면.
44  위의 논문, 194면.

대의 『삼국사기』가 심각한 불균형의 상태에서 삼국 시기 역사를 불충분하게 만들어버린 결과를 일연은 누구보다 잘 알고 있었다. 김부식은 혁신적인 시대의 儒者였는데도 그랬다. 전철을 밟지 않으려는 일연의 생각은 자신이 佛者이면서도 불교와 불교 아닌 것의 구분 없는 기술에 가장 유의했다.

# 일연의 글쓰기에서 정치적 감각
## ─『삼국유사』 서술방법의 연구 · 2

## 1. 머리에

우리의 13세기는 전쟁의 공포로 휘둘린 시대였다. 무신정권이 지속되는 동안 내전에 가까운 싸움이 계속되었고, 역사상 최강의 군대인 몽골군과 전쟁을 치렀다. 이어지는 몽골과의 일본 원정 등, 100년 동안 한 해도 편하지 않았다.

이런 시대를 살다간 이가 一然(1206~1289)이다.

그는 승려였으나, 격랑의 세월 속에서 세속의 시대가 주는 가르침을 온몸으로 받아냈고, 그것이 『삼국유사』라는 책 속에 오롯이 남아 오늘날 우리에게 전해진다. 특히 그는 國師를 지냈는데, 국사가 지닌 역할의 중대한 의미가 그에게서처럼 극적으로 구현된 예를 찾아보기 어렵다. 『삼국유사』는 기실 그가 살았던 13세기의 공포가 내포된 기술물이다.

역사의 공포 이면에 정치적 감각은 숨어 있다. 여기서 '정치적'이라는 말은 '세상의 모든 권력에 맞서서 창조적인 삶을 지속시키는 노력'[1]이라는 뜻이고, 일연의 '삼국유사 저술'은 그 의미 선상에 놓여있나. 여기서 말하는 정치는 권력을 잡고 통치하는 현실 정치의 측면이 아니다.

이제 이 글에서는 『삼국유사』에 구현된 일연의 글쓰기를 정치적 감각이라는 측면에서 분석해 보고자 한다.[2]

구체적으로 분석할 대상은 金春秋와 金堤上이다.[3] 일연은 김춘추의 생애를 삼한통일의 전쟁에, 김제상은 임무를 수행하던 중 일본에서 당한 처절한 고통에 초점을 맞추었다. 이는 다분히 의도한 바이다. 그 의도 속에 일연의 정치적인 감각이 숨어 있다. 그리고 이를 통해 우리는 『삼국유사』 글쓰기의 一斑을 발견하게 될 것이다.

## 2. 일연의 생애에서 정치적 도정

국사였다는 점 하나만으로도 일연은 정치적 인물이었다고 해야 옳다. 충렬왕 9년(1283) 곧 77세 되던 해 여름, 일연은 국사에 책봉되었다.[4]

고려시대에는 국사라는 자리 자체가 정치적인 성격을 띠어 있었다. 국가 종교로서 불교를 택한 고려는 매우 치밀한 승려 조직을 갖추었고, 국사는 그들을 통괄할 뿐만 아니라, 나아가 나라 사람 모두에게 정신적인 지도자가 되었다.[5] 정신은 정치의 일면을 담당한다.

---

1   정남영, 「이시영의 시와 활력의 정치학」, 『창작과비평』 146, 창비, 2009, 277면.
2   이 글은 포털사이트 네이버의 '네이버 캐스트-인물'에 3회에 걸쳐 부분적으로 발표하였고, 이를 종합적으로 정리하며 완성하였다.
3   각각 『삼국유사』의 「내물왕 김제상」, 「태종 춘추공」 조이다.
4   三月庚午, 以僧見明爲國尊.(『고려사』, 충렬왕 9년) 國尊은 元 간섭기 이후 國師를 한 단계 낮춘 용어이다. 책봉은 여름 4월 신묘일에 하였다.
5   고려시대에는 승려로서 출가하는 것부터가 신앙의 표현만이 아닌 일종의 경제적·정치적 요소도 많이 작용하였다고 한 朴胤珍의 언급이 대표적이다. 박윤진, 『高麗時代 王師·國師 硏究』, 景仁文化社, 2006, 2면. 한편, 국사 외에 왕사가 있거니와, '왕의 스승'·'나라의 스승'

일연을 국사에 임명하면서 충렬왕은 다음과 같이 말한다.

> 우리 선왕들이 높은 이를 왕사로 삼았으며, 더욱 높은 이는 국사로 삼았거
> 니와, 내가 덕이 없다고 홀로 그럴 수 없겠는가. 이제 雲門和尙(일연을 가리키
> 는 말-필자)은 도와 덕이 높고 성대하여 사람들이 모두 우러르는 바이다. 어찌
> 나만 홀로 자애로운 은택을 입겠는가. 마땅히 온 나라와 더불어 함께하여야
> 할 것이다.[6]

왕사 위에 국사이고, 국사는 온 나라와 더불어 함께한다는 점을 명확히
하였다. 그것이 곧 국사로서 해야 할 정치적인 임무였다. 일연 또한 그 임무
를 일정 부분 수행했다. 그런 과정에서 그에게는 어떤 정치적 감각이 만들어
졌는지 알아볼 필요가 있다. 거슬러 올라가 보면 일연은 일정한 정치적 자장
속에서 활동하였다. 그것은 자의에 따른 행동이라기보다 시대와 사회가 주는
負荷였다. 국사가 되기까지 그의 생애에서 이를 추정할 네 가지만 추려본다.

첫째, 그의 나이 43세에 鄭晏의 초청으로 경상도 남해의 定林社 주지가
된다.[7] 일연으로서는 세상에 나간 첫 나들이이다. 그런데 정안은 崔怡의 장인
이었고, 정치적인 풍파에 휩싸이다 귀양길에 죽임을 당한다. 일연으로서는
간접적으로나마 정치의 쓴 맛을 본 첫 경험이었다.

둘째, 그의 나이 55세에 원종의 초청으로 강화도로 올라간다.[8] 이 일은

---

으로서 승려 중 최고 지위였고, 고려의 불교적인 성격을 참고하건대 사회적 영향력도 상당
했다는 언급도 참고 된다.(위의 책, 5면) 특히 일연이 국사에 임명되는 고려 후기에는 승정
을 관장하는 등 실질적인 기능을 갖추고 있었다.(허흥식, 『고려불교사연구』, 일조각, 1986,
404-425면)

6    閔漬 撰, 「보각국존 일연 비문」.
7    고종 36년(1249)의 일이다. 이에 대해서는 고운기, 『일연과 삼국유사의 시대』, 월인, 2001,
     164-171면에서 자세히 설명했다.
8    원종 2년(1261)의 일이다. 이에 대해서는 위의 책, 192-199면에서 자세히 설명했다.

보다 복잡한 설명을 필요로 한다. 이 시기는 최씨무인정권이 끝나고 왕정복고 속에 새로운 무인정권이 들어서 있었다. 새로운 정권은 새로운 불교세력을 원했고, 일연은 그 일원으로 낙점을 받은 듯하다.[9] 그런데 일연의 비문에서는 '선월사에 머물며 개당하고, 멀리 牧牛和尙의 법을 이었다'[10]고 하였다. 이것이 문제의 대목이다. 선월사는 지금 강화도의 선원사인 듯하며, 목우화상은 知訥이다. 지눌의 제자들이 최씨정권과 긴밀히 연결되어 있었고, 그들을 정리하고 들여야 할 자리로 일연이 초청되어 왔는데, 왜 禪門마저 다른 그들의 법을 이었다고 하는가. 앞뒤가 확연히 풀리지 않는 이 대목은 여전히 학계의 과제이다. 그런 까닭인지 모르나, 일연은 '남쪽으로 돌아가기를 거듭 청하여'[11] 결국 3년 만에 낙향하고 만다.

셋째, 그의 나이 75세에 일본 원정을 떠나는 麗蒙聯合軍의 진영에 합류한다.[12] 前代未聞의 대규모 원정군을 꾸려야 하는 고려의 상황은 매우 절박했다. 경제적인 부담은 말할 나위 없거니와, 바다 건너 적진을 향해 쳐들어 가야하는 병영에는 긴장과 공포가 감돌았을 것이다. 왕에게는 위로를 병사에게는 용기를 주어야 할 임무가 그에게 떨어졌다.

넷째, 그의 나이 76세에 개성으로 올라가 廣明寺에 주석한다.[13] 사정은 그사이, 江都로 가던 일연의 55세 때와는 완연히 달라져 있었다. 일연은 불교계

---

9　채상식 교수는 '정치적 차원에서 불교계를 통솔하기 위해 취한 조처'였다고 본다. 채상식, 『고려후기불교사연구』, 일조각, 1991, 122면. 이는 매우 사실에 가깝다고 할 것이다. 무인정권이 끝난 이듬해 곧 1259년에 일연이 선승의 고위직급인 大禪師에 오르는 것도 이와 관련이 없지 않다.

10　住禪月寺開堂, 遙嗣牧牛和尙.(閔漬 撰, 「보각국존 일연 비문」)

11　至至元元年秋, 累請南還, 寓吾魚寺.(閔漬 撰, 「보각국존 일연 비문」)

12　辛巳夏, 因東征駕幸東都, 詔師赴行在.(閔漬 撰, 「보각국존 일연 비문」)

13　충렬왕 8년(1282)의 일이다. 이에 대해서는 고운기, 앞의 책, 219-227면에서 자세히 설명했다.

를 대표하는 가장 정치적인 인물이 되었다. 왕은 내전으로 일연을 불러들이기도, 광명사로 찾아가기도 하였다.[14] 다음 해 봄, 왕은 드디어 일연을 국사에 임명하였다. 그러나 국사가 되어 책봉식을 마친 여름이 지나고 가을이 되자, 일연은 '어머니가 늙었다'[15]는 이유로 사임하고 다시 낙향하였다.[16]

　이 일련의 일은 일연의 性情을 살피는 데 긴요하다. 43세의 일연은 아직 村僧에 지나지 않았다. 그에게 정림사 주지는 일자리였을 뿐이다. 그런데 일연의 후원자인 절의 주인이 당대 권력의 핵심에 있었고, 그런 그가 정치적 바람을 타고 비참한 일생을 마감했을 때, 일연은 단순한 충격 이상의 과제에 직면했으리라 보인다. 한편, 55세의 일연은 승려로서 기반을 닦은 다음이었다. 이는 세속적인 의미가 아니다. 고승의 반열이 눈앞에 와 있었던 것이다.[17] 그를 필요로 하는 세상에 할 수 없이 응하나 곧 그 자리를 피하고 말았다. 그리고 76세의 일연은 더 피할 수 없이 정치의 중앙에 들어서게 되었다. 국사가 되었다는 것은 그 상징적인 사건이다. 하지만 또 다시 낙향, 이 일이 도리어 주변 사람을 놀라게 하였다.[18]

　일연의 생애에서 두 번의 赴京과 두 번의 落鄕은 무엇을 뜻할까? 경상도 일대를 무대로 활동하던 촌승이 중앙의 정계에 얼굴을 내민 것은 시대적

---

14　迎僧見明于內殿(『고려사』, 충렬왕 8년 10월)과 王與公主, 幸廣明寺, 訪僧見明(『고려사』, 충렬왕 8년 12월)이 대표적인 기록이다. 見明은 일연의 출가 전 이름이다.

15　師素不樂京輦, 又以母老, 乞還舊山, 辭意深切.(閔漬 撰, 「보각국존 일연 비문」)

16　일연의 이 낙향은 국사에 책봉 된 다음 하산으로 이어지는 고려시대의 관습에 따른 것이었다고도 할 수 있다. 박윤진, 앞의 책, 67면 참조. 그러나 일연의 경우 어머니를 모신다는 구체적인 목적이 있었고, 어머니 사후 하산소로 정해진 인각사에서 구산문도회를 두 번이나 개최하는 등, 하산 후의 활동이 남다르다.

17　54세에 남해에 거처하며 『重編曹洞五位』를 간행한 것은 이를 웅변할 일이다. 이 책의 의미와 가치에 대해서는 민영규, 「一然重編曹洞五位重印序」, 『학림』 6, 연세대사학회, 1983 참조.

18　下山寧親, 朝野嘆其事.(閔漬 撰, 「보각국존 일연 비문」)

상황이 그렇게 만들었지만, 일연 본디의 성정은 거기에 적극적이지 않았다고 보인다. 물론 이것을 보다 고도의 정치적인 행동이라 평하기도 한다. 낙향은 외면이요 부경은 실속이다.

그러나 현실 정치와 삶 속에 얽혀드는 정치는 구분할 필요가 있다. 우리는 누구나 정치적 자장 속에서 산다. 그러나 현실권력을 추구하는 정치와 그것은 다르다.

여기서 이 글 속에서 쓸 '정치적'이라는 말의 사용범위를 밝혀야겠다.

먼저 이 글은 일연의 정치사상을 알아보자는 목적으로 쓰이지 않았다. 일연이 국사라는 위치에서 정치적인 행위를 하지 않을 수 없었지만, 삶과 시대적인 분위기 속에 자연스럽게 형성된 그의 정치적 감각이 어떤 것이었는지, 그래서 그의 '삼국유사 쓰기'에 어떻게 操舵手 역할을 하였는지 밝혀보겠다는 것이다. 곧 현실권력의 추종으로서 일연의 생애를 살펴보는 데 목적이 있지 않다는 것이다.[19]

그러므로 앞서 든 '세상의 모든 권력에 맞서서 창조적인 삶을 지속시키는 노력'[20]이라는 개념으로 일연의 정치적 성향을 규정하려 한다. 그의 赴京은 정치를 향한 속내가 아니며, 落鄕에 중요한 방점을 찍기로 한다. 그것은 '삼국유사 저술'에 적절히 반영되어 있다.

---

19   이와 비슷한 개념을 찾기 위해 앞서 소개한 한 편의 글을 다시 원용하기로 한다. 이시영 시인의 시를 분석하면서 평론가 정남영은 다음과 같이 '정치적'이라는 말을 썼다. : "나는 이시영의 시가 가진 힘 그 자체를 일종의 정치적 힘으로서 부각시키려는 것이다. 이 힘은 일반적으로 말하는 '정치'가 가진 힘, 즉 권력과는 아무런 관계가 없다. 오히려 이 힘은 이 세상의 모든 권력에 맞서서 창조적인 삶을 지속시키는 노력의 바탕이 된다. 권력에 맞서기 때문에 정치적이지만 권력으로서 맞서는 것은 아니기에 전통적인 의미에서 '정치적'이지는 않다."(정남영, 앞의 글, 같은 면.) 권력과 관계없으나 권력에 맞선다는 뜻에서 쓴 '정치적'이라는 용어이다. 바로 이 글에서 쓸 '정치적'의 개념이다.

20   정남영, 앞의 글, 같은 면.

일연의 정치적 인식과 성향이 『삼국유사』의 저술에 어떻게 드러났는가. 그것은 곧 『삼국유사』의 서술방법을 알아보는 일의 요체이기도 하다.

이제 『삼국유사』의 글쓰기를 일연의 삶과 정치적 감각의 틀로 놓고 본다면 어떤 결과가 나올지 궁금하다. 다음 장에서 김춘추(武烈王)와 김제상을 그 예로 들겠다. 무열왕 때는 신라의 三韓統合 전쟁 수행기간이었다. 어느 때보다 민감한 정치적 사안이 많은 시기이다. 『삼국유사』에서 이 대목은 일연의 역사의식이 그가 지닌 정치적 감각과 어우러져 찬란하게 빛을 발하는 대목이다. 또 하나, 김제상의 이야기는 일본과 관련하여 일연이 살았던 시대와 일정 부분 의의를 같이 한다. 그의 생애의 중심부는 몽골과의 전쟁 기간이다. 후반부는 몽골의 간섭기이다. 麗蒙聯合軍의 일본 원정은 바로 그가 국사로 임명되기 직전의 일이었다.[21]

다만 일연은 정치의 권력화에 빠져들지 않았으며, 권력의 정치화를 경계하였다. 국사에서 은퇴하여 낙향한 것은 이렇게 이해된다. 그는 『삼국유사』의 편찬으로 세상과 권력에 대해 메시지를 던졌을 뿐이다.


## 3. 우회적인 서사의 정치적 含意 : 김춘추의 경우

### (1) 일연의 「태종 춘추공」 조 기술

일연이 쓰는 김춘추의 일대기는 특이하다. 『삼국유사』 紀異 편의 「태종

---

21  고운기, 앞의 책, 224-225면 참조. 여몽연합군의 2차원정은 충렬왕 7년의 일이었고, 경주에 차려진 행재소로 내려온 왕은 인근 운문사에 주석하고 있던 일연을 가까이 불렀다. 고승에게서 얻고 싶었던 마음의 평안 때문이었으리라. 그러나 나는 일연에게 주어진 임무가 단순히 이 일만이 아니었을 것으로 보고 있다.

춘추공」 조는 그의 일생을 그린 것이지만, 뜻밖에도 이 조 전체에서 춘추는 '주인공이 아닌 주인공'으로 등장한다. '주인공이 아닌 주인공' ― 이것은 일연이 보는 춘추의 생애이다.

　紀異 편에서도 꽤 긴 분량을 가지고 있는 「태종 춘추공」 조는 크게 세 단락으로 나누어 읽을 수 있다.

> A(제1 대단락) : 춘추가 김유신의 누이동생 문희와 결혼하는 이야기를 중
> 　　　　　　심으로 한 3가지.
> B(세2 대단락) : 『삼국사기』에서 인용한 백제 정벌 이야기를 중심으로 한
> 　　　　　　7가지.
> C(제3 대단락) : 기타 서적 4종에 나타난 정벌 이후의 이야기 6가지.

이를 표로 나타내 보면 다음과 같다.

### A 제1 대단락

| 내용 | 출전 | 비고 |
|---|---|---|
| ① 소개 | 「신라본기」 무열왕 | |
| ② 김춘추와 문희의 결혼 | 미상 | 제1 대단락의 핵심화소이면서, 전체적으로도 가장 특징적인 부분. 「신라본기」 문무왕 서두에 간추려져 나옴. |
| ③ 총평 | 「신라본기」 진덕왕 2년 | 춘추와 당 태종의 상면 부분. 나머지는 「신라본기」와 기타 자료를 이용한 일연의 창작으로 보임. |

B 제2 대단락

| 내용 | 출전 | 비고 |
|---|---|---|
| ① 의자왕의 **失政**, 성충의 간언과 유배 | 「백제본기」 의자왕 16년 (656) | |
| ② 백제의 해괴한 일들 | 「백제본기」 의자왕 19(659), 20년(660) | |
| ③ **滿月논쟁** | 「백제본기」 의자왕 20년 | |
| ④ 나당연합군의 침공과 백제의 대응 | 「백제본기」 20년 | |
| ⑤ 계백의 5천 결사 | 「백제본기」 의자왕 20년 | |
| ⑥ 소정방과 까마귀 | 미상 | 「신라본기」 무열왕 7년 7월 12일 조에, "정방은 꺼려지는 바가 있는지 앞에 나서지 못하는데, 유신이 설득해 두 나라 군사가 용감하게 네 갈래로 일제히 떨쳐 나갔다"는 구절이 보임. |
| ⑦ 사비성 함락과 사후처리 | 「백제본기」 의자왕 20년 | 소정방의 간단한 이력에 대해서는 일연의 서술. |

C 제3 대단락

| 내용 | 출전 | 비고 |
|---|---|---|
| ① 문무왕과 부여융의 맹약 | 신라별기 | 무열왕 사후 |
| ② 김유신의 당군 원병 | 고기 | 무열왕 사후 |
| ③ **墮死岩** | 백제고기 | |
| ④ **唐橋** | 신라고전 | 무열왕 사후 |
| ⑤ 김유신의 성부산 신술 | 신라고전(?) | 무열왕 사후 |
| ⑥ '태종'이라는 시호 | 신라고전(?) | 무열왕 사후 |

위의 표에서 정리한 것을 문제에 따라 살펴 설명할 필요가 있겠다. 설명의 초점은 『삼국유사』의 이 조에서 틀림없이 김춘추가 주인공인데, 이야기의 흐름은 주인공 아닌 김춘추로 되어 있다는 것이다.

먼저 A-②의 춘추와 문희의 결혼 이야기는 자신이 당사자이므로 당연 주인공이라 하겠으나, 여기서도 실제 주인공은 김유신과 문희 남매에 가깝다. 남매의 '김춘추 꼬이기 성공담'이라고나 할까. 문희는 언니가 꾼 꿈을 비단 치마를 줘가며 사고, 김유신은 춘추와 축국을 하다가 옷깃을 밟아 찢어 놓는데, 두 남매가 짜놓은 각본 속의 인물처럼 춘추는 움직이고 있다. 물론 결과는 춘추에게 '좋은 일'로 맺어지지만.

왕이 된 춘추가 백제를 정벌하는 B에 오면 더욱 이상한 현상이 벌어진다. 일연은 이 대목에서 B-⑥만 제외하고 전적으로『삼국사기』를 인용하였는데, 신라의 백제 정벌 대목을 춘추가 주인공인「신라본기」에서가 아니라 의자왕이 주인공인「백제본기」에서 따왔다. 그러다보니 승자인 춘추보다 패자인 의자왕이 주인공처럼 등장한다. B-④에는, "태종은 백제의 나라 안에 괴변이 많다는 소문을 들었다. 5년 경신년(660)에 아들 인문을 당나라에 사신으로 보내 군사를 청했다."[22]는 대목을 슬쩍 집어넣어, 마치 춘추의 입장에서 쓰고 있는 것처럼 꾸미고 시작하였다. 그러나 이 대목은 일연이 글쓰기의 과정상 중간에 집어넣은 것일 뿐 곧이어「백제본기」로 다시 돌아가고 있다.

왜 그랬을까? 번연히「신라본기」가 있음을 아는 일연이 애써 이를 외면한 까닭은 무엇이었을까?

기타 서적 4종에서 인용한 정벌 후의 이야기인 C는 더욱이 춘추가 주인공이 아니다. 춘추는 백제의 사비성 정벌을 막 끝낸 바로 그해 세상을 떠났다. 그 이후의 다른 백제의 성 공략에 개입할 여지가 없다. 심지어 C-③은 3천 궁녀 이야기이다. 마지막의 사후담인 C-⑥에서 다시 춘추가 등장하지만, 이것은 전체 이야기를 마무리하는 역할에 지나지 않는다.

결론적으로「태종 춘추공」조에서 춘추는 주인공 아닌 주인공이 되어 있

---

22    太宗聞百濟國中多怪變, 五年庚申, 遣使仁問請兵唐.(『삼국유사』,「태종 춘추공」)

다. 그 이름을 내세운 조인데 그는 중심에 있지 않다.

물론 이 조에서 춘추가 주변인물이라는 말은 아니다. 「태종 춘추공」 조는 주인공이 중심에 있지 않으면서, 그렇다고 주변인물이라 바로 말할 수 없는 절묘한 글쓰기로 이룩되었다. 춘추가 있지 않고서는 성립할 수 없는 이야기이기에 주인공의 역할을 하면서도, 기묘하게 주변을 어슬렁거리는 주인공일 뿐이다. 그래서 주인공이 아닌 주인공이라 말했다. 여기서 우리는 일연의 독특한 글쓰기 방법을 설명할 수 있다.

## (2) 신라의 백제 정벌을 전하는 『삼국사기』의 기록

일연이 인용하고 있는 『삼국사기』는 신라의 백제 정벌 전쟁을 전체적으로 어떻게 기술하고 있는가. 일연의 글쓰기 방법을 설명하기 전에 짚고 넘어갈 필요가 있다.

승자인 신라에게나 패자인 백제에게나 『삼국사기』는 나란히 각각의 본기에서 이 전쟁의 기록을 해주어야 했다. 그래서 「신라본기」와 「백제본기」에서 같은 전쟁을 두 나라의 입장에 따라 기술하였다. 일연의 『삼국유사』와는 체재가 다르므로 벌어지는 현상이다.

태종 무열왕 김춘추의 재위는 654년에 시작하였다. 이 해는 백제 의자왕 13년, 그러니까 이때부터 두 왕의 통치하는 기간이 겹친다. 그것은 의자왕이 사비성을 버리고 도망한 20년(660)까지 7년간인데, 그 가운데 특히 신라와 백제의 전쟁이 벌어지는 659년과 660년의 두 해를 중심으로 비교해 볼만하다. 이를 표로 나타내 보면 다음과 같다.

| | 「신라본기」 | 「백제본기」 | 비고 |
|---|---|---|---|
| 656년<br>(무3/의16) | -김인문의 군주 임명.<br>-김법문의 遣唐. | -의자왕의 失政, 成忠의 간<br>언과 유배. | |
| 659년<br>(무6/의19) | -4월, 백제의 변경 침략.<br><br>-9월, 공주의 큰 물고기 출현 사<br>건.<br>-10월, 태종에게 나타난 長春과<br>罷郞. | -2월, 여우 떼 출몰.<br>-4월, 태자궁의 괴변.<br>-5월, 사비하의 큰물고기.<br>-8월, 여인의 시체.<br>-9월, 궁궐의 홰나무가 움.<br>귀신이 곡함. | -「신라본기」 9월<br>과 「백제본기」<br>5월은 같은 사<br>건인 듯함. |
| 660년<br>(무7/의20) | -봄, 김유신의 상대등 임명.<br>-3월, 소정방 군 출발.<br>-5월, 신라군 출발.<br>-7월 9일, 김유신과 계백이 황산<br>에서 合戰. 관창의 죽음을 게기<br>로 신라군 승리.<br>-이때 기벌포에서 신라군과 당군<br>간의 충돌이 생김.<br>-7월 12일, 나당군 사비성 공격.<br>-7월 13일, 의자왕의 出奔.<br>-7월 18일, 의자왕의 항복.<br>-8월 2일, 나당군 위로회.<br>-8월 26일, 임존성 공격.<br>-9월 23일, 백제 잔병이 사비성<br>역습.<br>-10월 9일, 무열왕이 이례성 공<br>격.<br>-11월 1일, 고구려가 칠중성을 공<br>격.<br>-11월 22일, 무열왕이 전공에 따<br>라 상을 주고, 백제인도 중용 조<br>치. | -2월, 왕도와 사비하의 물빛<br>이 핏빛으로 변함.<br>-4월, 두꺼비 출현, 왕도의<br>소동.<br>-5월, 느닷없는 비바람의 피<br>해.<br>-6월, 왕흥사에 나타난 돛배.<br>짖어대는 개들.<br>-滿月논쟁.<br>-당나라 군대의 출동. 백제<br>왕실의 대응 논란.<br>-계백의 5천 결사.<br>-의자왕의 出奔.<br>-사비성이 소정방에게 함락<br>됨.<br>-사후조치. | -계백과의 합전,<br>의자왕의 出奔<br>은 양쪽 모두<br>기술됨.<br><br>-「신라본기」는 7<br>월 이후의 상황<br>을 자세히 기록. |

  표로 정리한 『삼국사기』 「신라본기」와 「백제본기」의 겹치는 시기를 가져
오는 『삼국유사』 기록의 특징을 세 가지로 요약해 보면 다음과 같다.
  첫째, 앞서 말한 것처럼 『삼국유사』의 「태종 춘추공」 조의 제2 대단락(B)

은 위 표의 「백제본기」에서 인용하였다. 백제 의자왕의 실정을 의자왕 16년
조에서 인용하며 시작하였고, 큰 물고기가 출현하는 「신라본기」 9월과 「백
제본기」 5월은 같은 사건인 듯한데, 이 또한 「백제본기」 쪽을 가져다 썼다.
계백과의 合戰, 의자왕의 出奔 역시 마찬가지이다.

둘째, 전쟁이 본격화된 660년 7월 이후의 기록은 「신라본기」 쪽이 상세하
나 「태종 춘추공」 조의 B-⑦은 「백제본기」의 간단한 기록으로 채웠다. 合戰
상황에 대해 「신라본기」가 날짜까지 밝힌 자세한 기록이었음에도 이를 외면
한 것은 상황을 「백제본기」에서 일관되게 인용하려는 일연의 의도로 보인다.
이야말로 일연이 「백제본기」를 인용하는 속내를 은근히 보여주는 대목이다.

셋째, 이긴 쪽과 진 쪽의 기록이라는 특징을 지니는 「신라본기」와 「백제본
기」에서 진 나라 쪽을 택했다. 이는 진 나라의 역사에서 찾는 교훈을 중시한
결과로 보인다. 그렇다면 일연은 이긴 자보다 진 자에게서 무엇인가 찾으려
했다. 기실 당대 일연은 전쟁에서 진 나라의 승려였다. 바로 고려의 몽고와의
전쟁을 말한다. 전쟁은 그의 나이 20대에서 시작하여 40대초까지 이어졌는
데,[23] 전쟁을 피해 다니며 辛苦하게 살아간 그로서 진 쪽이 가져야 할 각성은
뼈저렸다.

결과적으로 「태종 춘추공」 조는 단순히 김춘추의 생애를 그리는 데서 그
치지 않았다고 할 수 있다. 일연은 그의 시대에서 바라본, 전쟁의 승패가
주는 역사의 교훈을 찾자는 데 그 궁극의 목적을 두지 않았나 싶다. 『삼국유
사』가 완성되었을 것으로 보이는 시기는 일연이 국사의 자리에 오르기 전후
였다.[24] 국사로서 그는 역사의 교훈을 당대인에게 알려주어야 할 필요가 있었
고, 고려 또한 패전과 전후 처리로 滿身瘡痍가 된 형편에 그것이 국사의 정치

---

23  고운기, 앞의 책, 139-145면.
24  위의 책, 219-220면.

적인 임무라고 생각했던 것 같다. 전황을 알기로야 「신라본기」 쪽이 자세했지만, 일연의 관심은 전쟁 자체보다 전쟁에 임한 진 자의 허점을 분명히 밝혀야겠다고 생각한 것은 아니었을까. 곧 패자에게서 찾는 代案의 서사였다. 이것이 일연의 정치적 감각 아래 이루어진 글쓰기이기도 하였다.

### (3) 일연이 그리는 김춘추

그렇다고 일연이 「태종 춘추공」 조에서 역사의 교훈만을 쓰기로 목적한 것은 아니었다고 보인다. 그 특유의 필력은 이 조에서도 춘추의 면모를 입체적으로 조망하는 데 유감없이 발휘된다. 이 조가 『삼국사기』를 비롯해 여러 책에서 인용되어 치밀하게 편집된 것은 앞의 표로 보였다. 그런 가운데 유독 A-②와 B-⑥만큼은 인용처가 없다. 전자는 춘추의 문희와의 결혼 장면,[25] 후자는 머뭇거리는 소정방을 김유신이 윽박지르는 장면[26]이다. 그런데 이 이야기가 『삼국유사』답다.[27] 그것은 일연 스스로 채록한 구비전승에 힘입은 바였을 것이다.

이렇듯 치밀한 서술을 통해 일연은 춘추의 생애를 정리하였다. 춘추는 간

---

25   간단하게 추려진 이야기가 『삼국사기』의 「신라본기」 문무왕 조의 서두에도 나온다.

26   그 내용은 이렇다. 까마귀가 소정방의 병영 위를 날아다녔다. 사람을 시켜 점치게 했다. "반드시 소 원수가 다칠 것입니다." 소정방이 두려워서 군사를 끌어들이고 싸움을 그만두려 했다. 그러자 유신이 정방에게 말했다. "어찌 나는 새 한 마리의 괴이한 짓거리를 가지고 하늘이 준 기회를 어길 수 있겠소. 천명에 응하고 인심에 따라 지극히 어질지 못한 자를 치는 마당에 어찌 상서롭지 못한 일이 있겠소." 곧 신검을 뽑아 그 새를 겨누었다. 그러자 새가 찢어져 그들 앞에 떨어졌다. 『삼국사기』의 「신라본기」 무열왕 7년 7월 12일 조에, "정방은 꺼려지는 바가 있는데 앞에 나서지 못하는데, 유신이 설득해 두 나라 군사가 용감하게 네 갈래로 일제히 떨쳐 나갔다"는 구절이 보이는데, 같은 사건으로 보인다.

27   견훤의 생애를 쓴 「후백제 견훤」 조에서도 전체적인 내용은 『삼국사기』를 인용하였으나, 견훤의 탄생담과 완산 아이 노래 같은, 이야기의 핵을 이루는 에피소드는 인용처가 없다.

단히 처리할 인물이 아님을 그 또한 잘 알았다. 일연이 읽었을『삼국사기』에서 춘추의 생애는 파란만장 그 자체였기 때문이다.

『삼국사기』를 따라 거슬러 올라가 보면, 신라 24대 진흥왕에게는 역사의 전면에 등장하는 두 아들이 있었다. 첫째가 동륜, 둘째가 금륜이다. 동륜은 왕 27년(566) 태자에 책봉되었으나, 33년(572)에 일찍 세상을 뜬다.[28] 이때 그의 아들 백정은 다섯 살 어린 아이였다. 금륜은 형을 이어 태자에 책봉되고 드디어 진흥 사후 왕위를 잇는다. 25대 진지왕이 바로 그이다. 그런데 불과 4년 뒤, 황음에 빠진 그를 나라 사람들이 폐위시키는 일이 벌어진다.[29] 이때 그에게 용춘이라는 아들이 있었다. 하지만 왕위는 동륜의 아들 백정이 잇는다. 26대 진평왕이다.

이렇듯 진흥왕이 죽은 다음 벌어지는 두 아들과 그 후손의 왕위 교차 계승은 결코 평화로운 이어달리기가 아니었다.[30] 그리고 진평왕의 등극에서 이 달리기가 끝난 것도 아니었다.

진지왕이 폐위되는 바람에 아들 용춘 이하는 성골에서 진골로 내려앉는 族降을 당한 것으로 보인다.[31] 그런데 아들을 두지 못한 진평왕이 딸을 용춘에게 시집보낸 것은 뜻밖이었다. 왕위가 용춘에게 갈 수 있다는 전제였다.

---

28　다만『삼국사기』에서는 동륜이 죽은 소식을 전할 뿐 까닭을 밝히고 있지 않다. 그러나『화랑세기』에서는 태자가 진흥왕의 후궁 보명궁주를 만나러 그 궁에 가서 담을 넘다 개에 물려죽었다고 하였다. 이에 대한 정치적인 의미 해석에 대해서는 조범환,「필사본 화랑세기를 통하여 본 진평왕의 왕위계승」, 이종학 외,『화랑세기를 다시 본다』, 주류성, 2003, 195-196면을 참조.

29　『삼국유사』,「도화녀 비형랑」

30　아직 진위의 판정을 기다리고 있는 형편이지만,『화랑세기』에서는 미실의 주도 아래 치열한 정치적 싸움의 결과가 이처럼 복잡한 왕위 계승을 만들어냈다고 쓰고 있다. 이에 대해서는 조범환, 앞의 논문, 224-226면과 이종학,「필사본 화랑세기의 사료적 평가」, 이종학 외, 앞의 책, 90-92면 참조.

31　族降에 대해서는 이종욱, 앞의 책, 288-289면 참조.

그렇다면 이어달리기는 다시 동생 집안 진지왕 쪽으로 넘어가는가? 그렇지 않다. 여기서 형 집안 진평왕의 야망은 작렬한다. 성골 집단을 더욱 공고히 하여, 왕위 계승은 비록 딸이라 할지라도 이 안에서 이루리라 각오한 것이었 다. 용춘을 사위로 삼은 것은 만약에 있을지 모르는 동생 집안의 모반을 사전 에 차단하려는 목적에 지나지 않아 보인다. 이런 와중인 진평왕 23년(603)에 춘추는 용춘의 아들로 태어났다. 성골에 매우 가까운 진골의 아들이었다.

진평왕의 집념은 이루어졌다. 춘추가 태어난 29년 뒤, 진평은 딸인 덕만으 로 왕위를 이었다. 선덕여왕이다. 선덕이 죽은 다음에는 그의 사촌언니가 왕위를 잇는다. 진덕여왕이다. 이러는 사이 춘추의 나이는 어언 44세가 되어 있었다. 그렇게 왕위계승 이어달리기는 교차가 아닌 한 집안의 일방적인 것 으로 굳어지는 듯했다.[32]

춘추가 역사서에 전면 등장하기로는 선덕여왕 11년(642)이다. 나이 서른아 홉이 되는 해, 대야성의 도독 김품석과 그의 아내가 백제군에 죽임을 당하는 그 비극적인 사건에서이다. 춘추는 이 사위와 딸의 죽음을 보고 받고, 백제에 대한 원한을 갚기로 작심하며 고구려로 군사를 청하러 간다. 이때 김유신과 는 이미 절친한 사이가 되어 있었다.[33] 김유신의 누이동생 문희와 결혼을 한 다음일 것이다. 그러나 춘추의 고구려 외교는 성공하지 못했다. 다만 이 같은 실패가 춘추로 하여금 자신의 앞길에 대해 보다 깊은 성찰을 하게 했을

---

32    한편 춘추의 아버지 용춘은 묵묵히 일했다. 화랑 출신으로 진평왕 51년에는 고구려로 출정 하여 낭비성 전투에서 공을 세워 각간이 되었다.(『삼국사기』, 「신라본기」, 진평왕 51년 8월) 7년 뒤인 선덕여왕 4년에는 왕의 명령으로 지방을 순무했다.(『삼국사기』, 「신라본기」, 선덕 여왕 4년 10월) 더 이상의 자세한 기록은 보이지 않으나, 그는 권력의 중심에 가 있으면서도 권력싸움의 비정한 늪으로 빠져드는 모습은 보이지 않는다. 이것은 아들 춘추를 지키는 울타리였을까.

33    『삼국사기』, 「신라본기」, 선덕여왕 11년 겨울. 이때 김유신과 손가락을 깨물어 피를 머금고 맹세했다는 이야기는 『삼국사기』의 「열전」 김유신 조에 나온다.

것이다. 특히 진골로서 자신이 힘을 받기 위해서 제3의 세력을 적극적으로 받아들여야 한다는 사실도 알았을 것이다. 김유신의 가야세력과의 연합은 여기서 이루어졌다고 보인다. 이를 바탕으로 춘추는 선덕왕 16년(647)에 일어난 상대등 毗曇의 반란을 진압하였다.[34] 춘추로서는 매우 뜻 깊은 승리였다.

반란의 와중에 선덕여왕이 죽었다. 정치적 실권을 장악한 김춘추·김유신으로서는 차제에 왕위까지 노릴 수 있었다. 그러나 그들은 한 번 더 짚어가기로 한다. 춘추는 새로 즉위한 진덕여왕의 절대적인 신임을 등에 업고, 당나라와의 관계강화를 위해 친당정책을 추진하였다. 이때 당 태종으로부터 백제공격을 위한 군사지원을 약속받았다.[35] 또 한 번의 성과가 아닐 수 없었다.[36]

할아버지인 진지왕은 폐위되었으며, 자신은 진골로 떨어진 최악의 상황을 딛고, 춘추에게는 이제 왕의 길이 다가왔다. 큰 집안 진평왕 쪽으로 이어지던 왕위가 작은 집안 진지왕 쪽으로 무려 80여년 만에 돌아왔다. 물론 춘추가 왕위에 오른 51세는 결코 적은 나이가 아니었다. 그러나 그만큼 오래 준비된 왕이었다. 다만 일할 시간이 그다지 많이 남아있지 않다는 것이 문제라면 문제였다. 그도 그 점을 짐작했던가, 설마 그렇게 빨리 올 줄 몰랐겠지만, 춘추의 통치는 8년 만에 끝났다. 어떤 느낌이 있었는지 춘추는 일마다 서둘렀다.[37]

---

34 『삼국사기』, 「신라본기」, 선덕여왕 16년 1월. 진압은 김유신을 중심으로 이루어졌다고 「열전」의 김유신 조에서는 쓰고 있다.

35 『삼국사기』, 「신라본기」, 진덕여왕 2년 겨울.

36 탄력을 받은 춘추는 귀국 후에 왕권강화를 위한 일련의 내정개혁을 주도하였다. 中朝衣冠制의 채택(649), 왕에 대한 正朝賀禮制의 실시(651), 稟主의 執事部로의 개편 등이 그것이다. 다분히 중국화 정책이라 불러야 할 이 같은 제도의 시행은 춘추로서 후진적인 신라의 정치문화를 극복하고자 한 노력으로 보아주어야겠다. 더불어 언젠가 다가올 자신의 왕정시대를 대비한 것이었으리라.

37 그에게 첫 번째 과업은 왕위계승의 합법성 내지 정당성의 확보였다. 그는 표면적으로 화백회의를 존중하면서 理方府格 60여 조를 개정하는 등의 律令政治를 강화하였다. 즉위한 다음

다행히 그를 안심시킨 것은 김유신의 상대등 임명, 660년 정월의 일이었
다.[38] 이 해 3월에 바로 신라가 백제에 대한 정복전쟁을 시작했다.[39]

이렇듯 김춘추의 생애가 파란만장하게 펼쳐지는 『삼국사기』를 보며, 일연
은 자기 나름의 관점을 세웠다. 그것은 주인공이 아닌 주인공으로서 춘추를
그리는 필법이었다. 무척 우회적인 방법이다.

그렇다면 일연은 왜 우회적인 방법으로 춘추의 생애를 써 내려갔던가.

왕이 되기 위해 춘추가 가장 크게 준비한 것은 사람이었고, 왕이 되어서
그가 가장 잘 한 것은 사람을 쓰는 일이었다. 그것이 그를 위대한 왕으로
기억하게 할 가장 중요한 요소였다. 일연은 그 점을 간파했다. 문희와의 결혼
장면을 이야기의 처음에 드라마틱하게 서술하면서 이를 상징적으로 나타냈
다. 그러면서 춘추는 늘 뒤에서, 또는 누군가의 도움으로 일을 성취해 나가는
것처럼 썼다. 이것이 곧 일연의 정치적 감각일 수 있다. 춘추는 아랫사람을
거룩하게 보고, 나라를 위해 충성을 다하다 죽은 이 앞에서 눈물을 흘리는
왕이었다. 왕이라고 다 그런 것이 아니고, 왕의 그런 면을 누구나 잘 알아보
는 것도 아니다.

이 같은 일연의 정치적 감각은 크게 두 가지 배경에서 형성되었을 것이다.
하나는 그가 佛僧이었다는 점이다. 불교적 세계관이 政治化 되는 과정에서
불교적인 사건으로 마무리 지어지는 경우가 많다.[40] 그것은 단순히 불교에

---

해 바로 아들 法敏을 태자에 책봉하였다. 법민은 나중에 문무왕이 된다. 더불어 가까운 일족
을 요직에 두루 등용하였다. 각각 『삼국사기』, 「신라본기」, 무열왕 1년 5월, 2년 1월, 2년
3월에 적힌 일이다.

38   『삼국사기』, 「신라본기」, 무열왕 7년 1월.

39   춘추의 비원이 이뤄지는 순간이다. 사실 춘추의 이 전쟁에 대해서는 말이 많다. 특히 당나라
군대를 끌어들인 데 대해 그렇다. 그러나 냉정히 따졌을 때, 당대 세계문명의 중심인 당과의
외교에 한발 앞선 신라의 노력을 평가 절하할 수 없으며, 백제건 고구려건 신라의 입장에서
는 당과 마찬가지로 외국이었다는 점 또한 간과해서 안 된다.

대한 우호적인 태도라기보다 세계에 대한 인식의 틀이었다. 불교는 신라가 선진화 되는 경로 속의 그것이었고, 이에 대한 평가를 인색하게 할 필요가 없었다. 다른 하나는 국사라는 자리가 지닌 일정한 정치적 부하이다. 스스로 정치적이기를 원하건 원하지 않건 국사는 정치적 기제 속에서 탄생하고 활동 하였다.

그는 국사로서 세상의 모든 권력에 맞서 창조적인 삶을 지속시키는 노력 을 게을리 하지 않아야 했다.

## 4. 정치적 발언으로서 적개심 : 김제상의 경우

### (1) 같은 사건 다른 이야기

박제상은 신라의 충신으로 가장 대표적인 사람이다. 이름이 박제상으로 알려져 있지만, 어쩐 일인지 『삼국유사』에서는 김제상이라 하여 논란이 되 는 그 사람이다.

다르기로는 이름만이 아니다. 각각 고구려와 일본에 볼모로 잡혀간 내물 왕(356~401)의 두 아들을 제상이 구해 온다는 것, 구출은 성공하지만 끝내 제 상이 일본에서 죽임을 당한다는 큰 줄기만 같을 뿐, 두 아들의 이름 또한 다르고, 볼모로 가고 돌아오는 해도 다르다. 무엇보다 다른 것은 볼모로 간 계기며 구출하는 과정이다.

볼모로 잡혀간 이는 내물왕의 둘째와 셋째 아들이다. 큰아들은 눌지왕

---

40  사찰연기설화에 많은 예가 있다. 동해의 용을 위해 망해사를 지은 경우가 대표적이다. 선덕 여왕이 불교식 장례로 도리천에 묻어달라는 유언을 하는 것도 하나의 예이다.

(417~457)이다. 먼저 두 책의 차이점을 표로 정리해 보자.

「둘째 아들」

|  | 이름 | 볼모로 간 해 | 돌아온 해 | 간 곳 |
|---|---|---|---|---|
| 삼국사기 | 복호 | 실성왕 11년(412) | 눌지왕 2년(418) | 고구려 |
| 삼국유사 | 보해 | 눌지왕 3년(419) | 눌지왕 9년(425) | 고구려 |

「셋째 아들」

|  | 이름 | 볼모로 간 해 | 돌아온 해 | 간 곳 |
|---|---|---|---|---|
| 삼국사기 | 미사흔 | 실성왕 1년(402) | 눌지왕 2년(418) | 일본 |
| 삼국유사 | 미해 | 내물왕 36년(391) | 눌지왕 9년(425) | 일본 |

이 표에서 가장 큰 차이는 두 아들이 잡혀간 해이다. 『삼국사기』는 둘 다 실성왕 때라고 하였다. 실성왕(402~416)은 누구인가? 내물왕의 조카로 왕 위에 오른 이이다. 그런데 그에게는 삼촌인 내물왕에 대한 해묵은 원한이 있었다. 바로 자신의 세자 시절에 내물왕이 자신을 고구려에 볼모로 보낸 일이 있다는 것이다. 이렇게 앙심을 품고 있다가 왕위에 오르자 그에게는 조카가 되는 내물왕의 두 아들을 볼모로 보내게 된 것이다.

물론 볼모는 신라가 고구려와 일본 두 나라에게 펼치는 외교관계의 일환 이기도 하였다. 『삼국사기』에 따르면, 내물왕 37년, 왕은 조카인 실성을 고구 려에 볼모로 보냈다.[41] 이때 고구려는 광개토왕 2년이다. 바야흐로 전성기를 맞은 고구려에 대해 신라는 매우 조심스럽게 외교정책을 펼쳐야 했다. 실성 은 10년 만에 돌아와 왕위에 올랐다. 이 일로 실성이 내물에 대해 앙심을

---

41    高句麗遣使, 王以高句麗强盛, 送伊湌大西知子實聖爲質.(『삼국사기』, 「신라본기」, 내물왕 37 년 정월)

품었다는 것이다.

실성왕은 즉위하자마자 일본과 우호조약을 맺고 그 증표 삼아 미사흔을 볼모로 보냈다.[42] 아울러 10년 뒤에는 고구려의 요구를 받아들여 복호를 보냈다. 그러므로 여기서 우리는 신라의 치밀하고도 조금 치욕스러운 외교의 현장을 목격하게 된다.

그에 비해 『삼국유사』는 볼모의 원인을 다르게 썼다. 우선 이 볼모 사태에서 실성왕은 완전히 빠져 있다. 셋째 아들은 아버지 때인 내물왕 36년에 일본으로, 둘째 아들은 형인 눌지왕 3년에 고구려로 갔다.[43] 『삼국유사』의 제상 이야기에 이렇듯 실성왕은 출연조차 하지 않는다. 그러므로 당연히 볼모 사태를 전개하는 흐름 또한 다를 수밖에 없다. 실성왕의 앙심 따위는 끼어들 여지가 없다. 이 점을 먼저 따져보는 것이 중요하다.

왜 달라졌을까? 다르다면 『삼국유사』는 무엇을 말하려는 것이었을까?


## (2) 유교적 전범과 처절한 죽음

같은 제상을 놓고 『삼국사기』와 『삼국유사』가 말하려는 역사적 진실은 다르다. 먼저 『삼국사기』로 가보자. 박제상은 신라의 시조 혁거세의 후손이요, 파사왕의 5세손이며, 할아버지는 아도 갈문왕이었고, 아버지는 물품 파진찬이었다.[44] 파진찬은 신라 귀족의 위로부터 네 번째에 해당하는 고위급이다. 제상은 빛나는 귀족의 후예였던 것이다.

그런 제상이 고구려에 인질로 간 내물왕의 둘째 아들 복호를 데리러 간다.

---

42  與倭國通好, 以奈勿王子未斯欣爲質.(『삼국사기』, 「신라본기」, 실성왕 원년 3월)
43  『삼국유사』, 「내물왕 김제상」
44  『삼국사기』, 「열전」, 박제상.

고구려 왕에게 신라 왕의 간절한 소망을 말하면서, "만약 대왕이 고맙게도 그를 돌려보내 주신다면, 이는 마치 九牛一毛와 같아 대왕에게는 손해될 것이 없으나, 우리 임금은 한없이 대왕의 유덕함을 칭송하게 될 것입니다."[45]라고 맺었다. 상대의 입장을 한껏 치켜세워주면서 실리를 찾는, 영리하기 짝이 없는 논변이다. 이 정도인데 고구려의 왕이 허락하지 않을 수 없었겠다.

임무를 완수하고 돌아온 제상에게 왕은 일본에 잡혀 간 막내 동생 미사흔마저 데려와 줄 것을 은근히 요구한다. 제상은 왕에게, "비록 재주 없고 둔하나 이미 몸을 나라에 바쳤으니, 끝까지 왕의 명령을 욕되게 하지 않겠다."라 하고, 부인에게는, "왕의 명령을 받들고 적국으로 들어가는 것이다. 다시 만날 기대일랑 하지 말라."고 말한다.[46] 전형적인 충신의 모습이다. 사실 『삼국사기』가 박제상을 열전에 넣어 소개한 것은 바로 이 때문이었다. 유교적 이데올로기의 전범을 만들고자 했던 김부식의 관점에서 박제상은 매우 훌륭한 소재였다. 그의 행동 가운데 다른 무엇보다도 이 점을 강조해마지 않아야겠다고 생각했을 것이다.

제상이 치밀한 계획을 세워 미사흔 탈출에 성공하는 이야기가 이어지지만, 그것은 오히려 후일담에 불과하다. 끝내 일본 왕이 제상을 섬으로 유배시켰다가, 얼마 지나지 않아 장작불로 온 몸을 태운 뒤에 목을 베었다는 처형 소식은, 끔찍하기는 할지언정 그다지 구체적이지 않다. 소식을 전해들은 신라의 왕이, "애통해 하며 대아찬이라는 벼슬을 내려주고, 그의 식구들에게 많은 물건을 보내주었다."[47]는 대목이, 자상한 군주의 모습을 그리는 데에

---

45 若大王惠然歸之則, 若九牛之落一毛, 無所損也, 而寡君之德大王也, 不可量也.(『삼국사기』, 「열전」, 박제상)

46 臣雖奴才, 旣以身許國, 終不辱命……我將命, 入敵國爾, 莫作再見期.(『삼국사기』, 「열전」, 박제상)

47 大工聞之哀慟, 追贈大阿湌, 厚賜其家.(『삼국사기』, 「열전」, 박제상)

봉사하고 있을 뿐이다.

요컨대 『삼국사기』에서 박제상의 이야기는 몸을 버리기까지 충성하는 신하와, 그 충성을 갸륵하고 애통하게 받아들이는 군주의 이중창으로 들린다. 舊怨으로 衷心이 흐려지는 실성왕은 이와 대비되는 매우 효과적인 조연이다. 그것이 『삼국사기』이다.

이에 비해 『삼국유사』에서 김제상의 이야기는 강조하는 점이 다르다. 『삼국사기』와의 기본적인 차이점은 앞서 정리한 대로다. 그 가운데 실성왕이 전혀 나타나지 않는다는 점을 주목했었다. 실성왕 없는 이야기이므로 실성왕의 앙심 같은 것은 문제가 되지 않는다고도 했다. 『삼국사기』에서 실성왕이 고구려에 볼모로 간 때는 내물왕 37년이었다. 그런데 『삼국유사』에서 내물왕의 셋째 아들 미해가 일본으로 가는 것이 이 왕 36년이다. 실성왕과 미해의 출국 연도가 1년밖에 차이나지 않지만, 미해와 미사흔만 놓고 보면 『삼국유사』와 『삼국사기』의 사이에는 10년 이상 벌어져 있다.

이에 대해 우리는 내물왕 36년을 전후하여 신라가 고구려와 일본과의 우호관계를 위해 이렇듯 적극적인 볼모 정책을 썼는지, 아니면 『삼국사기』의 실성왕이 고구려에 간 사건을 『삼국유사』는 미해가 일본에 간 사건으로 고쳐놓은 것인지 따질 필요가 있다. 후자라면 『삼국유사』가 이 이야기에서 실성왕을 빼놓으려는 적극적인 의도로도 읽힌다.

제상이 고구려와 일본에서 두 왕자를 구출하는 우여곡절은 『삼국사기』와 『삼국유사』가 크게 다르지 않다. 신라에 배신하고 도망쳤다는 각본으로 일본 왕을 속이고, 오래지 않아 왕자를 빼돌린 다음, 제상 자신만 체포되는 과정 또한 크게 다르지 않다. 그러나 『삼국사기』에 없는, 『삼국유사』만이 그리고 있는 제상의 최후가 아연 눈에 띈다.

(일본 왕이) 제상을 가두고 물었다.

"너는 어찌하여 몰래 네 나라 왕자를 보냈느냐?"

"저는 신라의 신하요 왜 나라의 신하가 아닙니다. 이제 우리 임금의 뜻을 이루려했을 따름이오. 어찌 감히 그대에게 말을 하리요."

왜나라 왕이 화를 내며 말했다.

"이제 네가 나의 신하가 되었다고 했으면서 신라의 신하라고 말한다면, 반드시 오형(五刑)을 받아야 하리라. 만약 왜 나라의 신하라고 말한다면, 높은 벼슬을 상으로 내리리라."

"차라리 신라 땅 개 돼지가 될지언정 왜 나라의 신하가 되지는 않을 것이오. 차라리 신라 땅에서 갖은 매를 맞을지언정 왜 나라의 벼슬은 받지 않겠노라."

왜나라 왕은 정말 화가 났다. 제상의 발바닥 거죽을 벗겨낸 뒤, 갈대를 잘라놓고 그 위로 걷게 했다. 그러면서 다시 물었다.

"너는 어느 나라의 신하이냐?"

"신라의 신하이다."

또 뜨거운 철판 위에 세워놓고 물었다.

"어느 나라의 신하냐?"

"신라의 신하다."

왜나라 왕은 굴복시킬 수 없음을 알고, 목도(木島)에서 불태워 죽였다.[48]

다시 말하건대 이 대목은 『삼국유사』에만 나온다. 그 가운데 특히 "차라리 신라 땅 개 돼지가 될지언정 왜 나라의 신하가 되지는 않을 것이오. 차라리 신라 땅에서 갖은 매를 맞을지언정 왜 나라의 벼슬은 받지 않겠노라.(寧爲鷄林之犬㹠, 不爲倭國之臣子, 寧受鷄林之箠楚, 不受倭國之爵祿)"는 구절이 하이라이트이다.

48 『삼국유사』, 「내물왕 김제상」

많이 인용되는 구절이다.

그러나 제상을 처절하게 죽이는 다음 대목을 놓쳐서는 안 된다.

일연은 이 대목에서 '발바닥 거죽을 벗겨낸 뒤, 갈대를 잘라놓고 그 위로 걷게' 한다든지, '뜨거운 철판 위에 세워놓고' 訊問하는 장면을 집어넣었다. 이는『삼국사기』가 아닌 다른 자료를 인용했다고 보인다.『삼국사기』는 '장작불로 온 몸을 태운 뒤에 목을 베었다'는 정도로 끝내고, 신하의 충성심과 군주의 애통해 하는 마음의 묘사에 바칠 뿐이다.

유교적 전범을 강조하려는『삼국사기』와 적에게 잡혀 처절한 죽음을 당하는『삼국유사』의 묘사—. 이 차이에서 우리는 일연의 일정한 정치적 발언을 감지하게 된다. 그 적이 바로 일본이기 때문에 그렇다.


## (3) 김제상의 탄생

충성스러운 신하의 눈물겨운 나라 사랑이 절절한 이 대목은 크게 보아『삼국사기』의 그것과 다를 바 없어 보인다. '장작불로 온 몸을 태운 뒤에 목을 베었다'는『삼국사기』의 처형 소식을 좀 늘려놓은 데 불과하다 볼 수도 있다. 그러나 이토록 세밀하게 그리는『삼국유사』저자의 의도에 대해서 조금은 다른 해석이 필요할 듯하다.

먼저『삼국유사』의 제상 이야기에 실성왕이 빠졌다는 사실을 상기하자. 실성이 빠지므로 내물왕-실성왕-눌지왕 3대에 걸친 볼모 사태는 왕실 내부의 감정싸움처럼 된『삼국사기』와는 완연히 달라졌다. 결국 신라와 주변 나라와의 외교에 얽힌 한 신하의 장렬한 죽음에 초점이 맞추어지는데,『삼국사기』는 그것을 충신의 전범으로 한정하였지만,『삼국유사』는 거기서 나아가 일본의 흉악한 처사에 무게 중심을 이끌어갔다고 할 수 있다.

일연이 『삼국유사』를 쓸 무렵 고려는 일본 원정을 앞두고 있었다. 원정군을 독려하기 위해 충렬왕은 경주에 내려와 있었고, 일연은 왕의 처소로 불려간다. 고려는 앞서 원 나라와의 전쟁에서 졌고, 일본 원정도 원의 강압에 따른 것이었다. 전쟁은 치러야 하지만 왕의 심정은 착잡했다. 그러므로 왕이 일연을 부른 것은 당대 고승으로서 그에게 심란한 마음의 한쪽을 털어놓고 위로 받자는 목적이었다. 그런데 일연으로서는 이 목적에만 봉사한 것 같지 않다.

일연은 경주 체재를 계기로 박제상을 다시 생각했다. 성이 金인 제상의 다른 이야기도 취재 했으리라. 出陣을 앞둔 兵村에서, 애꿎은 군사를 死地로 보내는 고승이 해야 할 일은 얄궂게도 이들에게 싸워야 할 의욕을 고취시키는 것이었다. 그 의욕만이 그들이 죽지 않고 살아 돌아올 길이었다. 전장에서 敵愾心만큼 중요한 것은 없다. 그래서 이제껏 충성스러운 신하로만 그려지던 박제상은 '발바닥 거죽을 벗겨낸 뒤 갈대를 잘라놓고 그 위로 걷게' 해도 끝내 굴복하지 않는 기개의 김제상으로 다시 태어났다. 이 순간만큼 佛僧 일연은 적군을 앞에 둔 장수의 심정으로 바뀌어 있다.[49]

적개심은 정치적 발언의 하나이다. 승려의 입장에서 四海衆生 누구 하나 귀하지 않은 생명이 없건만, 현실로 닥친 일연의 눈앞에 濟度할 중생은 보다 구체적이 된다. 모진 공포의 세월을 견뎌온 동시대의 동족에게 일연은 공허한 자비의 잣대만 댈 수 없었으리라 보인다. 이것이 일연의 정치적 감각의 하나이다. 세상의 모든 권력에 맞서서 창조적인 삶을 지속시키는 노력이 바로 이것이다.

---

49    고운기, 『우리가 정말 알아야 할 삼국유사』, 현암사, 2006, 117-119면 참조.

## 5. 마무리

　국사도 당대의 권력이라면 권력이었다. 아니 권력의 핵심 가운데 하나였다. 그러나 일연은 그런 권력마저 놓아두고 낙향했으며, 『삼국유사』의 편찬은 그때부터 본격화된 듯하다. 여든 살을 바라보는 노승에게 평생의 경험은 자연스럽게 정치적인 감각으로 자리 잡아 있었다. 무신간의 권력 투쟁, 몽골과의 전쟁이 그의 생애 내내 계속되었다. 그런 와중에 국사의 자리에까지 올랐으니, 그 또한 정치적 흐름 속의 한 부분을 차지했다. 그래서 만들어진 정치적인 감각은 그의 '삼국유사 쓰기'에 모종의 역할을 하고도 남았다. 앞에서 논한 바를 간단히 요약하며 결론짓기로 한다.

　김춘추를 그리는 일연의 서술방법은 참으로 독특했다. 춘추가 백제를 정벌하는 대목에서 거의 전적으로 『삼국사기』를 인용하였는데, 신라의 백제 정벌 대목을 춘추가 주인공인 「신라본기」에서가 아니라 의자왕이 주인공인 「백제본기」에서 따왔다. 그러다보니 승자인 춘추보다 패자인 의자왕이 주인공처럼 등장한다. 물론 이 조에서 춘추가 주변인물로 밀려나 있지는 않다. '태종 춘추공' 조는 주인공이 중심에 있지 않으면서, 그렇다고 주변인물이라 바로 말할 수 없는 절묘한 글쓰기로 이룩되었다. 춘추가 있지 않고서는 성립할 수 없는 이야기이기에 주인공의 역할을 하면서도, 기묘하게 주변을 어슬렁거리는 주인공일 뿐이다. 그래서 주인공이 아닌 주인공이라 말했다. 여기서 우리는 일연의 독특한 글쓰기 방법을 설명할 수 있다.

　일연은 '태종 춘추공' 조에서 단순히 김춘추의 생애를 그리는 것으로 만족하지 않았다. 그의 시대에서 바라본, 전쟁의 승패가 주는 역사의 교훈을 찾자는 데 그 궁극의 목적을 두지 않았나 싶다. 국사로서 그는 역사의 교훈을 당대인에게 알려주어야 할 필요가 있었기에, 전황을 알기로야 「신라본기」

쪽이 자세했지만, 일연의 관심은 전쟁 자체보다 전쟁에 임한 진 자의 허점을 분명히 밝혀야겠다고 생각한 것은 아니었을까. 이것이 일연의 정치적 감각 아래 이루어진 글쓰기였다. 그것은 주인공이 아닌 주인공으로서 춘추를 그리는 필법이었다. 무척 우회적인 방법이다.

일연은 일본 원정을 앞둔 경주에 와서 1년을 살았다. 전쟁을 치러야 하는 왕의 심정은 착잡했지만, 일연은 경주 체재를 계기로 박제상을 다시 생각했다. 出陣을 앞둔 兵村에서, 애꿎은 군사를 死地로 보내는 고승이 해야 할 일은 얄궂게도 이들에게 싸워야 할 의욕을 고취시키는 것이었다. 그 의욕만이 그들이 죽지 않고 살아 돌아올 길이었다. 전장에서 敵愾心만큼 중요한 것은 없다. 그래서 『삼국사기』의 박제상은 '발바닥 거죽을 벗겨낸 뒤 갈대를 잘라놓고 그 위로 걷게' 해도 끝내 굴복하지 않는 기개의 김제상으로 다시 태어났다.

이런 일연의 글쓰기에 우리는 일연의 정치적 감각 곧 '세상의 모든 권력에 맞서서 창조적인 삶을 지속시키는 노력'을 본다.

# Ⅱ. 문화원형과 모험의 세계

# 문화원형의 의의와 『삼국유사』

## 1. 머리에

일본어 '카미가쿠시(神隱し)'를 직역하면 '신이 감춘다'는 말이지만, 어린 아이 등이 갑자기 사라지는 것을 뜻한다. 기실 행방불명인데, 아이를 잃어버린 것을 신이 감추었다고 생각한 데서 나왔다.[1]

섬의 특성상 태풍이 많고 지진까지 겹쳐 우리보다 훨씬 심각한 양상으로 나타나는 것이 일본의 자연재해이다. 이런 재해 속에 실종자는 일상적으로 나타났다. 여기에 전쟁이 있다. 일본은 역사상 외적의 침입을 받은 적이 거의 없어 겉으로는 전쟁과 무관한 듯 보이지만 실상은 다르다. 역사적으로 지역에 할거하는 호족의 통치 체제가 확립된 다음, 세력을 다투는 호족간의 전쟁은 일상화 되어 있었다. 17세기 들어 도쿠가와 막부의 성립 이후 그나마 안정

---

1    오랜 옛 시절부터 일본인은 자연에 대한 외경심이나 畏怖心을 가지고, 행방불명자가 발생하면 많은 경우 신의 영역 속으로 사라졌다고 생각하였다. 이에 대해서는 藤井貞和, 『折口信夫の詩の成立』, 中央公論社, 2000, 138-155면과 藤井貞和, 『国文学の誕生』, 三元社, 2001, 7-40면 참조.

을 찾는다.

끊이지 않는 자연재해와 전쟁 속에서 행방불명자는 속출하였다. 행방불명은 그들 삶의 일상이었고, 일상화 된 행방불명은 신의 이름으로 해결할 수밖에 없었다.

이 단어를 쓴 유명한 영화가 〈센과 치히로의 행방불명(千と千尋の神隠し)〉[2]이다. 여기서 '행방불명'은 '카미가쿠시'를 번역한 말이다. 뜻으로야 현대 일본어에서도 행방불명이므로 틀린 번역은 아니지만, 이 말로 본디의 단어 카미가쿠시가 가지고 있는 문화적이고 역사적인 함의를 모두 드러낼 수는 없다. 미야자키는 카미가쿠시 속의 일본적인 원형을 추출하고 해석하여 새로운 작품을 만들었다.

이런 선상에서 생각해 보는 것이 '문화원형'이다. 신의 이름으로 해결해야 하는 어떤 일상을 우리는 '원형'이라 말할 수 있다. 신은 빛의 원형으로 불린다.[3]

한편, 문화원형은 콘텐츠의 창작소재를 찾아나갈 때에 우리 것의 純度와 精度를 가늠하는 잣대이다. 그러므로 문화콘텐츠 개발 사업이 시작되자마자 문화원형의 개념을 정하는 일이 최우선 과제로 떠올랐다. 이에 대한 성과는 지금 어떻게 매겨질 수 있을까? 다른 한편, 문화콘텐츠가 시대의 아이콘처럼 부상한 지금, 『삼국유사』는 우리 문화원형의 좌표 속에 새로운 논의거리를 제공하였다. 이 책이 원형 규정과 소재 개발에서 한 몫 단단히 할 것처럼 보였기 때문이다. 『삼국유사』는 문화원형의 틀을 만드는 데 어떤 역할을 할

---

2   미야자키 하야오(宮崎駿) 감독이 2002년에 만든 장편 애니메이션. 2003년 아카데미 장편 애니메이션상 수상.

3   송태현, 「카를 구스타프 융의 원형 개념」, 『인문콘텐츠』 6, 인문콘텐츠학회, 2005, 25면 참조.

수 있을까?

그런데 '문화원형'이라는 말이 못내 걸린다. 이 말의 좀 더 확연한 개념 구분이 서지 못했고, 우선 합의한 개념으로 문화원형이라고 보는 것들, 곧 『삼국유사』 같은 자료를 가져다 쓰는 데에 도리어 방해되기까지 한다.

이 글에서는 지금까지 진행된 문화원형의 개념 정립의 논의 과정을 살펴보고, 확장된 논의의 일면을 개진해 보고자 한다. 여기에 『삼국유사』를 그 구체적인 실례로 들겠다. 거기서 문화원형이라 말하는 어떤 틀을 하나씩 가져올 수 있을 것이다.

## 2. 문화원형에 관한 논의의 원점

문화콘텐츠학에서 문화원형은 그 저변이자 창작소재로서의 의의를 지닌다.[4] 그런데 이 문화원형의 개념 정의를 하면서 관련 연구자와 기관은 심리학에서 이론을 빌려와 시작하였다. '원형'은 '진짜Originality : 元型'과 '공통의 틀Archetype : 原型'이라는 두 가지 의미를 내포하고 있다[5]고 하면서 C. G. 융을 인용한 것이다. 융이, "인간은 선조의 과거 역사가 담긴 잠재된 기억흔적의 창고이자 선조의 반복적인 경험 축적의 부산물인 집단적 무의식을 지니고 있다."[6]고 말한 대목을 가져와, "이 집단적 무의식을 채우고 있는 '내용'이

---

4   전국 대학에 상당수의 문화콘텐츠학과가 설립되었다. 각 대학마다 학과의 설립 경위에 따라 다르지만, 인문학적 바탕을 둔 문화콘텐츠학과에서는 통상적으로 문화원형, 스토리텔링, 문화기획, 마케팅 등의 분야를 가르치고 있다. 문화원형 분야는 콘텐츠를 생산하기 위한 기초과목으로 자리매김 되어 있다.
5   김만석, 『전통문화원형의 문화콘텐츠화 전략』, 북코리아, 2010, 13면.
6   송태현, 앞의 논문, 27면.

바로 '원형'이다."[7]라고 하였다.

그러나 융의 논의에는 일정 단계가 있었다. 무의식적 사고라는 개념을 받아들인 융은 처음에 원초적 이미지라는 말을 썼고, 이어서 원형으로 옮겨 갔다. 이에 대한 오랜 숙고 끝에 융은 원형 자체(Archetypus an sich)와 원형의 재현(Archetypische Vorstellung)을 구분하기에 이른다. 원형은 그 자체로 재현할 수 없지만 例示를 가능하게 해주는데, 이 예시가 바로 원형의 재현이라는 것이다.[8] 집단무의식을 원형이라고 等價한 것은 초기의 논의에 불과하다.

그런데 우리 연구자들은 융이 초기에 논의한 개념을 전체로 보는 잘못을 저질렀다. 이 점도 문제이지만, 원형에 곧장 문화를 붙여 문화원형이라 하고, 이를 집단무의식과 동렬의 관계에 놓은 것이 더 큰 혼란을 불렀다. 이렇듯 논의의 출발부터 문제가 있었다. 정리하자면, 원형 자체는 집단무의식으로 남아 있지만, 그것이 재현되는 데서 오늘날 우리가 쓰고자 하는 문화원형에 가까워진다.

사실은 창작소재라 불렀으면 간단한 일이었다. 그렇다고 문화원형이 의미 없는 말은 아니다. 창작소재는 문화원형의 의의를 가진 데서 찾는 자료이다. 창작소재의 철학적 근거는 이렇게 마련된다.

문화원형의 개념 규정을 서둘렀던 것은 한국문화콘텐츠진흥원이 실시한 '우리 민족문화원형 발굴 사업' 때문이었다. 이때는 '문화원형' 앞에 '민족'이

---

7   한국문화콘텐츠진흥원, 「우리 문화원형의 디지털콘텐츠화 사업 종합계획」, 한국문화콘텐츠진흥원, 2005, 21면.

8   송태현, 앞의 논문, 26-28면 참조. 이러한 논의는 1912년에서 1946년에 걸치는 오랜 기간 동안 이뤄진 것이다. '원형의 재현'을 '원형적 표상'이라 번역하기도 하고(C. G. 융, 한국융 연구원 C. G. 융 저작 번역위원회 옮김, 『원형과 무의식』, 솔출판사, 2002), 이를 문화원형 논의의 기초로 삼은 논의가 있다(박은경, 「소설+영화+문화원형 : 문화원형 콘텐츠, 변주의 즐거움」, 류철균 외 지음, 『트랜스미디어 스토리텔링의 이해』, 이화여자대학교출판부, 2015).

더 붙어 있었다. 그러면서 민족문화원형의 개념을, "사람이 태어나기 전부터 있는 집단무의식의 본성적 경향, 같은 자연환경과 역사적 환경에서 유사한 경험을 반복하는 동안 일정한 유형으로 나타나는 의식적 경향"[9]이라 하였다. 융의 이론, 곧 초기의 '원형=집단무의식'이 저변에 깔려 있다.

이에 따라 설정한 문화원형의 요소는 다음의 세 가지였다.

> ① 시대적 자극과 충돌을 겪으면서 외면적으로 변화하기도 하지만 내면적
> 으로 비슷한 유형의 본성을 유지함.
> ② 문화원형은 문화정체성을 형성하는 근간으로 고대부터 현재까지 문화
> 적 저류로 지속하면서 특수한 역사적 조건, 생태적·시대적 환경에 따
> 라 다양한 형태의 문화를 생산해 내는 문화 생성의 힘.
> ③ 신화, 전설, 민담, 노래, 언어, 예술, 문학 작품 등에서 드러나거나 놀이,
> 의례, 말, 풍속 등에 나타나는 공통된 행동유형.[10]

여기의 주요한 개념어는 '내면적으로 비슷한 유형', '문화적 저류', '공통된 행동 유형' 같은 말이다. 곧 내면에 숨어 흐르는 공통된 어떤 것이다. 구체적인 예는 신화, 전설, 민담, 노래, 언어, 예술, 문학 등에서 찾을 수 있다고 하였다. 사실 이것은 고유성이 세계성의 획득을 담보한다는 강박관념이 작용한 결과였다. 세계에 내놓고 팔 문화상품은 우리 민족 고유의 어떤 것이어야 하는데, 민족의 고유한 것만이 세계의 인정을 받을 수 있으며, 이 같은 인정이 곧 세계성이라는 것이다. 논의는 논의 나름대로 틀리지 않지만, 사업의 의의를 강조하여 제 영역을 확보하고자 하는 '관계 기관'의 초조함이 깔려 있었다.

---

9  한국문화콘텐츠진흥원, 앞의 계획, 21면.
10  위의 계획, 같은 면.

한국문화콘텐츠진흥원은 2001년에 설립되었다. 이듬 해 문화산업진흥기본법이 발효되는데, 이 법의 31조 4항 8호 및 10호에 문화원형이라는 용어가 등장한다. 여기에 근거하여 시작한 사업이 '우리 문화원형의 디지털 콘텐츠화'이다. 콘텐츠의 개발에 앞서 소재 개발이 우선시된 것이다. 가장 민족적인 것이 가장 세계적이고, 이를 바탕으로 만들어 세계에 널리 팔자면, 가장 민족적인 것을 발굴해야 한다는 지상과제가 떨어졌다. 이는 2005년에 '문화원형 사업'이라는 명칭으로 바뀌면서 절정을 이루었다. 그러면서 규정된 문화원형의 개념은 다음과 같았다.

> 문화원형은 민족문화의 고유성을 표출할 수 있는 '한국(우리) 문화원형'과 글로벌 차원의 선험적이고 역사적인 보편성을 담보하고 있는 '글로벌 문화원형'의 주제를 콘텐츠화 하여 권리관계(원저작권 또는 2차, 인접 저작권 등)를 주장할 수 있는 모든 종류의 원형소재이다.[11]

명칭에서 비로소 '민족'이라는 말이 떨어져 나갔지만, 기본 개념에서는 이전과 그다지 달라진 것이 없다. 다만, 이 규정에서는 문화원형을 한국과 글로벌로 나눈 점이 눈에 띄고, 모든 종류의 '원형소재'라고 새로운 용어를 들여온 점이 달라졌다. 원형을 소재로 보기 시작한 것이다. 그럼에도 불구하고 대부분의 연구자들은 문화원형의 개념으로 집단무의식이니 민족문화 같은 용어에서 자유롭지 못하였다.[12]

---

11    위의 계획, 같은 면.
12    황동열·윤미화, 「문화원형 기반 창작 아카이브의 특성과 활용방안에 관한 연구」, 『한국무용기록학회지』 13, 한국무용기록학회, 2007, 153면 참조. 이 논문에서도, "문화원형은 민족 정체성을 구성하고 있는 집단적 무의식의 내용물이 구체화된 보편적인 표상이나 결과물로서의 민족문화를 의미한다. 문화원형은 …… 민족문화의 고유성을 표출할 수 있는 '한국(우리) 문화원형'과 각 공동체 내부에 중첩되어 있는 동질성과 보편성을 담보하고 있는 '글로

심지어 "(문화원형을 찾는 것은) 마치 언어학에서 우리가 사용하는 여러 가지 단어들의 어원이 무엇이며 그로부터 나온 파생어가 무엇인지를 찾는 노력과 같다. …… 단어들의 어원을 찾는 작업은 문화원형을 찾는 작업에 해당한다."[13]라고까지 말한다. 그러나 앞서 든 카미가쿠시(神隱し)의 예처럼, 단어의 어원이나 파생어에서 원형의 자취를 확인할 수 있겠지만, 그것은 힌 트이지 본체가 아니다. 강박이 개념의 관념화를 불러오고 말았다. 문화원형의 구체적인 모습을,

 - 역사적 과정을 거쳐 변형된 모습으로 나타나기 이전의 본래 모습
 - 여러 가지 다양한 모습으로 나타난 문화현상들의 공통분모로서의 전형성
 - 지역 또는 민족 범주에서 그 민족이나 지역의 특징을 잘 드러내는 정체성
 - 다른 민족이나 지역의 문화와 구별되는 고유성
 - 위의 요소들을 잘 간직한 전통문화[14]

라고 했는데, 설명은 장황하지만 과연 이 기준대로 이에 들어맞는 사례를 찾거나 할 수 있을까. 문화원형의 개념 정립이 처음부터 융 같은 심리학자에게 의존하다 보니 생긴 결과였다. 민족이나 전통 같은 묵직한 이념의 잣대 또한 부담스럽다.

그러나 같은 시기부터 이러한 문제점을 지적한 논의가 없지 않았다. 원형 개념은 '사람들에게 보편적'으로 있으나, '문화의 어떤 형태로서 문화원형이 라는 개념과는 상당한 거리'가 있다는 배영동의 주장[15]이 그렇다. 그래서 배

---

벌 문화원형'으로 유형화 할 수 있다."고 하였다.

13  김교빈, 「문화원형의 개념과 활용」, 홍순석・김호연 편, 『한국문화와 콘텐츠』, 채륜, 2009, 18면.
14  위의 책, 같은 면.

영동은 '문화원형'이라는 말보다는 '문화콘텐츠 소재문화' 혹은 '문화산업 소재문화'라는 표현을 쓰자고 제안하였다. 그러면서 다른 말로 '전통문화자원'이라고 하였다.[16]

여기에 새로운 시도도 나왔다. 민속학적 의의가 곁들여져, "민중의 힘과 생활의 힘, 역사의 힘을 한데 아우른 문화 요소를 일컬어 민속문화의 원형이라 할 수 있으며, 우리 삶의 고갱이가 그 속에 응축되어 있다"[17]는 설명이 그렇다. 문화원형을 좀 더 구체화 한 느낌이 든다.

나아가 원형이 아닌 원본이라는 용어가 등장하였다.

　　융의 원형은 무의식의 구조라는 개념으로 사용되었고, 엘리아데의 원형은
　　모범적 모형이라는 측면에서 신의 행동 특히 신의 창조행위라는 개념으로
　　사용하였으나, 김태곤의 '원본'이라는 용어는 만물의 근원을 신으로 보게 된
　　그 사고근원을 더 분석해 들어가는 시각이라 할 수 있다.[18]

융과 엘리아데로부터 김태곤으로의 전환이다. 김태곤의 논의로부터, "원본사고에서는 존재의 근원인 '카오스'의 영원으로부터 존재를 보는 사고가 존재근원에 대한 원질사고로 무속사고의 '원본'이 된다."[19]고 소개하였다. 그래서 원형은 Arche-type 형으로, 일정한 규격을 갖춘 형상인데, 집단 무의식의 기조요 모범적 모형 모본이라 하였고, 원본은 Arche-pattern 본으로, 일정한 규격을 갖춘 형상의 바탕 근원인데, 존재근원인 '카오스'의 영원으로부터

---

15　배영동, 「문화콘텐츠화 사업에서 '문화원형' 개념의 함의와 한계」, 『인문콘텐츠』 6, 인문콘
　　텐츠학회, 2005, 45면.
16　위의 논문, 51면.
17　신동흔, 「민속과 문화원형 그리고 콘텐츠」, 『발표자료집』, 한국민속학회, 2005, 3면.
18　김기덕, 『전통문화와 문화콘텐츠』, 북 코리아, 2007, 24면.
19　위의 책, 같은 면.

존재를 보는 사고가 무속사고의 '원본'이요, '카오스'에서 '코스모스'로, 코스모스에서 다시 카오스로 환원되는 순환의 본(Pattern)이라 하였다. 융에게서 벗어나기로는 성공했으나, 지나치게 사변적이어서 실제 활용이 가능할 지 의문스럽다.[20]

우리는 창작소재로서 전통문화가 어떤 문화원형의 의의를 가지는지 밝혀야 한다. 우리의 소재에 卽하여 보다 구체적인 논의가 필요하다. 이것이 이 글이 하고자 하는 논의의 범주이다. 소재와 원형은 각기 의의와 성격을 지니면서 양립한다.[21]

## 3. 삼국유사에 나타나는 문화원형의 유형

### (1) 심성원형과 행위원형

창작소재의 문화원형으로서 성격을 다루는 것은 콘텐츠 개발의 방향을 잡을 수 있다는 데서 무척 중요한 의의를 지닌다. 그러자면 문화원형의 개념 규정을 보다 실제적인 차원에서 다시 시도해야겠다. 이를 위해 여러 소재의 검토에 입각한 귀납적 방법이 필요하다. 소재는 『삼국유사』에서 찾는다.[22]

그러나 엄격히 말해 『삼국유사』에서 가져올 소재는 원형의 본 모습과 거

---

20　이에 대한 논의는 여기에 송성욱, 「문화콘텐츠 창작소재와 문화원형」, 『인문콘텐츠』 6, 인문콘텐츠학회, 2005를 추가할 수 있다.

21　송태현은 원형 논의가 역사주의와 진보주의에 대한 본질적인 도전이자, 전통적인 문화에 대한 재평가이며, 서구 중심의 문화관에서 벗어나 온 인류의 문화로 향하게 하는 새로운 전기를 마련해 줄 의의가 있다고 말한다. 송태현, 앞의 논문, 35면.

22　이 글은 귀납적 결론을 내기 위한 하나의 시도이다. 심성과 행위 원형을 제시하였다. 그러므로 이 글만으로 만족할 수 없다. 여러 시도 후에 최종적인 결론을 내리기로 한다.

리가 있다. 이미 편찬자에 의해 가공된 2차 자료이기 때문이다. 그러기에 원형 자체를 보기보다 원형의 요소를 추출해 낼 수 있을 뿐이겠다. 이를 보완하기 위해 口碑傳承物 가운데 적절한 예를 찾아 비교 검토한다.

자료의 검토를 통해 제시하는 문화원형의 유형은 심성원형과 행위원형이다. 심성은 마음으로, 행위는 몸으로 顯現되는 공통적인 양태이다.

현현된 점에서 심성이건 행위이건 융이 말하는 원형의 재현(Archetypische Vorstellung)에 가깝다. 심성은 心性情의 준말로, 본디부터 타고난 마음씨라는 뜻을 가지고 있고, 불교 용어로는 변하지 않는 참된 마음을 가리킨다.[23] 본디부터 타고난 마음씨야말로 원형의 본질을 이룬다. 불교에서는 이를 '참된 마음' 곧 긍정적인 면에 한정하였지만, 일반적으로 심성에는 착한 심성과 악한 심성처럼 긍정과 부정의 양면이 포함된다. 긍정은 利己와 利他처럼 소극적 긍정과 적극적 긍정으로 나뉠 수 있다. 부정에는 無心과 強愎처럼 소극적 부정과 적극적 부정의 분류도 있다. 행위는 겉으로 드러나는 것이므로 다른 설명이 필요 없다. 행위 또한 심성처럼 긍정적 행위와 부정적 행위로 나눠볼 수 있다. 선한 행위와 악한 행위로 나눠지고, 선악은 대척점이 큰 극명한 행위 유형을 가지고 있다. 이것이 적극과 소극을 나누게 한다.

이를 도표로 나타내 보면 다음과 같다.

[표] 문화원형의 심성원형과 행위원형

| 적극적 긍정 | 소극적 긍정 | | 소극적 부정 | 적극적 부정 |
|---|---|---|---|---|
| 이타, 보은 | 이기 | **심성** | 무심 | 강퍅, 모략 |
| 희생, 보시 | 겸양 | **행위** | 방관 | 살상, 악행 |

---

23 한글학회, 『우리 말 큰 사전』, 어문각, 1990에 따름.

원형이 재현되는 심성과 행위를 가운데 놓고, 왼쪽의 긍정과 오른쪽의 부정은 밖으로 나갈수록 적극적인 문화원형의 이야기를 담게 된다. 적극적인 유형은 이야기가 그만큼 극적이다. 이타와 보은 같은 심성이나 희생과 보시 같은 행위가 먼저 눈에 띌 것이다. 강퍅이나 모략 같은 심성이나 살상이나 악행 같은 극악한 행위는 피카레스크의 원형을 이룬다. 후대의 발달된 서사물에 비해 문화원형을 이루는 원시적 이야기는 위 요소 가운데 어느 하나만을 가지는 경우가 많다.

그런데 심성원형과 행위원형은 불가분의 관계 속에 하나가 된다. 하나의 이야기 속에 내적으로 심성원형이 바탕을 이룬다면 행위원형은 외적으로 나타난다. 안과 밖은 결국 하나로 긴밀히 연관되는 까닭이다.


## (2) 심성원형으로서 선화공주

먼저 심성원형의 경우를 들어본다. 선화공주 이야기 가운데 심성원형의 실례가 엿보인다.[24] 紀異 편의 「武王」 조에 〈서동요〉의 배경설화로도 알려진 이 이야기에서 다음 대목에 주목해 보자.

> (서동과 선화는) 함께 백제로 갔다. (선화가) 어머니가 준 금을 꺼내어 살아
> 갈 길을 의논하려 하자, 서동은 크게 웃고 말았다.
> "이게 무슨 물건이오?"
> "이건 금인데, 백년은 부자로 살아갈 수 있습니다."
> "내가 어려서부터 마를 캐던 곳에는 이런 것이 흙처럼 쌓여 있소."

---

24  심성원형을 극명히 드러내기 위해 대표적인 실례를 들기 위한 것일 뿐, 선화 공주의 이야기
    가 이 점만 가지고 있다는 말은 아니다. 이 대목으로는 심성원형의 적극적 긍정 부분만을
    설명해 보겠다. 나머지 경우의 실례에 대해서는 별도의 논고를 기약한다.

공주는 그 말을 듣고 크게 놀랐다.

"이것은 세상에서 가장 큰 보물이랍니다. 당신이 지금 금이 있는 곳을 아신다면, 그 보물을 우리 부모님이 계신 궁궐로 실어 보내는 것이 어떨는지요?"

서동은 그러자 했다.[25]

주지하다시피 서동의 꾀에 말려 선화는 누명을 썼다. 결과는 좋았으므로 이야기의 전반부는 후반부의 극적인 역전에 기여하지만, 부모에게 쫓겨난 신세의 선화가 엄청난 황금을 얻고는 정작 제 부모에게 보낼 것을 먼저 생각한다는 이 심성의 근저를 생각해 볼 필요가 있다. 황금을 얻는 데는 적어도 선화의 功 절반이 들어갔다. 서동은 황금이 있는 곳만 알았지 그 가치를 몰랐기 때문이다. 선화의 교시에 따라 황금은 드디어 황금으로 태어났다. 그러나 자신의 공을 따져 제 몫 먼저 챙기는 것이 아니라 부모를 생각한다.

물론 선화와 서동 사이의 이야기는 『삼국유사』에만 실려 전한다. 이것이 픽션일 가능성을 암시하는 요인 가운데 하나이다.[26] 그러나 문화원형의 심성을 판정하는 일은 픽션이냐 논픽션이냐에 구애 받지 않는다. 버린 부모에 대해 자식의 도리가 어떻게 구현되는가. 이것은 우리네 심성의 근저에 놓인 훈련받지 않은 자연으로, 利他[27]가 변이된 하나의 유형을 보여준다.

---

25  同至百濟, 出母后所贈金, 將謀計活, 薯童大笑曰, 此何物也, 主曰, 此是黃金, 可致百年之富, 薯童曰, 吾自小掘薯之地, 委積如泥土. 主聞大驚曰, 此是天下至寶, 君今知金之所在, 則此寶輸送父母宮殿何如, 薯童曰, 可.(三國遺事, 紀異, 武王)

26  선화공주 이야기가 허구일 가능성은, 『삼국사기』에 의존하여 보건대, 진평왕이 두 딸만 가졌다는 점으로도 뒷받침 된다. 서동이 무왕으로 등극하는 과정에 대해서는 일연 자신도 의문을 달아 놓고 있다. 곧 이 이야기의 마지막에 주석을 달아, "三國史記云, 是法王之子, 而此傳之獨女之子, 未詳"이라고 하여, 간접적으로 서동의 존재가 허구임을 말한다. 이에 대해서는 고운기, 『우리가 정말 알아야 할 삼국유사』, 현암사, 2006, 334-338면에서 정리하였다.

27  利他는 위에 제시한 표에 따르면 적극적 긍정의 심성 원형에 속한다.

한편, 설화 '내 덕에 산다' 유의 이야기는 당금애기부터 시작하여 우리 설화에 널리 퍼져있다. 세 딸이 설정되고, 믿었던 첫째와 둘째 딸 대신 구박 받던 셋째 딸이 도리어 효성스러웠다는 이야기까지 다양하다.[28] 이 이야기는, 선후 관계를 분명히 따지기 어려우나, 앞서 나온 선화공주의 변형이다. 심성 원형의 선화 유형을 설명하는 데 보완자료로 의의가 있다.

최근 소개된 〈뉘 덕이냐, 내 덕이지〉[29]는 '내 덕에 산다' 유의 가장 충실한 스토리 라인을 보여주고 있다. 화소별로 정리하면 다음과 같다.

① 옛날 한 시골에 유족하게 살아가는 김 정승이 있었는데, 홀아비로 딸 셋을 길렀다.

② 김 정승이 첫째 딸과 둘째 딸에게 누구의 덕이냐고 묻자, 아버지의 덕이라고 대답하다.

③ 그러나 셋째 딸은, 세상에 난 것은 부모의 덕분이나 장차 잘되고 못됨은 자신의 팔자라고 대답하다.

④ 김 정승은 셋째 딸을 쫓아냈다.

⑤ 셋째 딸은 금강산 골짜기에서 기진하여 조실부모한 더벅머리 총각에게 구출된다.

⑥ 셋째 딸이 총각을 보니 비록 옷은 남루하나 인물이 훤하고 자기 또한 갈 길이 막막하여 의탁한다.

⑦ 총각의 부인이 된 셋째 딸은 남편이 일 하는 숯가마에서 부엌 이마돌로 쓰는 황금 덩어리를 발견한다.

⑧ 부인은 남편에게 숯가마 이마돌을 검댕이도 닦지 말고 그대로 가져다가 팔라고 한다.

28  연변대 조선문학연구소 편, 『박창묵·리용득 (외) 채록 민담집』, 보고사, 2010, 151면.
29  연변대 조선문학연구소 편, 『차병걸 민담집』, 보고사, 2010, 360면.

⑨ 부자집 대감 같아 보이는 노인이 돌을 사겠다고 하면서 7일 후에 총각의
   집으로 찾아가겠다고 말한다.
⑩ 대감은 약속한 날, 여남은 대 수레에 금전 은전 꿰미를 가득 싣고 찾아
   온다.
⑪ 대감은 다름 아닌 셋째 딸의 아버지 김 정승이었고, 감동적으로 해후한
   부녀는 부둥켜안고 눈물만 흘린다. 셋째 딸은 아버지를 정성껏 모신다.
⑫ 김 정승은 하늘이 인간을 낼 때 모두 덕이 있음을 깨닫는다.

매우 풍부한 스토리 라인으로 '내 덕에 산다' 유의 종합편처럼 보이는 자료
이다.[30] 흥미로운 설정이 '인물이 훤한' 더벅머리 총각이다. 서동을 떠올리게
한다. 셋째 딸이 '갈 길이 막막하여 의탁'한다는 대목에서 선화의 인물 형상
과 겹쳐진다. 김 정승의 셋째 딸이 '내 덕에 산다'고 말하는 초반 설정을
빼면, 버림받은 처지에도 위의 두 언니보다 더 효성을 다한다는 결말까지
두 이야기는 닮았다.[31]

산처럼 쌓인 황금을 선화가 제 친정으로 실어 보낸 것은 버림받은 일곱
번째 공주가 끝내 자신의 아버지를 낫게 하기 위해 서천 서역 머나먼 길로
약을 구하러 간다는, 저 巫祖說話의 하나이기도 한 바리데기를 끌어 올 수
있다. 부모를 잊지 못해 하는 이런 결말은 우리만의 고유한 심성이 반영된

---

30 차병걸(1925~ )은 평남 순천 출신으로, 가족을 따라 연변으로 이주하였으며, 어린 시절부터
   옛 이야기를 즐겨 들었을 뿐만 아니라, 40세에 실명한 이후 이야기를 벗 삼아 생애를 보냈
   다. 그의 이야기는 '과거의 불합리한 사회현실에 대한 대중의 반항심을 표현하였으며 계급
   압박의 실질을 반영'(림승환)했다는 평가를 받는다. 위의 책, 26면.
31 일본에는 숯 굽는 부자 이야기가 있다. 마를 캐는 藤五郎이 부잣집 딸을 僞計로 맞아들인다
   는 이야기는 서동의 경우와 매우 유사하고, 숯 굽는 부자로 설정된 데는 김 정승 이야기와
   닮았다. 한편 중국에도 자기 복을 자기가 타고났다고 말해 쫓겨난 공주 이야기가 있다. 그러
   나 마지막에 제 재화를 부모에게 나눠준다는 이야기는 없다. 고운기, 앞의 책, 336-337면
   참조.

결과가 아닌가 한다.

선화는 진평왕의 셋째 딸로 태어났다. 위 두 딸이 휘황하게 빛나는 성공을 거둔 반면, 선화에게는 맹랑한 이웃 나라 총각과 눈이 맞았다는 소문이나 나고, 결국 입바른 신하들이 조치를 취하라 연일 성화를 해대는 가련한 지경에 빠졌다. 다행이 결과가 잘 나왔음은 앞서 말했다. 운명대로 따르게 했을 때, 그리고 그것이 순응이 아니라 도리어 적극적인 운명의 개척으로 이어졌을 때, 선화는 이웃 나라 백제의 용맹스런 무왕의 왕비가 되었다. 두 언니보다 더 떳떳하고 자랑스러운 성공이다.

그런데 이 이야기가 『삼국유사』에만 나온다는 것이며, 『삼국사기』에서는 선화의 그림자조차 비치지 않는다고 앞서 말했다. 서동에 대해서 『삼국유사』의 편찬자조차 정작 써놓기는 했으되, 그가 무왕이 된 데는 사실 여부를 의심한 점 또한 아울러 지적했다.

그렇다면 『삼국유사』는 가공의 인물과 그 이야기를 썼는가. 가공인데 가공이지만은 않다.

이것은 이를테면 '어떤 셋째 딸'의 이야기이다. 개성이 뚜렷했으면서도 이 세상에서 아름다운 인연을 맺지 못한, 주어진 삶을 제대로 살다 가지 못한 '어떤 셋째 딸'들을 위한 진혼가이다. 이승에서 억울하게 결말을 맺었기에, 저승에서나마 행복하고 떳떳이 살기를 바라는 소박한 마음의 投射이다.[32] 슬픈 처지를 그대로 두고 넘어가지 않으려는 우리네 사람들의 마음이 이

---

[32] 선화가 실제 인물이었는데 『삼국사기』가 기록하지 않았다면, 그것은 기록자의 판단이었다기보다, 어떤 정치적 메커니즘 때문이었을 가능성이 높다. 신라 왕실에 치명적인 손해를 끼칠 것이 분명한 스캔들이다. 그렇다면 이미 신라의 왕실에서 이 사실을 덮어 버렸는지 모른다. 그렇지 않다면 '어떤 셋째 딸'의 유형을 이루는 오랜 관습에서 연유했을 가능성이 높다. 이는 우리 무속인적 관점이다. 황루시는 '굿을 통해 망자의 한을 풀어줌으로써 질적 변화를 일으켜 무속의 신으로서 자격을 획득하게 하는 것'(『한국인의 굿과 무당』, 문음사, 1988, 243면)이라고 말한다. 마음의 투사를 통해 질적 변화가 일어난다.

이야기 속에 숨어들어 있다. 그 갸륵한 마음이 만들어 낸 셋째 딸이다. 선화
가 엄청난 보물을 얻어 부모부터 생각하는 마음은 그래서 모든 이의 근저에
숨은 심성이라 말해도 좋다.[33]

### (3) 행위원형으로서 관음보살

행위원형은 행위 자체에서 원형적인 모습을 발견하는 것이다. 하나의 예
로 관음보살이 나타나는 모습을 통해 행위원형에 다가가 볼 수 있다. 塔像
편의 「三所觀音 衆生寺」 조의 최승로 이야기에 주목해 보자.[34]

신라 말 天成 연간[926~927]이었다. 정보 崔殷諴이 오랫동안 자식이 없었
다. 이 절에 가 관음보살 앞에서 기도하였더니 태기가 돌아 아들을 낳았다.
3개월이 채 지나지 않았는데, 백제의 견훤이 서울로 쳐들어와 성안이 온통
혼란에 빠졌다. 은함이 아이를 안고 와서 아뢰었다.

"이웃 나라 군사가 쳐들어오니 일이 급하게 되었습니다. 갓난아이가 거듭
중하오나 함께 살아날 수 없습니다. 진실로 大聖께서 주신 아이라면, 바라건
대 부처님의 힘을 빌려 이 아이를 키워주시고, 우리 부자가 다시 만날 수
있게 해 주십시오."

눈물을 쏟으며 비통하게 세 번을 울면서 세 번을 아뢰고, 강보에 싸서 부처

---

**33** 비슷한 이야기는 佛經에도 나온다. 파사닉왕의 딸 선광공주가 자신의 업력으로 행복하게
   산다고 말하여 궁전에서 쫓겨났으나, 나중에 보물을 습득하여 국왕 못지않은 궁성을 짓고
   살게 되었다. 이에 대해서는 신종원, 「사리봉안기를 통해 본 삼국유사 무왕 조의 이해」,
   정재윤 외, 『익산 미륵사와 백제』, 일지사, 2011, 60면 참조. 그런데 여기서는 셋째 딸의
   성공이 그가 '지은 복' 때문이라고만 말하지, 성공 후에 부모를 생각하여 어떤 조치를 내렸
   다는 대목은 없다.
**34** 앞서 심성원형의 경우처럼 여기서도 극명한 실례 가운데 하나로 행위원형의 한 유형만을
   제시한다. 적극적 긍정에 속한다.

가 앉은자리 아래 감추고 하염없이 돌아보며 갔다.

보름쯤 지나 적들이 물러가자 와서 찾아보니, 피부가 마치 새로 목욕한 듯, 몸이 반들반들하며, 입 언저리에서는 아직 우유 냄새가 나고 있었다. 안고서 돌아와 길렀는데, 자라자 남보다 총명하기 그지없었다. 이 사람이 바로 崔丞魯이다.[35]

중생사의 관음보살상은 중국 출신 화공이 그렸다고 알려졌는데, 여러 이적을 나타냈다.[36] 최승로의 이야기는 그 가운데 첫 번째로 소개되었다. 잉태뿐만 아니라 상식적으로 이해하지 못할, 아무도 없는 절에서 '15일간의 생존'은 이 절 관음보살의 보살핌 덕분이었다. 관음과 최은함 사이에는 그런 신앙심에 근거한 묵계가 있다. 이것을 행위원형의 하나로 본다.

관음은 보살의 으뜸이다. 보살이 대승불교의 민중 포교에 지대한 역할을 하였다면, 관음보살은 그 가운데서도 대표적 존재인 것이다. 흔히 大悲의 보살로 여겨진다. 위의 이야기에서 사람들은 위기에 처한 아이를 구한 것이 관음보살이라고 믿는다. '입 언저리에서 나는 우유 냄새'가 그 증거이다. 여기서 사람들에게는 믿음과 기적에 관한 하나의 믿음이 생긴다. 이 믿음은 관음에게 의지하는 행위를 만들어준다. 이것이 또 하나의 행위원형이다.

관음보살의 경우로 설명하자면 이것이 우리만의 고유한 문화원형이라는 데에 부족하다. 중국이나 일본에서도 불교 전래 이후 관음보살과 관련한 이

---

35  羅季天成中, 正甫崔殷諴, 久無胤息, 詣玆寺大慈前祈禱, 有娠而生男. 未盈三朔, 百濟甄萱, 襲犯京師, 城中大潰, 殷諴抱兒來告曰, 隣兵奄至, 事急矣. 赤子累重, 不能俱免, 若誠大聖之所賜, 願借大慈之力, 覆養之, 令我父子再得相見. 涕泣悲惋, 三泣而三告, 裹以襁褓, 藏諸猊座下, 眷眷而去, 經半月寇退, 來尋之, 肌膚如新浴, 貌體嬛好, 乳香尙痕於口, 抱持歸養. 及壯, 聰惠過人, 是爲丞魯.(三國遺事, 塔像, 三所觀音衆生寺)

36  이밖에 나머지 두 가지 이야기는 고려조에 들어와서 생겼다. 『삼국유사』, 「三所觀音 衆生寺」참조.

같은 행위원형이 얼마든지 있을 수 있겠기 때문이다. 여기서 강원도 인제 지역에 구전되어 오는 오세암 전설을 보기로 한다. 최승로의 이야기에 나오는 관음보살이 보다 극적으로 그려져 있다.

> 그래 조카는 인저 죽은 양으로 생각하고 근심만 하고 삼동을 거 사랑방에서 쌀 거둔 거 가주고 부쳐서 밥을 먹고 3월 달이 된께 질이 터진단 말이여. 철벅거리고 올라가네. 올라가서, '조카는 방 가무데서 죽었을 테니 어디 갖다가 묻어도 묻어야지'하고 올라 가다가 들으니까, 집이 가까워 가니까, '동동동동'하고 쟁매기 뚜디리는 소리가 나. '이 이상하다.' 차차차차 올라 간께 쟁매기 뚜디는 소리가 완연히 나거던. 그래 인저, 마당에를 썩 들어서인께 방안에서 쟁매기를 뚜디리미 '관세음보살, 관세음보살' 하거든.
> "오성아."
> 하인께,
> "예."
> 하고 문을 떨썩 열고 나온단 말이라.
> '저 놈이 죽었을 텐데, 죽은 귀신이가. 어, 살았나, 희안하다.' 그래 쌀자루를 뜨락에 놓고 방에 들어가서 보인께, 밥 먹던 상이 웃목에 있어.
> "너 누구하고 밥을 먹어 거 살았나?"
> "어머니가 와서 삼동내 밥해서 먹고 살았지."
> "그래 어머닌 어디로 갔나?"
> "방금 뒷문으로 나갔어."[37]

조카 오성과 삼촌 사이에 벌어진 일이다. 삼촌이 조카를 데리고 산중 암자에 올랐다가, 잠시 조카만 두고 마을에 일을 보러 비운 사이 폭설로 길이

---

37 최정여 외, 「인제읍 오세암의 유래」, 『한국구비문학대계』 7-8, 한국정신문화연구원, 1980, 938면.

끊기고, 겨우내 조카는 암자에서 홀로 보내게 된다. 위에 인용한 대목은, 겨우 길이 뚫려 삼촌이 암자에 오르는 대목에서 시작하였다. 굶어죽었으리라 생각 한 조카는 멀쩡하다. 어머니가 와서 같이 밥해 먹고 지냈다고 말한다. 오성의 어머니는 이미 죽은 사람이다. 여기서 어머니는 관음의 現身이다. 어머니가 해 준 밥은 관음보살이 베푼 행위의 증거이다. 구전설화의 전승이라는 관점 에서만 보면, '신불의 도움에 의해서 죽게 된 어린 아이가 살게 되는 것에 초점을 두고'[38] 있지만, 원형의 측면에서 이는 행위원형의 하나로 볼 수 있다. 중생사의 관음과 같은 역할이다.[39]

어머니로 나타나는 관음은 행위원형의 보다 강화된 모습이다. 오성이 그 리워하던 어머니는 삶과 죽음의 갈림길에서 아들을 찾아온다. 아들은 어머니 의 도움을 믿고, 어머니는 어머니로서 아들을 보호하는 본분에 틀림없다. 어머니와 아들의 이 묵계가 실현되는 과정을 행위원형이라 한다면, 관음보살 에서 어머니로의 轉化는 우리 문화원형의 전형으로서 역할을 한다고 할 수 있다.

오세암 전설은 동화로 다시 창작되었다. 정채봉의 동화 『오세암』[40]이 그것 이다.

---

38  김헌선, 「불교설화의 구전과 문전의 틈새, 그리고 불교적 이치와 의미」, 한국구비문학회 편 『구비문학과 불교』, 한국구비문학회, 2011, 28면.

39  오세암 전설의 이본 가운데 낙산사 관음보살과 연계된 것이 있다. 흰옷 입은 여인이 나타나 아이를 보살피고, 나중에 파랑새가 되어 낙산사 쪽으로 날아갔다. 파랑새는 원효에게도 나 타난 적이 있다.(『삼국유사』「낙산이대성 관음정취 조신」) 관음보살이 파랑새로 나타났다. 이규태, 『한국인의 민속문화』, 신원문화사, 2000, 68면.

40  여기서는 정채봉 원작·정리태 글, 『오세암』, 샘터사, 2003을 저본으로 삼았다. 길손이 시 각장애의 누나와 동행하는 유랑아로 설정된 점이 특징이다. 화마에 휩싸여 시각장애가 된 누나만이 알고 있는 엄마의 얼굴, 누나에게 자신이 보는 엄마를 전달하려면 길손은 마음의 눈을 떠야한다. 이것이 작가가 시각장애의 누나를 설정한 의도였다. 불교적 진리를 자연스 럽게 포섭하는 장치이다.

밝은 성격의 개구쟁이인 길손에게도 밖으로 내보이지 못하는 슬픈 소원이 하나 있다. 한 번이라도 엄마를 가져 보는 것이다. '엄마'라고 큰 소리로 마음껏 불러 보는 것이다. 길손은 설정 스님을 따라 겨우내 작은 암자에서 마음의 눈을 뜨는 공부를 하기로 한다. 설정 스님으로서는 사실 장난만 치는 길손을 암자에 떼놓자는 심산이기도 하였다.

설정 스님이 마을로 내려가 길손 혼자 암자에 남은 어느 밤, 한바탕 하얀 폭설이 온 산하와 암자를 가득 덮어 길이 끊긴다. 암자에서 혼자 잠든 길손은 자신을 품에 안고 정성스럽게 토닥거려주는 손길을 느낀다. 이런 따뜻함이 엄마의 품일지, 지금 눈을 뜨면 엄마를 볼 수 있을지, 아련한 생각 속으로 길손은 빠져든다.

그러나 실존하는 엄마가 아니다. 겨울이 지나고 길이 뚫려 설정 스님이 암자에 이르렀을 때, 길손은 이미 세상을 떠났다. 그러나 동화의 환상적인 수법으로 길손은 죽었으되 죽지 않은 것처럼 처리되어 있다.

> 길손이는 엄마의 그윽한 품안에 아주 편안히 누운 것 같았다. 뺨에 손바닥을 괴고 모로 누운 모습이 재미있는 놀이라도 구경하고 있는 듯하였다.
> 사흘 후에 길손이의 장례식이 있었다.[41]

이것이 정채봉의 동화에 와서 달라진 점이다. 이야기의 리얼리티를 살리되, 관음의 보살핌이 어머니의 손길로 나타나는 믿음의 행위를 환상적으로 처리한 것이다. 정채봉은 이것을 '기적'으로 묘사하였다.[42]

---

41  위의 책, 136면.
42  "기적이 일어났다는 소문이 퍼지자 여러 절과 마을에서 수많은 사람들이 암자로 몰려들었다."는 대목이 그렇다. 위의 책, 같은 면.

관음은 엄마의 행위를 대신하는 것이고, 행위는 오랜 세월 속에서 우리에게 굳어진 원형의 모습으로 다가온다.


## 4. 심성과 행위 원형의 의의

앞서 문화원형을 심성과 행위로 나누어 고찰해 보았다. 심성은 저변을 이루는 것이고, 행위는 겉으로 드러나는 것이다. 예로 든 사건에 따라서 심성원형과 행위원형으로 구분해 설명했으나, 이는 대체로 표리 관계를 이루며 함께 나타난다. 이제 『삼국유사』에서 다른 예를 들어 정리해 본다.

[A] 제40대 애장왕 때였다. 승려 正秀는 황룡사에서 지내고 있었다.

겨울철 어느 날 눈이 많이 왔다. 저물 무렵 삼랑사에서 돌아오다 천암사를 지나는데, 문밖에 한 여자 거지가 아이를 낳고 언 채 누워서 거의 죽어가고 있었다. 스님이 보고 불쌍히 여겨 끌어안고 오랫동안 있었더니 숨을 쉬었다. 이에 옷을 벗어 덮어 주고, 벌거벗은 채 제 절로 달려갔다.

거적때기로 몸을 덮고 밤을 지새웠다.[43]

[B] 손순에게는 어린 아이가 있었는데, 매번 할머니의 음식을 뺏어 먹는 것이었다. 손순이 이를 곤란하게 여기고 아내더러 말했다.

"아이는 얻을 수 있지만 어머니는 다시 구하기 어렵소. 잡수실 것을 뺏어 버리니, 어머니가 너무 배고파하시는구려. 이 아이를 묻어 어머니가 배부르도록 해야겠소."

---

43  第四十哀莊王代, 有沙門正秀, 寓止皇龍寺, 冬日雪深, 旣暮, 自三郎寺還, 經由天嚴寺門外. 有一乞女産兒, 凍臥濱死, 師見而憫之, 就抱, 良久氣蘇, 乃脫衣以覆之, 裸走本寺, 苫草覆身過夜.(三國遺事, 感通, 正秀師救氷女)

그러고서 아이를 업고 醉山의 북쪽 교외로 나갔다. 땅을 파다가 돌로 만든 종을 발견했는데, 매우 기이하게 생겼다. 부부가 놀라워하며 잠시 숲 속의 나무 위에 걸어두고 시험 삼아 쳐보니, 소리가 은은하기 그지없었다. 아내가 말했다.

"기이한 물건을 발견했으니, 아마도 아이의 복인가 합니다. 묻어선 안 되겠어요."

남편도 그렇다 여기고, 곧 아이와 종을 업고 집으로 돌아왔다.[44]

[A]는 감통 편에 나오는 승려 정수의 이야기이다. 여분의 옷 한 벌 없는 승려가, 돌아가 덮을 이부자리 하나 없는 처지에 입고 있던 옷을 몽땅 벗어주고 알몸으로 달려가거니와, 그 순간이 바로 신라 사회의 정신적 고갱이였다고 말할 수 있다.[45] 더욱이 정수는 수백 명 이상의 황룡사 승려 가운데 이름 없는 일개 구성원일 뿐이었다. 자신의 선행이 굳이 돋보일 자리에 있지도 않았던 것이다. 선행을 위한 선행, 남에게 보여주기 위한 선행이 아니라, 마음속에서 자연스럽게 우러난 행동이었다. 이 마음과 행동을 심성과 행위의 원형으로 보는 것이다. 앞서 제시한 [표]에서 제시한 덕목을 가지고 설명한다면, 심성원형으로는 **적극적 긍정-이타**와 행위원형으로는 **적극적 긍정-보시**에 들어갈 것이다.

[B]는 효선 편에 나오는 손순의 이야기이다. 손순의 효행을 말하자는 것이지만, 관점에 따라 이는 지나친 행위이기도 하다. 이제 굶어 죽은들 여한이 없을 할머니는 차라리 손자의 창창한 앞날을 위해 희생할 마음이 있었을

---

44 順有小兒, 每奪孃食. 順難之, 謂其妻曰, 兒可得, 母難再求, 而奪其食, 母飢何甚. 且埋此兒以圖母腹之盈. 乃負兒歸醉山北郊, 堀地忽得石鍾甚奇. 夫婦驚怪, 乍懸林木上, 試擊之, 舂容可愛. 妻曰, 得異物, 殆兒之福, 不可埋也. 夫亦以爲然, 乃負兒與鍾而還家.(三國遺事, 孝善, 孫順埋兒)

45 고운기, 앞의 책, 623면.

것이기 때문이다. 손순은 어머니의 마음을 제대로 읽지 못하고 불효를 저지른 것은 아닐까. 그러나 정말 아이가 땅에 묻힌 것이 아닌 데서 이야기는 달라진다. 돌 종이라는 상징물이 주는 은은한 효과를 생각하며 읽을 필요가 있다.[46] 선택의 기로에서 어머니를 택했고, 이어서 기적이 따라온다. 이 같은 기적은 아이를 묻겠다는 결심과 결행이 아니고서는 일어날 수 없다. 결심은 심성원형의 적극적 긍정-보은을, 결행은 행위원형의 적극적 긍정-희생에 들어갈 것이다.

[C] 아, 신도징과 김현 두 분이 사람 아닌 동물을 만난 이 이야기여. 여자로 변해 남의 아내가 되었다는 것은 같지만, 남편에게 시를 읊어주고 으르렁거리며 땅을 할퀴고 달아났다는 것은 김현의 호랑이와 다르다. 김현의 호랑이는 어쩔 수 없이 사람들을 해쳤으나, 좋은 처방으로 잘 이끌어 주어서 그 사람들을 치료했다. 짐승이라도 인자한 마음 씀이 저와 같으니 이제 사람이면서 짐승만 못한 이들은 어찌하리.[47]

[C]는 감통 편의 김현과 호랑이 처녀 이야기 끝에 붙인 일연의 의론이다. 마음 씀과 행동은 인간에서 짐승의 무리에까지 이어진다. 호랑이 처녀는 자신의 희생을 바탕으로 가족을 살리고 사랑하는 사람의 미래를 열었다. 『태평광기』에 실린 신도징의 이야기를 굳이 끌어다가 비교시킨 것은 호랑이 처녀가 지닌 심성과 행위의 원형을 도드라지게 만들려는 의도이다. 異物과의 交好라는 신이한 이야기를 전하는 데서 그치지 않고, '사람이면서 짐승만 못

---

46  위의 책, 692-693면.
47  噫, 澄現二公之接異物也, 變爲人妾則同矣, 而贈背人詩, 然後哮吼拏攫而走, 與現之虎異矣. 現之虎不得已而傷人, 然善誘良方以救人, 獸有爲仁如彼者, 今有人而不如獸者, 何哉. 詳觀事之終始, 感人於旋遶佛寺中, 天唱徵惡, 以自代之, 傳神方以救人, 置精廬講佛戒, 非徒獸之性仁者也.(三國遺事, 感通, 金現感虎)

한 이들'을 경계하려는 목적이 뚜렷하다. 교훈이 교훈으로 살아나자면 원형 속에 이를 동의할 요소가 갖추어져야 한다. 심성원형의 **적극적 긍정-이타**, 행위원형의 **적극적 긍정-희생**에 들어갈 것이다.

이렇듯 심성과 행위의 원형은 한 이야기에서 표리 관계를 이루며 골라져 있다. 위의 예에서 심성이나 행위가 적극적 긍정에서 덕목을 찾아볼 수 있었 던 것은 이야기의 주인공이 지닌 선한 캐릭터가 강조되었기 때문이다. 아직 『삼국유사』에 한정된 결론을 내릴 수밖에 없지만, 우리의 문화원형에 나오 는 주인공은 이 같은 캐릭터에서 크게 벗어나지 않으리라 본다. 심성과 행위 로 구분하여 접근해 보면, 원형의 서사 장치가 뚜렷이 드러난다.


## 5. 마무리

문화원형의 개념 정립은 콘텐츠 개발의 향방을 가늠하는 기초적인 일이다. 이 글에서는 그동안 학계에서 논의된 문화원형의 정의를 살펴보고, 새로운 방향에 대해 조심스럽게 제안해 보았다. 심성과 행위의 원형을 찾아보는 것 이 그 하나이다. 『삼국유사』와 구전 설화에서 예를 들었으나, 체계와 예화의 보완을 계속해 나가야 하리라 본다.

13세기라는 역사적 상황 속에서 태어난 『삼국유사』의 위치 선정에 대해서 는 이미 말한 바 있으나,[48] 『삼국유사』의 의의가 큰 것은,

> 13세기 이후 전 세계적 현상으로 촉발되기 시작한 자국어와 자국 문화 생산의 비동시적인 동시성에 비견되는 가치를 갖기 때문이다. 이 저작을 통해

---

48   이에 대해서는 고운기, 『도쿠가와가 사랑한 책』, 현암사, 2009에서 자세히 밝혔다.

서 오랜 문화의 기억은 비로소 통합된 기술 안에서 그 계통성과 편제를 구비
할 수 있었고 설화라는 구술 문화의 유산을 하나의 목걸이로 꿸 수 있게
되면서 자국 문화의 독자성을 확보할 수 있었던 것이다.[49]

는 논의에서도 확인된다. 일연의 저작으로 말미암은 '자국문화의 독자성 확
보'라는 『삼국유사』의 중차대한 역할이 유감스럽게도 조선왕조 500여 년간
철저히 외면되었다. 1904년 도쿄제국대학에서 사학과 학생들의 교재로 출판
된 『삼국유사』가 '20세기 『삼국유사』 재발견의 도화선'이었는데, 저들의 목
적과 달리 우리 연구자 또한 이에 感發한 바 있어, 자국문화의 독자성 확보에
충분한 노력을 기울인 지난 100년간이었다. 자국문화의 독자성 속에서 우리
는 우리 문화원형의 모습을 찾아내게 된다.

　이런 바탕에서 『삼국유사』의 문화콘텐츠로서의 활용은 더 넓고 다양한
분야에서 기다리고 있다.

---

49　유임하, 「설화의 호명-근대 이후의 소설과 삼국유사의 전유」, 『너머』 2, 2007, 326면.

# SNS 이야기의 원형성과 그 의미

## 1. 머리에

이 글에서는 새롭게 태어나는 이야기의 창고로서 문자 메시지[1]와 SNS의 글쓰기에 관해 논하고자 한다. 문자가 뉴 미디어에서 약진하는 현상을 살펴보고, 댓글로 이어져 이야기가 탄생하는 機制의 원형성을 제시하겠다. 페이스북(facebook) 같은 SNS 속에 문장으로 구현된, 완성된 이야기가 아니라 그것의 원형으로서 성격을 구명하는 것이다.

여기에 『삼국유사』의 설화 가운데 오늘날의 문자 메시지와 SNS의 개념을 설명할 예를 먼저 제시하기로 한다. 「包山二聖」 조는 문자 메시지와, 「正秀師救氷女」 조는 SNS와 각각 연결된다. 이야기의 원형으로서 두 가지를 받아들인다면, 새로운 이야기가 만들어지는 기제는 예와 이제가 다르지 않아 보인다.

논의의 시각을 마련하기 위해 다음과 같은 예를 먼저 들어 보겠다.

---

1    여기서 쓰는 문자 통신 속의 문자 메시지는 PC와 핸드폰의 1 : 1 문자 메시시 교환뿐만 아니라 SNS의 다양한 문자 교환 등, 통신 언어 전체를 포괄한다. 문자 메시지와 문자를 구분해 쓰고자 했으나, 때로 문자가 문자 메시지를 뜻하는 경우도 있다.

언어학자 벤 지머가 붙인 트위터롤로지(Twitterology · 트위터학)라는 새로운 연구 방식이 있다. 이는 방대한 트위터 메시지를 분석하는 것인데, '트위터'와 접미어 '로지(-logy)'를 합성한 단어다. 전통적인 대면 인터뷰는 제한된 實驗群이나 현장의 설문조사 요원들에게 의존해야만 했다. 그러나 일정 사안에 대해, 예를 들어 2011년 10월에 사살된 카다피의 죽음을 전 세계인이 어떻게 받아들였는가, 트위터를 통해 전수 조사한다. 이 방식을 활용한 학자들은, 인간의 교류와 사회적 네트워크를 연구하고자 할 때, 전례 없는 기회를 제공받았다고 말한다.[2]

구술을 문자화한 SNS의 속성이 잘 활용되었다고 보인다. 이것이 인류학에서만 통용되리란 법은 없다. 트위터보다 더욱 긴 내용을 문자화하는 페이스북 같은 SNS에 오면, '인간의 교류와 사회적 네트워크'라는 측면에서 '이야기의 바다'는 더욱 커진다.

인문학자나 작가가 이런 아이디어를 활용해 어떤 결과에 도달할까? 이 글은 이 같은 문제의식 속에 하나의 試論으로 쓰였다.

## 2. '엎드리는 나무'와 문자 메시지

### (1) 「包山二聖」 조의 해석

우리의 텍스트 『삼국유사』는 9개의 주제로 나눠있지만, 불교적 색채를 띠고 있으면서도 이채로운, 그 가운데 여덟 번째가 避隱 편이다. 隱者의 삶을

---

2    이원태 · 차미영 · 양해륜, 「소셜미디어 유력자의 네트워크 특성」, 『언론정보연구』 48, 서울대학교 언론정보연구소, 2011; 김신영, 「오지 찾던 학자들… 이젠 트위터 · 페이스북 본다」, 『조선일보』, 2011. 11. 1 참조.

이토록 아름답게 그릴 수 없다. 거기서 다섯 번째 이야기에 나오는 이들이 觀機와 道成이다.

숨어 산 그들의 이야기는 다음과 같이 간단하다.

신라 때에 관기와 도성 두 분 큰스님이 살고 있었는데, 어떤 사람인지는 정확히 알지 못한다. 함께 包山에 숨었거니와 관기는 남쪽 산마루에 암자를 지었고, 도성은 북쪽 굴에 자리를 잡았다. 서로간 거리가 십 리쯤 되었다.

구름을 헤치고 달을 읊으며 매양 서로 찾아다녔다. 도성이 관기를 부르고 자 하면 산중의 나무들이 모두 남쪽을 향해 엎드려 마치 맞이하는 것 같으니, 관기가 그것을 보고 갔다. 관기가 도성을 부르고자 해도 또한 이와 같이 북쪽 으로 엎드려 곧 도성이 이르렀다.[3]

세상을 벗어나 은거의 깊은 곳에 몸을 맡긴, 관기와 도성의 삶이 극적으로 그려졌다. 그들의 은거에는 억지가 없다. 단순히 세상에서 몸을 뺀 데에 그치 지 않았다. 자연 그 자체와 하나 된 모습을 보여주었다. 남과 북으로 나뉘어 사는 그들이 서로 부르고자 하면, 산중의 나무가 찾는 이를 향해 엎드렸다니, 생물이지만 사람도 아닌 나무가 무슨 신호를 보냈다는 말인가. 실은 관기와 도성이 자연과 완벽히 어우러져 산 광경이었다.[4]

그런데 여기서 한 가지 새로운 생각을 덧보태고자 한다.

북쪽의 도성이 남쪽의 관기를 찾을 때, 나무는 남쪽을 향해 엎드렸고, 그러

---

3    羅時有觀機道成二聖師, 不知何許人, 同隱包山. 機庵南嶺, 成處北穴, 相去十許里, 披雲嘯月, 每 相過從. 成欲致機, 則山中樹木皆向南而俯, 如相迎者, 機見之而往, 機欲邀成也, 則亦如之, 皆北 偃, 成乃至.

4    이 조의 전체적인 의미에 관해서는 고운기, 『우리가 정말 알아야 할 삼국유사』, 현암사, 2006, 678-682면에서 하였다. "숨어 산다면 이런 정도는 되어야 한다는 듯, 그러면서도 그런 이들이 가슴 속 깊은 곳에서 누린 즐거움이랄까를, 일연은 부러운 듯 그리고 있 다."(678면)

면 관기는 도성이 오는 것을 알았다. 반대의 경우에도 마찬가지였다. 찾아오니까 엎드리는 것이 아니라, '도성이 관기를 부르고자 하면' 마치 신호를 보내듯 '산중의 나무들이 모두 남쪽을 향해 엎드려' 알려주었다. '엎드리는 나무'는 오늘날로 치면 하나의 '디지털 신호'와 같다. 이것은 찾는 이가 찾아갈 이에게 보내는 신호이다. 다소 비논리적인 혐의를 무릅쓰고 말한다면, '나뭇잎에 찍은 문자 메시지'처럼 보인다는 것이다.

관기와 도성이 어떤 신통력으로 나무를 엎드리게 했다고 볼 수 없다. 아마도 10여 리 떨어진 산길에서 상대방의 암자를 찾아갈 때, 저들은 자연의 가장 알맞은 조건에서 움직였을 것이다. 시원한 바람을 맞으며 가는 산길 같은 것이다. 산과 나무와 몸이 하나 된다는 것은 자연 그 자체를 완전히 이해하고 있다는 말의 다름 아니다.

그것은 이른 바 '은자의 문자질'이다. 저들은 초청장을 저들만의 문자 메시지로 나무에 찍어 보냈다. 나무는 1,200년 전 자연에 묻혀 살던 은자가 가지고 논 스마트폰처럼 보인다. 여기서 위와 같은 이야기가 태어났다.

아름다운 '문자질'에 여념 없던 避隱하는 두 老僧을 一然은 다음과 같이 노래했다.

> 서로 찾을 제
> 달빛 밟으며 구름과 노닐던
> 두 분 풍류는 몇 백 년이던가
> 골짜기 가득 안개는 끼어 있고 고목만 남아
> 흔들흔들 비끼는 그림자
> 이제 나를 맞는 듯

相過踏月弄雲泉, 二老風流幾百年. 滿壑烟霞餘古木, 偃昻寒影尙如迎.

은자는 완벽하게 자신의 세계를 파악하고 있었다. 바람이 부는 때를 알아 바람을 전파 삼아 자신의 메시지를 나무에게 실었다. 그들에게 바람과 나무는 미디어나 마찬가지였다. 미디어가 사람을 해방시키는 것이 아니라 미디어에다 해방을 표현했다. 많은 세월이 흐른 뒤, 이 골짜기를 찾은 일연은 그들의 삶 속에 자신을 슬쩍 집어넣는다. '흔들흔들 비끼는 그림자/ 이제 나를 맞는 듯'이라는 마지막 줄이 그렇다.[5] 나무에게 메시지를 실었던 은자의 풍류 속에 자신도 들어가고 싶은 것이다. 이 풍류가 다른 말로 하면 해방이다.

이 조의 은거 노인이 보여주는 풍류는 오늘날에 어떤 모습으로 변용되어 나타날까? 음성통신을 목적으로 탄생한 전화가 이제 기능을 확대하여 문자로 통신하는 모습에서 우리는 뜻밖에 '은자의 문자질'을 떠올리게 된다.

## (2) 문자통신 : 新言文─致의 글쓰기

일상생활과 문자 메시지의 연동은 놀랍게도 다양하게 가지치기하고 있다. 여기서 두 가지 예를 들어본다.

[A] 슬리퍼에 부착된 감지 장치가 그 사람의 걸음걸이를 실시간으로 측정해, 비정상적인 움직임이 감지되면, 미리 입력된 가족이나 의사의 휴대폰으로 문자 메시지를 보낸다. 환자를 보호하는 장치이다.[6]

---

5  일연의 시 마지막 줄 偃昴寒影尙如迎에는 목적어가 생략되어 있다. 그래서 흔히 '흔들거리는 찬 그림자 아직도 서로 맞이하는 듯하다'(김원중 역)라고 번역하는데, 필자는 '서로' 대신에 '나를'이라 번역하였다. 그렇게 하면 시적 의미가 훨씬 확장된다. 물론 이 같은 해석에 자의적이라는 비판이 나올 수 있다. 다만 번역상의 多岐性을 인정한다면, 해석의 확장을 위해 시도해 봄 직하다.

6  김창완, 「"긴급상황 발생! 어머니가 쓰러지셨어요" 슬리퍼가 문자를 보냈다」, 『조선일보』, 2011. 7. 18.

[B] 한 명이 스마트폰으로 자신의 페이스북에 '술이 달아'라는 네 글자를 올렸고, 그의 '페북 친구'인 나머지 멤버들은 이 글에 댓글을 달기 시작했다. 이후 술자리가 끝날 때까지 이들은 '댓글 놀이'에 푹 빠져, 마주 앉아 있으면서도 댓글로만 대화했다. 자리가 파할 때쯤 댓글은 127개를 헤아렸다.[7]

[A]는 혼자 사는 노인의 안전을 위해 만들어진 스마트 슬리퍼이다. 이와 유사한 제품으로 스마트 기저귀, 암소의 발정기를 정확하게 파악해 수태 확률을 높이는 장치 등도 개발되었다. [B]는 직장인의 조촐한 술자리에서 벌어진 일이다. 번연히 사람을 앞에 두고 댓글로 대화를 나눈다. 이를 두고 기사를 쓴 이는 '통화의 종말'이 가까워져 오고 있다고 하였다.[8]

그러나 이 두 가지 사례에서 주목할 점은 댓글을 포함한 문자의 활성화이다. 말을 가지고 하는 통화의 종말이 언급될 만큼 문자가 뉴 미디어의 주역으로 떠오르고 있다[9]는 것이다. 이것은 통화의 종말이 아니라 새로운 양상의 통화이다. 특히 스마트폰이 등장하면서 1대1 커뮤니케이션만 아닌 1대 多 또는 多대 多의 문자 커뮤니케이션이 급격히 늘어났다. 거기에 변화는 당연히 따라온다.

스마트폰 이전에도 PC 이용자는 메일을 사용하여 통신문을 PC 상에서

7   한현우, 「웬만해선 문자하는 사람들… 전화통화의 종말 오나」, 『조선일보』, 2011. 9. 17.
8   위의 기사에서는 이를 실증할 예로, "전화하지 마세요. 저도 전화하지 않을게요(Don't call me, I won't call you)."라는 2011년 3월 18일자 뉴욕타임스 칼럼 제목을 들었고, 이어서, "예전에는 '밤 10시 넘어서는 전화하지 말라'고 배웠으나 요즘엔 '아무에게도 불쑥 전화하지 말라'가 예절이 됐다"며, "이제 전화를 걸려면 먼저 '전화해도 되나요?'라는 문자를 보내는 것이 에티켓"이라고 썼다.
9   위의 기사에 따르면, SK텔레콤은 2010년 3분기에 이미 문자를 비롯한 데이터 매출이 음성 통화 매출을 앞질렀다. 이제 개인 간 커뮤니케이션 수단은 무선데이터 서비스로 급속히 이동했다. 카카오톡을 비롯한 스마트폰 애플리케이션이 새로운 '통화의 강자'로 떠오른 것이다. 세계 최초로 전화 서비스를 시작한 미국 AT&T사는 지난 2009년 12월 유선전화 서비스 포기를 선언했다.

만들었다. PC가 개인의 쓰기 도구로 사용되었다. 메일 속의 문자 메시지는 전통적인 손 편지를 대신하는 수단으로 위치가 부여되었다. 나아가 핸드폰으로 주고받는 문자 메시지는 편지의 성격에다, 즉시성이라는 점에서 전화와 가까운 성격을 띤다. 곧 문자 메시지는 '편지와 전화의 중간적인 성질을 가진 새로운 커뮤니케이션 도구'[10]인 것이다.

통신언어[11]로 명명된 메일과 문자의 사용 양상은 일본에서도 매우 비슷하게 진행되고 있다. 저들은 통신언어를 '메일 문체'라 이름 붙였다.[12] 처음에는 젊은 세대의 그것에 한해서 연구했으나, 이제 메일의 사용은 전 세대에 걸치게 되었으므로, 대상은 세대를 불문한다. 학생의 어머니로부터 오는 메일을 수집해 보면, 처음에는 옛날 편지투의 문장을 그대로 쓰고 있었으나, 얼마 있지 않아 용건에 따라서는 변화가 왔다. 아주 짧은 문장이었는데, 익숙해지자 점점 길어졌다. 아버지의 메일은 언제나 용건만 간단히 적는 문장이었다.[13]

이 같은 현상은 우리의 일상에서도 쉽게 발견된다. 필자가 수집한 다음과 같은 사례를 들어 설명해 본다.[14]

---

10  佐竹秀雄, 「メール文体とそれを支えるもの」, 橋元良明(編), 『メディア』, 東京 : ひつじ書房, 2005, 56-57頁.

11  PC나 핸드폰 등으로 소통되는 언어 일체를 통신언어라 한다. 통신언어는 의사소통의 수단으로 언어의 기능적인 측면이 고려된다. 생략 또는 소리 나는 대로 쓰기가 많다. 나아가 한글을 해체하기도 한다. 의미 해석은 물론이거니와 읽는 것조차 거의 불가능하다. 이를 따로 외계어라고도 한다. 외계어는 하나의 변형 문법이다. 앞서 보인 것처럼 통신언어를 일본 학계에서는 메일 문체라고 부르고 있다. 이에 대한 논의 가운데 박정희·김민, 「청소년의 변형문법(외계어) 현상에 관한 연구」, 『청소년복지연구』 제9권 제1호, 한국청소년복지학회, 2007과 김형렬, 「중학생들의 '외계어' 사용 실태 연구」, 『인문과학연구』 제29집, 대구대 인문과학연구소, 2004가 돋보인다. 여기서는 문자 통신에 한하여 사용한다.

12  佐竹秀雄, 앞의 논문, 56頁.

13  일본의 사례로 분석한 이 같은 메일 문체(곧 우리의 통신언어)의 특성은 위의 논문, 58頁 참조.

[Ⅰ] 어머니에게서 온 짧은 문자
- 오늘 입금 마무리 할거야. 걱정하지 마렴.
- 추우니까 감기 안걸리게 옷 따뜻하게 입고 다녀라
- 몸은 어떤지? 푹쉬고 일찍 자렴. 잠자고 휴식하는게 최고의 약이란다

[Ⅱ] 어머니에게서 온 긴 문자
- 우리공주 ○○이는 엄마한테는 기쁨이고 축복이야 엄마가 우리 공주 너무 사랑해서 미안하지만 엄마는 공주 생각으로 오늘도 즐겁게 보냈네 오늘 마무리 잘하삼 돈 부쳤으니 한문책 사서 엄마한테 사진 계산서 사진 찍어보내렴

[Ⅲ] 아버지에게서 온 짧은 문자
- 사랑한다 딸
- 전화줘 어디야
- 저녁에 입금함

[Ⅳ] 아버지에게서 온 다소 긴 문자
- 새 자전거 당첨을 축하드립니다... 안전보안에 철저히 하길... 밥 잘먹고 규칙적이고 바른 행동으로 멋지고 알찬 대학 생활을 하고 덤으로 점수도 잘 나오도록 힘써라.
- 제발 청소 좀 하고 살자. 흔적을 남기면 안돼. 나의 흔적을. 너를 위해 최선을 다할테니까 엄마에게 효도해다오.

---

14   이 자료는 2011년 10월, 한양대 문화콘텐츠학과 1학년 학생 50명을 대상으로 수집한 문자 가운데서 뽑은 것이다. 본격적인 조사가 되지 못하고, 매우 한정적인 수집이었지만, 하나의 양상을 보는 데는 모자라지 않다.

자료 [Ⅰ]과 [Ⅲ]은 각각 어머니와 아버지에게서 온 간단한 문자 메시지이다. 아직 문자 쓰기에 서툰 듯하고, 일상적인 대화나 정보를 제공하는 정도에서 짧게 쓰였다. 일본의 경우와 마찬가지로 아버지 쪽이 더 간단하다. 이에 비한다면 [Ⅱ]는 문자 쓰기에 능숙한 어머니의 보다 긴 메시지를 보인다. 물론 아버지도 긴 문장을 쓰지 않는 것이 아님을 자료 [Ⅳ]를 통해 알 수 있다. 이는 옛날 편지투가 문자 메시지로 옮겨온 모습이다. 어쨌건 문자 메시지 통화는 이제 전 세대의 일상이 되었다.

심지어 어머니 가운데는 젊은 세대의 거기에 버금가는 나름의 발랄(?)한 문자 쓰기를 실현한 경우도 있다.

**[Ⅴ] 어머니에게서 온 젊은 분위기의 문자**
- 서울은 너도 나도 둘다 몰라서 좀 글차나ㅋ
- 자려고 누웠다가 깜놀했다 ㅋㅋ 멀쩡한 아빠 백수 만들고 앉았네 -_-
- 여기는 설봉산! 내려가는 중! 좀 늦어지겠다 오바!

'글차나', '깜놀' 같은 줄임말이나 'ㅋㅋ', '-_-' 같은 기호식 문자가 어머니 세대의 그것은 아니다. 그러나 문자 쓰기에 익숙해지다 보니 어느덧 젊은 세대의 문자 쓰기 문법에 기울어 있다. 기성세대는 전통적인 편지 쓰기의 문법이 유지되면서, 이렇게 부분적으로 새로운 상황에 적응하는 모습을 보여준다.

통신언어는 다종다양하게 존재한다. 이를 新言文一致體라고 이름 붙인 일본의 학계에서는, 마치 말할 때처럼 생각나는 대로, 느끼는 대로 상대에게 말을 걸듯이 쓰는 문체로 정의하였다.[15] 이런 문체가 통신언어에서 구현되었

---

15  佐竹秀雄, 앞의 논문, 64頁. 佐竹는, "젊은이를 대상으로 하는 잡지나 주니어 소설이라 불리

다고 보인다. 젊은 세대의 문장으로서 신언문일치체가 존재했었고, PC나 휴대폰은 편지와 전화의 중간적인 성질을 가지는 상황에서, 메일의 사용자가 젊은 세대 중심이다[16] 보니, 자연스러운 전이가 이루어진 것이다. 이 전이는 우리나라에서도 스마트폰의 확대 보급으로 세대를 넓히고, 다양한 통신언어 기능에 얹혀 일상화되었다.

여기서 주목할 한 가지가 있다. 새로운 통신수단의 기능 강화가 통화 아닌 문자의 재발견을 가져왔다는 점이다. 대체로 사람들은 쓰기를 귀찮아하는데, 말과 문자가 공존하는 통화에서 사람들은 거부감 없이 쓰기에 적응하고 있다.

앞서 예를 든 『삼국유사』의 설화를 다시 돌아보자. 은거하는 두 스님간의 풍류는 '엎드리는 나무' 곧 나무에 찍어 보내는 '문자질'로 완성되었다. 동자승을 보내 부르거나(使喚 또는 오늘날의 통화), 아무 연락 없이 불쑥 찾아간 것이 아니다. 문자는 다른 차원의 인정을 나타내고 있다.

직접 말을 나눌 수 있는 통화 기능을 두고 굳이 번거로운 문자를 채택하는 오늘날의 풍속은 무엇을 말하는가? 이것은 우리 시대의 '풍류'이다. 구체적이고 복잡한 내용을 전하기 위한 통화는 역시 말로 이루어진다. 그러나 문자 통화는 말이 가지지 못하는 색다른 정을 전해준다. 말로 그런다면 섭섭할 일이 될 '한 마디'가 문자로는 충분히 마음을 표현한다는 것이다. 바로 새로운 언문일치이다.

---

는 소녀소설에 그 전형예가 보이는 외에, 젊은이들이 실제로 쓰는 문장인, 중고생이 수업 중에 친구들 사이를 몰래 돌리는 메모 또는 관광지, 각종 기념관에 남기는 감상 노트 등에서 보인다."고 하였다. 정도의 차이가 있을지 모르나 우리 또한 비슷하리라 본다.

16  위의 논문, 67-68頁.

## 3. '하늘의 소리'와 SNS의 댓글

### (1) 「正秀師 救氷女」조의 해석

최근 인터넷에서 매우 흥미로운 기사 하나가 화제로 떠오른 적이 있다. '1인 시위하는 장애인 위해 1시간 동안 우산 받쳐준 경찰'[17]이라는 제목이었다.

국회 앞에서 경비 업무를 서는 전 모 경위는, 태풍주의보가 내렸기 때문에 우비에다 우산을 들고 나갔는데, 비를 맞는 채 '중증 장애인에게도 일반 국민이 누리는 기본권을 보장해 달라'는 내용의 피켓을 든 한 장애인을 발견했다. 전 경위는 이 장애인에게 다가가 '태풍 때문에 위험하니 들어가는 게 좋겠다'고 말했다. 그러나 이 장애인은 '담당하는 날'이라며 거절했다. 전 경위는 하는 수 없이 우산을 건넸는데, 장애인은 몸이 불편해 그마저 여의치 않았다. 그러자 전 경위는 장애인 뒤로 걸어가 우산을 받쳤다. 두 사람은 한 시간 동안 아무 말도 없이 태풍 속에 서 있었다.

마침 이 곳을 지나가던 네티즌이 이 장면을 찍어 자신의 트위터에 올렸다. 거기에 '국회 앞 비 오는데 장애인 1인 시위, 우산 받쳐주는 경찰'이라는 짧은 글을 붙였다. 그러자 수없이 리트윗 되면서 화제가 됐다.

사실 이런 비슷한 장면은 페이스북이나 트위터 같은 SNS를 통해 일상적으로 접한다. 그것이 미담이냐 추문이냐, 선행이냐 악행이냐의 양상이 다를 뿐이다. 그런데 여기에 따르는 댓글이 여론 형성의 기능을 하면서 새로운 양상을 낳는다. 앞선 경찰과 장애인의 미담 끝에는, "이 (경찰관을) 경찰서장 시켜라.", "아름답다. 이런 풍경이 일상이 되는 대한민국을 기대해 본다.",

---

17   이 기사는 각종 인터넷 포털 등에 2012년 9월 18일(03 : 05)에 입력되었다.

"이런 경찰이 있기 때문에 아직 희망이 있다."는 댓글이 속속 올라왔다. 이런 댓글에 주목해 보기로 하자.

『삼국유사』에도 이와 비슷한 이야기가 있다. 感通 편의 가장 마지막 조인 「正秀師救氷女」이다.

> 제40대 애장왕 때였다. 승려 正秀는 황룡사에서 지내고 있었다.
>
> 겨울철 어느 날 눈이 많이 왔다. 저물 무렵 삼랑사에서 돌아오다 천암사를 지나는데, 문밖에 한 여자 거지가 아이를 낳고 언 채 누워서 거의 죽어가고 있었다. 스님이 보고 불쌍히 여겨 끌어안고 오랫동안 있었더니 숨을 쉬었다. 이에 옷을 벗어 덮어 주고, 벌거벗은 채 제 절로 달려갔다.
>
> 거적때기로 몸을 덮고 밤을 지새웠다.
>
> 한밤중에 왕궁 뜨락에 하늘에서 소리가 들렸다.
>
> "황룡사 사문 정수를 꼭 王師에 앉혀라."
>
> 급히 사람을 시켜 찾아보았다. 사정을 모두 알아내 아뢰니, 왕이 엄중히 의식을 갖추어 궁궐로 맞아들이고 국사에 책봉하였다.[18]

정수라는 스님의 선행이다. 신라 애장왕 때라면 저물어가는 시대이다. 신라 제일의 사찰 황룡사에 속한 말단의 일개 승려였던 정수가 했던 선행은 기실 『삼국유사』가 보여주고자 한 신라 사회의 고갱이었다.[19] 어려운 시대의

---

18  第四十哀莊王代, 有沙門正秀, 寓止皇龍寺, 冬日雪深, 旣暮, 自三郞寺還, 經由天嚴寺門外. 有一乞女産兒, 凍臥濱死, 師見而憫之, 就抱, 良久氣蘇, 乃脫衣以覆之, 裸走本寺, 苫草覆身過夜. 夜半有天唱於王庭曰 : "皇龍寺沙門正秀, 宜封王師." 急使人檢之, 具事升聞. 上備威儀, 迎入大內, 冊爲國師.

19  이 조의 전체적인 의미에 관해서는 고운기, 앞의 책, 623면에서 하였다. "여분의 옷 한 벌 없이 살아가는 한 승려가, 돌아가 덮을 이부자리 하나 없는 처지에 입고 있던 옷을 몽땅 벗어 주고 알몸으로 달려가거니와, 그 순간이 바로 신라 사회의 고갱이였다고 말한다면 어떨까."(678면)

선행은 더욱 빛나는 법이다.

　그런데 비 오는 날의 경찰과 비 맞는 장애인은 눈 오는 날의 스님과 얼어 쓰러진 모녀에서 묘한 대조를 이룬다. 여기서 우리가 주목하는 바는 'SNS의 댓글'과 '하늘의 소리'이다. '경찰서장 시켜라'와 '왕사에 앉혀라'가 비슷한 울림을 가지고 읽힌다. 이는 둘 다 '여론의 형성'이라는 기능을 보여주면서 하나의 이야기를 완성한다.

## (2) SNS : 이야기가 만들어지는 공간

### 현장성과 현장의 報告

　이제 문자 통화의 단순한 글쓰기에서 댓글의 활성화가 눈에 띄는 SNS로 범위를 넓혀 보자. 이때의 댓글은 앞서 살펴본 예에서처럼 여론을 형성하는 기능에서 그치지 않는다. 올린 글과 댓글이 어우러져 제3의 이야기가 만들어지는 공간으로 나간다.

　먼저, 이야기가 만들어지기 전, SNS에 나타나는 '문자질'의 가장 강력한 힘은 현장성이다. 보고 들은 바를 바로 문자화하여 올리는 글들은 마치 옆에 있는 듯한 느낌을 주게 만든다. 이것은 사실성의 극대화이다. 물론 목격 자체가 총체성을 담보해 주지 않고, 체험은 자신의 선험적인 판단에 따라 오류를 범할 수 있지만, 소문보다는 정확하고 빠르며, 현장의 느낌을 바로 전해준다는 점에서 가치가 크다. 이야기를 만드는 사람은 무엇보다 이 점에 착안하기 좋다.

　　[C] ○○이랑 기분좋게 집가고잇는데, 내가 탄 지하철에 딱 갑자기 벌어진 일이엇다ㅜㅜ 마침 1호차에 타고 있어서 모든 상황을 들을 수 있었고, 스치듯

이 치인 사람도 볼 수 있었는데 ㅜㅜ 엄청 무서웠다. 직접본건 아니지만 기관
사님도 그렇고 뛰어든 고딩도 그러코 마음아픈일이다 ㅠㅠㅠ (민○○, 여대
생, 24세)

이 글을 페이스북[20]에 올린 여대생은 말로만 듣던 지하철 투신 사건을
목격하였다. 사건은 YTN을 통해 보도되기도 하였다. 서울 지하철 4호선의
대야미역에서 고등학생이 투신하였고, 이에 따라 운행이 20여분 중단되었다
는 내용이었다. 이런 현장을 목격한 사람의 생생한 느낌을, 보도가 아닌 목격
자의 육성으로 직접 듣기란 쉽지 않다. 현장을 취재해 올린 기사라면 간접적
인 상황이나 느낌을 전달받을 뿐이다.

의미 있는 현장의 분위기를 전달 받을 때도 마찬가지이다. 다음의 예를
보자.

[D] 어제, 어머니와 이모를 데리고 요츠야 산초메의 대사관에 갔다 왔는데
요. 태어나서 처음 선거!!! 비례대표만이지만. 입구에서 기표하는 연습을 시키
고, 일본어에 서툰 형님의 설명을 듣고 투표용지 받고. 부스에서 기표하고,
봉투에 넣어 함에 넣고. 에? 이것으로 끝? 그런 느낌이었습니다. 뭔가 절실한
느낌은 없네요. 역시 납세하는 곳과 달라서. 그런데 가장 기대하던 아버지는
일요일에 가게가 드물게 바빠서 그로기, 투표 못 했네요. (김○○, 재일교포
여성, 38세)[21]

페이스북에 글을 올린 재일교포 여성은 2012년 4월에 치러진 국회의원

---

총선거의 재외국민 투표의 현장을 전하고 있다. 우리 헌정사로 볼 때 이 일은 또 다른 측면에서 역사적이었다. 재외국민이 모국의 선거에 참여한 최초의 경우였기 때문이다. 우리는 이 날 투표장의 상황을 이 글에서 가감 없이 전달받게 된다. 큰 설렘 속에 기다린 선거, 그러나 실제 상황이 되자 다소 싱겁게 끝난, 실감하지 못할 선거의 역사성을 잘 표현하고 있다. 선거를 가장 기다린 아버지는 정작 생업에 바빠 참여조차 못 하였다.

두 예에서 [D]는 [C]에 비해 긴박감이 덜하다. 아무래도 치명적인 사고가 벌어진 현장과 다르기 때문이다. 그러나 역사적 현장이 지닌 무게감은 [D]가 더 강하다.

어쨌건 위에 든 두 가지 예에서, [C]는 뜻밖의 현장을 목격한 이의 생생한 체험의 보고이고, [D]는 역사적 상황이 발생한 현장의 의의를 반추해 볼 수 있는 자료이다. 이런 자료는 SNS의 페이스북 등을 통해 수없이 검출할 수 있다. 꾸며낸 이야기가 아니라, 이야기의 생생한 현장을 확인하고 간접 경험하며 보고받는 자료이다. 이 현장성이 이야기의 원형적 자료로서 가치를 더해 준다.


## 댓글을 통한 새로운 이야기의 창출

뉴 미디어를 통한 '문자질'의 보다 강력한 이야기의 원형적 틀은 댓글을 통해 만들어진다. 따로 밝히지는 않았지만 앞서 든 예에도 많은 댓글이 달려 있다. 댓글을 통해 현장성이 보완 된다. 그러나 단순한 보완의 차원을 넘어, 새로운 제3의 이야기가 만들어지는 경우가 있다. 이것을 '강력한 원형적 틀'이라 부르는 것이다.

이런 경우에는 단순히 현장을 전하는 데 그치지 않고 이미 그 자체로 이야기의 틀을 갖추게 된다. 다음의 예를 보자.

> [E] 몇 년 전부터 자주 어울리는 사람들은 음식점에 종사하는 이들이다. 세 시에서 네 시 사이 늦은 점심을 먹으러 가면 아주머니들은 탁자 곁에 누워 토막잠을 자는 경우가 많다. 애초 단잠을 깨우는 내가 불청객이었으나 자요, 자, 하고 서로 합의를 본 후 돌아가며 한 사람만 일어나고 나는 식사 후 거기서 커피도 마시고 책도 보고 그런다. 낮잠을 자지 않을 땐 맞은편에 앉고, 서고, 주방에서 떠들며 내 외로움을 덜어준다. 그들이 애타게 찾는 것은 잠이다. 정치나 사회문제는 달나라보다 더 먼 이야기고 전혀 관심도 없다. 물론 투표도 안 한다. 이번 선거일 며칠 전부터 투표를 당부했건만 당일 밥을 먹으러 가니 새까맣게 잊고 있었다. 투표 마감 두세 시간을 앞두고 처음으로 목소리를 높였다. 가족에게 전화도 시키고 아주머니들은 가기 싫은 목욕탕 가듯 지갑을 들고 투덜대며 나갔다. 그렇게 해서 우리 지역구의 ○○○후보가 170표 차로 당선되었다고 감히 나는 견강부회하고 있다. 견강부회 맞나? 어렵게 단잠을 빼앗고 얻은 자리들이니만큼 잘들, 잘들 해줬으면 정말 좋겠네에, 정말 좋겠네. (박○, 남성, 51세)

예의 2012년 4월 선거에서 일어난 현장의 한 상황을 보여주는 페이스북의 글이다. 선거 때면 투표를 독려하는 선거관리위원회의 방송이나 주변의 권유를 듣게 되지만, 현장의 이런 상황은 누구나 경험할만한 일이면서, 구체적인 사건이 개입된 이야기로 공감을 자아낸다. 51세의 이 남성은 자신의 일상을 먼저 보여주고, 선거일의 조금 다른 체험을 들려준다. 고된 일과 가운데 살아가는 식당 아주머니들의 애환이 충분히 전달될 뿐만 아니라, 간단한 것 같지만 나름 정성을 가지고 투표에 임한 서민의 간절한 바람이 무엇인지, 생생한 정황을 가지고 보여주었다. 170표 밖에 차이 나지 않는 박빙의 승리가 張三李

四의 소박한 소망 속에 이루어진 것임을 실감하게 된다.

위 [E]와 같은 사람의 페이스북에 실린 다음과 같은 이야기는 그 자체로 서사를 이루었다.

[F] 여덟 번째 시집을 출간 한 후, 어느 날 아내와 두 아이를 불러 앉혔다.

그리고 왼갖(온갖) 무게를 다 동원하여 천천히 입을 떼었다. "에, 시인 중에 김수영이라고 있다."

"아, 나 아는데 김수영. 우리 배웠어."

고3짜리가 아는 체를 했다

"김수영이 이런 말을 했다. 시는 머리로 하는 것도 아니요, 심장으로 하는 것도 아니요, 온몸으로 밀고 나가는 것이라고."

아내가 조금 감동하는 눈치였다.

"에, 그러나 나는 이렇게 생각한다. 시는 머리로 하는 것도 아니요, 심장으로 하는 것도 아니요, 온몸으로 밀고 나가는 것도 아니요, 온 가족이 밀고 나가는 것이라고. 음."

"왜 시를 온 가족이 밀고 나가?"

아직 철이 안든 막내가 튀어나왔다.

"시의 배경이 되어야 한다는 거야. 우리 모두가."

뭘 좀 아는 큰 애의 해석이었다.

"아니다. 내가 시를 쓸 수 있는 것은 다 너희들 덕분이란 뜻이다."

아내는 조용히 듣고만 있었다. 마치 거기서 자기는 빼달라는 것처럼.

그동안 나는 가족이 내 시의 배경이 되기만을 바랬지 내가 가족의 배경이 되어야한다고는 깨닫지 못했다.

그게 나의 뼈아픈 후회다. (박○, 남성, 51세)

한 편의 짧은 콩트를 연상시킨다. 반전을 갖춘 이야기이다. 백수에 가깝게

살면서 시인이라는 사실 하나로 가족 앞에 얼굴을 세우려는 뻔뻔한 가장의
모습이 가슴 아프다. 오랫동안 그 같은 修辭에 당해온 아내만이 저의를 알고
있다. '온 가족이 밀고 나가는 것'이라는 남편의 '投網'에, 아내는 '거기서
자기는 빼달라'고 재치 넘치게 '遁走'한다. 씁쓸하면서도 영리한 느낌을 지울
수 없는 가난한 문인 집안의 풍경이 잘도 그려져 있다.

　그러나 이것으로 서사가 완성된 독립된 작품으로 보기는 어렵다. 나아가
여기서 이어지는 댓글의 행진이 제3의 이야기를 만들어낸다. 우리는 이 대목
에 주목하게 된다.

- 슬픈 깨달음이지요. 향기만이라도 부드러워 식구들에게 위로가 되었음
  좋겠어요
- 박 시인의 가족이... 만족스럽게 살았기를 바라는 한 사람. 그랬을 것이라
  믿고 싶음.
- 서로의 배경, 서로의 주인공으로 사는 일이 만만치 않습니다. 가족이 많
  이 그리운 게지요. 힘 내십시오.
- 나이라는 게 결코 헛된 게 아닌 건 후회를 할 수 있어서인 듯해요~
- 여보게, 영진 설비 아저씨! 그 아이들이 이젠 그 만큼 컸구면,
- 음 ~~~ 황지우 이후 두번째로 보는 뼈아픈 후회 입니다.
- '가족이 내 시의 배경이 되기만을 바랬지 내가 가족의 배경이 되어야
  한다고는 깨닫지 못했다'는 말, 이 새벽에 새겨봅니다. 형님, 잘 계시지
  요?
- 아내가 출근하고 없는 빈 마당에서 빨래를 너는 '박용래' 시인 생각이...
  ^^
- 형, 최고다.
- 나는 아직 그것조차 느끼지 못합니다

[F]에 달린 댓글을 모아 보았다. '슬픈 깨달음'을 읽는 '페북 친구'들의 반응은 다양하다. 위로와 자성과 다소 농 섞인 응원이 엇갈린다. 댓글을 통해 현장성이 보완되고, 제3의 이야기로 발전할 길이 보인다. 본격적인 작가는 이 지점에 개입해 새로운 이야기를 만들어 낼 것이다.

제3의 이야기는 이야기의 가지치기이다. 처음 말을 꺼낸 전승자'와 이를 받아 말을 보탠 전승자″가 만들어내는 확장된 이야기이다. 이는 다음과 같이 정리할 수 있겠다.

전승자' ∪ 전승자″ < 이야기
전승자' → 전승자″ < 이야기

전통적인 설화에서 전승자는 신성성이나 진실성이 아닌, 꾸며낸 이야기임을 선언하면서 오직 흥미에 초점을 맞춘다.[22] 페이스북의 이야기 창출도 여기서 크게 다르지 않다. 하나의 전형성만을 생각하면 된다. '아내가 출근하고 없는 빈 마당에서 빨래를 너는' 다른 시인을 떠올리며, '향기만이라도 부드러워 식구들에게 위로가 되기를' 바라고 있다. 훨씬 넓은 이야기 교류의 공간이 만들어졌다.

## 4. 이야기 창출 공간으로서의 SNS

앞선 논의를 통해 『삼국유사』 속의 설화 두 편을 오늘날 뉴 미디어 환경에서 새로운 이야기가 창출되는 과정과 비교해 보았다. 설화적 맥락이 SNS

---

22   강재철, 『한국 설화문학의 탐구』, 단국대학교출판부, 2009, 32면.

같은 뉴 미디어 속에서 닮은 기능을 하고 있었다. 그렇다면 이 같은 현상이 새로운 이야기를 탄생시킬 원형의 자장으로 어떤 의미를 가질 것인가.

근대 서사문학[23]의 완고한 틀은 새로운 디지털 시대의 변화하는 환경을 좀체 받아들이려 하지 않는다. 당초 디지털 스토리텔링의 개념이 적용되는 서사문학을 판타지 소설류의 대중 서사에서 찾아내려 한 것도 이와 연관이 있다. 대중 서사는 상대적으로 근대 서사문학의 자장에서 자유롭기 때문이다. 그렇다고 만족할만한 새로운 분위기를 만들어내지는 못하였다. 이것은, "현재의 디지털 스토리텔링은 상호작용성의 이야기 기술이 촉발시킨 즉물적인 흥미와 오락성에 의존하고 있으며, 상호작용성을 이야기 예술 특유의 개성과 흥미, 유장하고 드라마틱한 서사성과 통합하지 못하고 있다."[24]는 지적대로, 어떤 한계만 노정하였을 뿐이다.

물론 여기서는 디지털 스토리텔링이나 상호작용성 등을 논의하자는 목적이 아니다. 지적된 한계의 돌파구를 찾는 하나의 가능성을 엿보자는 것뿐이다. 항용 '전통문화유산 속의 문화원형을 추출해내 이를 다른 문화콘텐츠 분야에서 활용 가능토록 함으로써 문화원형 소재가 다양한 문화산업에 적용'[25]하자고 말한다. 그래서 전통문화유산의 한 가지 예로서『삼국유사』속의 설화를 가져왔고, 뉴 미디어에서 구현되는 이야기 만들기와 비교해 볼 수 있었다. 설화의 유통 과정에서 우리는 오늘날 논의하는 스토리텔링의 여

---

23   여기서의 문학은 하위 장르상 서사적 특징을 지닌 것 곧 소설과 서사시를 중심으로 한다. 서정시는 물론이요 극 장르도 서사의 보다 정치한 단계에 이르면 서사만으로 논의하지 못할 특징을 가지고 있기 때문이다. 이 논의는 Ⅲ부「〈怨歌〉의 재구성」에서 일부 되풀이하며 확장되어 이어진다.

24   이인화,「디지털 스토리텔링의 원리」,『디지털 콘텐츠』, 한국디지털스토리텔링학회, 2003. 8 참조. 이 논문은 학회 홈페이지(http://www.digital-story.net/)를 통해 볼 수 있다.

25   한국문화콘텐츠진흥원이 시행한 문화원형사업의 主旨이다. 여기서 생긴 문제점에 대해서는 Ⅱ부「문화원형의 의의와 삼국유사」를 참조할 것.

러 성격이 선험적으로 구현되었음을 보게 된다.

　이야기를 듣는 청자들의 반응을 유도하고 참조해 가면서 이야기를 들려주
는 스토리텔링은 구전으로 전달되는 민담이나 전래동화, 또는 구비문학으로
정착된 고전소설 전수과정에서 그 흔적을 쉽게 찾을 수 있다. 그러므로 스토
리텔링은 고전적 이야기 전달방식으로서 이야기를 즐기는 가장 전통적이고
오래된 방식이지, 디지털 매체를 통해서 새롭게 등장한 전달 방식이 아니다.[26]

　위의 논자는 상호작용성의 스토리텔링이 이미 전통 시대에 한번 활용되었
다고 말한다. 곧 전통적인 스토리텔링 기법은 인쇄술의 발달로 잠시 잊혔던
것이며, 인터넷에서 이야기 공유방식이 다시 이야기 구술 전달방식을 상기시
키고 있다는 것이다. 구술하는 이야기의 힘은 매우 커진 것으로 보인다.

　그러나 이 논의 이후 스마트폰의 대량 보급이 따라왔고, SNS와 같은 뉴
미디어의 활성화가 또 다른 국면을 창출하고 있다.

　새로운 국면에서 뜻밖에도 문자의 힘이 커졌다. 구술을 문자화하고 있다.
물질적 · 기술적 기반 위에서 개발된 새로운 미디어의 소통 수단으로 사람들
은 소리가 아닌 문자 언어에 깊이 빠졌다. 가장 원초적이고 근원적인 미디어
로 문자가 다시 섰다.[27] 그러나 이 문자는 전통적인 의미의 그 문자가 아니다.
소리와 문자의 겹침, 혹은 소리와 문자의 중간으로서 그것이다. 이를 앞서
新言文一致로 규정하였다. 이는『삼국유사』의「包山二聖」에 나오는 두 스님

---

26　류현주,「디지털 스토리텔링 시대의 내러티브」,『현대문학이론연구』, 현대문학이론학회,
　　2005, 128면.

27　미디어는 문자 언어의 문제이다. 어떤 새로운 미디어에 있어서도 그것을 근저에서 움직이
　　게 하는 것은 전기신호이고 컴퓨터 언어인데, 그것들은 기저에 문자 언어로 수렴되기 때문
　　이다. 이에 대해서는 パトリス・フリッシー, 江下雅之(訳),『メディアの近代史』, 東京：水声
　　社, 2005, 244頁을 참조할 것.

간의 소통, 곧 '엎드리는 나무'가 기능한 설화상의 맥락을 재현한 것처럼
보인다.

나아가 페이스북 같은 SNS는 현대판 '빨래터'[28]의 역할을 한다. 빨래터와
같이, 이야기가 만들어지고 유통되는 기제가 SNS로 넘어 왔다. 휴대폰의 단
순한 문자 메시지는 SNS의 집단협업, 협력과 참여[29]라는 보다 확대된 틀을
가지고 그 역할을 키웠다. 이는 『삼국유사』의 「正秀師救氷女」에 나오는 선한
스님의 행적이 사람 사이에 퍼지는 설화상의 맥락과 닮아 보인다.

이상의 논의를 표로 정리해 보면 다음과 같다.

|  | 삼국유사 | 뉴 미디어(SNS) | 이야기가 창출되는 기제 |
|---|---|---|---|
| 신언문일치 | 엎드리는 나무 | 문자 메시지 | 미디어의 변용 |
| 빨래터 | 하늘의 소리 | 댓글 | 현장성, 제3의 이야기 |

『삼국유사』 속의 두 설화는 『삼국유사』에 실리면서 정착되었고, 오랜 시
간이 흐른 지금 당대 이야기의 원형을 전해주는 중요한 자료로 자리매김
되었다. 오늘날의 SNS는 이 같은 역할을 해 줄 것으로 기대된다.

물론 SNS를 통해 빨래터보다 넓은 이야기의 공간이 만들어졌다고 해서
아직 작가는 이를 적극적으로 활용하고 있지 않다. 도리어 이에 대해 부정적
인 생각을 가진 작가도 있다.

또한 SNS가 바로 작품을 발표하는 자리도 아니다. 적어도 2010년대 초반

---

28  최인호가 『별들의 고향』을 쓸 무렵 그는 서울의 모래내 가까운 연희동에서 살았다. 모래내
는 가난한 판자촌이었다. 아낙들은 모래내에 나와 빨래를 했다. 최인호는 빨래하는 아낙
사이를 어슬렁거리며 돌아다녔다. 그들의 이야기를 귀담아 듣고자 했던 것이다. 빨래터 이
야기가 소설의 소재가 되던 시절의 전형적인 예이다.

29  Matthew Fraser · Soumitra Dutta, 앞의 책, 25면.

까지, SNS의 글은 작품으로 가는, 여론을 만들어 가는 道程일 뿐이다. 다양한 소재를 적출할 원형의 바탕이며, 합일된 의견을 도출하기 위한 논의로 보아야 한다. 만약 SNS 상에 작품 발표공간을 독립적으로 꾸리는 작가가 있다면 사정은 달라지겠지만, 그러기에는 그 공간이 도리어 협소하다.[30] 결과물이 '작가'의 '독립된 작품'이어야 한다는 것이 새로운 시대의 미디어 환경에서는 절대적인 요구사항이 아니다. 여론 또한 SNS 하나로 완성되지 않는다. 전승자의 전승력 그 자체가 문제의 핵심이다.[31]

탄생하고 확장된 이야기가 소설이든 드라마이든 영화이든, 전통적 의미의 작가에 의해 최종 결과물로 다시 나타나기는 그 다음의 과정이다.


## 5. 마무리

새로운 시대의 미디어에 문자가 중요한 수단으로 부상하고 있음을 전제로 이 논의가 시작되었다. 개인간의 단순한 문자 교환을 넘어 다자간의 이야기마당으로 범위가 넓혀지는 것이 뉴 미디어의 특징이다. 거기서 만들어진 이야기가 문화원형 소스의 광대무변한 무대가 될 수 있다. 새로운 미디어의 등장은 단순히 커뮤니케이션 수단의 다양화를 의미하는 것은 아니다. 그 안

---

30  SNS에 기반한 집단창작의 가능성을 찾아가려는 논의가 나오는 것도 당연하다. 전혜정, 「SNS에서의 비선형·다중참여 스토리텔링을 이용한 콘텐츠 디자인 연구 : 페이스북 집단창작 애플리케이션 개발을 통해」, 이화여자대학교대학원 박사논문, 2013 참조. 이론적 모색은 시도되나 실제 성과는 아직 미미한 편이다.

31  그래서 나온 문제가 매개적 유력자이다. 트위터에 국한한 연구이지만, 메시지의 유통에는 매개적 유력자의 존재 의의가 크다고 한다. 매개적 유력자란 유력자의 메시지를 리트윗을 통해 전달하며, 정보유통의 기능을 수행하는 전파자이다. 이원태·차미영·양해륜, 「소셜미디어 유력지의 네트워크 특성」, 『언론정보연구』 Vol.48, 서울대학교 언론정보연구소, 2011 참조.

에 사는 인간존재 자체에 큰 변용을 가져온다.[32]

더 소박한 시절의 미디어로 자연과 바람이 있었다. 包山에 은거하던 두 성인이 서로의 거처를 찾아갈 때, 산길의 나무가 고개 숙이듯 엎드렸다는 것은 그들만의 '문자질'이었다. 그런데 은거의 신비한 이 체험은 『삼국유사』에 일연의 손을 빌려 이야기로 정착되고 알려졌다. 일연은 전승자였고, 이런 전승자는 시대를 달리하여 오늘날에도 여전하다.

순박한 승려의 선행에 대해서 '하늘의 명령'이 그에게 국사를 시키라고 하였다. 이것은 설화의 시대의 여론이 형성되는 기제이다. 성실한 경찰의 선행에 대해서 네티즌이 '댓글'로 그에게 경찰서장을 시키라고 하였다. 이 것은 첨단의 지금 여론이 형성되는 기제이다. 시대와 상황이 달라졌어도 어떤 기제만큼은 그대로인 듯하다. 이야기 또한 같은 기제로 만들어진다고 보인다.

결론을 대신해 앞서 제시한 논지를 요약하기로 한다.

이 글에서 필자는 SNS의 '문자질'이 현대판 '빨래터'의 역할을 한다고 보 았다. 빨래터와 같이, 이야기가 만들어지고 유통되는 기제가 SNS로 넘어 왔 다. 휴대폰의 단순한 문자 메시지는 SNS의 집단협업, 협력과 참여라는 보다 확대된 틀을 가지고 그 역할을 키웠다.

주목되는 역할이 두 가지였다.

첫째, 현장성이다. 보고 들은 바를 바로 문자화하여 올리는 글들은 마치 옆에 있는 듯한 느낌을 주게 만든다. 이것은 사실성의 극대화이다. 오류의 가능성이 있지만, 빨래터의 소문보다는 정확하며, 현장의 느낌을 바로 전해 준다는 점에서 가치가 크다. 둘째, 댓글을 통해 보다 강력한 이야기의 원형적

---

32  パトリス・フリッシー, 江下雅之(訳), 앞의 책, 254頁 참조.

틀이 만들어진다. 댓글의 행진이 제3의 이야기를 만들어낸다. 이야기의 가지
치기이다. 처음 말을 꺼낸 전승자와 이를 받아 말을 보탠 전승자가 만들어내
는 확장된 이야기이다.

그러나 SNS가 바로 작품을 발표하는 자리라고 볼 수는 없다. SNS의 글은
작품으로 가는, 여론을 만들어 가는 道程이다. 다양한 소재를 적출할 원형의
바탕이며, 합일된 의견을 도출하기 위한 논의로 보아야 한다. 결과물이 '작가'
의 '독립된 작품'일 필요는 없다. 여론 또한 SNS 하나로 완성되지 않는다.
전승자의 전승력이 핵심이어서, 매개적 유력자를 중요하게 보았다.

새로운 시대의 전승자는 어떤 형태로 저 광대무변한 이야기의 바다에서
이야기를 확장해 나갈 것인가. 우리 시대가 마땅히 주목할 바이다.

# 동반자형 이야기의 원형성 연구

## 1. 문제의 소재

동반자형 이야기는 설화에서 2인 주인공이 출연하는 경우를 말한다. 흥부와 놀부, 콩쥐와 팥쥐 같은 유형의 이야기이다. 서양에서도 독일 동화 가운데 헨젤과 그레텔 같은 이야기가 있다.

2인 주인공은 동반자 관계를 형성한다. 이 관계는 때로 우호적이기도 하고 때로 적대적이기도 하다. 우호와 적대의 관계 속에서 작품 전체로는 제3의 캐릭터를 창출한다. 그래서 동반자형 이야기는 1인 주인공에 비해 보다 폭넓은 이야기의 자장을 형성할 수 있다. 이러한 이야기는 소설로 발전하고, 영화, 만화, 애니메이션 등의 소재로 다양하게 활용되었다.

동반자형 이야기의 가장 극적인 예는 버디 필름이다. 이 글에서도 버디 필름의 대표작인 〈우리에게 내일은 없다〉, 〈내일을 향해 쏴라〉, 〈델마와 루이스〉에 대해 간단히 소개하면서 동반자형 이야기의 개념을 잡아나가려 한다. 그 밖에 선행연구를 정리한 다음, 본격적인 분석의 대상으로는 『삼국유사』 소재 이야기를 삼고자 한다.

『삼국유사』안의 이야기는 스토리 소재로 활발히 이용되어 왔다. 최근
들어서는 연오랑 세오녀 설화가 디지털 체험관으로 기획되었다.[1] 역사가 배
경이 되는 체험관은 언제나 사료의 부족을 안타까워한다. 그래서 정통 사극,
역사 소설 보다는, 퓨전 사극, 퓨전 역사 소설의 형식을 이용하고 있다.[2] 이런
와중에『삼국유사』이야기를 원형[3]과 모티브로 삼으려는 시도가 늘어난 것
이다. 서동의 이야기는 우리에게 꽤 잘 알려져 있는 편이다. 평범한 서여
장수 출신이 노래 한 수로 다른 나라의 아름다운 공주를 꾀어내 아내로 삼고
훗날 한 나라의 왕까지 오르게 된다는 이 '배짱 있는' 인물의 이야기는 드라
마와 연극, 뮤지컬 등의 소재로 널리 활용되었다.[4] 그러나 아직 거둔 성공보
다 남은 가능성이 더 큰 편이다.

이제 이 연구에서 새롭게 제시하는 것은 동반자형 이야기이다. 동반자형
이야기의 개념을 밝히고,『삼국유사』소재 설화에서 그 예를 찾아, 창작 소재
로서의 활용 가능성을 제시하기로 한다. 나아가 원천 콘텐츠의 개발을 위한
자료로 쓰이게 하자는 데 목적이 있다.

---

1    연오랑과 세오녀 이야기를 활용한 디지털 체험관 기획은 안숭범·최혜실이 제시한 바 있
     다.「공간 스토리텔링을 적용한 테마파크 기획 연구 : 포항 '연오랑세오녀 테마파크'를 중심
     으로」,『인문콘텐츠』17집, 인문콘텐츠학회, 2010, 279-304면.
2    2010년 KBS에서 방영한 드라마〈성균관 스캔들〉은 이 연구의 진행에 많은 시사점을 준다.
     이 드라마는 정은궐의 퓨전 역사소설『성균관 유생들의 나날』을 원작으로 하여 제작되었으
     며, 조선시대 성균관을 배경으로 하여 조선시대 성균관 유생 4인의 사랑과 우정을 다루었
     다. 극중에서는 역사적 사건과 작가의 상상력이 결합하여 당시의 시대상을 보여주면서, 성
     균관 유생에 대한 현대적인 재해석이 이루어지고 있다. SBS에서 방영한『뿌리 깊은 나무』
     와 같은 드라마도 같은 경우에 속한다.
3    이 글에서 쓰는 원형/원형성은 문화콘텐츠 분야에서 사용하는 협의의 개념에 한정하는 것
     임을 밝힌다. 문화콘텐츠 소재, 창작 소재 등의 개념에 가까운 것이다. 이에 대해서는 Ⅱ부
     의「문화원형의 의의와 삼국유사」참조.
4    〈서동요〉를 바탕으로 제작된 많은 콘텐츠들이 있지만 대표적으로 2005년 SBS에서 총 56부
     작으로 방영되었던 드라마〈서동요〉와 2008년 제작된 창작 뮤지컬〈서동요〉등을 꼽을
     수 있다.

## 2. 동반자형 이야기의 개념 모색

그동안 '동반자형 이야기'라는 용어는 잘 쓰이지 않았다. 논의를 전개하기 전에 이에 대한 언급부터 해 두어야 할 것 같다.

동반자형 이야기는 설화에서 2인 주인공이 출연하는, 흥부와 놀부, 콩쥐와 팥쥐 같은 유형인데, 그들의 동반자 관계는 때로 우호적이기도 하고 때로 적대적이기도 하다. 우호와 적대의 관계 속에서 작품 전체로는 제3의 캐릭터를 창출한다. 그래서 동반자형 이야기는 1인 주인공에 비해 보다 폭 넓은 이야기를 만들어 낸다.

그러나 이 정도만으로 동반자 이야기의 정의를 끝낼 수는 없겠다. 여기서 먼저 이강엽의 논의를 참고하려 한다.

이강엽은 르네 지라르가 제시한 '짝패(Double)'라는 용어를 가지고 왔다. 짝패는 한 마디로 '짝이 되는 패'이다. 중요한 것은, "어느 한쪽은 다른 한쪽이 없을 경우 나머지 한쪽이 제구실을 못하게 된다. 쌍둥이나 형제, 化身 등등의 형태로 드러나면서 흥미진진한 서사전개를 보인다."[5]고 한 대목이다. 이는 Partner로 볼 수 있겠는데 굳이 Double을 쓰고 있다. 그렇게 된 데는 '본래 둘이 함께 있어야 전체성을 지니게 되어 있는 존재가 둘로 분화하여 나타나서, 궁극적으로는 다시 그 잃어버린 전체성을 추구하는 한 쌍의 인물'[6] 이라는 보충 설명에서 그 까닭이 설명된다. 둘로 분화된 원인은 여러 가지이지만, 짝패는 마치 1인 2역 같은 느낌을 준다.

왜 본디 하나인데 둘로 나뉘었는가. '둘을 짝패로 배치하여 차별성을 드러냄으로써 역설적으로 그 둘이 한데 어우러진 圓滿하고 具足한 삶을 동경하

---

5    이강엽, 『신화 전통과 우리 소설』, 박이정, 2013, 77면.
6    위의 책, 79면.

는, 혹은 그렇게 살 수 없는 현실을 숙명적으로 받아들이는 서사[7]가 가능해지기 때문이다.

이에 대한 예로 이강엽은 오뉘 힘내기와 賢愚兄弟談을 들고 있다.

먼저 오뉘 힘내기는 천부신과 지모신, 남성성과 여성성의 맞대결 양상이고, 다음으로 현우형제담은 처방전만 있고 약이 없는 형과 처방전 없이 약을 구하러 다니는 동생을 등장시켜, 오뉘나 형제가 보인 두 가지 재능은 '相補的인 것'[8]일 때 의의가 있다고 하였다. 나아가 '양자가 명백히 맞서면서 또한 어느 한쪽이 일방적인 우위를 지니지 못할 때'[9] 짝패가 된다.

이강엽의 논의는 이 논의대로 의미 있는 한 유형을 만들어 볼 수 있다. 다른 한쪽이 없을 때 어느 한쪽은 의미를 가지지 못하는 서사적 전개를 적실히 설명할 수 있기 때문이다. 더욱이 두 주인공을 두고 빠지기 쉬운 '이분법적 선악론을 넘어설 가능성'[10]이 크다는 점에서 주목할 만하다.

그러나 상보적 Double의 유형만으로 2인 등장의 설화나 이야기를 포괄하는 데 무리가 따른다. 분화된 둘이 전체성을 추구하는 경우를 필두로 이야기는 매우 다양하게 분포한다. 이강엽의 논의에서도 나오는 천지왕 본풀이의 대별왕 소별왕 이야기도 시각을 달리하면 짝패의 범주가 아닌 데서 새로운 성격을 부여할 수 있다고 본다.

대별왕 소별왕 이야기의 줄거리를 보자. 천지왕은 대별왕에게 이승을, 소별왕에게 저승을 다스리게 한다. 그러나 소별왕은 이승왕이 되고 싶어 한다.

---

7    위의 책, 102면.
8    위의 책, 95면.
9    위의 책, 80면.
10   위의 책, 414면. 특히 심성을 의인화한 소위 '천군(天君) 소설' 계열의 작품군 같은 경우 짝패 인물의 등장은 필연적이며 夢字類 소설이나 夢遊錄 같은 데에서도 같은 기능을 한다는 논의 또한 공감하게 된다. 이에 대해서는 위의 책, 419면 참조.

둘이 역할을 바꾸게 되는데, 세상에는 변고가 끊이지 않는다. 그러자 소별왕은 자신이 다시 저승을 맡겠다고 하나 그럴 수는 없었다. 대별왕은 변고를 없애주지만, 처음 천지왕의 명령을 듣지 않은 까닭에 세상에는 온갖 어려운 일들이 많다.[11]

대별왕과 소별왕은 천지왕의 두 아들이다. 이들은 해와 달이 둘 나타난 변고를 지혜롭게 물리쳐 세상을 편안하게 해 준 존재이다.[12] 한 몸이 분신한 것은 아니다. 각자 그들의 임무가 있었을 뿐이다. 그런 다음 위의 사건이 벌어진다. 여기서도 소별왕과 대별왕이 선과 악으로 나뉘어 있지 않다. 그들의 임무가 이승과 저승을 맡는 쪽으로 갈렸을 따름이다. 다만 소별왕이 당초 천지왕의 명령을 곧이곧대로 받들지 않은 점이 있다. 이를 두고 '대별왕의 선함이 소별왕의 악함을 물리쳐 없앨 수 없으며, 대별왕의 존귀한 정신이 저승을 다스리고 소별왕의 미천한 정신이 이승을 다스리는 문제가 계속'[13]된다고 하였지만, 그것이 짝패의 용어상 의의와 적확히 부합하는지 의문이 든다.

그럼에도 불구하고 동반자형 이야기의 개념을 정리해 나가는 데 있어서 짝패의 개념을 원용할 가능성은 얼마든지 있다.[14]

다음으로 할리우드 영화에서 자주 채용된 2인 주인공의 예를 들어보자.

---

11  줄거리는 진성기, 『제주도 무가 본풀이 사전』, 민속원, 1991, 228-236면과 김헌선, 『한국의 창세신화』, 길벗, 1994, 403-406면 그리고 현용준, 『제주도무속자료사전』, 신구문화사, 1980, 35-43면 소재 천지왕 본풀이를 중심으로 간략히 정리하였다.

12  진성기, 『신화와 전설-제주도 전설집』, 제주민속연구소, 2005, 22-23면.

13  이강엽, 앞의 책, 88면.

14  특히 짝패는 신화적 관점에서 구상된 개념이므로, 대별왕 소별왕 이야기 등 신화 소재에 적절한 분석틀을 제공해 준다. 이강엽은 이를 보다 정형화 한 『둘이면서 하나』, 도서출판 앨피, 2018을 내놓았다.

1960년대 후반에 제작된 〈우리에게 내일은 없다〉와 〈내일을 향해 쏴라〉는 예로 들기에 좋은 작품이다. 이는 버디 필름(Buddy Film)[15]의 대표적인 작품인데, 버디 필름의 캐릭터 구성에서는 상반되거나 상호보완적인 측면을 가진 두 명을 앞세운다. 앞서 제시한 Double의 보다 구체적인 개념이 아닌가 한다.

1967년에 만들어진 〈우리에게 내일은 없다〉[16]의 원제는 〈BONNIE and CLYDE〉이다. 영화는 막 출옥한 클라이드(워런 비티)가 주인인 보니(페이 더너웨이)가 지켜보고 있는지도 모른 채 차를 훔치려는 장면으로 시작한다. 거세게 달려드는 보니에게 클라이드는 매력을 느끼고, 보니도 같은 감정이다. 둘은 공범이 되어 대담한 범죄행각을 벌리며 다닌다. 버디 필름의 전형성을 가지고 있으면서, 1960년대 후반 미국사회의 병리를 영화로 표현해 내는 데 성공하였다는 평가[17]를 받았다.

1969년에 만들어진 〈내일을 향해 쏴라〉[18]의 원제는 〈Butch Cassidy And The Sundance Kid〉이다. 1890년대에 와일드 번치(The Wild Bunch)[19]라는 갱단을 조직하여 열차와 은행을 대상으로 강도질을 한 부치 캐시디(폴 뉴먼)와

---

15   보통 두 사람 사이의 긴밀한 우정을 다루는 영화를 말한다. buddy는 본디 friend, companion 의 뜻을 가지고 있는데, buddy-buddy가 공모해서 나쁜 일을 꾸민다는 뜻으로도 확대되는 데서 볼 수 있듯이, 버디 필름은 주로 두 주인공이 범죄로 얽힌다.

16   아서 펜(Arthur Penn)이 감독했고 로버트 벤턴(Robert Benton), 데이비드 뉴먼(David Newman)이 각본을 썼다. 클라이드 역에 워런 비티(Warren Beatty), 보니 역에 페이 더너웨이(Faye Dunaway)가 출연하였다.

17   "프랑스 누벨바그 스타일을 빌려오고 청춘의 혈기를 재료로 하여 미국식 '무법자' 영화를 만들려 한 아서 펜의 시도는 대단한 성공을 거두었고 관객은 그 반체제적 정치성을 높이 평가했다. 비평가들도 마침내는 미국영화에 새로운 에너지와 진지함을 불어넣으려 한 감독의 노력을 치하했다." (스티븐 슈나이더·정지인 역, 『죽기 전에 꼭 봐야 할 영화 1001편』, 마로니에북스, 2005)

18   조지 로이 힐(George Roy Hill)이 감독했고 윌리엄 골드만(William Goldman)이 각본을 썼다. 부치 역에 폴 뉴먼(Paul Newman), 키드 역에 로버트 레드포드(Robert Redford)가 출연하였다.

19   영화 속에서 갱단 이름은 '벽에 난 구멍'이다.

선댄스 키드(로버트 레드포드)의 실화를 소재로 하였다. 이 시기에 나온 비슷한 소재의 영화가 대부분 매우 어둡고 비관적인 데 비해 이 영화는 비교적 밝고 경쾌한 분위기를 지니고 있다. 그러나 겉보기와 달리 이면에는 반항과 슬픔 이 바탕을 이룬다.[20]

실화를 소재로 한 버디 필름으로서 두 영화는 공통점이 많다. 범죄 행위를 벌이는 내용이 그렇고, 영화 제목을 정하는 데도 두 편 모두 두 주인공의 이름을 그대로 가져왔다. 두 주인공 외에 배치하는 제3자의 존재와 역할 또 한 그렇다. 다만 〈우리에게 내일은 없다〉가 남녀 주인공인 데 반해 〈내일을 향해 쏴라〉는 두 남자 주인공이다. 그런데 어느 쪽이건 그들에게 심각한 갈등 이란 없다. '상반되거나 상호보완적인 측면'이 갈등으로서가 아니라 이해와 협조로 시종일관한다.

여기서 한 편 더 〈델마와 루이스(Thelma & Louise)〉[21]를 거론해야겠다. 1991 년에 만들어진 이 영화는 두 여성 주인공을 내세운 버디 필름이다.

위협적인 남편에게 겁먹고 사는 주부(델마)와 냉소적이고 세상에 진력이 난 웨이트리스(루이스)가 일상을 벗어나 푸른색 무개차를 타고 주말여행을 떠났다가, 휴게소에서 델마를 강간하려는 치한을 루이스가 살해하게 된다. 경찰에 쫓기는 신세가 되지만 그들은 점차 그것이 자신들의 진정한 세계를

---

20  "이 영화는 잘 쓰여진 창작 대본과 깔끔한 시각적 표현과 스타 파워가 결합된 천진난만한 작품이다. 명백하게 대조적인 성격을 가진 두 인물의 농담과 몸짓은 지금까지도 재미있다. 두뇌인 부치는 말솜씨 좋고 비전을 갖고 있지만 지나친 열의 때문에 일을 그르친다. 누구나 좋아하는 키드는 어두운 내면을 지니고 있고 냉정하고 냉소적이며 자신의 약점이 드러나는 것을 부끄러워한다." (스티븐 슈나이더, 앞의 책)

21  리들리 스콧(Ridley Scott)이 감독했고 칼리 코리(Callie Khouri)가 각본을 썼다. 루이스 역에 수잔 서랜든(Susan Sarandon), 델마 역에 지나 데이비스(Geena Davis)가 출연했다. 한국에서 개봉하면서 원제를 그대로 두었다. '우리에게 내일은 없다'와 '내일을 향해 쏴라' 는 일본에서 의역한 제목을 그대로 가져다 쓴 것이다. '俺たちに明日はない'와 '明日に向っ て撃て!'가 그것이다.

찾아 떠나는 여행이라 여긴다. 그러기에 이 영화는 버디 필름이면서 로드 무비의 모험적 성격도 갖추었다.[22]

세 편의 영화에서 우리는 각각 후작이 전작을 무척 의식하고 있음을 바로 알아챌 수 있다. 두 주인공의 이름을 영화 제목으로 삼은 것은 버디 필름의 일반적인 경우이지만, 남녀 주인공을 내세운 〈우리에게 내일은 없다〉에 비해 〈내일을 향해 쏴라〉는 남자 주인공 둘로 이끌어 간다. 〈델마와 루이스〉는 여자 주인공 둘이다. 이 같은 주인공 설정이 영화의 주제 전달과 긴밀하게 연관되나, 성공한 앞 영화와 다른 개성을 드러내겠다는 의도로도 보인다. 다소 심각한 분위기의 〈우리에게 내일은 없다〉에 비한다면 〈내일을 향해 쏴라〉는 가볍고 코믹한 전개를 기본으로 두었다. 〈델마와 루이스〉에 오면 이 두 가지가 겹쳐진다.

사실 바탕은 매우 유사하다. 실화에 근거한 각본, 범죄 행위와 같은 소재, 나아가 세 영화의 마지막 장면(스톱 모션)이 그렇다. 〈내일을 향해 쏴라〉에서 포위하고 있는 경찰을 향해 문을 열고 뛰쳐나가는 엔딩은 80여 발의 총알이 주인공을 향해 쏟아 부어지는 〈우리에게 내일은 없다〉 엔딩의 변주이다. 〈델마와 루이스〉의 엔딩은 〈내일을 향해 쏴라〉를 더욱 떠올리게 한다. 델마와 루이스는 추적하는 경찰의 자수 권유를 듣지 않고 자기들의 푸른색 무개차를 타고 절벽으로 떨어진다. 〈내일을 향해 쏴라〉와 〈델마와 루이스〉 모두 마지막인 그 장면은 정지 화면이다.[23]

---

22   경찰의 조사 결과 루이스의 이름이 루이스 소여로 밝혀지는 장면이 나온다. 소여는 마크 트웨인의 톰 소여를 연상시킨다. 톰 소여는 트웨인이 만들어낸 모험담의 원형적 주인공 이다.

23   이준익 감독의 〈왕의 남자〉 엔딩 신에서, 두 주인공이 줄타기 끝에 하늘로 치솟아 정지하는 장면은 같은 유형이다.

이상 짝패(Double)와 버디(Buddy)의 양상을 살펴보았다. 상보적인 두 인물이 협조하거나 명백히 맞서면서 또한 어느 한쪽이 일방적인 우위를 지니지 못하는 상황이 확인되었다. 여기서 우리가 주목하는 것은 두 주인공이 등장한 이야기의 이야기로서의 다채로움이다. 이 다채로움은 어디서 기인할까.

아마도 그것은 한 인물로 그려내지 못할 상황의 다양성을 두 인물에게 지우면서도 현실성을 획득한 데 있다고 본다.

다시 〈내일을 향해 쏴라〉를 예로 들어보자. 부치 캐시디는 어떤 은행을 털지, 어떻게 행동할지에 대한 전반적인 작전을 짜는 '두뇌' 역할을 하고, 선댄스 키드는 행동하는 손과 발이 된다. 돈은 털되 사람은 해치지 않겠다는 신념을 지닌 부치는 강도라지만 성격이 서글서글하고 말솜씨가 일품이다. 이에 비해 선댄스는 다소 어두운 내면을 지닌 채 자신의 약점이 드러나는 것을 부끄러워한다. 자타가 공인하는 총잡이이지만 부치를 믿고 묵묵히 따른다. 만약 이런 성격을 한 인물 안에서 그려낸다면 꽤 버거워 보였을 것이다.

짝패 이야기나 버디 필름에는 제3의 인물이 조연으로 등장한다. 이 조연 또한 주인공 2인과 연쇄적이며 복합적인 관계를 맺게 된다. 양상은 더욱 다채로워질 수밖에 없다.

이제 이 글에서는 짝패와 버디의 개념을 통합하여 '동반자형'이라는 용어를 쓰고자 한다. 분신으로서 상보적 관계를 형성하며 최종적인 합일을 기도하는 짝패와, 상보적이며 상반적인 성격과 행동으로 이야기의 다채로움을 끌어내는 버디를 원형으로 두고, 짝패와 버디가 상호대응하거나 조응하는 이야기의 유형을 설정해 가려는 것이다. 대상 텍스트는 『삼국유사』이다.

## 3. 삼국유사 소재 동반자형 이야기와 유형

### (1) 삼국유사에 나타나는 동반자형 이야기

『삼국유사』의 이야기 전체 약 150여 가지 가운데 동반자형이 꽤 여러 편이다. 제목에서부터 2인 주인공을 설정한 경우와 이야기의 성격이 그렇게 된 경우 포함해 20여 가지 이상 찾아볼 수 있다. 이 이야기들만 묶어서 그 성격을 논할 필요성이 여기서 생긴다.

먼저 제목부터 2인 주인공을 설정한 경우이다.

> A-① 광덕과 엄장(「感通」)
>
> A-② 혜공과 혜숙(「義解」: 원제는 二惠同塵)
>
> A-③ 관기와 도성(「避隱」)
>
> A-④ 노힐부득과 달달박박(「塔像」: 원제는 南白月二聖努肹夫得怛怛朴朴)
>
> A-⑤ 도화녀와 비형랑(「紀異」)[24]
>
> A-⑥ 연오랑과 세오녀(「紀異」)
>
> A-⑦ 법흥왕과 이차돈(「興法」: 원제는 原宗興法厭髑滅身)

A는 모두 7편이다. 적지 않은 숫자이다. 원제를 다소 변형해야 하는 A-②가 있지만, 편찬자 일연이 이 같은 제목 짓기를 선호했다는 생각마저 들게 한다. 이 가운데 짝패와 버디의 성격을 지닌 이야기는 A-①~④이고, A-⑤~⑦은 일반적인 동반자 관계를 보여준다. 다만 A-②는 제목이 이렇게 만들어졌을 뿐 혜공과 혜숙의 별개 이야기이다. 그들이 살다간 특이한 생애에서 보이는 공

---

24   도화녀가 진지왕의 혼령을 만나 낳은 아이가 비형랑이다. 어머니와 아들의 관계만 설정되어 있을 뿐 연결 지을 사건이나 일화가 없어 어느 쪽으로든 분류하기는 어렵다. 일단 제목을 따라 2인 주인공의 예로만 들어둔다.

통점이 하나로 묶게 했다. 그래서 둘은 직접적인 관계나 교류가 없지만, 옴니버스 형식의 버디 필름을 연상하게 한다.[25]

다음, 이야기의 성격이 동반자 관계를 이루는 경우를 정리해 보자.

　　B-① 탈해와 노례/탈해와 수로(「紀異」第三弩禮王/駕洛國記)
　　B-② 비형랑과 길달(「紀異」桃花女鼻荊郎)
　　B-③ 서동과 선화공주(「紀異」武王)
　　B-④ 김춘추와 문희(「紀異」太宗春秋公)
　　B-⑤ 죽지랑과 득오(「紀異」孝昭王代竹旨郎)
　　B-⑥ 처용과 역신(「紀異」處容郎望海寺)
　　B-⑦ 수로왕과 허황옥(「紀異」駕洛國記)


　　C-① 김현과 호랑이 처녀(「感通」金現感虎)
　　C-② 원효와 혜공(「義解」二惠同塵)
　　C-③ 원효와 의상(「塔像」洛山二大聖觀音正趣調信)
　　C-④ 원효와 요석공주(「義解」元曉不羈)
　　C-⑤ 원효와 사복(「義解」蛇福不言)
　　C-⑥ 조신과 태수의 딸(「塔像」洛山二大聖觀音正趣調信)
　　C-⑦ 혜통과 악룡(「神呪」惠通降龍)


　B는 모두 紀異 편에서 찾았다. 상반적 적대자 또는 버디의 성격을 가진 이야기들이다. A-⑤~⑦에 보이는 일반적인 동반자 관계인 경우도 있다. 이렇

---

25　혜공과 혜숙은 악인이나 어리석은 자들에게 부처의 위엄과 덕망을 보이고 깨달음을 주기 위해 신령스러운 모습으로 나타난다. 혜숙은 화랑의 모습, 여자 침상에서 누워 자는 모습, 짚신 한 짝을 놓고 사라짐 등을 통해 신이한 행적을 보였고 혜공은 노비의 아들로 주인의 종기를 치료한 일, 매를 데려다 놓은 일, 우물 속에 들어간 일, 새끼줄을 걸어 화재를 피하게 한 일 등의 행적을 보였다.

듯 다양한 양상을 보이는 것은, 이 이야기들이 모두 기이 편에 실려 있다는
점에서 알 수 있듯, 민간설화가 지닌 소재와 내용상의 다양성과 서로 통한다.

C는 모두 불교설화이다. 이 이야기들은 A의 경우와 그 성격이 비슷하다.
두 사람의 승려(또는 불자)가 등장하는 이런 이야기에 대해 '형식만 주목한다
면 설화의 겨루기 모티브를 수용한 경쟁담과 방불한 면이 나타나는 것'[26]이
라는 설명이 있었다. 이른바 二僧競合談이라는 것인데, 이것은 '肯定/否定
善/惡의 구분에 초점을 둔 것이 아니라 불교적 진리란 무엇이며 그것이 갖는
진정성이란 과연 무엇인가 그 분별안을 체득시키기 위한 데 서사적 지향점을
두고'[27] 있다 하였다. 불교설화로서 경합담은 '성불이나 해탈을 최종의 목
적'[28]으로 삼고 있기에, '불교사상이 지니고 있는 포용정신과 범애적(汎愛的)
사고가 반영된 결과'[29]라는 것이다. 이 같은 분석에 유의하면서도 단순히 경
합담이라는 용어로 정의하기 어려운 다양성 또한 따져보아야겠다.

그렇다면 짝패, 버디, 경합 등의 기존 정의를 포괄하는 용어로 '동반자형
이야기'의 의미 개념을 정의해 본다면 어떨까?

여기서 한 가지 부연할 대목이 있다. 위에 제시한 불교 설화 가운데서도
僧傳의 성격을 띤 義解와 神呪 편에 속한 이야기의 특징에 관해서이다. 二惠
同塵, 元曉不羈, 蛇福不言, 惠通降龍이 그것이다. 여기의 이야기에는 경합으로
한정지을 수 없는 다른 성격이 드러난다.

高僧傳은 입전 인물 자신이 자신에 대해 기록한 글이 아니다. 제3자가 역사
가의 입장에 서서 서술한 글이다. 따라서 자신이 직접 쓴 고백록이나 참회록

---

26  김승호, 『삼국유사 서사담론 연구』, 월인, 2013, 43면.
27  위의 책, 43면.
28  위의 책, 63면.
29  위의 책, 66면.

이라면 내적 갈등, 즉 자아와 자아의 대립이나 대결을 상세하게 서술했을 터이지만, 제3자가 객관적인 사실이나 행적을 토대로 기술한 것이라면 아무래도 소략할 수밖에 없고, 생략되는 것조차 당연하다. 그럼에도 고승전에서 이를 크게 문제 삼지 않는 까닭은, 자아와 자아의 대결은 애초부터 쉽사리 드러내거나 드러날 수 있는 게 아니라는 인식 때문이다. 자아의 내적 대결은 참으로 미묘하고 쉽사리 표현할 수 없는 부분이다.[30]

승전은 내적 갈등이 드러나는 성질의 글이 아니라는 것이다. 미묘하고 쉽사리 표현할 수 없는 자아의 내적 갈등은 아예 처음부터 서술 목적에서 멀어져 있다. 이에 비해 오늘날의 독자는 내적 갈등의 미묘한 심리에 다가가고 싶어 한다. 어떤 방법으로 이것이 가능할까. 승전 안에 2인 주인공을 설정할 경우, 여기에는 제1주인공과 제2주인공이 등장하는데, 제2주인공을 통한 간접적인 갈등 드러내기, 두 주인공의 경합이나 대립을 통한 갈등 드러내기가 가능하다. 일연은 이 같은 이야기 방법에 능숙했다. 유독 『삼국유사』 안에 동반자형 이야기가 많이 보이는 까닭을 우리는 이렇게 설명할 수 있다.

## (2) 4개 유형에 따른 이야기의 특징

앞에서는 매우 단순하게 편찬자가 내세운 제목만으로 유형을 나누었다. 여기에 내용상의 특징을 가지고 유형을 정해 다시 분류해 보기로 한다. 크게는 협조와 대립으로 두 주인공을 병치해 볼 수 있겠고, 대립과 협조가 동시에 드러나는, 거기서 제3의 자리를 만들어가는 변증적 두 주인공을 상정해 볼 수 있다. 대립형은 다시 대립이되 단순히 차별만 보이는 유형과 갈등의 폭이

---

30  정천구, 「고승전의 미학적 특성-자아와 세계의 관계를 중심으로」, 『정신문화연구』 114호, 한국학중앙연구원, 2009, 289-312면.

큰 유형으로 나눈다. 이렇게 다음과 같은 모두 4개의 유형이 만들어진다.

D. 협조형 동반자로서 2인 주인공 : 부부형, 상하형, 도반형
E. 대립형 동반자로서 2인 주인공
　　E1. 대립-차별형
　　E2. 대립-갈등형
F. 대립과 협조의 변증적 2인 주인공

이 4개의 유형 안에 일단 『삼국유사』 동반자형 이야기를 포괄할 수 있다. 이제 후술하겠거니와, 여기에는 A, B, C의 이야기들이 중복되어 포함될 경우도 있다.[31] 그러나 대체적으로 4개 유형 정도면 짝패, 버디, 경합 등의 속성과 거기에 해당하지 않을 이야기가 수용될 것이다. 그러면서 동반자형 이야기의 원형적 성격을 통해 그 특징이 드러나리라 본다.


## 협조형 동반자로서 2인 주인공

동반자라 한다면 가장 먼저 협조적인 관계를 떠올리게 된다. 서로 힘을 합해 조화를 이루거나, 생각이나 이해가 대립되더라도 끝내 쌍방이 평온하게 서로의 문제를 협력하여 해결한다는 뜻이다. 5개의 유형 가운데 가장 많은 예를 찾을 수 있는데, 두 인물의 관계에 따라 부부형, 상하형, 도반형으로 나눌 수 있다.

첫째는 夫婦型이다.

---

31　이야기를 분류하고 분류항의 어디에 귀속시키는가에 대해서는 이견이 있을 것이다. 이 글에서 일차적으로 분류한 것은 어디까지나 試論이다. 여기에 논의의 한계가 있음을 인정하지 않을 수 없다. 정치한 분류와 기준에 대해 차후 논의를 거듭해 나가기로 하겠다.

연오랑과 세오녀(A-⑥)에서 연오는 바위를 타고 일본으로 건너가 그곳의 왕이 되었고 세오 또한 남편을 찾으러 나섰다가 바위를 타고 가서 연오를 만나 왕비가 된다. 연오와 세오가 해와 달의 정령을 상징한다고 할 때, 해와 달은 짝을 이뤄야만 하나의 완성된 세계를 이룰 수 있다. 따라서 연오와 세오는 어느 한 쪽이라도 없어서는 안 되는 협조적 관계이다. 이는 짝패의 개념에 가깝다.

서동과 선화공주(B-③)에서 두 사람은 신분상의 차이가 난다. 더욱이 서동 때문에 누명을 쓰고 쫓겨난 선화공주이지만, 선화는 서동과의 만남을 운명처럼 받아들이고 황금의 가치를 서동에게 알려준다. 서동이 왕위에 오르는 과정이나, 절을 세워 불교를 전파하고 정치를 안정시키는 데도 기여한다. 선화는 서동의 훌륭한 조력자로서 역할을 수행하고 있다.

수로왕과 허황옥(B-⑦)의 결혼에는 특별한 갈등이 없다. 허황옥 쪽에서 결혼에 따른 정중한 절차만 요구[32]할 뿐이다. 그것은 하늘의 명이었기에 그럴 수 있다. 이들의 결혼 이후 나라는 더욱 기틀을 잡아가게 되고 150여 년을 해로한다. 앞서 서동과 선화처럼 異國人 사이의 결혼이지만, 협조관계는 부부 이상의 정치적 함의를 지닌 채 돈독하다.

김현과 호랑이 처녀(C-①)는 인간과 호랑이의 異種間 사랑이다. 이국간의 사랑과 결혼을 넘어선다. 사랑하는 남자와 오라비를 위한 호랑이 처녀의 희생, 사랑하는 이의 손에 최후를 맞고 싶은 호랑이 처녀의 소망과 이를 따르는 인간 김현의 내적 갈등을 그린 역동적인 드라마이다. 호랑이 처녀는 죽음으로 김현에게 높은 사회적 성공을 선물하고, 김현은 호랑이 처녀를 위해 절을 지어 넋을 위로한다. 비록 비극적인 결말이지만 동반자의 숭고한 정신이 진

---

32  尋遣九干等, 整蘭橈, 揚桂楫而迎之, 旋欲陪入內, 王后乃曰 : "我與爾等素昧平生, 焉敢輕忽相隨而去?"(『삼국유사』, 「가락국기」)

하게 나타난다.

원효와 요석공주(C-④)에서 한 사람은 승려, 한 사람은 과부가 된 공주이다. 두 사람의 사랑 또한 상식의 범주를 벗어난다. 그러나 나라의 이익을 도모한다는 명분으로 두 사람의 예외적인 만남은 합리화되고 그 결과 설총을 낳는다. 결혼 생활은 이어지지 못하지만 설총을 낳은 것으로 뜻한 바를 이룬 모양새이다.

조신과 태수의 딸(C-⑥) 또한 사랑의 장애가 있다. 실제 결합된 부부가 아니라 조신의 꿈속에서 이루어지는 사랑이다. 세속적 욕망에 사로잡힌 조신에게 태수의 딸은 모든 세속적 욕망이 헛됨을 깨우쳐주는 인물이다. 비록 현실에서 이루어지는 일은 아니지만, 태수의 딸과 인연이 없었더라면 조신은 깨달음을 얻기 어려웠을 것이다. 태수의 딸은 조신을 깨달음으로 인도하는 역할을 수행하므로 협조자형 인물로 볼 수 있다.

이상 부부형의 동반자 이야기에서 A-⑥을 제외하면 모두 장애를 안고 있는 출발을 보여준다. 이 장애를 극복하기 어려워 C-⑥은 아예 꿈속으로 서사 무대가 옮겨지지만, 궁극적인 목표를 달성하는 데에 서로 동반자의 협조 관계를 가지기는 공통적이다. 협조형 동반자 이야기에 부부형이 가장 많이 등장하는데, 부부라는 관계가 주는 특징을 반영한 결과로 보인다.

둘째는 上下型이다.

법흥왕과 이차돈(A-⑦)은 상하관계 가운데 君臣間이다. 뒤늦었지만 탄탄한 불교국가를 이룬 나라가 신라이다. 법흥왕은 그 출발점에 서 있었다. 불교 공인의 저변에는 왕권 강화라는 목적이 자리 잡고 있었지만, 불교 공인이라는 성공적인 결과는 이런 고민으로 노심초사하던 법흥왕과 목숨마저 내놓는 충성심 강한 이차돈이 만들어낸 합작품이었다.

죽지랑과 득오(B-⑤)는 상하관계 가운데 主從間이다. 옛 상관인 죽지랑은 부하인 득오를 위해 떡과 술을 가지고 위문하러 가서 부패한 관리에게 뇌물까지 줘가며 휴가를 받아낸다. 득오는 그런 죽지랑을 사모하여 절창의 노래를 남긴다. 여기서 협조를 통한 어떤 일의 성취는 보이지 않는다. 그러나 지극한 마음의 結節點이 협조의 또 다른 형태를 보여준다고 할 수 있다.

원효와 사복(C-⑤)은 상하관계 가운데 師弟間이다. 전생의 인연을 이어 장애아 처지의 사복과 그를 돕는 원효로 이생에서 다시 만났다. 원효는 사복의 요청으로 어머니의 장례를 돕는다. 그런데 이를 계기로 원효는 도리어 사복의 높은 경지를 깨닫는다. 자칫 원효가 제자보다 못한 스승처럼 보일지 모르나, 어려운 형편에 놓인 사람의 벗이기를 자처한 원효가 아니었다면 처음부터 성립될 수 없는 사건이었다.[33] 사제는 득도의 길에서 상호 협조적 관계로 바뀌어 있다.

이상 상하형 동반자 이야기는 부부형과 비슷한 양상을 보인다. 상하간의 협조 관계는 부부의 의리와 다르지 않기 때문이리라. A-⑦에 보이는 이차돈의 희생은 C-①에서 호랑이 처녀의 희생과 닮아 있다.

셋째는 道伴型이다.

관기와 도성(A-③)에서 두 사람은 포산에 숨어 살며 달밤이면 구름길을 헤치고 노래하고 왕래한다. 좌선 하다 모두 진여의 세계로 갔는데, 세상과 절연한 후 함께 수행하며 의지하던 두 사람의 사귐이 아름답다.

원효와 혜공(C-②)은 모두 행동에 거리낌이 없는 인물이다. 원효가 경소를 찬술하면서 혜공에게 의심나는 것을 물었다고 했고, 물고기를 잡아먹고 똥을 누는 내기에서 보이는 것처럼, 혜공은 원효보다 한 수 위의 경지를 보여주었다. 그러나 똥이 되었건 물고기가 산 채 헤엄쳐 갔건, 이미 물고기는 두 사람

---

33  이에 대해서는 다음 장에 자세히 논한다.

의 마음속에서 물고기가 아니다. 다소 道力의 우열을 나누는 것처럼 보이지만, 사물에 대한 입장이나 대응방식에서 차이 또는 갈등이 나타나지 않는다.[34]

이상 도반형 동반자 이야기는 수행하는 자 사이의 협조관계를 나타낸다. 극명하게 우열을 드러내는 경우와 달리 협조적인 관계에서 각기 자신의 길을 개척하는 모습이다. 득도의 길에서 만난 두 사람이 서로의 장점으로 서로에게 도움을 주는 것이다.

### 대립형 동반자로서 2인 주인공

대립이란 의견이나 처지, 속성 따위가 서로 반대되거나 모순된 관계를 말한다. 그러나 대립의 의미만으로는 이야기를 포괄하기 어렵다. 그래서 대립하되 차별되는 유형과, 인물 간 갈등이 드러나는 유형으로 나눠 보았다. 전자를 對立-差別型, 후자를 對立-葛藤型으로 부른다.

먼저 對立-差別型이다.

광덕과 엄장(A-①)은 서방정토를 염원하며 수행하고 있다. 광덕은 아내와의 잠자리도 마다하고 아미타불을 염송하며 16관을 짓고, 가부좌 한 채 성불하기 위해 정성을 다하였다. 그러나 엄장은 세속적인 욕망을 탐하는 실수를 범한다. 다만 이내 뉘우치고 원효에게 가르침을 구한 후 성실히 수행에 임하는 차이를 보인다.[35]

노힐부득과 달달박박(A-④)은 부처의 감응을 받고 열심히 수행한다. 부득은 미륵불을 근실히 구했고 박박은 아미타불을 경례 염송한 점, 밤늦게 찾아온

---

34  이에 대해서는 다음 장에 자세히 논한다.
35  이에 대해서는 다음 장에 자세히 논한다.

여인에게 부득은 중생의 뜻을 따른다는, 박박은 원칙을 지킨다는 점에서 차이를 보인다. 아미타는 과거의 부처로 전세의 공덕을 지은 덕분에 현세의 복락을 누리며 많은 것을 보시할 수 있는 귀족계층의 신앙으로, 미륵불은 현세의 간난신고를 미래의 부처를 통해 벗어나고 싶은 민중의 바람이 담긴 신앙으로 대별된다.[36] 결국 도덕적 계율을 통해 지켜야 할 원칙을 강조하는 박박의 모습에서는 당시 교조적인 귀족 불교의 모습을, 여인에 대한 연민과 불쌍한 마음으로 한결같았던 부득의 행동에서 원효의 현실 불교의 모습을 읽어낼 수 있다.

두 인물의 태도와 지향을 통해 당시 불교를 대하는 두 계층의 입장 차를 반영한 것이라고 볼 수 있다.

원효와 의상(C-③)은 부처의 가르침을 통해 깨달음을 얻고 중생을 교화하려는 동일한 목적을 가졌다는 점에서 동반자이다. 그러나 두 사람은 방법적인 면에서 몇 가지 차이를 보인다. 첫째, 의상은 당나라 유학을 통해 화엄종을 전파하였으나 원효는 당나라 유학을 하지 않고 민중불교를 지향하였다. 둘째, 의상은 선묘와의 인연[37]에서 보듯 불도를 닦기로 맹세한 후 한 번의 실수도 없는 원칙주의자라면 원효는 요석공주와의 사이에 설총을 낳은 파계승이다. 셋째, 의상이 법사라고 불릴 만큼 경전을 통한 부처의 가르침 설파를 중시했다면 원효는 관세음보살을 염송하는 진실하고 간절한 마음을 중시했다. 넷째, 의상의 불교가 다분히 귀족적이고 지식인의 모습에 가깝다면 원효의 불교는 민중적이고 누구나 쉽게 접근할 수 있다. 다섯째, 의상에게 목적한 바를 달성하기 위한 일심과 한결같은 기도가 있다면, 원효에게는 잦은 실수와 거침없는 행동을 통한 깨달음이 있다. 동일한 목적을 달성하기 위해 두

---

36  고운기, 『우리가 정말 알아야 할 삼국유사』, 현암사, 2006, 625면.
37  위의 책, 565면.

사람이 찾은 길은 이렇게 달랐다.[38]

다음은 對立-葛藤型이다.

처용과 역신(B-⑥)은 처용의 아내를 두고 대치한다. 처용은 아내를 지켜야 하고, 역신은 처용의 아내를 범하는 부도덕한 인물이다. 처용과 역신은 모두 '용의 아들'과 '신(神)'으로 표현되는 지체 높은 인물이지만 처용은 지방의 변두리 출신, 역신은 서라벌 출신이다. 또한 처용은 관용을 베풀만한 힘을 가지고 있고, 역신은 이에 감복하여 물러나는 역할인데, 두 인물의 행동이나 처지는 어디까지나 갈등하는 대립을 보여준다.

혜통과 악룡(C-⑦) 사이의 갈등은 더 본격적이다. 당나라 공주의 병든 몸에 있던 이무기가 혜통에게 쫓겨난 후 독룡이 되어 신라에 가서 해악을 끼친다. 쫓고 쫓기는 둘 사이의 대립과 갈등은 무대를 국제적으로 옮겨가며 이어진다. 용은 혜통과 가까운 정공을 해치기도 하고, 곰 신이 되어 백성에게 해독을 끼치기도 한다. 혜통은 마지막에 용을 달래 불살계를 준다. 마치 처용이 역신을 뉘우치게 한 모습과 닮아 있다. 쫓아내고 달래려는 자와 보복을 하려는 자의 갈등과 대립이 드러난다.

이상 대립형 동반자 이야기는 차별과 갈등을 핵심 매개로 서사 전개를 보이는데, 이 같은 관계가 이야기의 재미라는 측면에서 가장 주목할 만하다. 차별적인 두 사람에게서 다양한 인간 면모를 볼 수 있고, 반전의 묘미가 살아 있기 때문이다.

---

**38** 원효와 의상은 이 글에서 다루고자 하는 동반자형 이야기의 가장 대표적인 경우라고 할 수 있다. 이에 대해서는 다음 장에서 자세히 논하기로 한다.

## 대립과 협조의 변증적 2인 주인공

위에서 살펴본 바와 같이 동반자 이야기는 대립과 협조라는 두 방향에서 큰 틀이 잡힌다. 두 주인공이 서사 전개의 동률적인 관계 속에 놓여 있으므로, 한 쪽이 다른 한 쪽과 구별되는 캐릭터를 보이자면 당연한 결과이다. 그런데 『삼국유사』 속의 2인 주인공 이야기에는 여기서 한 걸음 더 나간 구조를 가진 경우가 보인다. 대립과 협조 어느 한 가지만 아닌, 두 가지의 연속적 또는 유기적 관계 속의 서사 진행이다. 이것을 대립과 협조의 변증이라 부르기로 한다.

대립과 협조의 선후 관계는 이야기에 따라 다르다. 대체적으로 대립하다 협조하는 방식의 전개가 일반적이겠으나 그 반대의 경우도 있다. 몇 개의 예를 들어 본다.

탈해와 노례/탈해와 수로(B-①)는 탈해를 두고 각기 다른 두 사람의 대립과 협조를 보여준다.

먼저 노례왕은 남해왕의 아들이며, 탈해는 남해왕의 맏사위로 둘은 처남과 매부 사이이다. 탈해는 지혜롭고 신통한 능력을 지니고 있으나 용성국 사람으로 외지인이다. 남해왕이 죽은 후 두 사람이 왕좌를 놓고 벌이는 아름다운 양보는 기실 토착 기득권층과 이주족 간의 권력 투쟁 양상을 상징적으로 드러내고 있다. 즉 막강한 세력으로 성장한 이주족을 두려워하는 기득권층의 고민과, 안정적 권력 쟁취라는 전략을 달성하기 위하여 일시적 협력을 택하고 있는 탈해 이주족의 전술이 엿보인다. 보이지 않는 대립이다. 종국에는 탈해가 '이가 많은 사람'이라는 기준을 가지고 노례의 등극을 도와, 이야기는 협조로 마무리된다.

다음은 탈해와 수로의 겨루기이다. 탈해가 가야의 국경에 접근하였을 때,

"수로왕과 신하들이 북을 두드리며 맞이하고 머물게 하고자 하는데, 배는 도리어 급히 달아나 버렸다."[39]는 기록과 달리 변신의 겨루기 이야기[40] 또한 있다. 그 차이는 기록의 주체가 누구냐에 따라 나왔을 것이다. 단순히 두 이야기를 한가지로 이었을 때 협조 다음의 대립 양상을 보게 된다.

그러나 전체적으로 탈해와 노례/탈해와 수로 이야기는 대립과 협조 또는 협조와 대립이 극복된 제3의 상황에서 마무리된다.

비형랑과 길달(B-②)은 좀 더 복잡한 구조를 보여준다. 비형랑은 도화녀가 진지왕의 혼령을 만나 낳은 半人半鬼의 독특한 캐릭터를 지닌 인물이다. 비형랑은 진평왕의 명을 받고 귀신의 무리를 데리고 하룻밤에 鬼橋를 만들었으며, 귀신 중에 국정을 도울 이로 길달을 추천했다. 여기서부터 비형랑과 길달의 이야기가 만들어진다. 비형랑과 길달은 협조적인 관계에서 조정의 일을 맡아 처리한다. 그러다 길달이 여우로 변하여 달아났는데 비형랑이 귀신을 시켜 잡아와 죽였다. 비형랑과 길달의 관계는 왕의 명령을 받고 신라를 위하여 일하는 협력 관계였다가 길달이 도망하면서 대립 관계로 전환된다. 대립의 해소는 비형랑이 지닌 힘의 우위로 이루어진다. 귀신들에게 비형의 이름은 두려움의 대상이었다. 사람들은 이 상황을 노래로 만들어 '귀신을 쫓는 습속'[41]으로 삼았다.

김춘추와 문희(B-④)는 부부 사이의 협조적 사이로만 비출 수 있다. 그러나 내면에는 대립의 요소가 잠재한다. 김춘추와 문희의 결합은 신라인의 가야인

---

39  『삼국유사』, 「제4 탈해왕」

40  解云 : "若爾可爭其術." 王曰 : "可也." 俄頃之間, 解化爲鷹, 王化爲鷲, 又解化爲雀, 王化爲鸇, 于此際也, 寸陰未移, 解還本身, 王亦復然. 解乃伏膺曰 : "僕也適於角術之場, 鷹之於鷲, 雀之於鸇, 獲免焉, 此盖聖人惡殺之仁而然乎, 僕之與王, 爭位良難." 便拜辭而出(『삼국유사』, 「가락국기」)

41  『삼국유사』, 「도화녀 비형랑」

에 대한 편견과 차별을 종식시킬 상징적 사건이지만, 이민족 간에 쉽게 합쳐지지 못할 사회적 갈등이 내재되어 있었던 것이다. 그러나 김유신의 지략으로 두 삶이 결혼에 이르게 되자 신라는 진정한 사회적 통합을 이루었고, 이를 통해 삼국통일의 위업을 이루는 기초를 마련했다고 할 수 있다.[42] 따라서 춘추와 문희의 관계는 신라계와 가야계의 상호 대립적 관계를 속에 깔고 있으면서, 신라가 삼국을 통일하는 도정에 상호 협조적 관계를 이룩해 낸다.

이상 대립과 협조의 변증적 2인 주인공 이야기는 동반자적 관계가 단선적이지 않음을 보여준다. 表裏의 반전하는 역동적 전개가 플롯을 복합적으로 만든다. 새로운 이야기의 창출이라는 측면에서 효율적으로 활용할 가능성이 열려 있다.


## 4. 동반자형 이야기의 원형성과 활용

우리는 『삼국유사』 안에서 2인 주인공의 동반자형 이야기의 다양한 면모를 살펴보았다. 모두 21개의 이야기에서 4가지 유형의 동반자 관계가 추출되었다. 상당한 양이며 다양한 형태를 보인다고 할 수 있다.

이 같은 이야기들은 어떤 원형적 성질을 가지고 있을까? 대표적인 사례로 광덕/엄장과 원효를 들어 분석해 보기로 한다.

먼저 광덕과 엄장(A-①)의 경우이다. 이미 선행연구자는 이 이야기를 '비속한 것과 숭고한 것의 관계를 이중으로 나타내고 있음'[43]으로 풀이하였다. 광덕의 수행은 비속한 데서 숭고한 데로 나가는 것인데, 광덕이나 아내는 현실

---

42   고운기, 앞의 책, 169-171면 참조.
43   조동일, 『삼국시대 설화의 뜻풀이』, 집문당, 1990, 255면.

에서 비속하고 미천한 생활을 지속하였다. 지향점은 득도/해탈이라는 숭고한 위치에 가 있다. 이는 현실의 비속이 비속에 머물지 않고 그 자체가 숭고로 이행해 가는 과정이라 해석하게 만든다.

『삼국유사』의 이야기들은 불교설화뿐만 아니라 일반 설화에서도 인간의 내면에 잠재한 가치의 울림을 중요시 여긴다. 흥미 위주에 치우치지 않는 이야기 속 숨은 주제는 가치 있는 삶에 대한 교훈이다. 이것을 숭고미라고 할 수 있다.

여기서 중요한 것은 이야기의 전개가 숭고의 진중함에만 빠지지 않고 재미를 잃지 않는다는 데 있다.

광덕은 시종 숭고함을 지키는 사람인데, 그 대척점에 놓이는 엄장은 다르다. 광덕이 죽자 그 아내를 취해 함께 살고 육체적인 관계를 맺으려 한다. 이야기가 단선적으로 흐르지 않아 독자에게 재미를 주는 대목이다. 이런 재미는 단순한 재미에 그치지 않는다. 善惡과 聖俗이 어우러지는 인간 형상의 입체적인 모습이다. 엄장은 비속함 그 자체이다. 그것은 세속의 평범한 인간의 전형이다. 엄장을 보며 우리는 동질적인 우리 내면의 자신을 발견한다. 그러나 이야기 속에 엄장 같은 인물을 과감하게 배치할 수 있는 것은 다른 한편에 광덕이 있기 때문이다. 광덕을 배후로 엄장의 인간성을 여과 없이 드러낸다. 이는 앞서 밝힌 바 2인 주인공 이야기의 장점 가운데 하나이다. 두 사람을 동반자 관계로 설정하고 거기에 부여하는 대조적인 캐릭터를 통해 이야기의 다면적 성격 창조에 이르는 것이다. 서사와 재미가 함께 가는 유효한 방법이다.

물론 이야기의 종착점은 엄장이 이룩하는 숭고함이다. 그것은 독자가 희망하는 결말일 수 있다.

다음으로 원효가 등장하는 이야기이다. 편찬자인 一然이 『삼국유사』에서

가장 공을 들인 인물이 원효이다. 출연 횟수나 의미 요소에서 다른 사람을
압도한다. 그런데 원효 이야기는 특히 동반자형을 많이 택하고 있어 주목된
다.[44] 앞서 보인 21개 가운데 원효가 등장하는 이야기를 다시 보이면 다음과
같다.

> C-② 원효와 혜공(「義解」二惠同塵)
>
> C-③ 원효와 의상(「塔像」洛山二大聖觀音正趣調信)
>
> C-④ 원효와 요석공주(「義解」元曉不羈)
>
> C-⑤ 원효와 사복(「義解」蛇福不言)

이 가운데 C-②, ④, ⑤는 협조적 동반자로 C-③은 대립적 동반자로 분류하
였다. 협조적 동반자의 경우가 더 많지만, 전체적인 성격을 따로 떼어 또는
뭉뚱그려 분석해 볼 필요가 있다.

C-②의 원효와 혜공에 대해서는, "계율을 지키는 것과 파계를 하는 것은
둘이 아니며, 불법이 어디 따로 있는 것도 아니어서, 숭고가 곧 비속이고,
비속이 곧 숭고라는 깨달음을 아주 파격적인 방법으로 나타냈다 하겠다."[45]
는 논의에서 시작하여야겠다. '파격적인 방법'이란 다음 에피소드를 이르는
것이다.

> 늘그막에는 항사사(恒沙寺)로 옮겨 머물렀다. 그때 원효가 여러 경소(經疏)
> 를 찬술하면서, 매양 스님에게 와서 의심나는 곳을 물었다. 간혹 서로 장난을
> 치기도 하였는데, 하루는 두 분이 시냇물을 따라가다 물고기를 잡아 구워

---

44  원효 이야기의 동반자로서 성격은 이어지는 「창작소재로서 원효 이야기의 재구성」과 「同伴
    者型 설화 속의 元曉」에서 본격적으로 다루었다.

45  조동일, 앞의 책, 247면.

먹고는 돌 위에 똥을 누었다. 스님이 그것을 가리키며 희롱하듯이, "자네는 똥인데 나는 물고기 그대로야."라고 외치는 것이었다. 이로 인해 오어사(吾魚寺)라 이름 지었다.[46]

원효가 항사사에서 지내는 혜공에게 와 묻는 일로 두 사람의 이야기는 본격화 된다. 협조적인 관계의 시작이다. 이것이 다소 평이한 일상이라면 '물고기 잡아먹고 똥 누기'는 파격적이다. 혜공이 말한 "자네는 똥인데 나는 물고기 그대로야."라는 대목을, "네 똥은 내 고기다."라고 번역하기도 한다.[47] 원문의 '汝屎吾魚'가 번역으로서 두 가지 가능성을 가지고 있기 때문이다. 그러나 내가 현지조사를 통해 채록한 구전설화[48]에 따르자면, 원효는 그냥 똥으로 나오는데 혜공이 눈 똥은 곧 물고기가 되어 헤엄쳐 달아났다고 한다. 내기에서 혜공이 이겼다는 재미있는 발상이거니와 나는 여기에 따라 번역했다.

이것을 '숭고가 곧 비속이고, 비속이 곧 숭고라는 깨달음'으로 해석하지만, '먹은 물고기를 살려내 방생함으로써 긴장의 국면에서 익살스럽게 웃음이 터지는 현장으로 돌변'[49]한다는 해석도 가능하다. 곧 골계담이자 死魚蘇生 모티브의 하나이다.

그러나 원효와 혜공은 어디까지나 협조적 동반자 관계를 가졌다. 똥 누기 에피소드가 경합담처럼 보이지만 이것으로 우열을 드러낸다고 보이지는 않는다. 이야기의 끝에 일연이 "어떤 이들은 여기서 원효의 이야라기에는

---

46    고운기 번역, 『삼국유사』, 홍익출판사, 2001, 308면.
47    김원중 번역, 『삼국유사』, 을유문화사, 2002, 445면. 다만, "의미는 '너는 똥을 누고 나는 고기를 누었다'는 것으로 보면 된다."는 주석을 달았다.
48    고운기, 『일연을 묻는다』, 현암사, 2006, 181-182면.
49    김승호, 잎의 책, 66면.

외람되다고 하기도 한다."[50]라는 사족을 단 것도 이에 대한 경계이다. 이야기의 본뜻이 어디에 있는지 짚어볼 필요가 있다. 하나의 진리를 찾아가는 도정의 두 사람이 보여주는 특이한 결합이다. 엄장의 배후에 광덕이 받치는 것처럼 원효의 배후에 혜공이 받치고 있는 것이다.

C-⑤의 원효와 사복 또한 비슷한 관계를 형성한다. 한 과부가 남편 없이 잉태하여 낳은 아이가 사복이다. 열두 살이 되도록 말을 하지 못하고 걷지도 못했다. 가엾은 사생아로 원효의 일문에 든 듯하다. 어느 날 사복의 어머니가 죽자 원효는 그의 집에 와서 함께 장례를 치른다. 여기까지는 일상적인 협조의 관계이다. 布薩授戒를 내리는 대목에서 둘 사이에 의견이 갈린다. 원효는, "태어나지 말 것을, 죽음이 괴롭구나. 죽지 말 것을, 태어남이 괴롭구나."라고 축원하는데,

사복은 말이 번하다 하고서, "죽고 사는 것이 괴로우니라."라고만 말했다.[51]

고 하였다. 번거로운 말을 보다 압축적으로 바꾼 정도이지만, 원효와 사복 사이의 경합담처럼 들릴 수도 있다. 그런데 이 대목은 달리 해석되기도 한다.

사복이 말하였다. "말이 번거롭다." 그래서 원효가 다시 말하였다. "죽고 사는 것이 괴롭구나."[52]

사복이 말의 번거로움을 지적하자 원효가 다시 간단히 줄였다는 것이다. 이는 원문이 두 가지 번역의 가능성을 가지고 있기에 생긴 문제이다. 원문은,

---

50  고운기 번역, 앞의 책, 308면.
51  조동일, 앞의 책, 249면.
52  김원중 번역, 앞의 책, 469면.

"福曰, 詞煩, 更之曰, 死生苦兮."라 되어 있는데, '更之曰'의 주어가 사복인지 원효인지 분명하지 않다. 문장의 전체적인 흐름으로 보면 원효의 말이라 보아도 타당할 듯하다.[53] 그렇다면 이 짧은 대화 속에서 의견의 대립과 화합이 극적으로 드러난다. 일상적인 협조관계가 한번 요동치고 제자리를 찾아가는 모습이다. 그러나 사복의 말이라 해도 결과는 같다. 참람하게 스승의 말을 함부로 고칠 수 있겠는가만, 이 장면에 이어 사복이 지은 偈와 죽은 어머니의 시체를 업고 땅 속으로 함께 들어가는 장엄한 모습을 보면, '삶과 죽음이 둘이 아님을 행동으로 보여준 셈'[54]이라는 평가가 결코 과대가 아니다. 사복은 이미 배우는 자로서 제자의 위치에 머물러 있지 않았다.

엄장과 광덕 그리고 원효와 혜공의 表裏 반전하는 모습이 여기서는 사복과 원효의 그런 관계망으로 그려져 있다.

C-③의 원효와 의상은 동반자형 이야기의 하이라이트이다.

원효와 의상은 한 시대를 같이 산 역사상의 라이벌이다. 두 사람은 여러 이야기에서 짝으로 나오고 경합하면서 동반자의 길을 걸었다. 『삼국유사』에서 뽑은 C-③의 이야기는 낙산사를 두고 벌어진 에피소드인데, 이는 앞서 구법여행 길의 해골 바가지 사건으로 前兆를 놓고 있다.

한마디로 의상은 '숭고한 것을 숭고하게 추구'[55]한 사람이다. 도중 비와 어둠을 만나 급거 찾아들어간 토굴이 실은 무덤이었고, 달게 마신 바가지의

---

53 그동안 대부분의 번역서는 주어를 사복으로 삼았다. 일본의 『三國遺事考證』에서도 이 부분을 〈福は、"お前の詞はわずらわしい。"といい、此れを更めて、"死生は、ともに苦しい"〉(村上四男 撰, 『三國遺事考證』, 東京: 塙書房, 1995, 67頁)라고 번역하였다. 반면 『역주 삼국유사』는, 〈사복이 말하기를, "[그] 말이 번거롭다"고 하였다. [원효가] 이를 고쳐서 말하기를, "죽고 나는 것이 괴롭다"고 하였다.〉(한국정신문화연구원, 『역주 삼국유사』 IV, 이회문화사, 2003, 151면)라고 번역하였다. 김원중의 번역도 이와 같다.

54 조동일, 앞의 책, 250면.

55 위의 책, 241면.

물이 해골에 담겨 있었음을 알고서도, 의상은 굽힘없이 자기 길을 간 사람이다. 같은 자리에서 원효가 보여준 행동을 원효의 극적인 깨달음으로 강조하지만, '중도에서 유학을 포기한 일화는 깨달음의 우열을 논리적으로 드러내 의상보다 원효가 한 수 위였음을 드러낸 셈'[56]이라고만 평가해서는 곤란하다. 이 이야기는 의상 전기[57]에 실리면서, 전기의 찬자가, "의상은 이에 자신의 그림자뿐이어서 홀로 떠나며, 죽어도 물러서지 않겠다고 서원하였다.(湘乃隻影孤征 誓死無退)"[58]는 말을 하고 싶어서 가져온 것이었다. 원효는 다소 일그러지고, 의상의 숭고한 정신이 빛나고 있다. 원효가 한 수 위인 것이 아니다.[59]

죽어도 물러서지 않는 의상의 정신은 C-③의 낙산사 창건설화에서 다시 드러난다.

바닷가 굴속에 관음진신이 계신다는 말을 듣고 찾아 온 의상은 먼저 7일간 재계하고 龍天八部의 시종과 동해용을 만난다. 거기서 수정으로 된 염주 한 貫과 여의보주 한 顆를 각각 받았다. 이것으로도 큰 수확이다. 그러나 의상은 다시 7일간 재계한다. 의상의 목표는 관음진신 친견이었던 것이다. 드디어 진신이 모습을 드러내며 산 정상에 절을 지으라고 명하였다. 그에 따라 낙산사를 지었으니, 시작에서 끝까지 어디 한 치의 빈틈도 없다.[60]

---

56  김승호, 앞의 책, 63면.

57  『宋高僧傳』권4, 「唐新羅國義湘傳」

58  대한불교조계종 한국전통사상서 간행위원회, 『정선 화엄 I』, 대한불교조계종, 2010, 366면.

59  이에 대한 자세한 논의는 이어지는 「창작소재로서 원효 이야기의 재구성」과 「同伴者型 설화 속의 元曉」에서 해골바가지 사건 참조.

60  昔義湘法師, 始自唐來還, 聞大悲眞身住此海邊窟內, 故因名洛山, 蓋西域寶陀洛伽山, 此云小白華, 乃白衣大士眞身住處, 故借此名之. 齋戒七日, 浮座具晨水上, 龍天八部侍從, 引入崛內參禮, 空中出水精念珠一貫獻之, 湘領受而退, 東海龍亦獻如意寶珠一顆, 師捧出, 更齋七日, 乃見眞容. 謂曰: "於座上山頂, 雙竹湧生, 當其地作殿宜矣.", 師聞之出崛, 果有竹從地湧出. 乃作金堂, 塑像而安之, 圓容麗質, 儼若天生, 其竹還沒, 方知正是眞身住也. 因名其寺曰洛山, 師以所受二珠, 鎭安于聖殿而去.(『삼국유사』, 「낙산이대성 관음정취 조신」)

그에 비한다면 원효의 행동은 엉성하기 짝이 없다. 渡唐 길에 중도작파하고 돌아선 것을 깨달음의 선언이라고만 보아서는 아쉬움이 남는다 했다. 의상이 앞서 간 낙산사 진신 친견의 여행에 뒤따라 와서도 원효의 눈길은 벼 베는 여자와 서답 빨래하는 여자에게 머물러 있다. 빨래하던 더러운 물을 떠 준 여인의 물바가지를 던져버리고 돌아설 때 나무 위의 파랑새가 지저귀던 울음의 뜻을 알아챌 리 없었다. 그 나무 아래 놓인 갖신의 다른 한 짝을 관음상 앞에 와서 보고야 원효는 깨달았다. 관음 진신은 그토록 참혹하게 원효의 뒤통수를 때렸던 것이다.[61]

그런데 원효의 이런 행동 일체를 엄장의 사례에 견주어 보면 다른 시각이 마련된다.

숭고한 것과 비속한 것은 둘이 아니다. 숭고하다고 받들어 온 보살이 그렇게까지 비속하다고 해야 숭고에 집착하지 않고 진실을 발견할 수 있으며 비속한 사람이 자기각성에 이른다.[62]

관음보살은 원효 앞에 비속한 모습으로 나타났다. 홀로 들에 나와 벼를 베는 여자이며 월경 묻은 속옷을 빠는 여자이다. 스님에게 쭉정이를 건네주고 더러운 물을 떠 준다. 아무리 시험하려 나섰다고 하나 속성을 성스러움으로 하는 보살의 형색은 아니다. 그러나 그것은 성스러움의 집착에 대한 파격이다. 그렇게도 나타날 수 있음을 원효를 통해 보여준 것인데, 대상이 된

---

61  後有元曉法師, 繼踵而來, 欲求瞻禮, 初至於南郊水田中, 有一白衣女人刈稻. 師戱請其禾, 女以稻荒戱答之, 又行至橋下, 一女洗月水帛, 師乞水, 女酌其穢水獻之, 師覆棄之, 更酌川水而飮之. 時野中松上, 有一靑鳥, 呼曰: "休醍醐和尙", 忽隱不現, 其松下有一隻脫鞋. 師旣到寺, 觀音座下, 又有前所見脫鞋一隻, 方知前所遇聖女乃眞身也. 故時人謂之觀音松, 師欲入聖崛, 更覩眞容, 風浪大作, 不得入而去.(『삼국유사』, 「낙산이대성 관음정취 조신」)

62  조동일, 앞의 책, 242면.

원효가 이 일로 아예 나락에 떨어진다면 시도할 수 없는 행위이다. 원효는 엉성한 사람 같지만 곡절 끝에 깨달으며 강한 자의 면모를 갖추어 나간다. 그것이 비속한 사람의 자기각성이다.

원효의 이 같은 행동은 의상에게서 기대할 수 없다. 그러기에 원효는 원효로서 가치를 지닌다. 다른 한편 의상을 배경으로 하고 있기에 가능한 서사이다. 여기서 원효와 의상의 동반자 관계는 서로 대립적이면서도 보완적이다.

승전의 기본적인 틀을 지닌 채 쓰인 이야기이지만, '셋 이상의 대립적 주체들이 등장해 대립 갈등을 심화시켜 나가면서 승전에서 기대하기 어려웠던 이야기의 흥미'[63]를 가지고 있다. 『삼국유사』에 구현된 이렇듯 다양한 동반자형 이야기는 오늘날 우리에게 새로운 텍스트 창출의 힌트를 던져 준다. 동반자형이라는 새로운 이야기의 틀이다. 더욱이 종교 철학적 의미의 내포가 이야기의 깊이를 더해 나가고 있다.

동반자형 이야기의 현대적 활용은 우리 영화나 드라마에서도 찾을 수 있다.[64] 그러나 짝패, 버디, 경합담 등의 다양한 면면을 포함할 새로운 이야기는 얼마든지 더 만들어질 수 있다. 시대를 변하게 하는 메시지의 창출[65]이야말로 향유자가 고대하는 바이다.

---

63  김승호, 『韓國僧傳文學의 研究』, 민족사, 1992, 189면.

64  버디 필름의 영향이라 하겠지만, 〈칠수와 만수〉 그리고 〈투캅스〉가 대표적인 예이다. 특히 〈칠수와 만수〉는 1980년대 한국사회의 부조리를 고발하는 연극으로 출발하여 영화로까지 이어졌다. 연극으로서 흥행에도 크게 성공하였는데, 이후 10년 단위로 다시 무대에 올리며 롱런하는 작품이다. 시대를 담아 새롭게 해석할 여지가 많기 때문이었다.

65  2014년에 만들어진 디즈니 애니메이션 〈겨울 왕국〉은 하나의 참고가 될 수 있다. 엘사와 안나는 에렌델 왕국의 공주 자매이다. 언니와 동생의 동반자 관계와, 안나의 모험담이 적절히 녹아들어 있는 서사이다. 고착된 디즈니 애니메이션의 공주 스타일을 벗어난 이 새로운 이야기는 변화하는 시대의 코드에 맞춘 고전의 재해석이기도 하다. (김지영, 「애니메이션 '겨울왕국'의 흥행질주 비결은」, 『동아일보』 2014. 1. 25, 25면 참조)

## 5. 마무리

동반자형 이야기는 우리 문학사 속에서 설화 전반을 통해 오랜 전승력을
가지고 있다. 그 원형적인 모습을『삼국유사』의 설화에서 찾을 수 있었는데,
짝패·버디·경합담의 개념을 원용하여, 동반자형 이야기로서 해석이 가능
한 설화를 모아 분석해 보았다. 21편의 이야기가 추출된『삼국유사』속의
동반자형 이야기는 4개의 유형으로 나눌 수 있었다. 이를 통해 다양한 성격
과 재해석의 넓은 여지를 확인하였다.

이런 결론에 따르자면 동반자형 이야기는 두 수인공이 등장한 이야기의,
이야기로서의 다채로움에 무엇보다 주목하게 된다. 한 인물로는 그려내지
못할 상황의 다양성을 두 인물에게 지움으로써 현실성을 획득하고 있다. 만
약 이런 성격을 한 인물에 집중하여 그려낸다면 꽤 작위적으로 보였을 것이
다. 또한 이런 이야기에는 제3의 人物群이 조연으로 등장한다. 이 조연들도
주인공 2인과 연쇄적이며 복합적인 관계를 맺게 된다. 양상은 더욱 다채로워
질 수밖에 없다.

두 사람을 동반자 관계로 설정하고 거기에 부여하는 대조적인 캐릭터를
통해 이야기의 다면적 성격 창조에 이르는 것이다. 서사와 재미가 함께 가는
유효한 방법이다. 게다가 불교철학적인 내용의 깊이가 따른다. 종교는 인간
의 내면에 잠재한 가치의 울림을 중요시 여긴다. 흥미 위주에 치우치지 않는
이야기 속 숨은 주제는 가치 있는 삶에 대한 교훈이다.

이 같은 이야기가『삼국유사』에서 원형으로 흘러나와 재해석된 이야기,
새로운 이야기의 거점 콘텐츠가 될 수 있으리라 본다.

이 글에서 특히 주목하여 분석한 것은 광덕/엄장, 원효/의상·혜공·사복
같은 불교설화와 僧傳이었는데, 장르의 엄숙함과 다른 이야기의 재미가 돋보

이기로는 편찬자 일연의 서사 능력에 힘입은 바이지만, 두 주인공 형식을 취한 서사 방식에도 일정 부분 기대었다고 해야겠다. 표리의 반전하는 역동적 전개가 플롯을 복합적으로 만든다. 새로운 이야기의 창출에 효율적으로 활용할 부분이다.

그럼에도 불구하고 논의가 미진한 부분은 여전히 남아 있다.

특히 '동반자형 이야기'의 개념이 좀 더 구체적이지 못 한 약점이다. '두 명의 주인공에 대해 서사적 초점이 어떻게 배분되어 있으며 초점화의 의도와 효과가 무엇인지, 혹은 핵심 사건의 유형적 경향성은 무엇이고 이들 사건의 주제화 경향은 어떠한지, 혹은 '동반자형 이야기'가 만들어내는, 다른 서사 유형과 차별화된 고유 효과는 무엇인지'[66] 변별해 나가야 한다. 이에 대해서는 4개로 나눈 유형의 개별 논의를 진행하면서 보완하기로 하겠다.

---

[66]  이는 동방고전문학회 논문발표회(2014. 2. 22)에서 나온 김영희 교수의 토론 가운데 일부이다. 꼼꼼한 지적에 감사한다.

# 창작소재로서 원효 이야기의 재구성

## 1. 문제의 소재

신라는 승려의 적극적인 渡唐 유학으로 불교를 깊이 있게 수용하였다. 중국은 불교를 공부할 源泉地였다. 원광은 중국 유학을 고대하여 심지어 나라 안의 토속 신에게 빌어서 길을 얻는다. 물론 중국에서 그치지 않고 나아가 더 멀리 인도를 꿈 꾼 승려가 다수 나왔지만, 신라 땅까지 단 한 사람도 돌아오지 못한 비극적인 상황, 정녕 그들의 귀국 후 활약을 보지 못한 결말이 안타까울 따름이다. 그러나 渡唐 유학만으로도 신라 불교는 선진의 대열에 합류하였다.

이웃 나라 일본은 어떠하였는가? 그들은 아주 특이한 예를 우리에게 보여 주고 있다.

唐의 揚州 江陽縣 출신의 鑑眞(688~763)은 일본에서 온 승려 榮叡와 普照 등의 간청을 받아들여, 무려 10년간 여섯 차례의 시도 끝에 743년 일본 遣唐使의 귀환하는 배편으로 渡日한다. 그의 나이 55세 때였다. 이렇듯 일본 불교는 신라와 달리 아예 스승을 모셔온 것이다. 물론 여기에는 당시 일본 불교의

제도적인 문제가 결부되지만, 유학이 아니라 초빙이라는 형식이 신라와 대비
된다.[1]

　중국 불교를 배운 두 나라의 이 같은 차이는 여러모로 다른 결과를 보여주
었다. 중국에서 서양으로 바뀌었지만, 이즈음에도 이런 전통이 암암리에 이
어지는 것 같아 재미있다.

　그런데 우리는 『삼국유사』에 소개된 渡唐 승려에게서 유독 '성인 만남'의
이야기가 많이 남았음을 주목하게 된다. 성인은 관음보살과 문수보살이 주를
이룬다. 수행의 확증으로서 성인 만남이 중요한 역할을 하지만, 중국의 승려
와는 성격이 다른, 신라 승려에게 나타나는 만남의 양상이 곧 신라가 만들어
낸 불교문화의 특이한 점임을 설명하다보면, 동아시아 인문학의 磁場 하나가
움직이고 있다는 사실에 이르게 된다. 이 자장을 견인하는 인물이 元曉이다.

　『삼국유사』의 「元曉不羈」 조에서 첫머리를 '聖師元曉'라고 시작한 一然의
起筆 의도에 대해 가벼이 넘기지 않은 분이 閔泳珪 선생이다.

　　三國遺事의 저자, 一然 스님은 元曉를 聖師라고 불러 있습니다. 慈藏을 大德
　이라 부르고, 義湘을 律士라 불러 있는 一然이 같은 義解 편에서 元曉 한 사람
　을 대우하되 聖師란 無上의 稱號를 받혀 있는데엔 반드시 그렇게 觀할 어떤
　理由를 元曉에게서 발견했기 때문이었을 것입니다만, 一然은 그 理由를 설명
　하지 않았습니다. 몇가지 奇聞異蹟에 속한것을 모았을 뿐, 聖師로 불리운 所以
　에 대해서는 그것을 後世의 宿題로 남겨 놓아 있는 것입니다.[2]

---

1　東野治之, 『鑑真』, 東京 : 岩波新書, 2009 참조. 鑑眞은 일본에서 생애를 마쳤으며, 그가 마지
　막 머물렀던 唐招提寺는 세계문화유산으로 지정되어 있고, 그의 제자 忍基가 만든 木彫像은
　일본에서 가장 오래된 것이다.

2　閔泳珪, 「元曉論」, 『思想界』 1953년 8월호, 사상계사, 1953, 9면.

聖師란 단순한 미칭이 아니니, 위대한 종교적 실천자이기에 가능한 冠詞였다는 것이다. 같은 義解 편에 나란히 실린 자장에게 大德, 의상에게 律土라 호칭한 것과 사뭇 대비된다.[3] 한마디로 원효는 성인의 반열이다. 이제 선생이 제기한 '후세의 숙제'를 푸는 일이 남았다.

이 글에서는 신라 승려의 성인 만남의 양상을 정리해 보고, 다양하게 퍼진 원효 이야기가 이것을 어떻게 수용하고 있는지 살피려 한다. 요석공주와의 法緣은 그의 생애에서 차지하는 비중 또한 작지 않다. 게다가 '해골바가지 사건'으로 불리는 원효의 渡唐中 에피소드는 그의 깨달음의 경과를 설명하는 데 긴요하거니와, 여기에는 사실 입증이 쉽지 않은 여러 이야기가 혼재되어 있어서 정리가 필요하다. 나아가 『삼국유사』「元曉不羈」조의 마지막 대목에서 一然이 원효를 성인의 반열에 올려놓은 뜻을 확실히 해야겠다.

기왕 제출된 원효 콘텐츠에 더하여, 새로운 콘텐츠를 생산할 소재의 개발을 위해 원효 이야기를 재구성해 보고자 한다.


## 2. 本地垂迹 사상과 성인 만남

먼저 잠시 돌아갈 길이 있다. 신라의 승려들이 왜 그다지 성인 만남에 적극적이었는지 해명하기 위한 우회로이다. 그것은 本地垂迹 사상이다.

본지수적 사상은 인도 불교와 佛緣國土를 검토하고, 신라 불교의 재래신앙 포섭과 신라의 불연국토로 설명을 이어가야 한다. 다만 그 설명이 장황해지기 쉬우므로 간단히 정리하고 본론으로 돌아간다.

---

3  고운기, 『일연과 삼국유사의 시대』, 월인, 2001, 268-272면 참조. 민영규 선생이 '義湘을 律土'라 하였지만, 원문에는 '法師'로 되어 있다. 의미상으로는 같아 보인다.

신라인은 불국토의 원형을 상정해 놓고 그것의 뿌리를 획기적으로 그들
자신에게서 찾았다.[4] 佛緣國土의 핵심이다.

이를 두고 동아시아 세 나라의 차이를 비교해 보자.

중국은 『佛祖統紀』 같은 책을 통해, 유교와 도교가 불교의 자취에 해당된
다는 설명을 하고 있어서 참고가 된다. 이에 비해 신라는 자신의 땅이 모두
前佛時代 가람의 터로서, 法水가 길이 흐를 곳(「阿道基羅」)이라든지, 월성 동쪽
용궁의 남쪽에 가섭불 연좌석이 있는데, 그 곳은 바로 전불시대 가람의 터(「迦
葉佛 宴坐石」)라고 여겨, 구체적인 장소에서 佛緣을 강조한다. 끝으로 일본은
神道의 신들이 불교의 부처나 보살들과 연결되어 그 化身으로 자리를 잡아
垂迹이 된다.[5]

이와 같이 크게 정리해 보면, 중국과 일본은 각자의 기존 사상이나 신앙에
다 불교의 本地를 갖다 대는 점에서 공통점이 보인다. 물론 신라도 왕과 그
가족의 이름을 釋迦族에서 따오는 釋種意識[6]이 있었다. 이는 중국이나 일본
과 비견되지만, 신라는 자신의 땅을 본디 자취라고 여기는, 본지수적의 면에
서 보다 적극적인 자세이다.

一然은 『삼국유사』에서 이에 가세한다.

얼마 있지 않아 바다 남쪽에 큰 배 한 척이 하곡현의 사포에 이르러 정박하
였다. 살펴보니 쪽지에 글이 적혀있기를, "西天竺國의 阿育王이 황철 5만 7천
斤과 황금 3만 分을 모아 석가삼존상을 만들려 하였지만, 이루지 못하고 배에

---

4   위의 책, 227-231면 참조.

5   이 단락의 내용은 정천구, 「본지수적설(本地垂迹說)과 불국토사상(佛國土思想)의 비교」, 『정
    신문화연구』 31(1), 한국학중앙연구원, 2008을 참조하여 정리함.

6   신동하, 「新羅佛國土思想과 日本本地垂迹思想의 비교 연구」, 『인문과학연구』 14집, 동덕여
    자대학교, 2008 참조.

실어 바다로 띄워 보내노라. 인연 있는 나라, 거기 가서 丈六尊像이 이루어지기를 축원한다.”하고, 한 부처님과 두 보살상의 모양을 함께 실어 놓았다.

현의 관리가 모두 갖추어 보고하였다. 왕은 사람을 시켜 그 현의 성 동쪽 좋은 곳을 골라 東竺寺를 창건하고, 세 불상을 모셔 안치하였다. 금과 철은 서울로 수송하여, 大建 6년 곧 갑오년[574] 3월에 장육존상을 만드는데 단번에 마쳤다.[7]

황룡사에 모신 장육존상의 조성 내력 이야기이다. 여기서 ‘인연 있는 나라’란 단번에 장육존상을 만들어버린 신라이다. 아육왕조차 실패를 거듭하다 그만 둔 일을 신라 사람은 ‘단번에’ 마쳤다. 일연이 이 같은 기록에 크게 흥미를 느끼는 저변을 우리는 생각해야 한다. 신라 사람의 본지수적 사상에 바탕 한 설화 형식의 ‘연기담’에 대해 일연은 전혀 거부감을 느끼지 않는 태도이다. 史料를 정리하는 손길에서뿐만 아니라, 나아가 찬시를 통해 일연은 이것을 매우 단호한 자세로 동의한다.

> 띠끌 세상이 도리어 眞鄉 되네만
> 香火 드릴 인연이야 우리나라가 으뜸이었던 게지
> 아육왕이 손대기 어려워 보냈겠나
> 필시 월성 옛터 제자리 찾아온 것이니
> 塵方何處匪眞鄉, 香火因緣最我邦. 不是育王難下手, 月城來訪舊行藏.

한마디로 인연은 ‘우리나라가 으뜸’이라고 노래한다. 더욱이 아육왕이 장육존상을 이루지 못 한 것은 기술의 문제가 아니라고까지 하였다. 기술로

친다면 저들이 한 수 위면 위였지 아래가 아니었다. 그럼에도 불구하고 조성의 기회를 넘긴 것은 어디까지나 인연의 문제이다. '옛터 제자리'라는 표현이 그렇다.

이처럼 일연은 중국과 일본에 비해 다른 차원의 본지수적 사상이 나타나는 신라를 적극적으로 해석하고 있는 것이다.

본지수적과 성인 만남이 어떤 관계를 맺을까?

다시 詳述하겠거니와, 중국에서 수행을 마치고도 義湘이 성인 곧 관음보살을 親見하기로는 제 나라 제 땅에 돌아와서다. 공부하는 시스템은 저곳이 더 나을지언정 인연의 요체는 본디 신라 땅에 있었던 것이다. 이것은 곧 본지수적의 다른 모습이다. 아니, 본지수적 사상이 강했기 때문에 성인 만남의 장소가 신라 땅으로 설정되는 것이 자연스러웠다.

동짓날 팥죽을 쑤다 솥 안에서 김과 함께 모락모락 나타난 문수보살의 뺨을 때렸다는 無着文喜(821~900)의 이야기는 굳이 길게 인용할 필요가 없겠다. 그도 문수보살과의 만남을 고대해 왔으며, 기실 한번 만났다가 문수인 줄 모르고 헤어진 전력의 소유자였기에, 이야기의 틀은 『삼국유사』에 나오는 우리 승려들의 성인 만남과 다를 바 없다. 도리어 無着의 경우를 통해 우리의 성인 만남의 틀은 중국의 그것에 기대 있다고 말하는 편이 옳다.

다만 다르기로는 주인공의 신분이 국경으로 離隔한 신라 사람이라는 점이다.

중국 고승의 성인 만남에는 본지수적 같은 사상은 끼어들지 않는다. 중국에 이런 사상이 없지 않고, 중국 또한 인도라는 오리지널을 의식하지 않는 바 아니지만, 중국 불교는 그대로 중국 불교이고, 보살이 불교의 중국 전파기에 맞추어 태생한 점을 감안한다면, 그들의 성인 만남은 본지수적보다는 또다른 오리지널의 확인에 맞춰져 있다. 이에 비해 신라는 중국을 거쳐 수입한 불교를 의식하지 않을 수 없었다. 중국을 건너뛰고, 인도와 직접 견주어 불교의 원천이 신라라 하고 싶은 마음이 속에 있었다.

그렇다면 성인 만남이 승려들에게 왜 그다지 절실했을까?

無着의 이야기는 기실 수행자가 지나치게 성인 만남에 연연한 당대 풍속에 빰을 때린 것이나 마찬가지였다. 그럼에도 불구하고 성인 만남은, 다소 세속적인 표현이기는 하나, 得度의 확정이라는 점에서 버릴 수 없는 가치를 지니고 있다. 우리는 그 한 가지 사례로 다음과 같은 이야기를 『삼국유사』에서 끌어올 수 있다.

사미승 智通은 伊亮公 집안의 종이었다. 일곱 살에 출가하였는데, 그 때 까마귀 한 마리가 와서, "영취산에 가서 朗智 스님 밑에 들어가 제자가 되어라."고 하여 이 산을 찾았다. 마을의 나무 아래서 쉬고 있으려니까, 보현보살이 나타나 戒稟을 주었다. 일곱 살 初發心者가 단박에 성인 친견의 행운을 누렸다. 이후 낭지에게 예를 갖추어 제자로 들어갔는데, 지통이 보현보살 친견의 사실을 말하자, 낭지는, "나는 태어나서 늙도록 은근히 대성을 뵙길 바랐건만 아직 부름 받지 못했는데, 이제 너는 벌써 뵈었으니 나는 네게 훨씬 미치지 못한다."라고 감탄하며 도리어 지통에게 예를 갖추었다.[8]

이 이야기는 수행자가 보살 친견에 얼마나 높은 가치를 부여하는지 알게 한다. 제자로 온 어린 지통더러 스승 될 낭지가 스스로 '훨씬 미치지 못한다'고 말하는 오직 한 가지 이유는 보살 친견의 유무였다.[9] 그런데 신라인이나 일연에게 성인 만남은 또 다른 의의를 부여할 여지가 있다. 그것은 불교에 대한 주체적 인식이고, 본지수적과 불국토 사상으로 이어지는 징검다리이다.

---

8   『삼국유사』, 「朗智乘雲 普賢樹」
9   일연 또한 서른한 살에 문수보살 친견의 감격 속에서 豁然한 깨침의 경험을 했다. 고운기, 『일연을 묻는다』, 현암사, 2006, 116-117면.

유학승조차 굳이 성인 만남의 장소가 귀국 후 신라로 설정된 경우가 나타나는 저간의 사정은 여기서 접점을 찾는다.


## 3. 성인 만남의 세 가지 양상

이제 『삼국유사』에 기록된 성인 만남이 어떤 양상을 띠는지 살필 차례이다. 크게 세 가지로 나누어 본다. 먼저 義湘의 경우이다.

> 의상법사가 처음 당나라에서 돌아왔을 때, 부처님의 진신이 이곳 동해안 해변 굴 안에 계시다는 말을 들었다. (…중략…) 의상은 7일 동안 齋戒하였다. 깔고 앉은 자리를 새벽녘 물위로 띄웠더니, 龍天八部의 시종이 굴 안으로 이끌어 들여 공중에 예를 갖추고, 수정으로 된 염주 한 貫을 내어 주었다. 의상이 머리 숙여 받고 물러나는데, 동해용이 또한 여의보주 한 顆를 바치자, 법사가 나가 받들었다. 다시 7일 동안 더 재를 올렸다. 이에 진신이 모습을 드러내며 말했다.
> "앉아있는 곳 위의 산 정상에 대나무 두 그루가 솟아있을 것인즉, 그 곳에 절을 지어야 좋겠다."
> 법사가 그 말을 듣고 굴에서 나오자, 과연 대나무가 땅에서 솟아 나와 있어, 금당을 짓고 불상을 만들어 모셨다.[10]

의상이 강원도 양양의 바닷가에서 관음보살을 만난 이야기이다. 이는 곧 낙산사 창건연기설화이기도 하다. 보살 곧 성인을 만나는 것은 이렇듯 수행자에게 주는 의미가 각별하다.

---

10    『삼국유사』, 「洛山二大聖觀音正趣調信」

그런데 이 이야기에서 먼저 눈에 띄는 것은 의상이 '당나라에서 돌아왔을 때'라는 시점이다. 당에서 그의 스승으로부터 후계자가 되라는 제안까지 받은 의상이었다. 그만큼 학문과 수행에서 돈독했음을 말한다. 그런 제안을 떨치고 의상은 굳이 돌아왔다. '진신이 모습을 드러낸' 사건은 귀국 이후, 신라 땅 동해안 해변 굴에서 일어났다. 수행은 수행대로 했는데, 수행의 완결이라 할 성인과의 만남은 어쩌다 신라 땅에 돌아와서 일어나는 것일까? 우리의 관심은 여기에 있다.

의상의 성인 만남은 성공한 경우이다. 이에 비해 실패한 이야기가 있다. 같은 시대의 慈藏이 주인공이다.

늘그막에 서울을 떠나서 강릉군에 水多寺를 세우고 지냈다. 꿈에 북대에서 본 특이한 모습의 스님이 다시 와서 알렸다.

"내일 그대를 大松汀에서 보겠노라."

놀라서 일어나 일찍 나가 송정에 이르렀다. 과연 문수보살이 와 있었다. 法要를 묻자,

"태백산의 칡넝쿨이 우거진 곳에서 다시 만나자."

하더니 숨어버리고 나타나지 않았다. (…중략…) 얼마 있다가 어떤 늙은 거사가 해진 두루마기에 짊어진 삼태기에는 강아지를 담아 가지고 와서 제자에게 말하였다.

"자장을 만나러 왔노라."

"위아래 누구나 우리 스님의 이름을 함부로 부르는 자를 본 적이 없소. 당신 대체 누구기에 이토록 미친 말을 하시오?"

"그저 네 스승에게 알리기나 해라."

그래서 들어가 자장에게 알렸다. 자장은 깨닫지 못하고 말했다.

"아마 미친놈인가 보다."

제자가 나와 꾸짖으며 쫓아버리자 거사가 말했다.

"돌아가마, 돌아가마, 我相에 잡힌 자들이여. 어찌 나를 만나볼꼬?"

그러면서 바구니를 엎어 쏟으니 강아지가 사자보좌로 바뀌는 것이었다. 거기에 올라타고 빛을 내며 사라졌다.[11]

자장 앞에 문수보살이 나타났다. 자장으로서는 이것이 처음이 아니다. 중국에서 유학하는 도중에 이미 만난 적이 있었다.[12] 그렇게 보면 자장은 의상보다 훨씬 행복한 경우에 속한다. 그런데 문수보살은 자꾸만 자장에게 나타난다. 왠지 미진해 보이는 구석이 있어 보이는 듯하다. 위 이야기에서도 문수보살은 끝내 마무리 짓지 않는다. 다시 또 보자고 약속시간과 장소를 일러주며 '숨어'버리는 것이다. 그런데 결정적인 만남의 기회를 자장은 놓친다. 늙은 거사로 변장하여 나타난 문수보살을 '자장은 깨닫지 못하고' 말았던 것이다.

결과적으로 성인 만남에서 의상은 성공했고 자장은 실패했다. 낙산사를 창건하며 아름답게 마무리 된 의상의 성인 만남과 달리, 자장은 몸을 날려 自盡하는 비극[13]으로 끝난다. 성공과 실패의 결과는 이토록 극단적인 결말로 치닫는다.

신라 하대의 禪僧인 梵日에게는 위 두 사람과 다른 모습을 보이는 성인 만남이 있다.

---

11  『삼국유사』, 「慈藏定律」

12  "신라 제27대 선덕여왕이 즉위한 5년은 貞觀 10년 곧 병신년[636]이다. 자장법사가 중국으로 유학하여 오대산에서 문수보살의 법을 받았다."(「皇龍寺 九層塔」)

13  「慈藏定律」 조의 마지막에, "자장이 이를 듣고 격식을 제대로 갖추어 입은 다음 빛을 찾아서 따라갔다. 남쪽 고개에 올랐더니 이미 아득하여 쫓지 못하였다. 자장은 마침내 몸을 버려 죽었다. 다비를 해서 돌로 된 굴 안에 모셨다."는 대목이 그것이다. 실패는 곧 죽음으로 이어져 있다.

堀山祖師 범일이 太和 연간[827~835]에 당나라에 들어가 明州의 開國寺에
이르렀다. 왼쪽 귀가 잘린 한 어린 스님이 여러 승려들의 말석에 앉아 있다가
범일스님에게 말을 걸었다.

"저 또한 같은 향리 사람입니다. 집은 명주계의 익령현 덕기방인데, 스님이
다음에 본국으로 돌아가시거든 제 집을 지어 주십시오."[14]

이야기는 '왼쪽 귀가 잘린 한 어린 스님'을 만나는 것으로 시작한다. 어떤
사정이 있는 것일까? 더욱이 그는 범일과 같은 고향 사람이며, 돌아가 안부를
전해달라는 부탁을 잊지 않는다. 범일로서는 측은한 마음이 아니더라도 그런
부탁을 들어주지 않을 까닭이 없다.

그런데 '제 집을 지어달라'는 말은 무슨 뜻일까? 분주한 와중의 범일로서
는 거기까지 깊이 있게 생각할 겨를이 없었던 것 같다.

大中 12년은 무인년[858]인데, 2월 15일 밤에 꿈을 꾸었다. 옛날 보았던
어린 스님이 창밖에 이르러 말하는 것이었다.

"지난 날 명주 개국사에서 스님과 약속하였습니다. 기꺼이 응낙을 하시고
도 어찌 이렇게 늦으십니까?"

범일조사는 깜짝 놀라 깨었다. 제자 수십 명을 데리고 익령 근처에 이르러
그 거처를 찾았는데 낙산사 아래에 살고 있었다. 이름을 물으니 과연 덕기였
다. 그 여자는 아들 하나를 데리고 있었다. 나이 여덟 살인데, 마을의 남쪽
돌다리 가에 나가 놀았다. 아들이 어머니에게 말했다.

"제가 함께 노는 아이 중에 금색동자가 있어요."

어머니가 이 사실을 조사에게 말하니, 조사는 놀라 기뻐하며 아들과 함께
그가 논다는 다리 아래로 갔다. 물속에서 석불 하나를 찾아 꺼내보니, 왼쪽

---

14 『삼국유사』, 「洛山二大聖觀音正趣調信」

귀가 잘린 모습이 전에 보았던 어린 스님과 같았다. 곧 正趣菩薩의 불상이었던 것이다.[15]

대중 12년 곧 858년이라면 범일이 사미승을 만난 날로는 20여 년, 귀국한 날로는 10여 년을 넘긴 때였다. 약속을 까마득히 잊어버린 것이다.

야속한 마음에 꿈속으로 나타난 사미승을 범일은 잠에서 깨어나 여전히 측은하게만 생각했을 것이다. 제자 수십 명을 데리고 한걸음에 찾아간 곳은 낙산사 아래였다. 의상이 관음보살을 뵙고 그 명령에 따라 지은 절이다. 석가모니 불상 옆에 관음보살과 정취보살을 협시보살로 두는 것이 통례이지만, 범일에게는 그마저 떠오르지 않는 모양이다. 사미승이 자신의 어머니라고 말했던 여자의 이름은 덕기, 여덟 살짜리 아들 하나와 사는 모습에서 머나먼 나라 가련한 소년의 모습이 겹쳐졌는지 모른다.

그러나 정작 아들은 그 소년일 리 없다. 20여 년 세월이 그 사이에 끼어 있기 때문이다. 도리어 이 아들이 '함께 노는 금색동자'가 있다는 말에 범일의 뇌리를 스치는 무엇인가가 있었을 뿐이다.

아들이 가리키는 데 따라 물속에서 꺼낸 석불 하나는 왼쪽 귀가 잘린 그 옛날 사미승의 얼굴이었고, 다름 아닌 정취보살을 새긴 불상이었다. 그렇다면 사미승은 정취보살의 현신이며, 그런 모습으로 범일 앞에 나타났던 것이다. 현신한 성인을 알아보지 못 한 아슬아슬함에, 세월이 흘러 하마터면 잊어버릴 뻔 했는데, 꿈속으로 찾아온 사미승 아니 정취보살의 引導는 거룩하기까지 하다.

범일은 드디어 머나먼 거리와 시간이 흘러 성인을 만났다. 또한 이것으로

15   위와 같은 조.

의상의 관음보살 만남과 짝을 이룬다. 관음 옆에 정취보살이 모셔졌기 때문
이다. 나아가 낙산사는 관음과 정취가 함께 하는 완벽한 공간을 이룬다. 이
같은 공간의 건설이야말로 신라 불교가 지닌 동아시아적 위상을 설명하는
데 매우 긴요하다.

위의 내용을 표로 정리해 보면 다음과 같다.

| 주인공 | 보살 | 기점 | 종점 | 결과 | 비고 |
|--------|------|------|------|------|------|
| 의상 | 관음보살 | 신라 | 신라 | 성공 | 관음 봉안 |
| 자장 | 문수보살 | 중국 | 신라 | 실패 | 自盡 |
| 범일 | 정취보살 | 중국 | 신라 | 성공 | 정취 봉안 |

이제 성인 만남의 세 가지 경우를 하나의 의미망으로 연결해 보자.

의상은 중국을 다녀왔으나 신라 땅에서 시작하고 마무리 된 성인 만남이
었고, 자장은 중국에서 시작하였으나 신라에 돌아와 마무리하는 데 실패한
다. 심지어 중국에서 문수보살을 친견하였음에도 불구하고, 신라에 와서 마
지막 순간 再見의 기회를 놓쳤다. 반면 범일은 중국에서 시작하고 신라에
와서 마무리된다. 낙산사에 작은 집을 한 채 짓고 물속에서 꺼낸 정취보살상
을 모셨다. 한쪽 귀가 잘린 사미승이 '제 집 한 채'를 갖는 순간이다. 성인
만남에 성공한 경우로는 의상과 닮았고, 중국에서 만난 성인을, 비록 그때는
알아보지 못하였으나 신라 땅에 와서 다시 만나는 경우로는 자장과 닮았다.
범일은 의상과 자장의 경우를 합쳐 놓은 듯한 모습이다.[16]

---

16  범일에게는 눈물겨운 이야기가 성인 만남과 함께 누벼져 있다. 바로 어머니와 어린 아들의
만남이다. 범일 앞에서 정취보살은 자신의 신분을 어머니를 두고 떠나온 가련한 아들이라
밝혔었다. 지금 현실 속에 금색동자와 논다는 아들을 정취보살로 나타난 옛 아들과 겹쳐놓
으면 이야기는 끝이 없을 것 같다. 기실 아버지가 누군지 모르고 컸던 범일이다. 홀어머니
홀로 두고 출가한 범일이다. 범일에게 성인 만남은 어머니와의 만남이다.

이렇게 세 경우를 성인 만남의 세 가지 양상이라 할 수 있다. 이 같은 양상의 뜻풀이는 다양하게 도출할 수 있지만, 일연의 『삼국유사』에 이토록 집중된 까닭은 당연히 앞서 설명한 本地垂迹과 자연스럽게 연결된다.[17]

## 4. 원효의 깨달음과 역사적 재평가

### (1) 두 번의 선언

여기서 우리가 궁극적으로 귀일하는 사람이 원효이다. 앞에 보인 세 가지 양상의 성인 만남이 원효에게는 변주 또는 강화되어 모두 나타나고, 무엇보다도 신라 불교의 동아시아적인 위상을 그릴 때 내세워야 할 인물이기 때문이다. 그는 동아시아에서 한국의 고대가 위치하는 據點이다.

617년 출생의 원효는 '卯眔之年'의 나이인 열 살 이전, 정확히는 약 8~9세에 이미 출가'[18]하였다고 한다. 성인 만남부터 그 자신이 성인의 반열에 이르는 극적 전개, 그런 원효에게는 생애 동안 두 번의 선언이 있었다. 첫째, 요석공주를 만나 설총을 낳을 때, "하늘 괴는 기둥을 자르겠다."고 한 것, 제1선언이다. 둘째, 의상과의 渡唐行에서 홀연히 돌아서며, "마음 바깥에 법이 없다."고 한 것, 제2선언이다. 두 번의 선언은 원효의 생애를 재구성하는 데 축이 된다.

각각의 선언 사이 전과 후는 원효가 깨달음의 난관을 극복하는 변증의 과정이다. 먼저 제1선언부터 보자.

---

17　眞身釋迦나 보살을 만나는 이야기는 설화적인 바탕의 『삼국유사』의 「眞身受供」에서 바위, 「月明師 兜率歌」에서 미륵 등으로 이어진다.

18　고영섭, 『나는 오늘도 길을 간다』, 한길사, 2009, 31면. 이는 『宋高僧傳』의 '卯眔之年 惠然入法 隨師稟業 遊處無恒'라는 구절에 의거한 것인데, '관채'가 8~9세인지, 15~6세인지 논란이 될 만하다. 어쨌건 20세 이전의 출가는 분명한 듯하다.

일찍이 하루는 스님이 거리에서 소리 질러 노래 불렀다.

누가 자루 빠진 도끼를 주려나
내가 하늘 괴는 기둥을 자를 터인데

사람들은 뜻을 알지 못했다. 그때 태종 임금이 듣고는 말했다.
"이것은 스님이 아마도 귀부인을 얻어 현명한 아들을 낳겠다는 말일 게야. 나라에 큰 현인이 있으면 이보다 더 큰 이익이 있을라구."
때마침 요석궁에는 과부로 지내는 공주가 있었다. 임금은 궁궐 관리에게 원효를 찾아 데려 오라 명하였다.[19]

'자루 빠진 도끼'라는 다소 외설스러운 말은 원효가 펼쳐 보이려는 큰 계획에 묻히고 만다. 이것으로 '하늘 괴는 기둥'을 자르겠다는 선언이 뒤에 바로 이어 나오기 때문이다. 그렇게 원효는 파계승이 되었고 설총을 낳았다. 하나는 부정적이요 다른 하나는 긍정적이다. 그러나 긍정이 부정에게 크게 우월하므로 원효는 원효이다. 설화에서 원효가 그려지는 모습은 늘 이런 패턴을 가지고 있다. 젊은 제자인 사복에게 타박을 받지만 곧이어 연화장 세계를 보는 것으로 역전[20]하고, 관음보살의 화신을 알아채지 못하지만 보살이 남긴 신발로 친견[21]을 이뤄낸다. 그러므로 이 제1선언은 평생 원효가 살다간 삶의 원형이다. 경박과 조급이 전반부라면 긍정적 결과의 도출이 후반부이다. 이는 평범한 사람 누구에게나 나타날 수 있는 패턴이라는 점에 着目할 필요가

---

19   『삼국유사』, 「元曉不羈」
20   『삼국유사』, 「蛇福不言」
21   『삼국유사』, 「洛山二大聖觀音正趣調信」

있다.

다음은 제2선언이다. 이른바 해골바가지 사건의 절정에 나오는 장면이다.

삼계는 오직 마음이요, 만법은 오직 식뿐이다. 마음 바깥에 법이 없는데 어찌 따로 구할 필요가 있겠는가. 나는 당나라에 가지 않으리라.

三界唯心, 萬法唯識, 心外無法, 胡用別求, 我不入唐[22]

한 마디로 원효의 깨달음을 극적으로 보여주는 대목이다. 숙원이던 당 나라 유학을 눈앞에 두고 돌아선 그의 입에서 나온 말은 원효의 삶이 지닌 또 다른 원형이다. '문제는 마음'이라고 간파한 마당에 마음을 끌고 어디 가겠는가. 육신만 수고로울 뿐이며, 그 와중에 겨우 잡은 마음의 실마리마저 잃어버릴 수 있다. 그래서 가지 않겠다고 선언하는 것이다.

이런 두 번의 선언이 원효의 삶을 재구하는 데 있어서 두 기둥이다. 파계와 깨달음이라는 상이한 가치가 그의 삶을 때로 진지하게 때로 극적으로 나아가게 한다.

그런데 제1, 제2로 붙인 이 선언은 과연 이런 순서일까?

일반적으로 요석궁에서의 파계는 '사자후를 토하며 유학을 그만 두고 돌아온 661년 몇 월 이후부터 태종무열왕이 승하하기 이전의 6월 며칠 그 사이에 있었던 일'[23]이라고 보는 쪽이 우세하다. 그렇다면 위 선언의 순서는 바뀌어야 한다. 해골바가지 사건이 먼저이고 요석공주와의 인연이 다음이라는 것이다. '태종 무열왕의 딸 요석공주'가 혼자 사는 처지라 했으니, 어쨌건

---

22  『宋高僧傳』, 「唐新羅國義湘傳」
23  고영섭, 앞의 책, 88면.

파계는 김춘추가 왕으로 불리는 654년 4월에서 661년 6월 사이에 일어났겠지만, 원효의 1차 유학 시도는 650년(34세) 2차는 661년(45세), 1차에서 고구려를 통해 육로로 이동하다 실패하여 돌아왔고, 2차에서 당진 가까운 어느 무덤을 무대로 해골바가지 사건은 벌어졌었다.[24] 그래서 이 사건으로 回還한 다음 요석궁의 일이 이어진다 보는 것이다.

그러나 굳이 '깨달음 이후 파계'의 순서로만 볼 수 있을까? 요석궁의 일은 말할 것 없지만, 원효와 의상의 2차 도당 시도 또한 연도만 알 뿐 정확한 날짜를 모른다. 그래서 단지 앞뒤 정황으로 순서를 정할 수밖에 없다. 정황을 다시 그려보자.

'마음 바깥에 법이 없다'는 선언에는 깨달음의 출발을 알리는 심중한 의미가 있다. 요석과의 일을 '無碍行의 대표적인 설화인 요석공주와의 法緣'[25]이라고 긍정적으로 평하기도 하지만, 요석을 만난 일이 승려로서 파계는 파계이고, 이 자체를 주인공이 원효이기에 미화만 할 수 없다. 도리어 40대 초반의 원효가 미혹의 마지막 단계에서 저지르는 무모한 도전 곧 漫行으로 보아야 하지 않을까 싶다. 처음에 원효는 여자와 가까이 하더라도 가고자 하는 자신의 길이 흔들리지 않는다고 믿었을 것이다. 그러나 정작 요석궁에서 자고 나온 다음 원효는 본인 스스로 파계임을 인정하고, 그간에 없던 방법으로 뼈를 깎는 수행을 이어나간다. 그런 마련해선 入宮은 원효에게 반반의 成敗를 가져다주었다.

이런 와중에 의상은 제2차 渡唐을 계획하고 있었다. 650년에 1차 시도가

---

24  다음의 「同伴者型 설화 속의 元曉」에서 渡唐 연도를 자세히 정리하였다. 이 논문에서 나는 해골바가지 사건은 만들어진 이야기일 가능성이 높다고 보았다.

25  이법홍, 「원효행장 신고」, 국토통일원 조사연구실 편, 『원효연구논총』, 국토통일원, 1987, 395면.

실패하였고 654년에는 김춘추가 등극하였다. 그의 統治期인 654년에서 661
년 사이 어느 시점에 원효가 파계의 사건을 벌이는 동안, 의상의 계획은 치밀
하게 준비되고 있었을 것이다. 특히 660년 나당연합군이 백제의 사비성을
점령한 것은 의상의 마음을 들뜨게 하였다. 이로써 당 나라까지의 심리적
거리가 더욱 가까워졌기 때문이다.

결론적으로 의상은 사비성 점령 직후 2차 도당을 결심했고, 이보다 앞선
시점에 원효의 파계가 경주를 떠들썩하게 만들어놓고 있지 않았을까?

파계 이후 극적 전환이 필요한 입장의 원효로서는 45세의 무리한 나이이
지만 의상을 따라나서리라 결심하지 않을 수 없었을 것이다. 그런데 661년
6월 김춘추의 죽음 곧 國喪을 기준으로, 2~3월에는 신라군이 백제의 저항세
력과 사비성에서 격전을, 5월에는 고구려와 접전을 벌이고 있었다. 좀체
먼 길을 떠나기 어려운 상황이다. 다만 국상의 조문에 즈음하여 10월 29일
당 나라의 사신이 왔다.[26] 의상은 사신이 돌아가는 이 배를 이용하기로 했을
것이다. 「의상전」에 나오는 '計求巨艦'[27]의 巨艦은 이를 두고 하는 말인 듯
하다.

그러므로 나는 원효의 파계(제1선언)에 이어 2차 도당 시도(제2선언)가 이어
지는 것으로 본다. 도중 깨달음의 결정적인 힌트를 얻은 원효는 경주로 돌아
와, 『삼국유사』에 기록된 대로, 小姓居士라 칭하고 거리로 나섰다. 앞서 '그간
에 없던 방법'이라 말한 無碍行의 시작이요 참된 깨달음의 본격적인 출발이
었다.

---

26  『삼국사기』, 「신라본기」 문무왕 1년 11월 조.
27  行至本國海門唐州界, 計求巨艦, 將越滄波.(『宋高僧傳』, 「唐新羅國義湘傳」)

## (2) 해골바가지 사건의 전말

여기서 해골바가지 사건을 좀 더 자세히 들여다보자. 기록에 따라, 기록을 해석하는 입장에 따라 이 사건은 조금씩 다른 모습으로 전해진다. 원문과 번(의)역의 중심 부분만 인용한다.

[A] 宋高僧傳 唐新羅國義湘傳

年臨弱冠, 聞唐土敎宗鼎盛, 與元曉法師, 同志西遊. ①行至本國海門唐州界, 計求巨艦, 將越滄波.

倏於中塗, 遭其苦雨, 遂依道旁土龕間隱身, 所以避飄濕焉. 迨乎明旦相視, 乃古墳骸骨旁也. 天猶霢霂, 地且泥塗, ②尺寸難前, 逗留不進, 又寄埏甓之中. 夜之未央, 俄有鬼物爲怪.

曉公嘆曰, "前之寓宿, 爲土龕而且安, 此夜留宵, ③託鬼鄕而多崇."

[B] 번역

(의상은) 나이 약관이 되어 당나라에서 교종이 이제 한창 융성함을 듣고 원효법사와 뜻을 같이 하여 서쪽으로 유학하고자 하였다. ①본국의 바닷길의 문이 막히자 당나라 경계로 가서 큰 배를 구해 푸른 파도를 건너갈 계획이었다.

갑자기 중도에 궂은비를 만났는데, 마침 길가의 토굴 사이에 몸을 숨기게 되어서 비바람을 피했다. 이튿날 아침에 자세히 보니 오래된 무덤에 해골이 옆에 있었다. 하늘은 여전히 가랑비가 내리고 땅도 진흙이어서 ②한 걸음도 나가기 어려웠다. 그대로 머물며 나서지 못하고 또 무덤굴 벽에 기대어 있었다. 밤이 깊어갈 무렵 갑자기 귀신이 나타나 괴이하였다.

원효 스님이 탄식하기를, "어제 여기 머물며 잤을 때에는 토굴이라며 또한 편안했었는데 오늘 밤은 잠깐 머물면서도 ③귀신의 동네에 의탁하니 동티가 심한 것이구나."[28]

[A]는 원문이고 [B]는 가장 최근 번역된 것이다. 원문에 충실하여 직역한 번역임을 알 수 있다. ①에서 唐州界를 '당나라 경계'로 번역한 것 등이 그렇다.

직역한 번역 [B]를 가지고 해골바가지 사건의 전말을 다시 본다. 세간에 흔히 회자되는 것[29]과 달리 이 사건은 이틀을 두고 일어났다. 무덤에서 자고 난 아침, 원효는 그저 어안이 벙벙했을 뿐이다. 여기서 바로 깨달음의 선언이 나오지 않았다. ②에서처럼, 비가 계속돼 한걸음도 나가지 못하고 다시 하룻밤을 더 지내야했다. 그 밤, 원효는 토굴이라 생각한 지난밤과 달리 잠을 이루지 못한다. 무덤인 줄 알았으니, ③에서처럼, 귀신의 동네에서 동티가 난 것이다. 원효는 그때에야 마음의 문제를 깨달았다.

이렇게 이틀 사이의 극적인 반전 속에 깨달음의 과정은 정리되지만, [B]는 두 가지 점에서 번역상의 아쉬움이 보인다. ①에서 '본국의 바닷길의 문이 막히자'라는 번역이 어디서 나왔는가, ②에서 같은 무덤에 계속 머물렀다고 했는데 과연 그런가. 원문 '至本國海門'을 이렇게 번역하기는 어렵겠고, 아무리 비가 계속 내리고 땅이 질다 해도 무덤에 그대로 머물 수 없을 것이다. 의역한 다른 번역을 참고해 보기로 한다.

[C] 의역

(의상의) 나이 스무 살 때, 마침 당나라에서는 화엄교학이 한창이라는 소문을 듣고, 원효와 더불어 입당구법의 장도에 오르게 된다. 당으로 가는 선편을

---

28  해주 역주, 『정선 원효』, 한국전통사상서간행위원회, 2009, 386-387면.
29  『東史列傳』「元曉國師傳」에 실린 다음과 같은 전개가 가장 흔하다. "다 자라서 당나라로 도를 찾아갈 때 밤에 무덤 사이에서 머물게 되었다. 갈증이 심하여 손으로 움켜서 물을 마셨는데 매우 달고 시원하였다. 이튿날 아침 그것을 보니 해골이었다. 홀연히 맹렬하게 자신을 싱찰하고 반성하였나."

얻고자 ①⟨本國海門 唐州界⟩로 향했다는 것이나, 당시 두 나라 사이를 왕복하는 중요한 항구의 하나가 지금 남양만이었으므로 이 당주계란 곧 남양, 아산 일대를 가리킨 것인지 모른다.

당주계를 향해서 먼 길을 나선 두 젊은 沙門은 어느 날 깊은 산중에서 큰 비를 만난다. 날은 저물고 찾아 들 인가는 없고, 어둠 속에서 헤매던 끝에 어떤 조그만 움집으로 기어든다. 이튿날, 날이 새면서 주위를 살펴보고 두 젊은 사문은 비로소 당황한다. 무덤 속이었기 때문이다. 허물어진 옛 무덤인 줄도 모르고 그 속에서 한밤을 보냈으며, 주위에 뒹구는 髑髏는 간밤에 물을 받아 마신 그릇이었던 것이다.

다음 날도 비는 계속된다. 정녕 ②무덤이 아닌 빈 집을 찾아 이 밤을 여기서 보내기로 작정한다. 그러나 원효는 온 밤이 새도록 잠을 이루지 못하고, 어둠이 가져 오는 갖은 두려움으로부터 벗어날 길이 없다.

끝내 원효는 이렇게 생각한다. 어젯밤은 해골과 더불어 무덤 속에서 지낸 것이었건만 단잠으로 보낼 수 있었고, 이 밤은 오히려 ③갖가지 귀물에 대한 망상으로 해서 잠을 이루지 못하고 있으니[30]

[D] 해설

2차 유학을 시도한 것은 661년이었다. 원효는 45세, 의상은 37세였다. 이번에는 바닷길로 가고자 ①당주계(唐州界)로 향하였다. 그곳에 당도했을 때 갑자기 거친 비바람을 만나 땅막 속에서 하룻밤을 자게 되었다. 이튿날 일찍 일어나 ②계속 길을 재촉해 해안가로 향했다. 그런데 비가 계속 그치지 않자 어느 무덤 속에서 다시 하룻밤을 더 자게 되었다. 그러다가 동티를 만나 깨달음의 한 계기를 만나게 된다. 여기에서 원효는 엄청난 전환의 계기를 맞이한다.

"어젯밤 잠자리는 땅막이라 일컬어서 또한 편안했는데, ③오늘 밤 잠자리는 무덤이라 내세우니 매우 뒤숭숭하구나."[31]

---

30   민영규, 『四川講壇』, 우반, 1994, 133-134면.

[C]는 의역이라고 하나 자신의 글 같이 썼고, [D]는 해설이라고 하나 원문의 내용을 충실히 따랐다. 그렇다면 둘 다 의역의 범주에 든다 할 것이다.

[C]에서는 ①의 당주계를 '남양, 아산 일대'로 비정하고 있으며, ②의 이튿날에는 무덤 아닌 빈집을 찾아 묵었다고 하였다. [B]와 다르다. [D]에서는 당주계라고만 했고, 어느 다른 무덤에서 이튿날 밤을 지냈다고 하였다. 이렇게 보면 셋이 모두 조금씩 다르다. ③에 대해서도 조금씩 차이가 난다. [B]가 '귀신의 동네에 의탁하니 동티가 심한 것'이라고 직역하였는데, [C]는 '귀물에 대한 망상으로 잠을 이루지 못함'이라고, [D]는 '무덤이라 내세우니 매우 뒤숭숭하다'고 하였다. 이를 표로 정리해 본다.

| | A | B | C | D |
|---|---|---|---|---|
| ① 唐州界 | 行至本國海門唐州界 | 당나라 경계 | 〈本國海門 唐州界〉 … 남양, 아산 일대 | 당주계(唐州界) |
| ② 둘째 날 | 尺寸難前 逗留不進 又寄堨壁之中 | 그대로 머물며 … 또 무덤굴 벽에 | 무덤이 아닌 빈집을 찾아 | 해안가로 … 어느 무덤 속에서 |
| ③ 동티 | 託鬼鄉而多祟 | 귀신의 동네에 의탁하니 동티가 심한 것 | 갖가지 귀물에 대한 망상 | 무덤이라 내세우니 뒤숭숭 |
| ④ 해골바가지 | × | × | 간밤에 물을 받아 마신 그릇 | × |

이 표를 보면 ①과 ③은 크게 문제될 바 없을 것 같다. 문제는 ②와 ④에서 나는 차이이다.

먼저 ②는 둘째 날 원효와 의상이 머무는 곳의 문제이다. 당주계에 이른

---

31  고영섭, 앞의 책, 73-74면.

첫째 날 밤의 무덤과 같은 무덤인지 아닌지, 나아가 그것이 빈 집인지에 따라 이야기는 많이 달라질 수 있다. 일단 이는 원문의 逗留(두류)와 埏甓(연벽)을 어떻게 해석하는 지에 따라 달라진 것 같다. 두류는 꼼짝 못 하고 머문 것으로, 연벽은 무덤으로 보았다. 머물러 같은 무덤 속에 둘째 밤을 보낸다는 [B]의 해석은 그래서 나왔다. 그러나 難前(난전)이니 不進(불진)하는 것은 당연하지만, 이는 당주계의 항구까지 미치지 못했다는 것이요, 이미 무덤인 줄 알았는데 설마 같은 장소에 머물다니, 왠지 이치에 맞지 않아 보인다. [C]의 의역이 나온 것은 이 같은 까닭에서다. 낮 동안에 무덤 아닌 빈 집을 찾았다고 본 것이다. 연벽은 무덤처럼 그렇게 초라한 빈 집을 가리킨다고 보인다. [D]에서 굳이 해안가까지 갔는데 거기서 또 무덤을 잠자리로 잡았다는 해석도 어색하다.

다음으로 ④는 더 문제가 크다. 기실 이 이야기는 우리에게 해골바가지 사건이라고 해서 잘 알려져 있는데, 정작 해골은 [A]의 원문에 나타나지 않는다. 그래서 당연 [B]와 [D]의 번역에는 없는데, 웬일인지 [C]에는 '주위에 뒹구는 髑髏는 간밤에 물을 받아 마신 그릇이었던 것'이라고 하였다. 이는 어디에서 근거하였을까? 앞서 보인 『동사열전』의 "갈증이 심하여 손으로 움켜서 물을 마셨는데 매우 달고 시원하였다. 이튿날 아침 그것을 보니 해골이었다."[32]는 기록으로 거슬러 올라가지만, 그조차 시기상 19세기 말에 지나지 않는다. 그 무렵 사람들 사이에 상식으로 굳어져 있었다는 증거로 쓰일 수 있을 뿐이다.

거슬러 올라가 보면, 『宗鏡錄』에 원효가 시체 썩은 물을 마셨다[33] 했고,

---

『송고승전』에 해골 곁에서 잤다 했으며, 『林間錄』에 해골바가지의 물을 마셨다[34] 했다. 『종경록』에는 해골 이야기가 없고, 『송고승전』에는 물을 마셨다는 이야기가 없는데, 『임간록』에는 물 마신 것과 해골이 합해져 해골바가지의 물을 마셨다고 한다. 전승되는 과정에서 극적으로 강화되는 설화 구성의 변이를 잘 보여준다. 승전의 원문에 없는 해골바가지는 이후 다른 전승 기록을 통해 덧붙여진 것이다. 그런데 이는 이야기의 포인트이다.

원효의 해골바가지 사건을 마무리하기 앞서 두 가지 점에 유의하기로 한다.

첫째, 1차와 2차로 나뉜 渡唐 시도 가운데 이 이야기는 어느 때 벌어졌는가? 사실 『송고승전』의 「元曉傳」에서도, "일찍이 의상 법사와 함께 당나라에 들어가려고 하였으니, 현장 삼장의 자은(慈恩)의 문을 흠모한 것이다."[35]는 구절이 나오므로 그들의 유학 시도는 분명하지만, 두 차례에 걸쳐 이어졌다는 시도 가운데 위 사건이 언제 적 벌어진 일인지 의견이 갈린다. 1차 때라면 이미 깨달은 원효가 2차에 다시 따라나설 리 없겠고, 2차 때라면 원효가 45세, 사실 너무 많은 나이이다. 그래도 2차 때라는 주장이 강한 가운데, "원효는 1차 渡唐試圖 때 開悟하고 돌아오고, 661년 渡唐에는 의상만 간다."[36]는 주장 또한 살아있다. 사실 이것은 두 사람의 유학에 걸린 정확한 정보의 부재

---

33  遇夜宿荒, 止於家內, 其元曉法師, 因渴思漿, 遂於坐側, 見一泓水…, 掬飲甚美, 及至來日觀見, 元是死屍之汁.(延壽, 『宗鏡錄』, 961)

34  獨行荒陂, 夜宿塚間, 渴甚引手掬于穴中得泉甘凉, 黎明視之, 髑髏也.(德洪, 『林間錄』, 1107)

35  해주 역주, 앞의 책, 378-379면. 이 구절에 대해서는 해석에 이견이 있다. '자은의 문'은 慈恩寺를 가리키는 것이며, 이로써 원효가 당에 입국하여 현장의 제자가 되었다는 증거로 삼자는 주장이다. 나는 이 입장에 동의하지 않지만, 그 같은 해석의 가능성까지 막을 수는 없다. 이에 대해서는 洪在德, 「元曉大師의 悟道說話에 대한 硏究」, 『대동문화연구』 86, 성균관대학교, 2014 참조.

36  이범홍, 앞의 논문, 395면.

를 말하는 것이다.

둘째, 과연 이 사건의 주인공은 누구인가? 해골바가지는 원효의 깨달음을 극적으로 재구성하게 하지만, 그래서 마치 연기력 좋은 조연이 주연보다 돋보이는 어떤 영화 같은 것을 떠올리게 하지만, 사건을 수록한 근거 기록이 『송고승전』의 「義湘傳」임을 잊지 말아야 한다. 「의상전」의 주인공은 어디까지나 의상이다. '깨달았다'는 핑계로 壯途를 접고 돌아가는 도반을 보면서, 의상은 '이에 외로운 신세로 홀로 떠나며, 죽어도 물러서지 않겠다고 다짐'[37] 하며 굳건한 자기 길을 걸어간다. 「의상전」은 그런 의상을 부각시키고 있는 것이다.

그럼에도 불구하고 관심은 원효이다. 이 이야기가 그토록 사람의 입에 오르내린 결정적인 계기는 무덤과 해골바가지와 깨달음이라는 극적 장치이다. 비록 그것이 불명확하고 불완전하다고 해도 마찬가지이다.

여기서 이야기의 효과가 극대화 되자면, 원효와 의상이 둘째 날 머문 곳이 이동하지 못한 같은 무덤이라거나, 이동하더라도 다른 무덤이었다고 해서는 안 된다. 첫째 날은 무덤인 줄 모르고 잔 무덤이며, 둘째 날은 무덤으로 환상되는 빈집이다. 그래야 극적인 깨달음에 어울리는 무대가 된다. 무덤인 줄 모르고 잔 무덤은 안방 같았으나, 인가에 몸을 맡긴 둘째 날은 사람의 집인데도 도리어 귀신이 사는 무덤처럼 여겨진다. 이런 혼란과 오류 속에 밤새 뒤척거린 원효는 마음의 문제를 깨닫는다.

무덤을 나온 이른 새벽, 원효의 '돌아가겠다'는 선언은 그의 생애에서 깨달음의 마무리가 아니라 시작이다. 그래야 경주로 돌아온 원효의 다음 動線이 기대된다.

---

37    湘乃隻影孤征, 誓死無退(『宋高僧傳』, 「唐新羅國義湘傳」)

## (3) 聖師 이전의 원효 이후의 원효

이제 원효의 일대기를 마무리하면서 일연이 '그의 교화가 크다(曉之化大矣)'[38] 고 한 말을 매우 적극적으로 해석한 閔泳珪 선생의 의도를 좇아간다.

일찍이 선생은 '제왕의 불교를 평민의 불교로, 내생의 불교를 현세의 불교로, 산림의 불교를 평속의 불교로, 그리고 출가의 불교를 재가의 불교로 전진시킨 원효는 또한 위대한 종교적 실천자'[39]라고 하였다. 「元曉不羈」의 첫머리를 '聖師元曉'라고 시작한 일연의 起筆 의도에 대한 설명 끝의 결론이다. 실천의 구체적 행적을 다음과 같이 밝힌 다음이었다.

> 元曉는 뒤엉박(大瓠)을 들고 彌陀의 名號를 외오며 街頭로 나섰습니다. 酒肆侶家래서 가리지 않고, 千村萬落을 두루 도라다니되 彌陀의 念佛을 외오게 하고 노래로 지어 읊으게 해서 三國遺事의 기록인즉 신라의 전국은 물론, 甚至於는 深山의 잔나비 등속에 이르기까지 모다 彌陀의 妙號를 외오게 되고 南無佛의 稱名에 和唱케 되었다는 것이었습니다.[40]

無㝵行으로 이룬 장관이었다. 그것이 성인의 길의 구체임은 말할 나위 없다. 일연은 어떻게 원효를 이런 성인의 경지에 올려놓았을까?

역사상 원효에 대한 평가는 在世 당시 그가 받았던 대우와 많이 다르다. 주지하는 바, 百座仁王經大會에 원효의 고향 사람들이 그를 추천하였으나, 경주의 불교계 주류 승려들의 미움을 사서 초청 받지 못하였다.[41] 이것이

---

38  『삼국유사』, 「元曉不羈」
39  민영규, 앞의 글, 21면.
40  위의 글, 20-21면.
41  時國王置百座仁王經大會, 遍搜碩德, 本州以名望擧進之, 諸德惡其爲人, 譖王不納.(『송고승전』, 「원효전」)

원효가 처한 당시의 형편이 아닌가 한다. 고향에서나 인정받는 시골 승려였다.

앞서 논한 바, 성인 만남이 득도의 표징이라면 원효에게 그 예는 의상만 못하다. 의상이 관음보살을 만난 낙산사에 뒤따라 온 원효는, 벼 베는 여인과 빨래하는 여인으로 시험하러 나온 관음보살에게 보기 좋게 당하고 만다.[42] 해석 여하에 따라 이에 대한 의미 부여가 없을 수 없으나,[43] 어찌되었건 의상만한 성공이라 보기는 어렵다.

그런 원효가 성사의 반열에 오른다. 전환의 계기 하나 하나는 원효의 생애를 재구성하는 데 매우 중요한 변곡점이다.

먼저 국외의 평가가 전환을 가져왔다.

원효의 주저인 『金剛三昧經疏』는 중국으로 들어가 飜經三藏에 의해 疏가 論으로 고쳐졌다.[44] '금강삼매경의 찬소는 원효만이 가능'[45]하다고 여겼기 때문이다. 그러므로 '자존심 강한 그들이 소국이라 업신여겼던 신라의 사문 원효가 지은 소를 논이라 고쳐 불렀다는 것은 파격적인 일'[46]이고, 원효가 솥단지를 날려 중국의 승려들을 구출했다는 擲盤救衆 설화[47]는 '해동의 원효가 한 번도 그 몸은 중국에 간 일이 없으면서도 그의 글은 멀리 중국에까지 건너가서 그 곳 불교계에 많은 영향을 끼쳤다는 역사적 사실을 생각함으로써

---

42  『삼국유사』, 「洛山二大聖觀音正趣調信」

43  이런 원효에 대해 나는 '우연히 스치는 듯한 만남'이라 명명하고, '현실감 넘치는 이야기의 주인공에 늘 원효를 배치하는 일연의 일관된 기술을 염두에 둔다면' 아마도 '인간답게 다가오는 매력'으로 설명하였다. 고운기, 『우리가 정말 알아야 할 삼국유사』, 현암사, 2002, 497-498면.

44  『송고승전』, 「원효전」

45  金煐泰, 『佛敎思想史論』, 民族社, 1992, 188면.

46  위의 책, 190면.

47  위의 책, 190-195면.

이 설화가 시사하고 있는 진실성을 공감[48]한다는 해석까지 낳았다. 일연이 讚을 통해, "角乘으로 비로소 삼매경을 열었다."고 노래한 것과 통한다.

사정은 일본에서도 비슷하였다. 먼저 「誓幢和尙碑」의 한 대목을 보자.

大曆 연간(766~780) 초에 대사의 후손인 翰林字는 仲業이 사행으로 바다를 건너 일본에 갔다. 그 나라 上宰가 인하여 얘기하다가 그가 대사의 어진 후손 임을 알고서, 서로 매우 기뻐하였다. …(마멸)… 여러 사람들이 정토로 왕생할 것을 기약하며 대사의 영험스런 저술을 머리에 이고서 잠시라도 버리지 않았 는데, 그 손자를 만나봄에 이르러 …(미멸)… 3일 밤이나 와서 칭송하는 글을 얻었다.[49]

원효의 후손이란 손자로 보이는 薛仲業이다. 그가 779년 일본에 사신으로 갔는데, 上宰는 원효의 손자임을 알아보고 극진히 대접했다는 내용이다.[50] 상재는 당시 일본의 최고위급 귀족으로 보인다.[51] 이 일이 동행했던 사신들에 의해 신라에 전해지고, 원효 현창사업이 전개되는데, 「서당화상비」는 당대

---

48  위의 책, 194면.

49  대강의 풀이는 이러하지만 원문은 많이 결락되어 있다. 허홍식 편저, 『韓國金石全文 古代』, 아세아문화사, 1984, 149면.

50  같은 사실이 『삼국사기』, 「열전」의 薛聰에도 실려 있다. "世傳, 日本國眞人贈新羅使薛判官詩 序云, 嘗覽元曉居士所著金剛三昧論, 深恨不見其人, 聞新羅國使薛, 卽是居士之抱孫, 雖不見其 祖, 而喜遇其孫, 乃作詩贈之, 其詩至今存焉, 但不知其子孫名字耳." 여기에는 '설 판관'이라고 만 하고 이름은 모른다 하였으나, 원효의 저술 『금강삼매경』은 적시되어 있다.

51  강은영은 上宰가 일본의 율령관제에 존재하지 않은 명칭이고, 신라식 표현이라 할 수 있으 며, 따라서 일본의 上宰는 당시 신라인에게 신라의 上宰와 비슷한 성격으로 인식된 인물이 었을 것으로 보았다. 이는 그간 학계의 추정과 크게 다를 바 없으나, 구체적으로 淡海眞人三 船으로 본 학설과 달리, 재상 클래스의 직에 있었고 천황과 긴밀한 관계를 맺으며 8세기 천황권을 보좌하는 유력한 귀족가문의 수장 곧 藤原氏의 수장이자 천황을 보좌했던 집정대 신 중 한 명이었던 藤原朝臣魚名이 틀림없다고 주장한다.(「779년 신라의 遣日本使 파견과 '彼國 上宰'에 관한 검토」, 『일본역사연구』 34, 일본사학회, 2011)

정치적 실권자인 金彦昪의 후원으로 건립되었다.[52]

　원효가 세상을 떠난 지 100여 년이 지나 이렇듯 중국과 일본에서 불어온 '원효 열풍'은 그의 재평가를 부채질하였다. 국외의 평가가 국내의 분위기를 바꾸는 경우를 요즈음도 더러 목격하지만, 살아 제대로 대우 받지 못 한 원효가 죽어서, 그것도 100여 년이 지난 다음에야 대대적으로 현창된 것 또한 그런 일의 하나이다.

　원효에 대한 국내의 본격적인 재평가는 고려에 들어서서 이루어진다고 볼 수 있다. 불교에 관한한 인색하기 짝이 없던 김부식이 『삼국사기』의 「열전」에서 원효의 소식을 알리는가 하면, 가장 적극적으로는 義天이 맡아 하였다.[53]

　그러나 결정적으로 원효를 원효답게 풀이한 사람은 一然이었다. 실로 원효만큼 극적인 인물이 없고 원효의 생애만큼 극적인 사건이 없다. 일연은 원효의 전기를 쓰며, "그 살아온 내력과 학문이며 업적은 모두 당나라 승전과 행장에 실렸으니 갖출 필요가 없겠다. 다만 이 지역에서 전하는 한두 가지 특이한 일을 적어두려 한다."[54]고 말한다. 이 지역이란 경상도 慶山이며, 이곳은 원효의 고향이자 일연의 고향이다. 동향이기에 자신만이 알고 있는 사건으로 채우겠으며, 이것이야말로 원효의 진면목을 아는 길이라고 힘주어 말하는 대목이다. 그래서 가장 극적이라면 극적일 해골바가지 사건조차 '당 나라의 승전과 행장'으로 미루고 쓰지 않았다.

---

52　강은영은 이에 대해 '애장왕대(800~809년)에 일본에 대한 접근책이 모색되면서 다시 한 번 원효가 재조명되게 된다. 애장왕대의 권력자인 김언승의 비호하에 건립되었다는 점'을 중요시 여겼다. 아래에 말할 원효 열풍이 다시 부는 계기에 대한 배경 설명으로 중요하다 할 것이다.(위의 논문, 11-12면)

53　앞의 각주 50 참조. 의천의 원효 현창은 최병헌, 「고려 불교계에서의 원효 이해」, 국토통일원 조사연구실 편, 『元曉硏究論叢』, 국토통일원, 1987 참조.

54　『삼국유사』, 「元曉不羈」

두 번의 선언 끝에 無碍行으로 이어지는 원효의 삶은 일연으로서 밟고 싶은 궤적이었다. 그 같은 소망이 앞서 소개한 신라 특유의 성인 만남, 본지수적 사상에 경도하게 했다. 이를 통해 일연이 살았던 시대를 다시 떠올리게 한다. 13세기 風前燈火의 시기였다. 중국을 보되, 불교를 생각하되, 바람 앞의 등불이 꺼지지 않으려면 취해야 할 자세를 일연은 알고 있었던 것이다.

여기에 나는 입증할 수 있는 한 가지를 더 대고자 한다. 성인의 반열에 올리는 일연의 원효에 대한 생각은 「元曉不羈」의 마지막 부분에서 확인된다.

[E] 일찍이 분황사에 거처하며 『화엄경소』를 편찬하였는데, 제4권 십회향품에 이르러 마침내 붓을 꺾었다.

曾住芬皇寺, 纂華嚴疏, 至第四十廻向品, 終乃絶筆.

[F] 또 일찍이 訟事 때문에 백 그루 소나무에 몸을 나누었다. 그래서 모두들 위계 가운데 初地라고 불렀다.

又嘗因訟, 分軀於百松, 故皆謂位階初地矣.

[G] 또한 바다용의 권유를 받아 길 위에서 임금의 명으로 『金剛三昧經疏』를 찬술하는데, 붓과 벼루를 소의 두 뿔 위에 놓았으므로 그 책을 角乘이라 불렀다. 이는 本覺과 始覺이라는 은미한 뜻을 표상한 것이다.

亦因海龍之誘, 承詔於路上, 撰三昧經疏, 置筆硯於牛之兩角上, 因謂之角乘, 亦表本始二覺之微旨也.

원문에서 [E]~[G]는 하나의 큰 단락[55]을 이루기는 해도, 기실 작은 단락

---

55  원문의 문장이 "曾[A]…, 又嘗[B]…, 亦[C]…"으로 이어지기 때문에 이렇게 본다. 한글번역으로는 세 단락으로 끊었으나, 한문으로는 하나의 문장 곧 단락 하나이다.

셋이 별개의 사건을 기록하고 있다. [E]는『화엄경소』, [G]는『금강삼매경소』
의 편찬 사실인데, [G]가 앞서 소개한『송고승전』의 원효 전기에서 출전하여
요점만 추린 데 비해, [E]는 依據를 찾을 수 없어서 둘 사이의 선후관계를
따지기가 쉽지 않다. 다만 [E]의 '붓을 꺾었다'가 생애의 절필이라면 [G]가
앞서 나와야 마땅하다 여겨진다.

그러나 여기서 관심을 두는 대목은 [F]이다. [E]와 [G] 사이에 놓인 [F]의
맥락이 잘 잡히지 않지만, 이것이 의미하는 바가 클 것으로 보이기 때문이다.

우선 대표적인 저술의 편찬을 알리는 기사 [E]와 [G] 가운데 낀 [F]는 뜬금
없는 사건을 기록했다는 점에서 의아하다. 訟事라고 했으나 어떤 이유로 무
슨 다툼이 벌어졌다는 것인지 내용은 없다. 그렇다면 편찬자의 의도란 송사
자체를 알리자는 데 있지 않았음에 틀림없다. 그 다음 벌어진 일, 百松과
初地에 관심을 두었으리라 보인다.

먼저 初地부터 살펴보자.

初地는 보살의 52位 가운데 제41~50위에 해당하는 十地의 첫 번째를 말한
다. 곧 41위이다. 52위는 구도자[보살]의 수행의 단계를 52로 나눈 것인데,
제1~10이 十信, 제11~20이 十住, 제21~30이 十行, 제31~40이 十回向이고, 이어
서 十地, 等覺, 妙覺으로 이어진다. 중요한 것은 초지 이상을 聖, 이하를 凡이
라 부른다는 사실이다. 그러므로 사람들이 원효를 초지라 한 것은 곧 보살이
라 부른 것과 같은 말이 된다.

다음은 百松 곧 백 그루 소나무이다.

원효의 분신술 같은 이 기록이 사실상 설화처럼 보이지만, 내적인 의미의
연결을 통해 실상을 구명해 볼 수 있다. 金煐泰는『화엄경』의 '능히 몸을
백 개로 변화시킬 수 있다(能變身爲百)'는 데 착안하여 '몸을 백 그루 소나무에
나누었다(分軀於百松)'를 여기에 적용시켰다.[56] 구체적으로 변한 대상이 소나무

인 셈인데, 보살의 경지를 나타내는 이 변신 때문에 사람들은 원효를 초지라 불렀던 것이다. 인도 불교에서 생존 중 초지에 들었던 사람은 彌勒과 龍樹 두 사람 뿐[57]이었다는 점을 감안하면, 원효의 위치는 한없이 높아간다. 이제 원효는 보살이 된 것이다.[58]

일연이 [E]와 [G] 사이에 굳이 맥락 없는 [F]를 삽입한 데는 분명한 의도가 있어 보인다. 성인 만남의 차원을 넘어 성인의 반열에 오른 원효였다는 메시지이다. 역사적으로는 죽은 지 100여 년이 지난 다음부터 재평가되었지만, 이미 원효의 在世 당시에 그만한 바탕이 이루어져 있었음을 암시한다. 과대포장이 아닌 것이다.


## 5. 마무리

이 글은 창작소재로서 원효의 이야기를 활용하는 데 따른 역사적이고 설화적인 사실의 재구성을 시도해 본 것이었다.

신라 승려에게 성인 만남은 절실했다. 성인 만남은, 다소 세속적인 표현이기는 하나, 得道의 확정이라는 점에서 버릴 수 없는 가치를 지녔다. 여기에 또 다른 의의를 부여할 여지가 있다. 그것은 불교에 대한 주체적 인식이고, 本地垂迹과 佛國土思想으로 이어지는 징검다리이다.

이러한 점에서 우리가 궁극적으로 歸一하는 사람이 元曉이다.

---

56   김영태, 앞의 책, 200면.

57   三国遺事研究会, 『三国遺事考証』 下之二, 東京 : 塙書房, 1995, 139면.

58   김영태는 이에 더하여 「天竺山佛影寺記」에서 원효를 大權菩薩이라 한 사실, 「金剛山長安寺事蹟」에서 陳那菩薩의 化身이라 한 사실을 더 들고 있다. 대권보살은 초지보살과 같은 말이고, 진나보살은 5세기 경 남인도의 불교학자 陳那를 가리킨다.(앞의 책, 201면)

원효에게는 생애 동안 두 번의 선언이 있었다. 첫째, 요석공주를 만나 설총을 낳을 때, '하늘 괴는 기둥을 자르겠다'고 한 것이요, 둘째, 의상과의 渡唐行 중 홀연히 돌아서며, '마음 바깥에 법이 없다'고 한 것이다. 이를 각각 제1과 제2 선언으로 부르면서 순차적으로 이해하였다. 곧 파계 이후 渡唐이 이어지는 것으로 본 것이다. 유학의 장도에서 깨달음의 단초를 마련하고 돌아온 원효는 小姓居士라 칭하고 거리로 나섰다. 無碍行은 원효에게 궁극의 깨달음이다.

두 번의 선언 끝에 무애행으로 이어지는 원효의 삶은 사후에야 크게 평가된 것으로 보았다. 원효는 중앙 귀족과 연결된 교단에서 꺼리는 시골 승려였지만 급기야 聖人의 반열로 승화한다. 그 변곡점은 중국과 일본에서의 높은 평가 그리고 그것이 신라 안으로 유입되는 때에 맞춰진다. 원효 사후 100여 년이 경과한 시점이다. 진정한 평가란 이렇듯 많은 시간을 필요로 했다.

일연은 『삼국유사』를 통해 결정적으로 원효의 지위를 확인해 놓았다. 13세기 風前燈火의 시대에 일연은 중국을 보되, 불교를 생각하되, 바람 앞의 등불이 꺼지지 않으려면 취해야 할 자세를 알고 있었다. 그것은 원효의 발견이었다.

이제 원효의 재구성은 변곡점의 재구성으로부터 시작해야 한다는 결론을 도출해 볼 수 있겠다. 출생에서 열반에 이르는 순차적인 구성이 아니라, 재평가의 계기가 되는 지점에서 그의 생애를 돌아보고, 시대가 그의 삶을 어떻게 받아들여 바뀌어 가는지 살피는 구성을 생각해야 한다. 그래서 진정한 성인의 반열이란 어떤 것인지 극명하게 보여준다.

# 同伴者型 설화 속의 元曉

— 해골바가지 사건의 해석

## 1. 일연에게 원효는 누구인가

한국의 불교사에서 우리가 궁극적으로 歸一하는 사람이 元曉이다. 나는 그의 극적인 생애를 두 가지 사건으로 요약한 바 있다.

원효에게는 생애 동안 두 번의 선언이 있다. 첫째, 요석공주를 만나 설총을 낳을 때, '하늘 괴는 기둥을 자르겠다'고 한 것. 제1선언이다. 둘째, 의상과의 渡唐行 중 홀연히 돌아서며, '마음 바깥에 법이 없다'고 한 것. 제2선언이다. 순서는 파계 이후 渡唐이 이어지는 것으로 본다. 도중에 돌아온 원효는 小姓 居士라 칭하고 거리로 나섰다. 無碍行은 원효에게 궁극의 깨달음이다.[1]

실로 요석공주와의 만남은 파계였고, 도당행의 중단은 포기였다. 승려로서 실패다. 그런데 파계와 포기가 그의 생애와 구도의 길을 한 차원 높이는 계기로 작용한다. 이 역설은 가능한가? 가능하다. 그것은 원효가 내리는 두 번의

---

1   앞의 「창작소재로서 원효 이야기의 재구성」 324면에서 인용.

선언이 웅변한다. 하늘 괴는 기둥은 파계 이상의 문제이고, 깨달음은 時空을 초월한다. 다소 범박한 설정이지만, 이는 『삼국유사』에서 일연이 취한 원효에 대한 태도이기도 하다. 다만 제2선언은 『삼국유사』에 나오지 않는 에피소드이다. 일연이 이를 싣지 않은 까닭을 찾아가다보면 원효에 대한 그의 또 다른 의중을 짐작할 수 있다.

문제는 선언의 순서이다. 위에서 보인 바, 나는 ①요석공주와의 만남 — ②의상과의 도당 중 깨달음 — ③무애행으로 잡았는데, 일반적으로는 ①과 ②를 바꿔놓는다. 어느 순서가 맞을까, 그래서 정해지는 순서에 따라 달라질 내용은 무엇일까?

일연은 『삼국유사』를 통해 결정적으로 원효의 지위를 확인해 놓았다. 자신이 살았던 13세기 風前燈火의 시대에 일연은 중국을 보되, 불교를 생각하되, 바람 앞의 등불이 꺼지지 않으려면 취해야 할 자세를 알고 있었다. 그것은 원효의 발견을 통해서였다. 특히 無㝵行에 대한 일연의 傾度는 심할 정도이다. 그의 교화가 '뽕나무 농사짓는 늙은이며 독 짓는 옹기장이에다 원숭이 무리까지'[2] 이르고 있다는 평가가 그렇다. 이 같은 歸依의 근원一, 이 글에서 논하고자 하는 핵심 사안이다.

어디에 편벽되지 않은 원효의 終生 경전 해석에서 『法華宗要』의 한 구절을 참고할 필요가 있다. 『법화종요』는 원효가 『묘법연화경』의 핵심 요지를 간추린 것이다. 부처가 세상에 나온 큰 뜻이며 모든 중생이 함께 一道로 들어가는 넓은 문이라 밝힌다.

묻는다. 이치와 가르침 그리고 인(因)이 함께 중생을 움직여 살바야에 이르는 일이 가능하다면, 과(果)는 이미 구경처에 이르렀는데 어떻게 세 가지와

---

2    『三國遺事』, 「元曉不羈」

함께 중생을 움직이는가?

   問 理敎及因 共運衆生 到薩婆若 此事可爾 果旣到究竟之處 云何與三共運衆生

  해석한다. 여기에는 네 가지 뜻이 있다. 첫째는 미래세에 불과(佛果)의 힘이 있음으로 말미암아 가만히 중생을 도와주어 선심을 내게 하며, 이와 같이 계속 나아가 불지(佛地)에 이르게 하는 것이다. (⋯중략⋯) 둘째는 당과보불(當果報佛)이 모든 응화(應化)를 나타내어 지금의 중생을 교화하여 증진을 얻게 하는 것이다. (⋯중략⋯) 셋째는 이 경의 여섯 곳에서 수기(授記)하는데, 마땅히 아뇩보리를 얻을 것이라고 수기하였다. 이 수기를 얻음으로 말미암아 마음을 다하여 닦아 나아가므로 당과(當果)가 그에 속하며, 그를 움직일 수 있기 때문이다. (⋯중략⋯) 넷째는 이 경에서 설한 일체종지는 다하지 않음이 없고 갖추지 않은 덕이 없어서 모든 중생이 같이 이 과(果)에 이르는 것이다.

  解云 此有四義 一者 由未來世 有佛果力 冥資衆生 令生善心 如是展轉 令至佛地 (⋯중략⋯) 二者 當果報佛 現諸應化 化今衆生 令得增進 (⋯중략⋯) 三者 此經六處授記 記當得成阿耨菩提 由得此記 策心進修 當果屬彼□ 得運彼故 (⋯중략⋯) 四者 此經中說一切種智 無□不盡 無德不備 一切衆生 同到此果[3]

  이치가 있고 그 이치로 가르치는데, 果에 이르자면 거기서 因이 빠질 수 없다. 佛果와 當果는 마음을 다하여 닦아나가는 미래의 결과이다. 이 같은 설명 아래 구체적으로 어떤 상태를 맞이하는지 다음과 같이 맺는다.

  중생은 이 능전(能詮)과 소전(所詮)으로 말미암아 발심하고, 더욱 나아가 마흔 가지 마음을 지니고, 유희(遊戱) 신통(神通)으로 사생(四生)의 부류를 교화한다. 그러므로 중생이 과승(果乘)을 타고 승(乘)으로 인지(因地)의 중생을

---

3   해주 역주, 『정선 원효』, 한국전통사상서간행위원회, 2009, 144-145면.

운반할 수 있다고 말한 것이다.

　　衆生緣此能詮所詮發心 勝進逕四十心 遊戱神通 化四生類 故說衆生 乘於果乘
乘能運因地衆生

　　아래 게송에 "모든 자식들이 이때에 기뻐 날뛰면서 이 보배 수레를 타고
사방에 노닌다."라고 한 것과 같다.

　　如下頌 諸子是時 歡喜踊躍 乘是寶車 遊於四方[4]

　　'마흔 가지 마음'이란 '보살이 처음에 보리심을 일으켜 수행해 가면서 도달
하는 계위에서 얻어지는 마음을 가리키는 것'[5]으로 보이는데, 사생이 유희와
신통으로 교화되는 모습이란, 마지막에 소개한 게송의 '기뻐 날뛰면서(歡喜踊
躍) 사방에 노닌다(遊於四方)'와 연결된다. 그런데 이것은 원효가 '모든 마을
모든 부락을 돌며 노래하고 춤추면서 다녔는데, 노래로 불교에 귀의하게'[6]
하는 모습을 떠올리게 한다. 무애행의 구체적인 실행으로 보여 흥미롭다.
　　환희로 사방에 노닌 원효의 삶에 일연은 착목한다. 파계와 실패의 연속이
생애의 차원을 높이는 機制였다. 일연은 원효를 그렇게 보았다.


## 2. 『삼국유사』 소재 동반자형 설화 속의 원효

　　일연이 원효를 기술할 때는 동반자의 틀을 주로 활용한다. 『삼국유사』
에는 2인 주인공의 동반자형 이야기[7]가 모두 21개 나타난다. 이 가운데 義解

---

4　위의 책, 145면.
5　위의 책, 같은 면.
6　『三國遺事』, 「元曉不羈」

편에서 다음 네 가지의 원효 이야기가 나온다.[8]

① 원효와 혜공(「二惠同塵」) … 협조형 동반자

② 원효와 의상(「洛山二大聖觀音正趣調信」) … 대립형 동반자

③ 원효와 요석공주(「元曉不羈」) … 협조형 동반자

④ 원효와 사복(「蛇福不言」) … 협조형 동반자

이렇게 보면 『삼국유사』에 실린 원효 이야기의 거의 모두가 동반자 이야기 구조이다. 이야기에서 동반자의 설정은 한 인물로는 그려내지 못할 상황의 다양성을 두 인물에게 지움으로써 현실성을 획득하는 데 있다. 일연은 이 같은 특성을 살려 원효를 매우 다면적인 존재로 그리고 있다.

①의 원효와 혜공에 대해서는 "계율을 지키는 것과 파계를 하는 것은 둘이 아니며, 불법이 어디 따로 있는 것도 아니어서, 숭고가 곧 비속이고, 비속이 곧 숭고라는 깨달음을 아주 파격적인 방법으로 나타냈다 하겠다."[9]는 논의가 먼저 있었다. '파격적인 방법'이란 다음 에피소드를 이르는 것이다.

늘그막에 (혜공은) 恒沙寺로 옮겨 머물렀다. 그때 원효가 여러 經疏를 찬술하면서, 매양 스님에게 와서 의심나는 곳을 물었다. 간혹 서로 장난을 치기도 하였는데, 하루는 두 분이 시냇물을 따라가다 물고기를 잡아 구워 먹고는

---

7  앞의 「동반자형 이야기의 원형성 연구」 참조. 이 논문에서 나는 짝패와 버디의 개념을 통합하여 동반자형이라는 용어를 만들었다. 분신으로서 상보적 관계를 형성하며 최종적인 합일을 기도하는 짝패와, 상보적이며 상반적인 성격과 행동으로 이야기의 다채로움을 끌어내는 버디를 원형으로 두고, 짝패와 버디가 상호대응하거나 조응하는 이야기의 유형을 설정한 것이다.

8  이 글의 논의를 위해, 다소 긴 인용으로 인한 중복이 번거로우나, 앞의 「동반자형 이야기의 원형성 연구」에서 설명한 핵심 부분만 요약하였다.

9  조동일, 『삼국시대 설화의 뜻풀이』, 집문당, 1990, 247면.

돌 위에 똥을 누었다. 스님이 그것을 가리키며 희롱하듯이, "자네는 똥[汝屎] 인데 나는 물고기[吾魚] 그대로야."라고 외치는 것이었다. 이로 인해 吾魚寺라 이름 지었다.[10]

원효가 혜공에게 와서 묻는 일로 두 사람의 이야기는 본격화 된다. 협조적 인 관계의 시작이다. 이것이 다소 평이한 일상이라면 '물고기 잡아먹고 똥 누기'는 파격적이다.

그러나 원효와 혜공은 어디까지나 협조적 동반자 관계를 가졌다. 똥 누기 에피소드가 경합담처럼 보이지만 이것으로 우열을 드러낸다고 보이지는 않 는다. 이야기의 본뜻이 어디에 있는지 짚어볼 필요가 있다. 하나의 진리를 찾아가는 도정의 두 사람이 보여주는 특이한 결합이다. 원효의 배후에 혜공 이 받치고 있는 것이다.

③의 원효와 요석은 더 말할 나위 없는 협조형 동반자이다. 파계라는 상처 속에서 원효가 자신만의 길을 개척하는 데는, 설화상의 문면에 나타나지 않 지만, 요석의 협조가 필수적이었을 것이다.[11]

④의 원효와 사복은 상하관계 가운데 師弟間이다. 전생의 인연을 이어 장 애아 처지의 사복과 그를 돕는 원효로 이생에서 다시 만났다. 원효는 사복의 요청으로 어머니의 장례를 돕는다. 그런데 이를 계기로 원효는 도리어 사복 의 높은 경지를 깨닫는다. 자칫 원효가 제자보다 못한 스승처럼 보일지 모르 나, 어려운 형편에 놓인 사람의 벗이기를 자처한 원효가 아니었다면 처음부 터 성립될 수 없는 사건이었다. 사제는 득도의 길에서 상호 협조적 관계로 바뀌어 있다.

---

10　『三國遺事』,「二惠同塵」
11　이에 대해서는 이 글의 4장에 김선우의 소설을 분석하며 자세히 다루었다.

②의 원효와 의상은 동반자형 이야기의 하이라이트이다.

원효와 의상은 여러 이야기에서 짝으로 나오고 경합하면서 동반자의 길을 걸었다. 일연은 『삼국유사』에 싣지 않았지만 두 번째 渡唐行에서 벌어진 해골바가지 사건이 그렇고, 낙산사 관음보살을 두고 벌어진 다음과 같은 에피소드는 의미상 더 강화된 경우이다.

바닷가 굴속에 관음진신이 계신다는 말을 듣고 찾아 온 의상은 먼저 7일간 재계하고 龍天八部의 시종과 동해의 용을 만난다. 거기서 수정으로 된 염주 한 貫과 여의보주 한 顆를 각각 받았다. 이것으로도 큰 수확이다. 그러나 의상은 다시 7일간 재계한다. 의상의 목표는 관음진신 친견이었던 것이다. 드디어 진신이 모습을 드러내며 산 정상에 절을 지으라고 명하였다. 물론 그 명에 따라 낙산사를 지었으니, 시작에서 끝까지 어디 한 치의 빈틈도 없다.[12]

그에 비한다면 원효의 행동은 엉성하기 짝이 없다. 의상이 앞서 간 낙산사 진신 친견의 여행에 뒤따라 와서 원효의 눈길은 벼 베는 여자와 서답 빨래하는 여자에게 머물러 있다. 빨래하던 더러운 물을 떠 준 여인의 물바가지를 던져버리고 돌아설 때 나무 위의 파랑새가 지저귀던 울음의 뜻을 알아챌 리 없었다. 그 나무 아래 놓인 갖신의 다른 한 짝을 낙산사 관음상 앞에 와 보고서야 원효는 깨달았다. 관음 진신은 그렇게 참혹하게 원효의 뒤통수를 때렸던 것이다.[13]

그런데 관음보살은 원효 앞에 비속한 모습으로 나타났다. 홀로 들에 나와 벼를 베는 여자이며 월경 묻은 속옷을 빠는 여자이다. 스님에게 쭉정이를 건네주고 더러운 물을 떠 준다. 아무리 시험하려 나섰다고 하나 속성을 성스

---

12    『三國遺事』, 「洛山二大聖觀音正趣調信」
13    위의 같은 부분.

러움으로 하는 보살의 형색은 아니다. 그러나 그것은 성스러움의 집착에 대한 파격이다. 그렇게도 나타날 수 있음을 원효를 통해 보여준 것인데, 대상이 된 원효가 이 일로 아예 나락에 떨어진다면 시도할 수 없는 행위이다. 원효는 엉성한 사람 같지만 곡절 끝에 깨달으며 강한 자의 면모를 갖추어 나간다. 그것이 비속한 사람의 자기각성이다.

원효의 이 같은 행동은 의상에게서 기대할 수 없다. 그러기에 원효는 원효로서 가치를 지닌다. 다른 한편 그것은 의상을 배경으로 하고 있기에 가능한 서사이다.

원효와 짝을 이루는 동반자와 그 이야기의 성격을 좀 더 설명하기 위해 다음과 같은 분류를 참고하기로 한다.

　　ⓐ 협조형 동반자로서 2인 주인공
　　ⓑ 대립형 동반자로서 2인 주인공
　　　ⓑ1 대립-차별형
　　　ⓑ2 대립-갈등형
　　ⓒ 대립과 협조의 변증적 2인 주인공[14]

이를 앞서 소개한 원효의 이야기에 적용해 보면, ①, ③, ④는 협조적 동반자인 ⓐ에, ②는 대립적 동반자인 ⓑ2에 속한다. 협조적 동반자의 경우가 더 많은 점에 유의할 필요가 있다. ②의 의상과의 관계도 ⓒ로 볼 여지가 있다면, 원효는 그가 등장하는 이야기마다 언제나 누군가와 협조를 주고받는 인물이다.

그런데 동반자 두 사람의 관계에서 협조/대립의 틀과 함께, 상대와 이기고

---

14　앞의 「동반자형 이야기의 원형성 연구」 참조.

지는 것을 기준으로 했을 때, 원효를 규정하는 또 다른 人間像이 그려진다.

| | | 사건 | 관계 | 원효의 승(○) 패(×) |
|---|---|---|---|---|
| 원효 | ① 혜공 | 물고기 잡아먹고 똥누기 | 협조형 | × |
| | ② 의상 | 관음진신 친견 | 대립형 | × |
| | ③ 요석 | 파계 | 협조형 | △ |
| | ④ 사복 | 사복 어머니 장례 | 협조형 | × |

위의 표로 정리된 원효의 이야기는 크게 세 가지 특징을 보여준다. 첫째, 원효는 동반 관계 속에서 등장한다. 둘째, 관계는 협조 중심이다. 셋째, 둘 사이에서 언제나 원효는 지는 쪽에 서 있다. 앞선 두 가지는 이미 설명했거니와 이제 주목하기로는 세 번째 특징이다.

원효는 혜공과 냇가에서 물고기 잡아먹는 내기를 하는데, 혜공이 소리친 바, '汝屎吾魚'에서 보듯이 원효의 패배이다.(①) 관음진신을 친견하자고 간 길에서 원효는 관음진신이 나타났음에도 알아보지 못한다. 철두철미하게 齋 戒하고 절을 짓기까지 임무를 완수한 의상에 비견할 때 패배이다.(②) 사복 어머니의 장례를 함께 치르면서 번잡한 제문 때문에 원효는 타박 당한다. 말끔한 사복의 제문에 당한 패배이다.(④) 특이하기로는 ③의 경우이다. 파계 라고 본다면 수행자 원효의 패배로 보이나, '하늘 괴는 기둥'이라는 명분을 떠나서도 요석과의 인간적인 사랑의 완성으로 본다면 굳이 그렇게만 볼 수 없다. 그렇다고 승리라고 하기는 어렵다.

결론적으로 원효는 늘 지는 사람이다. 이것이 원효의 인간상을 규정하면 서 우리가 놓치지 말아야 할 부분이다. 그렇다면 일연은 '지는 자' 원효에 대한 각별한 의미규정에 초점을 맞추었을까? 지는 자는 동행자와 대응한다. 동행자가 있기에 이기고 지는 자도 나올 수 있다. 실로 원효는 지는 자의 위치에 서면서 동행자에 대한 역할을 완성한다. 그리고 끝내 함께 이기는 자가 된다. 정녕 일연이 규정한 元曉像이다.


## 3. 해골바가지 사건의 의미 구조

이야기의 가치로 보나 재미로 보아『삼국유사』에 실리지 않아서 의문스러운 두 가지가 있다. 이른바 해골바가지 사건으로 불리는 원효의 得度談과, 의상을 따라와 부석사에 머물렀다는 善妙 설화이다.

일연은 왜 이 이야기들을 뺀 것일까?

해골바가지 사건을 살펴보자. 원효와 의상의 渡唐에 관해서『삼국유사』는 다음과 같은 두 가지 기록을 남겼다.

(머리를 깎은) 얼마 후 서쪽으로 교화를 보고자 하여 마침내 원효와 함께 길을 나섰다가 요동 변방에서 국경을 순시하며 지키는 병사에게 첩자라고 여겨져 갇힌 지 수십 일 만에 겨우 풀려나 돌아왔다. (「義湘傳敎」)

영휘 초년(650)에 마침 당나라 사신의 배가 서쪽으로 돌아가는 것이 있어 얻어 타고 중국에 들어갔다. (「義湘傳敎」)

두 기록 모두 의상의 전기에 나온다. '머리를 깎은 얼마 후'란 "나이 스물아홉에 서울의 皇福寺에 몸을 맡겨 머리를 깎았다."는 기록 다음이므로, 의상의 나이 29세 무렵을 가리키고, 이때 실패하여 650년에 다시 시도해 꿈을 이루었다는 것이다. 일연은 의상의 29세가 몇 년인지 명확하게 밝히지 않았다. 670년에 귀국하였고, 676년에 태백산 浮石寺를 세웠으며, 668년에『법계도』

를 완성했다는 기록이 이어진다. 그러나 이 또한 의상의 나이가 얼마인지 알 수 있는 자료가 아니다.

그러나 일연의 이 기록에서 '29세 출가'는 무리가 따른다. 처음 도당 시도의 나이로도 마찬가지이다. 『송고승전』의 "나이 弱冠이 되어 당나라에서 교종이 한창 융성함을 듣고 원효법사와 뜻을 같이 하여 서쪽으로 유학하고자 하였다."[15]는 기록의 弱冠을 20대 종반이라고 볼 수는 없다.

일연의 이 같은 의상 관련 기록은 無極의 보충으로 해결의 어떤 실마리를 잡을 수 있다.

> 浮石寺의 本碑에서는 이렇게 말한다.
> "무덕 8년[625]에 태어나 어려서 출가하였다. 영휘 원년은 경술년[650]인데, 원효와 함께 중국으로 가고자 고구려에 이르렀지만 어려움이 있어 돌아왔다. 용삭 원년은 신유년[661]인데, 당나라에 들어가 지엄에게 배웠다. 총장원년[668]에 지엄이 돌아가시자 함형 2년[671]에 의상은 신라로 돌아왔다. 장안 2년 임인년[702]에 돌아가시니 나이가 78세였다." (『三國遺事』, 「前後所將舍利」)

이 기록에 따르면 의상은 625년생인데, 원효와 함께 한 첫 중국행은 650년이고, 두 번째는 661년이다. 각각 25세, 36세의 일이다. 두 번째 도당이 일연의 기록과 다르게 1년 늦고, 원효와 함께 했다는 기록이 없는 점은 같다. 두 번째 출국을 1년 늦게 기록한 것처럼 귀국 또한 1년 늦은 671년이다. 그러나 핵심은 두 번째 도당에 원효와 의상이 함께 하지 않았음을 확인하는 일이다.

---

15   贊寧, 『高僧傳』, 「唐新羅國義湘傳」

무극은 스승의 遺著인『삼국유사』에 두 군데 가필하였다. 위의 기록이 그 가운데 하나이다. 스승의 원고에 손을 댄다는 것은 웬만한 확신 없이 불가능하다. 무극은 부석사의 비석을 신뢰하였다. 일연이 어디에 근거했는지 알 수 없으나, '29세 무렵 1차 도당, 650년 2차 도당' 모두 전후맥락을 잡기 어려운 연도임은 분명하다. 무극의 정리로 깔끔해졌다고 할 수 있다.

이런 연도 문제와 달리 일연과 무극 모두 원효가 2차 도당에 함께했다는 기록을 남기지 않았다는 점에서는 일치한다. 사제 사이인 그들 모두 원효에게 2차 도당이 없었다고 보지 않았을까?『송고승진』의 의상 선기에서 두 사람의 도당 시도를 한번으로 본 것과도 견줄 필요가 있다. 물론『송고승전』이 고구려 월경 후 체포된 일은 굳이 적을 필요 없어서 그렇게 되었다고 할 수 있으나, 동행 渡唐이 한 번 만이었다면 일연은 1, 2차로 굳이 나눌 필요가 없었다. 무극도 암묵적으로 거기에 따른 듯하다.

그렇다면 일연이『삼국유사』에 원효의 해골바가지 사건을 싣지 않은 까닭은 어슴푸레 잡히기 시작한다. 원효 立傳에서 高僧傳의 기록은 거기 미루겠다는 원칙과 함께, 2차 도당 자체가 없는데 해골바가지 사건은 가당치 않다 본 것은 아닐까?

해골바가지 사건을 싣고 있는 기록을 종합해 보면, 원효의 이야기가 일정한 간격을 두고 확대 심화되고 있음을 발견하게 된다.『宗鏡錄』에 원효가 시체 썩은 물을 마셨다[16] 했고,『高僧傳』에 해골 곁에서 잤다[17] 했으며,『林間錄』에 해골바가지의 물을 마셨다[18] 했다.『종경록』에는 해골 이야기가 없고,

---

16   遇夜宿荒, 止於冢內, 其元曉法師, 因渴思漿, 遂於坐側, 見一泓水…, 掬飮甚美, 及至來日觀見, 元是死屍之汁.(延壽,『宗鏡錄』, 961)

17   乃古墳骸骨傍也.(贊寧,『高僧傳』, 988)

18   獨行荒陂, 夜宿塚間, 渴甚引手掬于穴中得泉甘凉, 黎明視之, 髑髏也.(德洪,『林間錄』, 1107)

『고승전』에는 물을 마셨다는 이야기가 없는데, 『임간록』에는 물 마신 것과 해골이 합해져 해골바가지의 물을 마셨다고 한다. 전승되는 과정에서 극적으로 강화되는 설화 구성의 변이를 잘 보여준다. 또 민간전승에 와서는 무덤에서 잔 날이 하루로 축소되어 있다.[19]

세 문헌의 신뢰도를 따지기에 앞서 이런 확대 심화가 기인한 원인을 찾는 일이 시급하다. 그것은 무엇보다 이 이야기가 널리 회자된 데에, "三界唯心이요 萬法唯識이니, 心外無法이라 胡用別求리오."라는 매력적인 선언이 있어서 아닌가 한다. 폭발적 관심과 면면한 계승의 텍스츄어texture가 이 말이다.

그런데 이 선언문이 과연 원효의 독창적인 발상인가?

여기서 우리가 주목할 바는 『大乘起信論』의 제3 해석분이다. 一心法에 두 종의 門이 있거니와, 하나는 眞如門이요 다른 하나는 生滅門이다. 그리고 두 문은 서로 떨어지지 않는다. 이 생멸문에서,

心生故種種法生 心滅故種種法滅(방점 필자)

이라는 저 유명한 구절이 나온다. 이러한 생멸심은 '心生卽種種法生 心滅卽種種法滅'(방점 필자)로 이어진다. 방점 한 故가 卽으로 바뀌었을 뿐이다. 이것의 변주된 모습이 원효가 선언의 전제로 말한 '心生故種種法生 心滅故龕墳不二'이다.[20] '種種法滅'이 '龕墳不二'로 바뀐 것은 스토리라인을 따라 자연스럽다. 깨달음의 현장이 무덤의 안과 밖이기 때문이다.

사실 이런 정도의 造文은 이야기의 전승 과정에서 얼마든지 생겨날 수 있다. 원효가 의상과 함께 도당을 감행한 것은 분명한 사실이요, 『大乘起信論

---

19  앞의 「창작소재로서 원효 이야기의 재구성」에서 자세히 다루었다.
20  해주 번역, 앞의 책, 36-37면.

疏』같은 원효의 저작 가운데 핵심적인 문장으로 익숙한 바에, 그의 이야기
가 확대되는 과정에서 무덤에서 벌어진 극적인 사건이 더해지며 대사는 화려
해진다. 원효를 묘사하자면 이 같은 대사가 등장하여 오히려 자연스럽다.

그러나 진정 贊寧의 붓길은, 중도에 깨달았다며 돌아가는 도반을 보면서,
'외로운 신세로 홀로 떠나며, 죽어도 물러서지 않겠다고 다짐'[21]하는 의상을
그리는 데 있었다. 孤征無退의 이 정신이야말로 의상의 한결같음이다. 원효의
無法胡求는 오히려 경전에 흔히 나오는 선언에 불과하다.

그럼에도 불구하고 원효에게 해골바가지 사건은 왜 이다지 강렬한 생명력
을 가지고 우리에게 전해지는 것일까?

의상과 선묘 사건을 포함하여 이것은 중국의 승전에 원전을 둔 이야기이
다. 『고승전』의 의상전은 거의 전부 의상과 선묘 사이의 이야기를 중심축으
로 전개된다. 화엄의 일가를 이룬 이의 각고의 과정과 마무리는 소홀하다.
일연이 선묘의 이야기를 생략한 所以로 보인다. 원효를 立傳하면서도, "내력
과 학문이며 업적은 모두 당나라 승전과 행장에 실렸으니 갖출 필요가 없다."
했지만, "바다용의 권유를 받아 길 위에서 임금의 명으로 『金剛三昧經疏』를
찬술하는데, 붓과 벼루를 소의 두 뿔 위에 놓았으므로 그 책을 角乘이라 불렀
다."는 대목은 그대로 인용하였다.[22] 인용의 가치를 생각한 것이다. 가치에
있어서 해골바가지나 선묘 이야기는 그다지 큰 매력을 느끼지 않았으리라
본다. 전자는 평범하고 후자는 편벽되어 있다.

---

21    湘乃隻影孤征, 誓死無退(贊寧, 『高僧傳』, 「唐新羅國義湘傳」)
22    『三國遺事』, 「元曉不羈」

[그림] 가마쿠라(鎌倉) 막부 시대의 승려 묘에(明惠)가 그린 무덤 속의 원효와 의상.

그러나 재언하거니와 사람 사이에는 이 두 이야기가 더 널리 퍼졌다. 먼저 그것은 중국 승전의 위력이라 해야겠다. 이 위력은 일본에서도 일찌감치 떨쳐졌다.

일본의 가마쿠라(鎌倉) 막부 시대, 묘에(明惠, 1173~1232)는 원효의 일심사상에 영향 받아『華嚴唯心義』 2권을 저술했다. 일연과 같은 시대의 사람이다. 그는 "원효가 없었다면 나도 없었다."고 말하는 사람이었다. 아울러『華嚴緣起』의 원효 그림 제1권 제1단에, "마음 이외에는 불법(佛法)이 없다. 나는 이미 모든 불법의 근본도리를 깨달았다. 마음 이외에는 스승을 원하지 않겠다."고 적었다.[23] 그의 제자 카가이(喜海)가 스승의 행장에, "해동의 원효 공은 망인의 무덤에 묵으면서 매우 깊은 唯識의 도리를 깨달았다."[24]고 써서, 원효가 묘에의 지독히 사숙하는 스승이었음을 나타냈다. 그런가하면 묘에는 의상의 그림에 선묘와의 인연을 자세히 적었다.

---

23　김임중,『일본국보 화엄연기연구』, 보고사, 2015, 36면 재인용.
24　위의 책, 38면 재인용.

이 같은 기록은 분명 중국의 승전을 전해 받아서 가능했을 것이다. 이로 인해 일본에서 원효와 의상의 이야기는 이 두 가지를 중심으로 널리 퍼졌다. 그러나 거기에 그치지 않고 보다 내면화 된 원효의 모습 또한 보인다.

> 황룡대사의 꿈속에서 이상한 형체가 나타났다. 그것은 귀신이었다. 그 형태는 참으로 소름이 끼치고 두려웠다. 그것을 보자, 마음이 산란하고 땀을 흘렸다.[25]

황룡대사는 원효를 가리킨다. 그림에 그린 이 모습은, "(밤이) 깊어지기 전에 갑자기 귀신이 나타나 깜짝 놀라게 했다."는 『고승전』의 내용을 형상화 한 것이다. 그런데 그림 속의 귀신은 굳이 그렇게만 보이지 않는다는 주장이 한 일본인 연구자에게서 나왔다.(그림 참조) 요컨대 최초 묘에의 종교적 동기는 어머니였다. 어머니라는 존재에 대한 사모나 집착이 이 귀신의 그림 속에 숨어 있다. 일본에서 귀신은 어머니나 유모, 물가에 멈춰 선 여성의 모습이 되어 나타나는 경우가 많다. 그래서 원효에게 나타난 귀신은 그냥 귀신이 아니다. 그 눈빛에는 고통스런 길을 걷는 자식을 염려하는 듯한, 자비가 담겨 있는 것 같이 보인다는 것이다.[26]

이런 해석은 무엇을 말하는 것일까. 원효의 해골바가지 사건이 주는 충격이 저들에게도 특별했으며, 그 충격은 무덤에 나타난 귀신을 어머니의 여성성으로 치환하는 일본적 해석에까지 이르렀다고 할 수 있다. 이런 과정에서 해골바가지 사건은 확대되고 고착된다. 앞서 나는 해골바가지 사건이 허구일

---

25　위의 책, 55면 재인용.
26　堂野前彰子,「華嚴緣起에 그려진 '鬼'」, 원효탄생1400주년기념학술대회 편,『원효대사와 현대문화』, 열상고전연구회, 2017, 51면.

가능성을 말했지만, 無法胡求 같은 경전에 흔한 선언이라도 깨달음의 정황이 실감 이상으로 整合할 때, 전승은 강력한 배후의 힘을 얻는다. 원효가 등장하는 어떤 일화보다 해골바가지 사건은 그 같은 조건을 갖추었다.

이렇듯 강렬한 이야기는 일연의 외면에도 불구하고 전승의 자생력을 발휘하였다. 의상과 한 번의 동행이 두 번으로 늘어나면서까지 말이다. 그러나 원효의 得度는 엄연하고, 그것은 無㝵行으로 이어졌다.

## 4. 『발원』에 나타난 변이 전승

전승은 어디까지나 전승으로서 의미를 가진다. 사실에 기반 한 부분은 그것대로 가치가 있으나, 구비의 사이에 만들어지는 확대 또한 의미의 층을 이룬다. 비록 그것이 질적 담보를 갖지 못했다 할지라도 마찬가지이다.

민간전승의 전통에서 본다면 오늘날의 작가 또한 담당자의 일원이다. 여기서 해골바가지 사건이 등장하는 金宣佑의 소설 『발원』을 중심으로 분석해 본다.

이광수는 1942년 봄부터 『매일신보』에 장편소설 「원효대사」를 연재하였다. 신문의 社告를 통해 이광수가 말한, "원효는 세계적 위인이다. 그러나 원효는 요석공주로 하여 파계하야 설총을 낳았다."는 대목에서, '위인'과 '파계'가 눈에 들어온다. 실은 이광수는 원효의 '파계'를 가져와 자신의 '변절'을 말하고 싶었다.[27] 더불어 원효가 '위인'이라면 자신에게도 그럴만한 '자격'이

---

27  '주인공의 파계가 작자의 좌절과 관련되어 있는 것은 확실'하다는 견해에 기초한다. 三枝壽勝, 「이광수와 불교」, 『사에구사 교수의 한국문학 연구』, 배틀북, 2000, 220면. 이 문제는 이유진, 「이광수 작품에 있어서의 파계와 정조 상실의 의미」, 東京外國語大 석사논문, 2002에서 보다 본격적으로 다루어졌다.

있는지 소설로 보이겠다는 욕심을 감추면서 말이다. 그러다 보니 해골바가지 사건은 그다지 중요하게 다루지 않았다.

원효의 渡唐行을 이광수는 진덕여왕 초년 또는 그 이전의 일, 그러니까 '원효는 스물세 살, 의상은 스무 살'로 설정하였다.

이런 나이의 설정에는 무리가 따른다. 두 사람의 나이차 세 살도 그러려니와, "양주(楊州)까지 배를 타고 가서 낙양을 향하여 걸었다."는 대목에서 보듯이, 원효가 일단 중국의 국경에 들어섰다고도 했는데, 이는, "원효는 해동 사람이며 처음에 바다를 건너서 중국에 왔다."(『林間錄』)는 기록에 근거한 것일 터이지만, 이 또한 상식과는 거리가 멀다. 무덤은 양자강 벌판의 공동묘지이며, 원효와 의상은 관 앞에 차려놓은 음식을 먹기도 한다. 원효의 꿈에 관 속의 여자가 나타나, "나 먹을 음식을 왜 먹었어. 먹었거든 나하고 같이 우리 집으로 가."라는 대목은 작가적 상상력의 절정이다. 결국 원효는 낙양으로 가지 않고 돌아간다.[28]

귀신이 나타났다든지 해골에 괸 물을 마셨다든지, 어디까지나 『고승전』에 의거하였지만, 이광수는 이미 '역사적 인물을 객관적으로 고찰하는 쪽에는 그렇게 신경을 쓰지 않았다'[29]는 설명이 더 설득력 있다. 그러므로 무덤의 장소 등은 크게 문제되지 않는다. 공동묘지, 관 앞의 음식, 음식 찾으러 나타난 귀신 등은 이광수의 상상력으로 강화된 해골바가지 사건이다. 그러나 이 이상은 없다. 이 정도라면 전승의 틀에서 크게 벗어나지도 않았다. 이 사건 이후 요석과의 로맨스를 그리는 일이 더 비중을 차지하기 때문이다.

원효를 소재로 한 최근작인 김선우[30]의 소설 『발원』에서 이 사건이 더

---

28   이광수, 『원효대사(상)』, 우신사, 72-73면.
29   三枝壽勝, 앞의 논문, 217면.
30   김선우(1970  ) : 1996년 『창작과비평』을 통해 시인으로 등단. 시집에 『내 혀가 입속에 갇

의미 있게 다뤄졌다.

우선 김선우는 이광수보다 훨씬 큰 틀에서 이 사건을 다루었고 변이도 심하게 주었다. 『발원』은 『원효대사』보다 더 원효와 요석의 사랑에 집중한다. 두 사람의 사랑은 우발적이 아니라 운명적이며, 왕이 된 김춘추를 보수권력, 원효를 민중적 혁신세력의 상징으로 위치시켰다. 두 사람 사이의 갈등과 그 사이에 끼어든 요석의 삼각관계가 중심축이다. 원효와 요석의 사랑이 이루어지는 중간 과정에 해골바가지 사건을 위치시켰다.

> "원효 스님, 저와 함께 당나라에 가시지요." (⋯중략⋯) 서른세 살 원효의
> 눈매엔 가느다란 주름이 잡혔다.[31]

김선우는 의상이 원효에게 던지는 이 돌발적인 제안으로 두 사람의 이야기를 시작한다. 첫 번째 渡唐行인데, 원효가 33세라면 통상적으로 의상은 26세이다. 이광수는 『원효대사』에서 한번으로 처리하고 말았지만, 여러 기록을 따라 김선우는 두 번의 渡唐行 모두 취급하였다. 첫 번째 때 고구려에서 잡힌 원효와 의상, 그런데 원효의 설법이 옥리를 감동시키고, 옥리는 문을 따준다. 그래서 두 사람은 탈출한다[32]고 김선우는 썼다. 다만 두 번째 渡唐行의 시기를 김선우는 분명히 밝히지 않는다. 김춘추가 아직 즉위하기 전, 요석 공주와의 인연으로 파계하기 전인 것으로 설정했을 뿐이다. 그리고 거기에는 의상이 가진 모종의 전략이 숨어 있는 것으로 설정하였다.

---

혀 있길 거부한다면』 등이 있고, 소설 작업을 병행하여 『나는 춤이다』 등을 냈다.
31  김선우, 『발원(2)』, 민음사, 2015, 64-65면.
32  위의 책, 99면.

목적지가 점점 다가올수록 뜻한 바 두 가지를 동시에 성취하게 된 의상의
가슴도 뛰었다. 드디어 원효를 데리고 당으로 가는 것이다! 이제 유학을 마치
고 돌아오기만 하면 신라의 국사자리가 보장된다. 현실권력과 학구열, 두
가지 모두 충족하게 될 청년 의상의 얼굴은 패기만만한 지적 열망으로 들끓
었다.[33]

의상의 두 번째 도당에는 김춘추의 책략이 깔려 있다. '위험한 자'인 원효
를 멀리 보내버리려는 것이다. 권좌가 안정될 동안 의상 편에 딸려 遠隔시킬
필요가 있었다. 한편 원효만 없다면, 의상으로서는 중국 유학 후 자신에게
돌아올 국사 자리가 눈앞에 보였다. 미래의 권력자가 될 김춘추에게 환심을
사며, 필생 하고자 하는 공부 또한 이룰 수 있다. 김선우의 이런 설정은 뒤에
원효와 요석의 비극적인 사랑을 끌어내는 복선이다.

김춘추는 끝내 원효에 대한 불안을 떨치지 못한다. 이렇게 의상과 함께
겨우 중국으로 보냈는데, 원효는 도중에 돌아온다. 당항성까지 가 김춘추가
준비해 놓기로 한 배편을 확인하고 밤늦게 돌아온 의상에게 원효는, "낮꿈을
꾸었습니다. 도반께 꿈 이야기를 해 드리지요."[34]라고 말한다. 해골바가지
사건이었다. 김선우는 이 사건을 꿈으로 설정했다. 현실이라 여겨지지 않은
듯하다. 어쨌든 원효가 돌아간다 하자 의상으로서는 낭패였고, 돌아온 원효
와 김춘추의 갈등은 본격화하였다. 소설은 여기부터 그 주제의식을 확실히
드러낸다.

"누가 자루 없는 도끼를 주겠는가. 내가 하늘을 받친 기둥을 찍어 버리겠

---

33 위의 책, 115-116면.
34 위의 책, 135-136면.

노라!"

"하늘을 떠받친 기둥을······."

"찍어 내 버리겠다고······?"

"하늘을 떠받치고 있는 질서를 끊어 내 버리고 새로운 질서를 만들겠다는 것 아닌가!"

"고귀한 하늘입네 에헴거리며 자기네 배 속만 차리는 저기를 싹둑? 에헤라 좋구나, 생각만 해도 시원쿠나!"

"그런데 왜 하필 자루 없는 도끼라지?"

"우리 아냐, 우리! 가문도 혈통도 돈도 없고 그저 맨몸뚱이 하나로 사는 우리네 말이지!"[35]

민중적이며 혁명적인 원효의 모습이다. '하늘 괴는 기둥'이 薛聰 같은 인재의 탄생을 예고하는 것이 아니라, 나라의 根幹을 바꾸겠다는 것으로 해석되었다. '인재의 탄생'은 『삼국유사』에 실린 이 대목에서 김춘추의 입을 통해 나왔는데, 이것이 편찬자 일연의 자의적인 개입이 아니라면, 김춘추는 사태의 진상을 제대로 파악하지 못했거나, 본질을 호도하는 쪽으로 몰아갔다는 말이 된다. '나라의 근간을 바꾸겠다'는 뜻으로 본 김선우의 해석은 『발원』에서 가장 돋보이는 부분이다.[36] 물론 김선우의 이러한 설정이 사실에 얼마나 부합하는지는 중요하지 않다. 이로 인해 『발원』에서 김춘추와 원효의 대립 각은 첨예해진다.

---

35   위의 책, 195면.

36   이 소설의 해제를 쓴 강신주도 같은 생각을 가지고 있었다고 고백한다. "원효는 하늘을 떠받치는 기둥을 글자 그대로 자르겠다고 선언한 셈이다. 이것은 바로 혁명 아닌가. 하늘을 떠받치는 기둥을 잘라 내면, 하늘은 땅에 떨어지는 것 아닌가. 왕이 평범한 필부가 되는 형국이니, 혁명이 아니면 이것이 무엇이겠는가. (···중략···) 원효는 지금 모든 사람이 부처로 사는 세계, 그러니까 우리 식으로 말하자면 민주주의를 생각하고 있는 것이다."(「소설가의 데뷔 기회를 박탈당한 철학자의 행복한 넋두리」) 위의 책, 304-305면.

"자루 없는 도끼를 준다면 그것으로 하늘을 찍어 내시겠다?"
원효가 말없이 빙그레 웃었다.[37]

마침내 김춘추와 원효가 대면하는 장면이다. 김춘추의 비아냥 섞인 말에
'말없이 빙그레' 웃는 원효는 '위험한 자'가 틀림없었다. 원효의 의도가 드러
나자, 김춘추는 원효와 요석의 사랑을 하나의 스캔들로 만들어 원효의 힘을
꺾고자 한다. 요컨대 의상을 이용해 당나라로 보내려는 시도가 실패한 다음,
요석을 이용해 지지 세력으로부터 원효를 유리시키는 계획인 것이다. 왕이
놓은 덫임을 알면서도 원효는 덤덤히 받아들인다. 요석에게 '내 사람만으로
머물러서는 안 되는 내 사람'[38]으로 몸과 정신을 허락한다. 이 일로 백성으로
부터 배신자라는 낙인이 찍혀 난처한 입장에 빠지지만, 원효는 무엇보다 요
석과의 만남을 '완전한 하루였고 영원'[39]이라고 생각하였다. 원효의 파계에
대한 김선우의 새로운 해석이다.

이광수와 김선우에 의해 계승된 해골바가지 전승은 새로운 시각을 얻게
한다.

이광수는 그다지 큰 비중으로 다루지 않았고, 김선우는 꿈으로 처리하였
다. 작가적 상상력에 의한 결과이지만, 원효와 요석의 인연에 소설의 중심을
잡으려면, 해골바가지 사건은 다분히 緣起의 끈 정도에 머물러도 좋다고 본
것은 아니었을까. 다만 김선우가 해골바가지 사건과 요석과의 사랑을 김춘추
의 개입으로 연속성 있게 처리한 점은 다르다. '해골바가지 사건 - 요석과의
사랑'이라는 순서에서는 벗어나지 않았다.

---

37  위의 책, 201면.
38  위의 책, 249면.
39  위의 책, 260면.

원효는 '기뻐 날뛰면서(歡喜踊躍) 사방에 노닌다(遊於四方)'는 경전의 교시를 '모든 마을 모든 부락을 돌며 노래하고 춤추면서 다녔는데, 노래로 불교에 귀의하게' 실천하였다. 『삼국유사』의 원효 관련 기사는 그런 삶을 구체적으로 그린 것이다. 앞서 살핀 바, 핵심은 동반과 패배였다. 그런데 『삼국유사』에 실리지 않은 해골바가지 사건은 이 틀과 닮은 듯 닮지 않았다. 의상 앞에서 무덤 속의 깨달음을 설파하는 원효는 당당하지만 다소 성근 多辯이다. 일연이 의도적으로 이 사건을 다루지 않은 이유는 여기서도 찾아볼 수 있었다.

해골바가지 사건이 허구건 실제이건, 『삼국유사』에 실린 이야기와는 또 다른 감동을 주는 것이 사실이다. 이 사건은 실제 같은 허구, 허구 같은 실제에 걸쳐 있다. 그렇다면 작가도 '해골바가지 사건 - 요석과의 사랑'의 순서에 묶이지 말고, 이 순서를 바꿨을 때 나올 수 있는 다양한 스토리텔링의 전환과 확장을 노려볼 만하다.


## 5. 원효에게 동반자는 누구인가

나는 원효 이야기의 매력적인 전승 화소인 해골바가지 사건이 실은 후세에 만들어진 것으로 보고 있다. 이에 대한 입증은 이 글로 완전하기 어렵다. 다만 그것이 실재이건 허구이건, 오히려 어떤 의지가 개입된 허구일수록 후대의 전승에 크게 역할 하였으리라는 점은 동의한다. 현재에 이르러 소설로 원효의 일생을 再構한 작가에게까지 그 영향은 미쳤다.

특히 김선우의 『발원』은 원효와 요석의 사랑이 두 사람의 개인사에 그치지 않고, 파계가 그 이후 원효로 하여금 민중에게 더욱 가까이 가는 계기를

만들었다는 점에 착목하여, 교화만이 아닌 원효의 대중운동의 차원까지 확대
해석한 점에 주목하게 된다.

　이로 말미암아 『삼국유사』 소재 동반자형 설화만 두고 보았을 때 찾을
수 있는 유형 이상이 나온다.

　텍스트인 『삼국유사』 상의 해석에서 원효-의상, 원효-김춘추, 원효-요석은
각각 종교, 정치, 인간의 차원에서 서사적 동반자가 된다. 그것은 각각의 유형
이다. 그러나 김선우는 이 셋을 한 지평 위에서 만나게 하였다. 동반자 구조
는 '원효/의상 - 원효/김춘추 - 원효/요석'이라는 다중성으로 확대된 것이다.
그 출발점은 해골바가지 사건이다. 다중성의 화학적 반응이 만들어내는 자리
에 원효가 만나는 새로운 동반자가 있다. 그것은 바로 당대의 민중이다.

　　일찍이 이것을 지니고 모든 마을 모든 부락을 돌며 노래하고 춤추면서
　　다녔는데, 노래로 불교에 귀의하게 하기를 뽕나무 농사짓는 늙은이며 독 짓는
　　옹기장이에다 원숭이 무리들까지 모두 부처님의 이름을 알고 나무아미타불
　　을 외우게 되었으니, 원효의 교화가 크다.[40]

　원효는 요석과 만난 다음 스스로 파계를 인정하고 새로운 길을 찾아 떠난
다. 나는 앞선 논의에서 해골바가지 사건이 여기에 위치한다고 보았다.[41] 거
기서의 깨달음이 그가 가야할 진정한 求道와 傳敎의 길로 나가게 했다. 無㝵
戲가 탄생하는 순간이다. 그래서 만나는 동반자가 뽕나무 농사짓는 늙은이,
독 짓는 옹기장이 등이었다. 심지어 원숭이 무리까지 이르는, 기나긴 원효의
동반자 구조에서 완결판이다.

───────────────

40　『三國遺事』, 「元曉不羈」
41　앞의 「창자소재로서 원효 이야기의 재구성」 참조.

# 모험 스토리 개발을 위한 『삼국유사』 설화의 연구

## 1. 문제의 소재

우리 『삼국유사』 속의 많은 이야기가 새로운 콘텐츠 개발의 유용한 소재가 될 수 있다는 지적은 두루 제기되었다. 임재해는,

> 문화콘텐츠가 어느 방향으로 가든 이야기를 떠나서 성공할 수 없다. 감동적인 이야기를 만들어내는 사람이 미래 산업의 주역이다. 삼국유사 설화를 문화콘텐츠 자원으로 주목하는 까닭도 여기에 있다.[1]

고 하였다. 이야기가 문화산업 성공의 관건이고, 『삼국유사』 설화는 거기에 값한다는 것이다. 다만 이런 문제제기가 거듭되면서도 구체적인 성과에서 기대에 부응하였는지 회의적인 평가가 더 많다. 그렇기에 더욱 분발할 것을 요구하는지 모른다. 부진이 거듭하는 데는 어떤 까닭이 있을까? 박기수는,

---

1    임재해, 「삼국유사 설화자원의 문화콘텐츠화 길찾기」, 『구비문학연구』 29, 한국구비문학회, 2009, 232면.

삼국유사 설화가 지닌 다양한 삶의 방식과 존재 양식에 대한 너그러운
인정과 그것들 사이의 융화와 조화라는 이상적 지향을 문화콘텐츠 스토리텔
링으로 내재화하는 창작 능력 부족에서 그 원인을 찾을 수 있다.[2]

라고 하여, 한 마디로 '창작 능력 부족'에서 부진의 원인을 말하고 있다. 일리
있는 지적으로 보인다. 그러나 다른 한편 작가의 능력 부족으로 몰아버리기
에는 창작 바탕의 제공이 불안했다는 점도 함께 지적해야 할 것 같다. 누구나
『삼국유사』의 활용가능성을 말했지만, 좀 더 구체적인 방안의 제시가 선행
되지 못하였다. 그런 까닭에 오래 된 서사 방법을 구사하는 『삼국유사』의
이야기에 작가는 쉽게 발을 들이지 못한 것이다.

이 글에서는 구체적인 『삼국유사』 이야기 접근법의 방안 한 가지를 소개
하고자 한다. 그 시각은 모험 스토리[3]이다. 『삼국유사』의 설화 가운데 9개를
뽑아 모험 스토리로서의 성격을 규명하고, 활용 방안을 제시하겠다.

그동안 『삼국유사』 설화에 굳이 모험 스토리로 의미를 부여해 본 연구는
없었다. 모험이 포함된 좀 더 큰 범주인 영웅담이나, 이와 연계된 다른 시각
의 분석이 주종을 이루었다. 모험 스토리는 자칫 『삼국유사』 설화의 무게감
을 떨어뜨린다는 염려가 있었는지 모른다. 그러나 새로운 콘텐츠의 생산에서
모험 스토리는 활용도가 매우 높으며, '문화콘텐츠 자원으로 주목'하는 근간
에 자리한다. 이는 『삼국유사』를 이해하는 새로운 접근 방법도 될 것이다.

---

2    박기수, 「삼국유사 설화의 문화콘텐츠 스토리텔링 전환 전략」, 『너머』 2, 도서출판 해와달,
     2007, 352면.
3    이 글에서 필자가 '모험 스토리'라는 용어를 쓴 것은 항용 '모험담'이라 했을 때 설화의
     그것만을 떠올리기 쉽기 때문이다. 모험 스토리는 모험담을 바탕으로 하면서 오늘날 콘텐
     츠화 할 수 있는 기본 이야기 줄거리가 갖춰진 상태 또는 그러한 前段階를 말한다.

## 2. 영웅의 해체, 모험 스토리의 원형성

### (1) 모험과 모험문학

모험과 모험에 결부된 말들은 모두 근대에 들어 새로운 의미를 가지고 생겨났다. 다음과 같은 사전적 의미를 갖는 모험이 그렇다.

冒險  ① 사람이 위험을 무릅쓰고 어떤 일을 하는 것 또는 그 일
　　　② 사람이 위험을 무릅쓰고 어디론가 여행하는 것

물론 여기서 ①은 오래 전부터 사용한 흔적이 있다. 대개 '冒險而進', '冒險而行', '冒險輕進' 등의 형태로 나타난다. 『三國志』에서는 위험을 무릅쓰고 실행하였다는 구절이 보이고,[4] 『說文解字』의 〈段注〉에서는 '冒'를 머리에 갑옷을 두르고 진격한다는 뜻으로 풀이하였으며, 盲進 곧 눈감고 나아간다는 뜻을 가진다고 설명하였다. 우리나라에서 쓰인 가장 이른 용례로는 『삼국사기』의 기사[5]를 들 수 있다. 역시 ①번의 의미로 사용되었다.

한편 ②번의 의미가 부여된 것은 근대에 들어와서다. '모험'이라는 단어에 다른 지역으로 여행한다는 의미가 추가된 것은 일본에서였다. 메이지 유신 이후 일본에서는 서양문학의 번역이 유행하는데, 『로빈슨 크루소』를 필두로 『15소년 표류기』, 『해저2만리』 등의 이른바 모험소설이 상당수 소개되었다.[6]

---

4　『三國志』蜀志・王連傳 : "此不毛之地, 疫癘之鄉, 不宜以一國之望, 冒險而行." 『後漢書』〈鄧張徐張胡列傳〉 : "十五年, 南巡祠園廟, 禹以太尉兼衛尉留守. 聞車駕當進幸江陵, 以爲不宜冒險遠, 驛馬上諫…"

5　『三國史記』新羅本紀 第二 儒禮 尼師今 十二年 : "十二年春王謂臣下曰, 倭人屢犯我城邑百姓不得安居吾欲與百濟謀一時浮海入擊其國如何舒弗邯　弘權對曰,　吾人不習水戰冒險遠征恐有不測之危況百濟多詐常有吞噬我國之心亦恐難與同謀王曰善."

6　다니엘 디포의 『로빈슨 크루소』 : 일본 - 네덜란드어를 번역한 필사본 『漂荒紀事』(1850),

여행이 축을 이루는 이야기의 전개이므로, 모험은 곧 여행에서 생겨난다는 뜻을 추가한 것이다.

모험과 여행의 결부는 19세기 중반 서구 제국주의의 팽배와 관련이 있다. 제국주의는 개척지, 신대륙, 식민지에 대한 관심이 높았으며, 열강은 다투어 지리적 확장을 시도하였다. 또 새롭게 대두된 진화론은 이러한 사회적 분위기와 국가정책에 당위성을 부여하는 과학적 근거로 이용되기에 이른다.[7] 이들의 관심사는 문학작품에도 반영되었고, 당시 출판된 숱한 탐험・모험소설은 이를 뒷받침한다.

서구문물을 받아들이고 내재화하려던 일본으로서는 이 같은 정치적, 문학적 성과를 국내에 소개하는 데 열심이었는데, 그러자면 번역과정에서 빈번하게 등장하는 'adventure'라는 단어의 번역어를 찾아야야했을 것이다. 따라서 본래 있던 '모험'이라는 어휘를 가져다 대입한 것으로 추측된다. 1888년 출판된 쥘 베른(Jules Verne)의 『15소년 표류기』*Two Year's Vacation*를 모리타 시켄(森田思軒)이 1896년 잡지에 번역 연재하면서 '모험'이라는 단어를 처음으로 사용했다고 한다.[8] 내용의 정확성 여부는 단언할 수 없으나, 적어도 1800년대

---

『魯敏遜漂行紀略』(1857), 『魯敏遜全伝』(1872) 간행. 쥘 베른의 『해저 2만리』: 일본 - 『海底旅行』(1886), 한국 - 『해저여행기담』(1907) 일본의 한인유학생 회보 『태극학보』에 일부 연재.

7    진화론적 자연관은 19세기 말에 이르러 아서 코난 도일(Athur Conan Doyle) 류의 탐정소설과 웰즈(H.G. Wells) 류의 SF소설, 그리고 스티븐슨(Robert Stevenson) 류의 모험소설과 같은 대중문학 속에서 구체적으로 나타난다. 다윈의 이론과 별개로 제국의 식민지 경영을 정당화하거나 백인/흑인, 문명/야만 같은 이분법을 적나라하게 드러내어 제국의 선전에 이바지하는 양상으로 전개된다. 이에 대해서는 문상화, 「진화론, 소설 그리고 제국 - 영국소설에 나타난 왜곡된 진화론」, 『19세기영어권문학』 9권3호, 19세기영어권문학회, 2005, 61-63면 참조.

8    '冒険'という言葉は森田思軒が『十五少年漂流記』を1896年(明治29年)に博文館の雑誌『少年世界』で連載『冒険奇談 十五少年』として英訳本からの抄訳重訳した際に造語された。冒険小説 -http://ja.wikipedia.org/wiki(검색일 : 2012. 5. 10)

후반 일본에서 서양의 이른바 'Adventure Novel'을 번역하면서 '모험'이라는 단어를 대입해서 모험소설이라 옮긴 것 같다. 기존에 통용되던 '모험'의 의미에 또 다른 개념이 부여되었다.

　영어권에서 풀이하고 있는 'adventure'의 의미를 살펴보면 그 부연되는 과정이 좀 더 명확해진다.

　① an unusual, exciting or dangerous experience, journey or series of events.

　② excitement and the willingness to take risks, try new ideas, etc.[9]

　여기서는 첫 번째 의미로, ①'평범하지 않은 신나고 위험천만한 경험, 여정 또는 사건의 연속'이라 정의했고, 두 번째로는 ②흥분과 위험을 기꺼이 감수하는 태도, 새로운 생각을 시도하는 것 등이다. 이밖에도 '합법적이지만은 않은 거칠고 짜릿한 일(a wild and exciting undertaking not necessarily lawful)'이라는 풀이도 나오는데, 전반적으로 위험천만하고 특별한 경험을 가리키는 것으로 파악된다.

　이러한 풀이는 기본적으로 여정(journey)을 전제로 하는 경험에 기반하였다. 즉 위험부담이 큰 다른 지역으로의 이동과정에서 생겨나는 특별한 일이나 사건을 주요 골자로 하는 것이다. 생활터전을 떠나 다른 영역으로 들어가게 되는 순간 피할 수 없는 위험에 노출되는 것은 당연하다. 익숙하지 않은 환경과 불규칙한 숙식은 여행자를 긴장하게 만들고, 때로는 적대감을 드러내는 대상과 마주치기도 한다. 안정된 장소에서 미지의 공간으로 옮겨가는 일은 이처럼 거칠고 험한 행위이다. 그러나 여행자에게 주어지는 갖가지 위험

---

9　이상은 『옥스퍼드 사전』의 풀이.

천만하고 아슬아슬한 상황은 그 불편함을 하나하나 해결해나감으로써 일련
의 특별한 경험으로 기억 속에 각인된다. 두려워했던 '일'들이 이제 감당할
수 있는 '도전'이 되고, 즐길 수 있는 '모험'이 되는 것이다.

또 adventure는 라틴어 'adventus'[10]를 어원으로 삼는데, 이는 프랑스어의
'aventure', 스페인어의 'aventura', 독일어의 'abenteuer'에 해당된다. 그런데
각 단어를 사전에서 찾아보면 '모험'이라는 뜻 외에도 뜻밖의 일, 진기한
체험, 연애사건을 가리키기도 한다. 여기서 흥미로운 점은 이동하면서 겪는
거칠고 위험한 사건뿐만 아니라 뜻밖에 닥쳐온 일, 평범하지 않은 사건이나
신이한 체험의 의미까지도 포함하고 있다는 사실이다. 말하자면 한 개인이
외부의 위험에 대응하고 풀어나가는 외부적인 경험뿐만 아니라, 연애나 비현
실적인 현상의 체험과 같은 내적 경험까지도 포괄하는 것이다.

한자를 사용하는 동아시아에서는 일반적으로 영어권에서 통용되는 의미
로서의 '모험'을 써왔기에 여정과 관련된 한정적 의미로만 파악하였다. 그러
나 유럽에서는 '모험'의 외현을 확장시켜 사용해 왔다는 사실이 눈여겨볼
만한 부분이다. 심지어 연애까지도 특별하고 감미로운 경험으로 범주에 넣고
있어 'adventure'가 비일상적 체험에 관한 광역의 의미를 내포하는 어휘임을
알 수 있다.

신화적인 여정과 모험 서사에 대해서는 조셉 캠벨의 이론이 많이 인용되
었다. 캠벨은 세계의 민족과 종교의 신화에서 공통적으로 드러나는 '출발
(Departure) - 입문(Initiation) - 귀환(Return)'의 3단계 스토리 구조를 귀납해 냈다.
그는 이것을 영웅모험 여정의 원질신화(monomyth)라고 명명하였다.[11] 귀납된

---

10   advenio, advenire, adveni, adventus. v. come to, arrive; arrive at, reach, be brought;
     develop, set in, arise.(Lynn H. Nelson, 라틴어-영어 사전, 1995,
     http://humanum.arts.cuhk.edu.hk/Lexis/Latin(검색일 : 2012. 5. 10)

이 구조를 가져와 여러 연구자가 신화와 영웅소설의 분석에 활용하였는데, 많게는 7단계 적게는 4단계로 압축된 틀을 제시하였다.[12] 어떤 틀이 되었건 영웅의 모험담이 적용하기에 가장 적절하였기 때문이었다.

그렇다면 영웅소설이 아닌 모험문학에서는 이것이 어떻게 활용될 수 있을까?

임성래는 먼저 '주인공이 장애와 위험을 극복하고 임무를 완성하여 보상을 받는 이야기'라는 Cawelti John의 의견과, '감정보다는 행복을 중시하는 남성 서사물'이라는 저자 미상의 『모험문학』*Adventure Literature*을, 그리고 '모험담은 영웅이 위험을 극복하고 임무를 완수하여 그 보상을 받는 이야기인 신화에 뿌리를 두고 있는 서사물'로 간주한 김열규의 의견을 인용한다. 이 세 의견을 포괄하여 ①이계 여행 형식의 모험담과 ②신화적 형식의 모험담으로 나누어 살폈다.[13] 여기서 ②가 영웅담에 바탕 한 영웅소설류를 지향한다면 ①은 확장된 외현의 모험을 문학적으로 형상화한 것으로 볼 수 있다.

그러나 임성래가 분석 대상으로 삼은 작품[14]의 주인공은 '자발적인 모험'을 감행한다는 점, 모두 '보상'을 얻는다는 점, 비범하거나 뛰어난 능력을 소유한 '남성 주인공'이라는 점을 주목해야 한다. 사실 이것이 우리가 일반적으로 모험문학이라고 했을 때 통용되는 상식이다. 여기서 더 확장된 외연을 찾자는 것이 이 글의 최종 목표이다.

---

11    조셉 캠벨, 이윤기 역, 『천의 얼굴을 가진 영웅』, 민음사, 2004, 44면.
12    조동일은 「영웅의 일생, 그 문학사적 전개」(『동아문화』 10, 서울대동아문화연구소, 1971)에서, 민긍기는 「군담소설의 연구」(연세대대학원 석사학위논문, 1980)에서 7단계를, 임성래는 『영웅소설의 유형연구』(태학사, 1990)에서 4단계를 설정하였다.
13    임성래, 「한국문학에 나타난 모험의 의미」, 『대중서사연구』 23, 대중서사학회, 2010, 9-10면.
14    임성래가 예시로 든 작품은 〈오구풀이〉, 〈남염부주지〉, 〈용궁부연록〉, 〈김원전〉이다.

## (2) 영웅의 해체와 모험 스토리에 대한 접근

일찌감치 제국주의 흉내를 내기 시작한 일본과 달리 우리에게 '모험'은 다르게 적용되어야 했다. 제국주의적 이데올로기가 捨象된 모험은 특이한 형태로 다가왔다. 崔南善과 같은 근대 지식인이 서구의 모험소설을 적극적으로 소개하면서, 새 시대의 청소년 교육법으로 활용하려 했지만, 불행히도 당시의 우리는 서구나 일본의 모험 대상인 처지였다. 그러기에 '민족주의의 발로나 제국주의의 모방'[15]으로서 '모험'은 정신적 파탄을 경험하지 않으면 안 되었다. 『로빈슨 크루소』 같은 소설을 『소년』에 연재하며 '국민의 겁 없는 마음을 고동함도 가하다'[16]고 호언한 최남선은 곧장 발을 뺄 수밖에 없었다.

그렇다면 최남선의 모색은 거기서 그치고 말았는가. 그는 제국주의가 횡행하는 시대가 아닌 과거로 거슬러 올라간다. 심지어 삼국시대까지 말이다. '그가 바라보는 과거는 삼국시대 이전의 역사에 닿아있어야 그 역전이 가능'[17]했던 것이다. 제국주의의 그늘이 없고, 겁 없는 마음을 심어줄 이야기를 거기서 찾고자했다. 성패를 떠나 최남선의 시도는 지금의 우리에게도 시사하는 바가 있다. 그러므로 이제 논하고자 하는 모험 스토리는 제국주의의 유산으로서 모험에 대입하지 않는다. 앞서 소개한 조셉 캠벨의 세계로부터의 분리, 힘의 원천에 대한 통찰, 그리고 황홀한 귀향[18]으로 이루어진 영웅의 이야기에 국한하지도 않는다.

영웅 이야기는 피로를 동반한다. 간접체험과 대리만족으로 영웅담은 사람의 눈길을 끌지만, 이제는 빗발처럼 쏟아지는 화살 세례에도, 그 화살에 수많

---

15  안용희, 「모험의 가능성과 제국의 균열」, 『국제어문』 43, 국제어문학회, 2008, 280면.
16  위의 논문, 같은 면에서 재인용.
17  위의 논문, 297면.
18  조셉 캠벨, 앞의 책, 50면.

은 병사가 죽어나가는 데도, 주인공인 영웅은 끄떡없는 장면으로 사람의 시선을 끌 수 없다. 모험 스토리에는 이런 영웅이 등장하지 않아도 좋다. 부지런히 영웅을 만들어낸 다른 한편, 이제는 조건과 상황에 따라 '영웅 공포증'이라는 말이 나올 정도이다. 청년들을 영국을 위한 전쟁터로 내몰았기 때문에, 호주인은 영웅의 덕목에 의지하는 것을 신뢰하지 않는다거나, 독일에서는 영웅을 존경하는 오랜 전통이 있었는데, 두 차례에 걸친 세계대전과 히틀러 및 나치의 유산은 영웅의 개념을 얼룩지게 했다[19]는 것이다.

여기서 우리는 크리스토퍼 보글러의 논의를 빌려올 필요가 있다. 조셉 캠벨의 충실한 계승자이면서, 보글러는 대중문화 콘텐츠가 만드는 영웅의 일생을 캠벨과 다른 방향으로 논의한 사람이다. 먼저 그가 말하는 영웅은 이렇다.

[A] 영웅은 평화주의자, 어머니, 순례자, 바보, 방랑자, 은둔자, 발명가, 간호사, 구세주, 예술가, 정신이상자, 연인, 광대, 왕, 희생자, 노예, 노동자, 반항아, 모험가, 비극적 실패자, 겁쟁이, 성인, 괴물 등의 얼굴을 가질 수 있다. 그 형식의 다양한 창조적 가능성은 그것이 잘못 사용될 경우보다 더 많은 가치를 함유하고 있다.[20]

[B] 자발적인, 적극적인, 열렬하고, 모험으로 뛰어들고, 의심을 품지 않고, 늘 용감하게 앞장서 나아가고, 스스로 동기를 부여하는 유형[21]

[C] 비자발적인, 의심과 주저함에서 헤어나지 못하고, 소극적이고, 외적 힘에 의해 동기부여를 받거나 내몰려서만 모험으로 이행해 가는 유형[22]

---

19　크리스토퍼 보글러, 함춘성 역, 『신화, 영웅 그리고 시나리오 쓰기』, 무우수, 2005, 24면. 원제는 *Writer's Journey.*
20　위의 책, 25면.
21　위의 책, 85면.

[A]에서 말하는 영웅은 결국 일상의 여러 사람이나 마찬가지이다. 어머니, 연인, 노예 같은 캐릭터가 전통적인 의미의 영웅일 수 없다. 나아가 방랑자/은둔자, 성인/괴물, 모험가/겁쟁이 같은 정반대의 유형이 한 자리에 모여 있다. 이것은 보글러가 자신이 만들 12단계의 모험담은 일상세계로부터 출발한다고 말하려는 의도의 밑 깔기이다. 그러면서 [B]와 [C]의 두 유형으로 나뉜다고 하였다. [B]는 미래지향적 행동이 보이는 영웅의 전형성이라고 한다면, [C]는 그동안 영웅의 행동이나 태도로 볼 수 없었던 것이다. 그런데도 여기서 영웅이 탄생한다. [A]와 [B] 그리고 [C]를 결합한 자리, 아니면 또 다른 유형으로 새로운 英雄像을 만들 수 있다.

여기에 유용한 개념의 하나가 트릭스터이다. 신화와 옛 이야기 속의 트릭스터는 도덕과 관습을 무시하고 사회 질서를 어지럽히는 인물이나 동물 따위를 이르는 말[23]이다.

[D] 그들은 특정 집단에 소속되지 않은 경계인이며, 항상 길을 떠나는 여행자이고, 남자이자 여자이며, 동물적이면서도 신적이고, 비분화된 어리석은 초인이며, 바보이자 영웅이고, 아이이자 노인이며, 인간을 넘는 인간이다.[24]

경계인이자 여행자라는 데서 모험의 징후가 보이지만, 남자/여자, 동물/신, 바보/영웅, 아이/노인이 엇갈리며 설정된 캐릭터의 특징은 어리석은 초인이며 인간을 넘는 인간이라는 데서 비일상적인 줄거리가 상상된다. 앞의 [A]와 [C]의 결합처럼 보인다.

---

22    위의 책, 같은 면.
23    최정은, 『트릭스터-영원한 방랑자』, 휴머니스트, 2005, 188면.
24    위의 책, 155면.

이것은 전통적인 영웅의 해체이다. 이를 통해 영웅의 원형성을 새롭게 찾아보자. 보글러는 원형이 '화석화되어 불변하는 캐릭터의 역할로서가 아니라, 스토리에서 일정 효과를 달성하기 위해 캐릭터가 일시적으로 수행하는 기능'[25]이라 말한다. 기능이란 다른 말로 '캐릭터의 의사소통'[26]이라고 하였다. 그래서 작가는 스테레오타입에 빠지지 않고, 사실성과 깊이를 더 많이 부여하며, 독특한 개성을 만들어 완전무결한 인간을 구성하는 보편적 제 특성을 창출한다[27]는 것이다. 스토리 안에서 이렇게 변화하는 캐릭터를 구현하자면 위에서 제시한 [A], [B], [C], [D]가 결합되어 나와야 할 것이다.

그러나 무엇보다 보글러가 말하는 원형에서 우리의 논의와 밀접하게 관련될 발언은 다음과 같다.

> 원형은 우리가 만들어낸 캐릭터와 스토리가 정신분석학적으로 신화 속의 고대의 지혜와 맞닿아 현실적이고 진실이 되게 할 수 있다.[28](윗점 필자)

강조한 '맞닿아'에 주목해 보자. 원형은 접점의 메커니즘이다. 고대와 현대, 신화와 현실, 허구와 진실의 접착제이다. 원천 소스는 고대-신화-허구의 상태이지만, 원형의 접착을 통해 새로운 콘텐츠의 현대-현실-진실로 치환된다. 연구자에 따라 '설화적 상상력의 원형성과 대중성 그리고 현재성에 주목'[29]한 것도 이와 유사하리라 본다. 현재성이 확보되어야 대중성 곧 향유가 활성화 될 것이기 때문이다.

---

25  크리스토퍼 보글러, 앞의 책, 73면.
26  위의 책, 132면.
27  위의 책, 같은 면.
28  위의 책, 같은 면.
29  박기수, 앞의 논문, 349-350면.

이상에서 논한 바를 종합해 모험 스토리의 기본 구조를 설정해 보기로 한다. 영웅이 아니면서 영웅을 만드는 이야기가 모험 스토리이다. 영웅이 되고 싶지 않았으나, 전개 과정 속에서 영웅이 된다는 것이다. 이런 이야기의 틀은 오래 전부터 있어 왔으며, 오늘날 우리가 새로운 이야기를 만들어내는 데에도 準據가 된다.

먼저 기본 틀로서 보글러가 말한 영웅의 여행의 12단계를 살펴보자.

① 영웅은 **일상 세계**에서 소개되어, 그곳에서
② 영웅은 **모험에의 소명**을 받는다.
③ 영웅은 처음에 결단 내리지 못한 채 **주저하거나 소명을 거부**한다. 그러나
④ **정신적 스승**의 격려와 도움을 받아
⑤ **첫 관문을 통과**하고 특별한 세계로 진입한다. 그곳에서
⑥ 영웅은 **시험**에 들고, **협력자와 적대자**를 만나게 된다.
⑦ 영웅은 **동굴 가장 깊은 곳으로 접근**하여, 두 번째 관문을 건너게 되는데
⑧ 그곳에서 영웅은 **시련**을 이겨낸다.
⑨ 영웅은 이의 대가로 **보상**을 받게 되고
⑩ 일상세계로의 **귀환의** 길에 오른다.
⑪ 영운은 세 번째 관문을 건너며, **부활**을 경험하고, 그 체험한 바에 의해 인격적으로 변모한다.
⑫ 영웅은 일상 세계에 널리 이로움을 줄 은혜로운 혜택과 보물인, **영약**을 가지고 귀환한다.[30]

여기서 보글러는 일관되게 주어로 '영웅'을 쓰고 있다. 그러나 이 영웅이 전형적인 의미의 그것과 다름을 앞서 밝혔다. 영웅의 일방적인 활약이 아니

---

30  크리스토퍼 보글러, 앞의 책, 69면.

라 일상에서 일탈한 모험의 여정이 영웅을 만들었다.

　다음 논의를 위해 보글러의 12단계를 필자는 4단계로 집약하였다. 12단계를 다시 4단계로 축약해 본 데는 까닭이 있다. 보글러는 '지금의 영화 시나리오'를 모험이 동반된 영웅담의 관점에서 분석하였다. 〈오즈의 마법사〉, 〈타이타닉〉, 〈라이온 킹〉, 〈스타워즈〉 같은 작품이 그렇다. 12단계 정도의 구성요소를 설정해 놓지 않고는 충분한 분석이 불가능하다. 이에 비해 이제 이 글에서 다루려는 설화는 좀 더 단순한 구조를 요구한다. 그래서 4단계이다.[31]

　각 단계의 성격과 의미를 아래 표로 정리해 볼 수 있다.

|  | 보글러의 12단계 | 動因 | 결과 | 비고 |
|---|---|---|---|---|
| 1단계 | ①~③ | 탈일상 | 소명을 받음 | |
| 2단계 | ④~⑥ : 제1관문 | 시험 | 멘토와의 만남 | 협력자/적대자 |
| 3단계 | ⑦~⑩ : 제2관문 | 시련′ | 보상′ | 확장 또는 반복 가능 |
| 4단계 | ⑪~⑫ : 제3관문 | 시련″(부활) | 보상″(영약) | |

　일상 세계에서 疏開된 영웅이 모험의 소명을 받지만 주저하는 모습은 전형적인 영웅의 출발과는 다르다. 물론 전형적인 영웅이 주저 없이 뛰어나가기만 한다는 것은 아니다. 그러지 말라는 법이 없다. 그러나 한 평범한 일상의 주인공이 갑자기 적극적으로 돌변하여 모험을 감행한다고 설정하기란 더 어색하다. 그러므로 1단계(①~③)는 영웅의 의미가 보다 개방되었거나 해체된 모습을 보여준다. 2단계(④~⑥)는 그런 영웅에게 다가오는 시험이다. 시험의 통과를 위해 멘토[32]를 설정한 것도 1단계와 연결하여 자연스럽고 흥미를 배

---

31　이 글에서는 모험담의 가능성만 제시하려 한다. 완성된 시나리오로 가자면 필요한 구체적이고 치밀한 에피소드가 마련되어야 한다. 이는 다음 단계로 미룬다.

32　Mentor. 보글러는 '정신적 스승'이라 명명하였다. 위의 책, 182-191면.

가한다. 영웅의 타고난 능력만으로 위기를 극복하는 경우와 다르다.

보글러의 12단계가 특이한 것은 3(⑦~⑩), 4(⑪~⑫)단계에 와서이다. 시련과 보상이라는 구조는 캠벨의 주장과 비슷하지만, 확장 또는 반복이 가능하다는 점에서 그렇다. 확장과 반복을 통해 이야기는 정밀해 진다. 1, 2단계에서 모험의 기반을 마련한 영웅은 마주치는 제2, 제3관문 등 여러 번의 시련을 극복한다. 제4, 제5의 관문이 계속될 수 있다. 관문이 반복될수록 이야기는 흥미를 더해 갈 것이다.

이렇게 4단계로 만든 구성 방식은 이 글에서 설정한 모험 스토리의 기본적인 틀을 정리하는 데 하나의 준거가 된다.


## 3. 삼국유사 설화 속의 모험 스토리

### (1) 모험 스토리의 조건과 분석 대상

앞서 우리는 전통적인 영웅담의 범주에서 나와 모험 스토리의 영역을 추정해 보았다. 영웅의 개념에서 보다 유연한 형태를 가진 것으로 모험 스토리를 정의해 나간다면 『삼국유사』의 설화 속에서 어떤 이야기를 끌어낼 수 있을까?

먼저 대상이 될 설화가 갖출 조건은 다음과 같다.

첫째, 영웅담이나 일반설화 그리고 불교설화로 분류된 것 가운데 여로/협력자/시련/보상의 4대 요소를 갖춘 설화이다. 둘째, 다양한 에피소드를 추가할 여지가 있는 설화이다.

4대 요소는 보글러의 12단계를 필자가 조정한 것인데, 특히 여로가 분명히 드러나는 경우 모험 스토리에 가까이 간다. 물론 이 조건을 갖추었어도 전체적인 이야기의 흐름이 모험 자체로 메시지가 전달되는지 살펴야 한다. 예를 들어 塔像 편의 「미륵선화 미시랑 진자사」와 같은 경우처럼, 진자가 미륵을 찾아 떠나는 여로로 틀을 잡았지만, 이는 분명 깨달음의 도정을 나타내는 데 주제가 더 강하고, 모험으로서의 성격은 미약하므로 제외하였다. 이런 이야기는 다양한 에피소드를 제공하는 데에서 모험 스토리로 선정한 다른 설화에 도움을 줄 것이다.

『삼국유사』에는 9개 주제로 나눠 약 150여 가지 이야기가 소제목을 달고 실려 있다. 이 이야기 가운데 위에서 제시한 두 가지 조건을 고려해 먼저 9개의 설화를 선정하였다. 이는 대개 세 가지 부류로 나눠볼 수 있다. 곧 건국신화류, 일반설화류, 불교설화류이다. 이에 따라 해당될 이야기를 각각 3개씩 추려 그 주인공을 들어보면 다음과 같다.

> 건국신화류 : 주몽, 탈해, 무왕
> 일반설화류 : 수로부인, 거타지, 비형랑
> 불교설화류 : 혜통, 보양, 장춘

위에 보인 아홉 개의 이야기는 본디 지닌 속성을 유지하면서도 새로운 해석의 가능성이 높은 것이다. 그리고 이 논의를 위해 1차로 선정했을 뿐이다. 앞서 제시한 진자의 이야기도 넓은 범위에서 보면 모험 스토리로서의 가능성이 전혀 없지 않다.

## (2) 건국신화류

건국신화류에는 주몽, 탈해, 무왕(서동)[33]의 세 가지 이야기를 선정하였다.

건국신화는 영웅담의 전형으로, 다른 분류가 허용되지 않을 견고한 성격을 지니고 있다. 특히 기이한 탄생의 부분이 반드시 포함되어 있어, 이 같은 성격은 더욱 고착되기 마련이다. 그러나 이 이야기도 건국신화의 정치적 이데올로기를 크게 감안하지 않는다면 기본적으로 모험 스토리로의 접근이 가능하다.[34]

먼저 주몽의 경우를 보자.

① 주몽은 어려서 헌칠하여 비상했고, 활과 화살을 만들어 쏘는데, 백이면 백, 명중하였다.
② 금와왕의 아들들이 여러 신하와 함께 해코지를 하려 하였다.
③ 주몽은 어머니의 교시를 받고, 烏伊 등 세 사람을 친구로 삼아 길을 떠났다.
④ 淹水에서는 물고기와 자라가 다리를 만들어 주었다.
⑤ 졸본주에 이르러 비로소 도읍을 정하였다.[35]

처음 주몽이 집을 떠나야 했던 것은 본인의 의지 때문이 아니었다. 적대자의 해코지가 일상으로부터 벗어나게 한 것이며, 여기에 협력자로서 세 명의 친구가 함께 하였다. 더욱이 물고기와 자라가 도와주어 위기를 벗어나는 장면은 그가 지닌 능력만으로 성공한 것이 아님을 보여준다. ②의 위기에서 어머니는 멘토의 역할을 하였다.

---

33  백제 무왕의 이야기는 건국신화는 아니다. 그러나 건국신화의 요소를 두루 포함하고 있어 이곳에 배치하였다.
34  박유희, 「최근 역사물에 나타난 서사 재구성의 의미」, 『한민족문화연구』 19, 한민족문화연구학회, 2006. 이 글에서 박유희는 사극 〈주몽〉이 지나친 정치성의 경도로 서사 재구성의 한계를 노출했다고 비판하였다.
35  『삼국유사』, 「고구려」

다음은 탈해의 경우이다.

    ① 알로 태어난 탈해는 상서롭지 못한 일이라는 이유로 궤짝에 실려 제
       나라를 떠난다.
    ② 가락국에 이르러 그 나라의 수로왕이 맞이하려 하나 달아난다.
    ③ 아진포의 阿珍義先이 배를 맞아들여 키운다.
    ④ 瓠公의 집을 꾀로 빼앗는다.
    ⑤ 지혜로운 사람임을 알아본 남해왕은 탈해를 사위로 삼는다.[36]

  기이한 탄생을 상서롭지 못하게 여기는 사람들에 의해 탈해 또한 일상으
로부터 벗어난 旅路에 올랐다. 바다 남쪽 천 리 떨어진 용성국에서 함께 배를
탄 사람들이 협력자라면, 수로왕 같은 대적자를 바로 만나기도 한다. 여로의
중간 기착지에 만난 아진의선은 박혁거세를 길러내기도 한 탈해의 멘토에
해당한다.[37] 탈해의 여로는 토함산을 넘어 경주까지 이어졌다. 기지와 인내로
왕의 사위가 되고 끝내 왕이 되었다.
  마지막으로 무왕(서동)의 경우이다.

    ① 어머니가 서울의 남쪽 연못가에서 용과 정을 통해 무왕을 낳았다.
    ② 진평왕의 딸 선화(善花)가 아름답다는 소문을 듣고 신라의 서울로 간다.
    ③ 아이들을 꾀어 노래로 선화를 위기에 빠뜨리고 결국 자신의 부인으로
       삼는다.

---

36  『삼국유사』「제4 탈해왕」여기서 정리한 화소의 ①은 원문에서는 ③ 뒤에 놓여있다. 필자
    가 사건이 일어난 시간의 순서대로 재정리한 것이다. 원문은 이야기를 극적으로 만드는
    일연의 스토리텔링 솜씨가 잘 발휘되어 있다.
37  원문에서는 아진의선이 혁거세의 '고기잡이 어미(海尺之母)'라고 하였다. 이에 대해서는 고
    운기, 『신화 리더십을 말하다』, 현암사, 2012, 194-196면 참조.

④ 공주를 통해 금의 가치를 알게 된다.

⑤ 금을 잘 써서 인심을 얻고 왕위에 오른다.[38]

무왕 이야기 또한 서동이 선화를 차지하기 위해 길을 떠났다가 돌아오는 줄거리가 중심이다. 기지로 선화를 자신의 부인이 되게 한 것은 첫 번째 보상이지만, 진정한 보상은 그가 멘토인 부인을 통해 금의 가치를 알고, 이를 선용하여 왕이 된 데 있다.

이렇듯 건국신화에서 뽑은 세 이야기는 앞서 정리한 4단계의 모험 스토리 구조를 그대로 가지고 있다. 화소 정리에서 탄생담인 ①만 제외하면 그렇다. 게다가 에피소드가 붙을 여지도 넓다. 무거운 정치 드라마가 아닌 영웅의 모험담으로 시각을 바꾸어 접근했을 때 보다 다양하고 재미있는 스토리가 탄생할 가능성이 높은 것이다.

### (3) 일반 설화류

이제 『삼국유사』의 일반 설화로 오면 이야기는 한결 가볍게 모험 스토리에 가까워진다. 이는 보글러가 말한 [B]형의 영웅이 아닌 [C]형의 영웅, 또는 트릭스터에 가까운 존재이다. 탈일상의 소명도 건국 같은 거대한 목표 아래 주어진 것이 아니다. 그러나 일상의 영웅으로 거듭나는 모습은 이야기에 무게감을 더 해 주었다.

먼저 수로부인의 경우를 보자.

① 수로부인이 강릉태수로 부임하는 남편 純貞公을 따라 길을 떠난다.

---

38 『삼국유사』, 「무왕」

② 해변에서 점심을 먹다가 부인이 절벽에 핀 철쭉꽃을 탐낸다.

　②′ 한 노인이 암소를 몰고 가다가 그 꽃을 꺾어 노래까지 지어 바쳤다.

③ 이틀 뒤 점심을 먹다 바다용에게 부인이 납치당한다.

　③′ 한 노인이 방법을 알려주어 부인을 되찾았다.

④ 부인은 세상에서 알고 있는 것이 아닌 용궁의 화려함을 자랑한다.

⑤ 매번 깊은 산과 큰 연못을 지날 때면, 여러 차례 神物들에게 끌려간다.[39]

수로부인 이야기의 주인공이 여성이라는 점에 주목해 보자. 보글러는, "영웅의 여행에 대한 가장 일반적인 비판은 남성이 지배하는 전사 문화의 구현이라는 점이다."[40]라고 하였다. 수로부인 이야기는 이러한 비판에서 자유롭다.

　남성의 여행은 어떤 의미에서 보다 직선적이어서, 하나의 목표에서 다음 목표로 이행해 가는 반면, 여성의 여행은 내부와 외부를 향해 원, 혹은 나선형을 그리며 움직여 간다. (…중략…) 중심을 향한 안으로의 여행 후 다시 밖을 향하여 동심원을 확대시켜 나가는 여성의 여행. (…중략…) 외부로 나아가 장애물을 극복하고, 성취하며, 정복하고, 소유하려는 남성의 욕구는 여성의 여행에서 가족과 종(種)을 보호하고, 가정을 이루며, 정서적 조화를 추구하고, 화합을 이루고, 아름다움을 고양시키려는 욕망으로 대체될 수 있다.[41] (윗점 필자)

안으로의 여행 후 밖을 향하여 동심원을 확대한다는 지적에 수로부인의

---

39　『삼국유사』, 「수로부인」

40　크리스토퍼 보글러, 앞의 책, 25면.

41　위의 책, 26면.

이야기는 적실히 맞아들어 간다. 용궁의 체험이 그렇다. 이는 자발적인 것이 아니었다. 그러나 모험에 적응한 수로에게 용궁 여행은 납치가 아니라 어느덧 자발성으로 바뀌었다. 이어서 산과 연못으로 수로부인의 체험현장은 확대되었다. 동심원의 확대이다. 나아가 화합(③')과 아름다움의 고양(②') 또한 갖추고 있다.

다른 한편 ②/②' 그리고 ③/③'는 시련/보상의 구조를 나타내면서, 이러한 관문은 다른 에피소드를 보완할 경우 얼마든지 늘어날 수 있음을 보여주었다.

다음은 거타지의 경우이다.

① 거타지는 사신 가는 왕자의 호위군사로 뽑혀 집을 떠난다.
② 바람과 파도를 막을 제물이 되어 섬에 홀로 남는다.
③ 섬에 사는 서해 용이 나타나 자신과 가족을 지켜 달라 부탁한다.
④ 거타지는 사미승으로 변장한 늙은 여우를 활로 쏴서 죽인다.
⑤ 용은 자기 딸을 꽃가지 하나로 변하게 만들어 품속에 넣어 준다.[42]

거타지의 이야기 또한 여로에서 발생하였다. 서해용은 거타지에게 도움을 요청하는 존재이지만 멘토의 성격 또한 가지고 있다. 적대자로서 늙은 여우가 등장하였다. 원문에서는 ④와 ⑤ 사이에 보상으로서 서해용이 거타지에게 베풀어주는 조치가 나열된다. 조력자/수혜자의 관계는 매우 긴밀하게 교체되면서 이어진다. 마지막에 거타지가 귀국한 다음 꽃가지를 꺼내 여자로 변하게 하고 함께 살았다[43]는 대목이 인상적이다.

---

42　『삼국유사』, 「진성여대왕과 거타지」
43　위와 같은 부분.

마지막으로 비형랑의 경우이다.

① 비형은 혼령인 아버지(진지왕)와 사람인 어머니(도화) 사이에서 태어났다.

② 半人半鬼의 형태인 비형은 밤에는 귀신과 낮에는 사람과 어울려 산다.

③ 진평왕이 비형의 능력을 인정하여 집사에 임명한다.

　③' 하룻밤 만에 鬼橋를 만들다.

　③" 귀신 가운데서 길달을 데려오다.

　③‴ 길달이 홍륜사 남쪽에 정자를 짓다.

④ 길달이 배신하여 도망하자 잡아다 죽인다.

⑤ 사람들 사이에서 비형을 찬미한 시로 귀신을 쫓는 풍속이 생겨나다.[44]

비형의 이야기에는 여로가 나타나지 않는다. 시련/보상의 구조도 약하다. 진지왕과 진평왕의 애매한 왕위 계승에 따른 정치적 알레고리가 비형의 존재를 통해 숨어 있다[45]는 해석이 설득력을 얻고 있다. 그러나 반인반귀라는 비형의 특이한 캐릭터를 감안하고, 귀신을 부리는 에피소드의 중층에는 도깨비 이야기까지 끼어들 여지가 있으므로, 『삼국유사』만의 독특한 모험담 유형으로 정의해 볼 수 있다. ③에 속한 여러 에피소드(③', ③", ③‴)가 이를 뒷받침한다고 본다.

이렇듯 일반설화류에는 여로가 바탕이 되는 모험 스토리뿐만 아니라, 그 영역을 넓히는 설화까지 다양하다. 특히 향가 등을 싣고 있는 데다, 동해안 무속의 풍속을 반영한다는 점에 착안하여 해석되어 온 수로부인의 경우, 모험 스토리로의 시각 전환은 새로운 이야기 창출의 출구가 되리라 본다.

---

44　『삼국유사』, 「도화녀 비형랑」

45　신종원, 『삼국유사 새로 읽기(2)』, 일지사, 2011, 20-23면.

## (4) 불교설화류

『삼국유사』에는 다종의 불교설화가 실려 있다. 승려의 전기인 「의해」와 「신주」뿐만 아니라, 「탑상」, 「감통」편 등이 모두 불교설화에 해당된다. 이 부분을 불교문화사라고 정의해도 될 정도이다. 불교설화는 대부분 불교적 가르침을 구체적인 이야기를 통해 풀어놓았다는 공통점이 있다. 그러므로 불교 교화를 위한 경전의 한국적인 예화로 이해할 수 있다.

그러나 이 설화 또한 주인공의 모험 스토리로 볼 가능성을 가지고 있다. 건국신화를 모험 스토리로 해석하는 것과 마찬가지이다.

먼저 惠通의 경우이다.

① 혜통이 당나라로 가서 무외 삼장의 제자가 된다.
② 당나라 공주에게 들어간 악룡을 쫓아내자, 공주의 병은 나았지만 악룡과 적대관계가 된다.
③ 악룡이 신라의 문잉림으로 와서 사람들을 해친다.
 ③′ 사신으로 온 鄭恭이 혜통에게 이 사실을 알리고, 귀국한 혜통이 악룡을 쫓아낸다.
④ 악룡이 정공의 버드나무에게로 가서 정공을 모함에 빠트려 죽인다.
 ④′ 정공과 가까운 혜통도 이 일로 곤란을 겪으나 신통력으로 위기를 벗어난다.
⑤ 악룡이 기장산으로 들어가 곰 신이 된다.
 ⑤′ 혜통은 산중에 이르러 악룡을 깨우치고 不殺戒를 준다.[46]

---

46   『삼국유사』, 「惠通降龍」 이 이야기의 내용을 혜통의 의료행위로 보고, 악룡의 東漸은 전염병으로 해석한 논문이 있다. 노중국, 「삼국유사 惠通降龍 조의 검토-질병 치료의 관점에서」, 『신라문화제학술발표논문집』 32, 동국대 신라문화연구소, 2011.

혜통이 중국과 신라를 오가는 거대한 스케일의 여로 속에 있다. 이는 앞서 거타지의 경우와 비슷하다. 다만 거타지는 征路에서 주요 사건이 벌어진 반면 혜통은 歸路가 중심이다. 어느 집안 출신인지 잘 모르고, 평범한 사람으로 지내다 승려가 되었는데, 여로의 출발인 '출가'가 자의적이지 않았다는 점을 주목해 보자. 혜통의 출가를 결심하게 한 사건은 그 자체로 매우 감동적이다. 수달을 사냥해서 잡아먹고 남은 뼈를 버렸는데, 이 뼈가 새끼 있는 곳을 찾아 돌아가 있더라는 것이다. 수달이 출가의 소명을 혜통에게 부여한 셈이다. 그리고 혜통은 무외 삼장을 멘토로 삼았다.

③/③′, ④/④′, ⑤/⑤′는 제1, 2, 3 관문으로 볼 수 있다. 관문이 이렇게 나열되기로는 혜통의 이야기가 유일한데, 다른 설화에서도 이 같은 관문이 에피소드의 개발에 따라 이어질 수 있을 것이다. 특히 ⑤′의 '불살계'는 보글러가 보상의 최후로 설정한 靈藥에 해당한다.

②에 나오는 혜통의 逐鬼나, ④에서 신통력은 모험 스토리의 에피소드로 매우 적절하게 쓰일 수 있을 것이다.

다음은 寶壤의 경우이다.

① 보양이 중국에서 돌아오는 길에 서해 바다 속의 용궁을 간다.
② 璃目[47]이라는 용의 아들과 돌아온다.
③ 보양은 고려 태조의 도움으로 운문사를 중창하고, 이목은 보양의 포교를 거든다.
④ 가뭄이 들자 이목은 비를 내리고, 하늘님은 이목이 권한을 남용했다며 죽이려 한다.
⑤ 보양이 하늘의 사자에게 배나무[梨木]를 가리키자, 사자가 벼락을 치고

---

47　제목에서는 梨木이라 하였으나, 결국 '이무기'라는 우리말로 읽힌다.

돌아간다.[48]

보양 설화는 앞서 혜통보다 더 강화된 귀로의 이야기이다. 서해용이 멘토 역할을 한다면 이목은 조력자이다. 용궁 체험은 전형적인 모험 스토리의 요소이지만, 이목이 주제넘게 도와주었다가 하늘로부터 재앙을 받게 되는데, 보양의 기지로 화를 면하는 끝부분이 이색적이다. 여기서 배나무[梨木]가 희생 제물로서 화를 면하게 해 주는 역설적인 보상의 역할을 하기 때문이다. 여러 에피소드가 이미 배치되어 있으며, 유사한 이야기를 끌어들여 끼울 여지가 넓다.

마지막으로 長春의 경우이다.

① 가난하게 사는 寶開의 아들 장춘이 상인을 따라 나갔다가 실종된다.
② 난파한 배에서 겨우 살아난 장춘은 吳 나라 해변에 이르러 그곳 사람과 생활한다.
③ 신라에서 온 것 같은 스님이 같이 돌아가자 한다.
  ③′ 깊은 도랑이 나오자 스님은 장춘을 옆구리에 끼고 건너뛴다.
④ 얼마 있지 않아 신라 말씨와 우는 소리가 들려 살펴보니 장춘의 동네이다.
⑤ 어머니가 敏藏寺의 관음보살 앞에 기도 드렸더니, 장춘이 홀연히 이르렀던 것이다.[49]

장춘의 모험은 일상으로부터의 일탈이 가장 비자의적인 경우로 시작한다. 그러므로 모험에의 소명 같은 것은 없다. 승려가 주인공이 아니지만, 민장사

---

48  『삼국유사』, 「寶壤梨木」 이 이야기는 『한국구비문학대계』 8-7, 134면, 341면과 8-8, 510면에도 나온다.
49  『삼국유사』, 「민장사」 원문에서는 ⑤가 ① 다음에 놓여있다. 역시 일연의 스토리텔링 솜씨를 엿보는 대목이다. 여기시는 필자가 시산 순서대로 재정리한 것이다.

의 관음보살의 도움으로 잃어버린 아들을 찾았다는 데서, 「탑상」 편에 실린 넓은 범주의 불교설화로 본다.[50] 이런 점에서는 모험 스토리의 구성 요소가 약하다. 그러나 불의의 여로에 몸을 싣게 되는 주인공, 난파 끝의 극적인 구조, 조력자를 만나 생환하는 결말 등, 뼈대는 갖추고 있다 보인다. 특히 ③'의 신비한 에피소드나, '해가 질 때 오나라를 떠났는데 이곳에 이른 것이 겨우 밤 일곱 시 쯤'[51]이라는 환상적 시공간의 구사 등이 이를 강화시켰다.

이렇듯 불교설화는 건국신화 만큼이나 강력한 자기 성격을 가지고 있으나, 관점의 이동에 따라 승려가 주인공인 모험 스토리로의 해석 가능성이 높다. 특히 「신주」 편에 나오는 신통력, 주력(呪力) 등은 환상적인 에피소드를 발굴하는 데 큰 도움을 준다. 사람에 대한 佛菩薩의 加被는 언제나 초월적이기에 이 또한 한 몫 한다.

## 4. 삼국유사 모험 스토리의 활용 방향

이상에서 『삼국유사』 안의 아홉 개 설화를 추출해 그것이 모험 스토리로 전용될 가능성을 살펴보았다. 보글러의 12단계 영웅 서사 요소를 원용하여 4단계의 틀로 만들어 썼다. 아홉 개의 예를 통해 그 가능성을 보았으리라 여겨진다. 건국신화나 영웅설화 그리고 불교설화의 틀을 벗어나 모험 스토리로 전환해 본 것은 이 이야기의 활용도를 높이자는 데 목적이 있다. 설화를 가볍게 만들어 흥미를 진작하는 쪽으로만 의도한 것은 아니다. 이것을 앞서

---

50   이 사건이 일어난 날도 '天寶 4년 곧 을유년[745] 4월 8일'이다. 석가탄신일로 설정한 것은 자의적이지 않을 것이다.

51   『삼국유사』, 「민장사」

제시한 4단계의 모험 스토리로 정리해 보면 다음과 같다.

| 분류 | | 1단계<br>(탈일상의여정) | 2단계<br>(제1관문) | 3단계<br>(제2관문) | 4단계<br>(제3관문) | 비고 |
|---|---|---|---|---|---|---|
| 건국신화류 | 주몽 | 고국을 떠남 | 금와 아들/유화 | 엄수/물고기와 자라 | 졸본주/3인의 친구(즉위) | 1과 2의 순서 바뀜. 목적지 불명 |
| | 탈해 | 고국을 떠남 | 가락국/아진의선 | 경주/호공의 집 차지 | 궁중/남해왕의 사위 | 목적지 불명 |
| | 서동 | 백제→경주→백제 | 가난한 과부의 아들/선화 | 뒷산/금의 발견 | 인심/즉위 | |
| 일반설화류 | 수로 | 강릉으로 떠남 | 벼랑/꽃(노인) | 납치/용궁체험 | 산과 연못/신물과의 만남 | |
| | 거타지 | 신라→중국→신라 | 풍랑/서해용 | 섬 잔류/서해용 | 늙은 여우/용녀 | 서해용은 멘토이자 보상의 역할 |
| | 비형랑 | 궁중→황천→궁중 | 반인반귀/진평왕 | 황천/귀교 | 길달과 귀신/부적 | 여로 축소 |
| 불교설화류 | 혜통 | 신라→중국→신라 | 공주의 악룡/삼장 | 문잉림의 악룡/축출 | 기장산의 악룡/불살계 | |
| | 보양 | 중국→신라 | 용궁/서해 용 | 가뭄/이목 | 하늘의 정죄/배나무 | 용궁방문이 시련은 아님. 배나무는 희생 제물. |
| | 장춘 | 신라→중국→신라 | 난파/(구출) | 깊은 도랑/스님 | 기도/귀환 | 민장사의 관음보살이 멘토였음. |

이상의 표로 정리한 바, 『삼국유사』에서 선정한 9개의 설화는 모두 여정, 멘토, 시련/보상의 요소를 가지고 있다. 순서는 조금 달라지기도 하고, 여정의 길이에서 길고 짧음이 있지만, 새로운 모험 스토리를 만드는 데 있어서 갖추어야 할 요소가 충분하다. 나아가 모험 스토리의 시각에서 다시 본다면, 이야기의 새로운 해석과 폭넓은 활용의 가능성이 분명하다.

이제 의의 있는 활용의 방향이 어떻게 잡혀야 하는지 논해야 할 차례이다.

조동일은 일찍이, "영웅소설의 한계를 극복하는 문학사의 움직임은 두 가

지 각도에서 나타났는데, 그 하나는 평민적 영웅상에 의한 극복이고 또 하나
는 평민소설에 의한 극복이었다."[52]고 하였다. 그가 제시한 '두 가지 각도'의
공통점은 '평민'이라는 말에 나타난다. 모험 스토리는 여기에 기댈 만하다.

고대에 만들어진 서사물 속의 영웅은 오늘날에 와서 변신하지 않으면 안
된다. 향유자의 遡求가 시대와 함께 달라졌기 때문이다. 심지어 "기본적으로
한 유형을 구현하는 캐릭터는—영웅, 변신자재자, 장난꾸러기, 심지어 악한마
저도—영웅에게 무엇인가를 가르치거나 전해 주기 위해 일시적으로 정신적
스승의 얼굴을 할 때가 있다."[53]는 지적 속에서 우리가 주목하는 바는, 일방적
이며 절대적으로 군림하는 영웅이 아닌 제3의 유형이다. 제3의 유형은 영웅
이며 영웅이 아닌 존재, 영웅이 아니면서 영웅이나 조력자의 역할을 수행하
는 존재이다. 이것을 앞서 해체된 영웅으로 보았거니와, 개방된 캐릭터라고
할 수도 있겠다.

중국의 『서유기』를 예로 들어보자. 안창현은 『서유기』를 모험여행구조와
대결구조[54]로 보았는데, 『날아라 슈퍼보드』는 모험여정을 활용한 콘텐츠로,
『드래곤 볼』은 대결구조를 활용한 콘텐츠로 각각 해석하였다.[55] 여기에 완전
무결한 캐릭터는 등장하지 않는다. 본디 『서유기』에서 부여한 속성을 가진
한편, 불완전하고 변덕스러운 성격으로 기나긴 모험의 고단한 여정 속에,
강력한 힘을 지닌 적대자와의 싸움 속에 노출되어 있다. 생동감과 현실감을
지닌, 새롭게 창조된 인물이다.

또 하나의 예가 마크 트웨인의 『허클베리 핀의 모험』이다. 이 작품의 무대

---

52   조동일, 앞의 논문, 206면.
53   크리스토퍼 보글러, 앞의 책, 101면.
54   안창현, 「문화콘텐츠 원천소스로서 《서유기》의 구조분석과 활용 전략 연구」, 한양대대학원
     박사학위논문, 2013, 101면.
55   위의 논문, 123-133면.

가 되는 미시시피 강의 물은 세례, 정화, 재생 외에도 자연의 수용이라는 원형으로 나타난다.[56] 이것은 전형적인 원형 상징이다. 그런데 이 세례, 정화, 재생은 구체적으로 흑인문제를 다루면서 형상화 된다. 집을 나가 모험에 나선 핀이 미시시피 강 가운데 섬에서 만나는 사람은 흑인 짐이다. 핀은 짐과 동행이 된다. 짐에게 잘못을 저지른 핀은 심지어 이 흑인 노예에게 용서를 빌기도 한다. 이 같은 행동은, "화해라는 형식을 통해 평등에 다다르는 현실 이상의 시제성을 지닌다."[57]고 평가 받는다. 이 작품이 발표되던 무렵, 미국 사회의 인종 차별은 심각하였고, 흑인이 백인과 친구가 된다는 설정은 감히 상상조차 어려웠다. 흑인이 소설의 주인공이 된 사실 하나만으로도 배격의 대상이었다. 그러나 트웨인에게는, 트웨인의 반영으로서 핀에게는 더 이상 인종이나 피부색은 인간을 구분하는 척도가 아니었다. 『허클베리 핀의 모험』 은 그러므로 집을 떠나 세상을 탐험하는 모험이자, 인간의 가치를 찾아가는 모험이었다. 모험의 의의가 확대되었다.

결론은 다시 처음으로 돌아간다. 모험 스토리는 가볍게 만들어 흥미를 진작하는 이야기만이 아니다. 가볍고 흥미로우면서 시대적인 의의를 드러내는 힘을 지니고 있다.

이제 『삼국유사』 속의 설화로 돌아와 우리의 방향성을 잡아 보자.

박기수는 원천 소스로 개발될 수 있는 기본 조건으로, 규모의 경제가 가능한 보편적 정서와 원형적 요소의 내재화, 지역적인 특수성이 반영된 문화정체성 함유, 원천콘텐츠로서 개발이 용이, 다양한 콘텐츠로 확장 가능한 네 가지[58]를 들었다. 물론 『삼국유사』의 설화들은 이러한 조건을 충분히 만족시

---

56  박양근, 「허클베리 핀의 모험에 나타난 강의 상징적 역할」, 『신영어영문학회 2003년 여름 학술발표회』, 신영어영문학회, 2003, 121면.
57  위의 논문, 124면.

킨다고 보았는데, 콘텐츠로서 개발과 확장이 가능하자면 현재적 적합성이 고려된 전략을 요구[59]한다고 하였다. 이 같은 지적은 이 글에서 제시한 모험 스토리와 아홉 개의 예를 적용하면 해답이 나올 것이다.

평민적 영웅상과 평민소설의 실현 아래 문학사적 흐름이 놓여 있고, 해체된 영웅이나 개방된 캐릭터의 창조가 가능한 쪽으로 가자면, 앞서 소개한 『삼국유사』 속의 아홉 가지 설화를 모험 스토리로서 적극 개발할 필요가 있다. 이미 13세기의 봉건적 사회 분위기 속에서도 一然은 이 같은 터전을 마련해 놓았다. 모험이 무서운 일의 경험에 그치지 않고, 시대의 한계를 뛰어넘는 어느 지점에 목표를 둔다는 점에서도, 『삼국유사』 속의 설화 가운데 모험 스토리는 이 같은 가치 실현에 적합하다. 설화의 본의에서 벗어나 전혀 다른 맥락의 再構만 피한다면 말이다.

이 글에서 제시한 『삼국유사』의 아홉 가지 설화는 원천 소스로서 존재한다. 크리스토퍼 보글러의 12단계를 4단계로 집약하여 분석해 본 것도 이 같은 까닭에서였다. 여기에 보다 풍부한 에피소드의 첨가가 필요하다.

　　삼국유사의 설화가 구체적인 묘사나 상황 설정보다는 포괄적인 스토리 중심의 기술에 치우쳐 있다는 점을 고려할 때, 다른 사적들에 의거한 다양한 미시 콘텐츠의 활성화를 통하여 당대의 문화를 구체적으로 재구해 보는 것도 매우 흥미로운 일이 될 것이며, 이를 통한 부가가치의 창출도 기대해 볼 수 있는 지점이다.[60]

활용 방향을 논할 때 마땅히 고려해야 할 점이다. 여기서는 미시 콘텐츠의

---

58　박기수, 앞의 논문, 350면.
59　위의 논문, 같은 면.
60　위의 논문, 351면.

활성화에 가능성이 충분하다는 점만 언급하기로 한다. 문화콘텐츠 개발의 최전선에 원천 소스의 발굴이 중요한 과제로 대두되는 한편, 이제 모험 스토리로서 제시하는 아홉 개의 설화는 나름의 역할을 하리라 본다.


## 5. 마무리

모험 스토리의 개념으로 『삼국유사』 이야기 접근법의 방안 한 가지를 소개하였다. 논의한 바를 추려보면 다음과 같다.

먼저 모험의 의의를 논하였다. 모험(adventure)의 풀이는 기본적으로 여정(journey)을 전제로 하는 경험에 기반하였다. 즉 위험부담이 큰 다른 지역으로의 이동과정에서 생겨나는 특별한 일이나 사건을 주요 골자로 하는 것이다. 이에 따라 모험 스토리는 모험담을 바탕으로 하면서 오늘날 콘텐츠화 할 수 있는 기본 이야기 줄거리가 갖춰진 상태 또는 그러한 전단계를 말한다고 정의했다.

모험이 포함된 좀 더 큰 범주인 영웅담의 시각을 벗어나 모험 스토리는 『삼국유사』를 새로운 콘텐츠의 생산에서 높이 활용할 수 있게 할 것이다. 영웅이 아니면서 영웅을 만드는 이야기가 모험 스토리이다. 영웅이 되고 싶지 않았으나, 이야기의 전개 과정 속에서 영웅이 된다. 이런 이야기의 틀은 오래 전부터 있어 왔으며, 오늘날 우리가 새로운 이야기를 만들어내는 데에도 準據가 될 것이다.

그러므로 경계인이자 여행자라는 데서 모험의 징후가 보이지만, 남자/여자, 동물/신, 바보/영웅, 아이/노인이 엇갈리며 설정된 캐릭터의 특징은 어리석은 초인이며 인간을 넘는 인간이라는 데서 비일상적인 줄거리가 상상된다.

이것은 전통적인 영웅의 해체이다. 이를 통해 영웅의 원형성을 새롭게 찾아 보았다.

모험 스토리의 조건은 첫째, 영웅담이나 일반설화 그리고 불교설화로 분류된 것 가운데 여로/협력자/시련/보상의 4대 요소를 갖춘 설화이다. 둘째, 다양한 에피소드를 추가할 여지가 있는 설화이다. 이 4대 요소는 보글러의 12단계를 필자가 조정한 것인데, 특히 여로가 분명히 드러나는 경우 모험 스토리에 가까이 간다.

이를 기준으로 『삼국유사』에서 다음과 같은 9개의 설화를 선정하였다.

건국신화류 : 주몽, 탈해, 무왕
일반설화류 : 수로부인, 거타지, 비형랑
불교설화류 : 혜통, 보양, 장춘

평민적 영웅상과 평민소설의 실현 아래 문학사적 흐름이 놓여 있고, 해체된 영웅이나 개방된 캐릭터의 창조가 가능한 쪽으로 가자면, 『삼국유사』 속의 아홉 가지 모험 스토리를 적극 개발할 필요가 있다.

다만 이 글이 『삼국유사』 설화의 모험 스토리로서의 성격을 개괄적으로 소개하는 데 그친 아쉬움이 있다. 하나하나 떼어서 보다 구체적으로 논하는 일은 별고를 기약한다.

# 여성의 모험과 水路夫人

## 1. 논의의 방향

정년을 맞이한 노무라 신이치(野村伸一) 교수가 기념 강연에서 자신이 추구한 학문적 지점을 '基層文化의 共有에 바탕 한 동아시아 공동체'[1]로 요약한 것은 매우 인상적이다. 기층문화는 민속 특히 무속을 기반으로 하여, 海上동아시아 공동체 곧 東支那海를 두고 連絡된 지역에서는 이를 강하게 공유하고 있다는 것이다. 동아시아 공동체의 연구는 민속과 연계한 모든 분야에서같은 관점을 가질 수 있을 것으로 보인다. 이 글 또한 그 같은 인식에서출발한다.

구체적으로 이 글은 일본(특히 오키나와)의 두 가지 자료 곧 『萬葉集』의 첫번째 노래와 『遺老說傳』의 101話를 가지고 『三國遺事』의 水路夫人 이야기의새로운 해석을 시도해 본 것이다.

『萬葉集』의 노래는 도처에서 『삼국유사』 소재 신라 향가와의 비교를 기다

---

1    野村伸一 編, 『東アジア海域文化の生成と展開』, 東京 : 風響社, 2015, 204頁.

리고 있다. 그 가운데 한 가지, 抒情詩가 演戲 또는 무속의 무대로 편입된다는
점에서 『萬葉集』 첫 번째 노래와 〈헌화가〉는 비교될 수 있다. 다만 『삼국유사』
와 『遺老說傳』 사이에는 상당한 시공의 차이가 있다. 『삼국유사』는 13세기
고려에서, 『遺老說傳』은 18세기 오키나와에서 문자로 정착하였기 때문이다.
이러한 차이가 비교의 장애이다. 다만 『삼국유사』에는 13세기에 오키나와의
분위기가, 『遺老說傳』에는 18세기에 고려의 분위기가 반영되어 있다고 한다
면 상황은 달라진다. 두 기록 모두 각각의 편찬자는 유교적 질서가 사회 전반
을 지배하기 시작할 무렵, 전통적인 민간신앙을 인정하고 기록에 남기려는
노력을 기울였다는 점에 주목하기로 하자. 시공의 차이를 극복할 묘한 조건
인 셈이다.

비교를 통해 司祭[2]로서 여성이 각각 이야기 속 모험의 주인공으로 재해석
된다면, 두 지역간 문화적 접점의 자장까지 찾아낼 수 있으리라 기대한다.
101話의 여성 주인공은 명백히 사제인데, 서사상의 공통점을 비교해 본 결과
수로부인의 신분을 같은 경우로 비정해 보게 된다는 것이다. 그들은 바다
속에 들어갔다 나오는 극적인 모험을 경험한다.

한마디로 수로부인의 이야기는 모험담이다. 그러므로 이 글은 『삼국유사』
속의 고대 설화 가운데 여성 주인공의 모험담이 포함되었음을 밝히는 데
목적이 있다.

이 같은 모험을 콘텐츠의 소재로 활용한다면 새로운 모험 스토리가 탄생
할 것이다. 이 글에서는 이런 스토리의 구성을 위한 다양한 자료를 제시하는
것으로 시작한다. 『萬葉集』의 노래와 『遺老說傳』의 설화를 가져와 수로부인
의 정체를 究明하는 데 쓰겠지만, 결국에는 캐릭터 설정의 보조 역할에 비중

---

2    양국의 판례에 따라 한국의 경우 司祭로, 오키나와의 경우 祭司로 표기한다.

을 두려 한다. 이것은 사실 여부를 떠나 소재의 다양성과 이야기의 확장성에
공헌할 것이다.

## 2. 다시 읽는 수로부인 이야기의 전말

수로부인의 이야기는 『삼국유사』의 紀異 편에 두 제목으로 나누어 실려
있다. '성덕왕'과 '수로부인'이 그것이다.[3] '성덕왕'은 수로부인이 산 시대의
배경을 그린다. 이어 '수로부인'에서 이 왕 때의 멋지고 발랄한 여자 수로의
모험담이 나온다.

제33대 성덕왕 때인 신룡 2년 병오년[706]에 벼가 알곡을 맺지 않아 백성
들의 굶주림이 심했다. 정미년[707] 정월 첫날부터 7월 30일까지 백성들을
구하려 세곡을 풀었는데, 한 사람 당 하루 3되씩을 기준으로 삼아 나누어주었
다. 일이 끝나 계산해 보니 합계 30만 5백 석이었다.

왕은 태종대왕을 위해 奉德寺를 짓고, 인왕도량을 7일간 베풀면서 대사면
을 내렸다. 처음 侍中 직을 만들었다.

이것은 '성덕왕' 조이다. 성덕왕(702~736 재위)은 김춘추의 증손자이다. 아버
지 신문왕의 둘째 아들로 태어나, 형인 효소왕(692~701 재위)이 왕위에 있는
동안 묵묵한 동생이었을 뿐이다. 형의 갑작스러운 죽음으로 왕위에 올랐는

---

3    형식적으로 보면 두 조는 독립적이다. 그러나 일연이 구사한 紀異 편의 독특한 기술 원리,
     곧 '한 왕대의 특징적인 한 가지 이야기'를 감안하면 사실 이것은 각각 제목을 주고 독립시
     켰을 따름이다. '성덕왕'과 '수로부인' 두 조는 수로부인을 주인공으로 하는 성덕왕 대의
     특징을 드러내는 하나의 이야기로 묶어진다.

데, 36년간의 긴 세월 동안이나 나라를 다스리게 될 줄 몰랐을 것이다. 즉위
초, 흉년의 백성을 살리기 위해 행한 마음 씀이 남달랐던지, 일연은 그의
치적 가운데 이 일만을 기록해 두고 있다. 『삼국사기』에는 이 때 말고도
여러 차례 더 왕이 구휼에 앞장 선 기록을 남기고 있다.[4]

태종대왕 곧 김춘추를 위해 절을 지었다는 소식은 의당 그의 증조부를
기리는 사업으로 성덕왕이 했을 법 하지만, 처음 시중 직을 만든 것은 『삼국
사기』에 따르면 경덕왕 6년(747)의 일[5]인데, 일연이 어디에 근거해 이때라고
썼는지는 알 수 없다. 약간 미심쩍었는지 일연도 주석을 달아 다음 왕인 효성
왕 때라고 했다. 그러나 이 또한 근거는 미약하다.

신라는 처음에 진덕왕 5년(651) 中侍를 만들어 집사성을 관할하게 했었다.[6]
이것을 경덕왕이 시중으로 바꾼 것이다. 다만 성덕왕 때에 중시 또는 시중의
관직으로서의 성격이 어떤 변화를 보인다는 점에서 일연의 이 같은 기록이
나왔을 가능성은 있다. 여기서 중요한 논점이 아니니 이 정도로만 설명하고
자 한다.

본격적인 수로부인의 이야기는 다음 조 '수로부인'에서 이어진다. 전문을
보도록 하자.

[A]
성덕왕 때였다. 純貞公이 강릉태수로 부임해 가다가 해변에서 점심을 먹었
다. 곁에 바위 절벽이 마치 병풍처럼 바다를 보고 서있는데, 높이가 1천 길이

---

4    성덕왕은 『삼국사기』 新羅本紀 卷8에는 왕 5년 봄, 6년 봄, 17년 봄, 30년 여름 등에 구휼사
     업을 시행한 기사가 보이는데, 이 왕의 治世 기간에 유독 자연 재해나 전염병이 자주 나타
     난다.
5    『삼국사기』, 신라본기 권9
6    『삼국사기』, 신라본기 권5

나 되었다. 철쭉꽃이 활짝 피어 있어, 공의 부인인 水路가 그것을 보고 주위 사람들에게 일렀다.

"꽃을 꺾어 바칠 사람 누구 없니?"

"사람의 발로는 다가갈 수 없는 곳입니다요."

종들이 그렇게 말하고 모두들 손을 내저었다. 곁에 한 노인이 암소를 몰고 가다가, 부인의 말을 듣고 그 꽃을 꺾어서는 노래까지 지어 바쳤다. 그 노인이 누구인지는 아무도 몰랐다.

[B]

이틀쯤 길을 간 다음이었다. 또 바다 가까이 있는 정자에서 점심을 먹고 있는데, 바다의 용이 잽싸게 부인을 끌어다 바다로 들어가 버렸다. 공은 뒹굴며 땅을 쳤건만 뾰족한 수가 없었다. 또 한 노인이 나타나 말했다.

"옛사람의 말에, '뭇 입은 쇠라도 녹인다'라고 했습니다. 지금 저 바다의 방자한 놈이라도 어찌 뭇 사람의 입을 두려워하지 않겠습니까? 마땅히 이 마을 사람들을 모아다가 노래를 지어 부르면서, 지팡이로 해안을 두드리면 부인을 만날 수 있을 것입니다."

공이 그대로 따랐더니, 용이 부인을 받들고 바다에서 나와 바쳤다. 공이 부인에게 바다에서 있었던 일을 물었다.

"일곱 가지 보물로 장식된 궁전에서, 마련된 음식들은 달고 매끈하며 향기롭고 끼끗하여, 사람 사는 세상에서 지어진 것이 아니었습니다."

부인의 옷에 묻어 풍기는 향기가 특이하여, 세상에서 알고 있는 것이 아니었다.

[C]

수로부인의 자태와 얼굴이 너무도 뛰어나, 매번 깊은 산과 큰 연못을 지날 때면, 여러 차례 神物들에게 끌려갔다.

[B-1]

뭇 사람이 부른 바다노래[海歌]의 가사는 이렇다.


거북아 거북아 수로부인을 내놓아라

남의 부인 앗아간 그 죄 얼마나 큰가

네 만일 거슬러 내놓지 않는다면

그물을 쳐서 끌어내 구워서 먹을 테다


[A-1]

노인이 꽃을 바치며 부른 노래[獻花歌]는 이렇다.


자줏빛 바위 가에

잡은 손 암소를 놓게 하시고

나를 아니 부끄러워하신다면

꽃을 꺾어 바치오리다.


　이야기는 A-B-C 세 단락으로 나뉜다. A는 〈헌화가〉가 나오는 꽃 따는 사건, B는 〈해가〉가 나오는 납치 사건, C는 구체적인 내용이 없지만 그 후의 사건들이다. 한 마디로 사건의 연속이다. 이 사건의 연속을 어떻게 이해할 것인가. 새로운 논점은 여기서 마련될 것이다.

　그런데 이야기 속에 하나는 서정적인, 하나는 주술적인 노래가 들어가 있다. '수로부인' 조의 가장 특징적인 이 부분을 명확히 해결해야 한다. 특히 B-1과 A-1이 마지막에 배치되었는데, 실상 A-1은 A 속으로, B-1은 B 속으로 들어갈 것이다. 그런데 굳이 뒤로 돌리면서 순서 또한 바꿔 놓고 있다. 우리는 이 같은 편찬 방식에 유의할 필요가 있다. 왜 A-1과 B-1은 상식적인 편찬

순서를 거스르고 있을까, 두 노래의 순서가 바뀐 데는 어떤 사정이 있을까? 나아가 A-1은 時制의 문제마저 안고 있다. 서사 전개 상 분명 현재 '꽃을 바치며 부른 노래'인데, 노래 안에서는 미래형으로 '꽃을 꺾어 바치겠다'고 한다. 이처럼 시제가 맞지 않는 까닭은 무엇일까?

위에서 제기한 의문을 하나씩 풀어가는 과정에서 수로부인의 정체, 노래의 성격, 이야기의 새로운 해석 등이 나올 듯하다.


## 3. 서정시의 출발과 굿 노래로의 편입

'수로부인' 조는 일상적인 사건과 신화적인 사건의 복합체이다. 〈헌화가〉는 일상에서 벌어질 수 있는, 〈해가〉는 신화의 자장 속에 들어갈 수 있는 사건을 노래한다. 아름다운 여인에게 꽃을 바친다는 일이야 평이하고 정상적인 일상이다. 용이 부인을 납치해 가는 데부터 일상을 벗어난 두 번째 사건이다. 구출을 위해 사람들이 모여 노인의 지시를 받는 대목은 그 자체로 평범하지만, 지팡이를 들고 해안을 두드린다든지, 바다의 용이 부인을 받들고 나와 바친다든지, 아연 신화의 세계 속으로 빨려 들어가고 있다. 어쩌다 이렇게 급격한 변화를 보일까?

현실의 이야기가 아닌 것이 분명하므로 이를 해석하는 방법 또한 현실 밖에서 찾아야했다. 그 가운데 가장 설득력 있기로는 주술적 제의의 연출이라는 주장이다.[7]

계절은 봄이니 농사나 어업이 시작하는 때이다. 동해안의 豐農을 기리는

---

7    이는 김광순과 여기현이 주장하였다. 조동일도 이 견해를 받아들인다. 이에 대해서는 뒤의
     각주 15를 참조할 것.

제의는 여성 사제를 앞세운 굿 한 판이다. 소박한 꽃놀이로 시작한 굿은 산을 향하여 있다. 아름다운 꽃이 신에게 바쳐지는 광경이자, 뭍에서 벌어지는 농사의 풍년을 기원하는 의식일 수 있다.(A, A-1) 이어 사제의 눈길은 바다를 향한다. 납치라는 극단적인 장면을 연출하여, 豊漁를 비는 대상으로서 용과 만난다. 꽃을 따다 달라는 소극적인 태도에서 사제 자신이 직접 용궁을 찾아가는 적극적인 자세로 바뀌어 있다. 마을 사람 모두 기세를 올리고, 사제가 무사히 돌아오는 것으로 풍어를 약속 받아 마무리 된다.(B, B-1)

첫째 날에는 수로부인을 따르는 하인들만 있었다. 둘째 날에는 마을 사람이 가세한다. 사제와 그 무리만으로 구성된 첫째 날을 지나, 둘째 날은 마을 사람까지 모두 나서는 장관이 연출되는 것이다. 전형적인 마을 굿의 양상이다. '노래를 부르면서, 지팡이로 해안을 두드리'는 행위는 '저 바다의 방자한 놈'을 다스리는 마을 굿의 원형적인 모습이다.

그러나 〈헌화가〉의 경우, 노래 자체는 어디까지나 순수 서정시로 보는 것이 옳다. 인류의 가장 원초적인 노래의 출발점 곧 사랑을 구하는 노래이다. 더 나아가, '인간이 인간에게 건네는 求愛의 노래가 아니라 신화적 인물이 인간(여성)에게 바치는 구애의 노래 (…중략…) 신들이 인간의 아름다움에 바치는 아름다움의 예찬'[8]이라고 확대할 수 있다. 그야말로 서정시의 極點이다.

그렇다면 서정시의 출발이란 점에서 좀 더 자장을 넓혀보자.

우리는 여기서 일본 고대가요집 『萬葉集』의 첫 번째 노래를 가지고 논의의 실마리를 풀어나가 볼 수 있겠다.

---

8    성기옥, 「〈헌화가〉와 신라인의 미의식」, 정병욱10주기논집편찬위원회 편, 『한국고전시가작품론』 1, 집문당, 1992, 69면.

광주리도 예쁜 광주리 가지고

호미도 예쁜 호미 가지고

이 언덕에서 나물 캐는 아이여

네 집이 어딘지 묻고져라 일러다오

야마토 나라는 모두 다 내가 거느리며

빠짐없이 죄다 다스리도다

나한테만은 일러다오, 집이랑 이름이랑.[9]


籠もよ　み籠持ち

掘串もよ　み掘串持ち

この岡に　菜つます兒

家告らへ　名告らさね

そらみつ　やまとの国は

おしなべて　吾こそ居れ

しきなべて　吾こそ坐せ

吾こそは　告らめ　家をも名をも(卷1・1)


『萬葉集』의 原註에 따르면 이 노래는 유랴쿠(雄略) 천왕이 지었다고 한다.[10] 유랴쿠 천왕은 나라(奈良)시대인 5세기 후반의 제21대인데, 아직 나라의 격이 잘 갖춰졌다고 할 수 없는 시기이지만, 야마토 왕권이 확대 강화되어가는 데 획기적인 역할을 했던 인물로 평가 받는다. 이 노래에서 '야마토 나라는 모두 다 내가 거느리며'라는 구절이 이 천왕의 시대를 연상시키는 것은 사실이다.

---

9　번역은 김사엽(『金士燁全集8』, 東京 : 成甲書房, 1984, 44頁)을 따르되 필자가 다듬었다.

10　지은이를 大泊瀨稚武天皇이라 밝히고 있거니와, 이는 雄略天皇의 國風諡號이다.

그러나 실제 이 노래의 탄생 배경으로 우타가키(歌垣) 같은 행사와 연결지어 이해한다. 남녀 간 짝짓기 행사에서 求愛의 노래로 불렸다는 것이다. 이것은 고대인의 祭式이었지만, 점차 이 제식으로부터 분리된 舞踏歌가 되는데, 이것을 일본문학에서는 서정시의 모태로 본다.[11] 나아가 사람들 사이에 소박한 구애의 노래로 불리던 이 노래를 포함한 일종의 소박한 무용극이 생겨난다. 그런데 거기서 천왕으로 扮해서 연기하는 역할자가 막강한 천왕의 신분에 억눌린 나머지 그것을 극복하지 못하고 말끝에 1인칭 경어로 마무리하고 있다. 위 번역에서는 '다스리도다'라고 하였지만 직역하면 원문은 '다스립니다'인 것이다.[12] 심각한 모순이다. 소박한 구애의 노래가 천왕의 노래로 둔갑하는 장면에서 범해버린 부주의한 일면이다. 그러나 이 같은 모순이 노래의 본디 출처를 짐작하게 한다. 본디 민간의 노래를 가져다 천왕의 노래로 바꾸었다는 것이다. 이 점이 중요하다.

실로 나물 캐는 처녀에게 그의 집을 물어보는 내용은, 5~6행의 '야마토 나라는 모두 다 내가 거느리며/ 빠짐없이 죄다 다스리도다'만 없다면, 가사 자체로 여성에 대한 남성의 호기심과 연애 감정을 전달하는 것이다. 『萬葉集』의 첫 번째 자리에 실린 이 노래를 민간에서 불린 서정시의 모태로 보는 근거이다.[13]

그렇다면 〈헌화가〉는 어떤가? 이 또한 '나를 아니 부끄러워하신다면/ 꽃

---

11   西鄕信綱, 『萬葉私記』, 東京 : 未來社, 1970, 20頁.

12   上揭書, 21頁. '빠짐없이 죄다 다스리도다'의 원문은 '我こそいませ'인데, 여기서 'います'는 'いらっしゃる'의 뜻을 가진 敬語動詞이다. 전승자나 연기자의 주인공에 대한 敬意가 혼입된 것이다. 이에 대해서는 小島憲之 外, 『萬葉集 1』, 東京 : 小學館, 1994, 23頁 참조.

13   이 노래를 〈헌화가〉와 관련하여 간단히 언급한 서철원은 '한 나라의 임금이 마치 소년과 같이 조급한 마음으로 자신의 주체할 수 없는 사랑을 노래'한다고 하면서 〈헌화가〉의 구애는 이에 비하면 은근하고 점잖다'고 하였다.(『향가의 유산과 고려가요의 단서』, 새문사, 2013, 244면) 이 노래의 작자를 유라쿠 천왕이라고 단정하는 데서 오는 해석이다.

을 꺾어 바치오리다'라는 가사가 구애의 그것에서 한 치도 벗어남이 없다. 구애의 서정시로 볼 수 있다. 게다가 향가 가운데 선두에 선다.[14]

그런데 수로부인과 만난 노인이 이 노래를 처음 지어 불렀을까?

서사 문맥 속에 노래의 당사자가 노인이라는 점에서, 그리고 상대는 이미 유부녀이자 고관의 아내라는 점에서 어색하다. 지나친 나이 차이와 신분상의 부조리 때문에 구애란 당치 않은 상황이다. 더욱이 노인은 '不知何許人'으로 설명되어 있다. 이는 신상명세 상의 不知라기보다는 설화적 맥락의 인물임을 나타내는 표현으로 보는 것이 좋을 듯하다. 이것을 종합해 노래의 정체를 따지자면, 본디 閭巷의 구애자가 부르던 소박한 노래가 연극적 장면에 삽입 되어 들어간 것으로 보아야 한다. 앞서 제시한 『萬葉集』의 첫 번째 노래와 똑같은 사정이다. 노래가 있었고 연극이 만들어졌다. 어떤 연극인가? 바로 풍농풍어를 기리는 제사의 사제가 주인공으로 등장하는 굿이다.

그런 증거를 하나 대자면, 산문 기록에서 노래가 불리는 時制를 가지고 살펴볼 수 있다. 앞서 제기했던 문제이다.

『삼국유사』의 기록에, "곁에 한 노인이 암소를 몰고 가다가, 부인의 말을 듣고 그 꽃을 꺾어서는 노래까지 지어 바쳤다."고 하였으니, 노래를 부른 시점은 노인이 꽃을 꺾어 바칠 때이다. 그러나 '꽃을 꺾어 바치오리다'는 가사 자체만 보자면 먼저 기약하듯이 노래를 부르고 난 다음 벼랑에 올라가 야 맞다. '바치오리다'는 미래형인 것이다. 이런 시제상의 잘못은 어째서 생 겨난 것일까? 〈헌화가〉가 여기서 처음 불린 노래가 아니었기 때문이다. 본디 여항에서 불리던, 행동은 미래형인 어여쁘고 매력적인 노래였을 것이다. 그

---

14  남아 있는 자료만 가지고 논하는 한계가 있지만, 구애의 서정시로 볼 수 있는 우리 노래는 〈헌화가〉가 가장 선두에 선다. 〈황조가〉는 한역시인 데다, 구애보다 실연의 아픔을 드러내 는 쪽이고, 〈서동요〉는 상대를 차지하기 위해 벌이는 트릭의 수단으로 쓰였을 뿐이다.

노래를 굿에 갖다 썼다. 항간에서 이미 굳어진 표현은 굳이 바꿔가며 부를
필요가 없었다.

앞서 유라쿠 천왕의 노래에 경어가 문제였다면 여기 노인의 노래는 시제
가 문제이다. 그것은 노래의 오리지널이 다른 데 있음을 알리는 기호이다.

수로부인이 용에게 납치되는 다음 사건은 이미 神話化 하였지만, 여기 나
오는 〈해가〉 또한 오리지널이 아닌 노래이다. 주지하다시피 가야 건국신화에
나오는 〈구지가〉의 틀을 그대로 가지고 있기 때문이다. 불가사의한 상황에
대항하자는 의식에서 威嚇를 기본으로 하는 노래는 呪歌의 상식이다. 〈헌화
가〉는 개인 창작이라고 소개할 만한 묘미를 갖추어 향가로 인정되고, 〈해가〉
는 흔히 있는 굿 노래를 다시 이용하는 데 그쳐 자료만 소개[15]했다는 논의와
도 맥이 닿는다. 용이 수로부인을 납치하는 대목은 실로 굿의 한 대목이었다.
그러나 〈헌화가〉조차 개인 창작시를 가장한 여항의 노래이다. 그렇다면 '수
로부인 설화는 각각 독립적으로 존재하던 이야기를 한 곳에 모아 놓은 것
(…중략…) 동일한 제의를 근거로 성립된 설화'[16]라는 주장은 설득력이 있다.
그것이 후대로 가면서 확대된 연극의 시나리오로 발전한다.

다만 여기서는 노래의 정체를 따지자는 데 목적이 있지 않다. 노래가 들어
가는 정비된 서사 맥락에서 수로부인의 성격을 규명하자는 쪽이다. 노래 때
문에 규정하기 애매했던 부분이 수로부인 등이 등장하는 '굿 형식의 서사'라
는 점이다. 이제 가설 삼아, 수로부인 이야기는 기존의 노래를 원용하여 굿의
대본으로 확대시킨 서사로 보자는 것이다.

---

15　조동일, 『제4판 한국문학통사1』, 지식산업사, 2005, 161-162면.
16　강등학, 「수로부인 설화와 수로신화의 배경제의 검토」, 반교어문학히 편, 『신라 기요의 기
　　반과 작품의 이해』, 보고사, 1998, 161면.

## 4. 오키나와 여성 祭司의 실종과 귀환 : 101話의 분석

여기서 또 하나의 비교 자료를 가져와 보자. 오키나와의 『遺老說傳』에 나오는 이야기(101話)[17]이다.

먼저 오키나와의 무당에 대해 간단히 정리해 본다.

전통적으로 오키나와의 祭司는 '주로 왕족 계통의 기미(君)와 지역의 舊家에서 나온 노로(ノロ : 祝女)의 두 종류'[18]가 있다. 모두 여성이다. 古琉球의 제사의 특징은 '憑靈하여 의례를 행하는 것'[19]이 일반적이었는데, 국가 단위에서 왕권의 의례를 주재하는 '기미'도, 촌락 레벨로 공동체 제사를 행하는 노로도, 빙령에 공통의 본질이 있다[20]는 것이다. 이는 샤먼이라고 할 수 있다. 이 같은 빙령의 제사가 전성기를 이루는 것은 15세기 말부터 16세기 초에 걸쳐 중앙집권체제를 확립한 쇼신왕(尙眞王) 무렵[21]이라고 한다.

그런데 이 제사들 사이에 전해 오는 설화 가운데 우리의 주목을 끄는 대목이 있다. 바로 '제사의 실종'이다.

실종은 여러 가지 양상으로 나타나는데, 실종된 여성 제사는 신이 된다든가 타계로 갔다 돌아온다든가 한다. 이 '없어진 여자의 이야기'는 오키나와 지방 곧 일본 南島의 '종교적 여성의 존재방식과 깊은 관계'[22]가 있다고 말한다. 없어진 곳에 따라, 칩거(房), 동굴, 바다 등으로 나눠 볼 수 있다. 다음과

---

17  『遺老說傳』은 琉球王府가 1743-45년 사이에 편집한 전설집이다. 정사인 『球陽』의 外卷으로 편집되어, 正卷 3, 附卷 1로 구성되었다. 모두 141話가 실려 있다. 木村淳也, 「『球陽外卷 遺老說傳』 本文と研究」, 東京 : 明治大學 博士學位論文, 2010 참고.

18  高梨一美, 『沖縄の「かみんちゅ」たち』, 東京 : 岩田書院, 2009, 17頁.

19  上揭書, 18頁.

20  上揭書, 同頁.

21  上揭書, 同頁.

22  上揭書, 153頁.

같은 이야기이다.

- 늘 자기 방에 있으면서 방문을 닫고 사람에게 보여주지 않는다. 여자는 베를 짜고 있다.[23]
- 동굴 곁에 사는 여성 사제의 손녀가 집 주변의 나무 아래에서 사라진 다.[24]
- 실종된 여자가 30여 년 만에 바다에서 돌아온다. 그는 거기서 3일 살았다고 말한다.[25]

참고로 오키나와 구니가시라(國頭) 지방의 운자미 제사에서 노로는 항해를 기본 모티브로 의례와 노래를 통해 타계와의 왕래를 상징적으로 구현한다. 이 '타계와의 왕래를 스스로의 靈力의 근원으로 여기는'[26] 것이다. 곧 실종은 '神聖의 획득으로 이끄는 무녀의 본질에 관한 요건'[27]이며, '일상세계의 질서로부터 극적인 이탈을 표현하는 양식'이고, '혼돈스러운 타계에 몸을 던지기 위한 불가결한 조건'[28]이라고 한다. 샤먼의 의식이 어떻게 구현되는가 보여주는 극적인 장면이다.

앞서 제시한 30여 년 실종 사건의 이야기는 다음과 같다.

옛날 와카사조(若狹町)에 와카사도노(若狹殿)라는 사람의 아내가 실종되었다. 남편은 매우 슬퍼하며 신에게 기도하기를 수십 년, 거의 33년 되어 바다에

---

23  『遺老說傳』, 卷一.
24  上揭書, 卷三.
25  『琉球神道記』, 卷五.
26  高梨一美, 前揭書, 175頁.
27  上揭書, 177頁.
28  上揭書, 178頁.

서 돌아왔다. 사라질 때의 나이 20이었다. 이제 왔는데 스무 살 보다 어렸다. 사람들은 모두 다른 사람이라 의심하였다. 남편도 의심하자 아내는, "나는 노하라(野原)에서 2, 3일 놀았다."하고, 남편과의 比翼連理의 密語를 일일이 말하자 남편의 의심이 깨끗해졌다.[29]

스무 살 전후에 사라졌던 아내가 30여 년 만에 돌아왔다. 그런데 그 때 나이 그대로이다. 아내는 자신이 2, 3일 놀다왔다고 말하니, 모든 사람이 믿으려 들지 않았다. 당연하다. 남편 또한 마찬가지였는데, '比翼連理의 密語' 곧 부부 사이에서만 나눴던 은밀한 말을 증거로 대자 믿었다는 것이다. 아내가 말한 노하라는 어디일까? 사라졌다 돌아온 사연은 앞서 설명한 샤먼의 의식으로 볼 수 있을까?

바닷가에서 실종된 이와 비슷한 이야기가 『遺老說傳』卷3의 이나후쿠바(稻福婆)의 경우에 더 자세하다. 다소 긴 내용이지만, 이 글에서 다루려는 주된 텍스트 곧 101話이므로 전문을 먼저 옮겨 보기로 한다.

옛날 니시하라(西原)의 마기리(間切) 다나바루촌(棚原村)에 한 노로가 살았다. 이름은 이나후쿠바(稻福婆)라고 불렸다. 일찍이 여러 노로와 함께 쇠북을 울리고 神歌를 부르며 마을의 우에노타키(上嶽)에서 놀았다. 그런데 갑자기 이나후쿠바가 혼자 보이지 않았다. 그 자손이 이 말을 듣고 크게 놀라서 동분서주했지만 끝내 종적을 알 수가 없었다.

3년 후에 가자촌(我謝村)에 사는 한 대장장이가 바다로 나가 고기를 잡고 있었다. 그러다가 갑자기 시체가 바다에서 떠내려 오는 것을 목격하고 건져내어 이를 자세히 살펴보았다. 머리에는 머리카락이 없고 조개나 소라가 몸에 붙어 있었으나 아직 숨이 끊어지지 않았다. 즉시 미음을 끓여 목숨을 구했으

---

29  『琉球神道記』, 卷五.

나 아직 말을 할 수 없었다. 사람들이 모여들어 이 모습을 지켜보았고, 그 자손들도 역시 찾아왔으나, 그 누구도 알아보지 못했다.

얼마 지나 스스로 말하기를, "내가 바로 이나후쿠바이다. 작년에 바다 밑을 구석구석 여행하다가 용궁(속칭 기라이카나이儀來河內)에 가서 음식을 하사받았는데, 소금에 절인 소라였다."고 하였다. 그가 말을 끝내고 토했는데 그 색이 누랬다. 이 때문에 사람들은 그를 가리켜 기라이바(儀來婆)라고 불렀다. 그 자손이 용궁에 관해서 물었으나 꺼려하며 좀처럼 말하려고 하지 않았다.

그 때 왕이 이 소문을 듣고 이야기를 듣고자 했다. 기라이바가 奉神門 밖에 이르자 사람들이 앞을 디투어 몰려들어 보고자 하였다. 단지 기라이바가 손을 양쪽 겨드랑이에 집어넣는 것을 보았을 뿐인데, 홀연히 그 모습이 보이지 않았다. 자손들이 사방으로 찾아다니다가 마침내 우에노타키에서 발견하였다.

그 여자는 80여 세가 되어 죽었는데, 어떤 사람이 말하기를, "그가 嘉靖 연간에 죽었다."고 전하기도 한다. 혹은 말하기를 "萬曆 연간에 죽었다."고 전하기도 한다.[30]

이나후쿠바라는 여성 주인공이 홀연히 사라졌다가 용궁을 경험하고 돌아오는 이야기이다.

---

30 해석과 원문은 테헤테츠(鄭秉哲)·사이코보(蔡宏謨)·류코(梁煌)·모죠호(毛如苞) 著, 김용의 譯, 『유로설전(遺老說傳)』, 전남대학교출판부, 2010, 245-247면을 인용했고, 木村淳也, 前揭論文, 358頁에서 대조하였다. 원문은 다음과 같다. 昔西原開切棚原村 有一祝女名曰稻福婆 曾與諸祝女 鳴金鼓唱神歌 而遊于本村上嶽 獨稻福婆忽然不見 其子孫聞而大驚 東尋西訪 竝無踪影 後三年我謝village有鍛冶屋 大主者出而釣魚 忽見死屍漂海 而來撈而視之頭禿無髮 貝螺附體 其氣未絶 卽用粥湯以救 未能卽言 人聚視之 其子孫亦來 不知爲何人 良久自言 我乃稻福婆也 前年偶遊海底進于龍宮(俗叫儀來河內) 賜食以鹽螺類 言畢吐者色黃 于是人始號儀來婆 其子孫問龍宮之事 婆諱而不話 時王欲問之 婆至奉神門外 人聚爭視 只見其收手于兩腋 忽然不見 子孫四尋竟得之于其上嶽 婆八十餘歲而死 曰婆死于嘉靖年間 或曰死于萬曆年間 이에 앞서 김헌선 번역의 『류큐설화집 遺老說傳』, 보고사, 2008도 출판되었다. 번역과 함께 「琉球說話 存在樣相과 價値」라는 논문이 실려 있어 해제 역할을 한다.

이나후쿠바는 노로이다. 그러나 뛰어난 능력을 지닌 노로로는 보이지 않는데, 실종 후 돌아온 다음은 상황이 달라진다.

이나후쿠바가 용궁에 가게 된 경위는 자세하지 않다. 원문에는 '忽然不見'이라고만 하였다. 나중에 이나후쿠바가 정신을 차리고 '前年偶遊海底, 進于龍宮'이라는 대목에서, '偶'의 번역을 '우연히 놀다가'와 '노는 데 적응하여'의 어느 쪽으로 택하느냐에 따라, 자발적인 용궁 행이었는지 여부가 달라진다. 어쨌건 용궁을 경험하고 3년의 시간이 흐른 뒤 돌아온 이나후쿠바의 모습은 시체에 가까웠다. 그녀는 이렇다 할 보상은커녕 모습만으로는 오히려 고통의 세월을 보낸 듯하다. 자신이 누군지를 스스로 밝혔을 때에 비로소 주변 사람들이 그녀를 알아볼 수 있을 정도였다. 그녀는 용궁에서는 절인 소라 같은 것을 하사받았다고 말했지만, 돌아와 토해내버려 그마저도 간직하지 않게 된다. '용궁에 관해서 물었으나 꺼려하며 좀처럼 말하려고 하지 않았다'는 태도 또한 禁忌에 대한 준수인지 두려움의 소산인지 구분하기 어렵다.

마지막 대목에 여자의 죽은 나이가 80여 세로 나온다. 그런데 그때가 '嘉靖 연간'과 '萬曆 연간'으로 나뉜다. 시기가 분명치 않다는 점은 설화의 한 속성이겠으나, 『遺老說傳』 속 일화 모두 이야기가 진행된 시기에 대해 언급하지 않는 것과 대비된다. 시기를 언급하여 무언가 나타내고자 한 것은 아닌지, 그 의도를 짚어보아야 할 대목이다.

가정 연간은 1522~1566년이고, 만력 연간은 1573~1619년이다. 두 시기 차이의 격차가 크게는 100년을 넘어간다. 류큐 왕실의 가계도에 따르면, 가정 연간에는 쇼신왕(1477~1527), 쇼세이왕(尙淸王, 1527~56), 쇼겐왕(尙元王, 1556~73)이 왕위를 계승했고, 만력 연간에는 쇼에이왕(尙永王, 1573~89)과 쇼네이왕(尙寧, 1589~1621)이 왕위를 계승했다. 이 시기에 어떤 일이 벌어졌는가?

가정 연간인 1511년 말라카 왕국을 침범한 포르투갈이 1542년 세력을 뻗쳐

류큐국에 함대를 끌고 내항한다. 14-5세기 전기에 해상왕국으로서 무역 이익
을 나라의 주된 수입원으로 하던 류큐국의 입지가 포르투갈의 동남아시아
진출 후 쇠퇴하게 된다. 나아가 1570년에 이르러서는 동남아시아의 무역이
아예 단절되고 만다. 한편, 16세기 말에 이르러 일본은 류큐국에게 조선 침략
에 대비한 물자를 강압적으로 요구한다. 조선과 교린 관계를 맺고 있던 류큐
의 입장에서는 일본의 요구는 전적으로 수용할 수 없었고, 그 결과 사쓰마군
의 침략을 받아 1609년 '幕藩制 속의 異國'으로 중국과 일본의 兩屬 관계
아래 놓이게 된다. 정리하자면 가정 연간에는 나라의 기반을 주름잡던 대외
무역에 차질이 생겼고, 만력 연간에는 일본의 침략으로 국가가 존망의 위기
에까지 놓였다가, 중국과 일본의 양속이라는 기이한 형태로 이어지게 된 것
이다. 두 시기 모두 국가의 기반은 매우 불안정하게 흔들리고 있었다.

　류큐의 신녀 조직은 쇼신왕 무렵 확립되었다. 쇼신왕은 류큐 역사 가운데
가장 강력한 왕권을 휘둘렀다고 전해진다. 그 같은 왕권을 바탕으로 중앙집
권화를 꾀했다. 강력한 내부 정치 조직이 있었음에도 그는 신녀 조직을 확립
하여 나라 안팎의 종교행사를 책임지게 했다. 이로써 신녀 조직은 남성에
의한 정치·행정 조직과 쌍벽을 이루게 되었다. 신녀 조직은 기코에오키미
(聞得大君, 고급신녀·왕부의 신녀)-노로(祝女, 지방의 신녀)-니간(根神, 마을의 신녀), 오
코데(オコデ, 문족의 신녀)의 구조[31]를 이뤘는데, 여기서 다루고 있는 노로는 각
마기리(間切)[32]의 모든 마을에 주재하며, 마을의 祈年, 刈穗, 祈雨 등의 제사를
맡았다. 수리왕부로부터 민간에 이르기까지 각각의 제사에 알맞은 신녀들이

---

31　앞에서는 이 가운데 기미와 노로 2개의 직책만 밝혔었다.
32　'구획을 나눈다'라는 뜻으로 오키나와의 옛 행정구획을 나타내는 말이다. 몇 개의 村으로
　　이루어지며 이른바 琉球処分(1879) 이후에도 행정구획을 나타내는 말로 존속하다가 1907년
　　에 정식으로 폐지되었다. (김용의, 앞의 책, 103면의 각주 116 재인용)

배치된다.

한편, 『遺老說傳』이 집필되던 시기에 이르면 신녀의 위상에 변화가 생긴다. 이미 1609년 사츠마번(薩摩藩)의 침략으로 중국과 일본의 양속 관계에 놓이게 된 류큐는 하네지 쵸슈(羽地朝秀, 1617~76)가 쇼시츠왕(尙質王, 1648~69), 쇼테이왕(尙貞王, 1669~1710)의 재임 기간 일부를 섭정(1666~73)한다. 취임 후 그가 내린 개혁 방안 중 하나가 노로나 女官의 정치적인 영향력을 배제하고 전통적인 종교상의 관례를 개정하는 것이었다. 무녀의 입지가 매우 약화된 것이다.

뒤이어 사이온(蔡溫, 1682~1762)은 하네지의 개혁을 계승하여 류큐국의 방향을 더욱 강하게 정해갔다. 그는 1728년 도키유타과정(トキユタ科定)을 반포하여 수리왕부 내부의 도키(トキ)와 유타(ユタ)[33]의 신앙 및 18세기 류큐 사회에 있어서 도키와 유타의 증가를 억제한다. 심지어 미신으로 간주하여 왕부 내부의 도키와 유타를 폐지하고, 민간에 퍼진 것 역시 금지시킨다. 무녀의 입지는 더욱 좁아졌다.

『球陽』과 『遺老說傳』이 편찬되었을 것으로 추정되는 1745년 무렵에는 사이온이 류큐 왕부에 굳건히 존재한 시기였다. 당연히 두 저작은 사이온의 영향을 받았을 것이다. 이런 분위기 속에서 무녀 관련 이야기를 『구양』 같은 正史 속에 실을 수 없었으리라 보고, 이것을 『遺老說傳』의 편찬 의도 가운데 하나로 보는 견해[34]가 있다. 무녀 이야기를 하기 자유롭지 않았을 당대 사회 분위기 상, 전반적으로 怪力亂神의 요소가 줄어들었을 가능성을 배제할 수 없다. 101話의 경우에도 서사 전개가 무미건조하면서 수식어구가 극도로 절제되어 있다. 이나후쿠바가 끝내 용궁의 모습을 말하지 않는다거나, 왕이

---

33   특별히 영적인 妙驗을 지닌 여신관을 도키(トキ), 유타(ユタ)라 한다.
34   木村淳也, 「遺老說傳に描かれた巫」, 『古代學研究所紀要』第4號, 東京 : 明治大學古代學研究所, 2007 참조.

그녀를 불렀을 때 사라져버린 것은, 편찬자가 교묘하게 괴력난신을 피하려는
의도로 볼 수 있다.

　이 같은 상황과 편찬자의 기술 태도는 『삼국유사』가 일연에 의해 집필되
던 13세기 고려와 무척 닮아 있다.

　그러나 사회사적 배경을 이렇게 설명한다 하더라도, 사라졌다 돌아온 여
성 제사의 의미는 이야기의 이면에 여전하다. 용궁과 같은 다른 세계와의
왕래가 靈力의 근원이 되는 것이며, 신성의 획득이고, 일상세계의 질서로부
터 이탈하는 것이다. 수로부인 이야기와의 비교는 여기서 접점을 찾는다.


## 5. 모험 스토리의 주인공으로서 수로부인

　앞서, 수로부인 이야기는 기존의 노래를 원용하여 굿의 대본으로 확대시
킨 서사이며, 이나후쿠바 이야기는 사라졌다 돌아온 여성 제사의 신성 획득
으로 해석하였다. 두 이야기는 상당한 유사성을 품고 있다. 이 유사성을 바탕
으로 정리한 두 이야기의 비교는 다음의 표와 같다.

|  | 101화 | 수로부인 | 비교 |
|---|---|---|---|
| 성별 | 여성 | 여성 | |
| 신분 | 노로 | 귀부인 | 수로부인을 사제로 볼 수 있음 |
| 이계 | 용궁 | 용궁 | |
| 경로 | 왕복 | 왕복 | |
| 계기 | 우연/자발 | 납치 | 납치를 가장한 자발로 볼 수 있음 |
| 보상 | 음식물을 뱉어냄 | 幽玄한 향기 | 용궁 체험의 증거로서 동질적임 |
| 결말 | 사라짐 | 유사 체험의 연속 | 신성성의 강화라는 점에서 같음 |

표에서 보인 것처럼, 두 이야기는 여성의 용궁 체험(성별, 이계)이라는 모티브의 동일성이 가장 두드러진 가운데, 사라졌다 다시 돌아오는 왕복(경로)에 이르러, 시공의 큰 차이에도 불구하고 비교에 따라 여러 가지 새로운 해석을 낳게 한다. 신분, 계기, 보상, 결말은 표면적으로는 다르지만 내적으로는 같아질 요소가 다분하다. 이 유사성으로 인해 상호 보강 작용의 측면에서 우리는 확대된 서사를 만들어 낼 수 있을 것이다.

1745년 무렵, 『遺老說傳』이 편찬되던 시기, 신녀 조직의 위상이 하네지와 사이온에 의해 매우 약화된 상태였음은 앞서 밝혔다. 특히 왕부 조직으로서의 신녀는 정책적으로 탄압을 받으며 많이 와해된 이후였다. 따라서 왕부의 의례에 무녀가 관여하는 것은 있을 수 없다는 생각[35]이 『遺老說傳』의 집필자들에게도 암묵적으로 존재했다. 이로 인해 이들은 류큐 정사인 『구양』에 巫와 관련한 적극적인 기록을 등장시키지 않았다. 그런 가운데서도 『遺老說傳』의 '101화'에서는 왕부가 노로에 대하여 궁금증을 갖고 그녀를 왕실로 초대하는 장면이 나온다. 이것이 정사라면 신지 못할 시대 분위기 속에 외전에나마 남기려는 의도라고 볼 수 있다. 나아가 모호함이 없지 않으나 사건이 벌어진 시기를 가정·만력 연간이라고 표기해, 이때까지는 신녀 조직이 안정적이었음을 알리고도 있다.

그렇다면 이나후쿠바의 이야기를 어떻게 전진적으로 해석해 볼 수 있을까?

노로인 이나후쿠바가 마을에 닥친 未曾有의 위기 곧 동남아시아와의 무역 저조를 극복하기 위해 해신인 용왕을 찾는다. 바다 속 용궁을 모험하고 용왕에게 물품을 하사받고 돌아온다. 이것은 하나의 모험 스토리[36]이다.

---

35   위의 논문, 240면.
36   필자는 모험담과 구분하여 모험 스토리를 쓰고 있는데, '모험담을 바탕으로 하면서 오늘날

비록 그녀는 떳떳하게 용왕에게 대우를 받고 살아서 본토로 돌아왔지만, 외모가 볼품없었던 바, 완벽한 성취를 이루었다고 할 수 없다. 이후 점차 류큐의 동남아시아 무역은 쇠퇴하고 결국은 단절되고 만다. 더욱이 용왕에게 음식을 하사받을 정도의 성공적인 용궁 여정은 『遺老說傳』 속에 자세히 묘사되어 있지 않다. 집필 당시 왕부는 신녀에 대해 엄격한 제한을 걸기 시작하였기 때문이다.

그러나 이 이야기를 통해 16세기 쇼신왕 정권에서 노로의 지위가 마을 전체의 안녕을 책임질 만큼 막중한 것이었으며, 마을의 위기를 타파하기 위해 자신을 희생해가며 3년간의 긴 여정을 펼친 노로의 모습만큼은 전해 받는다. 이것은 곧 일반적인 모험담이 남성중심으로 이야기되는 데에 반론을 펼칠만한 책임 막중한 여성의 모험 스토리로 활용될 수 있다. 이것과 비교하여 수로부인 이야기는 어떻게 해석될 수 있을까? 이야기를 중요 화소별로 다시 정리해 보면 이렇다.[37]

① 수로부인이 강릉태수로 부임하는 남편 純正公을 따라 길을 떠난다.
② 해변에서 점심을 먹다가 부인이 절벽에 핀 철쭉꽃을 탐낸다.
   ②′ 한 노인이 암소를 몰고 가다가 그 꽃을 꺾어 노래까지 지어 바쳤다.
③ 이틀 뒤 점심을 먹다 바다용에게 부인이 납치당한다.
   ③′ 한 노인이 방법을 알려주어 부인을 되찾았다.
④ 부인은 세상에서 알고 있는 것이 아닌 용궁의 화려함을 자랑한다.
⑤ 매번 깊은 산과 큰 연못을 지날 때면, 여러 차례 神物들에게 끌려간다.

---

콘텐츠화 할 수 있는 기본 이야기 줄거리가 갖춰진 상태 또는 그러한 前段階'라고 정의하였다.(Ⅱ부 「모험 스토리 개발을 위한 三國遺事 설화의 연구」 참조)
37   이하의 내용은 위의 논문에서 가져와 재구성하였다.

　수로부인 이야기를 여성 주인공의 모험담으로 보았을 때 전혀 다른 해석이 우리를 기다린다. 이야기는 처음부터 끝까지 수로의 주도 아래 이루어졌다. 『삼국유사』에 정착되던 무렵의 수로부인 이야기는 본디 모습에서 상당한 변형이 이루어진 상태였을 것이며, 그 상황은 이나후쿠바 이야기가 『遺老說傳』에 정착될 때와 비견된다. 무속이 견제되며 괴력난신이 경계되는 사회 분위기가 특히 그렇다. 그로 인해 몰각된 부분이 재구성 된다면 여성 영웅의 활약은 더 두드러질 것이다.

　이상의 논의를 바탕으로 수로부인의 정체가 무엇인지 다시 따져보자.

　위의 표에서 이나후쿠바는 노로, 수로부인은 귀부인이므로 분명 신분상 차이가 나, 수로부인을 사제로 볼 수 있다고 하였다.

　노로인 이나후쿠바는 '마을에 닥친 미증유의 위기'를 맞아 용궁으로 갔다고 하였는데, 순정공의 부인인 수로는 표면적으로 남편의 부임지에 동행하는 형식을 띠고 있다. 그러나 단순한 부임이 아니라 강릉 지역의 有故에 닥쳐 보다 구체적인 임무를 띤 出行이었을 것이라는 해석[38]이 있다. 〈해가〉가 나오는 부인의 용궁 납치는 그것을 상징적으로 보여준다. 그러나 드러나지 않은 사건을 굳이 들출 필요가 없다면, 강릉이 신라의 동북을 지키는 요충지이고, 그래서 5등급 이상의 중앙 고위관리를 파견해 책임자로 삼았다는 점에 유의해 보자. 이 지방관에게는 부임 자체가 중대한 임무의 부여인 것이다. 그러나 돌발적으로 발생한 상황에 대처하지 못하였다. 해결 방식을 제시한 것은 지역의 노인이었고, 뜻밖에 부인이 중심축에 놓인다. 처음에는 평범한 여성이었을지 모르나, 일련의 상황을 거치면서 수로부인은 용궁에서 돌아올 때 再生된 신격화의 경지에 이른다. 바로 이나후쿠바 같은 사제로 말이다.

---

38　조동일, 『한국문학통사1』, 지식산업사, 1982, 135-136면.

다시 한 번 수로부인 이야기의 주인공이 여성이라는 점에 주목해 보자. 크리스토퍼 보글러는, "영웅의 여행에 대한 가장 일반적인 비판은 남성이 지배하는 전사 문화의 구현이라는 점이다."[39]라고 하였다. 수로부인 이야기는 이러한 비판에서 자유롭다.

남성의 여행은 어떤 의미에서 보다 직선적이어서, 하나의 목표에서 다음 목표로 이행해 가는 반면, 여성의 여행은 내부와 외부를 향해 원, 혹은 나선형을 그리며 움직여 간다. (…중략…) 중심을 향한 안으로의 여행 후 다시 밖을 향하여 동심원을 확대시켜 나가는 여성의 여행. (…중략…) 외부로 나아가 장애물을 극복하고, 성취하며, 정복하고, 소유하려는 남성의 욕구는 여성의 여행에서 가족과 종(種)을 보호하고, 가정을 이루며, 정서적 조화를 추구하고, 화합을 이루고, 아름다움을 고양시키려는 욕망으로 대체될 수 있다.[40]

안으로의 여행 후 밖을 향하여 동심원을 확대한다는 지적에 수로부인의 이야기는 적실히 맞아들어 간다. 용궁의 체험이 그렇다. 이는 자발적인 것이 아니었다. 그러나 모험에 적응한 수로에게 용궁 여행은 납치가 아니라 어느덧 자발성으로 바뀌었다. 이어서 산과 연못으로 수로부인의 체험현장은 확대되었다. 동심원의 확대이다. 나아가 화합(③')과 아름다움의 고양(②') 또한 갖추고 있다.

다른 한편 ②/②' 그리고 ③/③'는 시련/보상[41]의 구조를 나타내면서, 이러한 관문은 다른 에피소드를 보완할 경우 얼마든지 늘어날 수 있음을 보여주었다. 모험 스토리가 만들어지는 대목이다.[42]

---

39  크리스토퍼 보글러, 함춘성 역, 『신화, 영웅 그리고 시나리오 쓰기』, 무우수, 2005, 25면.
40  위의 책, 26면.
41  시련은 動因이며 보상은 결과이다. 영웅담에서 전형적으로 배치되는 구조이다.

수로부인을 여성의 모험주인공으로 해석할 결정적인 단서는 ④이다. 본문을 다시 보자.

> 공이 부인에게 바다에서 있었던 일을 물었다.
> "일곱 가지 보물로 장식된 궁전에서, 마련된 음식들은 달고 매끈하며 향기롭고 끼끗하여, 사람 사는 세상에서 지어진 것이 아니었습니다."
> 부인의 옷에 묻어 풍기는 향기가 특이하여, 세상에서 알고 있는 것이 아니었다.

발을 구르며 노심초사하던 순정공 앞에 나타난 수로부인의 태도는 뜻밖이다. 도리어 용궁 자랑을 늘어놓고 있다. 마치 왜 즐거운 여행을 방해했느냐는 투이다. 여기가 수로부인 이야기를 모험의 서사로 볼 수 있는 결정적인 지점이다.

최초의 모습은 납치임에 분명하나, 그렇게 시작한 비자발적인 모험의 길을 수로부인은 어느덧 즐기는 듯하다. 세상과 다른 곳에 다녀 온, 부인의 옷에서 묻어나는 향기로 증명된다. 용궁의 생활을 밝히지 않았거니와, 다소 기괴한 모습으로 나타난 이나후쿠바와 비교되는 대목이기도 하다. '수로부인' 조는 '101화'에 비해 보다 서사화 된 모험 스토리인 것이다. 이는 ⑤에서처럼, 수로부인이 매번 깊은 산과 큰 연못을 지날 때면, 여러 차례 神物들에게 끌려간다고 하여, 구체적이지 않지만 강화된 후일담의 서사가 나타나는 것에서도 그렇다. 이에 비한다면 이나후쿠바는 그냥 사라지고 말았기 때문이다.

---

42  이제 수로부인과 이나후쿠바 이야기를 통합하여 모험 스토리로서 콘텐츠 소재를 만드는 작업이 뒤를 따를 수 있다.

## 6. 마무리

이상의 논의를 결론적으로 정리하면 이렇다.

〈헌화가〉는 求愛의 서정시에서, 〈해가〉는 迎神의 의식요에서 각각 출발하여 수로부인 이야기 속으로 들어갔다. 이야기는 처음에 강릉으로 가는 부사의 일행이 실제 겪은 일일 수 있으나, 굿이나 연희의 대본 형태로 확대 발전하였다. 이는 일본의 『萬葉集』에 나오는 첫 번째 노래와의 비교 속에서 추론이 가능하다.

이나후쿠바가 등장하는 『遺老說傳』의 101話는 용궁이라는 공통점에서 비교하기 좋은데, 왕복의 체험이 靈力의 근원, 신성의 획득에 기여하는 점에서, 수로부인에게도 같은 결과를 기대할 수 있다. 일단 신격화에 발을 들여놓은 이상, 『삼국유사』에 정착된 이야기의 이면에서 수로부인은 사제로 해석될 수 있다.[43] 사실 이만큼 당당한 경험의 주인공이 평범한 여성일 리 없는 것이다.

용궁 체험이 일상세계의 질서로부터 이탈하는 것이라면 이것을 여성 주인공의 모험 스토리로 확대해 볼 수 있다. 이것이 이 글에서 가장 주목한 바이다.

여성 주인공은 안으로의 여행 후 밖을 향하여 동심원을 확대하는데, 수로부인의 이야기는 이에 적실히 맞아들어 간다. 용궁의 체험이 그렇다. 이는 자발적인 것이 아니었다. 그러나 모험에 적응한 수로에게 용궁 여행은 납치

---

43  표면적으로 수로부인이 순정공의 아내라는 신분을 유지하는 것에 대해서는 별도의 고찰이 필요하다. 『삼국유사』에서 인상적으로 부각된 여성 주인공 또는 등장인물이 불교 설화의 범주를 벗어나지 않는다는 점이 먼저 고려되어야 한다. 郁面이나 호랑이 처녀가 그렇고, 광덕, 노힐부득, 원효의 이야기에 나오는 여성은 아예 관음보살이다. 다만 범상치 않은 인물이라는 점에서만 수로부인과 공통적이다.

가 아니라 어느덧 자발성으로 바뀌었다. 이어서 산과 연못으로 수로부인의 체험현장은 확대되었다. 동심원의 확대이다. 한편 용궁에서 나온 수로부인의 태도는 뜻밖이다. 용궁 자랑을 늘어놓고 있다. 즐거운 여행을 방해했느냐는 투인데, 이는 수로부인 이야기를 모험의 서사로 볼 수 있는 결정적인 지점이다.

수로부인을 이야기 전개의 중심인물로 놓고, 그 성격을 새롭게 해석한다면 이 이야기는 새로운 모험 스토리로서 역할 할 것이다.

# 『쿠쉬나메』 연구 序說

## 1. 머리말

신라와 관련된 내용을 담은 페르시아 고대 서사시 『쿠쉬나메*Kush-nameh*』
의 출현은 학계의 비상한 관심을 끌기에 족했다. '쿠쉬의 책'이라 불리는
이 책을 국내 학계에 처음으로 소개한 이는 이희수였다. 그는 지금까지 다음
과 같은 두 편의 주요한 논문을 발표하였다.

「고대 페르시아 서사시 쿠쉬나메(Kush-nameh)의 발굴과 신라 관련 내용」[1]
「페르시아의 대표 서사시 샤나메 구조에서 본 쿠쉬나메 등장인물 분석」[2]

이를 통해 우리는 11세기에 집필된 『쿠쉬나메』에 7세기 중반 무렵의 페르
시아와 신라를 잇는 내용이 포함되었음을 확인하였다. 페르시아가 아랍 이슬
람 국가에 의해 멸망하자 왕자는 중국으로 망명하고, 거기서도 신변의 위협

---

1    출전 : 『한국이슬람학회논총』 제20-3집, 한국이슬람학회, 2010.
2    출전 : 『한국이슬람학회논총』 제22-1집, 한국이슬람학회, 2012.

을 받아 신라에 이른다. 신라의 공주와 결혼한 다음 2세를 낳아 함께 페르시
아 회복을 꿈꾸며 귀국한다. 이런 이야기의 중심 무대가 신라라는 사실 하나
만으로도 우리에게 충격을 주었던 것이다.

이희수의 지적대로 『쿠쉬나메』는 '사산조 페르시아와 신라와의 관계는 물
론 신라에 대한 가장 방대한 자료를 담고 있는 한반도 바깥의 귀중한 사료'[3]임
에 틀림없다. 산발적으로 제기되어 왔던 두 지역의 교류양상을 본격적으로
다뤄볼 기회라고도 본다. 아직 처음 단계이므로 논의의 다채로운 결과는 다소
뒤로 미뤄놓고, 이 글에서는 우선 다음과 같은 논의를 진행해 보고자 한다.

첫째, 『쿠쉬나메』가 발견되고 국내에 소개된 과정.

둘째, 그동안 논의된 신라와 페르시아 사이 교류의 양상.

셋째, 『쿠쉬나메』에 그려진 신라 풍속의 整合性 여부.

이 글에서는 특히 셋째 부분에 치중하였는데, 『쿠쉬나메』의 주요 장면과
『삼국유사』의 신라 풍속을 재구할 수 있는 자료와 비교하기로 하겠다. 『쿠쉬
나메』에 나타난 신라의 풍경이 과연 신라-페르시아 간 직접적인 교류의 결과
인지 따져보기 위해서이다.

그러나 『쿠쉬나메』 연구의 지금 단계에서는 어떤 한계를 안고 나갈 수밖
에 없다. 고대 페르시아어로 된 『쿠쉬나메』의 원본을 얼마만큼 정확하게 해
독하느냐의 문제 때문이다. 현재 상당한 진척이 있어 신라 관련 부분은 한국
어 번역까지 이뤄진 상태이지만,[4] 이에 대한 관련 학계의 연구 상황에 따라
여기서 하는 논의 또한 수정이 불가피할 것이다. 제목에 군이 '序說'이라 붙인

---

3　　이희수(B), 「페르시아의 대표 서사시 샤나메 구조에서 본 쿠쉬나메 등장인물 분석」, 『한국
　　　이슬람학회논총』 제22-1집, 한국이슬람학회, 2012, 65면.

4　　이 논의에 쓰인 텍스트는 고대 페르시아어 → 현대 이란어 → 한국어의 번역 과정을 거친
　　　것이다. 영어로 번역된 것을 이용하기도 하였다. 이희수·다르유시 아크바르자데, 『쿠쉬나
　　　메』, 청아출판사, 2014.

까닭이다.

## 2. 『쿠쉬나메』의 출현과 문제의 소재

처음 『쿠쉬나메』가 언급되기 시작한 것은 1998년으로 돌아간다. 이란의 관련 전공자 마티니(Matini), 다르유시 아크바르자데(Daryoosh Akbarzadeh) 등이 관련 편찬물과 논문을 발표하였다. 이것이 국내에 알려진 것은 앞서 소개한 이희수의 논문을 통해서였는데, 편찬자는 11세기 경의 이란샤 이븐 압달 하이르(Iran-shah Ibn Abdal Khayr)이며, 총 1만여 절의 분량이고, 필사로 된 원본은 14세기에 모함메드 사이드 이븐 압달라 알까다리(Mohammed Ibn Said Ibn Abdullah al Qadari)가 복사한 판본으로, 현재 영국도서관에 소장되어 있다는 사실 등을 전했다.[5] 마티니 편찬본을 기준으로 총 10,129절 가운데 2011절에서 5295절 사이에 신라 관련 내용이 나온다.

『쿠쉬나메』는 페르시아 서사시의 전통 위에서 탄생할 수 있었다. 가장 주목 받는 페르다우시의 〈샤나메Shah-nameh〉는 11세기에 나온 서사시로 이룩한 페르시아의 역사이다. '왕의 책'이라는 제목답게, 신화의 시대로부터 7세기 중반 아랍에 정복당하기까지 페르시아 왕의 영웅적인 투쟁을 그리고 있다.[6] 『쿠쉬나메』는 이런 〈샤나메〉 집필 전통을 충실히 지키고 있다.[7]

---

5  이희수(A), 「고대 페르시아 서사시 쿠쉬나메(Kush-nameh)의 발굴과 신라 관련 내용」, 『한국이슬람학회논총』 제20-3집, 한국이슬람학회, 2010. 이하 『쿠쉬나메』의 개략적인 내용 부분은 이 논문에 의지하였다.

6  岡田惠美子 外 編, 『イランを知るための65章』, 東京 : 明石書店 , 2004 , 18頁. 저본이 되는 텍스트는 7세기 중반에 성립된 〈화다이 나마크〉라고 한다.

7  전통을 지키는 수준을 넘어 구성, 인물 배치, 캐릭터의 설정 등에서 『쿠쉬나메』는 〈샤나메〉와 많이 닮아 있다. 이희수(B), 앞의 논문, 76-80면.

422 Ⅱ. 문화원형과 모험의 세계

주인공 쿠쉬는 페르시아를 정복한 아랍왕의 계보 가운데 한 사람이다. 물론 실존인물이 아니라 구전상의 영웅이다. 역사적으로 이란은 637년 사산조 페르시아가 카디시야 전투에서 아랍군에게 패배한 이후 불과 7년 만에 주요 거점을 다 내주고 말았다. 이로부터 이란의 이슬람 시대가 시작된다. 이란의 전통 종교 조로아스터교도 이슬람교로 바뀌고 말았다.[8] 이 무렵의 바그다드에 거점을 둔 왕 쿠쉬가 『쿠쉬나메』의 주인공이다. 이와 함께 중국과 그 주변지역을 다스리는 왕은 동생 쿠쉬이다.

그렇다면 『쿠쉬나메』는 이란인이 쓴 아랍인 쿠쉬의 이야기이다. 이미 아랍의 정복 아래 들어갔으므로 이란의 서사시인이 아랍왕의 이야기를 쓰는 데 거부감을 가지고 있지 않았으리라 보인다. 다만 하나의 트릭이 숨어 있다. 표면적인 서사에 아랍인 왕을 쓰면서 내적으로는 페르시아 영웅을 슬쩍 집어넣었다. 『쿠쉬나메』 후반부에 등장하는 페르시아인 잠쉬드 후손의 이야기가 그것이다. 후손은 바로 아비틴(Abtin)이다.

아비틴은 페르시아 난민을 이끌고 중국으로 망명하여 살고 있다. 이것은 역사적으로도 실재했던 일이었다. 사산조 페르시아 황제 야즈데기르드 3세의 왕자 피루즈(Firuz)는 이란을 떠나 아시아 내륙 그리고 중국으로 망명하여 투쟁을 계속하였다.[9] 피루즈는 아비틴의 모델이 된 셈이다. 한편 동생 쿠쉬가 한 여인과의 사이에서 아들을 얻는데, 생긴 모습이 너무 흉측했다. 동생 쿠쉬는 이 아이를 숲속에 버렸는데, 아비틴이 사냥 나갔다 이 아이를 발견하여 데려와 키웠다. 이 아이 또한 쿠쉬라 불렀다. 쿠쉬는 이란인과 섞여 매우 영웅적인 행보를 보여준다. 동생 쿠쉬의 또 다른 아들 니바스프 곧 자신의 동생을 죽이기도 한다. 이란인의 영웅이 된 쿠쉬가 자기 아들임을 안 동생

---

8    岡田惠美子 外 編, 前揭書, 196頁. 이희수(A), 앞의 논문, 103면.
9    이희수(B), 앞의 논문, 64면.

쿠쉬는 밀사를 보내 회유하여 데려온다. 이란인으로서는 최후의 보루를 잃어버린 셈이었다.

위기에 처한 아비틴에게 하나의 희망이 나타났다. 자신의 거주지를 지나가던 마친(Machin)[10]의 상인에게 주변 정세를 듣고, 더불어 마친의 왕에게 구원을 요청한 것이다. 마친의 왕은 아랍의 왕 쿠쉬와 동생 쿠쉬가 두려워 직접 돕지는 못하고, 신라의 왕 태후르(Tayhur)에게 찾아가라는 대책을 제시한다. 아비틴이 신라와 맺어지는 계기이다.

　　이란인들은 아비틴의 인솔 아래 마친에 도착하였고 마친 왕의 따뜻한 영접과 선물을 받고 배를 타고 신라로 향했다. 신라로 향하는 모든 배는 마친 왕이 마련해 주었다. 험한 파도를 헤치고 신라에 도착한 이란 인들은 먼저 그곳 관리를 통해 마친 왕의 편지를 신라 왕에게 전달하도록 했다. 신라 왕은 크게 기뻐하며 이란 인들을 극진히 환영하고 그들을 맞을 준비를 했다. 신라 왕은 그의 두 아들을 이란 인들이 도착하는 항구로 보내 아비틴과 이란 인들을 영접하게 했다.[11]

중국에서 신라로 이르는 과정을 『쿠쉬나메』를 통해 요약하면 위와 같다. 그들은 신라가 섬이라고 알고 있었으며, 배를 이용해 입국하였다. 마친의 주선이 주효했던지 신라는 이들을 환영하였다.

아비틴은 태후르와 돈독한 관계를 유지하고, 마침내 왕의 딸 프라랑(Frarang)과 결혼에 이르며, 둘 사이에 낳은 아들 파리둔(Faridun)은 페르시아를 재건할 새로운 영웅으로 떠오른다. 이러한 이야기가 『쿠쉬나메』의 2011절에

---

10　마친은 『쿠쉬나메』에서 중국의 일부로 설정되어 있다.
11　『쿠쉬나메』 2262~2614절의 요약. 이희수, 『이희수 교수의 이슬람』, 청아출판사, 2011, 386면 재인용.

서 5295절 사이에 쓰였다. 전체의 1/3에 해당하는 방대한 분량이다.

여기서부터 우리의 관심은 신라가 무대로 등장하는 『쿠쉬나메』의 내용을 확인하는 일과, 이것이 얼마만큼 당대 사실과 부합하는지 따지는 일이 될 것이다.

이를 위해 먼저 신라 이래 신라와 페르시아 사이의 교린관계를 살펴볼 필요가 있겠다. 그런 다음 『쿠쉬나메』에 나오는 여러 에피소드의 사실성 문제를 확인해 본다. 물론 여기서 『쿠쉬나메』의 저자가 신라에 직접 다녀간 적이 있는가는 중요하지 않다. 그가 신라에 대한 정보를 충분히 취득하여 묘사한 것만으로도 우리는 자료적 가치를 부여할 수 있기 때문이다. 그러므로 "쿠쉬나메 서사시의 신라 관련 내용에 전적으로 역사적 정당성을 주기는 어렵다. (…중략…) 다만 기존의 고고학, 민속학, 역사학의 한계를 극복할 수 있는 유용한 해석의 길잡이임에는 분명하다."[12]는 선행 연구자의 입장을 지키고자 한다. 이만한 수준에서나마 신라의 풍속을 재구하기 위한 자료가 없기 때문이다.

나아가 허구에 불과한 이야기라고 해도 문학적인 측면에서는 일정한 의미를 가진다. 페르시아의 서사시에서는 여자 주인공을 외국인으로 설정하는 경우가 많다고 하는데,[13] 『쿠쉬나메』는 다른 서사시와의 변별성을 갖추기 위해 이제껏 등장하지 않은 신라의 여성을 주인공으로 내세워 작품을 창조하려 했을 것이다. 신라의 여성을 택했다는 사실만으로도 문학적인 면과 그 너머까지 다뤄볼 가치가 있다.

이 글에서는 문학적인 해석은 뒤로 미루고 우선 역사적 사실을 확인하는 데 충실하려 한다.

---

12    위의 책, 388면.
13    이희수(B), 앞의 논문, 80면.

## 3. 신라인의 페르시아 인식

### (1) 혜초와 페르시아

慧超의 求法旅行은 스승 金剛智의 권유가 그 직접적인 계기가 된 듯하다. 금강지를 만난 것이 719년, 그로부터 4년 뒤인 723년 廣州를 떠나 모두 4년에 걸친 장정을 가졌다.

그러나 그의 구법여행은 앞서 다른 승려와 달리 구법보다 여행에 더 비중이 주어졌다.[14]

혜초는 吐火羅(Tokharistan)를 거쳐 波斯(Persia)에 이르렀다. 기록으로 남은, 신라인 최초의 페르시아 입국자였다. 그 내용을 『往五天竺國傳』의 파사국 부분을 통해 확인해 보면 다음과 같다.

> 다시 토화라국에서 서쪽으로 한 달을 가면 파사국에 이른다. 이 나라 왕은 전에 大息(아랍)을 지배했었다. 그리하여 대식은 파사 왕의 낙타나 방목하는 신세였으나 후일 반란을 일으켜 파사 왕을 시해하고 자립하여 주인이 되었다. 그래서 이 나라는 지금 도리어 대식에게 병합되어버렸다. 의상은 예부터 헐렁한 모직 상의를 입었고, 수염과 머리를 깎으며 빵과 고기만 먹는다. 비록 쌀이 있더라도 갈아서 빵만 만들어 먹는다. 이 땅에서는 낙타와 노새, 양과 말이 나며 키가 크고 덩치도 큰 당나귀와 모직 천 그리고 보물들이 난다. 언어는 각별하여 다른 나라들과 같지 않다.
> 이 고장 사람들의 성품은 교역을 좋아해서 늘 서해에서 배를 타고 남해로 들어간다. 그리고 師子國(스리랑카)에 가서 여러 가지 보물을 가져온다. 그러다

---

14  정수일은 『왕오천축국전』이 불교에 대한 연구의 기록이 아니며, 천축에 체류한 기간이 본격 연구승려들과 비교하면 아주 짧은 3년에 불과한 점 등으로 인해 이같이 판단하였다. 정수일 역주, 『혜초의 왕오천축국전』, 학고재, 2004, 88-89면 참조.

보니 그 나라에서 보물이 나온다고들 한다. 곤륜국에 가서는 금을 가져오기도
한다. 또한 배를 타고 중국 땅에도 가는데, 곧바로 廣州까지 가서 綾(얇은 비단),
비단, 생사, 면 같은 것을 가져온다. 이 땅에서는 가늘고 질 좋은 모직물이
난다. 이 나라 사람들은 살생을 좋아하며 하늘을 섬기고 佛法을 알지 못한다.[15]

혜초의 페르시아 행은 그의 여행에서 가장 서쪽에 해당한다. 위의 내용이
견문을 기록한 전부이지만, 경로, 역사적 사건, 의식주의 특징, 교역, 생산물
등이 적확하며 유용하다. 특히 아랍의 이슬람 세력에게 사산조 페르시아가
멸망한 다음의 상황이 정확히 기록되어 있다. 멀리 8세기에 페르시아까지
간 신라인이 있었다는 점에 일단 주목해 보기로 하자.

한편, 혜초가 파사에 이른 것은 사실로 보이며, 그가 전하는 페르시아 소식
은 당시 중국에서는 최신정보에 속하는 귀한 것이었다. 이는 다음과 같은
문장 분석을 통해 증명된다.

혜초의 기록은 踏査地와 傳聞地로 나뉜다. 전자는 자신의 답사로 인해 얻
은 정보를 직접 기술한 곳이고, 후자는 다른 사람이 전한 바를 듣고 기술한
곳이다. 여기에는 문장의 기술 방법에 차이가 난다.

답사지는 처음 문장이 '從 … 行 … 日 … 至'로 시작한다. 곧 '…에서 …를
가면 …에 이른다'는 방식이다.[16] 앞서 나온 인용문에서 첫 문장은 "(토화라
국)에서 서쪽으로 (한 달)을 가면 (파사국)에 이른다."였다. 지금까지 전하는
『왕오천축국전』의 40개 방문지 가운데 분명 그의 행로에 들어가는 것은 반
드시 이 문장으로 시작하였다. 파사국은 이 방식대로 기술한 踏査地였다.

---

15  위의 책, 341면.
16  위의 책, 81-84면 참조.

혜초가 다섯 천축국을 둘러보고 기록한 이 책의 중요성은 여기서 새삼 언급할 필요가 없겠다. 우리는 신라에서 온 그의 발걸음이 페르시아에까지 이르렀다는 사실에 주목하고 있다. 그를 통해, 지금 전하지 않지만 그와 같은 여행자를 통해 페르시아에서 신라의 존재를 전달받았기 때문이다. 물론 혜초에게는 다음과 같은 한계가 있다.

> 하지만 그는 고향 땅을 떠난 후 남부 중국에서 동남아를 거쳐 인도, 이란 및 중앙아시아를 방문하고 다시 중국에 돌아와 여생을 보냈다. 혜초는 동서 문화 교류에는 커다란 공헌을 했지만 다시는 신라로 귀국하지 않았다. (…중략…) 세계적 안목을 넓히는 데 이바지한 역사적 공헌도는 높이 평가하기에 는 아쉽다.[17]

이 같은 지적에 따르자면, 혜초는 신라의 사정을 페르시아에 전했지만, 신라 사람들에게 페르시아를 전했을 가능성이 희박하다. 신라 사람들은 혜초를 통해 세계적 안목을 넓히는 기회를 부여받지 못했다. 그가 신라로 돌아오지 않았기 때문이다.[18] 그 점은 아쉬움으로 남는다 해도, 페르시아에 전한 신라의 사정은 엄연하다 할 것이다. 여기에 『쿠쉬나메』 존재의 의의를 규정해 나갈 틈이 엿보인다.

---

17  김정위, 「고려 이전의 배달겨레와 중앙아시아 간의 문화교류」, 『문명교류연구』 1, 한국문명교류연구소, 2009, 56-57면.

18  일연이 기록한 『삼국유사』의 천축 여행자들의 소식에서도 그들 가운데 단 한 사람 신라까지 돌아온 이를 볼 수 없다. 일연은 義解 편의 「歸竺諸師」에, "어떤 이는 오는 길에 죽고, 어떤 이는 살아 그 곳 절에서 지냈시만, 끝내 다시 難貴나 당나라로 돌아오지 못했다"고 썼다. 계귀는 신라를 가리키는 것으로 본다.

## (2) 중세 중동지역의 신라 인식

중세에 간행된 중동 지역의 문헌을 통해 신라가 어떤 식으로 비춰졌는지 살피는 작업은 일찍이 성과를 낸 적이 있다.[19] 이제 이 성과를 오늘의 논점에 맞추어 다시 한 번 검토해 보기로 하자.

9세기와 10세기 그리고 13세기, 페르시아인에 의해 편찬된 세 권의 책을 주목하고자 한다.

먼저 이븐 쿠르다드비(Ibn Khurdādbih)이다. 그는 페르시아인이며 사마라(Samara) 지역의 우편관리인이었다. 우편관리인은 도로 사정에 밝아 정보수집과 세금 징수의 역할도 하였다고 한다. 846년 초간, 885년 중간한 그의 〈여러 도로 및 여러 왕국 안내서〉(Kitāb al-masālik wa'l-mamālik)에는 다음과 같은 기록이 실려 있다.

> [A] "칸수(Qānsu)의 맞은 편 중국의 맨 끝에 신라라는 산이 많은 나라가 있다. 그 나라는 영주국들로 갈라져 있다. 그곳에는 금이 풍부하다. 이 나라에 와서 영구 정착한 이슬람 교도들은 그곳의 여러 가지 이점 때문에 그렇게 하였다고 한다. 그러나 그 나라 너머서 무엇이 있는지는 아무도 모른다."

> [B] "중국의 맨 끝에 신라라는 나라가 있는데 금이 풍부하다. 이슬람 교도들이 이 나라에 상륙하면 그곳의 아름다움에 끌려서 영구히 정착하고 떠나려하지 않는다."[20]

자료 [A]의 칸수는 중국의 廣東 일대를 지칭하는 것으로 보인다. 여기서 '맞은 편 중국의 맨 끝'이 신라이다. '산이 많은 나라', '금', '영구 정착한 이슬

---

19  김정위, 「중세 중동문헌에 비친 한국상」, 『한국사연구』 16, 한국사연구회, 1977.
20  위의 논문, 35면 재인용.

람 교도'라는 세 핵심 사항이 신라를 대표하고 있다. 산은 그렇다 쳐도 금이 많은 나라라고 말한 데에는 비교우위적인 측면을 고려해야 하리라 본다. 페르시아에 비한다면 그렇다는 것이다. 신라를 金城이라 부른 데서 오는 다소 막연한 정보일 수도 있다.

자료 [B]의 내용은 [A]의 반복이다. 두 군데 모두 '영구 정착'했다는 '이슬람 교도'가 나오는데, [A]에서는 '여러 가지 이점'이라 하고 [B]에서는 '그곳의 아름다움'이라 하여, 정착의 이유를 다소 다르게 표현하였다. 이 차이는 무엇을 의미하는 것일까? 그리고 과연 그렇게 정착한 이슬람 교도는 정말 있다는 것일까?

다음은 술라이만(Sulaimān)이다. 그는 무역상이었다. 무역상으로서 『중국과 인도에의 안내서』(Akhbār al-ṣīn wal-Hind)를 낸 것 같은데, 사람들은 931년에야 이 책의 존재를 알았다. 만들어지기는 사실상 쿠르다드비의 책과 비슷했다 할 것이다.[21]

[C] "(중국의) 해안에 신라라는 섬들이 있다. 그곳의 주민들은 피부가 희다. 그들은 중국 황제에게 선물을 보내고 있다. 만약에 그렇게 하지 않으면 하늘은 그들에게 비를 내려주지 않을 것이라고 그들은 말한다. 우리 동료 가운데 아무도 그곳에 가보지 않았기 때문에 그들에 관한 소식을 들을 수 없다. 그들은 또한 흰 매를 가지고 있다 한다."[22]

자료 [C]에서 '섬', '흰 피부', '조공', '흰 매'라는 네 핵심 사항이 신라를 대표하고 있다. [A], [B]와는 완연히 다른 정보이다. 역시 상대적으로 흰 피부의 신라인에 대한 묘사였을 것이고, 중국에 조공을 한다는 정보 또한 사실에

---

21   정수일은 851년으로 비정하였다. 정수일, 『이슬람문명』, 창비, 2002, 330면.

22   김정위, 앞의 논문 35면 재인용.

서 어긋나지 않는다. 신라인이 매 사냥을 즐겼음은 널리 알려진 바이다.[23]

　문제는 '섬'이다. 이때까지 신라가 페르시아인에게 섬으로 인식되고 있었음을 보여주는 소중한 기록이다. 서방 세계에서 나온 최초의 한반도 지도인 이드리시의 지도(1154)에도 섬으로 나타난다.[24] 사실 서양에 알려진 한반도는 16세기까지 섬이었다. 1570년에 제작된 오르텔리우스의 지도 『세계의 무대』(그림 1)에는 그렇게 표시된다.[25] 1655년 네덜란드 출신의 지도 제작자 블라외가 만든 지도(그림 2)에 와서야 한반도는 반도로 그려져 있다.[26]

　뒤에 다시 거론하겠지만, 〈쿠시나메〉에서 신라가 섬으로 그려진 것과 일치하는 대목이다. 페르시아인의 신라 인식은 섬으로부터 시작되었다.

[그림 1] 오르텔리우스의 지도 『세계의 무대』

---

23　『삼국유사』「二惠同塵」과 「靈鷲寺」 참조.
24　제러미 하우드 지음·이상일 옮김, 『지구 끝까지』, 푸른길, 2014, 46면.
25　위의 책, 83면.
26　위의 책, 91면.

마지막으로 자카리야 카즈위니(Zakarijā Qazwīnī, 1203~1283)이다. 13세기를 살다 간 그는 페르시아인 계통이었으며, 이때는 몽골의 바그다드 점령 시기였다. 몽골 강점기 아래 일연의 『삼국유사』가 편찬된 시점이었다.

그가 신라에 관해 기록한 두 가지 가운데 하나는 술라이만의 기록과 거의 일치한다. 주목하기로는 다음과 같은 두 번째 기록이다.

[그림 2] 블라외 지도

[D] "신라는 중국의 맨 끝에 있는 매우 유쾌한 나라이다. 공기가 순수하고 물이 맑고 토질이 비옥해서 병을 볼 수 없는 곳이다. 그 주민들은 세계에서 가장 아름다운 얼굴을 가지고 있고 또 가장 건강하다. 만약에 그들이 집에 물을 뿌리면 호박의 향기가 난다고 말한다. 전염병과 다른 병도 그곳에는 드물고 또 파리와 날짐승들도 거의 없다. 다른 섬의 어떤 환자가 신라에 오면 완치된다고 한다. 무함메드 빈 자카리야 알-라지(Muhammad bin Zakarijā al-Razi, 865~925)는 '누구나 이 섬에 들어가면 그 나라가 살기 좋으므로 정착

해서 떠나려 하지 않는다'고 말했다. 그곳에는 이로운 점이 많고 금이 풍부하
다. 하느님만이 그 진실을 안다."[27]

무함메드 빈 자카리야 알-라지의 언급이나 금이 많다는 점은 앞선 기록들
과 같다. 그러나 이 [D]의 기록은 훨씬 구체적이며, 신라에 관한 새로운 사실
을 알려준다. 신라의 뛰어난 자연 조건과 신체에 대한 묘사가 특히 그렇다.
'아름다운 얼굴'과 '건강한' 신체를 말한 대목이며, 심지어 '다른 섬'의 환자가
여기 와서 치료를 받는다는 대목은 인상적이다. 이를 한마디로 '유쾌한 나라'
라고 규정한다.

시기가 13세기로 내려와 있으니 신라에 대한 더 구체적인 정보를 얻었으
리라 추정한다. 다만 이 같은 기술이 미심쩍은 구석이 있으니,

이 구체화 현상은 중동인의 신라에 관한 지식의 심화라고 인정할 수는
없는 것이다. 오히려 그들의 상상력의 발전[28]

이라는 논자의 견해를 무시할 수는 없다. 13세기는 이미 우리의 고려시대이
고, 신라 멸망으로부터 400여 년이 지나 있었다. 그러나 '상상력의 발전'이라
고만 평가하기보다 누적된 정보의 총화라고 볼 수도 있으리라.

'유쾌한 나라' 신라는 두고두고 서역인의 가슴에 아름다운 동쪽으로 기억
되고 회자되었을 것이다. 비록 카즈위니보다 조금 앞선 시대이지만『쿠쉬나
메』의 저자는 상상력이건 정보의 총화이건 신라에 관한 지식을 다채롭게
받아들였을 것이다.

---

27   김정위, 앞의 논문, 40면 재인용.
28   위의 논문, 48면.

## (3) 페르시아 관련 유물

일찍이 신라와 서역의 교류 양상을 물증으로 제시하는 여러 가지가 있었다. 우선 서역의 악기, 문양, 놀이나 동식물 등이 그것이다.

비파는 서역의 악기임이 『삼국사기』를 통해서도 확인되지만,[29] 바르바트라는 고대 이란 악기에서 유래하였다[30]고 한다. 卍(Swastiska) 문양도 고대 페르시아 제국의 그림이나 건축 무늬에서 흔히 보게 된다. 사산조 페르시아의 수도 크테시폰에서 발굴된 건축양식 또한 이 무늬를 자주 썼다.[31] 이는 원만, 영원불멸, 은혜 등을 도상한 것[32]이라 한다. 의미가 불교의 그것과 서로 통하기에 자연스럽게 이입되었을 것이다. 격구는 서기전 500년 경 이란의 다리우스 대왕의 통치기에 이 경기를 했다는 기록이 있다.[33] 식물 가운데는 특히 포도가 주목되는데, 이란어 계통의 속드어에서 보도(Bodow)라 부른 것을 한자로 음역한 것이다.[34]

이 같은 악기와 문양 그리고 운동, 식물 등은 중국을 통해 신라까지 전해질 수 있었다. 이는 문명 교류의 일반적 양식에 따라 받아들여도 무리가 없으리라 본다. 그러나 이것이 직접 교류의 증거일 수도 있다. 신라인은 페르시아의 존재를 가시권에 둘 수 있었다.

이보다 더 구체적인 증거가 왕릉의 부장품을 통해 확인된다.

가장 주목하기로는 경주 계림로 14호분[35]이 있다. 부장품 가운데 金製감장

---

29   『삼국사기』, 「樂」
30   김정위(B), 앞의 논문, 67면.
31   위의 논문, 74면.
32   정수일은 인더스와 고대 크레타 문명에서 기원하는 것으로 보고 있다. 정수일, 『한국과 페르시아의 만남, 황금의 페르시아전』, 국립중앙박물관, 2008, 13면.
33   김정위(B), 앞의 논문, 74면.
34   위의 논문, 77면.
35   미추왕릉 지구 정화사업을 하던 1973년에 발굴되었다. 적석목곽분. 작은 규모의 무덤이었지

보검은 홍마노 등의 유색 보석으로 감장되고 누금기법으로 장식되었다. 이 재료와 기법은 페르시아 문화의 전래를 말해 준다. 그런데 검집 측면에 P자형과 D자형의 장식판이 달린 점을 가지고 이것의 보다 확실한 증거로 삼는 견해가 발표[36]되었다. 이 두 개의 장식판은 칼을 30도 기울기로 허리에 차기 위해 고안[37]된 것이다. 사산조 페르시아에서 제작된 이 검이 고구려에 전해지고, 고구려와 통교하던 무렵 신라왕이 선물로 받았을 것이라 추정[38]하고 있다.

다음은 유리용기이다. 오직 신라 특히 경주지역에서만 20여 점 이상의 유리 용기가 출토되었다.[39] 황남대총 북분에서 출토된 琉璃杯는 로마글라스와 사산조 페르시아의 커트글라스로 보는 견해 양립[40]되고 있으나, 커트글라스라는 쪽이 보다 지지를 받고 있고, 신라에서는 유리가 최상의 물품으로 대접 받고 있었음[41]을 알려주는 증거이다. 다만 이 유리가 페르시아와의 직접 교류의 결과인지는 아직 자세하지 않다.

중국을 통한 전래일 가능성에 대해 우리는 다음과 같은 기록을 주목할 필요가 있다.

저번에 신라 승 孝忠이 금 9푼을 가져다주면서, '이는 의상스님께서 보낸 것입니다'라고 하였습니다. 비록 편지는 받지 못했지만 은혜가 크기만 합니

---

만 상당한 양의 부장품이 나왔다.

36  이송란, 「신라 계림로 14호분 〈금제감장보검〉의 제작지와 수용 경로」, 『미술사학연구』 258, 한국미술사학회, 2008.

37  위의 논문, 81-82면 참조.

38  위의 논문, 96-96면 참조.

39  이한상, 「신라 분묘 속 서역계 문물의 현황과 해석」, 『한국고대사연구』 45, 한국고대사학회, 2007, 145면.

40  위의 논문, 149면.

41  위의 논문, 155면.

다. 이제 인도 사람들이 쓰는 물병과 대야를 하나씩 부쳐서 작은 정성이나마
표시하려 합니다. 받아주시면 다행이겠습니다.

—『삼국유사』,「勝詮髑髏」

이 글은 중국 화엄종의 賢首가 동학인 신라의 義湘에게 보낸 편지의 일부
이다. 의상이 귀국한 이후 현수는 중국에 온 신라 승려를 통해 자신의 저서
등을 의상에게 보냈는데, 의상으로부터 '금 9푼'을 받은 데 대한 답례로 인도
의 물병과 대야를 보낸다는 내용이다. 대체로 이 같은 방식의 교류가 신라에
서역 물건을 남기게 했다고 보인다.

그러나 고구려 또는 중국이 중계한 물품이라 해도 이를 통해 신라인이
페르시아의 존재를 확인하였음은 분명하다. 신라에게 페르시아는, 그리고
페르시아에게 신라는 낯선 나라가 아니었다.

## 4. 『쿠쉬나메』에 보이는 신라의 풍속과 풍경

### (1) 신라로 가는 길

『쿠쉬나메』의 중요 부분이 신라를 배경으로 하고 있지만, 과연 작가가
어느 정도 신라를 알고 작품 속에 반영했는지 의문이다. 그래서 『쿠쉬나메』
에 그려진 신라의 풍경과 풍속을 하나하나 살펴볼 필요가 있다. 이를 통해
작품의 분석뿐만이 아니라, 당대 사회에서의 신라와 페르시아의 교린관계
파악에 도움 받을 수 있다.

특히 『쿠쉬나메』의 핵심 소재가 되는 아비틴의 결혼과 관련하여 당대 생
활 풍속이나 풍습을 『삼국유사』에서 찾아 비교해 보고자 한다.

『쿠쉬나메』에서 신라로 가는 방법과 기본적인 정보는 다음과 같이 묘사되었다.

> 이 땅에는 두 개의 마친이 있으며, 아비틴 왕은 과인의 마친을 거쳐 또 다른 마친에 도달해야 합니다. 그곳에 도달하기 위해 그대는 한 달 동안 해로로 이동해야 합니다.
> 한 달 후에 그대는 광활하고 경이로운 섬을 보게 될 것입니다. 섬의 일부는 바다에 접해 있습니다. 섬의 길이는 대략 20파라상(Parasang)[42]이며, 길이와 넓이가 같습니다. 매우 아름다운 80여 개의 도시가 있고, 각 도시들은 중국이나 마친보다 더 아름답습니다. 도시마다 수천 개의 농장과 정원이 있으며, 훌륭한 왕이 그 섬을 통치하고 있습니다. 왕의 이름은 '태후르(Taihur)'이며, 아주 현명하고 친절합니다. 왕은 신에게 기도하며, 결코 죄를 짓지 않습니다.
> 그 섬으로 들어가는 유일한 입구는 매우 좁아서, 두 사람조차도 함께 통과할 수 없습니다.
>
> —아비틴에게 보내는 바하크의 편지[43]

신라에 대해 『쿠쉬나메』에서는 두 개의 마친 가운데 다른 하나요 섬이라고 하였다. 앞서 설명한 것처럼 신라가 반도인 것이 고대인에게는 섬처럼 보였을 수 있다. '유일한 입구는 매우 좁아서, 두 사람조차도 함께 통과할 수 없다'는 묘사가 그렇다. 페르시아인에게도 알려져 있었을 일본은 "다른 한 곳에 도달하려면, 일곱 달 동안 항해해야 한다."[44]는 섬을 말하는 것 같다.

---

42  고대 페르시아의 거리 단위로 1파라상이 약 6km이다.
43  이희수・다르유시 아크바르자데, 앞의 책, 56-57면.
44  위의 책, 78면.

## (2) 거리의 풍경과 폴로 경기

거리의 풍경을 묘사하는 데서 우리는 좀 더 구체적인 증빙자료를 찾아볼 수 있다. 『쿠쉬나메』는 서사시이므로 풍경에 대한 묘사가 풍부하다. 아비틴이 처음 태후르의 아들들을 만나는 장면에서,

> 아비틴 왕은 육지에 도착했을 때, 해안이 군대로 가득한 것을 보았다. 태후르의 두 아들의 군대 옆에 서 있었는데, 그들은 말에서 내려 모든 예를 갖추었다. 아비틴과 태후르의 아들들은 서로 따뜻하게 포옹하고는 말을 타고 떠났다.
>
> —아비틴과 태후르의 만남[45]

고 하여, 해안의 풍경과 접대하는 모습이 간명하면서도 여실하게 묘사되었다. 이런 솜씨로 그린 신라의 거리 풍경은 어땠을까.

> 정원은 재스민으로 풍성하였고, 향기로운 튤립과 히아신스로 가득했다. 모든 길과 장터는 잘 단장되어 있었다. 돌로 만들어진 성벽은 정교하게 쌓여 있어 축대(築臺) 사이로 아무것도 지나갈 수 없었다. 성벽은 너무나 높아서 민첩하게 나는 매조차 하루 종일 날아도 성벽을 넘을 수 없었다. 성벽 뒤에는 배수로가 있었으며, 마치 콜좀(Qolzom, 홍해) 바다에서 흐르는 물이 이곳으로 흘러들어 가듯 물이 가득하였다. 바실라의 물과 배가 콜좀보다 많았다.
> 성문 보초병이 문을 열자 그곳은 낙원처럼 보였다. 도시의 냄새가 너무나 향기로워서 사람의 넋을 잃게 하였다.
>
> —바실라의 묘사[46]

---

45   위의 책, 66면.
46   위의 책, 67-68면.

　물론 당시 경주에 튤립이 있었을 리 없다. 잘 단장된 거리, 낙원처럼 보이는 성문 안에서 향기로운 냄새가 퍼지는 광경을 주목할 필요가 있다. 이것은 낙원 같은 풍경의 의례적인 묘사라 할 수 있지만, 『삼국유사』에 보이는 신라의 풍경 묘사와 매우 흡사해 주목을 요한다.

　　제49대 憲康王 때였다. 서울부터 전국에 이르기까지 지붕과 담이 즐비하게 이어지고, 초가집이란 한 채도 없었다. 거리에는 연주와 노래 소리 끊이지 않고, 사시사철 맑은 바람이 불고, 비는 적당히 내려주었다.

　　　　　　　　　　　　　　　　　　　　—『삼국유사』, 「처용랑 망해사」

　『삼국유사』에서 이 같은 풍경의 묘사는 극히 이례적이다. 헌강왕 때 다소 사치스러운 신라의 분위기를 말하고자 하여 들어간 대목인데, 이때가 신라 하대의 기울어가는 시기였음을 감안하면, '병든 도시 문화'[47]의 다른 표현이기는 하다. 이런 때에 중동 지역과의 교류가 확대되는 증거는 여러 군데서 찾아볼 수 있다.[48] 신라는 페르시아를 비롯한 중동 여러 지역에 '알려진 나라'였다.

　여기에다 '배수로가 있었으며, 마치 콜좀(Qolzom) 바다에서 흐르는 물이 마치 이곳으로 흘러들어 가듯' 한다는 대목은 경주의 거주 지역 발굴조사 보고서에 나오는 王京의 거리와 흡사하다. 황룡사를 중심에 둔 신라 왕경 경주는 바둑판 모양으로 구획정리가 되어 있고, 귀족의 집이 그 위세에 따라 크고 작은 터를 차지하였다. 집에서 쓰고 버린 물을 모아 내보내는 하수구가 정연하였음이 고스란히 발굴되었다.[49]

---

**47**　이는 처용설화를 분석하면서 쓴 이우성의 표현이다. 이우성, 『한국의 역사상』, 창작과비평사, 1982 참조.

**48**　이용범, 『한만교류사연구』, 동화출판공사, 1989, 38-46면.

아비틴과 태후르가 폴로 경기를 벌이는 대목 또한 주목된다. 이것은 나중에 왕이 된 金春秋가 그의 강력한 후원자 金庾信과 蹴鞠을 하였다는 기록과 연결된다. 춘추와 유신의 여동생 文姬가 결혼으로 이어지는 계기이다.

다음 날 아침, 아비틴 왕은 애타는 마음으로 왕실에 갔다. 아비틴이 태후르에게 고하였다.

"전하, 전하께서 윤허하신다면 내일 폴로 경기를 하고 싶사옵니다."

태후르가 대답하였다.

"그대의 말은 일리가 있으니 항상 그대의 청을 윤허하노라."

아침이 되자 아비틴은 폴로 경기를 준비할 것을 군대에 명하였다. 시종들이 일어나자, 아비틴은 들판으로 가서 먼지가 일지 않도록 물을 뿌릴 것을 명하였다.

연륜이 깊은 태후르와 아비틴은 들판으로 행차하였다. 들판은 우주만큼 광활했으며, 쾌적하였다. 그리고 궁궐과도 연결되어 있었다.

아비틴은 턱수염에 기름을 바르고, 터키석과 루비가 박힌 왕관을 썼다. 그리고 향나무와 같은 말에 올라앉아 이리저리 거닐고 있었다.

궁녀들은 폴로 경기를 보기 위해 발코니로 올라갔다.

궁녀들은 손가락으로 서로에게 저마다의 신호를 보내며, 곧 밝아올 세상의 빛을 예고하는 듯했다. 들판은 아비틴의 얼굴로 인해 하늘이 별과 같이 환해졌다.

—아비틴과 태후르가 폴로 경기를 하다[50]

아비틴이 태후르에게 폴로 경기를 제안한 것은 프라랑과의 결혼을 결심하

---

**49** 국립경주문화재연구소 편, 『신라왕경 : 皇龍寺址 東便 SIE1地區 發掘調査報告書』, 경상북도, 2002 참조.

**50** 이희수·다르유시 아크바르자데, 앞의 책, 162-163면.

고 난 다음이었다. 이와 닮은 것이 김춘추와 김유신의 축국 경기였다.

> 열흘쯤 지난 다음이었다. 김유신이 김춘추와 정월의 午忌日에 유신의 집
> 앞에서 蹴鞠을 하였다. 춘추의 치마가 밟혀 옷깃 여민 곳이 찢어지자 유신이,
> "우리 집에 들어가 꿰매자."라고 하였다.
>
> —『삼국유사』, 「태종 춘추공」

지금의 폴로와 옛날의 축국이 똑같은 경기라고 할 수 없지만, 유사한 경기
를 서로 달리 그렇게 기록하였다고 볼 수 있다. 일연은 주석을 붙여, "신라
사람들은 축국을 구슬을 가지고 노는 놀이라고 하였다."고 설명하였다. 춘추
의 옷이 밟혀 찢어지자 유신이 자신의 집으로 데려가 문희를 시켜 꿰매 준다.
사실은 김춘추와 문희를 엮어주려는 속셈이었다. 이것이 성공을 거두어 두
사람은 결혼한다. 아비틴이 폴로 경기 후 태후르의 딸과 결혼하려 결심하는
『쿠쉬나메』의 전개와 닮았다.

### (3) 국제결혼과 결혼 풍속

일연의 『삼국유사』에는 다양한 형태의 국제결혼담이 실려 있다.[51] 이 같
은 결혼담은 전승하는 설화를 그대로 채록하는 과정에서 자연스럽게 들어
갔다 하겠으나, 시대적 분위기를 반영한 것이라는 확대된 해석을 해 볼 수도
있다. 곧, 빈번한 국제결혼이 그다지 큰 거부감 없이 받아들여지던 시대였다
는 것이다. 여기서 말하는 시대란 사건 당대의 시대일 수 있고, 『삼국유사』

---

51  이에 대해서는 고운기, 「삼국유사에 나타난 국제결혼의 양상」, 『제6회 쿠시나메 연구 국제
    세미나 : 페르시아 서사시 전통에서 본 역사와 신화의 경계』, 한양대 박물관, 2013에서 설명
    하였다. 여기서는 그 가운데 중요한 대목만 소개한다.

가 편찬되던 13세기의 시대일 수도 있다. 이를 다음의 세 가지 유형으로
나누어 본다.

① 異類 결혼 : 사람과 동물간의 결혼
② 국내 국제형 결혼 : 삼국(혹은 가야를 포함한 사국) 간의 결혼
③ 국제결혼 : 이국인과의 결혼

①은 설화적인 구성이므로 일단 제외하고, 여기서 거론할 수 있는 것은
②와 ③이다. ②의 경우는 백제 무왕이 청년 시절 신라 공주 선화와 결혼하는
이야기가 대표적이다. 이 또한 일정 부분 설화적인 요소가 포함되어 있는데,
신라와 백제의 왕실간 결혼이 전혀 없지 않았다. 아직 그 진위 여부의 논쟁이
남았지만, 『화랑세기』에는, "법흥대왕이 국공(國公)으로 백제에 들어가 보과
공주(寶果公主)와 더불어 사통했다. 후에 보과가 도망을 하여 입궁하여 남모와
모랑을 낳았다."[52]는 기록이 있다.

본격적인 국제결혼담은 ③의 경우이다.

가장 이른 결혼담은 金首露와 許黃玉이다. 수로는 신하들이 자신들의 딸
가운데 골라 결혼할 것을 권했으나, '짐을 도와 왕후가 되는 것 또한 하늘의
명'이라며 물리친다. 그리고 결혼한 상대가 인도 출신의 허황옥이었다.

왕은 곧 유천간에게 명해 잽싼 배와 좋은 말을 끌고 望山島에 가서 기다리
게 하였다. 또 신귀간에게는 乘岾까지 가서 있게 했다. 그 때였다. 바다 서남쪽
으로부터 붉은 돛을 달고 붉은 깃발을 휘날리는 배가 북쪽을 향해 왔다. 유천
간 등이 먼저 섬 위에서 횃불을 들자, 사람들이 다퉈 건너와 땅에 내렸다.

52    김대문 지음, 이종욱 역주해, 『화랑세기』, 소나무, 2005, 33면.

그들이 달려오자, 신귀간이 바라보고 대궐로 달려가 아뢰었다. 왕이 그 이야기를 듣고 기뻐하며 9간 등을 보내, 蘭 꽃으로 꾸민 노며 계수나무로 만든 노를 저어 그들을 맞아들이게 했다.

—『삼국유사』, 「가락국기」

허황옥이 인도 출신임은 이 설화에 명기되어 있지만, 사실성을 뒷받침하는 연구 결과도 많이 나왔다. 최근, "약 2,000년 전 가야시대 왕족의 것으로 추정되는 유골을 분석한 결과 인도 등 남방계와 비슷한 유전정보를 갖고 있었다."[53]는 보고까지 나왔다.

김수로와 비슷한 시기에 이뤄진 국제결혼이 脫解와 南解王의 딸이다. 신라에 온 탈해는 자신이 '龍城國 사람'이라고 말한다.[54] 일연은 여기에 주석을 달아, 용성국은 "正明國이라고도 하고, 어떤 이는 琓夏國이라고도 한다. 완하는 花厦國이라고도 하는데, 용성은 일본 동북쪽 1천 리 정도에 있다."[55]고 하였다. 탈해는 신라로 치면 외국인이었다. 곧이어 상황은 "그 때 남해왕은 탈해가 지혜로운 사람임을 알아보았다. 그래서 큰 공주를 아내로 삼게 했는데, 이 사람이 阿尼夫人이다."[56]로 발전하는데, 그렇다면 이 경우는 외국인 남자와 내국인 여자의 결혼이다. 『쿠쉬나메』의 그것과 같다.

외국에서 온 쪽이 여성인가 남성인가 두 경우를 위에서 확인하였다.

그러나 『쿠쉬나메』와 관련하여 가장 주목할 국제결혼은 역시 處容이다.

동해용은 기뻐하며, 일곱 아들을 데리고 왕의 가마 앞에 나타나 덕을 칭송

---

53  서정선, 김종일 교수가 2004년 8월 18일 춘천시에서 열린 한국유전체학회에서 보고한 것이다.
54  『삼국유사』, 「제4탈해왕」
55  위와 같은 부분.
56  위와 같은 부분.

하면서 춤추고 음악을 타며 바쳤다. 그 아들 하나는 왕을 따라 서울로 들어가
왕정을 보좌하였는데, 처용이라 불렸다. 왕은 아름다운 여자로 아내를 삼게
하면서, 그의 마음을 붙잡아두고자 했다.

—『삼국유사』, 「처용랑 망해사」

헌강왕이 동해 순행 중에 만나 데려온 '용의 아들' 처용은 신라 여인을
맞아 결혼하였다. '용의 아들'에 대한 해석은 다양하지만, 그 가운데 바다
건너온 외국인이라는 해석이 있다. 일찍이 처용을 '아랍 상(商)의 일원'[57]이라
고 주장했을 때 학계에서조차 고개를 갸우뚱했었다. 그러나 신라와 중동이
서로에 대해 상당한 정보를 가지고 있었다는 주장은 이제 낯설지 않다.

아울러 첨부할 것은 일연의 당대, 곧 고려가 원 나라에 항복한 다음, 충렬
왕부터 고려의 왕은 원의 부마가 되었다. 정치적 견제를 위한 정략결혼이었
지만, 국제결혼의 예는 일연 당대에도 이토록 현실이었다. 『삼국유사』를 기
술하는 이 시대의 사람 일연으로서는 국제결혼이 낯설지 않았을 것이다.

## (4) 신부를 선택하는 방법

이에 따라 결혼 풍속을 나타내는 기록 또한 눈여겨 볼만하다. 경문왕이
아직 등극하기 이전, 곧 응렴이라는 이름으로 국선에 있을 때, 헌안왕의 눈에
들어 부마가 되었다. 결혼 과정에서 왕은 응렴에게 다음과 같이 제안한다.

왕은 그 말을 듣고 그의 어진 성품을 알았다. 눈물이 떨어지는 지도 모른
채 일렀다.

---

57   이용범, 앞의 책, 48면.

"내게 딸이 둘 있거니와 그들이 수발을 들도록 하겠노라."

응렴은 자리를 벗어나 절하고, 머리를 조아리며 물러 나와 부모에게 아뢰었다. 부모는 놀라 기뻐하며, 자제들을 모아 놓고 의논하였다.

"큰 공주는 얼굴이 매우 못생겼고, 둘째 공주는 매우 아름다우니 그를 맞아들이면 좋겠다."

—『삼국유사』, 「48대 경문왕」

두 딸을 두고 응렴에게 선택하도록 한 것이다. 이런 풍속이 널리 퍼져 있었다고 보기는 어렵다. 상황에 따라, 궁중에서건 민간에서건, 얼마든지 일어날 개연성을 확인할 뿐이다. 그런데 이러한 예가 『쿠쉬나메』 속의 결혼 과정과 유사한 점에 주목하게 된다.

아비틴과 프라랑이 결혼에 이르게 되는 과정을 정리해 보도록 한다. 먼저 아비틴의 뜻을 전하는 신하와 태후르 사이의 갈등을 드러내는 부분이다.

I-① 전하의 치세에 소인은 덕망을 얻었사옵니다. 만약 소인을 전하의 가족의 일원으로 받아 주신다면, 소인은 더욱 존경받을 것이옵니다. 여러 공주님 중에서 한 분을 소인에게 주신다면, 소인은 부마의 자리에 오을 것이옵니다.[58]

I-② 태후르 왕은 전갈을 들은 후 화가 나서 그의 손가락을 꽉 쥐었다.[59]

I-③ 허나 귀족들은 나쁜 평판과 불화를 막고자 외국인에게 딸을 주지 않는다네. 아비틴이 왕이 될 수도 있다는 말은 옳으나, 그는 물 밖에 떨어져

---

58  이희수・다르유시 아크바르자데, 앞의 책, 174면.
59  위의 책, 174면.

곧 죽을 물고기와 같은 신세라네.[60]

Ⅰ-④ 아비틴 왕계서 자신의 운명으로 인해 곤경에 처해 있으나, 곧 고결함
과 보물을 되찾을 것이옵니다. 시들어 버린 꽃을 본 적이 있습니까? 가을에는
가시만 남아 있지만, 봄에는 다시 피옵니다.[61]

Ⅰ-⑤ 아비틴은 자랑스러운 젊은이이며, 박학다식하도다. 허나 짐은 그의
꿈이 실현되어 결국 왕실을 떠날까 두렵소.[62]

아비틴의 신하는 아비틴을 중매하며 그의 장점을 한껏 치켜세우지만(Ⅰ-
①), 신라의 왕은 '나쁜 평판'과 '귀족과의 불화'를 이유로 외국인에게 딸을
주지 않는다며 거절하고(Ⅰ-③), 신하는 아비틴이 자신의 운명 때문에 어려운
처지에 있으나, 곧 '고결함과 보물을 되찾을 것'(Ⅰ-④)이라고 안심 시킨다.
나쁜 평판이란 반드시 부와 권력만을 말하는 것은 아닐 것이다. 왕의 걱정이
나 불만은 '물 밖에 떨어져 곧 죽을 물고기와 같은 신세'(Ⅰ-③)보다는 '결국
왕실을 떠날까봐'(Ⅰ-⑤) 두려워하는 부분이었다. 잎서 경문왕이 어진 사위를
맞기 바라는 바와 비슷하다.

다음 단계는 아비틴이 프라랑과 만나는 과정이다. 여기서 경문왕의 일이
다시 연상된다.

Ⅱ-① 전하께서 윤허하신다면, 아비틴 왕께서 모든 공주님을 뵈러 갈 것입
니다. 그리하여 아비틴 왕께서 사랑으로 한 분을 선택하신다면, 그분을 떠나

---

60   위의 책, 175면.
61   위의 책, 176면.
62   위의 책, 177면.

지 않을 것입니다. 전하께서 신붓감을 스스로 선택하신다면, 의심할 여지없이 부인을 눈에 넣어도 안 아플 정도로 아끼실 것입니다.[63]

II-② 프라랑을 선택하기 위해 어떤 묘책을 써야 하오?[64]

II-③ 프라랑 공주님께서는 가장 소박한 옷을 입고 계시옵니다.[65]

II-③ 아비틴은 파라에게 혼인 전통과 관습, 무엇을 해야 할지에 대해 질문하였다.

"두 사람은 서로 만남을 가진 후에 사랑에 빠져야 합니다. 그러고 나서 남자는 겨울에 구할 수 있는 길고 푸른 바질(basil)을 가져와야 합니다. 봄과 가을에도 이 식물을 구할 수 있사오며, 사람들은 일 년 내내 잔치에 이 식물을 사용하옵니다. 진귀한 보석으로 장식된 황금색 유자에 바질을 묶어야 합니다. 신랑은 바질로 묶은 황금색 유자를 유모에게 건네고, 유모는 신부에게 전해줍니다. 만일 신부가 거절한다면, 유자를 받지 않고 남자에게 되돌려 줍니다. 허나 신부가 허락한다면, 유자와 바질을 받아 입을 맞추고 간직합니다."[66]

II-④ 전하께서는 과인에게 선택권을 주셨소.[67]

II-⑤ 유모가 대답하였다.

"오, 위대한 전하! 그것은 선의였습니다. 신이 도우시는 분에게 술책은 통할 수가 없나이다. 사자(아비틴)가 양 떼(공주님들의 무리)에게 와서는 다른

---

63 위의 책, 같은 면.
64 위의 책, 178면.
65 위의 책, 179면.
66 위의 책, 179-180면.
67 위의 책, 182면.

공주님들 틈에서 오직 프라랑 공주님을 선택하였습니다. 소인은 프라랑 공주
님을 아주 추하게 꾸몄습니다. 허나 신의 뜻은 달랐습니다."[68]

태후르는 아비틴에게 자신의 딸들 가운데 하나를 택하도록 했다. Ⅱ-④에
보이는 "전하께서는 과인에게 선택권을 주셨소."라는 대목이다. 아비틴이 프
라랑을 선택한 과정을 지켜본 유모가 말했다. 바로 우리가 주목할 대목인데,
Ⅱ-⑤의 기록에서, "다른 공주님들 틈에서 오직 프라랑 공주님을 선택하였습
니다. 소인은 프라랑 공주님을 아주 추하게 꾸몄습니다. 허나 신의 뜻은 달랐
습니다."를 경문왕 곧 응렴이 두 공주 가운데 하나를 택하는 과정과 견주어
볼 필요가 있다.

응렴도 처음에는 아름다운 얼굴만 보고 둘째딸을 택하려 했으나, 마음을
고쳐먹고 큰딸과 결혼하여 왕까지 된다. 프라랑이 추하게 꾸며져 있었으나
아비틴이 제대로 알아 본 것과 닮은 이야기이다.

Ⅱ-③에 나오는 혼인 전통과 관습은,

> 왕후는 산 바깥쪽에 있는 別浦 나루에 배를 매어두고, 육지에 올라 높은
> 언덕에서 쉬고 있었다. 거기서 입고 있던 비단 바지를 벗어 산신령께 예물로
> 드렸다.
>
> ─『삼국유사』, 「가락국기」

는 허황옥의 경우와 유사하기까지 하다.

물론 『쿠쉬나메』의 결혼 광경은 이란의 다른 서사시나 문학적 전통 속에
서 비슷한 사례를 찾아 비교해 볼 수도 있다.[69] 그것은 그것대로 의미를 가지

---

68  위의 책, 185면.

지만, 하필 서사시의 무대를 신라라는 먼 곳으로 설정한 작가의 의도나, 거기에 신라가 선택된 역사적 의미에 대해서 논하는 것은 별개의 문제이다. 이런 갈등이 세밀하게 묘사되는 위와 같은 대목이 매우 매력적이다.

### (5) 鷄貴의 나라 신라

앞서 인용한 자료 B에서는 신라를 '그곳의 아름다움'으로 보여주었다. D에서는 '신라는 중국의 맨 끝에 있는 매우 유쾌한 나라'라 하였다. 신라는 이런 말을 듣기에 충분한 나라였던가? 『삼국유사』에는 다음과 같은 말이 나온다.

> 천축 사람들은 해동 사람들을 矩矩吒䃜說羅라 불렀다. 구구탁은 닭[鷄]이라는 말이고, 예설라는 귀하다는 말이다. 저들 나라에서, "그 나라는 닭의 신을 경배해 존귀하게 여기기 때문에 깃을 머리에 꽂고 장식을 한다."라고 전한다.
>
> ―『삼국유사』, 「歸竺諸師」

신라 출신으로 인도에 구법여행을 떠난 승려들을 기리는 글의 끝부분이다. 일연이 시를 통해 노래하기를, "외로운 배 달빛 타고 몇 번이나 떠나갔건만/이제껏 구름 따라 한 錫杖도 돌아오지 못했네."[70]라고 한 것처럼, 살아 돌아온 승려 하나 없었다. 그런 곳을 찾아 勇猛精進한 이 승려들의 출신지가 신라이다.

---

69  페르시아의 신화나 서사시에 등장하는 여성은 외국인인 경우가 많다. 게다가 프라랑은 〈샤나메〉에 나오는 페리둔의 어머니 'Firanek', 'Fargis', 'Faranak'의 음역으로 보인다든지, 태후르라는 이름 또한 〈샤나메〉에 등장한다는 주장이 나왔다. 이희수(B), 앞의 논문, 80-81면.
70  원문은 이렇다. '幾回月送孤帆去/未見雲隨一杖還'

닭은 關智의 탄생 신화에도 등장하거니와, 금이 많은 나라의 왕이 가진 성은 김[金]이 되었다. 雞貴는 곧 귀한 금[金]의 나라인 것이다. 그렇게 아름답고 유쾌한 나라로 신라는 알려졌다.

뜻밖에 등장한 『쿠쉬나메』는 이 같은 신라에 대한 소문의 轉化이다. 첫 부분을 다시 보기로 하자.

> 태후르 왕이 대답하였다.
> "현명한 왕인 그대는 그대가 원하는 것을 과인에게 말했으니, 이제 과인의 말을 들어보시오. (…중략…) 우리 선조들은 위대한 왕들이며 아무도 그들과 감히 대적하지 못하였소. 중국과 마친을 두려워하지도 않소. 우리 왕국은 자주적인 섬이기에, 과인은 중국의 제후가 아니오. 이 산에는 이 길을 제외한 다른 길이 없다는 걸 그대도 알고 있지 않소? 우리 왕국은 세상을 둘러싼 바다로부터 가장 큰 창조물 중 하나로 알려져 있소. 또한 양면이 육지를 둘러싸고 있어 어떤 배도 (우리를) 공격할 수 없소."
> —아비틴이 태후르를 깨우치다[71]

태후르 왕의 발언은 신라라는 나라를 다시 생각하게 한다. 왕은 자신의 선조들이 위대한 왕이었으니, 아무도 대적하지 못 할 자주적인 나라라고 말한다. 이런 신라는 아비틴의 재충전을 기대하는 페르시아인의 소망이 투영된 결과이지만, 전혀 근거 없는 상상의 나라만은 아니었기에 가능한 설정이었으리라 본다. 나아가 신라는, "중국과 마친을 두려워하지도 않는다."고 하였다.

더욱이 '자주적인 섬'이며, 왕 자신은 '중국의 제후가 아니다'라고까지 말하지 않는가.

---

71  이희수 · 다르유시 아크바르자데, 앞의 책, 74면.

이것은 사실일까? 오늘날 우리의 상식을 뛰어넘지만, 신라는 정말 그런 나라가 아니었을까, 다시 생각하게 한다.

이 같은 신라에 의지하여 그들은 다음과 같은 행복한 결말을 꿈꾼다.

> 밤이 되자 아비틴은 행복하게 잠이 들었다. 아비틴은 꿈을 꾸었는데, 꿈에 쿠쉬에게 살해당한 그의 아들 소바르가 찾아왔다. 그리고 아비틴에게 마른 나뭇가지를 주었는데, 그 나뭇가지에서 새싹이 나고 향기가 났다. 아비틴은 그것을 산에 심었다. 나뭇가지는 수많은 나뭇가지를 가진 튼튼한 나무가 되어 커다란 그늘을 드리웠다. 나무는 높이 자라서 하늘에 닿았고, 드디어 하늘을 뚫고 올라갔다. 그리하여 온 세상은 그 커다란 초록색 나무 그림자의 아래에 놓이게 되었다. 그 때 시원한 산들바람이 불어와 나뭇잎이 이리저리 날렸다. 나뭇잎들이 세상으로 흩어져 온 천지의 산과 들이 나뭇잎으로 풍성하였다. 모든 이들이 빛으로 행복하였으며, 비탄과 슬픔이 끝났다고 말하였다.
>
> ―아비틴이 꿈을 꾸다[72]

마른 나뭇가지에서 새싹이 나고 향기가 났다. 산에 심은 나뭇가지는 튼튼한 나무가 되어 그늘을 드리운다. 하늘에 닿았고 하늘을 뚫고 올라간다. 매우 아름다운 꿈이다. 비탄과 슬픔을 끝낼 희망의 나무가 자라 거대한 숲을 이루는 희망이다. '유쾌한 나라' 신라가 저들에게 이처럼 풍성하게 각인되어 있었음은 후세의 우리로서도 행복한 일이다.

---

72  위의 책, 195면.

## 5. 마무리

서론에 불과한 논의를 끝내면서 문제작 『쿠쉬나메』가 우리 문화사에 어떻게 접목될 것이지 냉정히 돌아볼 필요는 있다.

먼저 『쿠쉬나메』에 보이는 신라의 풍속과 풍경이 얼마나 사실에 가까운지 좀 더 많은 자료를 통해 살펴보아야 한다. 이를 통해 신라와 페르시아의 교류사가 구체적인 모습을 드러낼 수 있을 것이다. 여기서는 『삼국유사』의 관련 기록만을 제시해 보았다.

나아가 문학을 통해 그려진 '상상된 신라'가 나름의 근거를 가지고 어떤 의미 맥락을 형성하는지 분석해 보아야 한다. '피난처로서 신라'는 이슬람권의 기록을 통해 확인되는 바이지만, 새로운 힘을 주는 생명의 發信處로 인식되었다는 사실을 놓쳐서는 안 될 것이다.

지금까지 살펴본 바로는 『쿠쉬나메』가 이전에 없던 신라에 관한 정보를 다수 포함하고 있지만, 확인된 사실이 다소 범박하다는 혐의를 저버릴 수 없다. 묘사가 자세하지 않고 사실과의 정합성에서 의구심이 남기도 한다.[73] 이것은 당연하면서 도리어 그렇기에 더욱 주목해야 할 우리의 의무를 생각한다. 시간과 공간의 현격한 遊離를 가진 자료가 지나치게 자세하다든지 정확히 맞아들어 간다면 그것이 도리어 의심받을 일이 아닐까.

---

[73]  이 점에 있어서 이 논문의 심사자(2)가 제시한 "금이 많이 나는 아름다운 섬나라는 반드시 신라라기보다는, 페르시아인들의 이상향이 아닌가 싶다."는 의견에 전적으로 동감한다. 다만 그 이상향을 하필 신라로 잡았는지, 그러면서 신라에 대한 정보는 어느 수준이었는지를 확인하는 것이 이 글의 골자였다. 보다 정치한 논의를 본격적인 다음 기회로 미루는 점을 양해해 주시기 바란다. 그러나 『쿠쉬나메』의 내용이 『삼국유사』 같은 책에 기록되지 않은 점은 이와 차원이 다르다고 본다. 『삼국유사』가 모든 것을 포괄할 수 없고, 특히 창작성이 두드러진 작품으로 『쿠쉬나메』인데다, 같은 시대인 13세기의 작품을 일연이 접하기 어려웠으리라 여겨지기 때문이다.

연결하기에는 아슬아슬한 조건이 많기에 잃어버린 고대문화사의 한 장면을 재구하는 데 믿음이 간다고 생각한다.

여기에다 한 가지 더 특기할 사항이 있다.

일연이 『삼국유사』를 편찬할 무렵인 13세기에는 고려에도 세계를 지배했던 몽골의 영향이 강하게 끼쳐졌다. 『쿠쉬나메』 또한 13세기 작품이다. 13세기에 정리한 신라의 역사가 『삼국유사』라면 『쿠쉬나메』와는 운명적인 태생의 인연이 있다. 세계가 요동치는 시점에 나온 서사물과 서사시에는 자칫 잊힐 뻔한 세계가 자리 잡았다.

다소 거칠게나마 결론을 내자면 우리에게 『쿠쉬나메』는 작품으로서뿐만 아니라 역사의 中繼者[74]로서 의미 또한 가지고 있다.

---

**74**   이 논문의 심사자(3)가 지적한 바, '한국과 서아시아 문화교류를 다룬 음악, 미술사, 고고학, 민속학, 복식사 등 다양한 분야의 연구논문 성과'에 의지하여 '역사의 중계자'로서 이 작품의 의의를 밝히는 후속작업이 이어지리라 기대하고 있다.

# Ⅲ. 향가의 근대

# 鄕歌의 근대·1
— 金澤庄三郎와 鮎貝房之進의 향가 해석이 이루어지기까지

## 1. 문제의 제기

일본인 언어학자 가나자와 쇼사부로(金澤庄三郎)[1]가 〈처용가〉를 해독한 것은 1918년의 일이다. 이 해 그가 발표한 논문 「이두의 연구」 속에 포함된 '제4장 가요'에서였다.

물론 가나자와의 해독이 가능했던 것은 고려가요 〈처용〉의 덕이었으리라 보이고, 자신의 해독에 대한 전거로서 구체적인 과정 또한 밝힌 바가 아니어서, 여기에다 첫 향가 해독의 영예를 돌리기란 저어스럽지만, 첫 삽을 떴다는 데 의의를 두고 거기서 起算한다면 올해(2008)로 향가연구는 90년째를 맞는다. 향가만이 아니라 한국문학연구사상의 뜻깊은 해가 아닐 수 없다.

지난 90년 동안 향가연구는 가나자와를 이미 넘어섰을 뿐만 아니라, 광복

---

1    가나자와 쇼사부로(1872~1967) : 大阪 출신. 東京帝大에서 언어학 전공. 아이누, 한국, 오키나와, 시베리아, 만주 등 지역을 필드워크하며 각 언어를 비교 연구하였다. 중국어와 인도어도 공부하며, 東京帝国大学, 東京外国語学校, 國學院大學 등에서 가르쳤다. 그가 주장한 「日韓両国語同系論」(1910)이나 「日鮮同祖論」(1929)은 한반도 병합을 이론직으로 정당화하기 위해 병합추진자들이 빈번히 인용했다.

상대에 결코 손색이 없다. 도리어 넘치고 넘치는 연구 성과를 어떻게 정리할지 새로운 과제마저 생겨날 태세이다. 특히 미구에 닥칠 향가연구 100년의 해를 바라보며, 성과의 정리와 새로운 길의 모색이 향후 10년간에 이루어지지 않으면 안 된다는 생각이 들기도 하다.

이 논문은 이 같은 소박한 소망의 하나로 쓰였다. 향가를 처음 발견하고 그에 대한 의미를 부여하던 처음 시점의 상황을 다시 한 번 면밀히 재구성해 보기로 하겠다. 특히 1900년 전후 일본의 사학계에서 이루어진 『삼국유사』와 향가 논의를 종합해 보면, 가나자와의 해독은 우연의 소산이 아니며, 인어학자의 단독 작업으로 이루어진 일이 아님을 알 수 있다.[2]

이 논문에서 집중적으로 검토해 볼 글은 다음과 같다.

金澤庄三郎, 「吏讀の研究」, 『朝鮮彙報』 4, 朝鮮總督府, 1918

鮎貝房之進, 「國文(方言俗字)吏吐, 俗證造字, 俗音, 借訓字」, 『朝鮮史講座』, 朝鮮總督府, 1923

小倉進平, 『鄕歌及び吏讀の研究』, 京城帝大, 1929[3]

다만, 향가가 처음 해독되던 시기의 풍경은 그다지 아름답지 않다. 조선총독부의 촉탁으로 경성에 와 있었던 가나자와가 일찍이 제기한 日韓兩國語同系論은 벌써 정치적으로 이용당하고 있었고, 향가의 철자법은 곧 일본의 만요가나(萬葉假名)와 같다는 결론이 선행되어 있었으므로, 그 또한 동계론의

---

2    17~20세기 사이 일본에서의 『삼국유사』 전승을 다룬 논문 「德川家 장서목록에 나타난 三國遺事 전승의 연구」를 이 책의 Ⅰ부에 실었다. 20세기에 들어 재발견된 『삼국유사』의 의의를 다시 생각하는 글이었다. 본 논문은 여기에 이어진다. 그런데 제목의 '近代'란 '近代性'과는 다르다. 『삼국유사』의 재발견을 계기로 근대가 만난 향가 논의의 양상을 살펴보자는 것이다. 다만 종국에 그것이 근대성과 어떻게 연계되는지, 그 논의로 발전되기 바라고 있다.

3    이 책에서 서론과 연구방법론 그리고 〈처용가〉 해독 부분이다.

증인으로 불려나갈 판이 되었다. 우리는 향가연구 초기의 이 같은 상황을
보다 분명히 밝혀놓을 필요가 있다.

　　따라서 이 글에서는 19세기 말의 일본 학계에서『삼국유사』특히 그 가운
데 향가의 존재를 두고 어떤 논의가 있었는지 살펴보고, 가나자와 쇼사부로
와는 다른 길을 걸어가려 했던 아유가이 후사노신(鮎貝房之進)[4]의 〈처용가〉
해독을 중심으로, 20세기 초, 근대의 여명기에 재발견된 향가가 어떤 학문적
조명을 받기 시작했는지 밝히고자 한다.


## 2. 明治 27년과『삼국유사』그리고 神田本의 행방[5]

　　메이지(明治) 27년은 1894년, 곧 청일전쟁이 일어난 해이다. 이 연도와 관련
해서 우리의 비상한 관심을 끄는 것은, 바로 이 해부터 일본의 사학계가 조선
사 연구에 관심을 갖고 그 성과물을 내놓기 시작했다는 점이다. 왜 그때부터
인가는 굳이 설명을 붙이지 않아도 될듯하다. 그리고 전면적인 역사연구 성
과를 여기서 다 소개하기도 무리한 일이어서,『삼국유사』와 관련된 몇 대목
만 짚어보고자 한다.

　　일본 사학계에는 '東의 시라토리 쿠라기치(白鳥庫吉),[6] 西의 나이토 코난(內藤

---

4　　아유가이 후사노신(1864~1946) : 宮城 출신. 東京外國語學校 朝鮮語科 졸업. 언어학적인 방
　　법으로 한국의 고대 지명이나 왕호를 고증하였다. 1894년 조선으로 건너와 사립초등학교
　　설립 등의 일을 맡았으며, 1916년 조선총독부 박물관의 협의원이 되었다. 1931년부터 대표
　　적인 저작인『雜故』가 출간되기 시작했는데, 1946년 일본의 패전 후 귀국 중에 중풍으로
　　사망했다.
5　　이 장의 내용은 I부「德川家 장서목록에 나타난 三國遺事의 전승」의 6장에도 부분적으로
　　刪補하며 실려 있다. 중복의 嫌이 있으나, 전후 내용의 이해를 쉽게 할 목적으로 그대로
　　둔다.
6　　시라토리 쿠라기치(1865~1942) : 千葉 출신. 도쿄제대 사학과를 졸업하고, 이 대학의 교수로

湖南)[7]'이라는 말이 있다. 동양사 전공인 두 사람이 각각 도쿄제국대학과 교토
제국대학을 근거지로 明治期에 치열한 학문적 논쟁을 벌였기 때문이다.

그런 시라토리가 「檀君考」라는 논문을 발표한 것이 1894년 1월이었다.[8]
여기서 그는 『삼국유사』의 「古朝鮮」 조를 인용하고 있는데, 아마도 일본에서
『삼국유사』가 논문에 인용된 첫 사례일 것이다.[9] 곧이어 나카 미치요(那珂通
世)[10]가 「朝鮮古史考」라는 장편의 논문을 3월에 발표하고,[11] 이는 『삼국유사』
를 이용한 첫 조선사일 가능성이 다분하다. 제목에 '~考'라 붙였지만 내용은
거의 역사서에 가깝다. 그리고 앞서 소개한 시라토리가 12월에 「조선의 古傳
說考」를 발표하는데,[12] 『삼국유사』의 단군설화를 다시 인용하면서, '妄誕의
극치'이지만 '다소의 사실을 찾아보고자'하는 태도를 보인다.

그들은 『삼국유사』를 어떻게 구해서 보았을까? 나는 근대의 시인이나 연
구자가 『삼국유사』와 만나 '첫 눈에 반한 첫 지점의 풍경을 재구'해 보고
싶지만, 그곳은 아쉽게도 서울이 아닌 도쿄가 먼저여야 할 것 같다. 시라토리
는 『삼국유사』를 처음 보았을 때를 다음과 같이 회고하고 있다.

---

제자를 길러냈다. 얼마 전에 찾아온 오대산사고본 조선왕조실록을 도쿄제대로 가져 간 핵
심 인물이었다.

7  나이토 코난(1866~1934) : 秋田 출신. 이름은 太次郎. 고향의 사범학교를 졸업하고, 교토제
대의 강사를 거쳐 1909년 교수가 되었다. 白鳥와는 학설에서 여러모로 대립하였다.

8  白鳥庫吉, 「檀君考」, 『學習院輔仁會雜誌』 28, 東京 : 學習院大學, 1894.

9  이에 비해 『삼국사기』는 이미 1891년 林 泰輔의 논문에 인용되고 있고, 이듬해 본격적인
『삼국사기』의 해제가 나오기도 한다. 坪井九馬三, 「新羅高句麗百濟三國史」, 『史學雜誌』 35,
東京 : 日本史學會, 1892.

10  나카 미치요(1851~1908) : 盛岡 출신. 慶應義塾에 입학하여 영어를 공부하고, 東京高等師範
學校 교장, 第一高等學校 교수와 제국대학 강사 등을 지냈다. 한문에 능통해 중국사에 밝았
으며, 드디어 조선의 고대사까지 손을 대었다. 이후 1903년에 『元朝秘史』의 원문을 입수하
여 일본어로 번역한 것이 특히 유명하다. 白鳥庫吉, 「文學博士 那珂通世君小傳」, 『白鳥庫吉
全集』 10, 東京 : 岩波書店, 1970, 63-64면.

11  那珂通世, 「朝鮮古史考」, 『史學雜誌』 5편 3호, 東京 : 日本史學會, 1894.

12  白鳥庫吉, 「朝鮮の古傳說考」, 『史學雜誌』 5편 12호, 東京 : 日本史學會, 1894.

　　『삼국사기』는 중국의 사적에서 거의 절반 이상을 표절했다. (…중략…)
『삼국유사』는 오리지널 現物을 가지고 있으나 가치는 그다지 크지 않다. 그러
나 『삼국사기』보다는 이 『삼국유사』가 조선 고유의 것을 많이 포함하고 있
다. 이 점에서 나는 『삼국사기』보다는 『삼국유사』 쪽이 가치 있다 받아들이
고 있다.[13]

　　메이지 27년, 청일전쟁과 때를 같이 하여, 더 이상 늦출 수 없다는 생각에
일본의 역사학자들은 조선에 대한 본격적인 연구를 시작했을 것이다. 실은
에도막부 시절에도 『동국통감』 같은 책을 통해 조선의 사정이 어느 정도
파악되었지만, 근대적인 학문연구 역량을 갖춘 유신기의 연구자들에게 그것
은 매우 부실한 어떤 것으로 보였다. 길게는 식민통치까지 염두에 두어야
하는 시점에서, 時勢가 역사학자에게 요구한 것 또한 굳이 설명을 붙이지
않아도 되겠다.

　　그런데 그들은 거기서 뜻밖에 『삼국유사』라는 복병을 만난다. 瞥見해서도
『삼국유사』는 그들에게 결코 유리한 자료가 아님을 알았을 것이다. 시라토
리 같은 이마저 이 '오리지널 現物' 앞에서 '망탄'인가 '사실'인가 잠시 머뭇거
릴 수밖에 없었다.

　　같은 무렵, 도쿄제국대학 국사학과에 쓰보이 쿠메조(坪井九馬三)[14]라는 학자
가 있었다. 『삼국유사』의 첫 풍경을 말하면서 결코 빼놓을 수 없는 인물이다.
그는 1892년에 『삼국사기』의 첫 해제를 썼고,[15] 그로부터 8년 뒤인 1900년

---

13　白鳥庫吉,「訪書談」,『白鳥庫吉全集』 10, 岩波書店, 1970. 이 원고는 1910년 11월 3일의 전국
　　도서관대회 강연으로 쓰였다.
14　쓰보이 쿠메조(1858~1936) : 도쿄제국대학 국사학과 교수. 일본 근세역사학을 정립한 학자
　　로 평가 받는다.
15　각주 9 참조.

에 『삼국유사』에 대한 역시 첫 해제를 썼다. 그리고 4년 뒤, 1904년에 도쿄제 국대학의 문과대학사지총서로 『삼국유사』를 펴낸다. 근대식 활판본인 이 『삼 국유사』는 1512년 조선조 중종 때인 1512년(正德 壬申年) 목판본으로 인쇄되고 난 다음, 실로 392년 만에, 조선이 아닌 일본 땅에서 이루어진 극적인 재생의 출판이었다.[16] 거기에 덧붙여 말하자면 20세기 '삼국유사 연구'의 도화선은, 다소 자존심 상할 일이지만, 이 쓰보이의 출판으로부터 시작했다 보아도 무 방할 것이다.

과연 쓰보이는 『삼국유사』를 어떻게 알았던 것일까? 그가 판본상의 특징 을 설명하는 가운데 나오는 다음과 같은 말에서 우리는 저간의 사정을 짐작 해 볼 수 있다.

> 본서는 내가 아는 바로는 오와리 도쿠가와(尾張德川)家 소장 간다(神田) 男爵家 소장의 2책이 있는데, 둘 모두 明의 正德 7년의 재판본으로, 작은 異同 도 없다. 이 책은 실로 무책임을 極한 판본으로, 그 심함이 폭리를 탐할 목적으 로 하는 書林이 하룻밤에 만들어내는 번각물과 추호도 가릴 바 없는….[17]

오와리 도쿠가와가는 나고야에 근거지를 둔, 도쿠가와 이에야쓰(德川家康) 의 아홉째 아들 요시나오(義直)로부터 시작하는 大藩이고, 이곳에 도쿠가와본 (德川本)이라 불리는 『삼국유사』가 소장되어 있었지만, 외부 대출을 엄격히 금해서 당시 연구자들이 소장여부마저 잘 알지 못했다.[18] 이에 비해 간다

---

16  이에 대해서는 Ⅰ부 「德川家 장서목록에 나타난 三國遺事의 전승」에서 자세히 다루었다.
17  坪井九馬三, 「三國遺事」, 『史學雜誌』 11편 9호, 東京 : 日本史學會, 1900, 72면.
18  그 사정을 坪井의 제자 今西 龍는 다음과 같이 밝힌다. "당시 나는 坪井 선생의 副手로 東京 大學에 근무하며, 선생으로부터 고서교정법의 가르침을 받고… 저본이 되는 것은 앞서 적은 神田本이었는데, 당시 尾州德川家本은 門外不出의 비장본이라는 이유로…"(「正德刊本三國 遺事に就て」, 『典籍之研究』 5, 1926) 한편, 이와 직접적으로 관련되지는 않지만, 坪井는 『삼

남작가는 간다 다카히라(神田孝平)[19]라는 이를 지칭하는 말로, 그는 문부성에서 제국대학 창설의 일을 맡은 바 있고, 효고(兵庫)현의 현령을 지낸 다음에는 東京學士會院의 회원으로 활동했기 때문에, 쓰보이와는 빈번한 교제가 있었으리라 추정된다. 그런 인연으로 쓰보이는 간다의 책을 빌려 볼 수 있었을 것이다. 쓰보이가 도쿠가와가에도 『삼국유사』가 있음을 안 것은 도쿄대학 사지총서를 편찬하기 시작하면서였던 듯하다.[20]

물론 두 본 모두 임진왜란 때 퇴각하는 일본군이 가져갔었다. 가토 기요마사(加藤淸正)가 입수한 책은 도쿠가와 이에야쓰에게 바쳐졌고, 우키다 히데이에(浮田秀家)가 입수한 책은 제 아내의 병을 낫게 해 준 의사 쇼린(正琳)에게 선물로 주어졌는데, 이 책이 메이지유신 이후 간다 남작에게 넘어갔던 것이다.[21]

다만 도쿠가와가에서는 쓰보이에게 影寫本을 한 부 만들어 준다. 그러자 그는 당대 한학의 대가 쿠사카 히로시(日下 寬)[22]와 함께 두 본을 대조해 가며,

---

국사기』의 해제를 쓰면서 德川家의 愛冊으로 인한 곤란을 슬며시 비친 적이 있다. "본서는 많은 사본을 가지고 있는데, 보통 사본에는 傳寫의 잘못이 무척 많아서, 德川義禮 侯爵藏本을 가지고 그 표준본을 삼아야 할 터이지만, 나는 아직 이 본을 보지 못했다."(「新羅高句麗百濟三國史」, 『史學雜誌』 35, 東京 : 日本史學會, 1892, 72-73면) 그러나 실제 德川家에 『삼국사기』는 없었다.

19　간다 다카히라(1830~1898) : 岐阜 출신. 일찍이 서양학을 배워 明治維新 양학자 특히 明六社의 동인이 되어 함께 활동했다. 兵庫縣令으로 이름을 날렸고, 퇴관 후 고고학 연구에 전념했다. 1894년에 男爵이 되었다. 그의 양아들 乃武(나이부)는 미국에 유학하여 영어학자가 되었으며, 도쿄제대 교수 시절에는 夏目漱石를 가르치기도 했고, 초대 도쿄외국어학교(지금의 도쿄외대) 교장을 지냈다. 神田乃武 편, 『神田孝平略傳』, 1910. 尾崎 護, 『低き声にて語れ-元老院議官 神田孝平』, 東京 : 新潮社, 1998.

20　이에 대해서도 Ⅰ부 「德川家 장서목록에 나타난 三國遺事의 전승」에서 자세히 다루었다.

21　이 같은 전승과정은 어디까지나 今西 龍의 傳言에 의한 것이다. 최근 나는 새로운 자료를 조사하는 과정에서 이와는 다른 경로를 거쳤을 수도 있겠다고 추정하였다. Ⅰ부 「德川家 장서목록에 나타난 三國遺事의 전승」 참조.

22　쿠사카 히로시(1852~1926) : 千葉 출신. 史料編纂掛 겸 東京帝國大學 문과대학 강사. 문집으로 『鹿友莊文集』(6권)이 있다.

앞서 소개한 도쿄대 사지총서의 하나로 활판본을 찍어 냈고, 이로써『삼국유사』를 보다 정교하게 분석할 필요가 있는 학계의 요망에 충분히 부응할 것이라 생각했다. 사본으로 흘러 다니는『삼국유사』를 어렵사리 구해 읽으면서, 조선의 역사를 자신들이 희망해 온 방향으로만 몰고 갈 수 없다는 점을 어렴풋하게나마 알게 된 일본의 역사 연구자들 앞에 이 책이 나오자, 그 수요는 편찬자들이 예상한 이상이었다. 시라토리에게『삼국유사』가 인용되기 시작한 지 꼭 10년 만의 일이다.[23]

## 3. 향가연구의 端初

앞서 밝힌 바, 이 시기『삼국유사』에 대한 연구와 인용은 예외 없이 역사학자들에 의해 이루어졌다. 그러므로 대부분 역사학의 재료로 사용되었다. 조선에서 건너온 다른 자료들과는 완연히 다른 모습을 보면서 놀라기도, 그래서 '망탄'이니 하는 말로 깎아내리기도 하면서였다.

그런데 이 무렵에 처음으로 나오는『삼국유사』의 해제나 서문을 통해 한가지 뜻밖이라면 뜻밖의 사실을 발견하게 된다. 그것은 바로 역사학자인 그들에게 번외의 일이나 마찬가지였을 향가에 대한 언급이다. 우리는 여기서역사사료로 다루는 목적에서 쓴 해제의 이면에 저들이 지닌 속내나 또 다른의지를 읽는 것이다.

---

23  여담이지만, 도쿠가와본은 지금도 나고야의 호사(蓬左)文庫에 보관되어 있는데, 간다본은 이후 종적을 감추고 말았다. 神田孝平의 집은 지금 明治大學 근처 神保町에 있었다. 1923년 관동대지진 때 이 부근이 심각한 피해를 입었는데, 그 때 그의 집이 불타면서『삼국유사』도 함께 소실되었을 가능성이 높다. 스스로 제 운명을 사지총서의『삼국유사』에 넘겨준 것인지도 모른다.

도쿄대학 사지총서의 공동편찬자였던 두 사람의 경우를 검토해 보기로
한다.

가장 먼저 해제를 쓴 쓰보이 쿠메조는, 앞서 소개한 바,『삼국유사』의 역사
적 성격을 말하다 다음과 같이 향가를 소개하였다.

신라의 문학은 대개 僧徒의 손으로 이루어진다. (⋯중략⋯) 일연이 "羅人尙
鄕歌者尙矣. 蓋詩頌之類歟. 故往往能感動天地鬼神者非一(遺事 卷五 月明師兜率
家章. 신라 사람들은 향가를 무척 높였거니와, 대체적으로『詩經』의 頌과 같
은 것이었다. 그래서 자주 천지와 귀신을 감동시키는 일이 한두 번이 아니었
다.—번역은 필자)"이라 誇稱한 신라 향가 곧 신라 國歌도 대다수 승도가 부른
작품인 듯 하고, 實兮 勿稽子처럼 文臣武夫가 諷詠해서 남긴 것은 통상인의
例라고는 생각되지 않는다. 진성왕 2년 향가를 수집했던 것도 찬자는 역시
승도로서 이름을 大矩라고 하는데, 집성해서 바친 三代目이라는 책이 지금은
전하지 않는 것이 참으로 애석하다.[24]

비록 '승도의 문학'으로 향가를 한정지으려는 전제가 눈에 거스르지만,
『삼국유사』에 나오는 일연의 향가 언급 가운데 가장 적실한 부분을 인용한
다거나,『삼대목』의 유실을 진정으로 안타까워하는 데서는 의외의 면목을
발견하게 된다. 역사 사료로서『삼국유사』를 대하던 때와는 왠지 그 분위기
가 다르다. 쓰보이의 향가에 대한 관심은 거기서 끝나지 않는다. 예의 해제에
서『삼국유사』의 주요 내용을 열거하는 가운데 '5. 신라인이 가요를 좋아하
다'라는 항을 만들고,

---

24   坪井九馬三,「三國遺事」,『史學雜誌』11편 9호, 東京 : 日本史學會, 1900, 64-65면.

僧融天 得烏谷 牽牛翁 信忠 僧忠談 僧月明 僧永才 處容郞.

이상 든 사람은 모두 歌人으로서 본서에 그 이름을 싣고 있다. 이들의 古新
羅語 長篇은 모두 이두를 가지고 엮었다. 이두의 읽는 방법은 사라졌다. (…중
략…) 본서에는 신라어를 많이 싣고, 또 歌篇도 十數首를 들어 신라 古歌를
전해주는 것은 본서만이 그러하므로, 一然의 功은 오래도록 사라지지 않을
것이다. 본서는 실로 신라문학사의 骨子가 되는 것이다.[25]

라고 결론짓는다. 이 결론에서 그가 열거하는 세 가지 점을 하나하나 주목하
지 않을 수 없다.

첫째, 문학만이 아니라 어학에까지 다대한 공헌을 할 자료로 한눈에 알아
본 것이다. '장편'이라 함은 『萬葉集』 5행 단가의 57577조에 비해 두 배나
긴 사뇌가 10구체를 그렇게 이른 것인데, 古新羅語 이두를 읽는 방법이 사라
진 상황에서 이를 통해 재구가 가능하리라 짐작하고 있다.

둘째, '일연의 공' 운운은 마치 오늘날 '삼국유사 現像'이라 불러도 좋을
성대한 연구 상황을 예견이나 하는 것 같다. 『삼국유사』가 신라어, 신라 고가
를 실은 유일한 책으로서, 그것은 편찬자인 일연이 지닌 어떤 안목에 따라
가능했으리라 보고 있는데, 18세기 國學運動을 통해 민족고유의 문화적 전승
이 얼마나 중요한지 경험해 본 저들로서야 그다지 어렵지 않게 예견할 일이
기는 했다.[26]

---

25   위의 논문, 67-68면.
26   여기서 잠시 일본에서 말하는 國學의 개념을 오노 스스무(大野晋)가 아주 간단히 정의한
      기술을 참고해 살펴보도록 하자.
      "에도(江戶) 시대가 되자, 국학자가 일본은 무엇인지를 알려고, '儒佛 이전의 일본을 밝혀
      보고 싶다'고 생각했다. 바로 한자 이전의 일본, 곧 중국을 거친 불교 및 중국에서 키워진
      유교에 의해 문명화되기 이전의 일본의 모습을 명확히 하고 싶다 생각한 것이었다. 모토오
      리 노리나가(本居宣長)는 『古事記』를 정독하고, 그것을 和語로 다시 표현하는 일에 매달렸
      다. 그들이 생각한 화어는 순수한 일본어이고, 그것은 타국의 문명에 의해 색칠된 것이 아

셋째, '신라문학사의 骨子'라는 평은 더욱 인상적이다. 이는 위의 두 가지 사실을 결합했을 때 내릴 수 있는 최종 결론이었던 셈이다. 아직 완전한 해독도 이루어지지 않은 향가를 이렇게까지 평가한 그의 안목에 세삼 놀랄 뿐이다. 그러나 이 같은 결론을 내리는 쓰보이의 태도는 굳이 당대 일본 학계에서 그 한 사람 만에 국한되지 않았으리라 보인다. 적어도 이 시기 역사학자들이 당면한 역사적 해석의 自記性, 나아가 왜곡에서 조금은 자유로운 상태를 보여준다 해도 과언이 아니다. 곧 어문학 방면에서만큼 처음 태도는 당대 상황의 정치적 향도에 크게 이끌려가지 않았다는 것이다.

이 점은 쿠사카 히로시(日下 寬)에게서도 확인된다. 그가 쓰보이의 해제보다 4년 뒤에 쓴 문과대학사지총서의 『삼국유사』 서문[27]은 앞선 쓰보이의 견해가 수용되면서 다시 변주된다.

> 책 가운데 삽입된 향가라는 것은 신라어로 되어 있다. 향가는 國風과 같다. 신라의 옛말은 이미 사라졌고, 겨우 향가 십여 수가 남았을 뿐인데, 실로 滄海遺珠라 할 만 하다. 그러므로 신라의 옛일을 조사하여 또한 우리의 古言에 참고하지 않겠는가. 옛것을 찾는 학자는 어찌 그 근원을 찾아 그 끝을 알아내지 않으랴.[28]

----

닌, 그야말로 토착의 언어이다."(大野 晋, 『日本語の起源 新版』, 東京 : 岩波書店, 1994, 185면)

문명화 이전의 일본(어)을 찾기 위해 국학자가 연구의 대상으로 삼은 것은 오노가 말한 『古事記』 이외에도 『萬葉集』, 『源氏物語』 같은 고대와 중세의 문학작품이었다. 그리고 거기서 분명 일정한 성과를 거둔 전례에 비추어, 비슷한 역사적 배경을 가진 한국에서 『삼국유사』는 그 같은 요소를 갖추고 있음을 한눈에 알아보았던 것이다. '일연의 공'이란 바로 이런 자료를 남겼다는 데서 내린 평가였다.

27　지금 학계에서는 이 서문을 坪井이 쓴 것으로 잘못 알고 있다. 필자가 조사한 결과 이는 日下가 썼다. 그의 문집 『鹿友莊文集』에 이 글이 실려 있다.

28　日下 寬, 「校訂三國遺事序」, 『鹿友莊文集』, 1923, 卷一 張二十八.

다소 격정적인 느낌마저 드는 이 글에서 쿠사카는 『삼국유사』에 실린 향
가를 '滄海遺珠'라 평하고 있다. 앞서 쓰보이가 말한 骨子가 드디어 遺珠로
바뀌는 장면이다.

쿠사카가 향가의 무엇을 보고 '滄海遺珠'라 했는지는 확실하지 않다.[29] 적
어도 이 시점까지 향가는 단 한 수도 해독되지 않았기 때문이다. 해독되지도
않은 상태에서 구슬과 같은 존재로 이름 지은 것이 다만 추측에 따른 것일
까? 어쨌건 그의 이 한마디는 뒤이어 오는 연구자들에게 향가 연구를 격발시
키는 촉진제가 되기에 충분했으리라 본다. 실제 가치가 그렇다고 입증된 시
기에 와서는 더 말할 나위 없다.

이윽고 1916년, 順庵手澤本을 발견하여 『삼국유사』의 원전적 가치를 획기
적으로 높인 이마니시 류(今西 龍)[30]는 그 해, "향가는 (…중략…) 문학상 어학
상 무척 귀중하지만, 지금 그것을 풀어내는 사람은 없다고 한다."[31]고 말한다.
오구라 신페이(小倉進平)[32]의 『향가 및 이두의 연구』(1929)는 물론이고, 가나자
와 쇼사부로의 〈처용가〉 해독마저 나오기 전이니 당연한 말이다.

그러나 흥미로운 점은 거기에 있지 않다. '망탄'과 '사실' 사이에서 흔들리
며, 『삼국유사』 안의 여러 기록에 대한 역사적 평가와 규정을 못내 망설이던

---

29  梁柱東 선생의 『增訂 古歌研究』(一潮閣, 1965) 서문에는 이런 대목이 있다 : '이제 余가 淺學
    과 菲才를 돌아보지아니하고 (…중략…) 區區한 微意만은 이 千有餘年來 蒼海의 遺珠와같이
    僅僅히 긁어서남은'(2면) 여기서 우연의 일치인지 '滄海遺珠'라는 말이 같이 쓰였다. 선생의
    서문은 본인이 회고하신 바, '온갖 腐心과 胸中에 깊이 축적된 비분·感慨한 생각'을 써낸
    '感懷 깊은, 고심의 「名文」'(894면)이었다. 선생 특유의 농담 섞인 言中에 박은 '창해유주'는
    단순한 修辭가 아니었으리라.
30  이마니시 류(1875~1931) : 岐阜 출신. 京都帝大에서 동양사를 전공하고, 京都帝大와 京城帝
    大, 天理大 교수를 지냈다.
31  今西 龍, 『朝鮮史の栞』, 東京 : 近澤書店, 1935, 15면. 본디 이 원고는 1916년 6월 8일에
    쓰였다.
32  오구라 신페이(1882~1944) : 東京帝大에서 언어학을 전공하고, 1926년 京城帝大에 부임.
    1933년부터는 東京帝大 교수. 1936년 『鄕歌及び吏讀の硏究』로 帝國學士院恩賜賞을 받았다.

그들이, 향가에 이르러 '신라문학사의 골자'니 '창해유주'니 선뜻 호평을 내리는 데 주저하지 않은 까닭은 무엇이었을까, 바로 그 대목이다.

오늘날 우리 학계에서의 이 시기 일본 역사학에 대한 평가는 매우 신랄하다. 앞서 시라토리가 한, "『삼국사기』는 중국의 사적에서 거의 절반 이상을 표절했다."는 말을 인용했거니와, 이 같은 비판은 일본의 역사서가 먼저 받아야 할 형편이다. 표절로 친다면 저들의 『日本書紀』가 遜然 더했으면 더 했지 적잖은 까닭이다. 나아가 메이지 유신기의 저들에게 역사학은 제국주의가 요구하는 현실에서 한발도 비켜있을 수 없었다. 자기성이 왜곡으로 흐르는 광경을 하릴없이 목격하거나 선도해 나갔다.

그에 비한다면 문학은 현실과는 좀 떨어져 학문적 이상의 실현지에 있었다. 세상에서 당장 필요한 현실적 목적이 다소 거세되어 있어 보이기 때문에 가능한 일이다. 그래서 이 분야에서만큼은 학문적 투지가 유신의 새 바람으로 다소 근대에 다가선 新進氣銳의 학자들에게는 솟아났을 지도 모른다. 문학으로 시대를 말하는 장점이 실로 여기에 있다 하지 않을 수 없다.

## 4. 첫 해석의 현장 : 金澤庄三郎와 鮎貝房之進

### (1) 韓日 언어의 同祖同根論을 둘러싼 異論

향가의 존재와 그 중요성을 알아차리는 데 사학자들이 먼저 역할했던 것은 『삼국유사』가 역사학의 재료로 먼저 눈에 띄었기 때문이었다. 여기서 촉발된 향가 해독의 과제는 자연스럽게 언어학자의 몫으로 돌아갔다. 1900년에 나온 쓰보이의 삼국유사 해제, 1904년에 나온 도쿄대학본 『삼국유사』에 이어, 드디어 1918년 가나자와 쇼사부로의 첫 해석으로 넘어 가는 것이다.

가나자와는 비교언어학자였다. 그의 논문 「吏讀의 연구」[33]에서 처음으로 향가가 해독됨으로써, 『삼국유사』의 향가 논의는 사학자의 손을 떠나 어문학에서 본격화되는 계기를 맞는다. 비록 〈처용가〉 한 편에 국한되고 해독의 근거조차 밝히지 않았지만, 그 같은 아쉬움 속에서 가나자와 같은 어학자에 의해 향가 논의가 시작되었다는 점만으로도 일정한 의미부여가 가능하다는 뜻이기도 하다.

물론 가나자와의 논문은 제목 그대로 이두의 연구이다. 문학적으로든 어학적으로든 향가연구가 아니었다. 그래서 서설과 결론을 빼고 전체 5장으로 된 이 논문은 각각 官位尊稱(1장), 人名(2장), 地名(3장), 歌謠(4장)까지는 기본적인 사실만 간단히 고찰하고 있는데, 〈처용가〉 해독이 들어있는 歌謠는 그 가운데 가장 분량이 적은 한 章에 불과하다. 마지막 5장의 吏讀는 분량으로도 전체 1/3 이상을 차지한다. 내용면에 들어가면 처음 향가해독이라는 영예를 얻기에는 갖추어야 할 조건이 빈약하기 짝이 없다.

이보다 더 문제가 되는 점은 가나자와가 지닌 우리 古語에 대한 입장이었다. 그것은 한마디로 同祖同根論으로 요약된다.

가나자와는 먼저 서설에서 가나(假名)의 발생경위를 밝힌다. 핵심 대목을 살펴보기로 하자.

[자료1] 이것을 無文의 시대에 비하면 사람의 생활을 裨益하는 것이 크다고 해도, 이로써 자국의 어음을 바로 적어서 자기의 사상을 나타내기에는 한 단계 나간 工夫가 필요하다. 이 목적을 바라보고 한자에 덧붙인 노력의 결과는 소위 가나 문자이다. 말할 것도 없이 한자는 글자마다 반드시 音義를 가진다. 가나문자란 이 가운데 뜻을 버리고 음만을 빌려서, 타국의 언어를 모사하

---

는 한자응용의 한가지로, 중국인 스스로도 예부터 이 방법으로 외국어를 기재하였다.[34]

[자료2] 이처럼 가나의 용법에 일종의 약속이 생겨난 이상은, 또 옛날처럼 자유로운 문자의 사용을 허용하지 않기 때문에, 글자의 소리에 따르는 것만으로는 모자라고, 나아가 글자의 뜻으로도 혼용하는 길을 열어나간다. 記紀의 가사가 모두 소리를 가지고 적혀졌음은 곧 가나의 本體였고, 『萬葉集』에 여러 종의 義訓을 섞었음은 轉化된 가나의 용법이다.[35]

[자료3] 於天平勝寶年中 右丞相吉備眞備公 取所通用于我邦 假字四十五字 省偏旁點劃 作假片字[36]

위 세 자료에서 가나자와는 먼저 단순히 소리를 표기하기 위해 한자의 소리를 빌려온 초기 단계의 가나를 말한다. [자료1] 부분이다. 이는 중국인이 異邦의 인명이나 지명 그리고 관명을 적을 때 썼던 방법이었으니, 일본인 스스로의 독자적인 창안은 아니라고 하였다. 물론 工夫가 필요했지만 말이다. 객관적인 입장에서의 분석임에 틀림없다.

그러다가 더 나아간 데가 [자료2]의 뜻까지 활용한 표기방법이다. 가나자와는 『日本書紀』와 『古事記』에 실린 노래가 앞 단계이고, 『萬葉集』의 노래 표기에 이르러 두 번째 단계가 나타났다고 보았다. 이것을 전화된 단계라 하였다.

마지막으로 [자료3]은 문자로서 가나의 완성 시기를 나타내주는 기록이다.

---

34  위의 논문, 72면.
35  위의 논문, 73면.
36  明魏, 「倭假片字反切義解」. 이 부분은 金澤庄三郎, 『新羅片假字』, 東京 : 金澤博士還曆祝賀會, 1932, 1면에서 재인용하였다.

天平勝寶年中이라면 749~756년이다. 신라 薛聰의 이두 활용보다는 훨씬 늦은 시기라고 할 수 있겠는데, 우승상 吉備의 所作이어서 흔히 吉備大臣 倭假片字 反切이라 부른다. 가나자와의 설명은 사실 그만의 독창이 아니고, 이미 그의 시대에 이룬 일본어 연구자들의 성과에 기댄 것이었다.

이 같은 가나의 발생 경위를 설명하고 난 다음 가나자와는 향찰(혹은 이두)의 발생이나 활용이 전적으로 같다는 주장을 이어나갔다. 특히 앞의 논문에서 〈처용가〉를 해독한 다음,

> 이 노래가 音訓을 섞어서 적은 모습은 우리나라의 萬葉集와 다르지 않다.[37]

고 한 부분이 대표적이다. 사실 그가 해독의 구체적인 근거도 대지 않은 채이 같은 주장을 한 것은 다분히 경솔했었다. "대체로 조선어의 음운은 우리 국어처럼 간단하지 않다. 가타가나(片假字)는 본디 50자로 충분한데, 조선어를 가나로 엮으려면 약 1,000자는 필요하리라."[38]는 보충 설명을 한 부분이 있었지만 말이다. 이두에 관한 여러 용례를 대단히 치밀히 조사하여 그 예증을 충분히 댄 괄목할만한 논문을 세상에 내놓았다는 업적이 여기서 일순 가신다 하지 않을 수 없다. "조선의 고대에는 문자가 없어서, 우리와 같이 한자에서 假字를 만들어 그 방언을 적어 왔지만, 語音이 복잡한 결과, 인명 지명처럼 간단한 것이야 그랬지만, 가요 그밖에 일반의 복잡한 사용을 편하게 할 수 없었다."[39]는 결론도 스스로 제 주장의 편의에 복무시키고 말다 보니 가치가 무색해지고 말았다.

---

37 金澤庄三郎, 앞의 논문, 90면.
38 위의 논문, 91면.
39 위의 논문, 99면.

그가 끝내 同祖同根의 집착에서 벗어나지 못했음은 말년의 所作에서 더욱 분명하게 확인된다.

[자료4] 한자를 우리나라에 전해준 조선은 우리 국어와 전적으로 동일계통의 언어를 가지고, 또 본래 無文字의 나라였다면, 한자가 假字로서 사용되었으리라는 것과, 우리보다도 먼저 저쪽에서 시작하였으리라는 것도 자연스런 순서이다.[40]

[자료5] 한자의 音訓을 빌려서 그 국어를 적은 것, 우리나라의 眞字·假字와 터럭만큼도 다른 바 없다.[41]

한자가 한반도를 통해 일본으로 들어갔다거나, 양쪽에 제 말을 적는 고유의 표기법이 나왔음을 추정하는 일은 일반적인 논의에서 벗어나지 않는다. ([자료4]) 그러나 가나자와가 강조해 마지않고 싶었던 주장은, [자료5]에서 보인 바, 동일계통, 표기방법이 터럭만큼도 다르지 않다는 것이었으리라. 그가 이토록 동조동근에 집착한 까닭을 말하기란 어려운 일이 아니다. 식민지 경영의 시대논리에 부응하고자 하는 일념이 변하지 않았기 때문이었다.

그러나 아유가이 후사노신(鮎貝房之進)의 입장은 미묘한 차이를 보인다. 그는 가나자와보다 5년 뒤에 낸 논문[42]에서, 먼저 복잡한 언어구성원을 가진 고대 한국어에 주목하였고, 일본어처럼 간단명료한 차자표기체제를 갖출 수 없었다는 점을 더 강조하였다. 이는 언어에서 朝日同祖論은 성립되지 않는다

40  金澤庄三郎, 앞의 책, 1면.
41  위의 책, 2면.
42  鮎貝房之進, 「國文(方言俗字)吏吐, 俗證造字, 俗音, 借訓字」, 『朝鮮史講座』 4, 朝鮮史學會, 1923.

는 주장을 우회적으로 나타낸 것이었다.

[자료6] 조선에서 언문 제작 이전에 방언을 기재하는 방법 곧 국문은 한자를 빌렸으므로 일본의 萬葉假名와 같은 모양이다.[43]

[자료7] 조선의 방언·차자법은 매우 亂雜하고, 우리 萬葉假名처럼 정돈되어 있지 않아….[44]

아유가이가 가진 생각의 기본적인 전제를 나타내 주는 [자료6]은 가나자와와 그다지 다르지 않다. 그러나 '터럭만큼도 다른 바 없다'는 표현에 비하면 한결 누그러져 있다. [자료7]의 경우, 가나자와가 말한 바 '片假字는 본디 50자로 충분한데, 조선어를 가나로 엮으려면 약 1,000자는 필요'하다는 말의 변주 같지만, 난잡하고 정돈되지 않은 이유를 밝히는 대목에 이르러보면, 아유가이의 본심이 어디에 있는지 추정할 수 있다. 그는 다음과 같이 말한다.

어째서 그 차자법이 난잡했었을까, 어째서 그 연구재료는 전하여지지 않았을까, 어째서 이런 중요한 연구를 조선인은 閑等히 여겼을까, 여기에는 갖가지 사정이 伏在하고 있는 것이지만, 나는 다음의 二大原因에 귀착하게 되는 것이다. 조선인은 매우 복잡한 많은 민족의 集合團이고, 그러므로 언어를 나타내야할 聲音의 종류도 또한 매우 복잡하다.[45] (윗점 필자)

아유가이는 〈처용가〉뿐만 아니라 〈서동요〉와 〈풍요〉를 해독[46]하고 있는

---

43  위의 논문, 1면.
44  위의 논문, 같은 면.
45  위의 논문, 2면.
46  위의 논문, 6-18면.

데, 세 노래에 대한 해독의 근거까지 밝히고 있다. 그러므로 본격적인 향가 해독의 출발은 아유가이에 있다고 해도 과언이 아니다. 이런 경험을 해 본 아유가이로서는 향찰의 해독에서 무엇이 문제인가, 고대 한국어의 본질에 비추어 일본어와의 異同이 어떤가를 보다 분명히 諜知하였던 것이다. 그러므로 가나자와가 말한 복잡함의 의미 이상의 복잡 또는 난잡을 말한다고 보아야 한다. 그는 복잡과 난잡의 원인을 많은 민족의 集合團, 그리고 여기서 기인하는 聲音의 다양으로 들고 있다. 이런 상황에서 일본어와의 동조동근을 말하는 것은 성급하거나 의도된 기획에 불과하다는 생각을 가지고 있었던 것은 아닐까. 아유가이는 더 나아가, "그 음 가운데 다른 나라에는 없는 음이 있기 때문이다."[47]라고까지 진단하였다. 이는 곧 음운체계의 다름을 말하는 것이었다.

그러면서 아유가이는 결론적으로 한글 이전의 한국어가 지닌 특징을 다음의 세 가지 점에서 추정해 들어가고 있다.

- 漢語를 삽입하여 그것을 음독하는 일 : 운문만 남았지만, 漢語를 거의 쓰지 않는다.
- 고유어의 각 품사에 한자를 대응시켜 義讀하는 것을 가장 많이 삽입하는 일 : 한국어는 어는 시점부터 義讀을 전혀 하지 않는다.
- 漢語도 아니고 借字도 아닌 일종의 관용의 俗語를 삽입하는 일.[48]

여기서 특히 문제 되는 것이 義讀이다. 고유어에 한자를 대응시킨 의독이 많이 쓰이다가, 어느 시점으로부터 한국어에 의독이 사라졌음을 아유가이는

---

47  위의 논문, 2면.
48  위의 논문, 19-22면.

주목하고 있다. 일본어는 지금까지도 성행하고 있으나, 한국어는 세종의 한글창제 무렵의 자료에서도 나타나지 않으니, 의독의 실종이 상당히 오래 전일 것이라 추측하는데,[49] 이를 통해 아유가이는 한국과 일본이 借字를 하면서도 일찌감치 서로 다른 길을 걸었음을 나타내주는 중요한 증거로 말하고 싶었으리라 보인다.

한마디로 한국어와 일본어는 同祖도 아니지만, 차자의 방법을 썼다하더라도 이후에 같은 길보다는 서로 다른 길을 걸어갔다.

아유가이가 지닌 이 같은 입장은 초기 향가 語釋의 연구를 검토함에 있어서 대단히 중요한 점을 포함하고 있다. 그것이 아유가이의 의도였건 우연이었건, 자칫 언어의 영역에서조차 同祖同根의 시대적 이념에 휩싸일 뻔했던 논의가 그에게 와서 아슬아슬하게 벗어나고 있기 때문이다.

## (2) 해독의 차이 : 〈처용가〉를 사이에 둔 거리

同祖同根의 입장이 어떤가에 따라 해독이 크게 달라지리라 속단할 수는 없다. 가나자와와 아유가이의 첫 해독 〈처용가〉가 고려가요 〈처용〉의 바탕 아래 이루어졌다면 더욱 그렇다. 그럼에도 불구하고 두 사람의 입장차는 여기서 미묘하게 들여다보인다.

가나자와가 처음으로 〈처용가〉를 해독한 앞의 논문의 '제4장 가요'는 특히 적은 분량이다. 전체 30여 면에서 한 면 반 정도에 지나지 않는다. 가나자와

---

49  위의 논문, 20면. 아유가이가 예를 들어 설명하는 義讀은 이런 것이다. "꽃이 핀다."를 일본어에서는 "花が開く"라고 표기하고, 읽기는 'hanaga hiraku'라 한다. 한자음은 'ka(花)'이나 의독하여 'hana'라 읽고, 'kai(開)'이나 'hiraku'라 읽는다. 그러나 한국어에서는 "꽃이 핀다."라고 쓰고 읽지, "花(꽃)이 開(핀)다."라고 쓰거나 읽지 않는다. 花는 '화'요 開는 '개'로 읽을 뿐이다.

의 前提 곧, "대체로 신라인은 천성 가곡을 좋아하고, 희로애락의 굽이굽이 정서를 노래로 풀어서 위안의 도구로 삼는 것, 역사상에도 명기되어 있다."[50] 는 대목은 신라가요에 대한 정곡을 얻은 것이지만, 앞서 지적한 바처럼, 해독의 근거가 되는 풀이가 없는 점이 가장 아쉽다.

해독한 전문을 보이면 다음과 같다.

都は月明らかなり。
Tong-kyŏng parkeun tar ira.
東京明期月良,

夜深けて遊びに出でしが、
pam teur-i norra ka-taka,
夜入伊遊行如可,

帰りて、寝ぬるを見れば、
teur-a-sa cham-eui po-kon
入良沙寝矣見昆,

脚は四つなり。
tari-i nöis-si ra ra.
脚烏伊四是良羅,

二つは吾が下にて、
tur-eun nai arai ö it-ko
二肹隱吾下於叱古,

50  金澤庄三郎, 앞의 논문, 89면.

二つは誰の下なるか。

tur-eun nui-si arai ön-ko.

二肹隱誰支下焉古,

本は吾が下なれど、

pon-eui nai arai ita-ma-ö-neun,

本矣吾下是如馬於隱,

奪ひを奈何にせん。

spait-ta eur ötchi hä-ri ko

奪叱良乙何如爲理古.

　가나자와의 이 해독에서 핵심적인 대목을 들여다보자.

　첫째, 노래를 8행으로 구분한 점이다. 이는 『악학궤범』에 실린 고려가요
〈처용〉을 충실히 따랐다는 증거로 볼 수 있을지 모르겠다.

　둘째, 2행의 夜入伊를 'pam teur-i'라 읽고 '夜深けて'라 풀이하고 있는
데, 이는 '밤 깊어서'라 이해한 것으로 보인다. 곧 처용이 집으로 돌아온
시간이다.

　셋째, 3행의 寢矣見昆을 'cham-eui po-kon'이라 읽고 '寢ぬるを見れば'라
풀이하고 있는데, 잠을 자는 주체는 他人이다. 곧 부인과 역신을 가리킴이다.

　넷째, 4행의 烏 위에는 방점을 찍어 '不明한 곳'이라 밝히고 있는데,[51] 이로
본다면 가나자와에게도 일정한 해독의 원칙과 방법이 있었음을 알 수 있다.

　다섯째, 5행의 吾下를 'nai arai'라 읽고 '吾が下'라 풀이하고 있는데, 이는

---

51　위의 논문, 90면.

'나의 아랫도리' '나의 아랫자리' 등의 뜻으로 보인다. 『악학궤범』을 참고하였다면 어째서 '내해'를 쓰지 않았는지 의문스럽다.

가나자와는 이 이후에 향가 해독을 전혀 내놓지 않고 있다. 그렇다고 해서 그가 해독에 손을 대지 않았던 것은 아닌 듯 하고, 전거를 대는 일이 전혀 불가능했던 것 같지도 않다. 그는 왜 이런 정도에서 그쳤던 것일까. 그리고 위의 첫째와 다섯째 항목을 통해 보건대, 그가 『악학궤범』의 고려가요 〈처용〉을 과연 일람했는지의 여부가 미궁에 빠진다.

이에 비해 아유가이는, "조선의 옛 시대에서 국어를 가지고 완전한 사상을 나타내는 산문은 하나도 보이지 않는다."[52]하고, 그런 점에서, "약간의 俚歌를 오늘날에 전하는 것은 실로 하나의 기적이라 말하지 않으면 안 된다."[53]라고 전제하며 해독을 보인다. 그는 〈처용〉 한 편에 그치지 않고 〈童謠〉, 〈風謠〉까지 3편을 해독하는데, 나아가 여기에다 한글 표기와 주석을 붙인 점이 가나자와와 다르다.

해독한 전문을 보이면 다음과 같다.

동경ᄇᆞᆯ긔달밤드러
東京明期月良夜入伊
東京明月ノ夜深ニ


놀앗다가드라사는ᄃᆡ

---

52   鮎貝房之進, 앞의 논문, 4면.
53   위의 논문, 6면. 이런 결론을 내리는 그의 노래에 대한 관점은 명확하다. 아유가이는, "노래는 국민성의 발로이고, 국문이 아니라 한문으로 쓴다면 전혀 무의미한 것이 되므로, 어쨌건 한문숭배자라 할지라도 그것을 배척할 수 없다는 데 원인이 있지만, 이 俚歌마저도 대부분은 俚歌難解의 한마디 아래 半島 文士의 손에서 말살된 것이 무척 많으리라 추측된다."라고까지 말한다.(5면)

遊行如何入良沙寢矣
遊ンデ來テハイツテ寢ヤウトスルニ


보곤달이 넷이러라
見昆脚烏伊四是良羅
見レバ脚ガ四本アリ


두흘은나아릭엇고
二肹隱吾下於叱古
二本ハ吾下デアルが


두흘은누기아릭언고
二肹隱誰支下焉古
二本ハ誰ノ下デアラウか


본딕나아릭이다마어는
本矣吾下是如馬於隱
本ト吾ガ下デアルケレドモ


셋을랑을엇치ᄒ리고
奪叱良乙何如爲理古
奪ハントスルヲイカンセン


아유가이의 이 해독에서 중요한 점을 들여다보자.

첫째, 전체를 7행으로 나눈 점이다. 역대 해독자 가운데 〈처용가〉를 7행으로 나눈 이는 아유가이밖에 없다. 정작 그런 이유에서만이 아니라 노래의 맥으로 보건대 7행 구조는 정상에서 벗어난 듯하다. 만약 여기에 아유가이의 의도가 숨어있다면 그것은 무엇일까.

둘째, 전반 4행을 3행으로 나누었으므로 여기에서 가장 큰 차이를 보인다. 특히 1행의 月良夜는 '달밤'으로 해독하였는데, 良을 '달'의 'ㄹ'을 만들어 주는 어미로 보았다.

셋째, 2행 마지막의 寢矣는 義譯으로 '잘 데' 또는 '자되, 자려고 하는데' 어느 쪽으로 해도 통한다[54]고 말한다. 그러면서 아유가이는 후자를 택하고 있다. 이로 인해 자는 주체가 처용이 되었다.

넷째, 4행의 吾下를 비롯한 이어 나오는 下에 대해서이다. 아유가이는, "균여전에서 차자로서 여러 곳에 나오고 있으나, 이는 조사이지 명사로 쓰인 것은 아니며, 여기서는 글자 뜻대로 '아래' 또는 '아래 것'으로 번역하면 吾下는 뜻을 잃는다. 만약 妻라는 뜻이라고 한다면 아래의 誰支下가 뜻을 잃는다. 의문을 두고서 後考를 기다린다."[55]라고 말한다. 이 또한 앞서 가나자와에서처럼 『악학궤범』의 해독을 왜 따르지 않았는지 의문스러운 대목이다.

전체적으로 보면 가나자와와 아유가이의 해독은 크게 차이가 나 보인다. 이는 아유가이가 노래를 7행으로 분석한 데서 가장 그렇다. 그러나 같은 점에 이르러 보면 앞의 차이는 그다지 커 보이지 않고 실은 어느 한 사람의 해독이 아니었을까 싶을 정도이다. 위에서 열거한 가운데 넷째 항이 그런데, 이는 두 사람이 모두 『악학궤범』을 보지 않았다는 하나의 증거로 삼을 수 있을 뿐만 아니라,[56] '아래'라는 말로 통일된 해독은 누가 누구의 영향을 받았는지

---

54   위의 논문, 14면.
55   위의 논문, 16면.
56   이는 매우 조심스럽다. 참고로, 해독에서 『악학궤범』을 분명히 보았다는 증언은 申采浩에게 처음 나오고, 小倉進平도 이를 밝히고 있다. 신채호는 "저자가 三國遺事와 樂學軌範에 참고하야 해석한 吏讀文으로 記한 處容歌 一首를 玆에 소개하리라."고 하면서, "원래 後歌-곳

몰라도 한 손에서 나온 해독이 아닐까 의심하게 만드는 대목이다.

그렇다면 먼저 해독한 이는 누구일까. 아유가이는 東京外國語學校에서 정식으로 조선어를 배웠고, 일찌감치 한국에 와 있었다. 가나자와가 해독의 결과만 나열한 데 비해 아유가이는 근거를 어학적으로 설명하고 있다. 무게는 아유가이 쪽으로 쏠리지만, 그렇다고 단정할 수 없는 것은 아무런 근거가 없기 때문이고, 아유가이의 논문이 더 뒤에 나왔기 때문이다. 그런 상황인데 아유가이는 왜 논문을 발표했을까. 기본적으로 고대 한국어에 관해 가나자와와 다른 견해를 가지고 있음을 간접적으로 밝히려 했던 것일까.

이렇게 가나자와와 아유가이의 향가 해독 과정을 돌이켜보며 생각은 다시 처음으로 돌아간다.

향가 해독이 그들로부터 불쑥 시작된 것이 아니라는 점, 일본의 근대화 이후 『삼국유사』와 향가에 관한 쓰보이 쿠메조 같은 先鞭에 충실한 응답으로 나왔다는 점, 그럼에도 불구하고 國是에 일조하려는 쪽과 학문의 엄정성에 堡壘하려는 쪽으로 갈렸음을 확인한다는 점.


### (3) 小倉進平가 택한 길

뜻밖에 가나자와와 아유가이의 심판자가 된 것이 오구라 신페이(小倉進平)이다. 오구라는 '音訓을 섞어서 적은 모습은 우리나라의 萬葉集와 다르지 않

---

樂學軌範의 處容歌가 本歌-곳 三國遺事의 處容歌를 譯한 자가 아니오 다만 처용을 찬송하는 동시에 우연히 본가의 上六句를 演述한 고로 同異와 加減이 잇슴이라"(『동아일보』, 1924. 1. 1)고 하는데, 이는 小倉이 "(『악학궤범』의 처용 부분)古語의 面影을 전하는 것이 없지는 않지만 본디부터 諷誦을 주로 한 것이므로 「三國遺事」의 그것과 서로 일치하지 않는 점이 있는 것은 당연하다고 생각된다."(小倉進平, 『鄕歌及び吏讀の研究』, 京城帝大, 1929, 1면)고 헌 밀과 서의 비슷하다.

다'는 가나자와의 입장을 완곡하게 물리쳐야 했었음이 틀림없다. '(가나자와의 해독은) 어학적 해석이 전연 빠져 있는 것을 유감으로 생각[57]한다는 말의 含意가 그렇다.

그에 비한다면 '14수의 향가 가운데 3수를 독파'한 아유가이는 '해석의 방법이 어학적이었고, 1자1구의 용법을 빠뜨리지 않고, 일일이 근거 있는 예증을 인용'[58]했다고 호평한다. 오구라는 아유가이가 해독한 3편에 관한한 자신의 해독에서도 일일이 正誤를 따져보고 있는데, 이는 비판의 대상이 아니라 오구라에게 指南으로 역할하였다.

이 점은 同祖同根論의 민감한 문제에 오쿠라가 어떤 입장이었는지 살펴보는 데에도 유용하다.

[자료8] 조선인이 조선어를 文字上에 표기하고자 함에는 漢字를 쓰는 것 밖에 도리가 없고, 그 한자의 사용도 오랜 사이 되풀이되면 스스로 그 略體의 발달을 보임에 이르고(우리나라의 가타가나가 한자의 略體에서 발달한 것처럼)….[59]

[자료9] … 이두는 … 신라시대만이 아니라 고려 이후 이조시대에 있어서 각종의 文記 등에도 사용되고 있다. 최근에 이르기까지도 證書 등에는 이 이두가 사용되었다는 것을 듣는다. 이는 우리나라에 있어서 오늘날도 書翰文 그 밖에 候文을 사용하는 것과 동일한 현상이었고….[60]

오구라는 동조동근 같은 문제에 그다지 큰 관심을 나타내지 않고 있다.

---

57  小倉進平, 『鄕歌及び吏讀の硏究』, 京城帝大, 1929, 3면.
58  위의 책, 4면.
59  위의 책, 277면.
60  위의 책, 같은 면.

질과 양에서 대저의 영예를 거듭 받는 『향가 및 이두의 연구』에서 위와 같은 겨우 두 군데 정도 발견될 뿐이다. 그나마 [자료8]에서는 '우리나라의 가타가 나가 한자의 略體에서 발달한 것처럼'을 괄호 속에 집어넣고 있고, 이두에 눈을 돌려서도 일본에서의 候文처럼 언어생활의 제한적인 사용에서 유사점이 있다고 말할 뿐이다. 매우 조심스럽게 아유가이의 손을 들어주고 있는 것은 아닌지 생각된다.

참고로 오늘날 일본의 학계에서 한일 언어의 同祖同根에 대해 어떤 논의가 일고 있는지 살펴볼 필요가 있겠다.

보다 정치한 논의가 이루어진 비교언어학에서 同系語의 관건은 문법적 구조의 공통 기초어에 대한 음운적 대응이다. 이에 관련되어 한국과 마찬가지로 일본에서도 일찍이 알타이어설이 유력했다. 문법적인 공통점이 인정되는 것이다. 그래서 조선어와의 동계설이 널리 제기되었던 것이다.

그러나 최근 들어 일본의 비교언어학자 사이에는 일본어의 기원과 한국어와의 관계에 대해 새로운 논의가 일어나 있다. 문법적인 문제에서도 同系의 중요한 판단기준이 되는 기초어의 대응을 찾아보기 어렵다는 것이다. 이에 대해서는 오노 스스무(大野 晋)의 논의가 주목된다.

이는(同祖同根論을 말함-필자) 메이지시대에 아스톤(A. G. Aston), 가나자와 등이 펼친 說로, 가나자와는 약 150단어를 들고, 문법에 대해서도 예를 들었다. 이는 그때까지의 일본어의 동계어 증명으로서는 가장 훌륭한 것이었다. 그러나 유럽의 비교언어학이 벌써 확립한 성과에 비하면 결과는 빈약했다. 단어의 대응도 적은데다가 그 가운데는 문화에 관계되는 단어가 많고, 기본 동사에 대해서는 거의 입증할 수 없었다.[61]

---

61  大野 晋, 『日本語の起源 新版』, 東京 : 岩波書店, 1994, 6면.

문화어는 언어의 계통에 관계없이 수입되는 일이 많으므로 계통론에서는 역할을 갖지 못한다. 한일간의 기초어 대응을 면밀히 실시해 본 결과 오노는 한마디로 '증거불충분'[62]이라 단정한다. 한일간의 활발한 문화적 교류가 언어 사이에 相同點을 낳게 했지만, 그것이 동일계통의 언어라는 데까지 이르게 하지는 못한다는 것이다.

## 5. 마무리

낱낱의 사실에 대해 대단히 소략한 논의를 하고 말았다. 그럼에도 불구하고 19세기 말부터 20세기 초의 세기말 전후, 근대가 만나 '첫 눈에 반한 첫 지점의 풍경'으로 돌아가 보니, 아직 정리되지 않은 사실들이 이렇게 많다.

그곳은 바로 鄕歌, 나아가 한국의 고전시가가 당면했던 근대였다.

시라토리 쿠라기치가 1894년 자신의 논문에 『삼국유사』를 처음 인용한 때로부터, 전형적인 제국주의 사학자인 그의 눈에도 이 '오리지널 現物'은 '망탄'인지 '사실'인지 머뭇거리게 했다. 그러나 그로부터 시작된 『삼국유사』의 연구와 인용은 1904년에 도쿄제국대학의 문과대학사지총서로 근대식 활판본이 나오는 결과를 낳는다. 1512년 조선조 중종 때 목판본으로 인쇄되고 난 다음, 실로 392년 만에, 조선이 아닌 일본 땅에서 이루어진 극적인 재생의 출판이었다.

출판을 주도했던 쓰보이 쿠메조가 해제에서 향가를 '신라문학사의 骨子'라고 평한 데서부터 이 논문은 시작하였다. 아직 완전한 해독도 이루어지지

---

62  위의 책, 같은 면.

않은 향가를 이렇게까지 평가한 그의 안목에 놀라면서 말이다. 어문학에서만큼은 당대 상황의 정치적 향도에 크게 이끌려가지 않았다는 점이 다행이라면 다행이었다. 공동 편찬자였던 쿠사카 히로시는 향가를 일러 '滄海遺珠'라 했다. 이런 말들은 뒤이어 오는 연구자들에게 향가 연구를 격발시키는 촉진제가 되기에 충분했으리라 보았다.

　향가 논의가 사학자의 손을 떠나 어문학에서 본격화되기는 1918년 가나자와 쇼사부로의 논문「吏讀의 연구」에서였다. 그런데 그는 한국어과 일본어가 동일계통, 표기방법이 터럭만큼도 다르지 않다는 同祖同根論에 집착하였고, 식민지 경영의 시대논리에 부응하는 데서 벗어나지 못하였다. 그 맞은편에서는 이가 아유가이 후사노신이었다. 어쩌면 본격적인 향가 해독의 출발은 아유가이에 있다고 해도 과언이 아니다. 그는 일본어와의 동조동근을 말하는 것은 성급하거나 의도된 기획에 불과하다는 생각을 가지고 있었던 듯하다. 한국어와 일본어는 同祖도 아니지만, 借字의 방법을 썼다하더라도 이후에 같은 길보다는 서로 다른 길을 걸어갔다고 생각했다.

　한편, 두 사람이 처음 해독한 〈처용가〉는 그간의 생각과 달리『악학궤범』의 〈처용〉을 보지 않고 했었을 수 있다는 주장을 조심스럽게 하고자 한다.

　그리고 오늘날 우리 연구자에게 경종을 울리기는, 향가 해독이 가나자와나 아유가이로부터 불쑥 시작된 것이 아니라는 점, 일본의 근대화 이후『삼국유사』와 향가에 관한 쓰보이 쿠메조 같은 先鞭에 충실한 응답으로 나왔다는 점, 그럼에도 불구하고 國是에 일조하려는 쪽과 학문의 엄정성에 堡壘하려는 쪽으로 갈렸음을 확인한다는 점 등이다.

　본격적인 향가 해독자 오구라 신페이는 동조동근 같은 문제에 그다지 큰 관심을 나타내지 않았다. 매우 조심스럽게 아유가이의 손을 들어주지 않았나 싶을 따름이다. 그러기에 이 글을 마무리 하면서 새삼 '靜居 50년의 民學的

生涯'[63]를 보낸 아유가이와 그 업적에 대한 조명이 필요하다는 생각을 하게 된다.

아유가이는 조선총독부 박물관의 촉탁 직원으로 어학연구에 홀로 매진했다. 1946년, 패전의 제 나라로 돌아가는 길의 旅宿에서 중풍으로 쓰러져 세상을 떠날 때까지.

---

[63]　아유가이의 사후 다카하시 토오루(高橋亨)가 유고인 「借字考」를 발견하여 『朝鮮學報』에 소개히였다. 小序에서 다카하시는 아유가이를 '靜居 50년의 民學的 生涯'라 불렀다. 총독부 촉탁의 신분으로 내내 살다간 그의 신분을 일컫는 표현이다. 그러는 사이 가나자와 오구라는 경성제국대학을 거쳐 도쿄제국대학의 교수로 영전해 간다.

# 鄕歌의 근대 · 2
— 小倉進平가 『鄕歌及び吏讀の研究』에 붙인 自筆 메모

## 1. 머리에

　향가 연구의 원점에 양립하는 존재가 小倉進平(오구라 신페이)와 梁柱東이다. 향가의 근대에서 두 축이다. 이 글은 1920년 전후를 다룬 전편[1]에 이어 1930년 전후 향가 연구의 원풍경을 두 사람을 축으로 재구성해 본 것이다.

　이번 글에서 논의의 중심은 小倉이다. 그는 어떤 계기로 향가 연구를 결심하였는가. 그가 한 연구의 흐름을 정리하면서 근대기 향가 연구의 본격적인 출발점을 다시 살펴보았다.

　小倉의 성과가 가진 의의에 우리 연구자가 보인 반응은 다양하였다. 小倉를 극복하고자 하는 양주동의 노력 또한 익히 알려진 바이다. 小倉와 양주동

---

1　이 글은 앞의 「鄕歌의 근대 · 1-金澤庄三郎와 鮎貝房之進의 향가 해석이 이루어지기까지」에 이어지는 것이다. 앞글에서 필자는, "향가를 처음 발견하고 그에 대한 의미 부여를 하던 처음 시점의 상황을 다시 한 번 면밀히 재구성해 보기로 하겠다."고 하였다. 여기 또한 그 기조를 유지한다. 한편 이 글을 완성하기 전, 예비단계로서 외솔회 한글날 기념 학술발표회에 '향찰의 한글 해독에 나타난 시적 정서'라는 제목으로 내용의 일부를 발표한 바 있다.(2012.10.5)

사이의 이 관계를 두고, 우리 학계에서는 우열을 다투자면 양주동이 앞선다고 평가하지만, 小倉의 연구 방법론을 좇아 충실한 보완자의 역할에 그쳤다는 비판도 있다. 이런 상황도 한번 정리할 필요가 있다.

이런 가운데 필자는 매우 특이한 자료를 하나 발견하였다. 小倉가 자신의 저서에 상당한 양의 자필 메모를 남겨두고 있다는 것이다. 메모는 모두 69곳에 걸쳐 있다.

이 메모를 살펴보면 그가 어떤 면에서 原著의 보완을 企圖했는지 알아낼 수 있다. 원저의 미비점과 새로운 연구의 방향을 스스로 드러냈기 때문이다. 그래서 이 메모는 면밀히 살펴 볼 필요가 있다고 본다. 개정판을 염두에 둔 듯한 자필 메모에서 기존 연구의 한계, 오류에 대한 인식과 향후 수정, 보완할 사항에 대한 기획을 확인할 수 있다. 이런 메모는 연구자로서 小倉進平의 맨얼굴이라고 할 것이다.

그러나 이 글에서 小倉의 메모는 학계에 소개하는 정도로 그치려 한다. 이를 이용한 정치한 小倉 연구 분석은 別稿로, 또 관련 연구자의 몫으로 미룬다.

다만, 小倉와 양주동 사이의 근대 향가 연구의 풍경 속에 한 가지 의문으로 남아 있던 한 가지, 곧 小倉가 양주동의 논문에 구체적으로 어떤 생각을 가지고 있었는지 확인하는 데는 활용하였다. 결론을 미리 조금 적자면, 小倉는 양주동의 관련 연구에 대해 구체적인 반응을 전혀 하지 않았다. 이런 행동의 저변에 깔린 생각이 궁금하다.

이제 小倉의 향가 연구와 그 메모를 검토해 보면서, 향가 연구의 근대에 남은 하나의 상흔을 짚어, 1930년 전후 향가 연구의 현장에 다가가 보고자 한다.

## 2. 小倉進平의 향가 연구

### (1) 東京帝大生과 『삼국유사』

선행연구자는 小倉進平의 생애를 '거주지 중심 3기'[2]로 나누었다. 센다이에서 태어나 도쿄에서 공부를 마친 시기(1882~1910), 서울에서 거주한 시기(1911~1932), 도쿄에서 활동한 시기(1933~1944)이다. 小倉는 자국의 식민통치가 시작된 이 땅에 바로 한 해 지나 발을 디뎠다.

그는 왜 조선총독부 치하의 조선으로 왔을까? 왜 조선어를 공부하고 향가를 해독했을까? 그 계기는 무엇이었을까?

小倉에 대한 논의는 이 사소한 질문으로부터 시작한다.

질문에 답하자면 조선에 발을 디딘 조금 앞으로 거슬러 올라가야 한다. 1903년 봄, 그는 도쿄제대 문과대학 문학과에 입학하였다. 저들이 말하는 '자랑스러운 帝大生'이었다. 학부를 마치자 일본어학에 뜻을 두고 대학원에 진학하였으며, 전공은 비교언어학으로 잡았다. 기실 비교언어학자로서 그의 평생은 죽는 날까지 변함없었다. 어느 언어와 비교 연구할 것인가? 여기서 小倉은 帝大 선배인 金澤庄三郞(가나자와 쇼사부로)의 권유를 받아들였다. 조선에서 '日朝比較'의 길을 개척하기로 한 것이다.[3]

이력은 이렇게 간단하게 정리되지만 여기에는 여전히 '왜'가 빠졌다. 그래서 연구자들은 아직도 이 대목을 궁금해 한다.[4]

아무래도 어떤 결정적인 계기가 있었을 것으로 보인다. 나는 한 가지 계기를 다음과 같은 글에서 찾고자 한다. 1900년 봄, 일본의 학계에는 짧지 않은

2　정승철, 「小倉進平의 생애와 학문」, 『방언학』 11, 한국방언학회, 2010, 157면.
3　河野六郞, 『河野六郞著作集 3』, 東京 : 平凡社, 1980, 331~332면.
4　정승철, 앞의 논문, 159면.

길이의 解題로『삼국유사』의 존재가 알려졌다. 나중『삼국유사』활판본의
간행자이자 帝大 교수인 坪井九馬三(쓰보이 쿠메조)가 쓴 글이었다. 거기에 이
런 대목이 나온다.

僧融天 得烏谷 牽牛翁 信忠 僧忠談 僧月明 僧永才 處容郞.
　　이상 든 사람은 모두 歌人으로서 본서에 그 이름을 싣고 있다. 이들의 古新
羅語 長篇은 모두 이두를 가지고 엮었다. 이두의 읽는 방법은 사라졌다. (…중
략…) 본서에는 신라어를 많이 싣고, 또 歌篇도 十數首를 들어 신라 古歌를
전해주는 것은 본서만이 그러하므로, 一然의 功은 오래도록 사라지지 않을
것이다. 본서는 실로 신라문학사의 骨子가 되는 것이다.[5] (윗점은 필자)

　　신라어로 쓴 신라 가인의 노래 십 수편-. 전문 한문으로 쓰인『삼국유사』
에서 매우 일부 섞여 들어간 신라어 시가를 찾아낸 해제자의 精察도 그렇지
만, 이것이 신라문학사의 骨子라고 평한 안목은 더욱 놀랍다.
　　小倉도 이 글을 읽었으리라. 그에게 渡韓의 결정적인 영향을 미친 것은
바로 쓰보이를 통한『삼국유사』와의 만남이 아닌가 싶다.『삼국유사』는 1512
년 경주에서 인쇄된 후 거의 종적을 감추다시피 했다가, 1904년 도쿄에서
'東京大學藏板'으로 모습을 드러낸다.[6] 小倉가 학부 2학년 학생 때였다. 쓰보
이가 편집한 '文科大學史誌叢書'의 하나로 간행된 이 책은 교재로도 쓰였다.
갓 스무 살의 청년은 異國의 기이한 문서와 古新羅語에 눈길이 멈추었다.
　　이 무렵 제대 졸업생들 가운데 상당수가 조선으로 건너갔다. 민속학의 秋
葉隆(아키바 다카시), 村山智順(무라야마 지준) 그리고 역사학의 今西龍(이마니시 류)

---

5　　坪井九馬三,「三國遺事」,『史學雜誌』11편 9호, 東京 : 日本史學會, 1900, 67-68면.
6　　이에 대해서는 Ⅰ부「德川家 장서목록에 나타난 三國遺事의 전승」에서 자세히 고찰하였다.

등이 그들이다. 조선총독부의 촉탁 등의 자격으로 조선 전역을 누비며 그들
이 대학에서 배운 바를 실전에 옮겼다. 재학 중『삼국유사』를 접했고,『삼국
유사』를 자료로 조선에 대한 연구를 본격적으로 수행한 공통점이 있다. 小倉
또한 이 같은 움직임에 자극 받았을 것이다. 그는『삼국유사』를 통해 본
신라어를 그 본토에서 연구해야겠다는 욕망을 가지게 되었다. 앞선 졸업생들
과 달리, 언어학은 자신이 맡아야겠다는 구체적인 계획도 섰을 것이다.[7]

　그가 조선총독부에 와서 맡은 주요 업무는 교과서와 '조선어사전'(1920)
편찬이었다. 이는 공동업무였지만, 이밖에도 개인적인 연구인 규장각의 고서
고문헌 및 자신의 수집품을 바탕으로 향가 및 문헌에 대한 조사를 이어나갔
다. 그는 渡韓 10년째인 1920년에 벌써 '조선어학사'를 간행하였다. 이런 결
과였는지, 1926년 개교하는 京城帝大[8]의 교수로 내정되고, 내정 연구자를 해
외로 파견하는 인원에 포함되었다. 그는 1924년부터 2년간 유럽에 유학한다.

　이때는 벌써 박사학위 취득을 위해 '鄕歌及び吏讀の硏究'라는 제목의 논문
을 완성해 놓고 있었다. 견문을 넓히자는 목적의 유학이었지만, 기실 생애에
걸친 연구의 범위와 성과는 이 논문으로 결정되어 있었다. 이것이 그에게
渡韓의 최대 목적이요 이유였다고 말해 틀리지 않다.

---

7　이 渡韓派에게는 분명 정치적인 상황에 따른 결심이 배후에 있었을 것으로 추정된다. 뒷날
　小倉 자신은 조선어의 구조와 계통을 밝히는 학문적 동기만을 강조하였지만 말이다. 이에
　대해서는 安田敏朗,『言語의 構築』, 제이엔씨, 2009, 43-51면 참조.
8　일본은 관료 양성의 목적 아래 제국대학을 설립하는데, 東京(1886), 京都(1897), 東北(1907),
　九州(1911), 北海道(1918)에 이어 여섯 번째로 京城(1924)에 설립하였다. 이후 臺北(1928),
　大阪(1931), 名古屋(1939)까지 9개의 제국대학을 만들었다. 경성제국대학은 1924년에 경성
　제국대학관제가 공포되고 난 다음인 1926년에 정식 개교하였다.

## (2)『鄕歌及び吏讀の硏究』의 위상

일반적으로 小倉進平가 향가 해독에 손을 댈 수 있었던 것은 향찰과 고대 일본어의 相同性 때문이었다고 말한다.

일찍이 『古事記』 서문에서 太安万呂는 "因訓述者 詞不逮心 全以音連者 事 趣更長"[9]이라고 하였다. 訓으로 쓰는 것은 글을 깊이 있게 전하지 못 하고, 전부 音으로 쓰는 것은 글을 너무 길게 만든다는 말이다. 곧 훈과 음을 병용 하여 효율성과 경제성을 추구하였다는 설명의 전제이다. 이는 고대 일본어를 푸는 열쇠였다.

사실 萬葉假名 시대에서부터 音訓의 병용이 이루어졌고, 訓音借 표기도 나왔다. 이에 대해서는 일찍이 仙覺(1203~?)이 체계화하였다. 이를 20세기에 들어 근대적 문법 용어를 만들어 낸 橋本進吉(하시모토 신기치, 1882~1945)는 다음 과 같이 정리하였다.[10]

　① 正用(한자의 意義) … 音取, 訓取(正訓, 義訓, 連想訓)
　② 假用(한자의 읽기) … 音取(一字一音, 一字二音), 訓取(一字一訓, 一字二訓, 二字一訓)
　③ 戲書

이런 분석 방법에 따라 『萬葉集』의 시에 문법적 명칭을 부여하였다. 예를 들어 山上憶良(야마노우에노 오쿠라)의 시(63번 노래)를 한 편 보인다.[11]

---

9    荻原淺男 校注, 『古事記』 25版, 東京 : 小學館, 1995, 49면.
10   尾崎富義 外, 『万葉集を知る事典』, 東京 : 東京堂出版, 2000, 38-40면; 김사엽, 『일본의 萬葉 集』, 민음사, 1983, 154면.
11   佐竹昭廣 外 校注, 『萬葉集』 1, 東京 : 岩波書店, 1999, 55면.

　A 去來子等 早日本邊 大伴乃 御津乃濱松 待戀奴良武 … 萬葉假名의 원문
　B いざこども(5) はやくやまとへ(7) おほともの(5) みつのはままつ(7) ま
ちこひぬらむ(7) … 讀解

57577조의 전형적인 短歌이다. 장가의 경우, 57로 이어지다 마지막 줄만
577을 이룬다. 이렇듯 고정된 음수율은 독해에 도움을 주었다. 위의 노래를
다시 正用과 假用으로 구분해 보이면 다음과 같다.

　A 去來子等 早日本邊 大伴乃 御津乃濱松 待戀奴良武(※밑줄은 명사와 동사)
　B いざ子とも 早く大和へ 大伴の 御津の浜松 待ち恋ひぬらむ
　자, 그대들 빨리 일본으로 오모토의 미츠의 하마마츠 연인처럼 기다린다네

이 노래는 7세기 시인 山上가 중국에 사신으로 갔다가 돌아오면서 쓴 것이
다. 고된 사신의 임무를 마치고 머나먼 뱃길로 돌아가는 고국에 대한 기대가
가득하다. A는 만요가나(萬葉假名) 곧 초기 가나이고, B는 오늘날 해독하여
표기할 때 쓰는 가나이다. 우리 향찰과 달리 가나는 생성 이후 지금까지 일본
인에게 줄곧 기본생활언어로 쓰이고 있으므로, 다소 예외는 있지만 해독에
우리만큼 어려움은 없어 보인다. 여기에 유럽식 근대적 문법을 습득하게 되
자 보다 정밀한 언어학적 분석을 할 수 있게 되었다.
　橋本는 小倉의 東京帝大 동기 졸업생이었다. 일본 언어학계의 대부로 불리
는데, 小倉는 일찍부터 橋本가 『萬葉集』의 일본 고대가요를 이렇게 연구하고
있다는 사실을 잘 알고 있었다. 小倉가 향가에 손을 댈 수 있었던 저변이었다.
비슷한 방법으로 향찰이 형성되었다고 믿었기 때문이다. 그러나 小倉만이었
을까. 여기서 힌트를 얻었음직한 造語가 뒷날 양주동에게서도 발견된다.

義字 … 音讀, 訓讀, 義訓讀

借字 … 音借, 訓借, 義訓借

위는 양주동의 향찰 분석 체계이다. 借字는 다시 양상, 형식, 동기 등에 착안하여, 正借, 轉借, 通借, 略借, 反切, 戲借의 여섯으로 나누었다.[12] 용어와 기능이 橋本와 사뭇 닮아 있다. 이두와 향찰로부터 문자 쓰기를 배워간 것이 고대의 일본인이었다면, 고대의 문자를 풀기 위해 정리된 저들의 방법론을 가져다 쓴 것은 근대의 우리였던 셈이다.

그러나 여기서 이것은 중요한 문제가 아니다. 재언하거니와, 일본은 萬葉 假名에서 출발하여 문자를 발전시키고 오늘날까지 기본생활언어로 쓰고 있다. 특히 萬葉의 7~9세기 운문에서 10세기 物語의 산문으로 발전한 대목이 주목된다. 운문에서 산문으로는 문장 규범의 탄생을 상징하기 때문이다. 이에 비한다면 우리의 경우 향가의 운문에서 향찰은 그치고 말았다. 산문으로 나가야 할 11세기 이후 그 자리에 한문이 들어서고 만 것이다.[13] 못내 아쉬운

---

12  梁柱東, 『增訂 古歌研究』, 一潮閣, 1965, 60-61면.

13  물론 한글 창제 이후에도 이두가 널리 쓰였다거나, 고려 때 불교 경전에 우리말 토씨와 어미를 붙여 읽는 각필 구결이 활발하게 쓰인 점을 외면해서는 안 된다. 다만 그것이 산문으로의 발전까지 이르지 못했음을 지적한 것이다. 한편, 산문으로 발전했다 해도 일본어는 그 불안한 표기체계 때문에 뜻밖의 문제를 낳았다. 일례를 들어보자. …"(일본어에서) '生'이라는 한자를 漢音으로는 '세이'sei, 吳音으로는 '쇼'syô라 읽고 이를 다시 '쇼즈루'syôzuru生ずる 등으로 동사화하여 읽는 정도까지는 그렇다 치더라도, '이키루'ikiru生きる, '우마레루'umareru生まれる, '하에루'haeru生える, '오우'ou生う, '나마모노'namamono生もの라든가, '기잇폰'kiippon生一本이나 '우부나 야쓰'ubuna yatu生なやつ 따위로 읽는 다양한 법이 계속 이어진다. 이밖에도 고유명사 표기에 이르면 '미부'mibu壬生, '오고시'ogosi生越, '이고모리'igomori生守, '우루카미'urukami生神, '하다카주쿠'hadakazuku生子宿 등과 같이 '生' 한 글자만도 수백 가지로 읽힌다고들 한다."(노마 히데키 지음, 김진아 외 옮김, 『한글의 탄생』, 돌베개, 2011, 63면)… 익히 알고 있는 일본어의 한자어 발음 문제이다. 이름과 같은 고유명사에 들어가면 더욱 복잡하다. 일본어 가나 50음으로 모든 표기를 다하려 하는 일본어의 구조적인 한계를 잘 보여준다. 향찰로만 우리 글 쓰기 체계를 이어왔다면 우리도

대목이다.

小倉는 향가에 대해 관심을 갖고 접근하면서 이 같은 상황을 잘 알았을 것으로 보인다. 그의 초기 한국어에 대한 연구를 정리한 다음과 같은 구절을 보자.

> 끊임없이 우리 국어를 연구하여, 혹은 고서를 섭렵하여 우리 고어를 찾았고 우리 국내 방방곡곡을 실지로 답사하여 방언을 조사했고, 향가 해독에 있어서 로제타스톤이라 할 吏讀를 연구하여 이두의 시대구분과 각 시대의 특징을 밝히고, 이두의 訓讀 · 語義 · 語法 등을 究明하여 그 기초를 튼튼히 닦은 다음에 착수 · 완성한 것이다.[14](윗점 필자)

고어와 방언을 조사하며 이두에 접근한 그는 訓讀 · 語義 · 語法 등에서 제대 시절 공부한 일본 고어의 연구 방법을 착실히 적용하였다고 보인다. 그렇기 때문에 '밟아 의지할 디딜판이 없었고, 문헌의 빈곤과 外人으로서의 불리한 처지 등 가지가지 악조건'[15]이었다고 하나, 도리어 연구 방법 상에서 마련된 선진적 훈련이 未踏의 경지를 헤쳐 나갈 수 있게 하였다. 이것은 그에게 하나의 학문적 즐거움을 가져다주었다.

위의 설명은 小倉가 직접 總說에서 밝힌 네 가지 기본원칙에 잘 나타난다.

> ① 한자를 類에 따라 彙集하고, 그 사이에 존재하는 사용상의 異同을 조사하여, 가장 穩健하다고 생각되는 해석법을 취하는 일

---

이랬을까?

14   김근수, 「小倉進平 박사의 鄕歌硏究上의 位置」, 『아세아연구』 Vol.8 No.2, 고려대 아세아문제연구소, 1965, 159면.

15   위의 논문, 162면.

② 향가에 附帶하는 해설문에서 그 뜻을 모색하는 일

③ 古書의 語格을 參取하는 일

④ 방언을 參取하는 일[16]

여기서 ③과 ④는 고어와 방언의 조사를 말한다. ③의 고서는 『삼국사기』 같은 책도 포함되지만, 주로 한글 창제 이후 제작된 책을 말하는데, 그의 말대로 '조사, 조동사 및 동사와 조동사와의 연결 상태'[17] 등을 알자면 이것이 필요했다. 그러나 보다 본격적인 방법론은 ①와 ②에 있다. 사용된 한자의 彙集과 異同을 살펴 어법적 쓰임을 取擇하는 일이 먼저이고, 배경설화를 적극적으로 이용한다는 것은 지금까지도 향가 해석에서 버리지 못 할 방법론이다. 이는 萬葉假名의 해독법과 그대로 일치한다.[18]

다만 원칙이 무조건 성과를 담보하지는 않았다. 그래서 '原歌대로 再構 또는 의역한 것은 한 수도 없다고 해도 과언은 아니다'[19]는 극단적인 평가까지 나왔다. 그러나 先鞭을 든 그의 업적에 대해 '破天荒의 획기적인 일'[20]이란 표현은 다소 의례적 過稱일지 몰라도, '상당한 문화와 역사를 가진 조선 언어가 과학적 연구의 기반을 얻은 것'[21]이라는 주장에는 누구나 동의하리라 본다.

---

16  小倉進平, 『郷歌及び吏讀の研究』, 京城帝大, 1929, 7-10면.

17  위의 책, 8면.

18  배경설화를 이용하여 해석하는 일은 『萬葉集』에서 物語歌(이야기를 가진 노래)의 경우가 있어 낯설지 않았으리라 보인다. 이에 대해서는 고운기, 『한국 고전시가의 근대』, 보고사, 2001, 61-68면에서 소개한 바 있다.

19  김근수, 앞의 논문, 163면.

20  梁柱東, 「郷歌の解讀, 特に願往生歌に就いて」, 『青丘學叢』 19, 青丘學會, 1935, 2면.

21  河野六郎, 앞의 책, 336면. 그러나 이 말은 어학적 연구의 차원에서 받아들여야 의미가 있고, 식민지 치하의 '조선어 말살 정책'을 뒤집으려는 반론에 쓰여서는 부적절하다. 이에 대해서는 마쓰이 다카시, 「植民地下 朝鮮에서의 言語支配」, 『한일민족문제연구』 4, 한일민족문제학회, 2003을 참조할 것.

## 3. 小倉의 향가 해석의 한계와 梁柱東

### (1) 小倉進平의 연구 방향

小倉는 모든 조사와 연구의 목표를 한국어에 대한 역사적 연구로 집중하였다.[22] 이것은 본인 스스로 밝히고 있듯이, "언어의 역사적 연구를 무시한 語論은 흡사 砂上樓閣과 같은 것으로서 근거가 대단히 박약하여 아무런 과학적 가치를 인정할 수 없다."[23]는 발언에서도 확인된다. 비교언어학의 연구 영역을 가지고 있었던 小倉로서는 당연한 입장이었다고 할 수 있다. 이두의 언어사적 연구에서는 성과의 다소를 불문하고 역사주의, 자료고증적 실증주의, 방언에 대한 관심이 먼저였을 것이다. 그러나 '의미나 기능을 배제한 채 언제나 단어의 형태 쪽에만 기울어져 있었다'[24]는 점에서 비판의 대상이 된다.

특히 향가가 시가로서 위치 지워진 바에야 노래의 연구라는 측면에서 결정적인 흠을 가지고 있었다.

이런 점에서 가장 먼저 그의 논의에 반론을 제기한 이는 같은 일본인 학자 土田杏村(쓰지다 교손)이었다. 土田은 小倉의 저서가 출간되기 전인 1929년 2월 7일자로 小倉에게 편지[25]를 보냈다.

이 편지에서 土田은 新村出[26]로부터 향가 연구에 많은 성과를 거두고 있다

---

22  河野六郎, 앞의 책, 333면.
23  小倉進平, 앞의 책, 2면.
24  정승철, 앞의 논문, 179면. 실제 小倉는 한국어를 잘 구사하지 못했다고 한다.
25  이 편지 또한 뒤의 메모와 함께 이 글을 통해 처음 소개되는 것으로 안다. 1929년 2월 7일의 소인이 찍힌 다섯 쪽 분량의 편지는 後述하는 바 小倉文庫 소장의 『鄕歌及び吏讀の硏究』 안에 봉투에 담긴 채 넣어져 있었다. 『鄕歌及び吏讀の硏究』의 판권상 출판날짜는 1929년 3월 15일이다. 제공해 주신 정승철 교수께 감사드린다.
26  新村出(신무라 이즈루, 1876~1967)는 언어학자로 小倉의 東京帝大 선배였고, 1907년부터 京都帝大의 교수를 지냈다. 岩波書店의 『広辞苑』의 편자로 유명하다. 土田는 비록 철학을 전공했지만, 新村의 京都帝大 제자라고 할 수 있다.

는 소식을 들었다면서 몇 가지 교시를 구하고 있다. 이는 小倉에 대한 반론이라기보다 그가 구상하고 있는 고대 가요의 형식 문제에 관해 신라 향가의 정보를 알고 싶어 하는 수준이었다. 특히 10구체에 관심을 보인 그는 향가를 『古事記』 등에 실린 〈志良宜歌〉와 비교하였다. "志良宜歌(시라게우타)는 新羅歌(시라기우타)이므로, 신라의 향가 형식은 역시 우리나라의 고대가요에 전해졌다는 것이 분명하다."고 하면서, "신라계의 가요의 曲節을 문헌과 현재의 민요를 가지고 조사하여, 우리『琴歌譜』 가운데 志良宜歌의 曲節을 읽고,『금가보』의 譜法을 조사하여 일본 상대가요의 曲節을 추론해보고자 한다."고 밝혔다. 이는 그가 1929년에 내는 저서 『上代の歌謠』의 기본 구상이었다.

질문은 모두 여섯 가지였다. 그러나 가장 먼저 제시한 형식상 短句長句交互의 문제가 중심을 이룬다. 이는 그가 나중에 小倉와 벌인 학문적 논쟁[27]에서도 핵심이었다. 小倉가 정리한 10구체 향가의 운율인 8888/8888/後句88에 대해 土田는 4868/8868/後句68로 보았다. 장구(8)와 단구(4/6)가 서로 섞여 들어간다는 것이다.

사실 이때 土田는 단행본 분량의 원고를 마치고 가까운 시일 안에 발표하려 한다고, 편지에서 밝히고 있다. 재언하거니와 어쩌면 질문이었다기보다 所論의 확인 작업이었다고 보아야 한다. 우회적으로 小倉 연구에서 노래의 문학적 분석이 미비한 점을 지적한 것이다.

'시가적 형식을 전혀 도외시'[28]한다는 비판은 이후 줄곧 이어졌다. 小倉의 치밀한 연구 분석에도 불구하고 한자 용법상의 착오, 의미 불통의 해독, 어법상 어휘상의 착오 등이 많이 나타났는데, 이는 최초의 연구자로서 피할 수

---

27    이 논쟁에 대해서는 류준필, 「土田杏村·小倉進平의 향가형식논쟁과 趙潤濟의 시가형식론」, 『한국학보』 97, 일지사, 1999에 자세히 정리되어 있다.

28    양주동, 앞의 논문, 3면.

없는 오류로 치고 말 수 있으나, 詩歌性의 무시는 '說의 타당성 여부도 문제이거니와 그 해독에 있어서도 원칙보다 예외가 더 많고, 아주 읽기 어려운, 유창치 못한 산문체로 해독'[29]되었다는 비판에 이르러서, 이후 한국인 연구자들에게 小倉의 영향력을 감소시키는 원인이 되었다.

일찍이 小倉는 자신의 연구에 대한 무한한 자신감에도 불구하고, 결정적인 데서는 '향가 연구 같은 것은 원래 자네들의 몫'[30]이라는 말로 정곡을 피해가곤 했다.

여기서 '자네들'이란 경성제대에서 가르친 '조선 학생들'을 가리키는 말이다. 그런데 자신의 제자보다 먼저 양주동이 연구하고 반론을 제기해 왔다. 뒤에 나올 〈원왕생가〉를 분석한 논문이다. 小倉의 반응은 어땠을까.

양주동 씨의 연구는 조선어의 역사적 연구에 기초를 둔 것으로, 가장 과학적이고 조선인으로서 향가의 학문적 해석을 시도한 최초의 문헌이라고 할 수 있다. 이것은 그야말로 조선의 학도가 일찍이 해야 했던 일을 행한 것이므로, 그 자체로 대단히 의의가 있을 뿐 아니라 斯學의 발전에 기여하는 바가 대단히 많을 것을 확신하며 최대의 경의를 표한다.[31]

경의를 표한다는 형식적인 인사치레 외에는 자신의 학술적 입장을 그다지 바꾸지 않았다. 역사적 연구, 과학적 해석 같은 말이 그렇다. 조선인으로서 일찍이 해야 할 일이란 벌써 자신이 충고했던 바가 아니냐는 태도이다. 양주동은 그 같은 小倉의 충고를 충실히 받아들인 셈이었다.

이에 대해 최근 우리 학계에서조차 수긍하는 분위기이다. 양주동을 비롯

---

29   김근수, 앞의 논문, 171면.
30   小倉進平,「鄕歌·吏讀の問題を續りて」,『史學雜誌』47-5, 일본사학회, 1936, 91면.
31   위의 논문, 86면.

한 향가 연구의 성과가, "거시적으로는 小倉의 조선어의 역사적 연구라는
과제인식을 계승하여 동일한 방법론에 입각해서 小倉의 오류를 보완하면서
더욱더 체계적으로 발전시켰다고 할 수 있다."[32]는 평가가 그것이다. 조금은
지나친 비유이지만, "자신의 필요에 의하여 스스로에게 과한 숙제를 했음에
도 불구하고 아이를 향해 '숙제란 본래 네 스스로 해야 한다'고 타이르는
어른의 자세와 다를 바가 없다."[33]는 데서 小倉의 학문적 태도와 저간의 사정
이 함축적으로 비판되었다. 어휘 분석에 매달린 小倉 자신은 거기서 한발
더 나갈 수 없는 한계를 절감했을 것이고, '어른의 핀잔과 스스로의 숙제에
대한 무관심에 수치를 느끼고 그에 대한 어른을 훨씬 능가하는 목표달성을
하고자'[34] 최선을 다한 '조선의 학도'에게 격려의 인사치레까지 인색할 일이
아니었겠다.

　물론 '거시적으로' 보자면 스스로 '破天荒'이라 느낄 만큼 거대한 연구 결
과 앞에서 양주동 같은 '조선의 학도'가 택할 길은 달리 없었다. 오류의 보완
과 체계적 발전이 급선무였다. 다만 그 가운데 미시적인 발전은 분명 이루어
졌다. 그런데 小倉는 왜 이런 '斯學의 발전' 앞에 미시적인 데는 눈을 돌리지
않았을까. 土田의 편지에 그토록 성실히 답변하며 여러 차례 논문을 통해
싸움까지 벌인 그였다. 그보다 훨씬 구체적인 문제를 들고 나오는 '조선의

---

32　임경화, 「향가의 근대 : 향가가 '국문학'으로 탄생하기까지」, 『한국문학연구』 32, 동국대 한
　　국문학연구소, 2007, 449면. [附記] 임경화 씨의 이 논문은 앞서 소개한 필자의 「鄕歌의
　　근대 1 - 金澤庄三郎와 鮎貝房之進의 향가 해석이 이루어지기까지」(2008)와 1년 남짓 相間
　　에 발표되었다. 유감스럽게 필자는 당시 임경화 씨의 논문을 보지 못하였었다. 두 글은 같은
　　제목을 가지고 있지만 연구대상은 달랐는데, 임경화 씨가 논의한 바가 小倉進平와 그 이후
　　의 상황이라면 필자는 그 이전 단계를 다뤘던 것이다. 그러나 문제의식 곧 향가가 근대에
　　들어 발견된 문학이라는 점에서 유사한 부분이 없지 않다. 이제 여기서는 임경화 씨의 성과
　　를 참고하면서 논의한다.

33　위의 논문, 446면.

34　위의 논문, 446-447면.

학도'는 그저 학도로만 보였을까. 아니면 자신이 쌓은 공부와 자신이 지닌 방법론의 한계였을까. 이에 대한 답변에 따라서는 양주동의 연구가 小倉의 계승으로만 끝났다 말하고 말 일이 아니다.

## (2) 末音添記를 둘러싼 차이

향가를 詩로서 해석하는 일은 지극히 당연하다. 한계적 상황 속에서 그것을 처음으로 완역한 小倉進平도, 한국인으로 처음 완역한 양주동도 마찬가지였다. 이후 어떤 해독자 또한 이 같은 자세를 버리지 않았다. 그러나 양주동의 해독이 오늘날까지 가치를 빛내는 것은 그 자신 시인이었던 특장을 살린 까닭이다.

> 小倉進平에게 없고 양주동에게 있는 것 두 가지를 먼저 우리는 지적할 수 있다. 한국인으로서 언어적 직관을 가지고 있었다는 것이 그 하나요, 또 하나는 직접 詩作의 경험을 쌓은 바 있는 시인이요 문학을 전공으로 했었다는 점이 있다.[35]

'언어적 직관'은 양주동이 한국인이라는 사실과 小倉가 어휘(단어) 외에는 한국어에 능통하지 못했다는 점[36]에서 비교의 대상조차 되지 않는다. 그러나 '詩作의 경험'이 주는 수월성은 小倉는 물론이요 모든 한국인 해독자를 포함하여 양주동에게만 통하는 바다. '양주동의 해독은 시적으로 가장 성공한 것'[37]이라고 평하는 학자마저 있다.

---

35  김완진, 「양주동의 국어학」, 동국대 한국문학연구소 엮음, 『양주동 연구』, 민음사, 1991, 378면.

36  정승철, 앞의 논문, 168면.

김완진은 이런 예를 들었다.

去隱春皆理米
　　小倉 : 가ᄂᆞ봄이 다 다ᄉᆞ리몌
　　梁 : 간 봄 그리매

〈모죽지랑가〉의 첫 줄이다. 둘 사이에는 해독의 차이도 큰데, '去隱春'을
梁이 '가ᄂᆞ봄' 아닌 '간 봄'이라 한 점이 예로서 적실하다. 과거형을 가장
간명하게 보인 표기이기 때문이다. 나아가 "글자 하나하나를 꼼꼼히 읽느라
고 애쓰고는 있지만, 小倉進平의 문면은 과연 그것이 무엇을 말하려 하는
것인지, 또는 그러한 표현이 가능한지 분명치 않은 반면 无涯의 해독은 우리
말의 표현이 되어 있고 시가 되어 있다."[38]고 김완진은 지적하였다. '시가
되어 있다'는 구절에서 눈길을 멈추게 한다.

　비록 완역의 先鞭을 놓치기는 했지만, 양주동의 해독이 오늘날 우리에게
자긍심을 주기로는 바로 이 때문이 아닌가 한다.

　양주동 자신 '해독의 대상은 무엇보담도 산문이 아닌 시가이므로 (…중
략…) 해독된 결과가 시가로서의 音數律·語感其他에 적합한가를 반성하여
야 할 것'[39]이라 하였다. 음수율이야 가리키는 바가 명확하다할지라도, 약간
은 두루뭉술하게 쓴 '語感其他'라는 말은 시적 표현을 나타냄에 다르지 않아
보인다. 물론 그것은 어휘와 統辭 모두 '우리말다운 구사'를 염두에 둔 것이었
으리라. 양주동은 우리말의 역사적 再構나 可逆을 통해 향찰을 풀었고, 거기

37　임기중, 「향가해독의 문학적 평가와 해석」, 동국대 한국문학연구소 엮음, 앞의 책, 217면.
38　김완진, 앞의 논문, 381면. 윗점은 필자. 이하 같음.
39　양주동, 앞의 책, 65면.

서 우리말의 매우 중요한 특질을 발견하였다. 본인조차 인식하지 못했던,
그것은 훈민정음 창제의 원리를 이루는 한 축이었다.

이와 관련하여 양주동의 향가 첫 논문에서 무엇보다 눈길을 멈추게 하는
것이 末音添記이다. 이에 대해서는 이미 학계에서 주목한 바이다.

　　특색 있는 표기로 義字末音添記法을 밝혔다. 이는 체언과 용언의 한 단어를
　　의자로 쓰고, 그 말의 말음 또는 말음절을 주로 음차자로 덧붙여 씀으로서
　　그 체언과 용언을 의훈독하게 하는 방법이다.[40]

이 원칙에 따라 '無量壽佛前乃'도 '無量壽佛前에'로 해독하였다. 小倉가 '佛
애'라 해독[41]한 부분이다. 양주동은 '前'을 음독해야 한다고 하였다. 그 증거
가 乃 곧 ㄴ음이 있는 까닭에서라는 것이다. 물론 이때까지 양주동은 말음첨
기라는 용어를 쓰지 않았다. "「前」を音読するのが正しいものと信ずる。乃に
ㄴ音があるからである。(「前」을 음독하는 것이 바른 것이라고 믿는다. 乃에 ㄴ음이 있
기 때문이다 : 필자 번역)[42]라고 설명하고 있을 뿐이다. 이에 대한 보다 자세한
설명은 뒷날,

　　前乃는 '전에'이나 그 실제속음 '견네'를 卽音的으로 記寫한 것. 이로써 前字
　　의 음독임을 알 수 잇다.[43]

---

**40**　황패강, 「무애 양주동과 조선고가연구」, 동국대 한국문학연구소 엮음, 앞의 책, 248면. 최세
　　화도 '괄목할 만한 創說'(위의 책, 306면)이라 하였다. 나아가 김완진의 訓主音從의 원리도
　　이의 발전이라 보았다.

**41**　小倉도 "或は「前」を音でと読む所から、nの頭音を有する「乃」を用ひて애の代わりに用ひ
　　たものと見ることも出来よう。"라고 하여, 일종의 말음첨기를 염두에 둔 듯하다. 小倉進平,
　　앞의 책, 203면.

**42**　양주동, 앞의 논문, 36면.

**43**　양주동, 앞의 책, 506면.

고 하였다. 양주동이 말음첨기에 집착한 것은 음률의 문제 때문이었던 것 같다. '어떤 한자의 음독과 훈독과는 음수율에 대차가 생기므로 향가의 음률적 연구에서 등한히 할 수 없는 문제'[44]라는 것이다. 훈독과 음독 사이에는 글자 수의 차이가 생기게 마련이다. 나아가 균여 향가가 생산되는 11세기에 들어서서는 한문의 음독이 일상에 매우 빈번히 행하여졌다고도 생각했다. 예를 든 것은 〈참회업장가〉였다.

　　衆生界盡我懺悔
　　來際永良造物捨齊


　　衆生界를 다ᅌᅡ아 내 懺悔　　　　4 3 3
　　來際길에 造物(을) 버리제　　　　4 5(6) … 小倉


　　衆生界盡我懺悔　　　　　　　　　4 3
　　來際길이 造物捨저　　　　　　　　4 4 … 梁


　마지막 두 줄에 대한 두 사람의 해독은 이렇게 차이가 났다. 양주동은 4/3(4)조 원칙을 정해 놓고 지키려 했다. 9구는 아예 원문 그대로이다. "균여가는 전편을 통하야 한자어가 태반 사용되야 잇는데, 후세 儒者流들의 漢文半석기노래는 진작 麗初 승려간에 濫觴된줄을 알 것이다."[45]라고까지 말한다. 한문의 상용이 우리말의 쇠퇴를 가져오는 현상을 일찍이 지적한 것이다. 김완진은 9구는 양주동을, 10구는 小倉를 따랐다.[46]

---

44　양주동, 「향가의 해독 연구」, 『양주동전집』 10, 동국대 출판부, 1998, 123면. 이후는 전집의　　　경우 그 면수만 밝힘.
45　양주동, 앞의 책, 762면.

그런데 양주동이 제기한 말음첨기는 한 가지 중요한 문제를 우리가 해결하게 해 주었다. 〈원왕생가〉의 예를 하나 더 들어둔다.

誓音深史隱

처음에 양주동은 '誓'를 '誓홈 기프샨'이라 해독하고 '대방의 교시를 기다리기로'[47] 하였다. '誓의 古訓이 ㅁ음을 終聲으로 하는 말인 것까지는 알 수 있으나, 아직도 문헌에서 찾지 못하였기'[48] 때문이었다. 물론 여기서도 말음첨기라는 용어를 쓰지 않고 '종성으로 하는 말' 정도에 머물러 있다. 아직 이에 대한 확신이 서지 않았다는 뜻이다. 그러다 1942년 『조선고가연구』에 와서 아예 '다딤'이라 하고, '音은 誓의 古訓의 말음첨기'[49]라고 확정하였다.

말음첨기가 던진 중요한 문제란 무엇인가? 바로 한글 창제에 있어 3분법의 아이디어가 여기에서 출발하였음을 우리들로 하여금 알게 하였다는 것이다.

> 한국어에서의 말음첨기 경험은 〈정음〉을 만드는 데 있어서 음절에서 음절말 자음을 하나의 단위로 분리해 내게끔 하는, 말하자면 유전자적인 작용을 초래했을 터이다.[50]

한 일본인 학자의 이러한 발언은 우리 학계의 연구 성과를 충분히 반영한

---

46  김완진, 『향가해독법연구』, 서울대 출판부, 1980, 178면.
47  『전집』 10, 147면.
48  위의 책, 같은 부분.
49  양주동, 앞의 책, 511면.
50  노마 히데키 지음, 김진아 외 옮김, 『한글의 탄생』, 돌베개, 2011, 115면.

것이다.[51] 이른바 훈민정음의 음절 3분체계는 중국의 성운학과도 비교해 확연히 독창적인데, 세종은 음절말 자음 첨기의 전통을 잘 알고 있었고, 그로 인해 받침에 대한 인식을 굳게 했다는 것이다.[52] 그것을 양주동은 훈민정음의 창제 원리를 아는 것과 무관하게 알았다. 향가의 해독을 통해 우리말 구조의 핵심에 근접한 것이다. 거기서 시적 표현의 자신감이 뒷받침된다.

더불어 양주동이 이런 말음첨기를 발견해 낸 것은, 훈민정음 창제 이후에도 이두가 줄곧 쓰였다는 사실과 무관하지 않아 보인다. 한학에 능통했던 양주동은 한문 읽기에 필수적으로 쓰이는 反切 등에 익숙했었다. 훈민정음이 창제되고도 지식인 사이에 한글이 전면적으로 쓰이지 않은 것은 이런 반대급부의 이익을 우리에게 준 것일까. 양주동은 말한다.

나는 향가 연구 중에, 원래 언어란 것이 연대가 오래였다고 그리 엄청나게 변하지는 않는다는 것을 절실히 느꼈다. (…중략…) 현행어와 이조초기의 고어와 다른 정도만치 또한번 그보다 더 올라가는 정도의 逕庭인즉, 다소의 古語素養이 있는 이에게는 그다지 난삽할 것이 아니다.[53]

다소 문제가 될 발언이다. 양주동의 생각처럼, 언어가 엄청나게 변하지는 않겠지만, '다소의 古語素養'으로 距今 1,300여 년 전의 향찰에 그토록 자유롭게 접근할 수 있을까. 이야말로 '小倉의 보완과 발전'에 급급한 상황 속에서 뜻밖의 속내를 드러낸 양주동의 현실인식이었다.[54]

---

51   말음첨기에 대한 종합적인 정리는 신중진, 「말음첨기의 생성과 발달에 대하여」, 『구결연구』 4, 구결학회, 1998 참조.
52   위의 논문, 106-109면 참조.
53   『전집』 10, 155면. 이 말은 조선일보 연재 후의 附記에 썼다.
54   이런 관점에서 임경화가 주장한 바, "향가에 보이는 借字 표기가 '국문'의 표기체계와는 전혀 다른 한문이라는 書記 언어를 응용한 것, 즉 의미의 전달만으로는 충분치 않은 시가에

그럼에도 불구하고 말음첨기의 발견과 같은 사실로 대표되는 양주동 해독의 미시적 발전은 小倉와의 구별을 웅변한다. 그런데 왜 이런 점을 小倉는 반영하여 보완하려 하지 않았을까? 이런 의문을 이제 그가 자신의 소장 저서에 남긴 메모를 통해 조금이나마 풀어볼 수 있을 것 같다.

## 4. 『鄕歌及び吏讀の硏究』에 붙인 自筆 메모

### (1) 메모의 개황

小倉의 장서는 그의 死後 모두 東京大學에 기증된 것으로 보인다. 기증본은 두 가지 경로로 수납・보관되고 있는데, 하나는 東京大學 總合硏究棟 漢籍 코너에 수장된 것, 다른 하나는 문학부 언어학연구실에 배치된 것이다.

총합연구동 한적 코너의 책은 다시 신등록본과 구등록본으로 나뉜다. 대체로 조선의 古書가 중심이 된 한적이다. 1980년 3월 '小倉文庫'라는 이름으로 942책에 달하는 목록이 만들어졌는데, 이를 신등록본이라 한다. 구등록본은 그 이전 곧 1935년부터 1955년 사이에 등록된 369책이다. 대부분은 1945년 전후에 등록된 것으로 보아 小倉의 타계 시점과 관련된다. 赤門總合硏究棟의 漢籍 코너 안 귀중도서 서고에 수장되어 있다.[55]

---

서 운율과 같은 미묘한 뉘앙스를 나타내기 위해서 고안된 특수한 서기 언어이지 '국문'을 그대로 반영한 것은 아니라는 사실"(임경화, 앞의 논문, 453면)이 들어맞을 수 있다. 양주동은 이런 인식에까지 이르지는 못했다.

55  자세한 상황은 福井玲 편, 「小倉文庫目錄 其一 新登錄本」, 『朝鮮文化硏究』 제9호, 東京大學人文社會系硏究科・文學部 朝鮮文化硏究室, 2002와 福井玲 편, 「小倉文庫目錄 其二 旧登錄本」, 『韓國朝鮮文化硏究』 제10호, 東京大學大學院人文社會系硏究科・韓國朝鮮文化硏究室, 2007 참조.

　그러나 이 글에서 주목한 자료는 문학부 언어학연구실의 그것이다. 이들은 모두 양장본이다. 언어학에 관련된 洋書 또는 日書 등이 중심을 이룬다. 특히 그가 독일 유학 기간에 구입했을 것으로 보이는 이론서와 사전류가 대부분이다. 언어학연구실의 강의실로 쓰이는 교실의 벽에 유리문 달린 책장이 늘어서 있다.([사진 1] 참조)

[사진 1] 언어학연구실의 小倉文庫 보관 책장 일부. 사진 상단의 오른쪽에서 네 번째가 小倉進平.

　이 책장 안에 1929년 7월 1일 재판 발행의 『鄕歌及び吏讀の硏究』가 있다. (등록번호 L 50147) 자신의 저서를 보관하려는 목적으로 소장했던 책일 것이다. 그런데 이 책 안에 小倉가 남긴 다수의 自筆 메모가 보인다. 관련된 단어나 문구가 있는 자리의 상단 등에 朱書 또는 墨書한 메모는 개정판을 염두에 두고 참고할 내용을 적어둔 것 같다.[56]

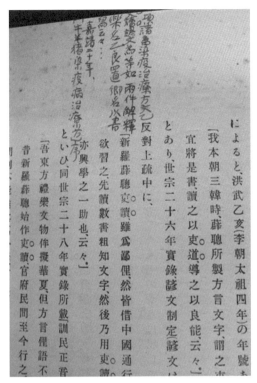

[사진 2] 메모의 朱書한 사례의 하나.
장정 과정에서 상단이 약간씩 잘려나가,
확인 불가능한 글자가 있다.

그러므로 이 책은 보관본이자 개정판을 위한 저자 자신의 수정본이기도하
다. 小倉는 『鄕歌及び吏讀の硏究』를 낼 때 '직접 자료를 參取한 諸書'[57]가 40
종임을 밝힌 바 있다. 물론 이것은 중요한 참고문헌일 뿐 실제 40종을 넘어가
지만, 이제 메모해 둔 데서 발견된 서종은 이와 겹치는 몇 종 외에 30여
종이 새로운 자료이다. 주요 서목을 보이면 다음과 같다.(*는 겹치는 서목)

---

56　이 책은 도서관에 입고된 후 장정을 새로 한 것으로 보인다. 장정 과정에서 가장자리가
　　조금 잘려나갔는데, 이 때문에 메모의 약간 부분이 망실되기도 하였다.([사진 2] 참조)
57　小倉進平, 앞의 책, 9-10면.

○제1편 향가

朝鮮佛敎通史

朝鮮禪敎史(忽滑谷)

釋譜詳節

龍飛御天歌*

南冥集

月印千江之曲*

金剛經

新羅の片假字(金澤)

四聲通考*

法隆寺金堂藥師光背銘

近江奈良朝の漢文學(岡田)

蒙山法語

○제2편 이두

牛羊猪染疫病治療方

新羅の片假字(金澤)

雜考(鮎貝)

月印千江之曲*

佛說父母恩重經*

吏道集成

朝鮮史料集眞

朝鮮史料叢刊

大明律

語錄解

水厓遊語錄解

前田氏書簡

象胥紀聞

象胥紀聞拾遺

宮崎先生法制史論集

磻溪隧錄


〈재인용〉

新羅窺興寺鐘銘釋文

南山新城碑

寶林寺石塔誌


겹치는 책이 그다지 많지 않다. 小倉가 본디 우리 한적을 많이 수집하였던 바, 『鄕歌及び吏讀の研究』의 발간 이후에도 그것은 지속적이어서, 이를 통해 참고할 부분을 두루 찾아냈던 것으로 보인다. 분명 개정판을 염두에 둔 작업임을 쉽사리 알아볼 수 있다.

한편 메모가 붙은 곳은 향가 편에서 제1장⑴, 제3장⑴, 제4장⑭, 제5장⑵, 제6장⑴으로 모두 19군데이고, 이두 편에서 제1장⑵, 제2장⑵, 제3장⑴, 제5장 ⑶, 제6장⑵, 제7장⑽으로 50군데이다. 모두 69군데에 메모가 붙어 있는, 적지 않은 양이다.


## (2) 메모의 성격과 내용

이 메모를 살펴보면 그가 어떤 면에서 原著의 보완을 企圖했는지 알아낼 수 있다. 원저의 미비점과 새로운 연구의 방향을 스스로 드러냈기 때문이다.

이런 면에서 이 메모는 면밀히 살펴 볼 필요가 있다고 본다.

이제 여기서 小倉의 메모를 도표로 정리하여 보면 다음과 같다.(■표는 가장자리가 잘려나가거나 자획이 흐려 해독 불능임을 나타냄. 일부 한글 자료의 방점은 생략하였음.)

## ○제1편 향가

| 장 | 순번 | 補筆 | 관련부분 | 면 |
|---|---|---|---|---|
| 제1장<br>총설 | 1 | 五臺山上院寺重刱勸善文<br>[朝鮮佛教通史] 卷上, 422 | | 9 |
| 제3장<br>향가25수 | 2 | 均如傳<br>忽滑谷「朝鮮禪教史」138면 | | 29 |
| 제4장<br>향가주해 | 3 | 覺皇은아르시는皇帝라혼마리니, 부텨를술븐니라<br>[釋譜詳節卷13, 8면] | 覺帝(칭찬여래가) | 57 |
| | 4 | 病遇醫王ㅎ돌爭得瘥리오(南冥集, 53면) | 覺帝(칭찬여래가) | 57 |
| | 5 | ○二乘이처섬華嚴든줍고頓教說法에怯호믈가줄비니라.頓教는煩惱ㅣ곧菩提어늘,二乘은煩惱를怨讐ㅅ盜賊사믈씨怨讐ㅣ라ᄒ니라.頓教는生死ㅣ곧涅槃이어늘二乘은生死를受苦얽믹우믈사믈씨ᄀ장우르니라(月印卷13, 16-17)<br>○놀라것ᄆᆞ릭죽거늘보고,안ᄌᆞᆨ쉬우믄頓을ᄇ리시고權어르샤믈가줄비니라.춘ᄆ릭能히씨오믄( 〃 18) | 頓(참회업장가) | 92 |
| | 6 | 我人이頓盡ᄒ면言下애卽佛이리니(我人이다업스면말쏨매곧부톄리니) [金剛經, 93枚] | 頓(참회업장가) | 92 |
| | 7 | pur-to a-năn măăm-i<br>佛道向隱心下<br>佛道を知る心が<br>[金澤博士,新羅の片假字](7면) | 佛道向隱心下<br>(상수불학가) | 124 |
| | 8 | 訓蒙字會に曩をarăiと訓じ、向也と注せり。 向を以て知の訓arに充つ。<br>金澤博士「新羅の片假字」, 7면) | 向(상수불학가) | 130 |
| | 9 | 實답다 | 實 | 141 |
| | 10 | kŭ-ri-i măă-mi<br>慕理尸心未<br>慕ふ心が<br>金澤博士「新羅の片假字」3면 | 慕理尸心未<br>(득오곡모랑가) | 149 |

| 장 | 순번 | 補筆 | 관련부분 | 면 |
|---|---|---|---|---|
| | 11 | 尸は其の音ya(又はその轉)<br>金澤博士「新羅の片假字」第三頁<br><br>尸 :<br>盧の省文虍→戸→尸→仒→タ<br>金澤博士「新羅の片假字」, 16면 | 慕理尸心未<br>(득오곡모랑가) | 155 |
| | 12 | 臣下는百姓다〻리는거시니(釋譜詳節, 卷十三, 8) | 臣(안민가) | 164 |
| | 13 | nun-i mor-na-o-r hoa-ra io<br>雪是毛多乃乎尸花判也<br>雪が 知らぬ 花郎よ<br>金澤博士「新羅の片假字」(第三頁) | 雪是毛多乃乎尸花<br>判也<br>(찬기파랑가) | 172 |
| | 14 | katana hŭr noha<br>一等下叱放<br>一つを放ち<br>金澤博士「新羅の片假字」(6면) | 一等下叱放<br>(맹아득안가) | 192 |
| | 15 | 一, 下屯, 二中歷 一かたな<br>下 hi 古音 原音 hia<br>金澤博士「新羅の片假字」(7면) | 一等下叱放<br>(맹아득안가) | 196 |
| | 16 | 北, □(字體)<br>四聲通考凡例(二枚ウ)「□音」トせり. | 北(융천사혜성가) | 221 |
| 제5장<br>향가에<br>있어서<br>한자의<br>용법 | 17 | 法隆寺金堂藥師光背銘に「勞賜」,「誓願賜」 等の書法<br>あり.<br>國語の語法を交へたるじの.  岡田博士「近江奈良朝<br>の漢文學」四二頁 | 賜 | 240 |
| | 18 | 尸ハ其音ra(又は其の轉), 3면<br>盧→虍→戸→尸→仒→タ, 16면<br>金澤博士「新羅の片假字」 | 尸 | 240 |
| 제6장<br>향가의<br>어법 | 19 | 龍飛御天歌第二十五<br>忠誠이이러ᄒ실씨죽다가살언百姓이…<br>蒙山法語 三○枚<br>곧능히지 니르론말와<br>(使能不得到家語와) | 乙隱 | 247 |

## ○제2편 이두

| 장 | 순번 | 補筆 | 관련부분 | 면 |
|---|---|---|---|---|
| 제1장<br>이두의<br>명칭 | 1 | ■項諸畜染疫治療方文乙吏讀諺文爲等如兩件解釋藥名乙<br>良置鄕名以書寫云云…<br>嘉靖二十年<br>[牛羊猪染疫病治療方]序 | 新羅薛聰吏讀 | 271 |
| | 2 | 伴信友,松浦道輔等の吏讀に關する說<br>金澤博士「新羅の片假字」, 10면 | 吏讀 | 272 |
| 제2장<br>吏讀의<br>意義 | 3 | 「吏文」「吏讀」<br>鮎貝氏「雜考」第六輯上, 二枚 | 吏讀 | 273 |
| | 4 | 文書の種類<br>鮎貝氏「雜考」第六輯上, 第三枚ウ | 吏讀 | 274 |
| 제3장<br>향찰 | 5 | 그러나別은位마다서르攝디아니ᄒ고,圓은位마다서르攝<br>ᄒ야帝網珠ᄀ고.<br>天帝殿에구슬그므리우희두퍼잇ᄂᆞ니ᄒ明珠內예萬象이<br>다現ᄒ야구슬마다그러ᄒ니이구스리ᄃᆞᆯ가서르그리메現<br>커든그리메예ᄯᅩ그리메現ᄒ야다오미업스니라<br>右,月印千江之曲卷十四, 七十二枚オ | 帝網 | 284 |
| 제5장<br>이두의<br>시대<br>나눔<br>및<br>각<br>시대의<br>특징 | 6 | ■新羅窺興寺鐘銘釋文 末松保和<br>靑丘學叢第十一號, 昭和八年二月<br><br>平壤高句麗城壁石刻文, 三種「節」等の文字あり。<br>(鮎貝氏雜考第六輯上, 第五枚)<br><br>南山新城碑(眞平王十三年?)<br>大阪金太郎(拔刷 No.203)<br>藤田亮策氏(靑丘學叢第十九號, 一五八頁)<br><br>寶林寺石塔誌<br>藤田亮策氏(靑丘學叢第十九號, 一六二頁)<br><br>前間氏<br>鮎貝氏雜考第六輯上, 第二四枚以下<br><br>鮎貝氏雜考第六輯上, 第三二枚以下<br><br>鮎貝氏雜考第六輯上, 第四一枚以下<br><br>鮎貝氏雜考第六輯上, 二八枚<br><br>鮎貝氏雜考第六輯上, 第八一枚以下, 同第六輯下 | 목록 | 291 |

| 장 | 순번 | 補筆 | 관련부분 | 면 |
|---|---|---|---|---|
| | 7 | 「佛說父母恩重經」(私藏康熙十五年丙辰,高山,影子庵開刊) 卷頭に「騎牛牧童歌」あり、若干の吏讀を用ふ。<br><br>「吏道集成」附錄：用例ツ示ス(中樞院)<br><br>長城白巖寺貼文及關文　鮎貝氏雜考第六輯上，第十枚(宣德五年四月 至正十七年)<br><br>洪武年間, 女奴賣渡文書 同前 第四三枚<br>太祖大王賜淑愼翁主人左手書 同前 五四枚<br><br>一, 開國原從功臣錄卷(鄭津)洪武 二八<br>二, 開國原從功臣錄卷(沈之伯) 〃三〇<br>三, 兵曹朝謝帖(沈彦冲) 永樂七<br>→朝鮮史料集眞<br>制勝方略 宣祖二十一年以後 朝鮮史料叢刊第十二<br>亂中日記草(李舜臣) 朝鮮史料叢刊第六<br>壬辰狀草(〃)<br>紹修書院謄錄(嘉靖二五~朝鮮史料叢刊第十七) | 목록 | 292 |
| | 8 | 大明律,「濯足庵藏書六十一種」ノ中第二十五, 第八枚ら | 大明律 | 293 |
| | 9 | 私藏「語錄解」中第六號に吏讀及び吐を列<br>(表紙水滸傳語錄)<br>私藏「水廂遊語錄解」附錄に「吏讀」を掲ぐ | 語錄辯證說 | 294 |
| 세6장<br>종래의<br>이두<br>연구 | 10 | 和語類解はどういわるのか、奎章閣本中になし、京都本の字本のみで記されたのは遺憾です。 その奧書の薩摩歸化朴伊圓輩のものを擧げられていますが。 薩摩歸化の朴某は曾て京城理事廳の警部で居た人とありますが、朴の一門は元からやっぱり朝鮮■-すからこんな本を對州人に求め得て筆寫して置いたので-よろ。<br>前田氏書簡(昭和四年五月八日)より<br><br>「和語類解」・「譯語類解」・「朴伊圓」・「小田幾五郎」・「加島先生」につきて[前間氏書翰, 昭六, 一, 六, 6면]<br><br>象胥紀聞(上中下三卷一冊) 對府象官小田幾五郎著<br>象胥紀聞拾遺, 上中下三卷 小田管作(幾五郎の子)<br>天保十二年辛丑原田種微序 | 和語類解 朴伊圓 | 295 |
| 제7장 | 11 | 爲遺 | 爲遺 | 312 |

| 장 | 순번 | 補筆 | 관련부분 | 면 |
|---|---|---|---|---|
| | | 鮎貝氏雜考第六輯上, 第八六枚 | | |
| | 12 | 鮎貝氏雜考第六輯下, 第八三枚 | 庫 | 313 |
| | 13 | 과글이, 과걸리, 과글이 急且, 卒急 | 과글니 | 316 |
| | 14 | 「敎受內」(ナサルノ)、「受」ハ「敎是」の「是」と同語?<br>鮎貝氏雜考第六輯上,第三〇枚 | 敎 | 316 |
| | 15 | 敎是<br>鮎貝氏雜考第六輯上, 二九枚ウ<br>鮎貝氏雜考第六輯下, 一七枚ウ | 敎是 | 317 |
| | 16 | 鮎貝氏雜考第六輯上, 九三枚 | 己只 | 321 |
| | 17 | 鮎貝氏雜考第六輯上, 第八七枚 | 爲等 | 330 |
| | 18 | 鮎貝氏雜考第六輯上, 第八九枚 | 良中 | 335 |
| | 19 | 鮎貝氏雜考第六輯上, 八八枚ウ | 令是遣 | 339 |
| | 20 | 鮎貝氏雜考第六輯下, 第四枚オ | 令是於爲了等以 | 342 |
| | 21 | 「了分齊遣」<br>鮎貝氏雜考第六輯上, 九三枚ウ | 了乎等用良 | 344 |
| 吏讀<br>註解 | 22 | □、彌の略體なる弥の俗字<br>新撰字鏡にし□<br>金澤博士「新羅の假字」11面 | 爲□[58] | 345 |
| | 23 | 鮎貝氏雜考第六輯下, 第三枚 | 貌如 | 345 |
| | 24 | 鮎貝氏雜考第六輯下, 三六枚ウ | 味 | 348 |
| | 25 | 鮎貝氏雜考第六輯上, 第八五枚ウ | 是白乎 | 353 |
| | 26 | 鮎貝氏雜考第六輯上, 第八八枚 | 並以 | 378 |
| | 27 | 鮎貝氏雜考第六輯下, 四八枚 | 捧上 | 380 |
| | 28 | 안득, 不非(card參照) | 不冬 | 382 |
| | 29 | 鮎貝氏雜考第六輯下, 一八枚ウ 二五オ | 使內 | 386 |
| | 30 | 「爲賜」(爲賜乎の略)<br>鮎貝氏雜考第六輯上, 第二九枚 | 賜 | 390 |
| | 31 | 捧上, 上下, 上忽, 縣一名<br>車忽, 還上<br>[宮崎先生法制史論集] 382면 | 還上 | 391 |
| | 32 | 又糧〇穀食차하ᄒ다[譯]上24<br>■穀〇上全<br>衙祿米, 아녹미ᄂ 둘마다자하ᄂ욷닉(フチ米 : 月每〃下<br>サレマスル<br>(交隣上ノ三一 | 上下 | 391 |
| | 33 | 千結, 鮎貝氏雜考第六輯下, 第五二枚 | 順可 | 393 |

| 장 | 순번 | 補筆 | 관련부분 | 면 |
|---|---|---|---|---|
| | 34 | 亦, 音 yŏk(iŏk)<br>金澤博士「新羅の片假字」(11면)<br><br>鮎貝氏雜考第六輯上, 第八四ウ | 亦 | 402 |
| | 35 | 鮎貝氏雜考第六輯下, 一八枚<br>鮎貝氏雜考第六輯下, 九三枚 | 亦中 | 404 |
| | 36 | 鮎貝氏雜考第六輯下, 三六枚 | 如中 | 405 |
| | 37 | 鮎貝氏雜考第六輯上, 第八七枚ウ | 爲 | 418 |
| | 38 | 鮎貝氏雜考第六輯下, 二〇枚ウ | 爲只爲 | 419 |
| | 39 | 鮎貝氏雜考第六輯上, 八六ウ | 爲去在乙 | 420 |
| | 40 | 鮎貝氏雜考第六輯上, 九三枚 | 乙良 | 426 |
| | 41 | 鮎貝氏雜考第六輯下, 第一六枚 | 矣段 | 430 |
| | 42 | 鮎貝氏雜考第六輯下, 第八四枚ウ | 矣身 | 431 |
| | 43 | 鮎貝氏雜考第六輯下, 三〇枚 | 戈只 | 435 |
| | 44 | 「在也」「在之」結釋<br>鮎貝氏雜考第六輯上, 第十二枚<br>鮎貝氏雜考第六輯上, 第三三枚 | 在也 | 441 |
| | 45 | 鮎貝氏雜考第六輯上, 第八八枚ウ | 在如中 | 446 |
| | 46 | 節, 第一義「時」<br>節, 第二義「工役監督」<br>鮎貝氏雜考第六輯上, 十一枚 | 節 | 448 |
| | 47 | 「知委」(節지위)(指揮役)<br>鮎貝氏雜考第六輯上, 第十二枚<br>置遣 鮎貝氏雜考第六輯下, 二九枚 | 粗也<br><br>進賜 | 451 |
| | 48 | 帖文〇타톄 [譯上] 11면<br>磻溪隧錄卷二五, 45면 に帖子를뎌즈とよむは支那現代<br>音によるしのとせり。<br>〇又磻溪隧錄に帖裡뎌리の語をと擧ぐ<br>「貼」鮎貝氏雜考第六輯下,第一四枚 | 帖子 | 459 |
| | 49 | 鮎貝氏雜考第六輯下, 一九枚ウ | 絞如 | 465 |
| | 50 | 音通ノモノアリ爲退호되ヲ呼退호되ト呼ヒテモ八道ト<br>モニ通ズ、爲退トハ所謂本集ノ吏道ノ詞ニテ和語ニテ<br>ハスレバ[59]ト云心也、鄕音トイヘバ五音相通ヲ出デス<br>(象胥紀聞拾遺卷中)<br>進曰、本集トハ「象胥紀聞」(幾五郎)を指す。 | 乎矣 | 473 |

이상의 메모가 小倉 자신 원저의 미비한 점을 보완하려는 목적에 작성되었음은 틀림없다. 위의 내용을 일별할 때 대부분 원저의 논의에 보완될 자료들이기 때문이다. 자료만 적시했을 뿐이므로, 이를 통해 자신의 연구 방향이 어떻게 바뀔지는 알 수 없다.

메모를 하나 예로 들어 설명하면 이렇다.

순번 3, 4는 균여 향가 〈칭찬여래가〉에서 譯歌의 5행 '稱揚覺帝塵沙化'의 '覺帝'에 대해 붙인 메모이다. 原歌에서는 8구 '間王冬留讚伊白制'의 '間王'에 해당한다. 譯歌 6행에는 '醫王'도 나오는데, 小倉는 原歌 8구를 '間王을 기리 숩저'로 해독하여 間王을 그대로 두면서, '譯歌의 覺帝·醫王에 해당할 밖이니, 佛을 의미한다'[60]고만 설명하는 데 그쳤다. 이런 미진한 점을 보완하려는 의도였는지 다음과 같은 두 자료를 메모로 붙여 넣고 있다.

- 覺皇은 아ᄅᆞ시ᄂᆞᆫ 皇帝라 혼마리니, 부텨를 솔ᄫᅥ니라(釋譜詳節卷13, 8면)
- 病遇醫王ᄒᆞᆫ들 爭得瘥리오(南冥集, 53면)

각각 『釋譜詳節』과 『南冥集』에서 覺皇과 醫王의 쓰인 예를 찾아낸 것이다. 覺帝의 분명한 풀이를 보여주는 자료이다.([사진 3] 참조) 이 자료가 붙여짐으로 인해서 어떤 진보가 이뤄질 수 있을까?

---

58  □ 3개소는 弥의 속자가 들어갈 자리.
59  - 2개소는 추정하는 글자.
60  小倉進平, 앞의 책, 57면.

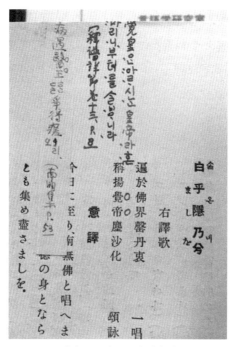

[사진 3] 순번 3, 4의 해당 면.

참고로 양주동은 '間'을 '訓借「시」, 「西」의 戱寫'[61]라 하여 西王으로 보았
으니 뜻은 부처 그대로이다. 김완진은 間의 草體가 醫와 유사한 점을 들어
轉訛로 판단[62]하였다. 결국 間王은 부처를 뜻한다는 점에서 같되 우리말 풀이
는 세 사람이 각각 조금씩 의견이 갈린 셈이다.[63] 이런 상황에서 위 두 가지
메모가 있다한들 間王의 보다 근접한 해석을 내리게 하는 데는 큰 도움을
주지 못 한다. 이 자료로 間이 戱寫인지 轉訛인지 알 수 있는 근거가 희박한

---

61  양주동, 앞의 책, 714면.
62  김완진, 앞의 책, 167면.
63  여기서 신재홍은 전혀 다른 해석을 내놓은 바 있으나, 이를 위한 논의의 자리는 아니므로
    생략한다. 신재홍, 『향가의 해석』, 집문당, 2000, 332-333면 참조.

까닭이다. 그러나 覺帝나 醫王이 부처를 뜻하는 단어임을 보다 분명히 입증한다는 데서 한발자국 나가기는 하였다.

小倉의 메모는 이런 식으로 자신의 '근거 불충분' 부분을 보완하는 데 역할할 수 있었을 것이다. 이제 다만 여기서는 이를 학계에 자료로서 소개하는 데 그치고, 각각 어떤 보완이 가능할지 구체적인 분석은 별고를 기약하기로 한다.

또 한 가지, 인용된 서목 가운데 『新羅の片假字』(金澤)와 『雜考』(鮎貝)가 가장 많이 등장한다는 점에 주목할 필요가 있다. 金澤(가나자와)는 小倉의 선배요 渡韓의 직접적인 계기가 되었던 사람인데, '比較國語學史의 一節'이라는 부제가 붙은 앞의 책은 25면 분량의 소책자로, 1932년 그의 환력을 맞아 기념으로 東京에서 발간된 비매품이다. 물론 여기서 國語란 일본어를 말한다. 鮎貝(아유가이)는 小倉가 처음 향가 해독에 손을 댈 때 指南이 되었던 사람인데, 이 책은 1934년 京城에서 간행되었다. 이렇듯 두 책 모두 『鄕歌及び吏讀の硏究』이후에 나왔다. 小倉는 다른 누구보다 이 두 사람의 연구결과에 매우 주목하였다고 보인다. 이로 인해 小倉의 메모가 적어도 1934년 이후에 작성되었음을 알려주기도 한다.

金澤와 鮎貝의 심판자가 된 것이 小倉였다. 거기서 그는 '音訓을 섞어서 적은 모습은 우리나라의 萬葉集와 다르지 않다'는 金澤의 입장을 완곡하게 물리치면서, '(金澤의 해독은) 어학적 해석이 전연 빠져 있는 것을 유감으로 생각[64]한다는 입장을 지켰다. 그에 비한다면 '14수의 향가 가운데 3수를 독파'한 鮎貝는 '해석의 방법이 어학적이었고, 1자1구의 용법을 빠뜨리지 않고, 일일이 근거 있는 예증을 인용'[65]했다고 호평하였다.

---

64   小倉進平, 앞의 책, 3면.
65   위의 책, 4면.

향가 논의가 본격화되기는 1918년 金澤의 논문 「吏讀의 연구」에서였다. 그런데 그는 한국어와 일본어가 동일계통, 표기방법이 터럭만큼도 다르지 않다는 同祖同根論에 집착하였고, 식민지 경영의 시대논리에 부응하는 데서 벗어나지 못하였다. 그 맞은편에 서는 이가 鮎貝이었다. 그런 점에서 어쩌면 본격적인 향가 해독의 출발은 鮎貝에 있다고 해도 과언이 아니다. 그는 일본어와의 동조동근을 말하는 것은 성급하거나 의도된 기획에 불과하다는 생각을 가지고 있었던 듯하다. 한국어와 일본어는 同祖도 아니지만, 借字의 방법을 썼다하더라도 이후에 같은 길보다는 서로 다른 길을 걸어갔다고 생각했다.

본격적인 향가 해독자 小倉는 동조동근 같은 문제에 그다지 큰 관심을 나타내지 않았다. 매우 조심스럽게 鮎貝의 손을 들어주지 않았나 싶을 따름이다.[66]

그러나 小倉로서는 金澤와 鮎貝 어느 쪽도 멀리할 수 없었다. 그래서 위에 소개한 그들의 책이 각각 나오자 면밀히 읽고 참고할 부분을 메모에 남긴 것이다. 특히 鮎貝의 책에서는 한 자 한 구도 놓치지 않겠다는 태도이다. 거기에 梁柱東의 이름은 보이지 않는다.


## (3) 梁柱東과의 거리

재언하거니와 小倉의 메모를 접하면서 한 가지 관심을 두기로는 양주동에 관한 언급이 있는지 확인하는 일이었다. 결과적으로 없었는데, 양주동의 첫 논문이 1935년 초에 발표되었고, 小倉는 메모 작성 시점에 이 논문을 입수하

---

66  이상의 논의는 「鄕歌의 근대 · 1 - 金澤庄三郎와 鮎貝房之進의 향가 해석이 이루어지기까지」에서 자세히 하였다.

여 읽었다. 小倉 해독의 문제점을 정면에서 조준한 논문을 그는 어쩐지 피하고 있다는 느낌이다.

앞서 1933년 3월 小倉는 東京帝大 언어학과 교수로 영전하였었다. 1926년 경성제대 교수가 된 지 7년만이요, 1911년 조선에 발을 들인 지 22년만이며, 1906년 모교를 졸업한 지 27년 만이었다. 이 영전의 꼭짓점에 그의 저서 『鄕歌及び吏讀の硏究』가 놓이는 것은 두 말할 필요가 없다.

小倉가 제 나라로 돌아간 지 2년 만에, 뜻밖의 연구자가 小倉의 학적 업적에 도전하는 논문을 발표한다. 양주동이 일본어로 쓴 「鄕歌の解讀, 特に願往生歌に就いて」이다.

이 논문은 가히 양주동의 국학 인생을 천하에 알리는 고고한 울림이었다. 이 논문에 대해 양주동 스스로 얼마나 자부하였는지 여러 일화가 전하지만, 장편의 학술 논문을 신문이 거의 한 달에 걸쳐 轉載[67]하면서, '일찍부터 발군의 특재를 보이고 있던 양주동 씨가 고심의 연구를 쌓아 (…중략…) 체계 있는 연구로 小倉 박사를 논박한 바는 일본 학계에 일대 충동을 주어'[68] 긴급히 한글로 번역해 싣게 되었다는 편집자의 말은 호들갑으로만 들리지 않는다. 小倉가 〈광덕엄장〉이라는 제목으로, 더욱이 엄장의 노래라 보고 해독한 데 대해, 양주동은 〈원왕생가〉라는 노래 제목을 새로이 붙여주고, "전편은 광덕의 처가 평소 자기의 신앙을 달에 붙여 노래한 것인 바, 유래 노래에서 자기의 소회를 혹은 '달', 혹은 '기러기', 혹은 '꽃' 등에 붙여서 노래함은 조선

---

67  조선일보 1936년 1월 1일자부터 1월 23일자에 걸쳐 연재되었다. 뒤에 저서 『국학연구논고』, 을유문화사, 1962에 譯收한 번역은 이 조선일보 연재분이 아니었다. 번역하면서 補正을 달아, '惱叱'은 '닐'으로 '니ᄅ'의 原本形(『古歌硏究』, 507면 참조)라든지, '響音'은 '다딤'(『古歌硏究』, 511-513면 참조) 같이 남긴 흔적을 보아 알 수 있다. 본인의 손으로 다시 번역하였던 것이다.(『전집』 10, 99-100면 참조)

68  조선일보 1936년 1월 1일자.

가요에 관용되는 형식"[69]이라 한 데서 한발 앞서 나가는 모습이다. 이 노래의 작자를 '광덕의 처'라 한 점만 흠으로 남을 뿐이다.[70]

여기서 첫 줄 '月下 伊底亦'을 '들하 이데'로 읽는 명해독이 나왔다. 小倉가 '月下伊 底亦'으로 끊어 '들햇 믿헤'로 읽은 것에 대한 반론이었다. 나중에 김완진이 '月下伊 底亦'로 끊어 'ᄃ라리 엇뎨역' 곧 '달이 어찌하여'로 해독한 부분이다.[71] 김완진은 끊어 읽기는 小倉를 따랐으나, 해독의 묘미에 대해서는 '无涯의 감성이 小倉進平의 논리를 압도'[72]했다고 평가하였다.

이 논문은 〈원왕생가〉를 풀이한 데서만 그친 것은 아니었다. 모두 다섯으로 나뉜 논문에서 1은 서론 격이요, 2에서는 향가 해독에 대한 小倉의 태도를 정면으로 부정하고 나섰다. 小倉는 향가의 시가적 형식을 전혀 무시하였고, 이론적으로는 근사한 학설을 내세웠으나 실제에서 일치하지 않았다[73]고 비판하였다. 또한 본격적인 논의에 들어가 3에서는 향가 해독의 원리를 전면적으로 보여주었다. 이 논문이 나온 1935년 시점에서 양주동은 향가 전편을 거의 읽어내고 있다 해도 과언이 아니다. 논문의 4만이 〈원왕생가〉를 해독한 것이다.

그런데도 小倉는 이 논문 이후 梁柱東을 언급하지 않았다. 앞서 소개한 바, 약간의 격려사로 대신하고 있을 뿐이다. 메모에서 金澤와 鮎貝를 그토록 인용하려 기록해 두면서, 70여 군데 메모 어디에도 梁柱東 세 글자가 보이지 않는다. 土田와의 논전은 앞서 소개한 대로다. 小倉는 양주동을 무시한 것일

---

69  『전집』 10, 95면; 梁柱東, 「鄕歌の解讀, 特に願往生歌に就いて」, 『靑丘學叢』 19, 靑丘學會, 1935, 33면.
70  위의 논문, 30면.
71  김완진, 앞의 책, 111면.
72  김완진, 앞의 논문, 380면.
73  『전집』, 111-112면.

까, 외면한 것일까. 물론 小倉는 근대 언어학적 연구방법에 의한 과학적 분석의 틀을 일본의 고대자료의 언어 분석에서 발단된 국학 전통과 연결하고 있었다. 그런 점에서 小倉는 한반도에서 이뤄지는 양주동 같은 연구자의 작업에 일일이 반응할 필요를 느끼지 않았을 수 있다.[74] 무시와 외면의 사이였다.

향찰이 사라지고 이두만 근근이 이어오던 우리 글 쓰기에 훈민정음이 등장했다. 훈민정음은 '한국에서도 천여 년에 걸쳐 소중히 간직해 왔던, 〈상형〉을 핵심으로 한 〈육서의 원리〉와 〈형음의〉 통일체라는 시스템에 결별을 고'[75] 한 사건이었다. 물론 이 같은 사실을 창제자만 알았을 뿐, 오랫동안 言衆이 그 혜택을 누리지 못했음이 아쉬울 따름이다. 다만 향찰이 잊힌 지 천여 년이 지나서야 梁柱東의 손에 이끌려 풀려나올 때, 이 연구자는 시적 정서가 풍부한 이였고, 그것으로 자신 있게 향가와 마주하여, 뜻밖에 우리말의 구성 원리의 깊은 데까지 미칠 수 있었음을 우리는 다행으로 여긴다. 양주동 향가 연구의 의의이다. 그것은 '어른의 핀잔과 스스로의 숙제에 대한 무관심에 수치를 느끼고 그에 대한 어른을 훨씬 능가하는 목표달성을 하고자'[76] 노력한 결과 이상이었다.

---

74    이와 관련하여, "오구라는 몇몇 영문 논저를 제외한 모든 논저들을 일본어로 썼다. 오구라가 누구를 상대로 하고 있었는지는 명백한 것이다."라는 일본인 연구자의 지적이 시사하는 바 크다. 安田敏朗, 앞의 책, 20-21면 참조.

75    노마 히데키 지음, 김진아 외 옮김, 앞의 책, 89면.

76    임경화, 앞의 논문, 446-447면.

## 5. 마무리

장황한 논의를 마무리하기 위해 논점별로 간단히 요약하기로 한다.

東京帝大 출신의 渡韓 러시 속에 小倉도 향가 연구에 몸을 담았다. 재학 중『삼국유사』를 배운 바 있고,『삼국유사』를 자료로 조선에 대한 연구를 본격적으로 수행한 일군의 학자들 속에서, 小倉 또한『삼국유사』를 통해 알게 된 신라어를 그 본토에서 연구해야겠다는 욕망으로 渡韓한다.

小倉는 일본의 고대어를 연구하는 방법 그대로, 사용된 한자의 彙集과 異同을 살펴 어법적 쓰임을 取擇하고, 배경설화를 적극적으로 이용하여 향가 전편 해석을 이루었다. 그러나 한자 용법상의 착오, 의미 불통의 해독, 어법상・어휘상의 착오 등이 많이 나타났는데, 이는 최초의 연구자로서 피할 수 없는 오류로 치고 말 수 있으나, 詩歌性의 무시는 이후 小倉의 영향력을 감소시키는 원인이 되었다.

梁柱東은 이 같은 小倉의 단점을 가장 잘 극복한 연구자였다. 일례로 말음 첨기의 개념을 세워 임한 해독은 향가의 시가성을 살리는 데 크게 기여하였고, 우리말 구조의 핵심에까지 근접하였다. 이런 성과에 대한 小倉의 구체적인 언급은 끝내 없었다.

내가 小倉의 기증 도서 가운데서 발견한 자필 메모는 이 같은 사실을 보다 분명히 입증해 준다. 小倉는 본인 소장의『鄕歌及び吏讀の硏究』에 30여 종의 책과 자료에서 인용하여 모두 69군데에 메모를 붙여 놓았다. 이는 분명 원저의 미비한 점을 보완하려는 목적으로 작성하였을 것이다. 1934년에 간행된『雜考』(鮎貝)가 포함되어 있으므로, 작성은 그 이후의 일이다.

이제 이 메모를 소개하였거니와, 이를 이용한 정치한 小倉 연구 분석은 관련 연구자의 몫으로 미루고, 우선 이 글의 논지와 관련하여 양주동에 관한 언급이 있는지 확인하였다. 결과적으로 없었는데, 小倉 해독의 문제점을 정면에서 조준한 양주동의 논문을 그는 어쩐지 피하고 있다는 느낌을 받았다.

향가의 근대를 정리하는 입장에서 이런 풍경은 아무래도 傷痕이다. 연구의 선편이 小倉 같은 '帝大 출신' 학자의 손에 잡힐 수밖에 없는 상황이었기에, 성과의 유무와 진척의 정도에 상관없이 양주동 같은 연구자는 언제까지나 '조선의 학도'에 지나지 않았다. 학문적 自尊을 구축하기 어려운 상황은 얼마나 요원한 극복 대상이었던가. 새삼 시대와 진실의 견고한 연결 고리를 생각하게 한다.

# 鄕歌의 근대·3
— 國文學史上 향가의 위치 문제

## 1. 같은 출발 다른 전개

요즈음 더러 보이는 句文 가운데 "…라 쓰고 …라 읽는다."가 있다. "야구라 쓰고 종범이라 읽는다."라든지, "우리가 사랑했던 국민타자 이승엽, L36END라 쓰고 레전드라 읽는다."와 같은 식이다. 이종범은 야구의 대명사이며, 영구결번이 된 이승엽의 배번 36은 LEGEND의 EG를 대신해 읽어도 무방하다는 것이다. 물론 최대의 경의를 담는 말이다.

이런 식의 표현이 어디서 起因하는지 찾아보면 뜻밖에 일본어와 만난다.

포털사이트의 관련 항목에 들어가 보자, "일본어에서 나온 말일 겁니다."라는 전제에, "일본어는 쓰는 것과 읽는 것이 좀 다른 경우가 있습니다. A라 쓰고 A라 읽기도 하지만 A'라 읽기도 한다는 거죠. 그 때문에 '…라 쓰고 …라 읽는다'라는 말이 가능한 것입니다. 우리나라 말 같은 경우에는 불가능하죠."라는 친절한 설명을 붙여 놓았다. 이른바 다양한 訓(義)讀 때문에 생기는 현상이다.

더 구체적인 전거를 댄 경우도 있다. "〈세토의 신부〉라는 애니메이션에서 나온 말입니다. 극중 여주인공이 위기를 극복할 때 '인협(仁俠)이라 쓰고 인어 (人魚)라 읽는다'라는 말을 씁니다. 아무래도 이게 대사가 좋으니깐 오락프로 그램에 실려서 '…쓰고 …읽는다'가 많이 전파된 듯합니다."는 설명이다.[1]

일본의 애니메이션인 〈세토의 신부〉는 2007년에 나온 작품인데, 우리나라 에서도 애니메이션 팬에게 널리 알려졌었다. 우여곡절 끝에 인어와 결혼한 주인공이 등장한다. 인협은 義俠이나 마찬가지 뜻이다. 일본어 발음이 [ninkyo]인데, 人魚의 [ningyo]와 거의 같다. 同音異義語에 가까운 것이다. 이를 활용하여 의협심이 강한 인어를 賞讚하는 표현이다.

동음이의어를 써서 만드는 이 같은 표현은 본디 訓(義)讀이 활성화 된 일본 어에서 매우 다양하게 나타난다.

> 그녀는 모두가 '나오(直) 짱'이라 부르고 있었지만, 어느 때 내가 물어보니, 본명은 '奈緒美'라고 말하는 것이었습니다.[2]

다니자키 준이치로(谷崎潤一郎) 소설의 나오미라는 여주인공은 외모가 서양 풍의 분위기를 가졌다. 일본식 이름 '나오(直)'에서 '奈緒美'로 바꾼 것은 여자 의 그런 캐릭터를 살리려는 작가의 의도적인 작명이다. 그리고 그것은 '나오 미'라 읽어달라고 奈緒美 위에 작은 글씨로 なおみ라 적는다. 이 작은 글씨를 흔히 루비라고 한다. 루비는 본문이 5호 활자인 경우 7호 활자를 쓴다. 루비는 영국의 古活字 크기를 나타내는 말인데, 7호 활자가 루비 2와 거의 같은

---

1  해당 내용의 포털 사이트 주소는 다음과 같다. (2018.10.15 검색)
https://kin.naver.com/qna/detail.nhn?d1id=3&dirId=305&docId=101593314&qb=fuudv
CDsk7D
2  谷崎潤一郎, 『痴人の愛』, 東京 : 新潮文庫, 1985改版, 6頁. 번역은 필자가 했으며, 이하의 다 른 번역도 동일하다.

크기여서 하는 말이다. 요즈음으로 치면 5호는 약 10포인트, 7호는 약 5.5포인트이다.

루비의 일본어로는 후리가나(ふりがな)라는 말이 따로 있다. 전통적으로 한자 옆에 다는 토이다. 서양식 인쇄기술이 도입되면서 루비가 더 많이 쓰이게 된 것이다. 다음 세 가지 경우를 보자.

① 朋輩 ←ほうばい[houbai]
② 尤も←もっと[motto]
③ 下宿住居 ←すまい[sumai]

후리가나는 위의 예처럼 어려운 한자의 音讀를 표시(①)하거나, 한자의 訓讀을 표시(②, ③)하는 경우에 쓰인다. 후자에서 ②는 반드시 훈독해야 하는 예, ③은 음독과 훈독이 동시 가능할 때 그 선택을 보이는 예이다. 둘 사이 약간의 차이가 있다. 住居는 보통 음독인 [jyugyo]와 훈독인 [sumai]가 혼용된다. 그런데 후리가나가 붙으면 반드시 그렇게 읽어달라는 요구이다. 곧 "住居라 쓰고 すまい라 읽는다."가 되는 셈이다. 下宿은 음독인 [gesyuku]로 하고 住居만 훈독한다는 까다로운 상황일 때 더욱 요긴하다.

후리가나(루비)를 쓴 것은 讀法을 위한 방편이었다. 거기에는 일본어의 구성원리가 담겨 있고, 동음이의어가 많은 일본어의 숙명적 속성을 드러낸다.

그러나 처음에 보인 "仁俠[ninkyo]라 쓰고 人魚[ningyo]라 읽는다."와 같은 구문은 전통적인 후리가나에서 벗어나 있다. 단순히 동음이의어를 구분하기 위한 목적만이 아니라 (거의 같은) 동음이의어를 나란히 하여 비유의 수사로 올려놓았다. 실상 한 마리 인어에 지나지 않지만 의협심 강한 존재라는 데에 이르는 것이다. 그것이 우리나라에 와서 "야구라 쓰고 종범이라 읽는다."는 구문을 만드는 데 起因 분자가 된다. 하지만 기인이라고는 하나 의미망은 근본적으로 달라져 있다. 야구와 종범을 잇는 機制에는 동음이의어도 독법의 어떤 원리도 개입되어 있지 않다. 시니피앙과 시니피에의 언어적 상관관계나, 사회적 含意에서 찾아내는 유추적 해석이다.

　사소하다면 사소할 문제를 들어 이 글을 시작하는 까닭이 있다. 한국어와 일본어 사이에는 결정적인 차이가 있다. 곧 훈독이 사라진 한국어는 시대가 지날수록 일본어와 서로 다른 길을 가게 된다. 일본인 연구자의 눈에 향가 자료기 들이왔을 때 이미 그랬다. 그럼에도 불구하고 이 차이를 긴과한 데 따른 문제점을 밝혀보려는 것이 이 글의 목적이다.

　借字表記를 하던 시대의 한국어와 일본어는 같은 원리를 가져다 썼다. 향찰과 萬葉가나가 그렇다. 그러나 향찰은 중단되었고, 萬葉가나는 일본어로서 가나가 되었다. 같은 출발에 다른 전개였다.

　한국어는 오랜 공백기를 거쳐 한글로 탄생하였다. 이 때 한글의 큰 특징 가운데 하나가 훈독을 버린 것이었다. 가나와 한글은 아주 다른 원리를 가진 언어가 되었다. 그런데 향찰로 표기된 향가를 처음 발견한 일본 연구자는 향가를 한글로, 그것도 15세기식 한글로 풀었다. 여기서 문제가 발생했다는 것이다. 나아가 향가는 그것이 근대인에게 발견된 다음, 오랜 공백 기간을 뚫고, 마치 늘 그래왔던 것 같은 뜻밖의 향유 기간을 누리고 있다. 문학사에서 향가를 다뤄야 할 시기의 조정이 필요한 이유이다.


## 2. 향찰 해독의 초기 양상

　향가의 존재를 세상에 알린 근대 초기의 모습에 대해서는 이미 자세히 살핀 바 있으나,[3] 거기서 소개한 글 두 편을 다시 한 번 간단히 다뤄야겠다.

> 본서에는 신라어를 많이 싣고, 또 歌篇도 十數首를 들어 신라 古歌를 전해
> 주는 것은 본서만이 그러하므로, 一然의 功은 오래도록 사라지지 않을 것이
> 다. 본서는 실로 신라문학사의 骨子가 되는 것이다.[4]

東京大 교수 쓰보이 쿠메조(坪井九馬三)는 최초의 『삼국유사』 해제인 이 글
에서 향가를 언급하며, 문학만이 아니라 어학에까지 다대한 공헌을 할 자료
이고, 이는 일연의 공인데, 신라문학사의 骨子라고 말한다. 향찰로 적은 향가
를 보며, 어학의 자료, 문학사의 골자로 본 데에 그의 혜안을 인정할만하다.
이는 같은 대학 강사였던 쿠사카 히로시(日下寬)에게서도 확인된다. 그는 쓰보
이의 해제보다 4년 뒤 쓴 『삼국유사』 서문에,

> 신라의 옛말은 이미 사라졌고, 겨우 향가 십여 수가 남았을 뿐인데, 실로
> 滄海遺珠라 할 만 하다. 그러므로 신라의 옛일을 조사하여 또한 우리의 古言에
> 참고하지 않겠는가.[5]

라고 하였다. 향가를 일러 '창해유주'라 한 말이 인상적이다. 양주동이 '이
千有餘年來 蒼海의 遺珠와 같이 僅僅히 깉어서남은'[6] 향가라고 한 말과 겹쳐
진다. 나는 양주동이 쿠사카의 서문을 보고 따라했다 생각하지 않는다. 혜안

---

3　앞의 「鄕歌의 근대·1」 참조.
4　坪井九馬三, 「三國遺事」, 『史學雜誌』 11편 9호, 東京 : 日本史學會, 1900, 67-68면.
5　日下 寬, 「校訂三國遺事序」, 『鹿友莊文集』, 東京, 1923, 卷一 張二十八. 이 글의 初出은 1904
　년 日下 寬이 坪井九馬三와 함께 東京大史誌叢書의 하나로 낸 『三國遺事』(新活字本)의 서문
　이다.
6　양주동, 『增訂 古歌硏究』, 일조각, 1965, 2면.

의 소지자가 쓴 표현의 일치가 우연을 넘어선다.

다만 쓰보이는 사학자이고 쿠사카는 한학자였다. 문학적인 식견은 있었으나 어학적인 전문성이 결여된 사람들이다. 그러므로 어학적 가치를 들여다보았을 뿐, 어학적 연구자료 또는 古言에 참고할 자료 정도로만 언급한 데 그쳤다. 그것은 당연한 일이다. 여기에 어학 연구자의 눈길을 끌게 한 것만으로 그들의 공은 크다.

쓰보이가 東京大本 『삼국유사』를 낸 1904년, 가나자와 쇼사부로(金澤庄三郎)는 같은 東京大에서 朝鮮語를 가르치고 있었다. 한국에 유학하고 돌아온 직후이다. 그는 자신이 졸업한 東京帝大 博言学科의 강사로 비교언어학자였다. 가나자와가 향가에 관심을 가진 것은 당연했다. 그가 한국어를 비교 연구한 결과는 1910년부터 나오기 시작하여,[7] 드디어 1918년 「이두의 연구」[8]로 이어졌다.

가나자와의 연구가 정치적 편향성을 띠며 섣불리 日鮮同祖論 등을 내세운 점은 일찍이 비판받았지만, 吏讀의 형성 원리를 설명하는 데서부터 다소 단정적인 데가 없지 않았다.

① 記紀의 가사가 모두 소리를 가지고 적혀졌음은 곧 가나의 本體였고, 『萬葉集』에 여러 종의 義訓을 섞었음은 轉化된 가나의 용법이다.[9]

② 이 노래(處容歌-필자)가 音訓을 섞어서 적은 모습은 우리나라의 萬葉集와 다르지 않다.[10]

---

7   金澤庄三郎, 『日韓両国語同系論』, 東京 : 三省堂, 1910.
8   金澤庄三郎, 「吏讀の研究」, 『朝鮮彙報』 4, 朝鮮總督府, 1918.
9   위의 논문, 73면.
10   위의 논문, 90면.

③ 한자를 우리나라에 전해준 조선은 우리 국어와 전적으로 동일계통의
언어를 가지고, 또 본래 無文字의 나라였다면, 한자가 假字로서 사용되었으리
라는 것과, 우리보다도 먼저 저쪽에서 시작하였으리라는 것도 자연스런 순서
이다.[11]

④ 한자의 音訓을 빌려서 그 국어를 적은 것, 우리나라의 眞字·假字와
터럭만큼도 다른 바 없다.[12]

①은 가나의 발전과정을 보인 것이다. 가사를 한 자씩 萬葉가나로 쓰다가
한자의 표의성을 살리며 부속어에 萬葉가나를 쓰는 쪽으로 바뀌어갔다고
했다. 이를 訓字 주체의 서식이라 하는데, 『萬葉集』에 실린 대부분의 노래가
이 표기방식에 따른다. ②는 〈처용가〉를 해석한 후 결론적으로 향찰의 표기
방식이 萬葉가나와 같다고 말한 것이다. 이것이 가나자와가 「이두의 연구」
(1918)에서 萬葉가나와 향찰의 표기방식에 대한 자신의 견해를 밝힌 핵심 부
분이다. 이 같은 그의 생각은 『新羅の片假字』(1932)에 와서도 바뀌지 않았다.
③에서 假字의 사용은 일본보다 한국이 먼저였음을 인정하지만, ④에서 그
방식이 '터럭만큼도' 다르지 않다고 확신한다.

가나자와의 주장은 이후 줄곧 고대 한국어와 일본어의 관계를 따지는 이
에게 指南처럼 쓰였다. 그러나 그것은 문자 발생 시기에 고정해서는 맞았지
만, 역사적 變轉의 경과 속에서는 맞지 않았다.

---

11  金澤庄三郎, 『新羅の片假字』, 東京 : 金澤博士還曆祝賀會, 1932, 1면.
12  위의 책, 2면.

## 3. 한국어와 일본어가 갈라 선 지점

아유가이 후사노신(鮎貝房之進)은 작은 부분이지만 가나자와에서 분명 한 걸음 앞선 이두와 향찰의 인식을 보여준다. 그는 향찰이 漢語를 삽입하여 그것을 음독하는 일에 주력하였음을 밝히면서, 고유어의 각 품사에 한자를 대응시켜 義讀하였지만, 한국어는 어느 시점부터 義讀을 전혀 하지 않는다는 점에 주목하였다. 더불어 명사의 末音도 表音的으로 표기하는 예가 존재한다는 점을 밝혔다. 예를 들어 夜音(밤), 心音(마음) 같은 것이다.[13] 이것은 나중 양주동에 의해 정립되는 末音添記의 초보적인 논의이다.

물론 오구라 신페이(小倉進平)도 "或は「前」を音で뎐と読む所から、nの頭音を有する「乃」を用ひて애の代わりに用ひたものと見ることも出来よう。(혹은 「前」을 음으로 '뎐'이라 읽는 바, n의 두음을 가진 「乃」를 써서 '애' 대신에 썼다는 것도 볼 수 있다)"[14]라고 하여, 일종의 말음첨기를 염두에 둔 듯한 설명이 눈에 띈다. 아유가이의 논의를 참고한 것이었으리라.

그러나 이에 대한 본격적인 논의는 양주동에 의해 이루어졌다. 양주동은 〈원왕생가〉의 '誓音深史隱'을 처음에 '誓홈 기프샨'이라 해독하고 '대방의 교시를 기다리기로'[15] 하였다. '誓의 古訓이 ㅁ음을 終聲으로 하는 말인 것까지는 알 수 있으나, 아직도 문헌에서 찾지 못하였기'[16] 때문이었다. 그러므로 말음첨기라는 용어를 확정하지 못하고, 약간 어정쩡하게 '종성으로 하는 말' 정도에 머물러 있었다. 아직 이에 대한 확신이 서지 않았다는 뜻이다. 그러다

---

13  鮎貝房之進, 「國文(方言俗字)吏吐, 俗證造字, 俗音, 借訓字」, 『朝鮮史講座』 4, 朝鮮史學會, 1923, 19-22면.

14  小倉進平, 『鄕歌及び吏讀の硏究』, 京城帝大, 1929, 203면.

15  양주동, 「향가의 해독 연구」, 『양주동전집』 10, 동국대출판부, 1998, 147면.

16  위의 글, 같은 부분.

1942년 『조선고가연구』에 와서 아예 '다딤'이라 하고, '흡은 誓의 古訓의 말음첨기'[17]라고 분명히 했다.

말음첨기가 던진 중요한 의의는 한글 창제에서 3분법의 아이디어를 제공했다는 점이다.[18] 아유가이는 그것을 원리로 설명해 낸 첫 사람이었다.

아유가이의 논의 가운데 또 한 가지 기억할 만한 것이, "조선의 옛 시대에서 국어를 가지고 완전한 사상을 나타내는 산문은 하나도 보이지 않는다."[19]라는 대목이다. 일본은 萬葉가나에서 출발하여 문자 체계를 발전시키고 오늘날까지 가나라는 기본생활언어로 쓰고 있다. 특히 『萬葉集』의 7~9세기 운문에서 10세기 모노가타리(物語)의 산문으로 발전한 대목이 주목된다. 운문에서 산문으로 가자면 문장 규범이 만들어져야 한다. 아유가이는 향찰이 그 단계에 이르지 않고 사라진 것으로 보았다.

여기에 한 가지 더하여 일본의 고대문학의 발전 과정을 눈여겨 볼 필요가 있다. "비유적으로 말하면, 일본에서는 철학의 역할까지 문학이 대행하고, 중국에서는 문학조차도 철학적이 되었다."[20]는 지적이다. 이는 양가적인 평가이다. 일본인은 한쪽으로 문학의 중대성에 치우쳐 있었지만, 다른 한쪽으로 철학의 빈곤을 문학으로 벌충하려는 역작용 속에 있었다. 물론 일본의 문학은 두 가지가 함께 기능한 결과라고 말하고 싶었을 위의 논자는 아래와 같이 구체적으로 그 주장을 이어간다.

---

17  양주동, 앞의 책, 511면.
18  이 점은 「鄕歌의 근대·2」에서 논하였다. 같은 관점에서 노마 히데키(野間秀樹)가, "한국어에서의 말음첨기 경험은 〈정음〉을 만드는 데 있어서 음절에서 음절말 자음을 하나의 단위로 분리해 내게끔 하는, 말하자면 유전자적인 작용을 초래했을 터이다."(김진아 외 옮김, 『한글의 탄생』, 돌베개, 2011, 115면)라고 지적한 것은 적실하다.
19  鮎貝房之進, 앞의 논문, 4면.
20  加藤周一, 『日本文学史序説』上, 東京 : 筑摩書房, 1999, 13면.

어째서 같은 奈良時代에 한편으로는 大佛이 있고 다른 한편으로는 萬葉集가 있는 것일까. 아마도 외래의 불교가 '위'에서 채용되고 '아래'에서는 널리 침투되지 않았기 때문이고, 같은 귀족층 가운데서도 외국어에 따른 추상적인 사고는 불교화 되고, 일본어에 따른 감정생활의 機微는 불교와 연계가 없는 데에서 만들어졌기 때문이리라.[21]

불교가 수입된 이후, 그것이 추상적인 사고의 철학적 바탕을 이룰 수 있었음에도 불구하고, 이는 어디까지나 상층 귀족에 국한하고 말았고, 일본어로는 그들만의 원형적 심성을 담은 감정생활을 표현하는 쪽으로 발전했다는 것이다. 중국어로 법전을 만들고 국사를 편찬하고 불교이론을 서술한 일본의 귀족 지식인이 한시를 쓰지 않은 것은 아니었다. 그러나 감정생활의 표현에서는『萬葉集』속의 노래와 같은 일본어 노래가 이룬 수준을 따라가지 못했다.[22]

그들에게 감정생활의 중심은 인간관계 특히 남녀관계였다. '육체적인 성질과 직접한 감각적인 표현'이었으며, '신이나 천지자연과의 관계'[23]가 아니었다는 것이다. 문학적 성취는 오롯이 거기서 이루어졌다.

심지어 '역사상 문학의 最盛時代였던 奈良朝의 그것이 쇠미한 것은 儒佛2敎가 원인'이라 하고, '한학과 함께 불교의 言說을 먼저 그 敵이라고 볼'[24] 정도이다. 이는 역설적으로 절대적인 문학에의 경도이고, 수준 높은 문학적 표현을 갈망한 나머지 당대인은 표기의 발전을 이뤄야 했다. 그러므로 이 시기 문학사는 한자를 빌린 단순한 자국어의 표기체계가 문학을 통해 발전하

---

21    위의 책, 57면.
22    위의 책, 58-60면 참조.
23    위의 책, 86면.
24    藤井貞和,『国文学の誕生』, 三元社, 2000, 21면.

는 모습을 여실히 보여준다. 그것이 '短歌 : 운문'에서 '物語 : 산문'으로의 轉化이다.

이에 비한다면 우리의 경우 향가의 운문 표기에서 향찰은 그치고 말았다. 11세기부터 그 자리에 한문이 들어섰기 때문이다. 물론 한글 창제 이후에도 이두가 널리 쓰였다거나, 고려 때 불교 경전에 우리말 토씨와 어미를 붙여 읽는 각필 구결이 활발하게 쓰인 점을 외면해서는 안 된다. 다만 그 또한 산문으로의 발전까지 이르지 못했다. 이후 한국어와 일본어는 전혀 다른 길을 걷는다.


## 4. 表記와 記述의 차이

문제는 갑자기 나타난 『삼국유사』였다. 1512년 경주에서 改版된 이 책이 400년 가까운 세월 동안 세간의 관심을 잃은 다음, 1904년 東京에서 신활자본 형태로 복간되자,[25] 영역별로 비상한 주목을 끄는 가운데 일례로서 향가의 所載에 보인 반응은 앞서 소개하였다. 『삼국유사』의 돌출을 가장 극적으로 웅변하는 예가 향가일 것이다. 아마도 14수를 열람한 마지막 사람이었을 一然 이후, 伏流한 이때까지의 상황은 다음과 같은 진단이 적절하다.

> 향가가 완전한 망각 속에 묻혀 버렸던 것은 아니라 하더라도, 민족의 고전으로서의 이름에 합당한 적극적인 인식의 대상으로 부각됨이 없이 20세기에까지 이르렀던 것은 큰 불행이 아닐 수 없다.[26]

---

25  이에 대해서는 고운기, 『도쿠가와가 사랑한 책』, 현암사, 2008에서 자세히 다루었다. 요점은 I부 「德川家 장서목록에 나타난 三國遺事의 전승」 참조.

26  김완진, 『향가와 고려가요』, 서울대출판부, 2000, 4면.

정녕 고려조 후기 이후 조선조까지 700여 년 동안 향가는 '적극적인 인식의 대상'이 되지 못하였다. 그러한 불행은 『삼국유사』의 돌출 후 반전을 이루었다. 한마디로 향가의 극적인 발견이었다. 물론 이를 해독하는 과정은 아직 진행 중이다. 기실 '해독이란 궁극에 있어 표기 당시의 고대어로의 환원'[27]이라는 문제의식은 분명하다. 그러나 처음부터 '조선조 중세음과 신라음 사이의 시차 극복 문제'[28]는 해결할 방안을 찾지 못하였다. 15세기 어법으로 일관하여 해독한 저변에는 그나마 그것이 고대어에 가장 가깝게 있기 때문이었다. 양주동은 '원래 언어란 연대가 오래되었다고 그리 엄청나게 변하지는 않는다'[29]며, 시대의 간극을 대수롭지 않게 여길 정도였다. 편법인 줄 알면서도 불가피한 선택이기도 했다.

그러나 실은 고대어의 환원만이 문제는 아니다. 假字로 표기하는 것과 문장을 기술하는 것은 다른 문제이다. 전자는 향찰이요 후자는 한글이다. 이를 구분하지 않았던 것이 문제였다.

최근 이 같은 문제의식에 입각하여 임경화가 새로운 논의를 전개하였다.[30] 임경화는 '발견'과 '진정한 의미의 발견'이라는 두 가지로 20세기 향가의 출현을 정리하였다. 먼저 향가는 일본인 학자들에 의하여 非漢文 자료가 '조선문'으로 발견되었는데, 표기수단은 한자이고 그마저 일본총독부 관계자에 의해 발견된 '患部'를 감춘 채, (양주동 같은) 조선인 연구자는 '국어학/국문학' 속에 향가를 자리 매김하였다. 이것이 향가가 국문학으로 편입한 '진정한'

---

27   위의 책, 15면.
28   최철,『향가의 문학적 해석』, 연세대출판부, 1990, 38면.
29   양주동, 앞의 책, 155면.
30   임경화(A),「향가의 근대 : 향가가 '국문학'으로 탄생하기까지」,『한국문학연구』32, 동국대 한국문학연구소, 2007은 논문의 제목이 나의 그것과 같다. 물론 부제는 다르다. 이 우연의 일치에 대해 앞의「鄕歌의 근대・2」에서 해명한 바 있다.

의미에서 발견이다.[31]

임경화는 일본인 연구자가 향찰을 '조선문'으로 본 데에 오류의 출발점이 있다고 본 듯하다. 이는 이 글의 앞에서도 논하였다. 가나자와나 아유가이가 공히 향가의 借字法 자체는 萬葉가나와 유사하다고 평가했고, 모토오리 노리나가(本居宣長) 이후 萬葉가나가 고대의 '국어'를 그대로 옮긴 것으로 받아들인 것처럼, 향찰도 그런 언어라고 속단했다는 것이다.[32] 임경화는 두 번째 논문에서 이를 보다 분명히 하였다.

조선의 차자표기를 '향가언문'이나 '신라한글'이라 부를 수 없음에도 불구하고, 차용체와 한글 사이에 놓인 문자의 단절을 도외시했다는 점에서, 이러한 일본어 표기사의 조선어로의 이식은 안이하고 단락적이었다고 하지 않을 수 없다.[33]

신라시대의 차용체와 15세기에 창안된 한글 사이의 단절을 주의해야 했다. 表記와 記述은 다르다. 일본어는 표기에서 기술로 차차 옮겨 갔다. 그러므로 일본어 표기 역사를 조선어로 그대로 이식하면 문제가 생긴다는 비판이다. 앞서 나는 향찰과 가나는 가는 길이 달랐다고 했다. 그런 생각과 궤를 같이한다.

본디 오구라 신페이는 '일본어와의 관계성에서 규정된 조선어 계통론에 대한 관심'[34]을 가진 비교언어학자였다. 그는 선배학자인 가나자와나 아유가

31　임경화(A), 앞의 논문, 429면. 여기서 '일본총독부 관계자'는 일본 본토의 향가 연구자를 포괄하는 '일본인 연구자'로 바꾸는 것이 옳을 듯하다.
32　위의 논문, 432면.
33　임경화(B), 「식민지기 일본인 연구자들의 향가 해독 : 차용체(借用體)에서 국문으로」, 『국어학』 51, 국어학회, 2008, 370면.
34　임경화(A), 앞의 논문, 437면.

이가 조선어는 복잡한 語音으로 인해 향찰이 발달을 이루지 못하고 결국 사용되지 못했다고 말한 것을 알고 있었다. 그러면서도 같은 차용 체계를 지닌 향찰과 萬葉가나가 떼려야 뗄 수 없는 관계라고 믿어버렸다. 거기까지는 그럴 수 있다. 그러나 『萬葉集』를 훈독하면서 저들이 알아낸, '차용체라는 書記言語의 성격을 소거하고 음절문자인 히라가나라는 전혀 다른 문자체계로 치환하여 새로운 텍스트를 생산해내는 것'[35]을 무시하였다. 무척 단순하게 향가 해석에 일본어 발달사의 한 원리를 적용하려 한 데 문제가 있었다.

확정적으로 말하기 어려우나, 가나자와가 처음 〈처용가〉를 해독할 때, 조선어의 표기를 알파벳으로 했음을 상기하자면, 그는 근본적인 조선 고대어의 聲音에 관심을 두었던 듯하다. 〈처용가〉의 해독 근거를 밝히지 않은 것은 오구라 이래 모든 이가 아쉬워한다. 더불어 성급하게 日鮮同祖論에 빠진 점을 비판하면서도, 聲音論의 기반에서 조선의 고대어에 다가가려 한 점은 특기하고 있다. 더욱이 가나자와가 향가 가운데 〈처용가〉 한 편만 해독한 것처럼 말하지만, 〈모죽지랑가〉를 비롯한 5편이 더 있다.[36] 이의 해독을 밝힐 때는 〈처용가〉와 같이 조선어의 알파벳 표기-원문(향찰)-일본어 번역 순을 썼다. 오구라는 가나자와의 책이 나온 다음 이 가운데 8군데를 참고할 요량으로 자신의 저서(『鄕歌及び吏讀の硏究』) 소장본 해당 부분에 메모해 두었다.[37] 聲音에 집중한 가나자와의 방법론에 주의를 기울인 것이다.

그럼에도 불구하고 양주동이 '표면적으로는 小倉에 대해서 영향과 반발의 관계에 있지만, 거시적으로는 小倉의 조선어의 역사적 연구라는 과제인식을

---

35  임경화(B), 앞의 논문, 377면.

36  金澤庄三郞, 『新羅の片假字』, 東京 : 金澤博士還曆祝賀會, 1932.

37  예컨대 오구라는 다음과 같이 메모해 두었다. "kŭ-ri-i mǎǎ-mi / 慕理尸心未 / 慕ふ心が / 金澤博士「新羅の片假字」3면" 앞의 「향가의 근대·2」 참조.

계승하여 동일한 방법론에 입각'[38]해 연구한 점은 아쉬움으로 남는다. 表記와 記述의 엄정한 차이를 인식하지 못한 결과였다. 이제부터 나가야 할 향가 해독의 길이 어디인지 示唆하는 바 크다.

## 5. 문학사상의 새로운 위치 선정

조선조 초기 세종 때 나온 『治平要覽』에는 다음과 같은 기사가 보인다.

> 신라의 여왕 曼이 본래 각간 魏弘과 간통하였으므로 위홍이 항상 궁중에 들어가 정사를 좌지우지하였다. 여왕이 위홍으로 하여금 중 大矩와 함께 향가를 수집하게 하였고 위홍이 죽자 惠成王의 시호를 하사하였다.(제94권/唐/僖宗 文德 원년)

우리가 익히 아는 내용이다. 『삼국사기』에서 인용했기 때문이다.[39] 『치평요람』은 본디 정치의 득실을 따져 후대에 권계하고자 엮어졌다. 그러므로 위 기사의 수록 목적은 진성여왕의 失政을 보여주는 데 있다. 거기에 어쩌다 향가 편찬 소식이 들어간 것이다. 곧 향가 소개가 목적은 아니었다.

조선조 후기 李圭景(1788~1863)은 『五洲衍文長箋散稿』에서 신라 향가의 존재를 다음과 같은 기사로 전해 준다.

> 『三代目』 1책 : 신라 진성여왕이 각간 魏弘과 사통하여 위홍이 항상 大內에 들어가 일을 보았는데, 홍에게 명하여 大矩 화상과 함께 향가를 편수케 하였

---

38   임경화(A), 앞의 논문, 449면.
39   『三國史記』 卷11 新羅本紀11 憲康王; 眞聖王.

으니, 이것이 『삼대목』이라는 것이다.(경사편 1, 경전류 1/ 樂)

이 기사 또한 위의 『삼국사기』에서 그대로 옮긴 것이다. 아니면 『치평요람』
에서 재인용했을 수 있다. '삼대목'이라는 책에 관한 정보를 담고 있다지만,
여기도 향가가 무엇인지, 『삼대목』이 현재 상황에서 전승되는지 여부 등은
전혀 밝히지 않았다. 향가에 관한 한 아무 관심도 호기심도 없는 形骸化 된
기록에 불과하다. 같은 시기 안정복의 『동사강목』에도 위의 두 내용이 아무
런 감흥 없이 합쳐져 나온다.

향가가 '완전한 망각'은 아니지만 '적극적인 인식의 대상' 또한 아니었다는
선학의 지적이 다시 떠오른다. 그러나 어쩌다 실은 '향가'라는 두 글자 외에
어떤 生氣도 없는 기록이라면 이는 망각이나 다름없다. 그것이 국문학사상
향가라는 장르의 실상이다.

그런데 향가는 맹랑할 정도로 돌연하게 문학사 속에 끼어든다. 그 생명을
다하고 900년 쯤, 문헌에 마지막으로 흔적을 남기고 6백년 쯤, 마치 없었던
일처럼 지내다 돌연 나타나, 겨우 일족 다소간을 이끌고 와서는 주인이 돌아
왔다 소리치는 형국이다. 20세기 향가 연구자가 그런 맹랑함 앞에 즐거운
듯 보낸 100년이었다. 심지어 '국문학의 출발은 곧 향가'라는 결론에까지
이르렀다. 아마도 그것은 趙潤濟가 문학사에서 詩歌史를 가능케 하는 요소로
'歷代를 縱貫'하고 '上下를 貫通'하는 존재로서 향가를 들면서 시작되었다고
볼 수 있다. 심지어 향가의 작자층이 상하 관통한다는 특징을 들어 국민문학
으로까지 간주하였다. 향가는 '국문의 문학'과 '국민의 문학'의 기원이라는
것이다.[40]

---

40  趙潤濟, 『한국문학사』, 탐구당, 1963, 40면.

향가가 국문문학이 되기 어렵다는 점은 앞서 밝혔다. 그렇다면 국민문학은 받아들일 수 있는가.

조윤제가 措辭한 바 '국민의 문학'에서 국민은 선의로 해석할 수 있다. 상하귀천 없는 국가 구성원 모두의 문학이라는 의미 부여일 것이다. 그러나 식민지기 학문의 영향권 속에서 배양된 범주 안에서 한 말이라면 그가 구사한 용어는 무엇이 되던 선의와 연계할 일이 아니다. 특히 국민문학은 더욱 그렇다.

> 국민국가가 전면에 나서서, 明治 신정부 아래에 문화 '통제'가 여러 가지로 진행되는 가운데, 국사학과 함께 국문학이라는 학문이 성립된다. (…중략…) 明治 20년대부터는 '國'文學이라 말하는 것이 우세하게 되었다.[41]

일본에서 국문학의 성립을 알리는 지점에 국민을 배경에 둔 사정이 있다. 국민은 제국의 구성원이다. 그는 황제의 臣民이며 국가에 충성할 절대적 명령을 수행해야 한다. 국문학은 그런 국민의 총화가 모인 자리에서 쓰일 문학적 온축을 감당하는 것이다. 식민지로 연장되는 국민의 개념은 한번 變轉을 겪거니와, 어느 쪽이건 경성제대의 국문학 교실에서 쓰인 국민문학은 선의로 설명할 수 없다. 우리 문학사 초기의 이런 방향 설정은 재고되어야 한다.

그렇다면 향가를 문학사에서 어떻게 할 것인가. 우선 국민문학의 굴레를 벗겨야 한다. 이는 간단한 일이지만 성중히 인정하기까지는 쉽지 않을 듯하다. 이보다 더 중요하게 생각하기로는 향가를 다루는 시기의 문제이다. 지어지고 향유한 시기에 맞추어 문학사의 신라시대에 언급한 그간의 관행은 그것으로 의미가 있다. 물론 "이 정도 분량으로 문학사에 가까운 서술 체계를

---

41  藤井貞和, 앞의 책, 14면.

수립할 수 있다고 보기는 어렵다."[42]는 점을 연구자 모두 인식하고 있다. 게다가 향가에는 또 하나의 특별한 사정이 존재한다. 앞서 논한 대로, 오랜 기간의 공백기를 거쳐 돌연히 출현한 점이다. 향가는 할 수 있는 한에서 문학사적 역할을 수행했지만, 가장 적극적으로 향가의 존재를 알린 一然의 "신라 사람은 향가를 무척 높였거니와, 대체적으로 『시경』의 頌과 같은 것이었다. 그래서 자주 천지와 귀신을 감동시키는 일이 한두 번이 아니었다."[43]는 설명조차 '感通'에 한정한 것이었다. 그는 향가의 전모를 말하지 않았다.

신라 향가 14수는 수적인 측면에서 장르로서 향가를 보여주는 데 한계가 있지만, 이것이 모두 한 문헌에 일정한 목적을 가지고 일괄적으로 수록되었다는 점에서 더욱 난감해진다.

나는 향가를 문학사 속에서 기술하자면 두 시기로 나눠 보는 방안을 제안하려 한다. 첫 시기는 지금의 문학사가 서술한 대로 두되, 두 번째 시기를 만들어, 20세기 초 향가가 발견된 다음의 문학사적 현상을 기술하는 것이다. 첫 시기는 매우 한정적으로 다룬다. 실상이 그렇듯이 향가를 논할 엄연한 한계가 있기 때문이다. 문학사상 더 의미가 깊기로는 발견 이후의 현상이 오늘의 우리에게 發信하는 메시지이다. 이는 硏究史의 영역을 넘어선다.

참으로 특이하게 향가라는 장르는 잊힐 뻔한 오랜 기간을 지나 근대인에게 향유의 대상으로 다시 떠올랐다. 극히 적은 자료로 수행하는 향찰 해독은 난감한 일이지만, 그것이 연구자에게 던진 도전과 수고의 역설은 매력적이다. 우리 문학사에서 차자표기의 해독이 전제되어야 논의할 수 있는 作品群은 향가밖에 없다. 해독이라는 일 자체가 하나의 문학사적 사건인 것이다. 더욱이 이것은 아직 진행 중이다. 차자표기와 언어기술의 차이를 분명히 인

---

42 서철원, 『향가의 유산과 고려시가의 단서』, 새문사, 2013, 13면.
43 『삼국유사』「月明師兜率歌」

식한 해독의 새로운 과제가 떠올랐기 때문이다.

문학대중은 그 같은 해독과 의미 부여를 즐기는 문학현상 속으로 들어갔다. 작품-연구자-독자가 소통하는 미디어로서 향가는 하나의 문화콘텐츠[44]이다. 20세기에 발견된 향가는 '해독-의미부여'의 콘텐츠를 작품-연구자-독자 사이에 소통시키고 있다. 그것은 신라인이 노래하던 때의 향가와 별개의 의미를 띤다. 이것이 文學史가 다루어야 할 향가의 근대이다.

---

44 문화콘텐츠는 영국에서 출발한 미디어 콘텐츠의 우리 식 명명이다. 21세기의 미디어는 디지털 기술의 발달로 혁명적인 변화를 보인다. 콘텐츠의 기획-제작-유통의 방식이 아날로그 시대와 완전히 다르다. 디지털 미디어는 소통의 새로운 방식을 만들었다. 문화 비즈니스를 포괄한, 우리는 그 과정 전체를 문화콘텐츠라고 부른다.

# &lt;怨歌&gt;의 재구성
## — 트랜스미디어 스토리텔링의 소급적 연속성과 관련하여

## 1. 소급적 연속성

　새로운 서사 방식으로 트랜스미디어 스토리텔링의 논의가 활발하다. 트랜스미디어 스토리텔링이 전통적 서사의 계보에서 嫡子를 차지하기는 어려울지라도, 이야기를 즐기는 대중의 기호에 영합하는 데 기여하기로는 당분간 이보다 더한 방식이 없을 듯하다.

　기실 서사문학[1]은 디지털 시대의 스토리텔링을 논하는 대상으로 가장 強愎하다. 디지털의 특장과 거리가 먼 근대의 이야기 방법론 위에 성립한 것이 서사문학이기 때문이다. 근대의 서사문학은 지은이의 강력한 개성을 바탕으로 독립된 세계를 독자에게 일방적으로 전달할 뿐이다. 디지털 기술의 발달

---

[1]　여기서 서사문학은 하위 장르상 서사적 특징을 지닌 것 곧 소설과 서사시를 말한다. "아리스토텔레스는 『시학』에서 스토리텔링을 보여주기(mimesis)와 말하기(diegesis)라는 두 가지 타입으로 분류했다. 이제까지 이 둘을 결합한 이야기 예술로서 연극이 있었지만 연극은 쉽게 소유하여 어디서나 휴대하며 읽을 수 있는 인쇄의 기술적 진보에 역행하는 공간적, 시간적 한계를 내포한다."는 이인화의 지적을 염두에 둔 것이다.
이인화, 「디지털 스토리텔링의 원리」, 『디지털 콘텐츠http://www.digital-story.net』 2003-8 (한국디지털스토리텔링학회, 2003) 참조.

로 새로운 매체를 만들어낸 지금의 전달 메커니즘에서 상호작용과 익명의 다중 저자를 부정한다. 어느 한 시대의 모습이 '이야기' 속에 담겨진다는 것이 서사문학의 중요한 특징이다. 여기서 이야기와 화자는 서사문학을 구성하는 두 가지 필수요건이다. 이야기는 시대에 따라 변개된 모습을 보이고 있으나, 근대 서사문학은 담론(discourse)이라는 체계화 된 장치 곧 플롯을 통해, 화자는 지은이라는 개성 있는 주체에 의해 강화되었다. 근대 서사문학은 이 두 가지 요건을 결코 포기하지 않을 것이다.

서사문학의 또 다른 특징으로 이야기가 '언어'로 전달된다는 점을 든다.[2] 이야기란 일정한 논리를 지닌 어느 시대의 삶의 내용인데, 그것은 언어를 통해 전달되므로 언어의 주체인 '화자'를 반드시 필요로 한다. 그러므로 서사문학의 중요한 특징은 이야기와 화자와의 '관계'에서 찾을 수 있다고 한 것이다. 무한히 펼쳐질 수 있는 '이야기'와 그것을 선택하고 편집하는 '매개자'의 관계이다. 이때 매개자의 기능을 담론이라 할 수 있는데, 그렇다면 서사장르는 '이야기'와 '담론'의 두 가지 요소로 구성되어 있는 셈이다.[3]

담론이 끝나는 자리에서 이야기는 비로소 서사문학의 자격을 얻는다. 이야기는 무한한 독립된 세계에 펼쳐져 있는 것이지만 담론에 의해 골격이 선택되고 세부적 잔여물이 채워지게 되는 것이다. 이것을 우리는 플롯이라 부를 수 있다. 독자는 플롯을 가지고 비어 있는 부분을 채워 넣음으로써 '이야기의 세계' 속으로 진입한다. 따라서 플롯 자체는 우리의 상상력에 의해 보충되어야 하는 이야기의 선택된 맥락을 구성할 뿐이다. 우리의 상상력은 작품에 제시된 한도 이상으로 확장할 수 있지만, 그 한계를 통제하는 것 역시 플롯과 화자의 담론이다.[4]

---

2  나병철, 『문학의 이해』, 문예출판사, 1994, 260-261면 참조.
3  위의 책, 273면.

서사문학에서 플롯과 화자와 담론이 이야기를 통제하는 힘은 상상 이상으로 강력하다. 그러기에 서사문학이 디지털 시대의 스토리텔링을 논하는 대상으로 가장 강퍅한 성격을 지니고 있다고 말한 것이다.

이렇듯 서사문학의 완고한 틀은 새로운 디지털 시대의 변화하는 환경을 좀체 받아들이려 하지 않는다. 디지털 스토리텔링의 개념이 적용되는 서사문학을 판타지 소설류의 대중 서사에서 찾아내려 한 것도 이와 연관이 있다. 이 분야는 상대적으로 근대 서사문학의 자장에서 빗겨나 있기 때문이다.[5] 그런데 디지털 스토리텔링의 첨예한 방식으로 트랜스미디어 스토리텔링이 부각되면서 새로운 양상이 나타나고 있다. 트랜스미디어 스토리텔링은 '하나의 세계 안에 다수의 스토리(one world, many stories)'를 가지며, 다수로 增殖하는 동안 이런 결과로서 전체 스토리는 '부분의 단순 합 그 이상'[6]이다. 디지털 스토리텔링의 상호작용은 여기서 '독자 관객 주체의 적극적 참여'로 '함께 쓰기'라는 방법을 만들어낸다.[7]

그런데 트랜스미디어 스토리텔링의 대표격인 마블 시네마틱 유니버스(Marvel Cinematic Universe)는 그리스 신화와 '겉으로 드러나지 않은 원형들을 통해 연관성'[8]을 지닌다. 새로운 대중 서사가 이와 같은 메커니즘을 통해

---

4  위의 책, 275면.

5  이인화가 지적한 바대로, "현재의 디지털 스토리텔링은 상호작용성의 이야기 기술이 촉발시킨 즉물적인 흥미와 오락성에 의존하고 있으며, 상호작용성을 이야기 예술 특유의 개성과 흥미, 유장하고 드라마틱한 서사성과 통합하지 못하고 있다."는 것이다.(이인화, 앞의 논문 참조)

6  영화 〈어벤져스〉로 잘 알려진 마블 시네마틱 유니버스(Marvel Cinematic Universe)가 가장 대표적인 예이다. 이에 대해 한마디로 '흩어져도 살고, 뭉치면 더 잘 산다'는 설명이 인상적이다. 서성은, 『트랜스미디어 스토리텔링』, 커뮤니케이션북스, 2018, 4-5면.

7  위의 책, 5면.

8  조병한, 「아이언맨의 신화적 원형성과 개성화 과정」, 『심리유형과 인간발달』 21권2호, 한국심리유형학회, 2020, 2면.

무한한 소재의 밭을 개발하고 있다. 마찬가지로 우리는 각종의 구전 자료와 문헌으로 정착된 구비전승물을 떠올리는데, 이들은 이미 오늘날 우리가 논의하는 스토리텔링의 여러 성격을 선험적으로 지니고 있다. "이야기를 듣는 청자들의 반응을 유도하고 참조해 가면서 이야기를 들려주는 스토리텔링은 구전으로 전달되는 민담이나 전래동화, 또는 구비문학으로 정착된 고전소설 전수 과정에서 그 흔적을 쉽게 찾을 수 있다."[9]는 주장에는 디지털 스토리텔링이 이야기를 즐기는 전통적이고 오래된 방식과 닮았다는 생각이 담겨 있다. 곧 전통적 이야기 구술 방식은 인쇄술의 발달로 잠시 잊혔다가, 디지털 스토리텔링이 다시 이를 상기시키고 있다는 것이다.

트랜스미디어 스토리텔링의 캐치프레이즈가 '하나의 세계 안에 다수의 스토리'이거니와, 여기서 스토리는 단편화 된 형태로 존재하는데, 단편화의 요소 가운데 나는 소급적 연속성(retroactive continuity)에 주목하고자 한다.[10] 소급적 연속성은 '이전 서사를 통해 확립된 서사 요소의 사후 변경'이며, '추가 스토리 요소를 위해 역사를 수정하거나 혹은 이전 사건에 대한 설명을 수정'[11]하는 것이다. 죽은 사람이 살아 돌아오는 극적 장면을 만들어 낼 때 쓰는 수법이다.

이제 좀 더 구체적인 논의로 들어가 보자. 『삼국유사』에 실린 이야기 가운데는 소급적 연속성의 원리로 다시 설명할 수 있는 경우가 보인다. 「信忠掛冠」 조의 信忠이 그렇다.

---

9 　류현주, 「디지털 스토리텔링 시대의 내러티브」, 『현대문학이론연구』, 현대문학이론학회, 2005, 128면.

10 　단편화(fragmentation)는 연속성(continuity), 정본(canon), 일관성(consistency)으로 이루어지는데, 연속성은 다시 콘텐츠간 연속성과 소급적 연속성으로 나뉜다. 서성은, 앞의 책, 50면.

11 　위의 책, 51면.

　　신충은 身元이 다소 불분명한 채로 『삼국사기』와 『삼국유사』에 모두 나오는 인물이다. 一然은 그의 이야기를 구성하면서, 『삼국사기』 같은 자료에 국한하지 않았고, 『삼국사기』 같은 성격의 인물 창조에 머물지 않았다. 『삼국사기』와의 200여 년의 거리만큼이나 일연이 신충을 그리는 시각과 시야는 달랐다.

　　일연의 신충은 이제 논의할 '자료 誤讀'의 문제를 넘어서면, 트랜스미디어 스토리텔링이 말하는 소급적 연속성의 변경과 수정을 일으킨 결과라고 보인다. 소급적 연속성은 자칫 '사기(cheating)'로 보일 수 있다. 독자(관객)에게 사기로 몰리지 않아야 트랜스미디어 스토리텔링은 성공한다. 신충이 단속사의 창건 주체가 되자면 『삼국사기』의 기록만으로는 충돌하는데, '스토리의 결핍을 알고, 그 결핍을 즐기며, 후속서사를 통해 그 빈칸을 채우려는 것, 즉 타자의 결핍을 알고 다른 타자를 통해 그 결핍을 채우려는'[12] 트랜스미디어 스토리텔링의 방법으로 설명하자면, 일연은 자료건 이야기의 전개건 어떤 보완 후 신충에 대해 자신만의 확신을 가지고 있었다. 〈원가〉라는 노래의 존재가, 이야기 끝에 붙인 '闕疑'가 그렇다. 새로운 자료를 얻어 시야가 확대되면서, 그럼에도 불구하고 자신의 결론에 의문의 여지를 남긴 것은 謙辭이기도 하지만, 이야기의 증식을 염두에 둔 열린 형식으로 나간다.

　　이제부터 논의를 전개하면서, 지나치게 역사서 기술의 大綱을 『삼국유사』에 보수적으로 적용한 나머지의 狹量을 경계한다.

---

12　위의 책, 93면.

## 2. 단속사와 避隱

斷俗寺의 창건 경위는 『삼국사기』와 『삼국유사』에 다르게 나온다. 전자는 李純이, 후자는 信忠이 경덕왕 22년(763)에 지었다고 전한다. 임금과 나라에 충성하는 마음의 계기는 서로 비슷하다. 『삼국유사』의 기록은 一然이 『삼국사기』의 해당 기록을 잘못 읽어 저지른 실수라고 알려져 있다.

다만 일연은 『삼국유사』의 같은 자리에 다른 기록을 하나 추가해 놓았다. 이순(또는 이준)이 단속사를 창건한 것은 경덕왕 7년(748)이라 하고, 이는 『삼국사기』의 기록과 다르니, 함께 실어 闕疑, 의심스러운 바를 남긴다는 것이다. 단순히 일연의 誤讀에서 온 실수가 아니지 않을까, 한번 되돌아보게 하는 대목이다.

이런 문제의식과 함께 나는 일연이 단속사와 맺은 인연을 전제하여 〈怨歌〉의 해석을 시도해 본 적이 있었다. 그때의 결론을 소개하자면 이렇다.

知天命의 나이에 접어들며 겪었던 정치적 소용돌이를 일연은 그의 만년에 신충의 일생을 그리며 떠올렸을 것이다. 신충과 鄭晏을 과거와 금세에 놓고 삶의 곡절을 풀었다. 삶의 결과란 누구도 뒤집을 수 없지만 거기엔 늘 아쉬움과 안타까움이 따르기 마련이다.[13]

일연의 남해 寓居 시절, 근처 단속사와 이 절에 얽힌 안팎의 이야기를 알게 되고, 그 가운데 특히 신충의 삶이 자신의 후원자인 鄭晏과 매우 닮아, 더욱 각별히 다가왔으리라 추정한 나머지의 결론이었다.

이제 다시 정안과 일연의 만남부터 설명하여야겠다.

---

13   고운기, 「怨歌와 避隱의 논리」, 『韓國學論集』 28, 한양대 한국학연구소, 1996, 243면.

최씨무인정권의 후계자 崔怡는 아들을 얻지 못하고 있었다. 아버지 崔忠獻에게 받은 정권을 대대로 물려주어야 하는 그로서는 낭패였다. 부인은 鄭叔瞻의 딸이다. 정숙첨은 아버지의 강력한 후원자였으며, 숙첨의 아들 정안은 자신의 처남이자 복심이었다. 떼려야 뗄 수 없는 관계인 집안에서 온 아내가 아들까지 낳아준다면 더할 나위 없으련만, 마지막 조각을 맞추지 못한 그림은 끝내 불행으로 얼룩졌다. 결국 최이는 기생인 서련에게서 두 아들을 얻었다.

두 아들은 萬宗과 萬全, 행실이 좋지 못해 송광사로 보내 승려로 만들고, 각각 쌍봉사와 단속사의 주지로 있게 해서 얻은 이름이다. 쌍봉사는 전남 화순에 있으니 경남 산청의 단속사와는 지리산의 맥을 타고 있는 셈인데, 거처가 그처럼 달랐어도 둘은 합작하여 온갖 행패를 부렸다. 엄청난 금, 은, 쌀을 가지고 돈놀이하여 재산을 늘려 나갔다. 게다가 그의 문도를 자처하는 무뢰배가 들끓어 민심은 날로 흉악해졌다.

그러나 자신의 최후가 다가온 것을 안 최이는 어쩔 수 없이 만전을 환속시켜 대를 잇게 한다. 그가 바로 崔沆이다. 1249년의 일이었다.

바로 그 해, 일연의 43세 때, 처음 주지의 자리를 얻어 나간 곳이 남해의 定林社이다. 절을 세운 이가 정안, 바로 최이의 처남인 그이고, 이런 연줄로 세속의 권력이 엉킨 곳에 일연 또한 발을 들여놓게 되었다. 이때부터 정안은 일연의 후원자 격이었다.

〈怨歌〉의 해석을 위해 한번 둘러가야 했던 먼 배경이다.

이 노래를 지은 신충은, 일연이 『삼국유사』에 적은 대로라면, 만년에 벼슬을 버리고 은거하는, 그가 택할 최선의 길로 나아갔다. 이것이 목숨을 보전할 방법이기도 했지만, 허망한 세상에서 보람 있게 생애를 마감하고, 널리 남에게도 유익한 결과를 내는 선택이었다. 〈怨歌〉를 부르며 왕의 총애를 간구하던 젊은 시절의 그와는 달랐다.

신충과 비교되는 일연 시대의 사람이 정안이다.

당대 권력자의 腹心, 避隱을 꾀했으나 신충과 달리 끝내 완전한 피은을 실행하지 못해 비극적인 최후를 맞았던 사람이다.

실로 정안은 혼란한 시대에서 그 시대의 운명을 받아들이며 살다간 사람이었다. 그의 아버지 정숙첨은 공물로 올리는 물품을 독점하는 상권을 잡았고, 끊임없이 최씨정권에 끈을 대어 드디어 중앙정계로 진출한다. 이 같은 정숙첨의 집요한 노력에 정안은 한편 동조하고 한편 현실정치와 적당한 거리를 유지하려 했다. 최이가 그의 재주를 아껴 벼슬을 주지만, 권력을 전횡하는 그들의 말로가 예견되었던지 낙향하고 만다. 그러나 인연을 완전히 뿌리치지 못해 소극적으로나마 협조하는데, 대장경 간행사업에 큰 재산을 내놓은 일이 그렇다. 정안이 다시 정계로 불려나간 것은 최항이 권력을 이어받은 다음이었다. 신충처럼 생각했다면 이때 정안은 가지 말았어야 했다. 자신의 세력을 공고히 할 목적으로 대대적인 숙청작업을 벌인 최항은 여기에 정안도 포함시킨다. 촌수로 외숙부이나 실제는 껄끄럽기만 했기 때문이다. 벼슬을 주며 불러올린 것은 실상 가까이서 감시할 목적이었다.

살얼음판 같은 상황에서 일연과 정안은 인연을 맺었었다. 그들은 정안의 一時退去 중 남해에서 만났고, 이 만남은 인근 단속사에 있던 萬全 시절의 최항과도 이어졌다. 단속사는 정안, 최항 그리고 일연을 만나게 한 운명적인 장소였다.[14] 먼 훗날, 『삼국유사』를 편찬하며 일연은 남해 寓居 시절에 찾아

---

14  일연은 「信忠掛冠」 조에 단속사와 그 주변을 소개하면서, "남긴 영정이 금당 뒤의 벽에 지금도 걸려있다. 남쪽의 마을 이름이 俗休이거니와, 이제 잘못 전하여 小花里라 한다."고 적었는데, 이는 『삼국유사』에 흔히 빌견되는 현상 답사 후기로 읽힌다. 이로써 보건대 단속사는 일연의 남해 시절에 왕래하던 절의 하나일 것으로 보아 크게 무리가 없다.

본 단속사를 避隱 편이 함의할 장소성에 매우 적절하다 여기지 않았을까.

정안의 마지막은 流配와 擲殺로 끝나고 말았다. 이 같은 정안의 비극적 생애를 보며, 일연은 옛 신라의 신충을 떠올렸으리라고, 그러면서 〈원가〉의 의미를 되새겼으리라고 나는 추정하였다.[15] 그러한 추정은 지금도 변함없지만, 이제 여기서 일연이 신충의 생애를 실으면서 꾀한 서사적 의도를 좀 더 구체적으로 변증해 보고자 한다.

일연은 '信忠掛冠' 조를 구성하면서 다음과 같은 두 가지 점에 着目하였다.

첫째, 신충이 단속사를 짓고 여생을 마감하였다. 당초 젊은 시절에 지은 〈원가〉를 소개하되, 後句가 사라진 사실을 돋보이게 한다. 둘째, 변화한 신충의 만년을 시로써 찬미한다. 그것이 〈원가〉에서 사라진 後句를 보완한다. 〈원가〉의 재구성이다.

일연이 이런 설정 아래 '信忠掛冠'을 구성하였다면, 단속사와 신충 그리고 〈원가〉는 이제까지 논의와 조금 다른 길을 가야 한다. 특히 〈원가〉의 역할은 노래를 넘어 노래 以後에 있다. '信忠掛冠'이 실린 避隱 편의 설정 의도를 다시 따지게 한다. 다소 성근 주장이지만, 노래와 이야기로 구성하며 '信忠掛冠'이라 題한 이 조는 避隱 편의 대표 격이다. 일연이 여기에 들인 공력은 이 편에 실린 10개 조를 모두 합친 것만 하다. 오독 같은, 부주의한 오류가 끼어든 것으로 보아서는 안 된다.

---

15　고운기, 앞의 논문, 234면.

## 3. 誤傳의 實虛

信忠이라는 인물이 어떤 연유로 세상을 피해 은거해 들어갔는가? 여기서
『삼국유사』의 이 이야기로 들어가 보자.

다시 말하건대 이야기는 避隱 편에 실려 있다. 이 이름이 지닌 뜻은 '避世隱
居'로 풀이된다. 거친 세상을 피해 숨어 산다는 것이다. 그러나 피은은 난세에
서만의 일이 아니다. 실로 어느 때건 지혜로운 자가 선택하는 지혜로운 처신
방법이다.[16] 그렇다면 신충은 아주 적절한 인물이다. 『삼국사기』에도 그 행적
을 남겼지만, 일연에게는 아주 매력적인 새로운 자료가 입수되었다. 그것은
바로 〈원가〉와 이 노래에 얽힌 이야기이다.

일연은 신충의 人物像을 크게 두 대목으로 나눠 썼다.

먼저 전반은 신충이 세상에 쓰임을 받는 대목이다. 신충은 효성왕 潛邸時
일종의 계약을 맺었다. 그러나 잣나무에 대고 맹서한 약속은 지켜지지 않았
다. 신충이 왕을 원망하며 노래를 지어 그 잣나무에 걸었으니 바로 〈원가〉이
다. 생생하던 나뭇잎이 갑자기 말라 떨어져 버렸다. 왕은 곧 자신의 무심함을
반성하고 신충을 불러들였다. 角弓[17]의 깨달음이다.

---

16  박인희는 避隱을 좀더 적극적으로 해석하여 '세속적 차원을 넘어선 삶'이어서, 피은 편에는
'자신들이 믿는 신념을 적극적으로 실천하는 삶을 살았던 사람들의 이야기'를 실었다고
하였다. 「〈信忠掛冠〉과 〈怨歌〉 연구」, 『新羅文化』 28, 동국대 신라문화연구소, 2006, 304면.
이 견해에 동의하나, 그것은 피은 편의 주인공에게서보다 편찬자인 일연에게서 더 쉽게
발견된다고 보인다.

17  박인희는 『詩經』 小雅 편의 角弓 장을 참고하여 각궁은 골육관계로 보고, 『冊府元龜』의
김충신은 성덕왕의 從弟라는 기록에 근거하여 신충을 김충신이라 한다면 곧 효성왕과 각궁
이 된다고 보았다.(위의 논문, 306-7면) 이에 대해 서정목은 승경(효성왕)이 성정왕후의 3
자, 헌영(경덕왕)이 소덕왕후의 1자인데, '두 왕자의 싸움에 이 눈치 저 눈치 보며 변절을
거듭한 신충의 처지를 가장 잘 상징하는 교훈'(「원가의 창작 배경과 효성왕의 정치적 처지」,
『시학과언어학』 30, 시학과언어학회, 2015, 54면)이라고 보았다. 박인희는 각궁이 형제 사
이를, 서정목은 각궁의 교훈을 나타낸다고 한 것이다.

여기에 〈원가〉라는 노래가 극적으로 개입된다. 어쨌건 노래는 젊은 야심가의 욕망을 채우는 데 기여하였다.

이야기는 은거하는 후반으로 이어진다. 신충은 효성왕부터 경덕왕까지 두 임금에 걸쳐 높은 직위에 있으면서 충직한 신하의 소명을 다했다. 경덕왕 22년, 두 친구와 더불어 갓을 벗어 걸고 남산(지리산)으로 들어가 두 번씩 불러도 나오지 않았다. 아예 머리를 깎고 승려가 되어, 왕을 위해 절을 짓고 복을 빌겠다고 한다. 이 절이 단속사이다.

산으로 들어간 대목에서 우리는 어떤 정치적 변화를 추정해 보지만, 적극적인 은거는 목숨을 보전하기 위한 방편에만 있지 않았다.

이렇듯 전/후반으로 나눠 소개한 신충의 이야기는 각각 출처가 다르다. 전반부는 알 수 없고, 후반부는 아무래도 『삼국사기』라고 보아야겠다. 출처 불명의 전반부는 향가인 〈원가〉를 중심으로 한다. 노래와 함께 전해진 口碑資料일 수 있다. 이렇게 새로운 자료로 신충의 존재를 보다 구체적으로 알게 된 일연은 자못 흥분했을 것이고, 『삼국사기』에서 본 그의 이름이 어떤 새로운 형상을 가지고 다가왔을 것이다. 〈원가〉는 신충의 청장년 시기를, 『삼국사기』에 실린 그것은 말년을 잘 보여준다. 다행히 말년은 호사보다 소박, 권력보다 명예를 찾는 아름다운 마무리였다. 避隱 편에 넣어 아주 제격인 사람이라고, 일연은 쾌재를 불렀으리라. 그래서 후반부를 작성하는데, 흥분한 나머지 『삼국사기』의 해당 기록에서 짐짓 한 글자 잘못 읽었을까? 이른바 일연의 誤讀에 따른 誤傳이다.

문제의 '誤傳'이라 한 데를 다시 살피려 한다. 우선 『삼국유사』에서 신충의 掛冠과 은거한 일을 적은 대목이다.

①景德王王卽孝成之弟也二十二年癸卯 ②忠與二友相約 掛冠入南山 ③再徵不

就 落髮爲沙門 ④爲王創斷俗寺居焉

이를 직역하여 풀어보면 이렇다.

> ① 경덕왕 왕은 효성의 동생이다. 22년 계묘년이었다.
> ② 신충이 두 친구와 더불어 약속하여 갓을 벗어 걸고 남산으로 들어가
> ③ 두 번이나 불러도 나오지 않고, 머리를 깎고 중이 되었다.
> ④ 왕을 위해 단속사를 창건하고 살았다.

신충은 辛苦의 세월이 지난 다음, 부질없는 세상의 뜬 영화에 더 이상 미련을 버리고, 가볍고 평안한 인생을 살기로 작심하였다. 다만 한 가지, 산문에 들었으니 왕을 위해 기도하는 일로 충성을 대신하겠다는 것이다.

여기서 의심쩍은 부분이 '두 친구'이다. 왜 하필 두 친구이며, 그들은 누구일까? 일연은 아무런 정보도 남기지 않았다.

이제 『삼국사기』로 가보자. 마침 같은 경덕왕 22년에 매우 비슷한 일이 기록되었다.

> ①(二十二年) 八月 桃李再花 上大等信忠 侍中金邕 免 ②大奈麻李純 爲王寵臣 忽一旦避世入山 ③累徵不就 剃髮爲僧 ④爲王創立斷俗寺居之

이를 직역하여 풀어보면 이렇다.

> ① (22년) 8월 복사꽃 오얏꽃이 다시 피었다. 상대등 신충 시중 김옹이 물러났다.
> ② 대나마 이순이 왕의 총신이 되었는데, 갑자기 하루아침에 세상을 피해

산으로 들어가,

　③ 거듭 불러도 나오지 않고, 머리를 깎고 중이 되었다.

　④ 왕을 위해 단속사를 창립하고 살았다.

　위의 『삼국유사』의 기록과 거의 같다. 특히 ②, ③, ④는 내용도 내용이려니와 문장의 구조까지 닮았다. 일연이 『삼국사기』의 이 대목을 읽고 가져다 썼다고 보아 무방하겠다.

　그런데 누가 산으로 들어가 절을 짓고 살았는지, 『삼국유사』와 『삼국사기』가 각기 그 주체를 달리하고 있다.

　전자는 신충과 두 벗이, 후자는 이순이 문장의 주어다.

　어쩌다 이렇게 달라졌을까? 주어는 행위의 주체를 나타내는데, 나머지 내용은 거의 같으니, 이제 주어만 따져보면 되겠다. 일연은 『삼국사기』의, "상대등 신충, 시중 김옹이 물러났다. 대나마 이순이 왕의 총신이 되었는데…"라는 곳에서, 신충과 김·이 두 사람을 한 무리로 보고, 이를 묶어서 '신충과 두 벗'이라 요약해 주어로 쓴 것 같다. 이 때문에 단속사를 지은 이로 『삼국사기』가 이순 한 사람만 지목한 것과 달라진 것과 달리 세 사람이 된다.

　일연이 세 사람을 한 무리로 본 데는 까닭이 있다. 해당 부분을 읽다가 결정적으로 한 글자를 달리 보았기 때문이다. 위의 원문에서 ①과 ②를,

　　上大等信忠 侍中金邕免 大奈麻李純 爲王寵臣

과 같이 붙여 읽으면, '상대등 **신충**과 시중 **김옹면** 그리고 대나마 **이순**이 왕의 총신이 되었는데'라고 번역된다. 시중 김옹이 아니라 김옹면이다. 그러면 신충의 '두 친구'가 해결된다. 그들은 김옹면과 이순이다.

일연이 『삼국사기』의 이 부분을 이렇게 읽어 『삼국유사』에 인용하였으리라고 처음 말한 이는 양주동 선생이다.[18] 이것이 誤傳의 원인이라는 것이다. 사실이 그렇다면 맥 빠지는 이야기가 아닐 수 없다. 그러나 신충과 단속사에는 어떤 분명한 연관성이 있어야 한다. 일연이 전하고자 한 '避隱의 아름다운 삶'의 성립 여부가 거기 달려서이다. 다만 이런 용도 때문에 왜곡을 서슴지 않았으리라 보기는 어렵다.

일연은 같은 자리에 다른 기록, 곧 경덕왕 7년에 이준 또는 이순이 단속사를 지었다고 적었다. 연도가 다르고 지은이는 앞서 나온 이순과 같은 인물인지 분명하지 않다. 경덕왕 7년에 처음 짓고 그새 허물어져 경덕왕 22년에 와 다시 지었는지도 모른다. 의심만 남길 뿐(闕疑), 뒷날 사실의 확인을 기대하며 둘 다 남겨둔다(兩存之)는 말까지 덧붙였다. 일연 당대에 이르러서는 사실 절의 창립자에 대한 설이 분분했을 것이다. 그 사이 무려 600여 년의 세월이 흐르지 않았는가. 〈원가〉를 얻어 신충의 人物像이 구체화되었지만 여전히 의문은 남았다.

유감스럽게 일연이 闕疑하여 남긴 과제를 풀자니, 이제도 더 발견된 자료나 새로 드러난 사실은 없다.


## 4. 이야기의 增殖

일연은 적어도 세 가지 이상의 자료를 가지고 '信忠掛冠' 조를 엮었다. 〈원가〉의 배경담, 『삼국사기』의 단속사 창건 기사, 이준(순)의 단속사 창건 전승

---

18    梁柱東, 『增訂 古歌研究』, 일조각, 1965, 609-611면.

담 등이다. 이준(峻)의 이야기는 주류에서 벗어나지만, 일연이 『삼국사기』의
기록을 오독하지만은 않았다는 사실의 증거가 될 수 있어서 중요하다. 그렇
다면 진상은 어떻게 되는가?

무엇보다 주목할 것은 이야기의 흐름이다. 현역에서 은퇴한 관료가 산을
찾아 절을 짓고 승려로서 살아간다. 이것이 큰 줄거리이다.

그런데 같은 줄거리를 두고 주인공이 『삼국유사』와 『삼국사기』에서 둘로
나뉘었다.

『삼국유사』는 주인공이 신충이고, 절에서 왕의 복을 빌며 승려가 되었다.
〈원가〉를 지어 부르며 세속의 자리에 연연하던 사람이 절을 짓고 들어가
살아가는 것으로 이야기가 마무리되었다. 避隱에 매우 적절히 들어맞는 행
동이자 불교에 귀의까지 하였으니, 일연은 贊으로 그 생애의 아름다움을
기렸다.

『삼국사기』의 주인공인 이순은 다르다. 경덕왕 22년 조는 그가 어느 날
문득 벼슬을 버리고 절로 갔다고 했으나 여기까지는 서론에 지나지 않는다.
본론은 이제 시작이다.

> 後聞王好樂, 即詣宮門, 諫奏曰, "臣聞, 昔者桀·紂荒于酒色, 滛樂不止, 由是政
> 事凌遲, 國家敗滅. 覆轍在前, 後車宜戒. 伏望大王改過自新, 以永國壽." 王聞之感
> 歎, 爲之停樂, 便引之正室, 聞說道妙, 以及理世之方, 數日乃止.

왕이 지나치게 好樂한다는 말을 듣자, 이순은 은거하던 절에서 글을 짓되
桀紂의 예를 들면서 간곡히 설득하고, 따로 궁으로 왕의 초청을 받아 세상을
다스리는 도리를 설파하였다는 대목이다. 이것이 중심이다. 요컨대 이순을
주인공으로 내세워 유교적 신하의 충정을 설파했다. 이야말로 『삼국사기』의

『삼국사기』다운 결말이다.

저자와 책의 성격에 따라 '같은 이야기'도 '다른 주제'로 쓰인다. 12세기 초의 유교적『삼국사기』와 13세기 말의 불교적『삼국유사』가 달라지는 지점이다.

이런 예를 하나 더 들어볼 수 있다.

장보고로 알려져 있는 궁파(『삼국유사』) 또는 궁복(『삼국사기』)의 이야기이다. 이 또한 두 책이 현지히 다른 내용을 싣고 있다. 그런데 그 달라진 까닭이 誤讀 또는 誤傳과 거리가 멀다. 신충의 경우와 마찬가지로 의도의 문제이다.

먼저 『삼국유사』의 「신무대왕 염장 궁파」 조의 궁파 이야기다.

신무왕의 이름은 우징이다. 즉위 전, '하늘을 같이하지 못할 원수'인 민애왕 김명과 심각하게 대치했다. 당초 흥덕왕이 죽은 뒤 균정과 제륭 사이에 왕위 쟁탈전이 벌어졌다. 김명은 시중 이홍과 함께 제륭을 밀어 희강왕으로 세웠다. 이때 균정을 죽였다. 얼마 안 있어 김명은 희강왕을 죽이고 자신이 아예 왕이 되었다. 그런데 우징은 균정의 아들이다. 그가 김명을 원수로 여기는 까닭이다. 김명은 희강왕을 부추겨 균정 곧 우징의 아버지를 죽이게 했고, 끝내 희강왕마저 죽인 다음 자신의 야망을 달성한 사람이다. 민애왕이 된 것이다.

우징은 측근과 군사를 착실히 키워 드디어 민애왕을 쳤다. 여기서 궁파의 역할이 컸다. 신무왕에 오른 우징은 궁파와 한 즉위 전의 약속, 곧 궁파의 딸과 혼인하겠다는 계획을 지키지 않았다. 배신이요 전형적인 兎死狗烹이다.

신무왕은 궁파가 늘 걱정거리였다. 그런데 염장이 궁파를 제거하겠다고 말했다. 왕으로서는 기꺼이 허락하였다. 염장은 궁파를 만나 자신 또한 왕에게 버림받고 왔노라 말하였다. 궁파를 죽이려는 계책의 출발이었다. 왕에게 배신당한 경험이 있는 궁파를 속이는 데 적당한 방법이었다. 그렇게 안심시킨 다음 염장은 그의 목을 베었다.

이제『삼국사기』의「신라본기」에 그려진 궁복 이야기이다.

같은 사건을 적는데 김부식은 달랐다. 김부식의 시대는 군신의 윤리를 유교의 논리로 세우고 있었다. 궁파를 궁복이라 표기한『삼국사기』의 기록을 보자.

먼저 민애왕 1년에 우징은 궁복에게, "(민애왕은) 임금과 아버지를 그릇되게 죽였으니 같은 하늘 아래 살 수 없다. 장군의 군사를 빌려 원수를 갚고자 한다."고 하자, 궁복은 '정의를 보고도 행동하지 않는 것은 용기가 없는 것'이라며 도왔다. 정의가 중요하다. 우징은 신무왕이 되었다. 이어 문성왕 7년에 왕이 궁복의 딸을 맞이해 둘째 왕비로 삼으려 하자 조정의 신하가 '섬사람의 딸'이라며 반대하였다. 혼인의 대상이 문성왕인데, 혼인은 이루어지지 않았다. 문성왕은 신무왕의 아들이다. 그리고 이듬해, 궁복이 딸의 일로 반심을 품자, 염장이 나서 단신으로 들어가 '거짓으로 나라에 반역한 것처럼' 궁복을 속이고 죽였다.

궁복의 도움, 딸의 혼담, 염장의 궁복 제거라는, 김부식이 기록한 이 세 가지 에피소드가 하나로 연결되어『삼국유사』의 궁파 이야기가 되었다. 그러나 둘 사이에는 크게 두 가지가 다르다.

먼저 우징, 곧 신무왕이 궁복(巴)과 한 약속이나 배신은『삼국사기』에 아예 없다. 그저 궁복이 의리를 내세워 신무왕을 도왔고, 신무왕 또한 평정 후에 感義軍使로 삼고 식읍 2천 호를 봉해 준 것으로 마무리되었다. 군신간의 의리의 문제를 다룰 뿐이다. 민애왕은 국정 질서를 어지럽혔고, 심지어 제 손으로 세운 왕도 죽였다. 그런 자를 제거하는 것이 정의요 군신간의 의리를 바로 세우는 일이었다.

또 한 가지 다른 점은 혼담이다. 약속 같은 것은 없고, 우징(신무왕)과 궁복 사이의 거래가 끝나 7년이 지난 다음, 문성왕이 궁복의 딸을 후비로 맞이하려 했다. 문성왕은 신무왕의 아들이다. 아버지들 사이에 묵계가 있었는지, 궁복 의 힘을 얻으려 문성왕이 시도한 결혼정책이었는지, 김부식은 아무런 소식을 전해주지 않는다.

같은 사건을 두고 『삼국사기』와 『삼국유사』가 이렇듯 많이 다르다. 그러 면 일연은 사건의 전말을 제대로 파악하지 못하고 썼을까? 이 또한 誤傳 아닌가?

달라진 결정적인 이유를 찾자면 『삼국유사』의 다음 대목이다.

協心同力, 舉兵犯京師, 能成其事. 旣纂位, 欲以巴之女爲妃

이는, "(우징과 궁복이) 마음과 힘을 함께 하여 군사를 일으키고 서울을 쳐서, 그 일을 이룩해 냈다. 왕위를 뺏은 다음, 궁파의 딸로 왕비를 삼고자 했으나…"라고 번역되는데, 旣纂位에 이어지는 문장인 欲以巴之女爲妃의 주 어가 신무왕(우징)으로 설정된다는 데 문제가 있다. 이 두 문장 사이에는 신무 왕이 왕위를 빼앗았으나 곧 죽고 아들 문성왕이 즉위한 일이 들어가야 한다. 그래서 주어가 문성왕이 되면 이후의 전개가 『삼국사기』와 거의 일치한다.[19]

결론적으로 따져 보면, 이 또한 앞서 신충의 경우처럼 일연의 誤傳으로 볼 수 있다.

---

19  그래도 다른 것은 혼인의 약속과 대상이다. 『삼국유사』에서는 우징(신무왕)과 궁파의 딸이 혼약의 대상인데, 『삼국사기』에서는 약속 자체가 없고, 대상 또한 문성왕과 궁복의 딸로 바뀐다. 신충이 두 벗과 더불어 절을 지으려간다는 대목의 착오와 그 경위가 비슷해 보인다.

그러나 문제는 誤傳을 따지는 데 있지 않다. 여기도 일연이 본 어떤 다른 자료의 존재 가능성을 배제하지 못한다. 어느 쪽이건 의도를 갖고 편찬에 임했다는 사실이 중요하다. 그것이 곧 역사관이다. 김부식에게는 전형적인 '군신 간의 의리'가 더 눈에 들어왔다. 같은 사건을 두고도 일연은 물고 물리는 '배신의 악순환'이 더 눈에 들어왔다. 그것이 각각의 역사관을 만들었다.

일연은 자기 시대의 비극을 신라의 신무왕-궁파-염장의 관계 속에서 상징적으로 설명하고 있다. 궁파가 반란을 꾀하고 염장이 궁파를 죽이는 사건은 무신정권 시대를 살다간 일연에게 어떤 旣視感 같은 것을 주었다. 최충헌이 왕을 갈아치우고 왕이 최충헌을 죽이려던 사건[20]은 특히 그렇다. 신무왕과 궁파의 사건을 떠올려 역사의 교훈으로 삼자는 의도가 분명하다. 목숨을 겨눈 칼날이 난무하자 일연은 먼 시대의 배신극에서 자기 시대를 읽고 있는 것이다.

거기서 그치지 않았다. 최씨정권 말기에 또 한 번 소용돌이쳤다. 그는 무인 김준이 최씨정권의 4세주 최의를, 이어 같은 무인 임연이 김준을 죽이는 광경을 목격하였다.

사실 정중부에서 최충헌에 이르는 물고물리는 살육의 참극은 일연의 생전에 일어난 일이다. 그로서는 전해들은 이야기였다. 이에 비한다면 최의와 김준의 죽음은 각각 1258년인 일연의 52세, 1268년인 62세 때의 일이다. 2년 뒤에는 임연마저 죽는다. 몽골과의 오랜 전쟁이 그를 괴롭혔지만, 나름 정권은 안정되어 있던 시기가 지난 다음, 이 때 요동 친 권력 싸움은 자신과 직접 연관된 위험이었다. 배신의 시대였다. 목숨은 경각이었다. 일연은 궁파의 삶이 거기서 새삼스레 떠올랐다.

---

20　『고려사절요』, 희종 7년(1211) 12월.

그렇다면 신충의 이야기에서도 일연의 의도를 잘 보아야 한다. 일연은 〈원가〉를 읽은 어느 자료처럼, 신충의 단속사 은거를 『삼국사기』만이 아닌 다른 자료를 통해 읽었을 수 있다. 아울러 『삼국사기』의 해당 기록이 완벽히 사실이라는 보장 또한 없다. 이럴 경우 어떤 상황이 새롭게 펼쳐지는가? 『삼국유사』를 저술하는 저자의 입장에서 일연은 분명한 자기 입장을 가질 수 있다. 의도란 곧 자기 입장이다.

신충의 일은 일연으로부터 무려 600여 년 전이다. 부실한 기록과 지나치게 오래 된 口傳 사이에서 어떤 변이가 일어났는지 측정하기란 참으로 어렵다. 일연은 일정한 의도를 가지고 신충과 단속사를 이어보고 싶었을 것이다. 그 의도란 避隱 편에 맞는 아름다운 삶의 주인공 찾기였고, 그래서 이야기는 어떤 원리의 작동 아래 증식되어 간다. 원리는 무엇일까? 나는 그 전제로 소급적 연속성을 들었었다. '서사 요소의 사후 변경'이며, '사건에 대한 설명 수정'이다. 일연은 신충의 삶을 변경·수정할 만한 자료, 특히 〈원가〉 같은 향가까지 얻었으니, 소급하여 보완하지 않을 까닭이 없다. 이야기는 그렇게 증식되어 간다.

나아가 '이야기로 잘 꾸며진 사료의 경우 굳이 어느 시대의 누구라고 명시한 문구만 괄호 치면 그것 또한 정형화된 설화의 패턴'[21]이라는 주장 또한 도움이 된다. 무척 사실적인 장치를 동원하고 있으나 실은 스토리텔링의 원리에서 벗어나지 않는다.

---

21  신종원, 「선화공주·지증왕비 사료읽기 관련 구술자료 소개」, 『新羅史學報』 50, 신라사학회, 2020, 469면. 이는 전북 익산의 미륵사지 서탑의 발굴 결과에 '엄연한 사적을 두고 고려시대의 선화공주 스토리텔링에 맞추다 보니 유적·유물에 혼선'을 빚고 있다는 비판이었다. 이야기 사료에 대한 姑息的 접근을 경계하는 입장으로 보인다.

## 5. '後句亡'과 '吾皇'

일연은 避隱 편에 들어갈 적정한 인물을 찾고 있었다. 거기서 신충이 나타났다. 이야기 꺼리도 풍부했다. 먼저 신충이 〈원가〉라는 노래를 지은 배경담은 그것대로 서사 전개에 적당한 역할을 한다. 야심가의 젊은 날이 욕망으로 가득 차 있었음을 보여주기 때문이다. 이 노래를 이르는 지금의 제목은 본문의 '怨而作歌'에서 따왔다.

> 믈히 자시
> ᄀ슬 안ᄃᆞᆯ 이우리디매
> 너 엇뎨 니저이신
> 울월던 ᄂᆞ치 겨샤온ᄃᆡ
> ᄃᆞᆯ 그림제 옛 모샛
> 녈 믈결 애와티ᄃᆞᆺ
> ᄌᆞᅀᅡ ᄇᆞ라나
> 누리도 아쳐론 데여[22]

좋은 잣나무가 가을이 와도 제 모습을 간직하고 있듯이 변함없는 사랑을 맹서했던 임으로부터 받은 언약은 삶의 기둥이었다. 그 얼굴을 바라보는 것만으로도 가슴 벅찬 일이었다. 그러나 같은 달빛이 비춰도 물결은 흘러서 달라져 있듯, 언약이 부질없음을 알게 되었을 때 세상은 애처롭기만 하다. 영화로운 미래가 사라진 것은 사랑을 잃은 이의 애처로운 가슴과 같다.

---

22  이는 양주동의 해석이다. 김완진의 해석에서 가장 다른 점은 4행(울월던 ᄂᆞ치 가시온 겨스레여)이다. 그는 가을과 겨울을 연관시켜 호응하는 詩想으로 풀이한다. 노래의 맥락으로 보아 더 자연스럽다. 한편 8행은 '세상 모두에 잊혀진 等第여'로 받아들이려 한다. 박재민, 「〈怨歌〉의 재해독과 문학적 해석」, 『민족문화』 34, 한국고전번역원, 2010, 265면.

노래를 잣나무 가지에 걸었더니 신이한 일이 벌어졌다. 순수한 서정의 노래로 끝나도 좋았을 것을, 이제 사랑의 고백은 정치적인 의미로 확대되어 간다.[23]

이런 신충의 존재에 대해 관심을 가지고 보면 실재 인물이 떠오를 수도 있다.

일찍이 '신충의 掛冠은 김양상 세력의 부상과 관련된 것'[24]이라고 본 논의로부터 이 이야기가 역사화하더니, 이후 보다 구체적인 견해[25]를 받아들여 신충은 '신라의 왕족으로서 성덕왕·효성왕·경덕왕 대의 중요한 정치인 중 한 사람'[26]이라는 데까지 나아갔다. 경덕왕 16년에 상대등에 올라 왕권강화 정책을 펼치고, 17년에 왕자 건운(혜공왕)의 탄생에 일조하다 이로 '비롯된 일련의 사태를 책임지고자' 22년에 물러난 그가 바로 '성덕왕의 從弟' 신충이라고 정리[27]하였다. '신문왕의 이모집 5촌 조카'이며 효성왕의 '혜명왕비와는 6촌'[28]이라는 주장도 나왔다.

그러나 이는 모두 '이야기로 잘 꾸며진 사료'에 너무 심각하게 접근해 벌어지는 현상이 아닌가 한다. 역사상의 어떤 인물이 모델이 될 수 있으나, 모델은 어디까지나 모델로 끝나 바람직하다.[29] 정치적 야심이건 집안의 명운이건,

---

23 잣나무가 말라간 것을 매우 기발한 '정치적 트릭'으로 보는 견해도 있다. 서정목, 『삼국유사 다시 읽기』, 글누림, 2018, 101면.

24 이기백, 『신라정치사회사연구』, 일조각, 1981, 219-226면.

25 김수태, 『신라중대 정치사연구』, 일조각, 1996, 89-90면.

26 신재홍, 앞의 논문, 208면. 신재홍은 이어 〈원가〉의 탄생 배경을 상정하는데, 신충은 승경(효성왕)을 돕는 역할을 하지만, 실은 승경의 반대파인 성정왕후 세력과 가까웠던 듯해, 왕으로 즉위한 후 멀리하게 되었다거나(위의 논문, 212면), 중국과의 외교 관계 속에서 '문장과 바둑'을 잘하는 신라 사람의 대표로 신충이 천거(위의 논문, 214면)된다고까지 말한다.

27 박인희, 앞의 논문, 310면. 그러므로 신충이 '불교에 귀의한 것은 上帝의 노여움을 풀기 위한 것'이며 이는 '왕실의 안녕을 도모, 신하된 도리로서 당연히 해야 될 일'(위의 논문, 311면)이라고까지 말한다.

28 서정목, 앞의 책, 39면.

실존한 신충의 피 끓는 젊은 날을 확인하면 그만이다. 그것은 이 노래의 여덟 줄 속에 잘 드러나 있다.[30]

작자 문제와 더불어 〈원가〉 논의의 다른 쟁점 하나가 後句이다. 노래 끝에 일연이 굳이 '後句亡' 곧 후구가 없어진 사실을 적어놓았기 때문이다.

향가 가운데 사뇌가라 불리는 가장 전형적인 노래의 형식은 열 줄이다. 열 줄은 내용상 4+4+2로 나뉜다. 마지막 두 줄이 노래의 맺음 같은 기능을 한다. 〈원가〉는 여덟 줄만 적힌 채 끝났다. 그러면서 후구는 없어졌다고 했는데, 『삼국유사』 안에서 향가를 실으며 이렇듯 후구 亡失의 분명한 정보를 준 경우는 여기 한 군데 뿐이다. 후구 없이 끝나는 여덟 줄 향가도 있으니 이 같은 정보는 매우 중요하다. 일연이 망실의 확실한 정보를 가지고 있었다는 말이 된다.

최근 들어 이에 대한 적극적인 해석이 제시되었다. 가장 눈에 띄기로는 ''4+4+2(後句)'로 이해되던 10구체 향가가 원래는 '3(2+후렴)+3(2+후렴)'의 구성으로 이루어져 있었을 가능성을 타진[31]한 것이다. 곧 후구를 후렴으로 보았다. 그래서 〈원가〉를 이 형식으로 구성해 보이면,

物叱好支栢史 秋察尸不冬爾屋支墮米

---

**29**  일찍이 향가의 작자 이름이 가공된 것이라는 주장이 나왔었다. 최철, 『향가의 문학적 해석』, 연세대출판부, 1990, 90면 참조. 설화적 전승에 기반 한 작품 이해의 선상이었다. 치밀한 변증까지 나가지 않았으나 되새겨 볼만하다 생각한다.

**30**  이는 최근에 해석된 결과를 놓고 보면 더욱 분명해진다. 특히 마지막 두 줄, '(달의) 모습이야 바라보나/ 세상 모두에 잊혀진 等第여'가 그렇다. 等第는 功에 대한 補償을 말한다고 한다. 박재민, 앞의 논문, 265면 참조.

**31**  김성규, 「향가의 구성 형식에 대한 새로운 해석」, 『국어국문학』 176, 국어국문학회, 2016, 177면.

汝於多支行齊教因隱 仰頓隱面矣改衣賜乎隱冬矣也

後句 (亡)

月羅理影支古理因淵之叱 行尸浪 阿叱沙矣以支如支
兒史沙叱望阿乃 世理都 之叱逸烏隱第也

後句 (亡)

와 같이 된다고 한다.[32] 그러나 이것으로 '後句亡'을 설명하기는 여러 면에서 의문이 든다. 먼저 독립된 서정시에 '3(2+후렴)'을 적용할 때 생기는 형식의 어색함이다. 후렴구를 가진 민요는 선후의 교환창에서 자연스러웠다. 이렇듯 후렴이 민요에서 일반적인 가창 형식으로 상용되지만, 향가는 민요로부터 돌발하는 최초의 서정시임을 인정한다면, 10구체의 4+4+2는 매우 세련된 형식미의 획득이었다. 더욱이 열 줄의 독립 형식에서 妙用된 후구가 후렴으로 굳이 역행할 이유가 없다.[33]

후구는 후구일 뿐이고, 그런 후구가 사라졌다는 일연의 强記를 어떻게 받아들일지 따질 일만 남았다.

그렇다면 과연 마지막 두 줄은 어떤 내용이었을까? '원망하여 노래를 지었

---

32  위의 논문, 195면.

33  서정목이 제시한 '5, 6구 亡失說'도 주목하나 아이디어의 참신성에 그칠 듯하다. 서정목은 망실된 두 개의 행이 9, 10행이 아닐 수 있으며, 전반 4개 행이 완전한 하나의 연[stanza]을 이루는 데 손색이 없는 면을 감안하여 읽으면 후반 4개 행이 불완전해 보여, 망실된 부분은 5, 6행이라고 하였다.(앞의 책, 164-172면 참조) 그러나 이는 문맥의 자의적인 이해로 보이고, 일연이 명백히 '後句亡'이라 한 데 대한 변증이 될 수 없어 보인다. 8행으로 보면서 分節만 새롭게 한 박재민의 견해를 받아들이고자 한다.(『신라향가변증』, 태학사, 2013, 87면)

다'고 하나, 노래가 원망만을 표현했을 리는 없다. 원망의 어떤 승화가 이 두 줄을 통해 나타나지 않았을까? 이는 〈祭亡妹歌〉 같은 열 줄짜리 향가에서 흔히 나타나는 패턴이다. '彌陀刹에 만나기 고대하며 도 닦아 기다린다'는 것이다. 이 정도 승화까지 가지 않았다 할지라도, 悔恨의 정서는 노래에서 직설적이기보다 〈千手大悲歌〉처럼 '나에게 끼치신다면 어디에 쓸 자비'라는 詠嘆이 된다. 이 정도 영탄은 승화에 버금간다.

　그런데 후구는 사라져 찾을 길 없고, 일연은 다만 신충이 만년에 아름다운 은거의 길로 들어섰다는 기사를 읽게 되었다. 그것이 『삼국사기』의 誤讀이라도 어쩔 수 없다. 오독이라면 분명 흠이 되지만, 오독하지 않았다면 避隱 편의 꽃이라 할 '신충괘관'은 성립하지 못했을 것이다. 贊을 붙이는 次第에 장년에서 만년까지 그 생애를 縱觀하되, 사라진 후구에 대신할 역할까지 부여해 보고 싶었던 것은 아닐까. 찬을 읽어보면 이렇다.

> 功名未已鬢先霜　세상 욕심 다하지 않았는데 귀밑털은 먼저 세고
> 君寵雖多百歲忙　임금 은총 많다하나 한 생애가 바쁘구나
> 隔岸有山頻入夢　저 편의 산 구비 꿈에 자주 어리니
> 逝將香火祝吾皇　죽을 때까지 향불 피워 우리 임 복 비오리

　찬은 〈원가〉까지 지어가며 세상 욕심 다 부려본 다음의 신충을 소재로 하였다.[34] 〈원가〉의 내용이 원망에 그쳐있다면, 야심가의 욕망이 세월을 따라 사라진 다음, 적어도 이런 깨달음이 다가왔으리라는 상상이 그려져 있다. 3행의 '저 편 산 구비'란 피안을 말하는 것이니, 죽음을 앞둔 신충에게 어떤

---

34　참고로 박노준은 '이 노래의 영험함과 특히 이를 지은 신충이 후에 공명을 버리고 속세를 떠나 산사에 묻혀서 불교의 세계에 심취했던 일을 찬양'했다고 평하였다.(『신라향가의 연구』, 열화당, 1982, 39면)

욕심도 부질없다. 복을 비는 순한 마음밖에 달리 무엇이 있으랴. 그저 원망만
그득했던 〈원가〉의 앞 여덟 줄 다음에, 등용되어 권력만 누리고 끝났다면
모르지만, 掛冠 후 인생의 다른 경지에 들어섰다면 신충의 생애는 이렇게
마무리해 주어야 맞다. 실제 잃어버린 두 줄은 회한의 영탄 정도였겠지만
말이다.

 한 가지 짚어볼 대목은 贊 마지막의 '吾皇'이라는 말이다.
 대부분의 번역자가 이를 '우리 임금'이라 했다. 신충의 단속사 시절을 떠올
리면 당연하다.[35] 그런데 2행에서는 君寵처럼 임금을 君이라 했는데 왜 여기
는 皇일까? 고려의 입장에서 이 글자는 사대의 예에 어긋날 수 있다. 일연
자신 國師의 자리에 올랐으나, 국사 대신 國尊이라 부르는 까닭을 누구보다
잘 알고 있었을 터, 임금을 君이나 王 대신 皇이라 적기가 용이했을까? 그러
므로,

> 中有小菴若無有　　그 가운데 작은 암자 없는 듯 있으니
> 朝晡但見**祝君**煙　　아침 저녁으로 임금의 복을 기원하는 연기만 보이네
>
> —普雨, 「臨終偈」

와 같이, 祝君 같은 표현이 적당했을 것이다. 그래서 吾皇을 '우리 임금'이
아닌 다른 뜻으로 생각해 보는 것이다.
 당대의 기록 속에서 유사한 사례를 찾아보자.

---

35　金成基만이 "내 가서 향화 피우고 우리 님을 축원하리."라고 하였다.(「怨歌의 研究」, 『고시
　　가연구』 12, 한국시가문화학회, 2003, 57면 참조. 나 또한 당초 '우리 임'이라 번역하였다.
　　'우리 임'이 임금을 가리키는 것으로 보이나, 그렇지 않을 가능성도 열려 있다.

㉮ 殘寇虛張菜色軍　굶주린 도적들 부질없이 설치는데
　　吾皇專倚玉毫尊　우리 임금 오로지 옥호(玉毫)의 힘만 믿으시네
　　　　　　　　　　─李奎報,「大藏經道場을 音讚하는 시」

㉯ 詞中未所盡　시 속에서 못다 한 말을
　　盡使上帝知　하느님께 알게 할꼬
　　　　　　　　─冲止,「농부들이 가련하여 4월 초하루 빗속에서 짓다」

㉰ 從吾皇兮自適其適　우리 옥황상제 뜻을 따라 내 스스로 유유자적하리라
　　　　　　　　　　　　─許筠,「운명을 풀이하는 글」

　㉮에서 이규보가 쓴 吾皇은 '우리 임금'이 분명해 보이는데, 대장경의 간행에 맞추어 부처의 영력을 찬양하므로 吾皇이 누구를 가리키는지 다시 생각하게 한다. '우리 부처님 옥호의 위대함 나타내네'와 같이 번역할 수 있다. 吾皇과 玉毫를 겹쳐 써 강조한 것이라 볼 수 있다는 것이다. 또한 ㉯와 ㉰처럼, 하느님(옥황상제)을 가리키는 경우도 있는데, 上帝나 吾皇은 當該 문장(시)의 극존칭대상자에게 붙여야 맞다.

　그렇다면 일연의 贊에서 吾皇을 번역하여 '우리 임'이라 하고, 뜻으로는 '우리 부처님'으로 보았으면 한다.

## 에필로그

　벼슬을 놓고 절로 들어간 신충이 임금을 위해 복을 빌겠다고 했다. 그렇다면 부처님에게 비는 것이 당연하다. '祝吾皇'은 '오황의 (복을) 빈다'가 아니라 '오황에게 (복을) 빈다'로 볼 수 있다. 좀 더 부연해 번역하면, "우리 부처님에

게 **나라와 임금과 백성의 강녕을** 빌리."가 된다.

일연이 생각한 신충의 바른 은거는 이렇다. 권력과 함께 한 생애를 보낸 신충, 때를 알아 자리에서 물러나, 서울에서 멀리 떨어진 깊은 지리산 골짝의 절에서, 부처님에게 왕과 나라를 위해 기도하며 살아간다. 그래서 그런 신충의 모습으로 〈원가〉의 잃어버린 두 구절을 자신의 시로 대신해본 것은 아닐까? 그렇게 둘을 묶어보면 이렇다.

좋은 잣은
가을이 와도 쉬 지지 않는다네
너 어찌 잊겠느냐
우러르던 낯의 가버린 겨울이여

달그림자는 옛 못에
흐르는 물결을 애처로워 하는구나
모습은 바라보지만
세상 모두에 잊혀진 登第여

저 편(隔岸), 산 구비는 꿈에 자주 어리니
이제 길이 향불 피워 부처님께 복 빌리

앞에 〈원가〉 여덟 줄을 놓고 贊의 후반 두 줄을 이렇게 번역하여, 마치 한 노래인 것처럼 이어 보면 참 자연스럽게 어울린다. 원문의 隔岸은 隔句처럼 들린다. 굳이 '後句亡'이라 밝히면서 두 줄이 사라진 사실을 환기시킨 저변에는 이렇게 補入하려는 뜻이 도사려 보인다. 물론 이렇게 해서 시를 완성시키자는 의도는 아니다. 오늘날 우리가 하는 〈원가〉의 재구성'이다.

경남 山淸은 지리산 동쪽 기슭에 자리한 지역의 소읍이다.

이름만큼 맑고 깨끗하기 그지없다. 읍내에서 조금 떨어져 산이 올라가는 쪽, 옛 마을 이름으로 '俗休라는 곳'에 그 이름을 닮은 절 斷俗寺가 있다. 이제는 두 기의 탑만 우뚝하게 남은 절터이다.

# 참고문헌

## 1. 자료

간행위원회 편, 『退耕堂全書』, 퇴경당권상로박사전서간행위원회, 1998

김대문 지음·이종욱 역주해, 『화랑세기』, 소나무, 2010

김선우, 『발원』, 민음사, 2015

김신영, 「오지 찾던 학자들… 이젠 트위터·페이스북 본다」, 《조선일보》, 2011.11.1

김신영, 「요즘 지도자들, SNS 눈치보기 급급… 이젠 포퓰러리즘 시대」, 《조선일보》, 2012.6.26

김창완, 「"긴급상황 발생! 어머니가 쓰러지셨어요" 슬리퍼가 문자를 보냈다」, 《조선일보》, 2011.7.18

박한신, 「소설가 성석제 "SNS 언어는 문장 아닌 말… 소설과는 다르죠"」, 《한국경제》, 2012.4.14

박한신, 「소설가 이문열 "SNS는 허구도 진실로 포장… 여론 왜곡 심각"」, 《한국경제》, 2012.4.22

연변대 조선문학연구소 편, 『박창묵·리용득(외) 채록 민담집』, 보고사, 2010

연변대 조선문학연구소 편, 『차병걸 민담집』, 보고사, 2010

이광수, 『원효대사』, 우신사, 1985

이희수·다르유시 아크바르자데, 『쿠쉬나메-페르시아 왕자와 신라 공주의 천 년 사랑』, 청아출판사, 2014

일연 지음·고운기 역, 『삼국유사』, 홍익출판사, 2001

일연 지음·권상로 역, 『삼국유사』, 동서문화사, 1977

일연 지음·김원중 역, 『삼국유사』, 을유문화사, 2002

일연 지음·리상호 역, 『삼국유사』, 조선과학원출판사, 1960

일연 지음·李家源 역, 『三國遺事新譯』, 태학사, 1991

일연 지음·한국정신문화원구원 편, 『역주 삼국유사』, 이회문화사, 2003

일연, 『교감 三國遺事』, 민족문화추진회, 1973

일연·古典衍譯會, 『完譯三國遺事』, 학우사, 1954

정수일 역주, 『혜초의 왕오천축국전』, 학고재, 2004

정채봉 원작·정리태 글, 『오세암』, 샘터사, 2003

한국학중앙연구원, 『한국구비문학대계』, 한국학중앙연구원, 1980

한글학회, 『우리말 큰사전』, 어문각, 1990

한현우, 「웬만해선 문자하는 사람들… 전화통화의 종말 오나」, 《조선일보》, 2011.9.17

金富軾, 『교감 三國史記』, 민족문화추진회, 1973

德洪, 『林間錄』

梵海, 『東史列傳』

延壽, 『宗鏡錄』

贊寧, 『宋高僧傳』

『琉球神道記』

『萬葉集』

『遺老說傳』

## 2. 논저

Matthew Fraser · Soumitra Dutta, *Throwing Sheep in the Boardroom*, 최경은 옮김, 『소셜 네트워크 e혁명』, 행간, 2010

강등학, 「수로부인 설화와 수로신화의 배경제의 검토」, 반교어문학회 편, 『신라 가요의 기반 과 작품의 이해』, 보고사, 1998

강은영, 「779년 신라의 遣日本使 파견과 '彼國 上宰'에 관한 검토」, 『일본역사연구』 34, 일본사 학회, 2011

강재철, 『한국 설화문학의 탐구』, 단국대학교출판부, 2009

고영섭, 『나는 오늘도 길을 간다』, 한길사, 2009

고운기, 「삼국유사신역과 국역서로서의 의의」, 『연민 이가원 선생의 학문과 사상』, 보고사, 2006

고운기, 「삼국유사에 나타난 국제결혼의 양상」, 『제6회 쿠쉬나메 연구 국제 세미나 : 페르시 아 서사시 전통에서 본 역사와 신화의 경계』, 한양대 박물관, 2013

고운기, 「怨歌와 避隱의 논리」, 『韓國學論集』 28, 한양대한국학연구소, 1996

고운기, 『길 위의 삼국유사』, 미래M&B, 2006

고운기, 『도쿠가와가 사랑한 책』, 현암사, 2008

고운기, 『삼국유사 글쓰기 감각』, 현암사, 2010

고운기, 『신화 리더십을 말하다』, 현암사, 2012

고운기, 『일연을 묻는다』, 현암사, 2006

고운기, 『우리가 정말 알아야 할 삼국유사』, 현암사, 2002

고운기, 『일연과 삼국유사의 시대』, 월인, 2001

고운기, 『한국 고전시가의 근대』, 보고사, 2001

고운기, 『일연과 13세기 나는 이렇게 본다』, 보리, 2021

국립경주문화재연구소 편, 『신라왕경 : 皇龍寺地 東便 SIE1地區 發掘調査報告書』, 경상북도, 2002

국립국어원 편, 『訓民正音解例』, 생각의나무, 2008

권상로, 「古文化의 新貢獻-三國遺事의 발간에 對하야」, 『佛教』 34, 불교사, 1927

김 훈, 『공무도하(公無渡河)』, 문학동네, 2009

김교빈, 「문화원형의 개념과 활용」, 홍순석·김호연 편, 『한국문화와 콘텐츠』, 채륜, 2009

김근수, 「小倉進平박사의 鄕歌研究上의 位置」, 『아세아연구』 Vol.8, No.2, 고려대 아세아문제연구소, 1965

김기덕, 『전통문화와 문화콘텐츠』, 북코리아, 2007

김동인, 『野談』 1, 야담사, 1935

김만석, 『전통문화원형의 문화콘텐츠화 전략』, 북코리아, 2010

김사엽, 『일본의 萬葉集』, 민음사, 1983

김성규, 「향가의 구성 형식에 대한 새로운 해석」, 『국어국문학』 제176호, 국어국문학회, 2016

김성기, 「怨歌의 研究」, 『고시가연구』 12, 한국시가문화학회, 2003

김수남, 『한국의 굿-서울당굿』, 열화당, 1989

김수남, 『한국의 굿-수용포 수망굿』, 열화당, 1985

김수태, 『신라중대 정치사연구』, 일조각, 1996

김승호, 『삼국유사 서사담론 연구』, 월인, 2013

김승호, 『韓國僧傳文學의 研究』, 민족사, 1992

金煐泰, 『佛教思想史論』, 民族社, 1992

김완진, 「양주동의 국어학」, 동국대 한국문학연구소 엮음, 『양주동 연구』, 민음사, 1991

김완진, 『향가와 고려가요』, 서울대 출판부, 2000

김완진, 『향가해독법연구』, 서울대 출판부, 1980

김운회, 『몽골은 왜 고려를 멸망시키지 않았나』, 역사의아침, 2015

김응교, 「트위터러처, SNS시대의 문학」, 『작가들』 41, 작가들, 2012

김임중, 『일본국보 화엄연기연구』, 보고사, 2015

김정위, 「고려 이전의 배달겨레와 중앙아시아 간의 문화교류」, 『문명교류연구』 1, 한국문명교류연구소, 2009

김정위, 「중세 중동문헌에 비친 한국상」, 『한국사연구』 16, 한국사연구회, 1977

김지영, 「애니메이션 '겨울왕국'의 흥행질주 비결은」, 《동아일보》, 2014.1.25

김태곤, 『한국무속연구』, 집문당, 1981

김헌선 역, 『류큐설화집 유로설전』, 보고사, 2008

김헌선, 「불교설화의 구전과 문헌의 틈새, 그리고 불교적 이치와 의미」, 『구비문학과 불교』, 한국구비문학회, 2010

김헌선, 『한국의 창세신화』, 길벗, 1994

김형렬, 「중학생들의 '외계어' 사용 실태 연구」, 『인문과학연구』 29, 대구대 인문과학연구소,

2004

나병철, 『문학의 이해』, 문예출판사, 1994

노마 히데키 지음·김진아 외 옮김, 『한글의 탄생』, 돌베개, 2011

노중국, 「삼국유사 惠通降龍 조의 검토-질병 치료의 관점에서」, 『신라문화제학술발표논문집』 32, 동국대 신라문화연구소, 2011

堂野前彰子, 「華嚴緣起에 그려진 '鬼'」, 원효탄생1400주년기념학술대회 편, 『원효대사와 현대 문화』, 열상고전연구회, 2017

대한불교조계종 한국전통사상서간행위원회, 『정선 화엄 I』, 대한불교조계종, 2010

梁柱東, 『增訂 古歌研究』, 일조각, 1965

류준필, 「土田杏村·小倉進平의 향가형식논쟁과 趙潤濟의 시가형식론」, 『한국학보』 97, 일지 사, 1999

류현주, 「디지털 스토리텔링 시대의 내러티브」, 『현대문학이론연구』, 현대문학이론학회, 2005

마쓰이 다카시, 「植民地下 朝鮮에서의 言語支配」, 『한일민족문제연구』 4, 한일민족문제학회, 2003

문상화, 「진화론, 소설 그리고 제국-영국소설에 나타난 왜곡된 진화론」, 『19세기영어권문학』 9권3호, 19세기영어권문학회, 2005

민영규, 「원효론」, 『사상계』 1953년 8월호, 사상계사, 1953

민영규, 「일연 중편조동오위 중인서」, 『학림』 6, 연세대사학연구회, 1984

민영규, 『四川講壇』, 又半, 1994

박기수, 「삼국유사 설화의 문화콘텐츠 스토리텔링 전환 전략」, 『너머』 2, 도서출판 해와달, 2007

박기수, 『웹툰, 트랜스미디어 스토리텔링의 구조와 가능성』, 커뮤니케이션북스, 2018

박노준, 『신라향가의 연구』, 열화당, 1982

박양근, 「허클베리 핀의 모험에 나타난 강의 상징적 역할」, 『신영어영문학회 2003년 여름학 술발표회』, 신영어영문학회, 2003

박유희, 「최근 역사물에 나타난 서사 재구성의 의미」, 『한민족문화연구』 19, 한민족문화연구 학회, 2006

朴胤珍, 『高麗時代 王師·國師 研究』, 景仁文化社, 2006

박은경, 「소설+영화+문화원형 : 문화원형 콘텐츠, 변주의 즐거움」, 류철균 외 지음, 『트랜스 미디어 스토리텔링의 이해』, 이화여자대학교출판부, 2015

박인희, 「〈信忠掛冠〉과 〈怨歌〉 연구」, 『新羅文化』 28, 동국대신라문화연구소, 2006

박재민, 「〈怨歌〉의 재해독과 문학적 해석」, 『민족문화』 34, 한국고전번역원, 2010

박재민, 『신라향가변증』, 태학사, 2013

박정희·김민, 「청소년의 변형문법(외계어) 현상에 관한 연구」, 《청소년복지연구》 9권1호, 한국청소년복지학회, 2007

배영동,「문화콘텐츠화 사업에서 '문화원형' 개념의 함의와 한계」,『인문콘텐츠』 6, 인문콘텐츠학회, 2005

사서연역회,「취지서」,『삼국유사』, 고려문화사, 1946

三枝壽勝,『사에구사 교수의 한국문학 연구』, 배틀북, 2000

서성은,『트랜스미디어 스토리텔링』, 커뮤니케이션북스, 2018

서정목,「원가의 창작 배경과 효성왕의 정치적 처지」,『시학과언어학』 30, 시학과언어학회, 2015

서정목,『삼국유사 다시 읽기』, 글누림, 2018

서철원,『향가의 유산과 고려시가의 단서』, 새문사, 2013

석지현 엮고 옮김,『선시』, 현암사, 2013

성기옥,「〈헌화가〉와 신라인의 미의식」, 정병욱10주기논집편찬위원회 편,『한국고전시가작품론 1』, 집문당, 1992

성철,『百日法門』, 장경각, 1990

송성욱,「문화콘텐츠 창작소재와 문화원형」,『인문콘텐츠』 6, 인문콘텐츠학회, 2005

송준호,『우리 한시 살려 읽기』, 새문사, 2006

송준호,『한국명가한시선 I』, 문헌과해석사, 1999

송태현,「카를 구스타프 융의 원형 개념」,『인문콘텐츠』 6, 인문콘텐츠학회, 2005

스티븐 슈나이더·정지인 역,『죽기 전에 꼭 봐야 할 영화 1001편』, 마로니에북스, 2005

신동하,「新羅佛國土思想과 日本本地垂迹思想의 비교 연구」,『인문과학연구』 14, 동덕여자대학교, 2008

신동흔,「민속과 문화원형 그리고 콘텐츠」,『발표자료집』, 한국민속학회, 2005

신재홍,『향가의 해석』, 집문당, 2000

신종원, 삼국유사 새로 읽기(2)』, 일지사, 2011

신종원,「사리봉안기를 통해 본 삼국유사 무왕 조의 이해」, 정재윤 외,『익산 미륵사와 백제』, 일지사, 2011

신종원,「선화공주·지증왕비 사료읽기 관련 구술자료 소개」,『新羅史學報』 50, 신라사학회, 2020

신중진,「말음첨기의 생성과 발달에 대하여」,『구결연구』 4, 구결학회, 1998

신채호,「꿈하늘」,『丹齋 申采浩全集 下』, 螢雪出版社, 1977

신채호,「朝鮮古來의 문자와 시가의 변천-처용가 해독」,《동아일보》, 1924.1.1

안숭범·최혜실,「공간 스토리텔링을 적용한 테마파크 기획 연구」,『인문콘텐츠』 17, 인문콘텐츠학회, 2010

안용희, 모험의 가능성과 제국의 균열」, 국제어문』 43, 국제어문학회, 2008

安田敏朗 저, 이진호·飯田綾織 역주,『言語의 構築』, 제이엔씨, 2009

안지원,『고려의 국가불교의례와 문화』, 서울대출판부, 2005

안창현,「문화콘텐츠 원천소스로서《서유기》의 구조분석과 활용 전략 연구」, 한양대대학원

박사학위논문, 2013

양주동, 「향가의 해독 연구」, 『양주동전집』 10, 동국대출판부, 1998

양주동, 『增訂 古歌硏究』, 일조각, 1965

어윤적, 『東史年表』, 보문관, 1914

위근우, 『웹툰의 시대』, 알에이치코리아, 2015

유 예, 「원천소스로서 무속신앙 활용방안 연구 : 웹툰 〈신과 함께〉 분석을 중심으로」, 한양대
　　　대학원 문화콘텐츠학과 석사논문, 2015

유임하, 「설화의 호명-근대 이후의 소설과 삼국유사의 전유」, 『너머』 2, 너머, 2007

윤백남, 『조선야사집 3』, 계유출판사, 1934

이강엽, 『신화 전통과 우리 소설』, 박이정, 2013

이강엽, 『둘이면서 하나』, 도서출판 앨피, 2018

이규태, 『한국인의 민속문화』, 신원문화사, 2000

이기백, 『신라정치사회사연구』, 일조각, 1986

이범홍, 「원효행장 신고」, 국토통일원 조사연구실 편, 『원효연구논총』, 국토통일원, 1987

이병주 찬, 「퇴경당 권상로 대종사 사적비(退耕堂權相老大宗師事蹟碑)」, 金龍寺, 1987

이병주, 「退耕 권상로 선생과 퇴경당전서」, 『대중불교』 1990년 8월호, 대원사, 1990

이송란, 「신라 계림로 14호분 〈금제감장보검〉의 제작지와 수용 경로」, 『미술사학연구』 258,
　　　한국미술사학회, 2008

이용범, 『한만교류사연구』, 동화출판공사, 1989

이우성, 『한국의 역사상』, 창작과비평사, 1982

이원태·차미영·양해륜, 「소셜미디어 유력자의 네트워크 특성」, 『언론정보연구』 48, 서울
　　　대학교 언론정보연구소, 2011

이유진, 「이광수 작품에 있어서의 파계와 정조 상실의 의미」, 東京外國語大 석사논문, 2002

이인화, 「디지털 스토리텔링의 원리」, 『디지털 콘텐츠』, 한국디지털스토리텔링학회, 2003. 8

이종욱, 『신라의 역사 1』, 김영사, 2002

이종학, 「필사본 화랑세기의 사료적 평가」, 이종학 외, 『화랑세기를 다시 본다』, 주류성, 2003

이한상, 「신라 분묘 속 서역계 문물의 현황과 해석」, 『한국고대사연구』 45, 한국고대사학회,
　　　2007

이희수, 「고대 페르시아 서사시 쿠쉬나메(Kush-nameh)의 발굴과 신라 관련 내용」, 『한국이
　　　슬람학회논총』 20-3, 한국이슬람학회, 2010

이희수, 「페르시아의 대표 서사시 샤나메 구조에서 본 쿠쉬나메 등장인물 분석」, 『한국이슬
　　　람학회논총』 22-1, 한국이슬람학회, 2012

이희수, 『이희수 교수의 이슬람』, 청아출판사, 2011

임경화, 「식민지기 일본인 연구자들의 향가 해독 : 借用體에서 국문으로」, 『국어학』 51, 국어
　　　학회, 2008

임경화, 「향가의 근대 : 향가가 '국문학'으로 탄생하기까지」, 『한국문학연구』 32, 동국대 한국

문학연구소, 2007

임기중, 「향가해독의 문학적 평가와 해석」, 동국대 한국문학연구소 엮음, 『양주동 연구』, 민음사, 1991

임성래, 「한국문학에 나타난 모험의 의미」, 『대중서사연구』 23, 대중서사학회, 2010

임재해, 「삼국유사 설화자원의 문화콘텐츠화 길찾기」, 『구비문학연구』 29, 한국구비문학회, 2009

정남영, 「이시영의 시와 활력의 정치학」, 『창작과비평』 146, 창비, 2009

정수일, 『이슬람문명』, 창비, 2002

정수일, 『한국과 페르시아의 만남-황금의 페르시아전』, 국립중앙박물관, 2008

정승철, 「小倉進平의 생애와 학문」, 『방언학』 11, 한국방언학회, 2010

정진희, 『오키나와 옛이야기』, 보고사, 2013

정천구, 「고승전의 미학적 특성-자아와 세계의 관계를 중심으로」, 『정신문화연구』 114, 한국학중앙연구원, 2009

정천구, 「본지수적설(本地垂迹說)과 불국토사상(佛國土思想)의 비교」, 『정신문화연구』 31(1), 한국학중앙연구원, 2008

정천구, 「중편조동오위와 삼국유사」, 『한국어문학연구』 45, 한국어문학연구학회, 2005

제러미 하우드 지음, 이상일 옮김, 『지구 끝까지』, 푸른길, 2014

제바스티안 슈틸러 지음, 김세나 옮김, 『알고리즘 행성 여행자를 위한 안내서』, 와이즈베리, 2017

조동일, 「영웅의 일생, 그 문학사적 전개」, 『동아문화』 10, 서울대동아문화연구소, 1971

조동일, 『삼국시대 설화의 뜻풀이』, 집문당, 1990

조동일, 『한국문학통사1-2』(제4판), 지식산업사, 2005

朝尾直弘 외 엮음, 이계황 외 옮김, 『새로 쓴 일본사』, 창비, 2003

조범환, 「필사본 화랑세기를 통하여 본 진평왕의 왕위계승」, 이종학 외, 『화랑세기를 다시 본다』, 주류성, 2003

조병한, 「아이언맨의 신화적 원형성과 개성화 과정」, 『심리유형과 인간발달』 21권2호, 한국심리유형학회, 2020

조셉 캠벨, 이윤기 역, 『천의 얼굴을 가진 영웅』, 민음사, 1999

趙潤濟, 『한국문학사』, 탐구당, 1963

조해룡, 「퇴경 권상로의 삶과 생각」, 『문학 사학 철학』 14, 한국불교사연구소, 2012

조형래, 「문화 담론의 기술결정론」, 2017년도 한국언어문화학회 겨울학술대회 편, 『과학기술과 문학』, 한국언어문화학회, 2018

진성기, 『신화와 전설-제주도 전설집』, 제주민속연구소, 2005

진성기, 『제주도 무가 본풀이 사전』, 민속원, 1991

채상식, 『고려후기불교사연구』, 일조각, 1991

千惠鳳, 『日本蓬左文庫韓國典籍』, 지식산업사, 2003

최  철, 『향가의 문학적 해석』, 연세대출판부, 1990

최경봉 외, 『한글에 대해 알아야 할 모든 것』, 책과함께, 2008

최병헌, 「고려 불교계에서의 원효 이해」, 국토통일원 조사연구실 편, 『元曉硏究論叢』, 국토통
  일원, 1987

최수웅, 「주호민의 〈신과 함께〉에 나타난 한민족 신화 활용 스토리텔링 연구」, 『동아인문학』
  41, 동아인문학회, 2017

최정은, 『트릭스터-영원한 방랑자』, 휴머니스트, 2005

크리스토퍼 보글러, 함춘성 역, 『신화, 영웅 그리고 시나리오 쓰기』, 무우수, 2005

테헤테츠(鄭秉哲)·사이코보(蔡宏謨)·류코(梁煌)·모죠호(毛如苞)·김용의 역, 『유로설전(遺
  老說傳)』, 전남대학교출판부, 2010

편찬위원회 편, 『민족문화추진회30년사』, 민족문화추진회, 1995

하정룡, 『삼국유사 사료비판』, 민족사, 2004

한국문화콘텐츠진흥원, 「우리 문화원형의 디지털콘텐츠화 사업 종합계획」, 한국문화콘텐츠
  진흥원, 2005

해주 역주, 『정선 원효』, 한국전통사상서간행위원회, 2009

허흥식 편저, 『韓國金石全文 古代』, 아세아문화사, 1984

허흥식, 『고려불교사연구』, 일조각, 1986

현용준, 『제주도무속자료사전』, 신구문화사, 1980

홍윤식, 『불교문화와 민속』, 동국대출판부, 2012

洪在德, 「元曉大師의 悟道說話에 대한 硏究」, 『대동문화연구』 86, 성균관대학교, 2014

황동열·윤미화, 「문화원형 기반 창작 아카이브의 특성과 활용방안에 관한 연구」, 『한국무용
  기록학회지』 13, 한국무용기록학회, 2007

황루시, 『한국인의 굿과 무당』, 문음사, 1988

황패강, 「무애 양주동과 조선고가연구」, 동국대 한국문학연구소 엮음, 『양주동 연구』, 민음
  사, 1991

## 3. 일본 자료 및 논저

『尊經閣文庫漢籍分類目錄』, 侯爵前田家尊經閣, 1934

パトリス·フリッシー·江下雅之(訳), 『メディアの近代史』, 水声社, 2005

岡田惠美子 外 編, 『イランを知るための65章』, 明石書店, 2004

京都府醫師會醫學史編纂室, 『京都の醫學史』, 思文閣出版, 1980

今西 龍, 「正德刊本三國遺事に就て」, 『典籍之研究』 5, 1926

今西龍 編, 『三国遺事』, 京都帝國大學, 1926

金城學院大學エクステンションプログラム, 『尾張名古屋の人と文化』, 中日新聞社, 1999

藤本幸夫, 「駿河銅活字の正體を探る」, 『歷史の花かご』, 吉川弘文館, 1998

藤井讓治, 『江戶開幕』, 集英社, 1992

藤井貞和, 『折口信夫の詩の成立』, 中央公論新社, 2000

藤井貞和, 『國文學の誕生』, 三元社, 2001

名古屋市蓬左文庫 監修, 『尾張德川家藏書目錄1~10』, ゆまに書房, 1999

名古屋市蓬左文庫, 『蓬左文庫 ―歷史と藏書』, 蓬左文庫, 2004

尾崎 護, 『低き聲にて語れ ―元老院議官 神田孝平』, 新潮社, 1998

白鳥庫吉, 「檀君考」, 『學習院輔仁會雜誌』 28, 學習院大學, 1894

白鳥庫吉, 「訪書談」, 『白鳥庫吉全集』 10, 岩波書店, 1970

白鳥庫吉, 「朝鮮の古傳說考」, 『史學雜誌』 5편12호, 日本史學會, 1894

山本祐子, 「尾張德川家の文庫と藏書目錄」, 『尾張德川家藏書目錄1』, ゆまに書房, 1999

神田乃武 編, 『神田孝平略傳』, 1910

岸野俊彦 編, 『尾張藩社會總合研究』, 淸文堂, 2001

岸野俊彦, 『尾張藩社會文化・情報・學問』, 淸文堂, 2002

日下 寬, 『鹿友莊文集』

林 董一 編, 『尾張藩家臣團の研究』, 名著出版, 1975

諸井克英, 「情報通信の病理：親和コミュニケーションの彷徨」, 廣井脩・船津衛 編, 『情報通信と社會
　　心理』, 北樹出版

佐竹秀雄, 「メール文体とそれを支えるもの」, 橋元良明 編, 『メディア』, ひつじ書房, 2005

中村 功, 「携帶メールのコミュニケーション內容と若者の孤獨恐怖」, 橋元良明 編, 『メディア』, ひつ
　　じ書房, 2005

坪井九馬三, 「三國遺事」, 『史學雜誌』 11편9호, 日本史學會, 1900

坪井九馬三, 「新羅高句麗百濟三國史」, 『史學雜誌』 35, 日本史學會, 1892

坪井九馬三, 「新羅高句麗百濟三國史」, 『史學雜誌』 35, 日本史學會, 1892

坪井九馬三 編, 『三國遺事』, 吉川半七, 1904

加藤周一, 『日本文学史序説』, 筑摩書房, 1999

高梨一美, 『沖縄の「かみんちゅ」たち』, 岩田書院, 2009

谷崎潤一郞, 『痴人の愛』, 新潮文庫, 1985

金士燁, 『金士燁全集』, 成甲書房, 1984

今西 龍, 『朝鮮史の栞』, 近澤書店, 1935

金澤庄三郞, 「吏讀の研究」, 『朝鮮彙報』 4, 朝鮮總督府, 1918

金澤庄三郞, 『新羅の片假字』, 金澤博士還曆祝賀會, 1932

金澤庄三郞, 『日韓両国語同系論』, 三省堂, 1910

那珂通世, 「朝鮮古史考」, 『史學雜誌』 5편3호, 日本史學會, 1894

大野 晋, 『日本語の起源 新版』, 岩波書店, 1994

東野治之, 『鑑真』, 岩波新書, 2009

木村淳也, 「遺老說傳に描かれた巫」, 『古代學研究所紀要』 4, 明治大學古代學研究所, 2007

尾崎富義 外, 『万葉集を知る事典』, 東京堂出版, 2000

白鳥庫吉, 「檀君考」, 『學習院輔仁會雜誌』 28, 學習院大學, 1894

白鳥庫吉, 「文學博士 那珂通世君小傳」, 『白鳥庫吉全集』 10, 岩波書店, 1970

白鳥庫吉, 「訪書談」, 『白鳥庫吉全集』 10, 岩波書店, 1970

白鳥庫吉, 「朝鮮の古傳說考」, 『史學雜誌』 5편12호, 日本史學會, 1894

福井玲 편, 「小倉文庫目錄 其二 旧登錄本」, 『韓國朝鮮文化研究』 10, 東京大學大學院人文社會系研究科·韓國朝鮮文化研究室, 2007

福井玲 편, 「小倉文庫目錄 其一 新登錄本」, 『朝鮮文化研究』 9, 東京大學人文社會系研究科·文學部朝鮮文化研究室, 2002

三国遺事研究会, 『三国遺事考証』, 塙書房, 1995

西鄕信綱, 『萬葉私記』, 未來社, 1970

小島憲之 外, 『萬葉集』, 小學館, 1994

小倉進平, 「鄕歌·吏讀の問題を繞りて」, 『史學雜誌』 47-5, 日本史學會, 1936

小倉進平, 『鄕歌及び吏讀の研究』, 京城帝大, 1929

神田乃武 編, 『神田孝平略傳』, 1910

岩中祥史, 『名古屋學』, 新潮社, 2000

野村伸一 編, 『東アジア海域文化の生成と展開』, 風響社, 2015

梁柱東, 「鄕歌の解讀, 特に願往生歌に就いて」, 『靑丘學叢』 19, 靑丘學會, 1935

日下 寬, 「校訂三國遺事序」, 『鹿友莊文集』, 1923

荻原淺男 校注, 『古事記』, 小學館, 1995

鮎貝房之進, 「國文(方言俗字)吏吐, 俗諺造字, 俗音, 借訓字」, 『朝鮮史講座』 4, 朝鮮史學會, 1923

佐竹昭廣 外 校注, 『萬葉集』, 岩波書店, 1999

河野六郎, 『河野六郎著作集3』, 平凡社, 1980

# 初出一覽

「共存의 알고리즘」, 『우리문학연구』 58, 우리문학회, 2018

## Ⅰ. 일연과 삼국유사

- 「德川家 장서목록에 나타난 三國遺事 전승의 연구」, 『동방학지』 142, 연세대국학연구원, 2008
- 「權相老와 〈삼국유사〉」, 『韓國佛教史研究』 5, 한국불교사학회/한국불교사연구소, 2014
- 「파괴와 복원의 변증」, 『일본학연구』 51, 단국대일본학연구소, 2017
- 「13세기 歷史像의 스토리 개발」, 동아시아고대학회 편, 『동아시아의 전통문화와 스토리텔링』, 서경문화사, 2017
- 「일연의 균형으로서 글쓰기」, 『열상고전연구』 30, 열상고전연구회, 2009
- 「일연의 글쓰기에서 정치적 감각」, 『한국언어문화』 42, 한국언어문화학회, 2010

## Ⅱ. 문화원형과 모험의 세계

- 「문화원형의 의의와 삼국유사」, 『한문학보』 24, 우리한문학회, 2011
- 「SNS 이야기의 원형성과 그 의미」, 『한국언어문화』 49, 한국언어문화학회, 2012
- 「동반자형 이야기의 원형성 연구」, 『열상고전연구』 39, 열상고전연구회, 2014
- 「창작소재로서 원효 이야기의 재구성」, 『열상고전연구』 49, 열상고전연구회, 2016
- 「同伴者型 설화 속의 元曉」, 『열상고전연구』 61, 열상고전연구회, 2018
- 「모험 스토리 개발을 위한 삼국유사 설화의 연구」, 『신라문화』 41, 동국대신라문화연구소, 2013
- 「여성의 모험과 水路夫人」, 『열상고전연구』 47, 열상고전연구회, 2015
- 「〈쿠쉬나메〉 연구 序說」, 『동아시아고대학』 34, 동아시아고대학회, 2014

## Ⅲ. 향가의 근대

- 「鄕歌의 근대·1」, 『한국시가연구』 25, 한국시가학회, 2008
- 「鄕歌의 근대·2」, 『한국시가연구』 37, 한국시가학회, 2014
- 「鄕歌의 근대·3」, 『한국시가연구』 45, 한국시가학회, 2018
- 「〈怨歌〉의 재구성」, 『한국시가연구』 53, 한국시가학회, 2021

# 색인 - 삼국유사 인용 부분

# 저자 약력_고운기高雲基

## ‖약력‖

| | |
|---|---|
| 1961. 12. 15 | 전남 보성군 벌교읍 출생(친·외가는 각각 전남 고흥군 풍양면과 두원면) |
| 1968. 3 | 전남 벌교초등학교(당시 벌교남국민학교) 입학 |
| 1972. 4 | 전남 홍교초등학교로 전학 |
| 1973. 4 | 서울 서교초등학교로 전학하여 졸업 |
| 1974. 3-1977. 2 | 서울 경성중학교 재학 |
| 1977. 3-1980. 2 | 서울 숭문고등학교 재학 |
| 1980. 3-1984. 2 | 한양대학교 국문학과 재학(문학사) |
| 1983. 1 | 동아일보 신춘문예 시 부문 당선(심사위원 : 김규동 김우창) |
| 1983. 3-1985. 2 | 민족문화추진회(현재 한국고전번역원) 부설 국역연수원 수학 |
| 1983. 7-1984. 8 | 민족문화추진회 국역부 재직 |
| 1984. 5 | 고형렬, 김경미, 김백겸, 양애경, 안도현, 정일근, 박철, 최영철, 나희덕, 이윤학, 박형준, 김수영, 이병률, 김선우, 이대흠, 문태준, 김성규, 휘민, 김윤이 등과 「시힘」 동인 결성하여 활동 |
| 1984. 9-1986. 8 | 연세대학교 대학원 국문학과 석사과정 재학(문학석사, 지도교수 : 최철) |
| 1986. 9-1994. 2 | 연세대학교 대학원 국문학과 박사과정 재학(문학박사, 지도교수 : 최철) |
| | —위 박사과정 재학 중 군 입대하여 육군본부 공보실에서 복무(1987. 4-1990. 7, 육군 중위) |
| 1990. 9-1996. 2 | 연세대, 한양대, 목원대, 아시아연합신학대, 신구대 등에서 시간강사로 강의 |
| 1996. 3-1999. 3 | 명지대학교 문예창작학과 조교수 재직 |
| 1999. 9-2002. 8 | 일본 게이오(慶應)대학 문학부 방문연구원으로 일본 고대문학을 연구하며, 위 대학 문학부와 외국어학교의 비상근강사, 교리츠(共立)약학대학 교양학부(현재 게이오대학 약학부)의 비상근강사, 사이타마(埼玉)여자단기대학의 비상근강사 재직 |
| 2002. 3-2010. 2 | 연세대학교 국학연구원 연구교수 및 강사 재직(문화원형 「한국의 굿」, 일본통신사 「使行錄」 연구) |
| | —위 연구원 재직 중 일본 메이지(明治)대학 문학부의 객원교수로 한국고전문학(학부)과 향가(대학원) 강의(2007. 4-2008. 3) |
| 2002. 8-2004. 7 | 동국대학교 한국문학연구소 연구교수 재직(중국사행 「燕行錄」 연구) |
| 2010. 3-현재 | 한양대학교 문화콘텐츠학과 교수 재직 |
| 2021. 5-현재 | ㈜eco 사외이사 재직 |

## ‖ 저서 ‖

『연대생2020』(답게, 1994)

『일연』(한길사, 1997)

『새로 읽는 한국고시가』(드림북스, 1998)

『일연과 삼국유사의 시대』(월인, 2001)

『우리가 정말 알아야 할 삼국유사』(현암사, 2002)

『북경거지』(창비, 2003)

『길 위의 삼국유사』(미래M&B, 2006)

『일연을 묻는다』(현암사, 2006)

『나이 벌에도 봄이 오면』(신하, 2006)

『한국 고전시가의 근대』(보고사, 2007)

『둥궈과 오렌지』(샘터, 2008)

『도쿠가와가 사랑한 책』(현암사, 2009)

『삼국유사 글쓰기 감각』(현암사, 2010)

『삼국유사 길 위에서 만나다』(현암사, 2011)

『신화 리더십을 말하다』(현암사, 2012)

『첫 키스는 사과맛이야 1』(놀, 2012)

『모험의 권유』(현암사, 2015)

『도쿄의 밤은 빨리 찾아온다』(난다, 2017)

『모든 책 위의 책』(현암사, 2020)

『13세기와 삼국유사-나는 이렇게 본다』(보리, 2021)

『삼국유사의 재구성』(역락, 2021)


## ‖ 시집 ‖

『밀물 드는 가을 저녁 무렵』(청하, 1987)

『섬강 그늘』(고려원, 1995)

『나는 이 거리의 문법을 모른다』(창작과비평사, 2001)

『자전거 타고 노래 부르기』(랜덤하우스, 2008)

『구름의 이동속도』(중앙M&B, 2012)

『반쯤』(지식을만드는지식, 2015)

『어쩌다 침착하게 예쁜 한국어』(문학수첩, 2017)

『익숙해진다는 것』(시선사, 2019)

(개정재판)『밀물 드는 가을 저녁 무렵』(문학동네, 2021)

## ‖번역‖

일연, 『삼국유사』(홍익출판사, 2001)

노무라 신이치, 『한국, 1930년대의 눈동자』(이회, 2003)

시모무라 고진, 『논어』(현암사, 2003)

김부식, 『삼국사기 열전』(현암사, 2005)

다니자키 준이치로, 『그늘에 대하여』(눌와, 2005)

야나기가와 신타쿠 외, 『和韓唱酬集二』(보고사, 2013)

祖沖祖會, 『使客通筒集』(보고사, 2013)

月心 외, 『桑韓星使答響 外』(보고사, 2014)

기노시타 난고 외, 『客官璀璨集 外』(보고사, 2014)

야스토미 아유무, 『위험한 논어』(현암사, 2014)

## ‖방송‖

2003-2006 BBS-FM 〈고운기의 아침저널〉

2008-2009 BBS-FM 〈살며 생각하며〉

2018-2019 EBS-FM 〈EBS 공감시대〉

# 삼국유사의 재구성

**초판 1쇄 인쇄** 2021년 12월 10일
**초판 1쇄 발행** 2021년 12월 15일

저      자 고운기
**펴 낸 이** 이대현

**책임편집** 권분옥
편      집 이태곤 문선희 임애정 강윤경
디 자 인 안혜진 최선주 이경진
마 케 팅 박태훈 안현진

**펴 낸 곳** 도서출판 역락
주   소 서울시 서초구 동광로 46길 6-6(반포4동 문창빌딩 2F)
전   화 02-3409-2060(편집부), 2058(영업부)
팩   스 02-3409-2059
등   록 1999년 4월 19일 제303-2002-000014호
**이메일** youkrack@hanmail.net
**역락홈페이지** http://www.youkrackbooks.com

**ISBN** 979-11-6742-224-8 93810